ひょうすべ
京極夏彦

講談社文庫

文庫版

塗仏の宴（ぬりぼとけ）
宴の支度

京極夏彦

講談社

○目録

文庫版

塗仏の宴（ぬりぼとけのうたげ）

宴の支度（うたげのしたく）

鬼神の徳たるや盛なるかな。視れども見えず、聴けども聞けず——。

宴の支度◎目録

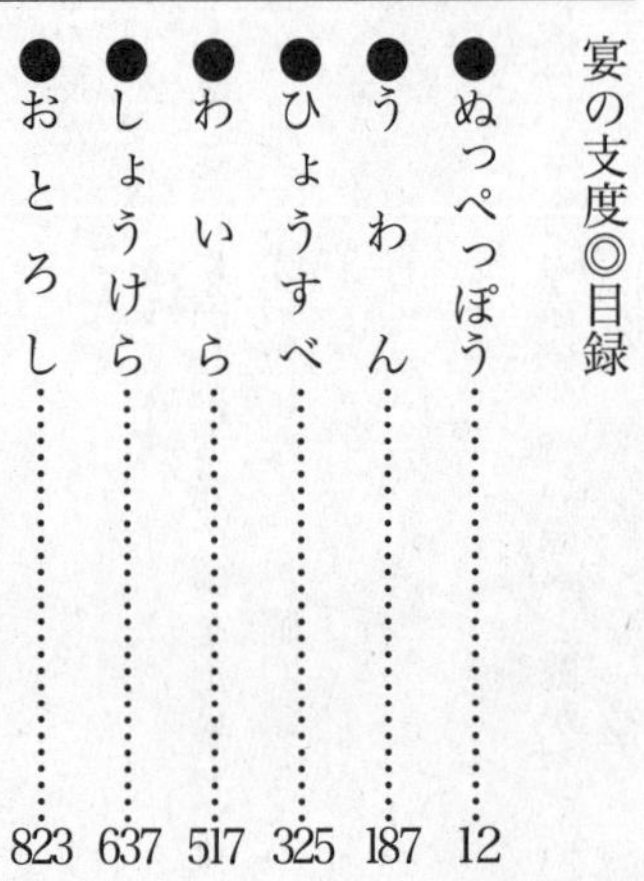

あれは。

あれは私だ。

私が樹の下に立っている。

いったい何をしているのだろう。

虚ろな眼をして、ただ突っ立っている。

あれは何の樹なのだろう。とても、とても大きな樹だ。

たっぷりと繁った葉や枝が、爽爽とした初夏の風を受けて蠢いている。

朝陽か、夕照か、上方の雲間から、数本だけ射し込むやけに涼しげな光の線を上葉の一枚一枚が跳ね返して、浅葱色が萌葱色が、様様の緑が、細かな光の粒になって震曜明滅している。

緑が眼に沁みて痛いくらいだ。

樹の向こうは白く霞んだ、書割のような空だ。

地平線は棚引く紫雲に暈け山陵に紛れて曖昧に溶け、下方の深い、昏い緑へと繋がっている。

不思議な光景だ。

妙に鮮やかだし、それでいて妙に煤けていて、そう、寝惚け眼で見た外国の早朝の景色みたいだ。いい加減現実感に乏しい癖に、それでいて只顧に現実的だ。

いまは。

いまは何時（いつ）なのか。

現在（いま）なのか、過去（むかし）なのか。

私は何故そんなことを考えるのか。

如何なる場合も、いまは現在に違いない。

現在以外のいまなどありはしない。ある訳がない。

それは、言葉としても概念としても矛盾している。

しかし。

そう、例えば過去の想い出が、そのままそっくり現実として再現されていたとして、その只中（ただなか）にいる場合、それは果たして自分にとっていまなのだろうか。

それは――否、それは矢張（やは）りいまなのだ。

いまと云（い）う実の時間の中に、囲い込みで過去と云う虚の時間があるに過ぎないのだ。

そして、もしもこれが過去の再現であるのならば、必ず一度は体験している筈のことであり、ならば幾ら現実的であろうともいずれ繰り返しに過ぎぬ訳だから、それはすぐに知れることだろう。

なのに――この奇妙な感覚は何だ。

まるで一度も体験していない過去を覗（のぞ）き見してでもいるようだ。

これは。

私は樹の上を見上げているようだ。

視点の定まらぬ眼で何かをずっと注視ている。

何が見えるのだろう。

私は、私から、私の視線の先へと、緩慢と視点を動かす。

樹の幹。枝。葉。白い脚。脚。脚だ。脚がぶら下がっている。

私は、きっとあの脚を観ている。そうに違いない。そう思った途端、背中中の柔毛が一斉に逆立つような、浮き足立った気分になる。

厭だ。とても厭だ。それでも私は、樹上の脚を見上げている私を、遠くからただ眺めているしかないのだ。

ああ、私が逃げて行く。

逃がしては——いけない——。

私は、私の後を追うために少し痺れた足を踏み出す。

縺れる。巧く走れない。綿の上を走っているようだ。

矢張りこれは夢なのか。私はどんどんと遠ざかる。

漸く私は、私の立っていた樹下に至った。

ここは。

ここは何処なんだ。

私は、もうすっかり見えなくなってしまった私の残像を追うことを止め、緩緩(ゆるゆる)と樹上を見上げた。

人形だ。磔(はりつけ)にされた裸体の女性(おんな)の人形だ。

透けるような白い皮膚(はだ)が木洩日(こもれび)を浴びて。

なんて綺麗なんだろう。

その時――私の脳裏に、一瞬のうちに無数の異形達が悲しげな姿を現した。

泣き止むことのない嬰児(えいじ)の群れ。永遠に床から起き上がれない男。箱詰めにされた幾人もの女。這(は)い廻る腕。棺桶を抱く血塗(ちまみ)れの男。未来を語る髑髏(どくろ)。首のない兵隊。顔の判らない女。無間地獄で苦行を続ける修行者達。御詠歌(ごえいか)を唄う市松(いちまつ)人形。子牛程もある大鼠(ねずみ)。長く伸びる手。真っ黒い異国の神。眼球(めだま)を好む蜘蛛(くも)男。堕天使(ルチフエロ)。両性具有(アンドロギユヌス)――これは――此奴(こいつ)等はみんな死人じゃないか。

そして――私は気が付いた。

ああ。今の私こそさっき私が見ていた私だ。

ならば――早く逃げなくては。

塗仏の宴◎宴の支度

ぬっぺっぽう

◎ぬっぺっぽう

神祖、駿河にゐませし御時、或日の朝、御庭に、形は小兒の如くにて、肉人ともいふべく、手はありながら、指はなく、指なき手をもて、上をさして立たるものあり。見る人驚き、變化の物ならんと立さわげども、いかにとも得とりいろはで、御庭のさう〴〵敷なりしから、後には御耳へ入れ、如何取はからひ申さんと伺ふに、人見ぬ所へ逐出しやれと命ぜらる。やがて御城遠き小山の方へおひやれりとぞ。或人、これを聞て、扨も〳〵をしき事かな。左右の人達の不學から、かゝる仙藥を君に奉らざりし。此は白澤圖に出たる、封といふものなり。此を食すれば、多力になり、武勇もすぐるゝよし（後略）

——一宵話・巻之二
秦鼎／文化七年

1

私の持っている最後の記憶は、酷く現実離れしたものである。

私はその時、ふたりの男と廃屋の奥座敷に居た。

ひとりは淵脇と云う名の若い警官である。もうひとりは堂島と名乗る五十がらみの男で、職業は善く判らない。郷土史家だと云っていたようにも思う。

場所は伊豆の韮山から道なき道を分け入った山の中である。日付けは――私の記憶に間違いがなかったならば――六月十日だった筈である。六月四日に伊豆に入ったのは確実だし、六日間を取材に費やしたのだから、その勘定で間違いはないだろう。

ここは、まるで――。

まるで異空間だ――。

淵脇が独り言のようにそう呟いたのを、私はやけに明瞭に憶えている。慥かに異空間だと、私もそう思った。それ程奇異な状況下ではあったのだ。だからと云ってそこは、理不尽に摩訶不思議な場所だった訳ではない。不条理な不文律に支配されていた訳でもない。

それでも——その時、私は異空間の中に居た。

他に適当な言葉は見当たらなかった。

異空間——。

異空間と云う言葉は、甚だいい加減な言葉だと思う。平たく読めば異なった空間と云う意味なのだろうが、何と如何異なっているのか判然としない。先ず空間と云う単語からして一筋縄では行かない。最近でこそ当たり前のように耳にするようになったものの、本来は日常的な会話に登場するような単語ではなかった筈だ。術語として限定的に使用される場合以外は語義が複層的で如何とでも取れる。言い換えに適当な大和言葉も見当たらぬ。その『空間』に『異』を冠して、それで平然と意味が通じるのだから言葉と云うのは不思議なものである。

これは、厳密な語義を置き去りにして語感だけで罷り通る言葉なのだ。亜空間だとか異次元だとか、同じような言葉はある。言葉は生き物だから、故事来歴を持った由緒正しき言葉でも、民意に沿ったものでなければ死語となるし、反対に仮令歴史的学問的に整合性のない造語であっても、その時代の要求に合致すれば十二分に機能する。

異空間や異次元は言葉として有効だったのだろう。

斯様な語群が定着した理由としては、矢張り先ず空想科学譚の一般への普及が挙げられるだろう。

学術用語を学問以外の言説に転用したと云う意味合いでは、科学技術の進歩発展以上に、娯楽小説の影響力は大である。但し、用語の厳密な意味や概念は、その際に多く失われてしまったのだが。

ただ、一方で定義を曖昧にしたからこそ生き残った——と云う見方も成り立つだろう。例えば、我我は狭義の異空間を体感することは絶対に不可能である。多分、未来永劫——。縦んば理論上可能とされたところで、現実問題として私達は私達の存在する空間から私達の存在し得ない別の空間へと踏み込むことは出来ないだろう。

しかし定義されていないが故に——。

私達は、まま異空間を垣間見ることがある。

勿論それは取り立てて不可思議な空間ではない。

徒に奇景絶景を求めるまでもなく、旅先の普通の町並みや、普段通らぬ路地裏などにもそれは容易に顕現する。のみならず、見慣れた部屋の片隅にも、花瓶の底にも、異空間はある。それは、ほんの僅かな差異で齎されるのだ。

光の加減、仄かな香、微かな温度差——。

否、そんなものすら必要ない。単に視る角度を変えただけで世界は一変することがあるのだから。月並みな云い方をすれば、異空間は己の中にあるのだ。

だから人は常に、居乍らにして旅人たり得るのである。

そうならば——私はその微昏い穴蔵のような小部屋の中で、己の中を旅していたのかもしれぬ。だから。

そこに転がっていたのが本当に死骸だったのかどうか——。

だから私は断定することが出来ない。

あれは——。

発端は五月の下旬だった。

その日は卯の花曇りの、不愉快な天気だったように思う。

まだ陽は高いと云うのに室内はどんよりと濁っていて、一向明瞭しない。電燈を点してみてもその濁りは取れず、却って黄ばんだ感じがして、そこがまた不愉快だった。

その日私は、気温の所為か湿度の所為か、いつにも増して寝起きが悪かったのだ。

起きて暫くは使い物にならず、顔を洗っても口を漱いでもさっぱり効果はなく、いざ仕事せん——と必要以上に気負って万年筆を握ってみても、指先は弛緩し目は翳み、まるで集中出来なかったように記憶している。

要するにその日の不調は天候等の外的要因に由来するものではなく、凡ては私の内部の問題だったのだろう。体調が——特に頭の調子が悪かったのだ。

勤め人ならば否応なしに決まった時間に家を出ざるを得ないし、都電の混雑にひと揉まれでもすればまあ復調するのだろうと思う。

回復せずとも移動することで嫌でもモードは切り替わる。替わらなくとも仕事場に居るだけで取り敢えず格好は付く。

しかし私のように、ただのんべんだらりと抑揚のない生活を送っている自由業の場合はそうは行かない。不自由あっての自由である。拘束なき解放はあり得ない訳で、他律的支配を受けぬ身である以上、自由を獲得しようと思えば一切を自律に任せるしかない。

その場合、己に伸しかかる重圧には圧倒的なものがある。

自由業とは名ばかりなのだ。

自堕落な人間にとって己を御することは駿馬に跨がるより遥かに難しい。

深く、長い溜め息を吐いた。

徒に机に向かっていたところで仮名の一文字も書けはしない。原稿用紙はいつまでも新のままで、その膨大な数の升目が埋まることなど、永遠にないように思えた。

私は文机に肘を突き、手の甲に顎を載せて、窓の外を眺めた。

窓硝子の表面には塵や埃が層を成しており、恰も磨り硝子の如きである。

そこから覗く、まるで代わり映えのしない隣家の庭の暈けた風景に薄朦朧と映り込む己の面を重ねて――そうして、私はかなり長い間、忘我の状態で居たように思う。

その時、衰えた私の脳髄がのろのろと考えていたことと云えば、自分は何故小説家なのかとか、小説を書く意味とはとか、小説とは何かとか、その手の一見深奥そうで実はそうでもない、明快な解答など得られそうにもないことばかりだったのだ。機能している僅かな部分は所謂無駄な思考に費やされていた訳である。

そんな状態の最中である。

玄関が開く音が聞こえた。

瞬時、私の中に芽生えた感情は後悔だった。

内職では埒が明かず妻は春から働きに出ている。

だから日中――この家には私ひとりしか居ない。

私は玄関の鍵を掛けていなかったことを後悔したのだ。他人と会える状態ではなかった。しかし施錠もせずに中に居て今更居留守も使えまいし、呼ばれたら出ぬ訳にも行くまい。

僅かのうちにそこまで考え、そのうち案の定御免くださいと声がした。

先生、関口先生はご在宅ですか――と、闖入者の呼び掛けは容赦なく、止む気配もなかったから、私は已むを得ず、多分異状なまでに大儀そうな素振りで振り返り、恐ろしく緩慢な動作で廊下に出た。

廊下は瞳に一枚薄膜が張ったような案配で、部屋以上に燻んで見えた。

光量が少ない所為か。

「おや――」

訪問者は妹尾友典だった。

「――寝起き――ですかぁ」

妹尾は、眼鏡の奥の少し下がり気味の細い目を、更に細めて笑った。そして寝てましたねえ、と念を押した。

「いや」

寝ていないと云うことを主張したかったのだが巧く喋れず、私は何やら理解不能の未知の言語をぐやぐやと発した。妹尾は再びにやにやと笑い、関口さん夜型でしたかぁ――と云った。誤解は遂に解かれぬまま、私は説明を放棄して妹尾を奥へと導いた。

妹尾の訪問は稀である。

妹尾は、社長がひとりに社員がふたりと云う小さな出版社で、カストリ雑誌の編集をしている男である。私は一応小説を書くことを生計としているのだが、何しろ遅筆な上にまるで売れないので、文芸誌以外にも猥雑な実録記事を書き散らしたりして糊口を凌いでいる。妹尾の編集している『實錄犯罪』にも、名前を変えて寄稿しているのである。

「珍しいですね――」

私は漸く日本語らしいものを発した。

「――鳥口君は？」

鳥口君と云うのは妹尾の部下の青年で、平素訪ねて来るのは専ら彼なのだ。

「鳥口は忙しいんですよ。ほら、あの占い師」

「ああ」

善くは憶えていなかったが、鳥口はここ数箇月、いんちき占い師の追跡取材をしているのである。

「あれは慥か――」

私の発する言葉は豪く短い。しかし無意味なことを多く喋るよりは通じ易いようである。聞き手が勝手に意味づけして答えるのだろう。妹尾は幾度か首を縦に振った。

「そうそう。あれはとんでもないことになりましたからねぇ。うちは今のところ他社を頭ひとつ抜いてるんですわ。あんなことになるとは誰も思ってませんでしたから、先行取材してたのはうちだけで」

「はあ。まあねえ」

あんなことがどんなことなのか、私には解っていない。新聞も読まなければラジオも聴かぬ。この数日間、妻以外の人間と口を利いてすらいない。

「で？」

「で――とは？」

「あ、その――」

で、と問われても、慥かに困るだろう。

「――今日は如何云う？」

「別件なんですけどね。関口さん、締め切りとか取材とか、そうしたご予定は、近近――」

「はあ、あの」

「ない。ないのですね？　はあ、そりゃ良かった」

全然良くないと思う。

「どうせ僕は暇です。妹尾さんこそデスクが直直に出歩いたりしていいんですか。社長に叱られるでしょう」

その社長の用事なんです――と、妹尾は愉しそうに云った。

妹尾は私より齢上なのだが、黙っていればかなりの年配にも見えないことはない。しかし話してみるとまるで違っていて、どんな話題でも子供のように喜んで聞き、また善く喋る。世間話だけで二時間は保つ。

「社長の用事とはまた仰仰しい御用ですね。その用事と僕と、如何関わります？」

「はあ。ま、それは聞いて戴ければ解るとは思うんですけど――ああ、当然ですね。そんなことは」

「まあ当然でしょう」

どうも会話が間抜けだ。

妹尾にしても鳥口にしても、酸鼻極まりない陰惨な事件ばかりを記事にしていると云うのに、どこか飄飄としたところがある。ただでさえ浮世離れしているところに、私のような天然惚けが話に加わるとまるで緊張感がなくなってしまうのである。

「それじゃあまあ――」

それまで猫背気味だった妹尾は幾分背筋を伸ばして、草臥れた鞄から大きな書類封筒を出しつつ、

「――関口さん、津山三十人殺し憶えてます？」

と尋いた。

「はあ、憶えてますけど――」

そうですよね――と妹尾は云った。

「知ってますよね、普通」

「さあそれは――あれは昭和十三年でしたか？」

「私、当時二十三だったですよ」

そうですよ、たった十五年前ですよ――と、妹尾はやけに元気に主張した。

「はあ？」

私は幾つだっただろう。

「犯人の都井某とは同年代だったですからね」

「それが何か――」

「津山事件は連続殺傷事件としては記録的な事件ですよ。短時間に大量に殺害したと云う点では右に出る例がない。たった半刻で三十人ですから」

「そんなもの、そうそう右に出られちゃ困りますよ妹尾さん。まあ顚末は壮絶なものだったとしても、あれは世間で思われているような猟奇事件とは様相が少少違う訳でしょう」

「そりゃ違いますねぇ――」

「犯人も真面目な秀才だったとか」

「それはそうなんですがね。私の云ってる違うは、そう云う違うじゃないですよ。関口さんは世間で思われている――なんて仰いますがね。世間じゃもう何も思ってないのですよ」

「思ってない――とは？」

「忘れてるです。知らんのです。若い者は。津山三十人殺しを」

「はあ――」

それで先ず、知っているかと尋いたのだろう。

「まあねえ。何と云っても戦争があったから。三十人どころか何万と死んだ訳でしょう。あれは」

霞んじゃったと云うことですかぁ――と、神妙な声を出して、妹尾は更に珍妙な顔までして見せた。

「大事件だったですがね。私ゃ地元が関西なんで、まあ東京よりは近かった所為ですかね」

「大事件は大事件なんでしょう。当時は随分と騒いだようにも思うけれど。ただ、思うに阿部定よりは尾を引かなかったように記憶しているけれど」

妹尾は書類封筒を持ったまま腕を組んで首を捻った。おまけに口もへの字に歪め、ううんと唸った。

「関口さんの云う通り、戦争の所為なのかもしれないですけどね。忘れますかね、あんな大事件――」

「寧ろ忘れたいのでしょう。冥い記憶は。こんな時代ですから――」

ひたすら闇に目を瞑り、兎に角明るい方向だけに顔を向けるようにしてこの国の人人は生きている。それは仕方がないだろう。そうでもしなければ、こんな短期間に、あんな焼け野原からここまで復興出来る筈もないのだ。

私がそう云うと妹尾はもう一度首を捻った。

「しかし、じゃあ何故うちの雑誌みたいな犯罪雑誌が出せばそこそこ売れるですか。猟奇変態犯罪読み物は世に溢れてます。うちの雑誌だって、もそっとどぎつくやればもっと部数が出るですよ。趣味じゃないですけど」

「それは――」

目を瞑ろうと蓋をしようと、闇が消えてなくなった訳ではないからだ――と、私は思う。

上辺だけ取り繕っても綺麗ごとで糊塗しても理詰めで封印しても――あるものはある。それはきっと、ほんの一寸亀裂が入っただけで日常の表面を打ち破って溢れ出るのだ。そのことを、誰もが薄薄は知っている。どこかで承知してい乍ら、知らぬ振りをしているだけなのだ。だからせめて、この世の闇は他人事です、絵空事ですと思いたいのだろう。

「――雑誌は所詮つくりものなんですよ」

「うちは一応、実録と謳ってるんですが」

妹尾は飽くまで納得が行かぬと云う表情である。

「それはそうと妹尾さん。先程からちっとも話が進みませんが――」

私がそう述べると、あ、これは失礼もしや奥さんお帰りの時間ですか――と云って、妹尾は首を伸ばし、周りを見渡した。話が先に進まぬことに就いては別にどうも思っていないようである。

「いや、うちのはまだ戻らないです。夕刻ですよ、戻るのは。それよりその、そろそろ本題の方に――」

「本題？　あ？　その、まあ今のも本題の一部なんですけど」

「え？　津山事件がですか？」

ううん、と腕を組み直して妹尾は唸る。

そして津山事件自体は関係ないんですがねえ――と云った。

「どうも一向瞭然(はっきり)しないなぁ妹尾さん」

「ん――まあね。じゃあ――」

妹尾は躊躇した後に左右に一度ずつ首を振って、じゃあ単刀直入に結論云(い)いますね――と云った。

そして、

「村を――探してくれませんか」

と云った。

「む――村ぁ？　何ですかそれは？」

話が見えない。

見えないどころか脈絡がなさ過ぎて、揶(から)揄(か)われているとも思えなかった。

妹尾は嬉しそうに笑って、社長の用向きで、津山事件に関係があって、それで村を探してくれと来ちゃあもう禅問答ですよ。それで解ったら物凄い高僧だ」

「そりゃ解りませんよ。解らないでしょ――と云った。

あはは、まったくっすね――と、妹尾は頭を搔(か)いて足を崩した。

「実はその、うちの社長――赤井(あかい)書房(しょぼう)のオーナーである赤井禄郎(ろくろう)はですね、御存知かとも思いますが、本職は学習教材の販売業なんです。ま、出版は道楽のようなものなんですけどね。あくまで道楽だから儲けは二の次で、まあいい仕事しろと云ってくれるのはいい」

「結構なことじゃないですか」

「ええ、それはいいんですが、反面、倒産れても肚は痛まない。だから私等社員は気が気じゃあないと云う――おやっ、また脱線してしまいましたが」

「はあ」

本線が見えぬのだから脱線したところで解ろう筈もない。赤井社長には幾度か面識があるが、物腰の柔らかい青年実業家と云った風貌で、出版業界人特有の匂いは感じなかったことを憶えている。

「まあねえ。うちの赤井は、自動車の修理改造だの発明品の特許取りだの、まあ趣味が多いのが璧に瑕なんですが――兎も角その赤井の古い友達に、光保さんと云う人が居りましてね」

「ミツヤス？　名前ですか？」

「姓ですね。光保――公平だったかな。頭髪が寂しくって小太りで、つるつると血色の善い小父さんなんですが。この光保氏は、元警官なんです」

「警官――ですか」

「警官なんです。その昔、静岡で巡査だか駐在だかしていたらしい。この人がですね、その昔派遣されていた村がですね、なくなってしまった」

「それが――」

それが解らない。

「――なくなったと云うのは、廃村と云う意味ですか？　それとも堰堤が出来て水没したとか、隣村と合併して名前が変わったとか――」

妹尾は拝むように片手を立てて左右に振った。

「違います」

「違うんですか」

「廃村――は、廃村なんでしょうけど、ううん、難しいなあ。本当に消えちゃったですよ」

「消えたって妹尾さん」

「消えたと云うしかないですねえ。住込していた、交番――と云うか駐在所と云うか、その辺は善く知らないんですがね、まあ警察の機構自体が今とは違っていたでしょ。慥か内務省管轄の時代じゃなかったですか」

「ですかって妹尾さん。そりゃいつのことで？」

「ああ。ですから津山事件と同じ年ですよ。十五年前。昭和十三年の五月まで勤務してたんだとか」

「なる程――」

それだけのことか。

三十人殺しは単に時間経過を指し示す前振りに過ぎなかったらしい。

「そんで、ま、小さい山村だったそうですがねえ。面積は広いんだけど、戸数が少ないんだそうです。何たって十八戸だそうですから。それじゃあ人口は精精(せいぜい)五十人凸凹(でこぼこ)でしょう。小さい集落です」

「村の名は？」

「へ、へびと村とか」

「蛇に戸――と、書くんですか？」

忘れたです――と妹尾は云った。

「光保氏からは聞いてたんですけどねえ。忘れました。ううん、戸は付いてたなあ。でも蛇なんて字は憶えにないから――二文字なんですけどね。書いておくべきでしたね。で、ですね、村の真ン中に大きな家があったそうで、まあ地主だか庄屋だか、そう云うのでしょう。佐伯(さえき)と云う家だったそうですが、こりゃ憶えてましたね。ま、その周りに、かなり離れてぽつぽつと家だか小屋だかが建っている。殆(ほとん)どは農家で、馬喰(ばくろう)が居て雑貨や郵便なんかを扱う家が村の入口に一軒だけあって、それから医者が一軒、これはその佐伯さんの親類筋だったそうですが」

「はあ。やけに細かい」

「まあ十八戸ですからね。駐在やってりゃ全戸憶えますすよ。実際今も憶えてるそうだし」

それもそうだろう。

「ただ、光保氏はその村には一年も居なかったそうなんですよ」

「転勤になった？」

「出征しちゃったんです。出征欠員と云う奴です。日華事変ですね。その年って、慥か国家総動員法が施行された年でしょ――」

そこで妹尾は口を結んで、むうんと鼻から声を発した。

「――それで、復員して来たら、村がなくなっちゃってたんです」

「ですから妹尾さん」

私は躰を前に突き出した。

「なくなっちゃったと云うのは如何云う意味か教えてくださいよ。今し方、消えちゃったとしか云いようがない、とか云ってましたけど、煙のように村が消える訳ないでしょう」

「それがそうなんです」

「そうなんですって、じゃあ村があった場所はどうなってしまったんですか。野ッ原にでもなったんですか？　それとも大きな穴でも開いていたとか」

「穴ァないですよ」

とことん解り難い。話し方が悪いのか聞き方が悪いのか、とんと顔の見えない話である。

妹尾もどうやら伝わらぬことに気付いたらしく、暫く考えを巡らせるようにしてから細かな説明を始めた。

「正確に云いますとね、光保氏が帰国したのは太平洋戦争が終わってからで、もっと正確に云いますとね、昭和二十五年なんです。たった三年前のことなんですねえ。つまり光保氏は十二年間も大陸中を転転としていた訳ですね。最後はマレー半島に居たそうですわ。ま、何をしてたんだか知りませんけどね。実は——光保氏は昨年一度、その懐かしい村に行ってみたのだそうです。地名だの交通の事情も変わってますでしょ。それがちっとも事情は改善されてなかった。未だバスがある訳でもなく、鉄道も通っていない僻所だったそうで、で、朧げな記憶を辿って行き着くと——これが見事にない。十二年の間に、へびと村は影も形もなくなってしまっていた」

「山——になっている？」

「それなら、まだ話は解るんですよ。例えば——そう、村の入口にあった雑貨屋」

「郵便も扱うとか云う？」

「そう。その雑貨屋、三木屋と云う名前だったらしいですがね。これが隣村になっている」

「引っ越した？」

「そうじゃないです。場所は変わらないらしい。らしいと云うのは、ま、記憶が明瞭じゃないからなんですが、その朧な記憶に取り敢えず忠実に進んで、ほぼ記憶通りの場所に概ね記憶通りの建物があった訳ですから、これはまあ、まず間違いないだろうと思ったようなんです。ところが」

「ところが？」

「その建物の所番地を見ると――村の名が違う。その住所は、彼の記憶では隣村なんですな」

「それは善くあることでしょう。隣接する過疎村が合併して住所表記が変わったんでしょう」

「まあねえ。でもそれだけじゃない。そこは雑貨屋でもなんでもなくて、全然違う人が住んでいた」

「その雑貨屋一家が引っ越したか亡くなったかして別の人が移り住んだのでしょう」

「それも違う。そこにはまるで記憶にない老夫婦が住んでいて、自分達はここにもう七十年住んでいると語った。いいですか、七十年ですよ」

「それは――」

嘘か、或はその光保氏の――。

「――勘違いとか。道を間違った」

「はい。そうですよね。偶偶似たような場所、似たような地形に、似たような家があったのかもしれない。そこで光保さん少少混乱して、村の中心部に向け歩を進めてみた。佐伯の本家のある場所ですね。すると――」

「すると？」

「道がそっくりだった。路肩のお地蔵様とか、柿の木だとか、皆憶えている」

それは既視感覚と云うヤツではないのか。見たことがない筈の景色に見覚えがある、行ったことのない場所が懐かしく思える――それは、概ね脳のまやかしである。記憶がとっ散らかされているだけだ。

現在と云うのは、実は一番新しい過去のことだ。認識した時点でそれは既に、僅かばかり過去となっている筈なのだ。だから、時間を量的に捉えるなら、無と有の接点こそが〝いま〟なのだ。接点と云うものは存在こそするが質量はない。即ち厳密な意味での〝いま〟は数量的には零に等しい。そして過去は休むことなく増えて行く。未来は勿論――無である。我我は常にどくどくと増殖する過去と云う隊列の先頭に立たされているのだ。顔を向けた先にはなにもない。だから未来予知など出来る訳もない。既視感覚と云うのは、その僅かな過去と、もう少し古い過去とが、何かの拍子に重なるだけのことなのだ。所謂、錯覚――である。

私は妹尾にそう告げた。

編集者は幾度か頷いた。

「正に錯覚だと、光保氏も考えた。しかしですね、歩くだにその考えは揺らいだんですね。記憶にある家家が、記憶のままに皆在った。雑貨屋と同じく別人が住んでいる家もあった。多く住んでいるのは老人で、尋ねると矢張り昔からそこに住んでいるのだと氏に告げた」

「昔からと云うのは？」

「まあ、昔からなんでしょうね。老人ですから。中には廃屋になっているところも数軒あって、光保さん堪らず、その中に這入ってみた。佇いは記憶の通りでも、屋内はまるで憶えがない。調度が残っている家もあって、抽匣等開けてみると、まるで知らない人人が写った煤けた写真が入っていたりしたんだそうです」

それは――。

それは矢張り錯覚だ。

要らぬ屁理屈をくっつければ超常現象になり兼ねないし、聞き方を間違えると怪談咄になる。

それでも矢張り、それは錯覚だろう。

再び喩えるなら。時間は急流である。急流の清らかな水は本来なら止まることなく流れ去るべきものである。その流れの中に堰を築き、仮令一時でも水を留め置こうとするなら、堰には相当な負荷がかかる。のみならず止まれば水は濁る。そして徐徐に洩れ、結局は流れ去る。記憶というのはぼろぼろと櫛の歯が欠けるように風化するものなのだ。

だが、欠けた部分は何等かの形で補われる。

欠落と補完を繰り返し、記憶は改竄されて行く。

しかも都合の良いように――。

「それは——だから、十の事実を十憶えていると云うことはない訳でしょう。十のうち五つ憶えていたとしましょう。そしてその五つのうち二つが偶然合致したとする。三つは違っている訳だけれども、忘れた五つは違っていることも解らない訳でしょう。するとたった二つしか符合しないのに、忘れた分も含めて七つ合っているに違いないと思ってしまう。だから妹尾さん、それは別の場所ですよ」

「そうでしょうな」

妹尾はあっさりと認めた。

お蔭で私の愚考は、肩透かしを喰って雲散霧消してしまった。

「そ、それじゃあ——」

「そう、錯覚なんでしょう。光保と云う人は、ま、どことなく得体の知れないところはあるですよ。でも、まあ常識的な判断力は持ってます。だから、これは自分が道を間違えたのか、自分の記憶違いなんだろうと、それはまあそう思ってたらしいですよ。それで、それにしても似過ぎていると——それもそう思い乍ら、山道だか畦道だかを進んだ。ところが光保さん、近付くに連れ様子が変だと思い始める。畑がない。雑草が生い茂り、木まで生えてる。村の真ん中に向かっている筈が、景色が村外れみたいになっちゃった。もう、全然似てない」

「矢張り間違っていたんですね？」

「そう確信したそうですね。で、愈々村の中心である佐伯家近辺と覚しき辺りに至った。ところが——」

「と——ところが？」

「もう、山と云うか林と云うか——人の気配なんかなかったらしい。でもね」

「焦らさないでくださいよ」

「焦らしちゃアいません。それでも光保さん、間違ったにしろ、地形だけ採ればここも矢ッ張り見覚えあるぞと、こう、見回した訳です——」

妹尾はそう云って、顔と視線を悠然と廻した。

「——で、そこで急に怖くなって、逃げ帰って来たんだとか」

「はあ？」

「あったんですな。佐伯家が。門構えから屋根柱まで、記憶通りの建物が。長いこと誰も住んだ様子はなかったようですがね。廃墟ですよ」

「それは——」

「はい。それも錯覚なのか、幻覚なのか、或は善く似た建物だったのか、それは解りません。しかし記憶通りの、ひと際でっかい建物はあったと云う」

ふ、と悪寒がした。

「ま、待ってください。今のその話が、村が消えた話——ですか？」

妹尾は頷いた。

「いや、妹尾さん。昔話なら兎も角、今は昭和の御世ですよ。たったそれだけのことで村が消えたって云うのはおかしいでしょう。それは不思議な話に聞こえるけれど、矢張り偶然ですよ。単にその光保と云う人が道を間違って善く似た条件の別の村に行ってしまったと云うだけのことじゃないんですか」

「ただね関口さん。地形や建物だけならまあ錯覚なんでしょうけど、隣村の村名は——光保さんの記憶と同じだったですよ。そこがねえ」

「まあ、それはそうかもしれませんが、反対河岸に行っちゃったのかもしれないでしょう。先ずそこを確認しなくちゃあ。地図があるでしょうに」

「ないんです」

「ない？」

「ない。元元載ってないですよ。古い地図では人口が少な過ぎて、ただの山になっている」

「だって妹尾さん。参謀本部の陸地測量部——今は建設省かな。あれは明治の頃から引き続き測量だの調査だのを延延としてるじゃないですか。戦後も地誌や地図の早急な復旧作業を連合国が命令した筈ですよ。縮尺によっては家の一軒まで載ってるでしょうに。村が載ってないなんて馬鹿な話はないですよ」

はあ——妹尾は背を丸めた。

「それがどうも、その地域はあやふやなんだそうですよ。最近の地図ってのは勿論あるんです。それにはまあ、隣村が出ているだけだそうですがね――」

隣村はちゃんと存在するのだ。なのに――地図にない村――そんなものが、この日本にあるのか。

「――大体、地図復旧の地誌調査の地形測量のと云っても、先ず都市部から進めるでしょう。山林は後回しですよ。幾ら細かく調査したって樹海の地図ってなぁないでしょう？」

「それは――ないんでしょうけど――だって」

「樹海程酷いところじゃあないようですがね」

「け――警察はどうなんです。警察に記録が残っているでしょう。駐在所まで置いていたのだし」

「それがですね、戦禍で資料が焼けちゃったらしいですよ。警察関係者も戦死していたり退官していたりで、おまけに警察法が何度か改正されていたため当時のことを憶えている者は何人と残っていなかったそうで。それもまあ、記憶が飛んでる」

「それなら――役所とか。そうだ、役所ですよ。お役所の知らぬ所番地なんてものはあり得ないでしょう。戸籍だってある筈だし。住所がなくちゃ税金も取れない」

「はい。勿論光保さんも調べた。それがですね、役所の記録にも――なかったんだそうですね。そんな村は――」

「ない？」

そんな馬鹿なことはあるまい。

「でもなかったと云う。郵便局も当たったけれど、ない。まあこれはある程度推理出来ますが。多分その、へびと村と云うのは通称だったのでしょうね。実際に登記されている地番は別の名だったんでしょう。だから元元、隣村と同じ名称の土地だったのかもしれないですが」

「住民の戸籍は？　名前を憶えていたのでしょう」

戸籍がない訳はない。山村離島からも遍く徴兵するために、我我国民は氏素姓住所親族を具に調べられたのだ。戸籍のない者などこの日本に居る訳はない。この国に暮らす人間は、必ず登録され管理されているのだ。

「戸籍も戦時中に殆ど失われたらしい。あの辺りは東京なんかと違って空襲もそれ程酷くなかったように思うんですがね、そりゃ偏見と云う奴ですか。勿論、早早に戸籍その他は修復されてたようですが、全部今住んでいる人のものになっていて、光保氏の記憶にある名前はなかったと云います」

「佐伯――とか云う人は？」

「居ないです」

「居ない――のですか？」

「居ないと云うより、もう判らないんですね。住所はおろか生死の別も、いいえ、今や存在したかどうかも定かではないのですよ」

妹尾はそう云った後、ぼやくように、これだけようけ人が居るんですから、国だってひとり残らず知ってる訳じゃないんでしょうねえ――と云った。

複雑な心境になった。

強い主張を持っている訳ではないし、豪く漠然としたものではあるが、私は兼兼、国民として登録されることに抵抗を持っていた。徴兵されて酷い目に遭った所為もある。それ以前に国家などと云う善く判らないものに管理されるのは厭だった。しかし。

例えば、戸籍がないと云うだけのことで、存在すら証明できないとなると――。

それはそれで厭な気がした。

理由は判っている。

社会を大海とするならば、個人はそこに漂う藻屑に過ぎない。歴史を砂漠とするならば、人生は一粒の砂でしかない。それでも人にとっては、己の人生だけが世界の凡てである。己の眼を通じて知る世界だけが唯一絶対の世界である。だから一粒の砂と砂漠とを、藻屑と海原とを等価なものとして規定しないと、人は立ち行かない。己は永遠に己としてあるのだと、どうしても信じたいのだ。個の否定は個人にとっては世界の否定に等しい。だから個人は常に主張する。私は私だ――と。

だが。本当に私は私なのか——私は確信が持てなくなる時がある。この先ずっと自分は自分で居られるのか、判らなくなる。だから証拠が欲しくなる。お前はお前だと、誰かに保証して欲しくなるのである。客観的記述は、そう云う時に有効である。

記録されることで個人は取り敢えず歴史的に認知されたような錯覚を覚え、安心するのだ。

存在するから記録があるのであり、記録があるから存在する訳ではないと云うのに。

——本末転倒している。

私は息を吐いた。矢張り認めたくない。

「こ——戸籍がないから存在すら確認できないなんて——そんなことはないですよ。戸籍なんてものはたった数行の記述じゃないですか。そんなもの焼けたところで、その人やその人の過去が消えてなくなる訳じゃないでしょう。その佐伯とか云う人を憶えている人間だって、必ずどこかに居る筈だ」

「はい。まあ、辛うじて光保さんは憶えていたんですけどね——ただねえ——」

あの戦争はねえ——と云ってから、妹尾もまた、大きな溜め息を吐いた。

「——まあ、多くを失いましたよ」

慥（たし）かにこの国は多くのものを失った。人命も、財産も、建物も、資源も——だが。

——過去まで失ってしまったと云うのか。

「そんな――妹尾さん」

「何だかやんなっちゃいますが。本当に、誰も憶えちゃいなかったんですよ。佐伯さんは勿論、へびと村も」

――それでは。

「その一件、じゃあ、いったいどう理解しろと云うのですか」

妹尾は、はい――と畏まった。

「愈々佳境に入って来たですが。ま、一般的な解決はひとつしかない。簡単なことです。光保さんの頭がイカレている――つまり、元元へびと村なんて村は存在しなかった。へびと村は彼の頭の中だけに存在する村だった――と云う解決ですよ」

「ああ」

それはひとつの解決ではある。

ただ、それを云ってしまえば身も蓋もないと云う気もする。

「イカレて――たんですか？」

「全面的にイカレてなくても勘違いとか憶え違いとか錯覚とか幻覚とか、まあ重なれば何でもありでしょ」

「まあ――そうですね」

そう云うことはないこともない。

「光保氏の脳髄が時間を遡り、空間を押し広げて、架空の村と、体験していない過去を造っちゃった。だから記憶している村の様子も人名も、何から何まで架空のものだったと、そう云う——解決ですね」

「しかし符合する部分もあるのでしょう」

「そもそもこの世に存在しない村なんですから、そんな些細な記憶は後から幾らでも修正出来るでしょう。関口さんだって云っていたでしょう。それこそ既知感覚ですよ」

その通りだろう。私は唸ってしまった。

怪異に対して懐疑派だった筈の自分が、いつのまにか肯定的な発言をしていたことに気付いたからである。怪異を認めたくなった訳ではない。ただ釈然としないだけだったのだが。

「それにね、こう云う考え方も出来るですよ」

妹尾は続けた。

「例えば、彼——光保さんは、本当は彼の云うところの隣村の駐在だった——とか」

「つまり、造られた部分と云うのは村や人の名前とか属性だけで、その他の、風景や地理条件などの舞台装置は真実だった——と云うことですか」

「そう。だからこそ、そこに行った訳です」

説得力はある。私は納得しかけた。だが。

「それで——これです」

妹尾は、ずっと弄んでいた書類封筒を畳の上に置き、私の方に向けて差し出した。私は手を伸ばして封筒を取った。何です——と問うと、妹尾は慇懃にどうぞお開けください——と答えた。紐を外して封を開ける。中には変色した古い新聞が入っていた。

「御覧になってください。赤鉛筆で標がつけてある記事なんですけど」

妹尾が顎を突き出す。私は記事に目を落とす。

見出しをなぞる。

静岡縣の山村で大量殺戮か——。

「大量殺戮？」

「はい。それは全国紙ですが、未確認情報と断ってあるでしょう。場所は静岡の山村となってますが」

「大量って——」

「大量ですよ。一箇村全員」

「そ、そんな馬鹿な——」

【三島にて桐原記者發】静岡縣某處の山村で村民全員が丸ごと失踪といふ一大事が發生した模様。事實は未確認乍、證言に據れば大量殺人事件の可能性も有り、韮山を始めとする近隣の警察も協議の上、風聞にしても徒に人心を惑はすものであると判斷するに至り、一兩日中に捜査に乘出す方針を固めた。

「それは昭和十三年七月一日付けの記事ですが、続報はありません。たぶんガセネタだったのか。それとも何か理由があったのか、判らんです。で、地方紙や何かを当たってみたです。するとそれ、次の――」

別の新聞にも赤鉛筆囲みの記事があった。

「六月三十日付けの地方紙です。そこにも似たような記事が出てますが――こっちは少し詳しい」

【韮山發】村人全員が忽然と消えてしまつたと云ふ不氣味な噂が縣下の一部でまことしやかに流されてゐる。消えたとされるH村は縣下中伊豆にあり、十八戸五十一人が住んでゐる小さな集落。噂の發端は中伊豆を廻つてゐる巡回研師、津村辰藏さん（四二）。津村さんは半年に一度H村を廻る習慣だつたが、去る六月廿日に訪れた際に人つこ一人居ないことに氣付いたもの。H村は平素他村との交流が殆ど無い爲、發見が遲れたものと思はれる。一説には、屋内に大量の血液が零れてゐたとも、死骸が山積みになつてゐたとも傳はるが眞僞の程は確認されてゐない。津山事件の直後だけにすは大量殺人と色めき立つ聲も聞こえて來るが、他にも集團夜逃げ説、食中毒説、疫病説など、流言蜚語が飛び始めてゐる爲、當局に依る迅速な捜査及び發表が望まれる。

「この記事は――」

俄には信じ難い。

私は慌てて続報を探したが、赤囲みされた記事はふたつだけだった。

「疑ってますね？　捏造はしてませんよ」

「捏造とは思いませんよ。鳥口君なら兎も角、妹尾さんを疑いやしませんけれど——それにしてもこんな話は——」

聞いたことがない。

大量殺人事件は過去にも幾度か起こってはいるのだろうが、これ程規模の大きなものはなかっただろう。私の認識では、妹尾が云った通りに津山事件が最悪の記録を保持している筈だった。記事がもし真実なら、幾ら何でも知らぬ筈はない。仮令殺人でなくっても、疫病でも夜逃げでも大事件である。

妹尾はにやにやし乍ら、どうです——と云った。

「どうですとは？」

「ですからね、光保さんの云うへびと村と云うのは正にその記事に記された辺りでしてね」

「H村が——へびと村だと？」

妹尾は一層不敵に笑って、どうもそうらしいですねえ——と云った。

「だって妹尾さん、そんな、これだけじゃあその、そうとは限らんじゃないですか」

H村と云うだけである。ハ行が頭文字の村ならどこでも良いことになる。

「いや、条件に該当するハ行の村は、現在その近隣にはないんですよ」

「しかし、へびと村は光保と云う人の頭の中にだけ在る村なんでしょう。そんな――」

捏造された記憶が流れ出て過去の事実として結実したとでも云うのか。

「――そんな馬鹿な」

妹尾は淡淡としている。

「そんなに馬鹿でもないですよ。光保さんがいかれてると云うのはあくまで仮説です。ご本人は至ってまともなんです」

「でも、光保さんには申し訳ないですが、その仮説を認める以外、現実的に有効な結論は導き出せませんよ妹尾さん」

「そうでしょうかね。そうでもないと思いますが。それにね、何より奇妙なのは、その記事がそれっきりってことですよ。後のフォローは何もない」

「風聞だったのでしょう。それがデマゴギーだったら後追い記事も載せないでしょうに。大量殺戮実は法螺――なんて間抜けた記事を載せる程、悠長な時代じゃなかったですよ」

「そうですかね。私にゃどうも引っ掛かるものがあるですよ。もしホントに大量殺戮事件だったなら、これは津山事件の比じゃないでしょ。被害者五十人以上なんですから」

「それは――ないでしょう。だって、そんな話は噂話にだって一向聞かないですよ。誰も知らない。五十人も亡くなるような大惨事を、誰も憶えていないと云うのは腑に落ちないでしょう」

「ですからね」

「ですから何です？」

「ですから、それは津山事件だって同じことじゃないですか。実際に起きて報道されて大騒動になった大事件だって——今や記憶が薄れ、多くの人は忘れてる訳ですよ。もし報道されなかったとしたら」

「ほ——報道されなかった？　何故」

さあ——妹尾は小首を傾げてすぐに戻した。

「例えば大本営発表の例もある。情報操作」

「それは——だって戦時下でしょう」

「これも戦時下ですよ。日華事変の」

「でも——」

そんな事件を隠蔽してみたところで国益に結び付きはしないし、反対に発表したところで戦況に影響が出るとも思えない。

妹尾は微笑んだ。

「兎に角——報道されなかったなら、どんな大事件も殆どの人は知り得ませんでしょ」

「だって地元の人には解るでしょう。人の口に戸は閉てられませんよ。すぐに広まる」

「他村との交流があまりなかった、と新聞には書いてある」

「それにしたって限度と云うものがある。親類だとか知人だとかは居る訳でしょう。完全に孤立した村落などあり得ませんよ。交通手段が断たれた絶海の孤島じゃないんですから。仮令自給自足していたとしたって、そんなの生活が成り立ちませんよ」

まあまあ、と妹尾は手を翳す。

「そうむきにならんでも。私はね、何もそうだ、と決めつけている訳じゃあないんです。宜しいですか関口さん。ここに記事がある。記事は村人皆殺しと云う歴史に残る大惨事を示唆しておき乍ら、ぷつりと消えている。私はその顚末を知りたい。一方で、ほぼ同じような地域で、村がひとつ消えたと疑いを持っている男が居る。皆殺しの村と消えた村とは頭文字が同じである――」

「たったそれだけですよ。共通点は」

「それだけで十分ですよ。読み物の記事を書くのには――」

「ああ」

原稿の依頼だったのだ。

妹尾はにやにやし乍ら項を搔いた。

「だから違ってたって全然構わないんですね。例えばその記事がデマだったと、解っただけでも収穫でしょ。それから光保さんだって、自分の勘違いが確定すれば気が晴れる。序でに自分が本当に元居た村の場所が判れば、一石二鳥じゃないですか」

「その原稿を——僕に？」

「他にゃ居ません。鳥口の追っかけてる事件はもう話が大きくなっちゃってますし、でもそろそろ出さないとねえ。『實錄犯罪』存亡の危機なんですわ。取材費の仮払いは先渡しします。お嫌ですか？」

「いやあ」

正直なところ、私は困ってしまった。

数日に亙る不調ですっかり腐っていたことは事実である。この辺で気分転換が必要だとも思ってはいた。

それに、ただ机に向かって原稿用紙を睨んでいたところで尻が痛くなるだけのことである。無理に書いても駄作しか出来まいし、そうでなかったとしても書いた原稿が必ず雑誌に載るとも限らない。前月掲載分の原稿料は借財の返済に充ててしまったし、家計は今や火の車で、近いうちに手を打たねば遠からず拙いことになるのも明白だった。

「でもなあ」

雲を摑むような話ではある。

何から手をつけていいのか判らない。これは取材と云うより調査である。私は作家であって探偵ではないから、調査の方法など解りはしない。返事を渋っていると、妹尾はお引き受け戴けるなら光保氏を紹介しますよ——と云った。

「と、云ってもねえ」

「光保氏は自分の頭が変になっちゃったのではないかと、それは釈然としない日日を過ごしてるんだそうです。もし、去年自分が行ったあそこがへびと村なら、何故自分の知らない居住者が居るのか、なぜ村の名前がなくなったのか、是非知りたいと云う。そして、何処か別の場所に本当のへびと村があるのなら、どうしてもそこに行きたいんだそうです」

「何故」

「佐伯家に用があるのだそうで」

「用ねえ」

その時私はふと思った。

頭から理屈で割り切れるものと鷹揚に構えて聞いていたものの、これがもし――。

この世に不思議なことはない――。

友人が善く云う言葉である。私もそう思う時はある。でもそう思えない時もある。この一件が不思議なことでない可能性は、果たしてないのだろうか。

私は黙って汚れた窓を見た。

2

光保公平は捕らえどころのない卵のような男だった。妹尾の云った通り、血色の善い肌は艶艶として張りがあり、かなり広い額の上には、かなり危なくなった羽毛の如き頭髪が申し訳ばかりに乗っかっている。赤ん坊のような、丸い小さな眼と小さな鼻、そして小さな口、眉は殆どなかった。

僕はねぇ、怖がりなんですよぅ——光保はそう云った。笑って云っているらしいのだが、困っているような怒っているような、要するに顔面の表情からは気持ちの殆ど読めない男なのだ。

「子供の頃ね、夜道を歩く時、後ろからお化けが追い掛けて来るような気がしましてね。その頃、僕は麩菓子が好物で、家に帰れば麩菓子があるぞ、麩菓子があるぞと云い聞かせて、それでせっせと歩きましたねえ。馬の鼻先に人参提げる感覚ですねぇ」

「はあ」

失礼ですが——と光保は突如大声を出した。

「はあ？」

「難聴の方——ですか？」

「はあ？」

難聴ですか、と再び問うて、光保は自(おの)が耳を指差した。どうやら私が余りにも無反応なので、聴覚に障碍(しょうがい)でもあるものと思ったらしい。

「あ、その、そうじゃあ——ないです」

「いや失礼。実は爆撃で右耳をやられましてね、僕も少し聞こえが悪いものですから、関口さんもそうなのかと思ってしまって。失敬しましたな」

「はあ」

「あ、お作は拝読しました。しかし耳が遠いと自然と声が大きくなりますねえ。密談には不向きです」

光保はけらけら笑った。

「そんなこともあって、僕自身も傷痍(しょうい)軍人なんですが——傷痍軍人の支援団体にも入っています」

「はあ、なる程」

私も性質人格には大いに欠陥があるのだが、それだけでは光保の支援は望めぬのだろう。

「これが難しいのです」

「何がです」

「ですから支援です。僕は誠心誠意支援しているつもりなのですが、支援されている方は差別意識を感じてしまうことがあるらしい。同情してると思うのですねえ。本当に難しい。お前は軽い、俺は重い、だから見下げて、同情して、手を貸して、優越感に浸っているのだろうと、こう云うんですなあ。こっちが傷付きます。まあ自己満足だと云われればそれはそうなのかもしれませんけれども、僕は差別してるつもりはないんだけれども」

「はあ、解ります」

神経質そうではあるが気の好い男であることは間違いなさそうだった。悪意とはどうやら無縁の人種である。ならば善意で行っているのだろう。

だが、気持ちと云うものは、相手に伝わることの方が遥かに稀なのである。だから、もし正確に伝わったなら、その時は偶然と思った方が善い。

つまり、伝わる時は何もせずとも伝わるのだが、伝わらぬ時には何を如何しようと伝わるものではない——と云うことだ。

「まあ、問題はですね、単純ではないです。慥かに世の中は偏見と差別に満ちているのですよ。発する者にそうした気持ちがなくッても、被差別意識と云うのは往往にして発生しますね。反対に幾ら偏見や差別を受けても受ける側が感じなければどうか」

「それはそうですが」

「どう思われます関口さん。作家として」

「はあ」

のっけから——私に不向きな話題である。

苦吟の挙げ句、善く解らない意見を云った。

意味が解らないだけでなく、言葉自体が通じなかった可能性もあった。しどろもどろである。光保は一応ふんふんと真面目に聞いていたが、やがて、流石文学をやられている方だけに難解なことを仰いますねえ——と云った。私のことを買い被って深読みしたのだろう。呆れられるよりマシと云う気もするが、五十歩百歩ではある。

いずれにしろ、光保が真摯な姿勢でそうした問題と取り組んでいるのであれば、私のぼんくらな意見など参考にはなるまい。

私は結局下を向いた。

室内装飾を仕事にしていると云う光保の事務所の床は妙にぴかぴかしていた。

中中本題に辿り着けない。

私は無闇に煙草が欲しくなり、内ポケットに手を入れた。矢庭に、もしかしたら光保は喫煙を嫌う人種なのではないかと云う疑念がむくむくと頭を擡げる。

そうすると喫煙の了承を得るための発言をしただけで軽蔑されそうな気がして来て、結局私は無理矢理にその欲求を抑えた。

「のっぺらぼう、って居るでしょう」

光保は再び、矢張り突如そう云った。

「はい？」

「こう、つるっとした」

「そ、それが？」

「善く似ていると云われます」

ふふふふふ、と光保は笑う。

私はどう答えて善いか解らない。

「若い頃は痩せていたんだけれど、その頃からそう云われてましたねえ。僕にはちゃんと目も鼻もあるのだけれど、似ていたんですね、似ていたんです。嫌だった訳ではありませんけれどね。こんな顔かい――と、落語の真似をしたり、後、ええと八雲の、あの話の真似をしたりして受けてましたね。受けましたね」

八雲とは小泉八雲――ラフカディオ・ハーンで、あの話とは、彼の記した怪談『貉』のことだろう。

それは所謂、再度の怪を扱った短編小説である。

再度の怪とは、怪異に出会い、一度驚いて逃げ帰り、ほっとひと息吐いたところで同じ怪異が繰り返されて、再度仰天すると云う構造の怪談咄である。

怪異を反復させることによって止めを刺す訳であるが、大抵は徐徐に声を落としてオチの部分でわッと驚かすと云う力技と併用される場合が多い。その場合はまあ吃驚はする訳で、この手口だと何度繰り返しても善いことになるのだが、一回吃驚させてしまえば次には大方仕掛けがバレてしまうからショックが半減してしまうと云う弱点もある。だから怪異を語る効果的な回数は初回を入れた二度であり、故に再度の怪と呼ぶのである。

但し、一回脅かされたのだから二回目はないだろうと、そう思わせることが出来たなら三度目も有効だし、話者に何度でも聞き手を安心させられる話術があるならば、四度、五度と反復も可能である。ただ回を重ねれば展開に予定調和が生まれる。しかし、そうなればそうなったで——これも勿論話者の技量次第なのだが——来るぞ来るぞと募る期待感で裏腹な恐怖感を煽る——と云う高度な演出効果も得ることが出来る。

要するに再度の怪は、一度掻き乱した秩序を元のところまで回復させておいてひっくり返すと云う、どんでん返しの怪談なのだ。

ただね——光保は続けた。

「あの話では、のっぺらは慥か、狸が化けたことになってましたよねえ。狸ですね」

貉です——と正そうと思ったが止めた。

何だか口振りが愉しそうだったし、そんなことで話に水を注すのも気が引けたからだ。狸も貉も、それこそ同じ穴の貉である。光保は続けた。

「しかし僕の思うに、のっぺらぼうってのは、あの話に出て来るようなものじゃありませんな、きっと」

「違いますか？」

違います——光保は何故か満足そうに頷いた。

「八雲の話は、まあ、狸の話ですよ。道端で女に脅かされ、蕎麦屋に行くと蕎麦屋の親爺も同じ顔になって——って話でしょう？」

「そうですね」

ハーンは再度の怪のパターンを正確に踏襲している。『貉』は次のような話である。

或る男が紀伊國坂を行く途中、道端で屈んでいる女を見付け、声を掛ける。女は苦しんで中中顔を見せないが、男が介抱すると振り向き、ぺろりと顔を撫でる。すると目も鼻も口もない。

男は驚き、慌てふためいてその場から逃げ、やがて夜泣き蕎麦屋の燈を見付けて駆け込む。蕎麦屋は怪訝そうに慌てている理由を問う。男は問われるままに今見たことを話すが、説明が女の顔の件に至ったところで、蕎麦屋はぺろりと顔を撫でる。すると目も鼻も口もなくなってしまう——。

そして燈がぱっと消える。

いきなり話は終わる。

光保は顔をぺろりと撫でた。

「あれはその、蕎麦屋ものっぺらな訳でしょう」

「そうですね」

「そこが違うんですよ」

「違うと云うと？」

意味が判らなかった。小説なのだから違うも合っているもないだろう。光保は云う。

「のっぺらが蕎麦屋に化けて営業してた訳じゃありませんね？　そうじゃありませんね？」

「それは——そうだと思いますが」

「そうに決まってます。のっぺらが人間に化けてて正体を現した——って話じゃあない訳です。あれ、最後に燈がふッ、とか消えて終わりですね」

「そうですが」

「その後どうなったとお考えです？」

「後——はないでしょう」

そこで突発的に終わるからこそ怪談なのだ。怪談の書き手としての、ハーンの手腕は見事なものだと思う。外国人とは思えないし、元元外国語で綴られたテクストだとも思えない。

それに、そもそもテクストがそこで切れている以上、その先はない。

そう云った。

「そりゃあ、書いてないだけでしょう。お話だからそこで終わってるだけで、続きはあるでしょう」

「それは──その、そう云うもの──ですかね」

「僕はねえ、こう思うんですよ関口さん。ぱッと燈が消えますわねえ、で、気が付くと、最初の場面に戻ってるんじゃないか──とね」

「最初って、紀伊國坂ですか？」

ああ、その坂その坂──と光保は云った。

「──最初に女を発見して介抱した場所にまだ居る訳ですね。つまり、凡てまやかしなんですわ。時間も、殆ど経ってないとか、或は朝になってその坂で寝てたことに気付くとか、そう云うことになってますよ。あの話は」

「なってますか」

「なってますね。だからこそ、これは狸なんですね。だって善くあるでしょう。女か何か助けて、お礼に屋敷に招かれて飽食三昧、気が付くと馬糞を喰っていたとか、温泉が肥溜めだったとか──」

「同じところを何遍も歩いてたとか？」

「そうそう。茶室と思いきや八畳敷きのナニだったとか──ありますね。それと同じことでしょう。同じことですね」

慥かに狸はシチュエーションを丸ごと提供する。そしてその中では時間も自由に伸び縮みする。何時間が、何日間が、時には何年間が、たった一瞬の中で繰り広げられたりする。光保の云う通り、『貉』の話は多くの狸話のヴァリエーションとして捉えることも可能である。

否――そう捉えるべきなのだろう。何しろ小説の題は『貉』なのである。わざわざそう題したのには何等かの意味がある筈である。作品の性質上、怪異の種類は伏せておきたいだろうから、流石に『のっぺらぼう』と題するのは都合が悪いのだろうが、だからと云って怪異の正体の方を題名に持って来る必要もないだろう。例えば『紀伊國坂の怪』でも『蕎麦屋の顔』でも、それらしい題名は幾つでもある。

そのうえ作者は、貉と題しただけでなく、物語の劈頭でこれは貉の話だ――と断ってまでいる。作中で怪異の正体を知らしめる必要も、これまた全くない。これは偶かハーンが採集した伝承が貉のものだったから――と云うだけのことではなく、作為的な技巧なのだと私は思う。のっぺらぼうが出て来るから怖い小説なのではなく、再度の怪と云う器が怖い小説なのだ、と云う主張があったのではないか。

私が同意を示すと、光保は我が意を得たりとばかりに喜んで、そうするとのっぺらって云うのは一つ目でもいい訳でしょうねえ――と云った。私は、それは多分、構わないのでしょう――と答えた。

勿論ハーンが採用した『目も鼻も口もない、卵のような』顔と云うのは、演出上効果抜群でもあるのだが、再度の怪の構造を優先するなら取り分けのっぺらぼうである必然性はない。事実民間伝承や昔話で語られる再度の怪は——慥かにのっぺらぼうである場合も多いようなのだが——必ずしもそれに限られるものでもない。

光保は続けた。

「僕は会津出身なのですが、地元ではこれと同じ話が朱の盤と云うお化けで語られるんですね」

「シュノバン？」

「はい。朱色なんですねえ。盤って云うのはお盆か何かのことらしいですけどね。こう、顔が真っ赤なんですね。それは赤い。真っ赤っか。それで、巨大な眼が爛爛と輝いている。怖いでしょう？　怖いですよ。子供の頃何度も夢に見た」

「はあ。その手の話は沢山ありますよ。友人の話だと——僕は書名を失念してしまったんですが——何でも中国の古い本にもう原形は出ているとか。それは矢張り紅い服を来た女性ののっぺらぼうと出会う話らしいですが、他の本だと単に怪物となっているそうだから、別に決まったものではないのでしょう」

ほう、そうですか——と光保は感心したように云った。

「そう云うことに詳しいご友人が居るんですね？」

「まあ、約一名」

凡ては友人の中禅寺の受け売りである。中禅寺と云う男は、妖怪変化に関わる古書漢籍に精通しているのである。お化けに関しては矢鱈と詳しい男なのだ。そう告げると光保は嬉嬉として、是非とも紹介して欲しいですね――と云った。

「その中国の古典の名が知りたいですねえ。とても知りたいです。読んでみたい」

「はあ。そいつは僕と違って何でも憶えてる男ですから、そんなことは尋けばすぐに判るでしょうが――あの、光保さん、失礼ですが、その、何故――？」

どうものっぺらぼうに拘泥っている。

光保は頭を掻いた。意外に人懐こい顔である。

「まあ、お察しの通り僕がのっぺらと云う渾名だったから興味を持ったようなところはあるんですよねえ。それで色色と気にしておりますとね、まあ自然と耳に入る目に留まる。そう云うものでしょう。気が付くと詳しくなっておりましてね」

「まあ、そう云うことはありましょう」

「そうでしょう。それで僕の云いたいのはですね、僕の思うに、のっぺらぼうは狸じゃないと、そう云うことですね。そんな、驚かせばいいと云うような能天気なものじゃないんですね。吃驚させるだけの場合はあくまで狸が、人間に化けるようにのっぺらぼうに化けているだけなんですね」

「はあ」

それはそうだろう。

解らないかなあ、解り難いだろうなあ——と光保は何度も繰り返した。

「これは僕の、その、たかが一介の室内装飾屋の意見であって、学者の云うのじゃないですから、鼻で笑って戴いて結構ですがね。例えば狸は色ンなものに化けますね？」

「化けますね」

「一つ目小僧とか」

「はあ。大入道とかね」

「そう。ろくろッ首とかですね。しかしこれは一つ目小僧や大入道やろくろッ首の正体が即ち狸だ、ちゅうことにはならんと思うんですね。狸は娘に化けますが、娘は狸じゃない訳です。世の中の娘の正体は悉く狸なんだと主張する人が居たら、かなり危ない人ですね」

「まあ、暴論です」

「本物の娘と云うのは別に居る訳でしょう。一つ目小僧や大入道やろくろッ首だっておンなじですね。聞けば一つ目小僧って奴は大層な来歴があるそうじゃァないですか。それに大入道だってその、大太法師ですか？　そう云うのが昔っから居る訳でしょ。それから僕は大陸に長く居たので飛頭蛮の話も善ッく知ってます。怖かったですが。ですからね、それぞれ他にちゃんと本物が伝わっている訳でしょう。狸はそれに化けておるだけですね」

「ああ、なる程——」

「お解り戴けましたか？　狸と関係ない一つ目小僧とか、狸に関係ない大入道は居るでしょう。あ、僕は本当に存在すると云ってる訳じゃないですよ関口さん。誤解のないように」

「それは承知してますが」

「承知してくれてますか。まあ、居ると云うか、伝わっておるでしょう。ところがのっぺらぼうに関しては、これはどうも」

「どうも？」

「あんまり聞かないんですね。それで僕は狸の化けたものじゃないのっぺらを、まあ探した訳ですよ。あ、これも本当に探し歩いた訳じゃないんですけどね。その辺も——」

「承知しています」

「安心、安心。ま、今お話ししたようなことは朧(おぼろ)げ乍(なが)ら、二十年くらい前にはもう考えていたことなんですね。当時はまだ十八九ですねえ。若いですね。青年です。ただ——僕の実家は魚屋なんですが、家業が家業ですから学問をする訳には行かなかった。次男でしたから家を継ぐこたぁなかったですが、金がない。兎(と)に角(かく)そうしたことを調べるのは趣味で」

「そうでしょうねえ——」

のっぺらぼうの調査研究を本業には出来まい。

「で、僕が二十二の時ですよ。天啓を受けた」

「天啓ですか」

「天啓ですね。丁度警官になった年のことですよ。偶然に古い絵巻を入手しましてね。と、云ってもですね、好事家の伯父が亡くなって、その形見分けで貰ったのですが——」

光保は腰を浮かせて振り返り、部屋の右上の隅を確認するように見た。視線の先を辿ると小さな神棚が祀ってあった。光保は立ち上がり、神棚の前に立って柏手を打ち、一礼してから、下に置いてあった椅子を踏み台にして神棚から何かを取った。

「——これです。この巻物。値打ちものなのかそうでないのか、鑑定して貰ったことがないので判りはしませんが、明治より前のものであることは間違いないです。鳥羽僧正ご真筆と書いてある。鳥羽僧正と云うのがどんな人かも知りませんけれども——」

「ああ、それは——」

——知っている。

「——慥か」

——どこで知ったのか。

光保は、御存知ですか、流石ですね、流石ですねえ——と執拗く云った。

「鳥羽僧正御存知で？」

「ああ、鳥羽僧正も知っては居るのですが——と、云うよりですね、その絵巻をですね、ええと——それは」

「これを知っている？　これ、お化けの絵ですよ」

「矢張りそうですか――」

多分中禅寺から聞いたのだ。いつどんな状況下で聞いたのかは一切憶えていないのだが、鳥羽僧正が描いたと伝えられる化け物絵が何処かに伝わっていると云う話だけは、慥かに聞いた憶えがあった。

尤も、多分鳥羽僧正筆と云うのは嘘だろう――と、友人は云っていたように思うが。

「知っていると云うか、件の友人から聞いたことがあるんですよ。それだけなんですが」

光保は眉間に一本、小さな皺を刻んだ。

「そうですか。ま、世の中は広いですから、色色なことを知っている人が居ますね。で、こんなものまで知っている人が僕の目の前に現れると云うのは、これまた世の中狭いようにも思いますね。いったいどっちなのか、考えると判らなくなりますね」

妙な理屈を並べながら、光保は如何にも大事そうに、巻物を洋卓の上に広げた。

「御存知なら話は早いです。これは『百鬼圖』と云う題の巻物です。お化けが何匹も描いてある。勘定はしたことないですが、怖いですからね。ほら、怖い絵ですね。相当古いもんです。紙がもう襤褸襤褸になっている。これ、何と読むのでしょう。僕はこう云う蚯蚓がのたくったような字は苦手ですね。これは平仮名だからまだ読めるかな」

光保は小振りの眼鏡の蔓を摑んだ。

「ええと、これは——む、かな？　ひ、か。ひやうすべり、ですね。これは——うわんうわん。怖い顔です。こりゃ天狗でしょう。いやあグロテスクだ」

眼が輝いている。

私の存在などそっち退けで、光保は絵に没頭して行く。その、やや常軌を逸した態度に一度は引いたものの、野次馬な私は結果、乗り出すように古びた巻物を覗き込んだ。

変色した紙の上にどことなくエキゾチックな意匠の異形の群れが跋扈していた。色褪せ、ところどころ剝げてはいるものの、毒毒しい極彩色の化け物絵は歳月を経て尚、十二分に妖気を放っていた。

「ほら、凄い。見てくださいよ関口さん。気持ちの悪い。これが、ええと、うぶめです。読み仮名が振ってありますね。これがうわん、おどろおどろ、ですか。何だか取って喰われそうです。これは、読めないなあ——塗り、かな？　ぬり——ほとけ、か」

私は朦朧と思い出していた。

真偽の程は知れぬけれども、これらの絵は狩野派の何とか云う絵師が描いたものを弟子が次次描き写し伝えたものであるらしい——と、友人は説明してくれた。慥か、中禅寺の所蔵する『画圖百鬼夜行』と云う江戸時代の化け物絵集成の元絵にもなっているとか云う話だったと思う。私は『画圖百鬼夜行』の方はそれこそ何度も見せられているのだが、割と洗練された線で器用に描かれた、所謂上手な絵だったと記憶している。

その記憶に照らすなら、今、卓上に広げられている『百鬼圖』に描かれた妖怪達は——慥かに描かれている異形どもの姿形は似てはいるのだが——どれもまるで垢抜けない描き振りであるように思う。素人目にもそれは判った。

しかし私は、洗練されぬ分、『百鬼圖』の絵の方により鬼気迫る迫力を感じた。

これだ、これですよ——と光保は云った。

「ほら、ぬっぺらぼうです。これ、読めるでしょう関口さん。ぬ、ですよね。それで、ぺ、ら、でしょう。そして、ぼうですよ。見てくださいな——」

私は光保の浮腫んだ指の先に視線を落とした。

塊だった。ぶよぶよとした柔らかそうなものである。

灰褐色の肉の塊だ。腐肉と表現した方が良いか。

ふやけて弛んでいる。浮腫んで皺が寄っている。

だが善く見ると、塊には手足らしきものがある。

肉の塊に象の脚のようなものが生えている。

塊の醜い弛みや皺は、顔のようにも見える。

笑っているような、悲しんでいるような顔。

巨大な顔に——手足が付いているのである。

この世の生物とは到底思えない。それは不格好極まりない、醜怪な塊だった。

「これが——のっぺらぼう——ですか？」

「のっぺらぼうですよ。のっぺらぼうと云うのは、顔のないお化けじゃないんです。顔がないどころかこれ、大きな顔じゃないですか。だから顔のあるなしは関係なくて、こう、のっぺりとしている質感が肝心なんです。のっぺらぼうと云うのは、凹凸のない、捉え処のない、つるりとしたお化けなんです。だからこれでいい訳ですよ」

「顔のない妖物——と云う意味じゃないと？」

「だって顔がある。顔しかないでしょう」

それはそうである。

人型ののっぺらぼうの古い絵ってのは見たことないですよ僕は——と光保は云った。

「それ程熱心に調べちゃいませんから、まあ、あるのかもしれませんがね。お化け歌留多とかにも載ってないでしょう」

「はあ、僕はそのお化け歌留多と云うのは知りませんけれど——」

そう云われればそんな気もして来る。ハーンの小説に出て来るようなお化け——顔のない人間の絵と云うのは、あまり観た覚えがない。ここは妖怪好きの友の意見を是非聞いてみたいところである。

「すると——光保さん、あなたはのっぺらぼうと云う名が、人型の顔のない妖物を示すようになるのは後世のことだと、こう云うのですね？」

「そうです。僕がその、中国の古典を読みたいと思った理由は正にそこなんです。その中国の本に、まあ顔のない女は出て来るのでしょう。しかしそれはのっぺらぼうとは呼ばれていないでしょ？」

「それは——中国ですから——」

中国語でのっぺらぼうに該当する言葉があるものだろうか。私が問う前に光保は云った。

「僕は、中国長かったです。言葉も憶えた。でも、顔がない人なんて単語はなかったと思いますねえ。日本もそうだったんでしょう。のっぺりとかぬっぺりと云う言葉が先にあったんです。で、先ずここに描かれているような肉塊の妖怪がそう呼ばれ、後に顔のない化け物もそう呼ぶようになった——」

「はあ」

「——のっぺらぼうと云う言葉はですね、妖怪の名前と云うより、これは形容詞ですよ。つるりとして凹凸のないことを云うんですね。こいつはのっぺらぼうだぜ——とか云う。間抜けと云う意味もある。のっぺらぽんとかも云いますね。のらりくらり、だとか、ぬらくら、だとか、そう、ぬっぺりしてるとか云いますでしょう。それが妖怪の名前になってるんですよ。方言で調べると、ぬっぺっぽう、とか、ぬっへっほう、とか、のっぺらぽう、とか」

「はあ」

大差がない。

「いいですか関口さん――」

しかし光保は興奮気味である。

「――のっぺらぼうのぼうは坊さんの坊じゃないんですよ。のっぺら坊とするから何となく人間みたいですけど、坊主の坊なら、ホウ、とか、ポウ、とかにならんと思うんですよ」

「はあ、まあそうかもしれません」

そうですよ、そうなんですよッ――と光保は薄い小さな唇の端から泡を飛ばして云った。

「お坊さんのことをおポウさんとかおホウさんとか云わないでしょう。ポウずとかホウずとも云わないですね」

「まず云いません」

「でしょう。でね、ずんべらぼう、とか、ずべらぼう、と云うのもあるんです。これは締まりがない意味のずぼらとかずべらから来てるらしいですね」

「はあ、それで――」

「ですから、ずんべらぼうと云うのはずべらなぼうなんですね。同じように、のっぺらぼうってのは、のっぺりしたぼうなんじゃないか、と――」

「ぼう？」

何のことだかまるで解らない。

「ぼう、とは何です？」

光保はどこぞから手拭いを出して来て、額と口を拭った。そして、漸く本題に入れますねえ——と、実に素っ気なく云った。

「本来はほう、だと思うのです」

「ほう——とは？」

「はい。坊主のボウはどうしたってほうにならんでしょうが、ほうはぼうになると思うのですね。上に何かくっ付くと音が濁ることがあるでしょう。風呂だって一番風呂とか五右衛門風呂とか——フロがブロになる。蒲団だって羽根蒲団とか云うでしょう。塀だって板塀黒塀と濁る。池袋はイケフクロじゃないです。ハヒフヘホはバビブベボに変わる」

「それはそうなんでしょうが——ですから、その、ほうと云うのは何なんです。僕はほうなんてものは知りませんよ。鳳と云う意味ですか？」

まあまあ——光保は手を翳す。

「そのほうとは何か、と云うことが僕の積年の課題だった訳です——」

光保はぺろりと顔を撫でた。

汗を拭ったのだ。

「——長い間判りませんでしたね。僕は一介の魚屋の倅ですからね。調べようったって調べようがないですね。とは云え、そんなことは判らなくちゃ死ぬる、と云うようなもんでもないですわ」

でもね、関口さん——と、光保は一度姿勢を正して前屈みになった。

「僕は、先程云いました通り、この巻物を手に入れた年に会津から静岡に渡って警官になったんですけれど、何故静岡かと云いますと、そこに伯父がおりまして、伯父と云うのがこの巻物をくれた——」

「好事家の？」

「そう。母の兄なんですが、国学とかに凝っていまして、何だかんだと古いものを集めて伯母に厭がられていましたね、伯父は。この伯父が、ぶらぶらしているならお国の役に立つ仕事をせい——と、儂のところで鍛え直してやるぞ——と、そう申しましてね。行った途端に心臓で死んじゃったんですけどね。ところがですね関口さん」

光保は何とも表現し難い、複雑な表情になった。

「偶然にも——鍵は静岡にあったのです」

「鍵——ですか？」

「鍵です。伯父が死んだ際にですね、私はこの絵巻と一緒に、伯母から古い本を何冊も貰いましてね。勿論貰ったところで読めるものではないんですけれども——読めないんですよ古文書みたいなのはね。それで悉く処分してしまったのですが、その中に『一宵話』と云う江戸時代の随筆が混じっていたんですね」

光保は、今度は事務机の抽匣を開けて一冊の和綴本を取り出した。

「これですがね。これだけは取戻したんですが。これも偶然と云えば偶然ですね。私が本を売った古本屋と云うのが、伯父の本を狙っていた口らしいのですが、これがまた物好きな奴で――」

「古本屋と云うのは大概物好きです」

「そう云うものですか。ま、買った本を暇潰しに読んだと云うんです。この本は尾張藩のお抱え学者だった秦鼎と云う人が書いた随筆らしいですが、少し前までは何かの理由で――詳しいことは忘れましたが――別の人が書いたものだと思われていたのだそうですね。それを森某と云う先生が古い原本を発見して、まあ定説は覆った訳ですが、これはその古い方の本だったようですね。だから結構値打ちはあるし、因縁のある本なんで、つい読んだのだそうで。するとこれが面白い。あまり面白いので、僕のところに連絡して来た」

「わざわざ？」

「はい。手紙をくれましてね。僕が珍しい本を気前良く手放したんで、好かれてしまったんでしょうかねえ。今思えば、僕はぼられたのかもしれませんけどね。本の相場なんて判りやしませんから構いませんけど。まあそんなですから、きっと、珍本を思いの外安く手に入れて、背徳かったのかもしれませんね。彼は。で、僕は、その頃は三島の駐在だったですが、伯父の家もその古本屋も沼津だったので、非番の日にその本屋に行ったのですよ。忘れもしない十八年前、昭和十年の正月ですよ」

新米警官だった光保が訪ねると、古本屋の店主は喜び、面白可笑しく随筆の内容を語ったと云う。

「だらだらと聞いているうちに、僕はある言葉に引っ掛かったんですね。それはこの部分なんですが、関口さん作家だから、こう云うの読めるでしょう。お作を拝読する限り、こう云うのこそ、関口さんの世界ですね？　関口さんの世界ですね？」

抑揚を変えて同じ言葉を繰り返すのが光保の癖であるらしい。私は、解りません読めませんと、千切れる程に掌を振って、大袈裟に反応した。

「そうですか。読めそうだけれどなあ。これはですね、『異人』と云う一節ですね。横ちょに何か書いてありますでしょ？　これは慶長十四年四月四日のことらしいけど善く判らんとか書いてあるそうで」

「慶長と云えば――一千六百年代ですか。江戸幕府が開かれた頃ですね？」

「そうですね。そうなんでしょうね。僕はそれこそ善く判らんですが。で、ここにはこう書いてある。神祖――こりゃあ家康公のことだそうです。神祖、駿河にいませし御時――」

「駿河とは駿府城ですか」

「そうなんでしょうね。その時家康は駿府城に居たんでしょう。偶偶――かどうか知りませんけれど。その時庭に変なものが現れたと云う」

「変なものですか？」

「はい。ええと、形は小児の如くにて、肉人とも云うべく——と記してある。手はあるけれど指はないと云う。その指のない手で、上を指してたそうですね。変化のものだと一同は驚いたと云う。怖いですね、いきなりそんなものが涌いて出たら。しかし、いいですか、関口さん。これ、肉人と書いてある。ここです。本当に書いてある。読めますか、字？」

字は読める。私は古文書が読めぬのだ。変体仮名やら古文やらが少少苦手なだけである。見れば慥かに、肉らしき文字が確認出来た。

肉人って何でしょうね——と光保は問うた。

「さて」

「普通の表現じゃないでしょう。肉人と云うからには人に近い形だったのでしょうが、人間の形で肉と云われても、ねえ——」

ねえ、と云われても困る。

「人だって獣だって肉はあるんです。わざわざ肉と断わる理由は——まあ毛がなかったのでしょうか」

「そうでしょうね。毛皮を剝いだ動物のイメエジではありませんか？」

「僕もそう思う。でも肉——人ですから。人は普通毛がないです。あ、僕が薄いから云うんじゃない、躰のことです。ああ関口さんも齢とると危ない口ですな。おつむはある日突然つるっと来ます」

「はあ？」

「ま、これで猪とか猿なら解るんです。肉猪とか肉猿とか——体毛のない動物でしょうね。でもねえ。肉人でしょう？　例えば皮膚がないと云うのとは違いましょう。筋肉が剝き出しになってるのなら、寧ろ皮なし人と書くのじゃないか。肉が多い——となると肥えていると云うことになるのでしょうから、こりゃ単なる巨漢ですな。で、指がないとも云う。つまりこれは、ぬっぺらぽんとした、凹凸のない、ぶよぶよしたモノだったのではないか。而して一応手足はある。だから肉の人、つまり——」

光保はぬっぺらぼうの絵を指で示した。

「これじゃないかと」

「ははあ。慥かにこれは肉人と云う感じです」

そうでしょうそうでしょう——光保は幾度も首を縦に振った。

「しかし光保さん。それだけじゃあ——」

問題はそんなことじゃないのです——と、光保は眉を顰め、指を眉間に当てて眼鏡の位置を直した。

「——その後の記述が問題なんですね。この肉人は気持ち悪いからどっかへやれと云うことになって、山の向こうに追い出されちゃったと書いてあるんですがね、追い出した後にある男がやって来て云うんですね。こりゃ惜しいことをしたと」

「惜しい？　何故？」

「その肉人を喰えば百人力になり、武勇が優れるとこう云うんですね、その、或る男が。ここにはそう書いてある」

「喰う？　食べるのですか――これを？」

私は絵を見る。もの凄い悪食であろう。

「喰うんです。そしてその男の云うには、これは、『白澤圖』に出ている封と云うものに違いない――と」

「ほう――？」

「そう。ほう――です。封建時代の封、封筒の封です。ここに書いてある。ほら！　封でしよ。これはフウと読まずホウと読む。僕はね、遂に見付けたんです。ほうを」

「はあ――」

何とも長い道程だった。ほんの小一時間話を聞いていただけなのに、私はもうすっかり光保と同調していたらしく、まるで幾年もかかって答えと巡り合ったような、妙な満足感を抱いていた。

「これが封だったとしたら、話は早いですね。のっぺりした封はのっぺらぼう、ずべらな封はずべらぼうでしょう？　ぬるりぼうとかぬりぼうとか云うのも居るそうですが、皆この封なんです。きっと」

「——そ、そうでしょうか」

そうですよ——と光保は自信たっぷりに云った。

「僕は快哉(かいさい)を叫びましたね、十八年前。これだッと思って、古本屋の肩を思わず抱いて叫びましたよ。有り難うと。どうでもいいことなのにねえ。跳ねて帰って、暫くは嬉しかった。何しろ積年の謎でしたからねえ。しかし、暫くするとですね、これだけじゃ何か不安になって来た——」

光保は『一宵話』を閉じた。

「——他に記述がないのは変じゃないか。ホントにそうなら、封に関する記録が皆無って云うのはおかしいでしょ？　のっぺらぼうのぼうが封ならば、他にもっと記録が残っている筈ですよ。そもそも、この本の記述——と云うか、ある男の話と云うのが真実なら、『白澤圖』と云うものにも封は載っている筈ですからね。少なくとも」

私は一層中禅寺に聞いてみたくなった。

彼なら何か知っているかもしれない。

「記録はあったのですか？」

光保は、今度は幾度も首を横に振った。

「なかったです。大学の先生に尋ねてみたりもしましたが——ない」

「その『白澤圖』とか云う本は？」

「はい。何でも『白澤圖』と云うのはですね、白澤と云う名の神獣が、大昔に中国の偉い王様、黄帝だったかな——に、語ったことを書き記したものなんだそうで、実に一万何千種類もの妖怪の名前や特徴が書き記されている書物なんだそうですが、その話自体がもう神話なんだそうで——だからそんな書物は現存しないのだそうです」

「黄帝——じゃあねえ」

「はい。白澤と云う神獣は漢方薬の守護神なんだとかで、現在で云う『白澤圖』と云うのはその神獣自体の姿を書き記した、まあ魔除けのお札みたいなものなんだそうですね」

「しかしその、或る男——ですか？　その男はそんな自信ありげに云ってる訳でしょう。現在は兎も角その昔には——あったのじゃないですかねえ」

「あったのです」

光保は然りげなく云った。

あまり普通だったので、私はさらりと聞き流してしまうところだった。

「今——なんと？」

「あったんです。白澤図は。そして——封も」

「どこにです」

「ですからね——」

光保は云った。

「——へびと村の佐伯家に、ですよ」

「ああ——」

何と云うことだろう。その時私は口をだらしなく開け、多分相当に呆けた顔をしていたに違いない。

そもそも私は、そのへびと村の話を聞きに、この南千住(みなみせんじゅ)の光保装飾店まで来たのである。話の下手な私はいつまで経っても本題に入れず、光保の語る熱の籠(こも)ったのっぺらぼうの話が面白かったこともあって、ついつい尋きそびれていただけなのだ。否、つい尋きそびれていた筈が——。

「ああ——それで——その」

考えてみれば私が訪れた理由など光保は最初から承知している筈なのである。本来依頼人である筈の光保が、幾ら変わり者だとは云え、無関係の話を延延する訳がない。ずっと無関係と思い込んでいた私の方がどうかしていると云うものである。

「はい。そうなんです。僕はその、十六年前の、昭和十二年の春から、へびと村の駐在として派遣された——筈なんですが、その辺の事情は、関口さん御存知ですね？」

「はあ。伺っております」

妹尾が語った通りなら——と云う話である。但しその時私は、まだどこかで疑っていたのだが。

「では――どう云う状況なのかは説明しません。御存知の通り、凡てが僕の妄想である可能性もある。その場合、僕はかなり――と云うかすっからかんにいかれていることになるのですけれども――僕には判断がつかない。僕は取り敢えず僕の知っている、僕が真実と思うことを語ります」

自分の記憶がまるっきり信用出来ぬ状況と云うのは、恐ろしく不安なものなのだろうと、私は思う。私も、ままそれと同種の不安定な精神状態に陥ることがあるからである。だが私の場合は甲斐性のない駄目な自分と云うのが先ずあって、それに対して半ば自主的に不信を覚えるだけなのである。不安の要因は内部にある。外部から否定される訳ではない。だが光保の場合は違う。

彼の記憶を否定したのは、外部の者、第三者なのである。

光保は眼鏡を外した。

「僕はそんな訳で、封がのっぺらぼうの真の姿だと云う天啓を受けましてね。いや、大袈裟な云い方だとお思いでしょうが、僕にとっては天啓でした。何しろ全く偶然に得た結論ですからね。ただそこから先へは進めずにいた訳ですよ。膠着状態ですねえ。伯父でも生きていれば善かったのですがね、一介の魚屋の倅が一介の巡査になっただけですからね。手の打ちようがありませんね？　ありませんねえ」

それは――そうなのだろう。調べようもない。

「それで僕は駿河や伊豆の歴史や伝説に詳しい人を探して——話を聞いたりしました。封に関する話が残っていないものかと考えたのですね。記録がなくても云い伝えはあるかもしれない。でも、なかったですよそんなものは。そうこうしているうちに辞令が下りた。それが中伊豆山中の駐在所勤務ですね。へびと村と云うのは、戸板の戸に人間の人と書きます。戸をへと読むのかと訝しくお思いでしょうが、八戸とか三戸とか、青森にありますね？　そのへですね。びとは人。意味は知りません」

なる程、妹尾も戸は付くのだと云っていた。

光保はくるくると巻物を巻き閉じて丁寧に紐で括り、割と無造作に神棚に載せた。大事にしているのかしていないのか判らない所作だった。

「場所ですがね——」

そう云い乍ら、光保はぺたぺたと部屋の左端に進み、丸めた壁紙だの障子紙だのの見本が差し立ててある壺のようなものから紙筒を一本引き抜いた。

「——これ、地図です。最新版です。赤井君に手を回して貰ってやっと手に入れた。沼津近辺の五万分の一、応急修正版ですね。修正測量が間に合わず、米国陸軍が撮った航空写真と、二年前に米軍の行った現地調査の資料を元に復元したものです。まだ出回っていない筈のものです——」

光保は筒から地図を引き抜いた。

　そして短い指で器用に広げる。きつく巻いてあったらしく、広げ難いようだった。

「――御覧の通りで、そんな村はない」

　御覧の通りと云われても、何処を見て善いのかも判らなかった。だいいちまだ地図は開き切っていない。

「あの――」

「田方の辺りに韮山村が出てますでしょう。頼朝が配流になったところ。右下の方です。ほら、そこ」

　見付けられなかった。

　私は地図を見るのが苦手なのである。

「駿豆鉄道があるでしょう。下田街道沿いに、地図の上から下に向けて通ってる線路ですね。それを上から辿ってくと原木って名前の駅があるでしょう」

　私は地図上の線路を指でなぞるようにしてその地名を探した。バラキとは慥か原に木と書いた筈だ。

「ああ、ありました」

「そのすぐ下に、韮山と云う駅がありますね、四日町の辺りです。その韮山と原木の真ン中辺りに、山に登る道がついてますね？」

「あ――ああ。ありますね」

「その道を行く。毘沙門山を通り越した辺りから道なき道を北上するのですね。ずっと。その辺りなんです」

「山——ばかりですね」

「はい。何もないでしょう。まあ航空写真には写らないでしょうね。樹樹の中に村は埋まるようにしてある。昼尚昏いという感じです」

「それでも田畑くらいは見えませんか？」

「痩せた段段畑ですからね。自給自足がやっとの。家庭菜園に毛が生えたようなものですよ。写ってても塵芥くらいにしか思いません。塵芥ですね」

「そうですか——でも」

地図にない村などあるものだろうか。江戸時代なら兎も角、明治以降、本邦の国土は隅隅まで遍く照らし出され、具に記録されてしまったのではなかったのか。

「僕が駐在に入った時だって地図には載ってなかったんですよ。この辺りは明治十九年に測量したっ切りでしてね。二度目の測量が、僕がもう大陸へ渡った後のことですから。昭和十八年ですね。徴兵用の調査でしょうな。ですからきっと綿密にやったのでしょうが、その時、戸人村は——」

もうなかったのか——。

なかったんでしょうなあ——と光保は云った。

「いや、最初からなかったのかもしれない。でもねえ。憶えてますよ。そもそもあんな辺鄙な場所に駐在を置こうって話からしてね、どう云う経緯だったのか善く判らないですが。当時は内務省管轄ですしね。上で決まったんでしょうけれども。でもね、だからこそ信憑性があるとは思いませんか？　そんな妄想を抱く理由が解りませんから」

「それは僕もそう思うんですが、光保さん、隣村の駐在だったと云うようなことは——」

それは妹尾の思い付きである。

「隣村——ってのは、奈古谷ですかね。村としてはもう韮山村なんですがね」

「韮山——なんですか？」

私の想像とは随分違っている。妹尾から聞いた話から私が得た印象と云うのは、小さな村が山肌に幾つもあり、そのうちのひとつが消えた——と云うようなものだったのである。最初に抱いた合併とか廃村とか云う極めて現実的なイメエジからどうしても脱却出来なかった所為もあるだろう。しかし——。

地図を見る限り隣接する村——韮山村は大きい。逆に戸人村は地図にも記載されぬ程小さい。これは小さ過ぎる。規模が違い過ぎるから比較の対象にならない。更にこの位置関係だと、戸人村は単独で山中にあると云うよりない。戸人村へ行く道は、戸人村以外の村落には通じていないのだ。だから——。

間違える訳がない。

「その——あの——」

要領のいい質問が出て来なかった。

光保は私の心中を察したらしかった。

「ああ、はい。妹尾君から何か聞いたのですね。昨年僕が行った時のことですかね。その辺りの住所表記は韮山になっておりましたね。まあ隣村と云えば隣村ですね」

「じゃあ道を間違ったとか——地番の記憶違いとか云う線は考えられない訳ですね？」

「考えられませんね」

光保はそう云ってから、人差し指で自分の額を叩いた。

「考えられる線は、僕の頭がもう、取り返しのつかん程にイカレてると云うことだけです。そうなのかもしれませんけれどね、まあ妄想だと思って聞いてください。辞令を貰って僕はまあ、逆らう理由もないですし、元元土地勘がない訳ですし、別段不思議とも何とも思っちゃいなかったですよ。ただ今思えば、少し様子が変だったようにも思いますがね」

「どう——変だったのです？」

ふふふふ、と光保は含み笑いをした。

「何であんなとこに——とか云っていたようなね、気がする」

「誰が云ったんです？」

上司ですねと光保は云った。

「いや、それも気がするだけですよ。当時の警察は軍隊みたいなものですよ。そんな、怪しむなんてこと出来やしません。だからもう十五六年経って、それでそんな気もする程度なんですから、こりゃアテにはなりませんね」

光保は冷静である。これが私なら、そんな気がする——が、そうに違いない——に、あっと云う間に擦り替わることだろう。信じ込んでしまうのだ。だから余計に私は自分が信じられないのだが。

「僕は、身の回りの荷物纏めて即日現地に向かいました。電話は勿論、電気もないのです。とは云え、当時は今と違ってそう珍しいことじゃなかった。しかし警察ですから電話がないのは不便ですからね。困ったなあとは思いましたよ。有事の時、応援を頼むにも山道何時間も走る訳でしょう。自信がなかったですね。でも、そんな状況だからこそ駐在が要るんだとか、解らないこと云われましてね——」

不自然ではある。説得力がない。

「——村の入口には三木屋と云う雑貨屋があるんですね。雑貨屋と云っても乾物だの紐だの、村では生産出来ないものを買って来て、手間賃取って分けているだけで、雑貨屋を営んでるのじゃなくて、単に農業を営んでない家と云うだけのことでした。ここの親爺がね、面白い親爺で。そう——娘が韮山に嫁いでいると云ってましたね。孫もいるとか。孫も、もういい齢でしょうなあ」

尤も私の頭がまともなら、の話ですが——と光保は云った。

「その先に、先と云っても結構間が開いているんですけどね、馬を飼ってる家があった。小畠と云う家で、この馬は韮山に急用のある時に使う切りです。馬喰で生計立ててる訳じゃない。ただ居なけりゃ困るから居ると云うだけのことで、結局は農家です。小畠姓は他に五軒あって、全部農家だった。貧農ですよ。老人ばかりでしたし」

「若い人は？」

「居るには居たですね。小畠の本家の跡取りの祐吉と云うのが当時まだ二十五くらいだったから——今は四十くらいですか。実在すればですよ。実在」

生きていれば——ではなく、実在すれば——なのだから、如何にも足が地につかぬ。

「それから久能と云う家が六軒。八瀬が三軒。屋号はなくて、苗字では混乱するので殆どが名前で呼び合ってましたから、村中家族のようなものですよ。で、村の真ン中に——」

「佐伯家ですか」

「佐伯家です。佐伯の家は家族が七人居りました。当主は癸之介さん。奥様が初音さん。先代のご隠居が甲兵衛さん。当主の弟の乙松さんに、跡取り息子の亥之介さん。それから分家の子で使用人のように使われている甚八と云う若者がいまして。そして娘さんが布由さんと云って、これはまあ、綺麗でしたね。竹久夢二の美人絵みたいで。まあ綺麗でした」

「若い——のですか」

「娘ですから若いですよ。当時十四五でしょう。僕は身の程知らずで惚れましたから。ああ恥ずかしい。云ってしまいましたね」

光保は頬を赤らめた。

「そんなことは置いておいてですね、この佐伯の屋敷が中心にあって、その周りに、結構離れて、さっき云った十六軒の家家がぱらぱらッとある。で、出口――出口ったってその先は山ですからどん詰まりですね。そこに医者がある」

「そんな山奥に医者ですか？　場所的に村人しか来られませんよね？」

「医者と云ってもその辺の医院を想像してはいけませんね。小屋ですから。佐伯の分家、先程の甚八君のお父さんですね。佐伯玄蔵と云う。医者と云っても漢方ですね。免状持ってたかどうか――もう、殆ど仙人ですよ。薬草煎じて飲ますんです、僕も腹毀した時苦いのを飲みましたけど、効きました。まあ一般的な医者とは違いますかね」

「ちゅ、駐在所は」

「佐伯家の傍に空き小屋があったので」

「小屋――ですか」

「小屋ですよ。掘っ建て小屋です。物置ですかね。蕘拾って薪割って火を熾して、自炊です。もう山小屋の番人になったようなもので。伊豆の山山ァ月淡く、なんて気取ってられやしない。踊り子も通りゃしませんしね――」

具体的だ。これが妄想なのだとしたら、光保と云う男はかなり緻密(ちみつ)なパラノイヤである。

「最初は中中馴染(なじ)めませんでしたなあ。村の人達も何だかこう、奥歯にものが挟まったようなもの云いで、こっちもね、治安維持とか云う大義名分はあるものの、具体的な仕事がある訳じゃない。村人を監視してでもいるような、尻の据わりの悪い仕事でしたなあ」

「村落はどこも、多少は閉鎖的なものです――」

小さな共同体にとって、国から遣わされる警官など異物に過ぎぬ。家族の中に他人が雑(ま)じるようなもので、謂(い)わば望まれぬ居候(いそうろう)のようなものだろう。

「――中中心を開いてくれなかった？」

「取り立てて意地悪された憶えはありませんね。しかし親しげにして貰った憶えもありませんね。それも当然で、取り立てて語り合う事柄もありませんからね」

身も蓋もない云い方だがその通りだろう。

「ただ、佐伯家の人人はまあ好意的でしたね。村のために来てくださった方だからと、何かと面倒を見てくれました。風呂だの飯だの、専(もっぱ)ら佐伯家に世話になっていたですよ。ご当主やご隠居は厳(いかめ)しいお方でしたから、滅多に顔も合わせませんでしたしね、口を利くことなんかなかったですがね。奥様は気さくな方でね、それから亥之介さんや甚八君は齢が近かったですし、半年もすると親しくなったですね。布由さんも――その、うふふ」

光保は手の甲を口に当てて含み笑いをした。

「別に何もなかったですけどね。僕は警官なんですから、何かあっちゃ拙いでしょうし。でも優しい娘でしたねえ。でね——」

光保は夢見がちな遠い視線でやや上を見て、事実なのか妄想なのか判然としない過去を語った。

秋だったそうだ。

光保は村に居付いて半年程経っていた。

「——その頃はもう亥之介さんなんかとは親しく口を利いてましたねえ。甚八君なんかは公さん公さんと僕を呼んでね、三日にあげず酒持って来てね。それで佐伯の家のことは随分聞きましたよ——」

佐伯の家はもう何代目だか判然としない程長く続いていると云うこと。

村の三つの家柄——小畠、八瀬、久能は皆、佐伯家の使用人の末裔であること。

主従関係は表向き解消されてはいるものの、今以て厳然たる無言の掟として村を支配していると云うこと。

「——佐伯の嫁はどう云う訳か、こんな山中だと云うのにね、近在の町から、それなりの家柄の娘が来るんだ——とか云っていましたね。自分は分家で、しかも祖父さんが祖父さんだからまともに嫁娶りも出来ないと云って散散ぼやいてましたねえ」

「——その祖父さん云云と云うのは如何云うことです？」

「ああ。甚八の祖父——つまり医者の玄蔵のお父さんのことですね。名前は知りませんが、ご隠居の弟とか云う男なんですがね、これが本家と反りが合わない。若い頃から何や彼やと揉めごとを起こしちゃ村の秩序を乱してたらしい。遠い昔のことでしょうがね。それで、結局村を追い出された。蛇ケ橋辺りの何とか云う旧家に養子に入れられたらしいんですがね、そことも揉めて、結局飛び出した。数年放浪して、明治の終り頃に息子の玄蔵を連れて村に舞い戻ったと云う。戻ったはいいが矢ッ張り合わない。で、結局出たり入ったりの繰り返しで。玄蔵はそんな親父に愛想をつかし、大正の半ばに親子の縁を切って佐伯の家の養子になり、佐伯姓を名乗って村に居付き、村の娘を娶って甚八が生まれたと、こう云う複雑な事情ですね。複雑な事情です。まあ、分家は分家なんですが、どうにも肩身が狭いらしい」

甚八と云う青年はそんな不自由な身分に忸怩たるものを感じていたらしい。

「ま、甚八の場合、母親は村の娘な訳で、つまりは使用人の血筋でもある訳でしょう。でもね、目立って差別的な扱いを受けていた訳ではなかったように思いますがね。寧ろ甚八の方が一歩引いて接していたんですね。その、勘当同然のお祖父さんと云うのがですね、当時も年に一度か二度は戻って来てたんですね。それでその度に大喧嘩で。そっちの方が悩みの種だった——」

でも跡取りの亥之介なんかとは割と巧くやっていたようですよ——と光保は云った。

「仲が良かったのですか」

「まあ、普通です。今思えば甚八は布由さんに惚れていたのかもしれませんね。違うかもしれませんが。真逆奥様に惚れてたってことはないでしょうが——でも解らないなあ。人の気持ちですからね。何かこう、本家とは切るに切れない未練と云うか、そう云うのがあったような、そんな感じだったですが——」

あれは九月だったか、もう十月になっていたか、定かじゃないですけどね——光保は一層遠くを見詰めた。

村に見知らぬ男がやって来たのだそうだ。

矢鱈に大きな江戸紫の風呂敷包みを肩に担いで、ハンチングを目深に被り、ゲートルを巻いて——。

その男は一歩一歩山道を登って来た。

男は光保の姿を見て驚いたのだそうだ。

よもやこんな山の中に警官が居るとは思わなかったのだろう。

光保が身分を問うと、男は薬売りだ——と答えたのだと云う。

そう云われれば慥かにそれは、町で見かける越中富山の薬売りの格好だった。

——ずっとお伺いしていた者が長患いで来られなくなりまして。

——今年から手前がこちらを廻ることになりましたので。

男は慇懃にそう云った。

「その男、玄蔵さんのところに来たんですね。まだ若い、そうですねぇ、二十歳を過ぎたばかりくらいの、妙に顔色の悪い男でしたけれど。所謂、置き薬の訪問販売人ですね」

玄蔵は曲がりなりにも医者である。医者に置き薬はないだろうと、光保は怪しんだ。

「――そこに偶偶亥之介さんが来ましてね。おや、新しい薬屋さんかい、ご苦労さん――なんて云う訳ですよ。玄蔵と云う人は、甚八の話に依れば村に居つく前に富山辺りに居て、何とか云う漢方医に師事してたと云うんですね。で、まあ、平素はその辺の薬草だの摘んで来て煎じたり擂り潰したりして薬を造ってたようなんですが、開業して以来毎年毎年、春と秋の年に二度、その富山の師匠のところから丸薬だのとんぷくだの、万金丹みたいな奴を届けさせてもいたらしい――」

薬屋と亥之介は光保の前で、毎年来ていた男がロイマチスで動けなくなったの、やれ薬屋の不養生だのと、暫く和やかに世間話をしていたと云う。

「――そこでね、僕はただぼうっと聞いていたんですね。ところが、先程云いましたでしょう。耳に入る目に留まる。ぴぴっと、耳に入って来た」

「何が――です？」

「そりゃあのかっぺらぼう関係の言葉です」

「何と？」

「白澤図」

白澤図——と云う言葉が薬屋の口から出たのを、耳聡い光保は聞き逃さなかったのである。

光保は、慌ててふたりを注視した。亥之介の顔がみるみる蒼くなり、薬屋は周章したのだそうだ。亥之介は薬屋を光保の小屋の方へ引っ張って行き、小声で、厳しく何かを告げた。余所者の警官に聞かれては拙いことなのだと光保はすぐ察したが、それでも黙ってはいられず、傍に寄って聞き耳を立てたのだそうだ。官憲に対する隠し事は善からぬことに違いないと、無理矢理にそう思うことにした訳である。

亥之介は薬屋を問い詰めていた。

——今の話、何処で聞いた。

——それは——前廻っていた者に。

——嘘だ、あの男が知っている訳がない。

——嘘じゃあ御座居ませんよう。

薬屋は震えて、懐から何か紙を出して広げた。

——これ、これが手前どもの白澤図で。これは魔除けの札で御座居ますが。

——白澤は手前どもの守り神で御座居ますから、それで毎年通わせて戴くうちに。

——前の者は偶偶こちらさまのそれを知ってしまったので御座居ましょう。

——同じ名前で御座居ますし、聞けば何やら古のお薬の処方が。

亥之介は薬屋から紙を奪い取って暫く見詰め、丸めて懐に仕舞った後、静かにこう云ったと云う。

——玄蔵さんか、それとも甚八か、もしや大伯父が。

——まあいい、あんた、いずれこの村でその名前を口にしちゃあ駄目だ。

——聞いたのが俺だったから善かったが、もし親父の耳にでも入ったら。

——あんたただでは済まないぞ。

薬屋は、悪気は一切御座居ません、二度と口には致しません、どうも申し訳御座居ませんでしたと、平謝りに謝って、転がるようにその場から去ったと云う。

「薬屋が行っちゃってから、僕は亥之介さんをぱっと捕まえたんですね。それで自分の小屋に引き込んだんですね。そして戸を閉めた。建て付けの悪い戸を、こう、ぴったりと閉めましたね」

「それで——事情を尋いたのですか？」

「はい尋きましたよ」

光保は簡単に答えた。そんな状況下であれば、私なら決して尋けないだろう。

「いや、僕もかなり拙いことなんだろうとは思いましたけれど、我慢出来やしませんね。出来なかったんですね。ですから白澤図がどうしたんだと、単刀直入に尋いた。尋きましたとも。白澤図を知っているのか、真逆白澤図がここにあるのか、白澤図は——」

亥之介は普段は芒洋としている光保がやけに興奮しているので面喰らい、馬でも宥めるように諫めてからこう答えたのだそうだ。

頼む、聞かなかったことにしてくれ――。

「それじゃ済みませんよ。僕だって警官だし、村の治安は護らなくっちゃならない。僕はこう云いましたね。亥之さんよ、僕ァ村の一員になったつもりで今日まで粉骨砕身、家族同様のつもりでいたのに、そりゃあ信用して貰えてないッてことでしょうよ――と、こう云ってやった。あんな風来坊と一緒にされちゃ敵わないってね。そこに――」

そこに甚八が這入って来たのだと云う。どうやら甚八は何処からか揉めごとの顚末をずっと見ていたらしかった。甚八はこう云ったのだそうだ。

――亥之さん、あんた常常云っていただろう。

――家に縛られるのは厭だ、古臭い因習は、もう懲り懲りだって。俺もそう思う。

――俺は家を継ぐ身じゃないけれどな、佐伯の家がある限りは使用人だ、召使いだ。

――亥之さん、あんた云ってくれたじゃないか。

――俺が当主になったなら、今のままではおかないと。

――こんな家は山ごと売ッ払い、お前や玄蔵伯父にも金を分けてやるッて。

――あんたを家に縛り付けてる、その因習の大本があれだろう。

――何百年だか何千年だか知らないが、あれがあるから。

亥之介は甚八のその言葉を聞き、酷く沈痛な顔になって、長い思案の末にこう答えたのだと云う。

――公平さん、白澤図のことは口外しないのが佐伯家の、戸人村の決まりなんだ。

――しかし、いま甚八の云った通り、俺はもう厭なんだ。

――でも。

亥之介は迷っていたのだそうだ。

「それはその、古臭い迷信を守るか破るか迷っていたと云うことですか？」

迷信と云いますかねえ、と云って光保は何度か瞬きをした。

「まあ意味合いとしてはそうですかね。そこで僕はね、何だか可哀想になっちゃったんですよ。深刻でしょう？　深刻ですよ。ところが僕の方はね、何たって聞きたい動機がのっぺらぼうですから。大した深みはない訳です。でね、僕は全部話した。自分が何故それを聞きたいかを。くだらないと思うならもう結構と、そう云っちゃったんですね。ところが――」

亥之介は話してくれたのだそうだ。

――白澤図と云うのは、先祖代代佐伯家当主に受け継がれている、秘伝の古文書なんだ。

――それは入らずの奥の間に納めてあり、佐伯家の当主だけが見ることを許されている。

――最前の薬屋は何故かその秘事を知っていて、

――何とか見られないかと持ち掛けて来たのだ。

「震えましたねえ。ぶるぶると。自分をこの村に導いたのはのっぺらぼうだと思った。運命的なものを感じてしまいましたね」

運命と云うのは少少大袈裟だろうと云うと、それが大袈裟ではないのですと返された。

「しかし光保さん、白澤図というのは薬売りなら持っているようなものな訳でしょう？　それなら富山なんかの方には沢山あるんじゃないのですか」

「いや、そうじゃない。薬売りの持ってるのは要するに魔除けのお札ですね。そこに伝わっていたのは古文書、つまり書物です。書物ですね」

「そうかもしれませんが、慥か本物の白澤図は現存しないと――そう、黄帝の時代の幻の本だった筈なんじゃなかったですか？　場所だって時代だって違い過ぎるじゃないですか」

光保は子供のように笑った。

「まあ普通そう思いますねえ、思います」

どうもそうではないと云うような口振りである。まだ何かあったのですかと問うと、あったんですねえと光保は答えた。

「それが――本当にそうだったんですよ関口さん」

「本当にそう、とは？　何がそうだったのです」

「それこそが佐伯家の秘密――だったんです」

「秘密――ですか」

旧家の秘密。善く耳にするようでいて、実は滅多に聞かぬ言葉である。ありがちではあるが、同時に非現実的な言葉でもある。

光保は続けた。

「実は、奥の間に安置されているのは白澤図だけではなかったのです。佐伯家と云うのは、或るモノを奉り、それを代代守り伝える一族だったのですね」

「或るモノ？」

「はい。白澤図はおまけです。本体はまた別で。その、或るモノと云うのはですね、亥之介さんの話だと――人に似た形の死なない生き物――だそうで」

「し、死なないィ？」

「――だそうです。佐伯家は先祖代代、ずっとそれを守って来たんだと云う。それは屋敷の奥の間で、動かず、しかし死にもせずに、ずうっと生きているんだ――と、彼は云ったのですね。信じます？」

信じられる――訳がない。私は素直に首を横に振った。

そうでしょうねえ――と光保は云った。

「はい。僕もその時は信じられなかった。普通信じませんね。亥之介さんも甚八君も信じてはいないようでしたしね。でもね、奥の間に何かがあることは間違いないんだと、ふたりともそう云うんですね。そして――」

「そして？」

「それは——くんほう様と呼ばれていた」

「くんほう？」

「そう。くん——ほうです。これ、ほうじゃないですか？　ほうでしょう、ほうでしょう——」

ほうでしょう、ほうですよ——と云い乍ら光保は忙しなく躰を動かし、じりじりと前に迫り出して来た。私は少しずつ身を後ろに引いた。

「いいですか関口さん、人に似た形の生き物ですよ。しかも白澤図です。それに伊豆は駿河の隣国ですから。山越えりゃ駿河です。これはあの、駿府城の封に違いないですね？　違いないですね」

「はあ——」

ここに至って、私の興味は急激に萎えてしまった。既に、話の内容は私の許容範囲を僅かばかり越えてしまったようである。尤も最初から光保の語りは私の臨界点すれすれではあったのだ。それでも私は、中盤に差し掛かる辺りまでは、まだ光保と同調することが出来ていたのである。

しかし——。

私は私の細やかな常識を維持するために、興奮気味の光保を止めようと手を翳した。だが光保は、その小さな唇を休めることをしなかった。

「聞いてください関口さん。亥之介さんの話だと、そのくんほう様と云うのは永遠に死なないだけでなく、その一部を食することで永世の健康や長生も授かることが出来る——のだそうですね。ただ、それを食することが出来るのは選ばれた者——皇帝とか王様とか云ってましたがね。それ以外の者には許されないらしいのです」

光保は立ち上がった。

「云い伝えでは、いずれそうした、選ばれたお方が戸人村を訪れるのだそうで、それまでくんほう様が人目に触れぬよう、お守りするのが佐伯一族の使命なのだそうです。そこで当主は何年かに一度、奥の間にひとりで這入り、白澤図に記された処方通りにくんほう様のお世話をするんだと云う。その時に少しだけくんほう様のお零れを頂戴出来るんだとか。だから佐伯の当主は長く生きると云うのですね。こりゃあ益々『一宵話』の封に近いですよ。あれも喰えば元気になると云うのでしょう」

「ま、待ってください光保さん。慥かにそれはそうなんでしょうが、あなた真逆——」

眼の色が違っていた。

「真逆——何です？」

「真逆その、本気で——」

光保はふふふふふ、と意味ありげに笑ってから、そりゃあ本気ですよ——と云った。

「本気って——普通信じないってあなた——」

「普通はね」

「普通はねって、お——落ち着いてくださいよ光保さん。そんなモノは——そんな奇態なモノはありませんよ。不死なんてモノは先ずあり得ないでしょうよ。いや、そんなことはあなたも先刻ご承知なのでしょうが——」

いやいや——と光保は頭を振った。

「関口さん、慥かに僕もそんなモノは信じませんでしたよ、十六年前に聞いた時は伝説として聞いた。その時はただ白澤図だけに興味を持ったのです。でも今は違います。僕、信じてます。くんほう様は不死身の肉塊ですよ。不老不死の神薬です。若返りの妙薬、傷んだ身体を回復する秘薬ですよ」

「光保さんあなた——」

「僕はね、関口さん。十二年間に亙る大陸暮らしで、そうした人知を越えたモノの存在を体感したんですね。身に沁みて感じたのです。そして、佐伯家の奥の間にあるモノも本物なのだ——と確信するに至ったのです」

「ほ、本物——ってあなた」

「僕は大陸で色色と怖い目にも遭いました。不思議なものも見ました。奇妙な体験もしました。時に関口さん、視肉と云うモノを御存知ですか？」

「しにく？」

「視覚の視に肉と書きますね。これは、名高い深山にあると云われている肉です。或は皇帝の陵墓などに埋まっていたりもしますね。こいつは、肉の塊なのに生きているんです。しかも眼が二つ付いているとも云う。これは、喰っても喰っても減らない肉なんですね。千切っても千切っても元通りに増えると云いますね。死にもしない。これなんか、くんほう様そのものですよ。それから――諸葛孔明を負かした司馬仲達が公孫淵をやっつける少し前に、遼寧に怪物が現れたそうなんですが、それがこの視肉に似ているんですね。こちらは何尺もあろうかと云う肉塊に大きな顔が付いていて、しかもぷるぷると歩く。これなんかはあの、駿府城の肉人でしょう」

「それは、それこそ伝説で――」

「それから中国には太歳と云うものがある」

所詮私の言葉などには光保を遮る力はなかった。

「太歳とは、地面に埋まっている不定形のどろどろしたモノなんですね。ただ、こいつにも眼が付いている。しかも沢山付いているんですね。太歳と云うのは本来木星のことなのですが、大地の太歳は木星の動きに合わせて土中を移動すると云う。ところがこの太歳と云うのはですね、もし掘り出したりすると豪い災厄があると云うんですな」

伝説と云うより神話の類である。既に現実の話ではない。

いやいや現実ですよと光保は云った。

「僕の部隊は、大陸で、この太歳を掘り出してしまった」

「ほ、掘り出した？」

「掘り出しました。大当たりです。土壌を掘ってたんですがね。慌ててすぐに埋め直しましたが、直後に疫病が出て三人死んだ。三人も死んでしまいました」

「それは――」

あるんですそう云うものは――と、光保は決然と断定した。

「でも、み、光保さん、こ、この世には――」

「この世には不思議なものがまだまだあるのです」

光保はそう云った。

「実際にそう云うぬるりとした、ぺろりとした未知の生き物が居るんですよ、きっと。どう云う訳か余り人目には曝されていないと云うだけのことです。のっぺらぼうは、本来その未知の存在のことなんです。いつの間にか顔のない妖怪なんかになってしまいましたが、僅かに伝えられているのですよ。あのぶよぶよした顔の絵――見ましたでしょ？」

絵は見た。だが――。

「申し訳ありませんが、実在となると――僕には信じられないですねえ。まあ大陸辺りには未知の生き物と云うのもまだまだ居るのでしょうが」

まだまだ居ますねと光保は薄い眉毛に力を籠めた。

「封が居ても変ではないです」

「いや、待ってくださいよ。何より——そう、そんな非常識なモノの有無よりもですね、そんな耳慣れぬ云い伝えが静岡の山村に残っていること自体が僕には信じられませんよ、光保さん。そもそも——」

その村自体が妄想かもしれぬのではなかったか。

否、最早虚妄か現実かと云うような問題ではなくなっているのだ。

それが真実であったなら、それは限りなく虚妄のような現実なのであろうし、妄想なら妄想で常軌を逸した妄想としか云いようがない。そして凡てが光保の妄想ならば、そうした符合が幾ら沢山出て来たところで、まるで意味がないのである。

凡て光保が創り上げた虚構であったなら、細かい部分の符丁が合うのは寧ろ当然のことなのである。何もかも光保の頭の中で構築されているのであれば、辻褄が合わぬ方がどうかしていることになる。齟齬が出て来るとするなら——。

——現実と、と云うことになるのか。

ならば、それを云っても始まるまい。

「いや光保さん、そうだ。百歩譲って、あなたが体験したことは真実だったとしましょう。それでもそんな伝説は——そう、例えばその、亥之介さんと甚八さんですか、そのふたりにあなたが担がれた、と云うことはありませんか？」

「担がれた——とはとても思えませんでしたね。僕だって勿論、最初は云い伝え丸ごとは信じませんでしたし。疑いましたよ。でもね関口さん。警官を騙して何の得があります？　それにその秘密の伝承の暴露は、外部の薬屋の言動に因って齎されたことです。謂わば不可抗力だ。だからきっと奥の間に白澤図はあったんですよ。そしてくんほう様と云う名で呼ばれる何かもあった、否、居たことだけは確実なんです。これが冷静で居られましょうか？」

「それは——そうなのでしょうが——」

薬屋。富山の薬売り。私は何故か引っ掛かっていた。

「しかし、確実にあった——と、そうあなたは仰いますが、そもそも光保さん。あなたはそれをご覧になったのですか？」

見られる訳はないですよ——と、光保はさらりと云って、再び孤座った。

「いいですか関口さん、僕も百歩譲って、不死の生物なんてモノの存在は嘘っ八だとしましょう。しかし、佐伯のご隠居や当主の癸之介さんは、その伝承を完全に信じてたようでしたね。否、村の老人達の凡てが信じていたようです。何年かに一度の儀式も当時は行われていたらしい。だからそこに何かはあった筈です。迷信でもまやかしでもいんちきでも、兎に角何かがあって、村人はその正体不明のものを守っていた。それだけは真実です。闖入者の僕が、簡単に覗き見出来るものじゃないです」

光保はそこでひと息吐いて、狂信と云うのは恐ろしいものですよ関口さん——と云った。

「日本人だって大陸で悪鬼羅刹の如き所業をやって退けた訳でしょう。幾ら戦争だと云っても普通は出来ないです。でも国体を信じてやってしまう。それだけじゃないにしろ、信じてたから出来たってところはあります。疑ってたらあんな非道は出来ません。米国だって自分達の正義を信じて原爆落としたんでしょう。でなきゃ絶対出来ないですよあんなこと。ですからね——」

如何あれ、あの村の人達にとってそれは真実だったのですよ——と光保は結んだ。

慥かに狂信は恐ろしい。しかし、だからこそ私は、目の前の男が少しだけ怖くなっていたのである。

私は、いつからだろう、ずっと逸らしていた視線を——光保の顔に戻した。

光保の眼は真剣だった。

「亥之介さんはその時僕に約束してくれたんですね。自分が当主になった暁には、必ず公平さんにそれを見せる——と」

「光保さん——あなたは——それで村に——」

光保は眼を閉じ、眉を顰めて、緩寛りと大きく頭を振った。

「あれからもう十六年です。だから僕は行ったのです。佐伯家の当主は間違いなく亥之介さんに代替わりしている筈です。だから僕は行ったのです。僕はくんほう様が見たい——」

光保の眼はもう何も見ていなかった。

「――選ばれた者とは、別に権力者と云う意味ではないですよねえ。それに一人と限ったことじゃないかもしれない。例えば権力者に人権を蹂躙された人人や幸福を搾取された者達こそ、それを分け与えられる権利がある選ばれた者なのだと、そう考えることは出来ませんか。傷痍軍人のために、国の犠牲になって身体を痛め付けられた凡ての人のために――役立つかもしれませんでしょう？　どうでしょう関口さん――」

光保公平はつるりとした顔を私に突き付けた。

私は目を逸らす。視線の遣り場がない。

私は黙って、磨かれた床を見た。

3

風光明媚だ。そう思った。しかし気の利いた子供ならそのくらいのことは云うだろう。だから黙っていた。硝子の引き戸は善く磨かれていて、山や樹樹や草や花や、見通しの善い長閑な景色が、まるで額縁に入れた絵のように明瞭に見えている。ぴかぴかと艶があって直接見るより綺麗だな——と、私は思った。縁どられている所為かもしれなかった。

アルマイトの巨大な薬缶から、湯だか茶だか判らぬ液体を湯呑に注ぎ乍ら、奇ッ怪ですねえ——と、若い警官は云った。

「役場は当たった」

「当たりましたが」

「で、収穫なし？」

「ありません。職員は皆さんお若い方ばかりですし。お齢を召した方は皆偉い方で、どうもその辺は——」

知らないでしょうねえ——と警官——淵脇巡査は軽やかな口振りで云った。

「自分もね、ここはまだ二年です。戦争を境に、色色なことが大きく変わったでしょう。勿論その、昔がなくなっちゃった訳じゃないですけど、何だか一度仕切り直しみたいなね。一回ちゃらにしちゃったから。仕切ったのは偉い人だし。でも自分等も、仕切り直されて不都合がなけりゃ、都合の悪いことは忘れてしまいますから」

淵脇は笑った。

まだ二十五六だろう。

私は、もう三十何年だらだらと生きているが、未だに大人になった気がしない。いつまで経っても成熟し切れないように思う。青臭いのではなく、未熟なのである。それでもこうして若者然とした者を前にすると、深い溝を感じてしまう。大人ではないがもう若くはないのだ。

私は笑えなかった。

「この辺の爺さん婆さんに尋きました？」

「はい。まあ道すがら庭先から声を掛けて、七八人にお尋ねしただけですが。覚束ない答えしか返って来ませんでした。そんな村あったかなあとか、あったようなとか、あったかもしれないがなあとか。で、行ってみりゃ判るじゃろう——と」

そりゃあそうですよ——と淵脇はまた笑った。

屈託がない。官憲より客商売に向いている。

「少なくとも自分は知りませんけどね。ご覧くださいよ。これがこの辺りの地図ですよ。ほら、一戸ずつ全部名前書いてあるでしょう。台帳には家族だとか職業だとか、調べて記してます。越して来たらすぐ行きますからね自分は。お話の場所は——ああ」

淵脇は人差し指で地図をすうっと撫でた。

「あアんと——わあ、遠いなあこれ。一回しか行ってないなあ。でもここは、熊田さんですね。それから田山さんに村上さん。これは空き家。ここも空き家。これが——須藤さんだ。全然違いますね」

「違いますね」

「違うんじゃないですか？　この辺の住人はみんなご老人ばっかりですよ。一応農業となってますが——仕送りとかで暮らしてるのじゃあないですかね。そんな話を聞いたなあ。伺った時に。そ、れ、で——ん？」

淵脇は首を捻った。

「そんな大きな屋敷はないなあ。お話だとこの辺りの筈だけど——自分は行ってないですよ。空き家だって載ってるんですよこの地図は。測量したものじゃないですがね。用途が違うから、一軒一軒書き込むものだから。ないんじゃないですかその、さ」

「佐伯家」

「そう。ないでしょう佐伯家」

「ないですか」

ないですよぅ——と淵脇は矢張り快活に云った。

「そうねえ。例えば、この山の集落に住んでるご老人達も偶に村の方に下りては来ますよ。ほら、年末年始の買い物とか、あるのじゃないですか。山でも餅は喰う」

「はあ、そうでしょうが」

「そう云う時に、まあ挨拶はしますしね。会話することもありますわ。顔合わせればお巡りさんご苦労様です——と云いますでしょう。でもそんなお屋敷の話は聞いたことがないけどなあ」

「それは熊田さんとか田山さん？」

「そうなんでしょう。自分は正直何処の誰だか憶えてないけれど、向こう側から下りて来る以上は間違いなく山の集落の住民ですよね。大体、そこへ行き来するには、この駐在所の前の、そこの道を通るしかないんですなあ。そうだなあ——うん、だからこの駐在所の前を通過するのはその集落に関わる人だけなんですよね、きっと。今まで気付かなかったけれど。だってここはもう村外れでしょう。後は、全部この自分に用があって来る訳ですね。だから通過はしない訳です。しかし——この前を横切る人は滅多にいない。郵便屋くらいしか通らないですよ」

「郵便屋は通りますか？」

「それはまあ――何箇月かに一回は通りますねぇ。熊田さんか田山さんか須藤さんか、自分は知りませんけどね。きっと仕送りでしょう」

「仕送りがあると云うのなら――遠方に家族親族がいると云うことになりますよね――」

その老人達が真実そこに七十年も住んでいる者達なのかどうか――確認する必要はあるだろう。

淵脇は、それは居るでしょうねえ――と云い乍ら椅子ごと回転し、これはお見せ出来ませんけれどねえ――などと鼻歌でも唄うように云いつつ、卓上の住民台帳を捲った。

「ええと――はい、熊田さん。息子さんの名前が書いてありますね。緊急の連絡先も――書いてある。住所の確認なんかはしてませんけど――ああ、須藤さんも書いてありますね。ですからね、これらは自己申告で――この辺りじゃまず緊急のことなんかないですからね。でも一応は聞いておかないと――はい、皆さん居るようですね」

家族親族が居るのならば、それは歴史の証人になる。それらの人人にとってみれば、この先の集落こそが故郷になる筈だからである。

「それなら、例えばその家族の人が来るとか云うことも――あるのではないですか?」

「え? はあ。でも、そんな憶えはないですねえ。そう云えばそうですなあ。薄情な親族だなあ。正月くらい帰省すればいいのにねえ」

淵脇は口を尖らせた。そして、呆れた親不孝ですねえ――と続けた。

「顔ぐらい出したって罰は当たらないよなァ。自分は熊本なんですが、それでも盆暮れには帰省しますよ。台帳に記されてる親族達の住所は――ああ、皆この静岡県内になってますよ。そんなに遠方に住んでる訳じゃアないんですよ。尤もこんな田舎じゃなく、もっと大きな町ですが――そうだ」

こんな村なんか調べるよりも、市だとか県の方を調べちゃどうなんです――と、淵脇は云った。

「記録ってのは中央に近い程多いものでしょう？」

「いや――何処にも記録はないんです。ですから記憶に頼るしかないんですよ――」

私は静岡にも三島にも沼津にも行った。県庁にも問い合わせた。ここに来るまでに、取り敢えず考えつく手順は凡て踏んでいる。ただ収穫はなかった。

誰も戸人村など知らなかった。

何の記録も残っていなかった。

予測されたことではあった。所詮役所の書類では百年と遡れぬ。もっと古い記録や書物に当たるべきなのだ。だが文献資料を渉猟する時間などなかったし、私はどちらかと云うとその手の作業は得手ではない。だからそうしたことに長けている中禅寺に相談してみようと思い立ち、伊豆に旅立つ前に一度だけ電話した。ところが出無精の書痴はその時に限って珍しく留守で、私は簡単に諦めたのだった。

――もう一度連絡してみようか。

そう思った。

――中禅寺が駄目なら――宮村氏もいる。

宮村香奈男は、和書専門の古書肆である。

――薬売り。薬売り？

何故だ。急にその言葉が浮かんだ。私は薬売りに引っ掛かっている。そう云えば――。

――巡回研ぎ師と云うのも居たか。

「そう、行商人なんかはどうです？　山の集落へ行きはしませんか？　ええと、例えば刃物の研ぎ師とか――薬売り――とか」

「薬売り？　あの担ぎの？　独楽とか風船とか持って来る人でしょ？　通りませんね。だってこの道はどん詰まりなんですよ。商いにならない。通り抜けて山越えられるのはもっと向こうの道ですから」

「向こう――ですか」

「向こうですよ。山中って云っても奈古谷の方ならね、温泉も湧いてますし、国清寺と云う名刹もありますから。文覚上人配流の地とか云うお堂もあります。でもねえ。この先はだって、あなた――」

何もない――のか。本当に。

「それでは——殆ど誰も通らないようなものではないですか」

「ですから誰も通らないって云ってるじゃないですか。住民と郵便屋と——そうですね、あ、そうそう云えば去年の夏に、米兵が通りましたね。進駐軍でしょうな」

「進駐軍が？」

「この辺に基地はないですけどね。この前をジープで横切ったなあ。車でどこまで登れるのかな。すぐ帰って来たけど——何だったのかな？」

淵脇は飲みかけた湯呑みを止め、首を傾げた。

「——はてな。今云った通り、ここを横切ったってことは、そこに行ったってことになる訳ですからねえ。何のために？　亜米利加さんが貧しい老人宅に慰問？　真逆ねぇ。チョコレイトでも持って行ったのかな。あはははは」

「もしや測量——とか」

光保の話だと、敗戦後の地図復旧は主に米軍の航空写真と調査結果に依存しているらしい。この辺りには二年前に調査が入ったとか云っていた。追加の調査でもあったのではないか。

淵脇は反対側に首を傾げた。

「それは違うと思いますねえ。そう云う時は連絡が入りますよ。米軍の調査は自分がここに配属される前に完了していた筈ですから」

　では——何だ。

　その時、私の中に何か不気味なモノが湧いて、小さな渦を巻いた。厭な予感——とまでは云わぬのだが、どことなく厭な感じ——とでも云おうか。それはもしかすると単なる思い過ごしである。

　しかしことによると——。

　結構スケールの大きな話なのかもしれない。

　どう大きいのか、何故そう思うのか、何ひとつ確証はないのだが、ただ私の中で、その厭な気持ちだけが、少しずつ肥大して行った。

「それでは——そう、多分去年の秋頃のことだと思いますが、先程お話ししました、僕の知人の——知人と云うか——こうつるりとした——」

　光保は本当にここに来たのか。

　ああ、みちゅやすさん——と淵脇は云った。

「そうそう。ですからね、去年ですよね？　去年ねえ。秋と云うと一年は経ってない訳ですね。ええと、ああ、思い出しました。そう。この、薬缶みたいな人でしょう？　そう云えば何だか頭から湯気立てて坂道登って行ったっけ。はいはいはい。思い出しました。」

「思い出しましたか？」

　思い出しましたと淵脇は嬉しそうに答えた。

「なる程、そう云う事情だったんですかぁ。いやね、それでその人、そう云えば半日近く経ってから血相変えて戻って来たんですよね。それでここに駆け込んで来て、ナントカ村はどうしました、ナントカ、かんとかァって怒鳴って。自分はほら、そんな今聞いたような事情は一切知らないですから、ただ落ち着けと云ったんですよ。どうも話が咬まなくッて」

「咬まない？」

「咬まなかったですが――そうです。で、この地図を見せて、そのナントカ村なんてないぞ、って自分が云ったらば――卒倒しちゃったのでした」

なる程光保は、再度の怪を地で行った訳である。

介抱とか大変でしたよ――と淵脇は云った。

「今思えば、あの人がそのみちゅやすとか云う方だったのですね。妙に記憶に残る形の人でしたね。でも、何だかまともじゃあなかった気がするなぁ。だからそんな戯言は皆、その人の空想なんでしょう。妄想です。あなたも物好きな方ですよ。こんな、伊豆くんだりまでいらっしゃってねえ」

否定は出来まい。物好きではある。

「でも、まあのんびりするにはいいところですよ。犯罪もありませんしねえ。湯治でもされるがいいです。自分はここに来てから一貫目も太りましたからね。食い物は美味いし、事件なんかないし。自分も身内同士の小博打で一度出動した切りですから」

淵脇は肚の底から和んで、全く翳りのない笑顔で私に薄い茶を勧めた。飲み干した後に鼻腔を掠めた残り香で、私はそれが番茶であることを知った。

外を見る。

窓枠の情景はあくまで閑閑悠悠としている。

蒼穹はあくまでも高く澄み、翠層はあくまでも深く冴えていた。命の洗濯とか心が洗われるが如しとか気分一新とか、そうした言葉が実に善く似合う。

私は暫し景色に没頭した。

慥かに何かが洗われるような気分にはなった。

しかし洗われたのはどうやら表面だけで、中心部の燻みは確乎りと残った。清清しいのだか鬱陶しいのだか、宙ぶらりんで厭になった。

私は内ポケットから折り畳んだ新聞を出した。

大量殺戮——の風聞を報じた記事である。

「淵脇さん。これ——見てください」

「何ですか？」

手渡すと淵脇は、拝見——と云った。

私は僅かに緊張する。

淵脇は動揺せず、これが何か——と云った。

「何かって――どう思われます？」

「どうって――ここに書いてある通りただの噂だったんでしょう。そんな古い噂話に感想ないですよ」

「どうして噂話だと断定出来ます？」

「だってこんな事件は知りませんよ」

「その当時淵脇さんはお幾つです？」

「ええと――自分は九歳ですね」

「ではまだ――幼い」

「慥かに子供ですが、こんな凄い事件があれば知ってますよ。村人全滅でしょう？　知らない訳ないですよ。だってこの記事の中に引かれている、津山事件ですか？　これは知っていますよ。猟銃と日本刀で、こう、罪もない村人を三十何人次次と殺傷したんでしょう。『新青年』で読みました」

「そ――それは『八つ墓村』でしょう、淵脇さん。探偵小説ですよ。横溝正史です」

「あ？　そうですよね、そう云えばあれは名探偵とか出て来ますもんねえ。そんなもの居る訳ないですもんね。そうか、創作か。でも――慥か――」

「ええ。津山事件はその小説のモデルと云うか、ヒントになった――らしいですがねえ。でも御存知ないでしょう？　本物の津山事件の方は」

そう云われると何とも——と云って、淵脇は中指で頭をほりほりと掻いた。元気良く手を挙げたものの答えを間違えてしまった小学生のようである。

「——慥かにちゃんとは知りませんねえ」

「日華事変の最中ですから、津山事件は大きな事件だった割には、大大的に報道されることがなかったようです。けれど、それでも大事件は大事件ですからね。煽情的な記事こそ出なかったですが、一応は伝わって来ました。それでも、あなたくらいの年齢になると、もうご存知ない訳でしょう」

「はあ——」

妹尾の云った通りである。

「すると関口さん。あなたはこの記事にある村人大量虐殺は事実だと云うんですか？　自分が知らないだけで——あなたも、否、ある程度の年齢以上の世代の人は皆、知ってることなんですか？」

「いや——」

そうではないのだ。

「世間では誰も知らないですよ。僕も知りません。しかし誰も知らないと云うことは、事実ではないと否定する根拠にはならない——と、こう思うだけです。僕も実際のところは信じられませんよ」

いやいやないでしょう——と淵脇は蛙のような潰れた声で云って、再び記事を読んだ。

「おや、こりゃこの近辺のことだと書いてある！」

読み飛ばしていたようである。

「ないない。絶対ないです。この辺りでしょ？　ないですよ。H村？　だってそんな村はないよなあ。三島の方に二日町ってところはありますが——いやこれはない」

「ですから——戸人村」

「だってそんな村はないって云ってるでしょう。存在しない村でどうやって殺人するんですか」

「そう——そうなんですが」

「そうでしょうに。まあ、これは名の通った全国新聞ですから、そういい加減な嘘は載せないのでしょうが、ですから、ここに書いてある通り質の悪い噂だったのでしょうよ——」

淵脇は記事を突き出した。

「——新聞社に尋いてみるといいです」

「尋きましたよ。支局にも本社にも問い合わせました。でも記事を発信した桐原と云う記者は戦死していたし、当時から勤めている現役の社員はもう数少なく、誰も憶えてはいない。詳細は不明です。もうひとつの地方紙は戦時中に他紙と統合され、経営陣も含めてそっくり入れ替わっていて、紙名まで変わってしまったから追い掛けようがない。ただ——」

「ただ？」

「地方紙の方に――津村辰蔵と云う名前が載っているでしょう？」

淵脇は突き出していた記事を手繰り寄せるようにして、再度確認した。

「噂の発端――とか書いてある人ですね？」

「そうです。その人は、どうも実在します」

「そんなこと、何故解りました」

「この辺のお年寄りが憶えていました。先程云った通り、七八人にしか尋いていないのですが――全員知っていた」

「全員？」

「はい。戸人村に就いては誰も明確に憶えていないんです。でもその人――研ぎ辰さんのことは皆さん憶えていました。十五年ばかり前まではずっと来ていたようだと。酒好きで、儂は元は刀鍛冶だ――と云うのが口癖だったとか」

淵脇は神妙な顔をして、関口さん、誰と誰に尋きましたそれ――と、首を前に突き出して問うた。私が尋ね歩いた家家のことを告げると、淵脇は、ああ、あの爺さんにあそこの父っつぁんか――などと云って一層怪訝な顔をした。

「――その爺さん達なら、まだ頭も確乎りしてますわ。嘘吐くような人達でもないし。それならまあ、本当なんでしょうねえ。で？」

　それだとどうなります——と淵脇は一層前に顔を突き出した。

「ですから——例えば大量殺戮は単なる噂だったとしても、それはこの辺りの噂ではある訳でしょう。それで、噂を流した張本人も実在するとなると、その記事に該当するような場所は、少なくともあった訳ですよ。なければ噂にもならない」

　ああそうか——淵脇は何故か肩を落として後ろに身を引いた。

「じゃあ——でも——しかし——」

　若い巡査は考えている。私は己の不安をお裾分けでもしたような、妙な気分になった。

「その研ぎ辰はその後——今はどこに？」

「それなんですが——」

　村の老人達が何故研ぎ辰のことをそれ程明瞭（はっきり）と憶えていたかと云えば、それは研ぎ辰が人気者だったからではない。事件を起こしたからなのである。研ぎ辰こと津村辰蔵は、昭和十三年の夏に憲兵に連れて行かれたのだ——と、老人達は語ったのだった。

「憲兵？　民間人を？」

「憲兵なのか警察なのか軍なのか、正確なことは判りません。聞いた話を総合すると、研ぎ辰と云う人は毎年、下田の方から上がって来て、夏にはこの辺りを廻っていたのだそうです。その後三島から沼津へ抜けていたらしい。三島に行く前にこの韮山で捕まったと、そう云うことのようです」

「何故？」

「さあ――」

――あれは共産主義だったそうじゃ。

――露西亜の間諜だったのじゃ。

――非国民じゃ。

――売国奴じゃ。

凡そ時代錯誤な言葉を老人達は次次と吐いた。

捕まって当然じゃ――と、全員が云った。世の中が変わったのだから正しいことも変わったのだ、と云う認識は老人達にはない。しかし、彼等が皆、未だに戦前戦中のイデオロギーを引き摺った国粋主義者達なのかと云うと、それはどうやら違うのだ。彼等の頭の中では、民主主義と軍国主義が齟齬を来すことなく同居している。それは別のものであり、且つ同じことでもあるのだ。

「――何だったのでしょうね」

私は回答しなかった。

多分、それは事実ではないからである。理由もなく勾引されては堪らない。だから捕まった以上は捕まるようなことをしていた筈だと思いたいし、お上に捕まる理由としてはそうしたことしか考えられなかった――と云うのが真実だろう。

老人達は正義を自分達の外に追い出している。

それを疑っては何かが立ち行かないのだ。

「それで——」

私は淵脇の顔を見据えた。

「——どう思います淵脇さん？」

淵脇は一瞬戸惑うような表情を見せてすぐ顔を伏せ、地図上に指を這わせ、戸数を勘定し始めた。

「ううんと——十五、十六、全部で家屋は十七軒ですね。廃屋が十軒ありますが。奥の方は皆空き家だな——この須藤さんの家から次の空き家までは、相当距離がありますね——この間に——その——さ」

「佐伯家」

「佐伯家があったとすると——その佐伯家を足せば十八軒か。十八軒。数は合う。せ、関口さん——」

淵脇は顔を上げる。情けない顔になっている。

「——これ、ど、どう云うことでしょう？」

「それを尋ねに——僕は来ているんですが」

私も同じように情けない顔をしていただろう。

淵脇は腕を組んだ。

私の不安の病は、その時点で完全に、この若い巡査に感染したようだった。

「そうだ、もうひとつ——僕はご老人達から、興味深い情報を得たんです」

「な——何です？」

「憶えていたのは一人だけなんですが。ここのすぐ近く、あの辻の先の豆腐屋のご隠居さんです。十何年か前のこと、何かの用でこの駐在所に来て、当時の駐在さんと世間話をしたんだと云う。ご隠居さんはその時、郵便料金が値上がりしたので豪く肚を立てていたらしい。そこに警官らしい若者が一人、大きな荷物を持ってやって来た——と云うのです」

「それで？」

「その若者は敬礼して、挨拶をして、それから何やら暫く話をした後、山に登って行ったと云う。駐在さんは新任じゃ——と云ったらしいが、その後見た憶えがない。不思議と云えば不思議だな、と」

「それは——その、いつ頃？」

「調べて貰いました。郵便料金は、明治三十二年からずっと値上がりしてなかったんです。それが上がったのは昭和十二年の四月一日——光保氏が転属になったのも、同年の春です」

「ではその警官と云うのは」

「光保氏だったのでしょう」

光保に電話で確認したところ、戸人村勤務になって山に入ってから沼津の伯母の家に呼び戻されて出征するまでの間、彼は一度も韮山の住人と接触していないのだそうである。毎月月初に一度、定期連絡を兼ねて山を下りては来るものの、用事は凡て駐在所——つまりこの村外れの場所——で済んでしまったらしい。ここで引き返せば村に出ることはない。徴兵検査も沼津で受けたと云うし、その時も駅に直行している。正月も山中で過ごしている。韮山の住人に顔を見られることはなかったのだ。

淵脇はより一層困惑した。

「でも、それじゃあ——一寸待ってくださいね。問題を整理しましょう。虚実入り交じって混迷の相を呈してます。ええと、先ずそのミチヤスさん？　みちゅやす？」

「光保です」

「まあその人。その人が十六年前この近辺に赴任して来た警官だったことは事実としておきましょう。確証はないですが、そんなこと云って疑ってたら切りがないから確定としましょう。で、研ぎ辰。これは実在したと。彼は十五年前、新聞に拠れば奇妙な噂を流した。そして何者かに逮捕された」

「そうですね」

「その噂の村と、光保さんの記憶の村は符合する。しかしそれに該当する村は、実際にはない。記録もない」

ただ——と淵脇は顔を歪めた。

「ただ光保さんの赴任したらしい場所には、記事と同じくらいの規模の集落があった」

「はい」

「でもそこは、光保さんの記憶とは違う」

「そう云うことです」

どこかしら重なっていてどこかしらずれている。

凡てが僅かずつ互いを保証し合い、僅かずつ否定し合っている。真偽の知れぬ事柄は凡て瑣末な部分で、それでいて全体としては暈けてしまう。

どうでもいいようなくだらない間違いが積み重なって、結局世界全部が歪んでしまったような、そんな理不尽な苛立ちがある。

淵脇は云った。

「これ——ふたつにひとつですよ」

「ふたつにひとつ——とは？」

「はい。先ずこの記事——これが噂か真実か、それはどうでもいいことですよ。噂だって真実だって、本線には関わりないんです。問題は、この記事に十八戸五十一人のＨ村と云う村が十五年前この近辺に存在したと云う記述がある——と云う点でしょう。これに関してはそう大きな齟齬はないですよ」

「何故です」

「だって、十八戸五十一人規模の集落は現にこの近辺にある訳ですから。現在は家屋十七、七戸十二人ですけど。これは呼称に差があるだけなんです」

「H村——Hの付く名ですか」

「はい。村と云う呼び方は市町村制度が布かれる以前からあった訳でしょ。地番の正式名称とは限らない、要するに集落の通称、字ですよ。この韮山村の中にだって、多田だの長崎だの田中だのある訳で、考えてみればそこの山の上にだけ呼称がないのはおかしい。だからその昔はHの頭文字の付く通称で呼ばれていたのかもしれない。他と離れているから村を付けて呼んでいたとか。その名称は失われた」

「なる程」

それはあり得ることだろう。

「だからこの記事のH村はこの先の集落のことであると、そうしましょうよ。だから十五年前、この先の集落に研ぎ辰が行って、偶偶誰も居なくって、それで変な噂を流したとか、それはそれでいい。で、そうなると問題は絞り込まれて来ますでしょう」

何だか淵脇は必死である。必死で問題を自分の住む世界に引き寄せようとしているようだった。

「絞り込まれるとは」

「ですからね、光保さんはそのH村に派遣されたんですね。これは先程確定したことですから、便宜上事実としますよ。そこで、まあその、その人の記憶にあるような出来ごとは、あったのでしょうね」

「佐伯家もあったと？」

「取り敢えずあったとしましょう」

「しかし——ないんです」

「いいえ、今ないから昔もなかったと、そんなことは云えないですよ。その、研ぎ辰の話だってある訳で、この記事にも書いてありますが——夜逃げしたとかね、一家心中とか、そう云うことだってある訳でしょう。まあ疫病とか虐殺は考え難いから、九分九厘夜逃げでしょうね。佐伯家以下数軒が夜逃げしたんですよ。光保さんが出征した後に」

「夜逃げ——ですか」

夜逃げですよ、とんずらです——と淵脇は自分に云い聞かせるように云った。

「しかし淵脇さん。そこに現在お住まいの、田山さんとか熊田さんでしたか、その人達は何処から——」

「ですから彼等は夜逃げしなかったんです」

「しかし光保氏はその人達を知らないんですよ」

「だからそこなんです——」

淵脇は膝を叩いた。

「――いいですか関口さん。だからこれは複雑な問題じゃないんです。光保さんの記憶の一部分と、現実が異なっていると云うだけのことなんですよ。H村に――それがヘビ村だかトカゲ村だか知りませんが、熊田さんも田山さんも昔ッから住んでいた。ただ光保さんが憶え違いをしていた――」

「そんな――」

そうですよ――と淵脇はもう一度膝を叩いた。

「関口さん。光保さんと云う人は、もしかしたら若い頃と相当容貌が変わってるんじゃないですか？」

「それは――」

太ったとは云っていた。髪の毛も当時はあったのだろうと思う。そう答えると、そうでしょう――と淵脇は満足そうに頷いた。

「たった一年足らずの滞在でしょう？　熊田さん達は、耄碌こそしていないけれども、矢張りご老人ですからね。忘れたんですよ。問題は光保さんでしょう。光保さんも忘れてたから妙な具合になった。重ねて、そのH村関連の記述が役場や警察から失われてしまったから、ややこしくなっただけですよ」

「まあ――」

それはそうなのだ。

「焼けてなければ佐伯さんだって——勿論名前が違ってるかもしれませんよ、何しろその、光保さんの記憶ですからね。でも佐伯さんに対応する人の記録は残っていたのかもしれない。いや、名前が間違ってるだけで実は今もちゃんと残ってるのかもしれませんよ。きっとそうですよ。ですからね——」

「待ってくださいよ淵脇さん。慥か、あなた先程、ふたつにひとつと——そう云った」

「ふたつにひとつですよ」

「ですから何が」

「ですからね、村が消えたとか人が消えたとか、そう云う摩訶不思議な話じゃないんですこれは。村はあるし、人も住んでいる。だから、光保さんの記憶違いか、そうでなければ集落の住民全員が嘘吐いてるか、どちらか——でしょう？」

「住民全部が嘘を吐いている？」

「そんな訳ないですけどね。今そこの集落に住んでいる十二人全員が口裏を合わせて嘘を吐けば、そりゃあこう云う事態にもなるでしょう。しかし光保さんが訪れたのは偶偶でしょう？　口裏を合わせるのは無理だ。それに騙す理由がないでしょう。だからこの選択肢は、ひとつしかない——」

淵脇は人差し指を私に突きつけた。

「光保氏は錯乱している」

そうなのだろうか。

断言された割に、私はすっきりと納得出来なかった。それで済むのなら最初から済んでいるのも同然で、ならばこんな遠方までのこのこ出張って来たりはしない。

淵脇は台帳を畳んで云った。

「時にその光保さんはどうして来ないのです？」

「それが――光保氏は自分が混乱していることを十分承知していましてね。つまり、自分の頭――神経がイカレているのではないかと、極度に怯えているのですよ。もし自分が異常なら、何を見聞きしても真実は解るまいと――それで第三者である僕が、代理人として真実を見極めに来た訳で――」

そりゃ弁えてるじゃないですか――と、淵脇は大きな声で私の言葉を遮った。笑顔が戻っている。

「異常を来した者は自分が異常かもしれんなどとは中中思わないものですが、その人は弁えてますよ。でも、心配の通りだった訳ですよ」

「しかし」

「光保さんに必要なのは真実より休養です。伊豆の湯に浸って、悠寛するといいんです」

それじゃあ――と云わんばかりに淵脇は私に背を向けた。

私は仕方がなく、また窓の外を見た。

――人影が。

額縁の中を悠然と、男が横切って行く。

和服である。前を合わせずに羽織った、燻んだ、小豆色の薄物の被風が、風を受けてひらひらと揺れていた。その下は作務衣のようにも見えたが、多分白い単衣に黒い軽衫袴を穿いているのである。茶人か俳人のような出で立ちである。手に持った古びたトランクが異質だった。

「あ」

私は声を上げた。淵脇が振り返る。

「あの人は――」

この、前を横切った。

駐在所の前を横切る者は――。

親族か――私は咄嗟にそう考えた。

引き戸を開ける。顔から外に出る。

「あの――」

男は振り向いた。

射竦めるような眼。確乎りした顎。真っ直ぐな眉。

意外に若くはないようだ。ただ、無造作にぼさぼさと伸ばした髪が男の年齢を不詳にしている。

男は眼を細めて笑った。

「何か」

張りのある声だった。

「あ、あの、失礼ですが、ど——」

「この先の集落に参ります。それが何か」

「ど、ど」

淵脇が後ろから顔を出した。

「失礼ですが、どのようなご用件で行かれるのか、一寸お聞かせ願えませんかねえ？」

男は口を閉じたまま、一層に笑顔を作った。

「これはこれは、こちらの駐在さんですか。お勤めご苦労様で御座居ますねえ。職務質問ですか」

「そ、そう云う訳では——」

「構いませんよ。お仕事でしょう。私は堂島静軒(せいけん)と申す者です。職業は、まあ地方の歴史や伝説などを調べております。物書きの端くれですかねえ」

「歴史や——伝説？」

はい——と、やけに瞭然と男——堂島は答えた。

「数年前からこの辺りの郷土史などを纏めているのです。一昨昨年、一度この上のお宅にお伺いしてお話を採集したのですが、色色と調べて行くうちに、どうにも腑に落ちないことがありましてねえ。それでこれからもう一度確かめに行こうと思いましてねえ——」

堂島はそこで声を落とした。

「——それで何か」

「は？」

「何かあったので御座居ますか」

問われて淵脇は私の方を向いた。この場合私が説明するのが筋である。しかし、それでなくとも複雑な事情なのである。瞬時に要約することも難しければ、初対面の人間にそれを伝えるのも難しい。対人恐怖症の気がある私などに、最初からそんな芸当の出来る訳もなかった。

私はもごもごと口を動かした。声は出なかった。

堂島は笑顔を作ったまま、もう宜しいですか——と云った。そして上目遣いに私達を窺い乍ら緩緩と礼をして、私達から視線を外さぬまま姿勢を戻し、それじゃあ——と云って踵を返した。

「ま——待ってください」

私は手を伸ばしてそれだけ云った。

堂島は首だけで振り向いて、肩越しに視線を寄越した。


「ぼ、僕も——行きます」

何であれ行くしかあるまい。

「一緒に——そこへ行きます」

淵脇は呆れたような眼で私を見て、やがて諦めたように、

「ああ——自分も——行きますよ」

と云い、自転車に手を掛けた。

淵脇の自転車はしかし、小一時間で放棄された。

そう云えばこうだったよ——と巡査はぼやいた。

平板な道行きではなかったのである。

一応道はついているものの、至るところに高低差があり、或は途切れ、或は曲がり、登り坂には階段状に木片や石が埋め込まれていたり、ところによっては上から鎖が下げてある坂まであった。その鎖に掴まって伝い乍ら登るのである。

道すがら私は自己紹介をした。

そして堂島に解り難い事柄を、解り難い言葉で、解り難い順序で、解り難く説明した。堂島は私の顔を見ず、ほう——とか、へえ——とか相槌を打ち、稀に顔だけ振り向いて、

「それは大変ですねえ」

などと、善く通る声で云った。途中から淵脇が説明に加わり光保錯乱説に基づく解説を施した。理路整然と語られると、本当にそれだけの、馬鹿馬鹿しいことであるようにも思えた。それでも最初に聞いた時と同じく、釈然としないしこりは残った。

一通り話し終わるのに一時間は掛かっただろう。

堂島は漸く躰ごと私達に向き直った。そしてどことなくわざとらしい口調で、

「なる程——あり得ない話に聞こえますねえ」

と云った。

私は頷いたが、淵脇は首を横に振った。

堂島は続けて、

「しかし——関口さん。例えばあなたは真実を知って、いったいどうする気なんです？」

と問うた。そして私が答える前に、

「記事に書くだけじゃあないんでしょうねえ」

と云った。

質問に対する回答の用意はなかった。

「記事に書くだけ——ですが」

「いや、それは違います」

「違う——とは？」

「あなたはもう、損得抜きで知りたくなっているのでしょうねえ。どうもそう云う口振りです。もう後戻りは出来ない——違いますかねえ」

「それは——」

きちきちきち——と山鳥が啼き乍ら飛び去った。

堂島は山肌を背にして立っている。

「例えば——」

射竦めるような眼。

「この世の中と云う奴は、幻想と現実とを対立項として捉えるから解らなくなる。私達は現実と云う名の幻想に包まれて生きている。そしてまた、幻想と云う名の現実を抱えて生きている。この世の現実は押並べて幻想と等価ですよ。そして人にとって幻想は切り取って現実と区別出来るものではない——」

真っ直ぐな、端正な眉に力が籠っている。

「——だから。世の中には不思議でないものなどないんですよ。ここに私がいることも、そこにあなたがいることも、不思議と云えば皆不思議だ。そう思うなら、村ひとつ消えようと、人が何人消えようとそれは別段騒ぐようなことじゃない。過去なんか凡て消えてなくなったって、私は今ここに居るし、あなたはそこに居るじゃありませんか」

「それは——」

厭ですか——と堂島は云った。

「——厭でしょうねえ。あなたはあなたでいたい。そう思うから厭なのです。自分は自分なんだと思いたいものです。あなたにとって世界はあなただけのものだ。そう、人は、あなたは自分を世界から切り離して、特別視したい。他人と自分を差別化したい。だからこそ、世界は不思議に溢れている。自分が自分でないかもしれないと気付けば——世界には謎などひとつもないんですよ」

「どう云う——意味です？」

淵脇が尋いた。

「謎とはなんです？　解らないこと——でしょう。謎は起こり得ないことを指す言葉ではない。世の中の事象は遍く実際に起こっていることなのですからねえ。起こり得ないことが起こると云うのは矛盾している。人が知ろうが知るまいが、陽は昇り陽は沈む。陽が昇るのは不思議ですよ。地動説を知らぬ者にとっては謎だ。しかし天体の仕組みが解ってしまえばそれは謎なんかではないでしょう？　でもね、仮令仕組みが解ったって、天体の運行に変わりはないのです。だから謎とは単に、人に解らないことであるに過ぎない。人が居なければ謎なんかない。人とは誰です？　そう、あなたですよ——」

堂島は私を見た。

「——あなたが居るから——あなたにとっての謎がある。あなたがあなたでなくなれば、あなたにとっての謎はないんです」

「私が——私でなくなる——」

「この世界は凡て真実ですよ。それをあるがままに受け止めればそれで済むのです。人は常に、真実の只中に居る。しかし人はそれを認めない。何故なら自分を基準にして世界を量ろうとするからです。自我と云う狭い鋳型に世界を嵌めようとするから解らぬことが出て来るのですよ。凡ては不思議と悟るなら、その時点で世界はあなたのものだ。しかし、自分を守り、且つ世界を知ろうとするのなら——凡ての謎を解明しようと思うなら——その時は己と云う器を世界と同じ大きさに、無限に広げなくてはならない。これは難しいことだ。ですからね——」

ふわり、と被風がはためいた。

「——真実を享受するために自我が邪魔になるのなら、そんなつまらないものは捨てて仕舞った方が遥かに楽なのです——」

堂島は声を低くする。

「——それでもあなたは」

視線が私を射抜いた。

「知りたいですか」

「し——」

私はいったい何をしているのだ。

これは——この、今の状況は現実なのか。

光保の妄想に取り込まれているだけなのではないのか。

凡てはまやかしなのではないのか。

私は——。

私は私だ。

何かを振り切った。そして云った。

「知り——たいです」

堂島は眼を細めて笑った。

「そうですか。なる程善ッく解りました。それでは参りましょうか。日が暮れると厄介(やっかい)ですからねえ」

さあ、もうじきです——と云って、不思議な男は被風を翻(ひるがえ)した。

私は、引き寄せられるが如く踏み出した。

振り向くと淵脇が呆然として続いていた。

門がある訳でもなく、標識が出ている訳でもなかった。村の境界を表すものなど何もなく、山中に、実に唐突に建物が出現した。

それは。

光保に依れば、三木屋と云う雑貨屋である。

地図上では、熊田と云う農家となっている。

見たところ雑貨屋には見えない。風雪に曝された灰褐色の、半ば朽ちかけた建物は、そこにあるのが当たり前だと云うような佇いで、草木と、山の景色と見事に同化していた。軒には何か作物が提げてあるのだが、それも褐色に乾き、板葺きの屋根には雑草が生えている。

背後はただ山である。

「雄大だ。ご覧なさいあの山肌――」

堂島は山を見上げた。

「――この大きな山に、へばり付くようにして住んでいるんですねえ、ここの人達は。まるで、苔か岩海苔のように。そうして漸く生きている」

堂島は首を曲げて笑顔を見せた。

「思いませんか？　こんな天然を眼前にすると人間など象に集った虱のようなものだ――とね。過去だの未来だのと偉そうなことを口にしはするが、虱は象の時間を理解など出来ないんだ。あの家に住む老人は、陽が昇ると起き、陽が沈むと寝る。雨だろうが晴れだろうが痩せた畑を耕し、芋粥を啜って蒲団被って眠る。もう、幾年も幾十年もそうしている。毎日毎日同じ日の繰り返しだ。昨日も明日もない。ただ生きている――」

淵脇は何かに当てられたように顔を上げ、少しばかり口を開けて、見慣れている筈の山山を見渡している。私は眼が眩んでしまいそうな予感に耐え切れず、その淵脇の喉の辺りを無感動に見ていた。

「明日も今日と同じ日。今日は昨日と同じ日。ただ同じ日が延延と繰り返されるなら、時間などないに等しいじゃあありませんか。三日も一年も、十年も七十年も一緒ですよねえ、関口さん」

——十年も。

——七十年も？

「堂島さん——あなたは」

何か知っているのか。

「あなたは先程、この集落で腑に落ちぬことがあった——と仰っていませんでしたか」

はい申しました——と堂島は云い、また笑った。

「なァに、つまらないことです」

「つまらないこととは何です？」

「つまらないことだ。そう、習俗や習慣と云うものは土地や、家によって随分と違うものですよねえ」

堂島は肩を怒らせて建物の方に進んだ。

「言葉もそうです。同じものなのに呼び方が違う。同じ名前なのに違うものだったりする。釣り針ひとつ取っても、日本海側のものなのか太平洋側のものなのか、将(はた)また瀬戸内のものなのか、形を見ただけで判るものです。正月の飾り、盆や節句など年中行事の執(と)り行い方、飯の喰い方からくしゃみの仕方まで、みな事細かに違っている——」

堂島は戸口に立った。

「この家には——」

がたり、と戸が開いた。

無表情な老人が立っていた。

眼が濁(にご)っている。高く突き出た頬骨の天辺(てっぺん)から、細かい老人斑が顳顬(こめかみ)まで続いている。黒黒と日焼けした頭皮に、短く刈り込んだ真っ白な髪の毛が、まるで粉でも振ったようである。黄ばんだ襯衣(シャツ)の上に半纏(はんてん)を着込んで、日本手拭いらしきものを首に提(さ)げている。老人は既に景色の一部として、何の違和感もなくそこに居た。

「——何か用で」

「ああ、熊田さん。熊田有吉(ゆうきち)さんでしたね」

堂島がそう云った時、老人の濁った眼は何故か私を捉えていた。

「そうだが——あんたは?」

「く、熊田さん——自分は駐在の——」

あんたは何だ——それは、明らかに私に向けられた言葉だった。淵脇は無視された。

「あんたは——」

老人は堂島を除けるようにして私の方に一歩近付いた。堂島は大きく振り向き、老人の背中目掛けて云った。

「熊田さん。一寸家裡を見せて貰いますよ。内君は畑かな。さあ関口さんも駐在さんも、寄せて戴きましょう。御免——」

堂島は、昏い戸口にすっと這入った。私は老人に一礼してから後を追った。

漆黒。眼が順応しない。

臭いと、湿度だけの家。

暗い、粗末な、乾燥した家だった。

眼が慣れると今度は色が失われた。

無彩色の土間に矢張り無彩色の堂島が居た。

「なあに、見るところはそう多くない。熊田さん、雪隠はどちらかな——ああ、こちらか。ほらご覧なさい。ここだ。熊田さん、これは何ですかな」

堂島は指差す。

梁に何かが飾ってある。私は目を凝らす。

——御幣か。

神棚や注連縄などに供える幣束のように見えた。

矢張り幣串のようなものに挟んである。藁のようなものも下がっている。いずれも相当に古い。十年がところ忘れ去られているように思えた。

「それは便所の飾りだ」

戸口で熊田老人が云った。

「——もうずっと取り替えてねえ」

「これが気になっていたんですよ。これは——人の形になっていますねえ」

云われてみれば人形である。

「しかも、ふたあつ」

それがどうした——と老人は云った。

「そんなものは飾りだ。取り替えてねえから有り難くもねえ。欲しけりゃ持って行け」

堂島は多分、眼を細めて笑った。

「いいんですか。貰っても」

「構わねえよ。そんな、流しもしねえおひなさんは汚ェだけだ。飾っておくだけ善くねえことがある」

堂島は、遠慮しておきましょう——と云った。

そして、

「それより——ご仏壇かご位牌は御座居ますか」

と尋いた。

「それがどうした」

「拝見出来ませんかねえ」

老人は憮然として、そんなものは人様に見せるものでねえ——と答えた。堂島はそうですか、と云った後、緩慢と顔を私に向けた。

「関口さん。こちらがここに七十年から住んでいらっしゃる熊田有吉さんですよ。何かお尋きすることはないのですか？」

「それは——」

——この老人が嘘を吐くか？

善人面だからと云って信用は出来ぬ。愚かな振りをした狡猾漢も居る。老獪な識者も善く誑かす。だが——。

この老人に他人を謀ることが出来るか。否、謀る意味があるか。隠し事をしてまで護るものがあるのか。嘘を吐いてまで手に入れたいものがあるのか。

堂島の云った通り、ここは時の孤島である。

失うものもなければ、欲しいものもない。

昨日は今日と、今日は明日と同じ——。

「あの――」

しかし。

「十六年前、この村に駐在が派遣されて来たのを憶えていらっしゃいませんか」

老人は一度横を向いた。淵脇を見たのである。

「下の村にはずっと居る」

「下じゃなくてその、この、集落です」

「知らねえ。憶えがねえ」

「この辺りの名前は――場所の――」

「韮山村だと聞いてるが。手紙はそれで届く」

そうなのだ――ここの住所は韮山村なのだ。

「その、通称のようなものは」

老人は口を固く閉ざして顎を摩った。

「判らねえ。ここはここだ」

「じゃああなたは――ここで、この村で、この家でずっと――育ったのですか」

老人は表情ひとつ変えず全く抑揚のない声音で、そうだが――と短く答えた。

「親父もその親父も、多分その親父もこの家で育ったし、ここで死んだ。俺も親父と同じようにここで育って、ここで嫁取って、ここで死ぬ。息子は出て行ったが、俺はここで死ぬ」

「息子さんは——いつ？」

「さあな。もう十何年も前に出て行った切りだ。金だけは送って来よるが、ここには戻って来ねえ」

まあ仕方がねえ——と云って、老人は屋内に這入って来た。戸口の形に切り取られた明るい戸外に、淵脇が突っ立っていた。

「十何年間——一度も帰省していないのですか」

「もう顔も忘れた。婆さんは偶に思い出して泣いておるが、だから——仕方がねえ」

「息子さんはどちらにいらっしゃるのです。県内と伺いましたが——」

「俺は善く判らねえ。この山から出たことはねえ。下の村までしか行かねえから」

「息子さんの仕送りの——封筒はありますか」

老人は無言で私を横に押し退け、ばたばたと板の間に上がって、無造作に板戸を開けた。そして箪笥の抽匣から封筒の束を攫み出し、再びばたばたと戻って来ると私に向けて突き出した。

私は堂島の反応を窺う。堂島は天井の方を見ていた。老人は同じ姿勢で封筒を差し出している。私は結局、どうも——と取り敢えず小声で云い、その束を受け取った。

荷造り紐で括られた封筒はかなりの量だった。

「これは——」

中にはまだ紙幣が入っているようだった。

「使い道がねえから」

老人はそう云った。

何年分なのか、かなりの額になるのではないか。

私は封筒の送り主を確認した。

熊田要一――。

住所は下田になっていた。慥かに下田ならそう遠くはない。淵脇の云っていた通りである。

私は、今度は淵脇を観た。若い巡査は疲れた顔をしていた。私は老人に諒解を得てから住所を手帳に書き記し、封筒を返そうとした矢先、堂島が関口さん――と呼んだ。

「消印を確かめましたか」

「け――消印ですか？」

反射的に封筒を引き戻して確認する。それに何の意味があるのか、考える暇もなかった。

微昏くて、擦れていて善く視えなかった。

東。

東――中。

一通目を捲って二通目を観る。

東——東京中——。

「東京中央？　東京中央郵便局ですね」

「住所は下田なのに、何か御用があったのでしょうかねえ。その次はどうです？」

「え——」

私は慌てて三通目も視たが、これは滲んでいて読めなかった。しかし四通目は矢張り東京中央局の消印だった。私は奇妙な焦燥感に見舞われた。五通目を確認する。六通目を覧る。七通目を覧る。

「これ——全部東京から投函されています」

私は何故か少し震えて、熊田老人を見た。

老人は相変わらず、憮然として立っていた。

「これは——堂島さん」

「さあ、もういいでしょう。あまりお邪魔してもご迷惑です。関口さん、さあそれをお返しして。もう参りましょう。熊田さんどうも失礼しました」

「あ——」

堂島は礼もそこそこに外に出てしまった。私はそそくさと封筒を老人に押し付けて、善く聞き取れない不明瞭な挨拶をして、転げるように後を追った。

畏怖かったのだ。

外は白茶けていた。

夢の中みたいだ――。

背後で戸を閉める音がした。

堂島はもうかなり先を歩いている。淵脇が不安そうに、幾度も振り返り乍らその後に続いていた。

「ど、堂島さん――」

「どうです関口さん。気が済みましたか」

「気が済んだって――いったい何が」

堂島は立ち止まった。

「もうお判りでしょう」

「何がです？　僕はまだ――」

「自分も何が何だか判りません」

おやおや――と堂島は笑った。

「それではそれで宜しいじゃないですか」

「善くないです。自分は――この辺も管轄内ですから、もし不審な事実があるのなら――」

「不審な事実などないですよ。関口さん、あなたはあのご老人が嘘を吐いているとお思いですか？」

「それは——ないと思います」

つまり、光保錯乱説はほぼ確定——と云うことである。尤も他の住人に会わずにそれを決めてしまうのは早計と云う気もする。一方で、誰に会おうと同じことであるようにも思えた。堂島はより一層破顔した。

「そうでしょう。あの人は嘘吐くような人じゃないですねえ。でも——」

「でも？」

「あの熊田と云う人はここの人じゃないですねえ」

そう云って堂島は再び歩き出した。

淵脇がその前に回った。

「待ってくださいよ。あの人は云っていたでしょうに。ここで生まれて育った、って」

「云っていました」

「なのにここの者じゃないと云うのはどう云うことです？　嘘じゃないんでしょう？」

「嘘じゃないでしょう。あの人はそう信じている。だからあの人にとってはそれが真実だ。その真実に基づいて正直に話しているのだから、あの人は嘘は吐いていないのです」

「信じている？」

「そう。関口さん、あなた、あの便所の飾り、見ましたねえ」

堂島は前を向いたまま私に問うた。

「見ましたが——あれが」

「あれをあのご老人はおひな様と呼んだ。いや、私はね、実はそれを確認しにここに来たのです。例えば、便所の神と云うのにも色色ありましてね。寺院なんかでは烏枢沙摩明王を祀る。善くお札が貼ってありますねえ。中国の厠神は紫姑神と云いますが、これは瓢箪がご神体です」

「それが何か——」

「先程云いましたでしょう。そうした習俗は土地や家で異なっている。便所に神棚を作り、そこに男女一対の人形を祀り、便所神の依り代とする——と云う習俗は、割と広範囲で行われているものですが、矢張り場所場所で作法が微妙に違う。これは大体、毎年正月の十四日だとか十六日だとかに新しいものと替えるのが決まりごとなんです。熊田さんはもうずっと替えてないと云っていましたね？」

「云っていました」

「ですからあれが単なる飾りではなく、以前は信仰の対象であったことは間違いない。熊田さんは替えることを知っていたのですから、まず間違いないでしょうねえ。まあ、この伊豆にも、勿論便所神の信仰はありますが、しかしあの形のものは見たことがないんです。あれがこの辺りの信仰の一般的な形態なのだとすると、少しばかり興味深いなあとは思っていたのです。でも——」

でも何です——と淵脇が尋いた。

「実はですねぇ、私はあそこに飾ってあるのと同じ様式の厠神を別の場所で見た。宮城県のさる地方なのですがね、飾り方が全く同じでした。宮城県内でも厠神の祀り方は様様で、呼び方も違う。オフンドウ様とか、オヘーナ様とか、祀り方も様様です。しかしその家では、オヒナ様、と呼んでいた」

堂島は愉しそうだった。

「これは——限られた地域でのみ有効な名称です。広い地域でそう呼ぶものじゃない。お雛様と云えば普通は桃の節句のお雛様ですよ。特殊な飾り方も、特殊な呼び方までも一緒となると、これは偶然とは考えられませんねぇ」

「じゃあ堂島さん、あなたは、あの熊田さんが、その——」

「はい。あの人は多分、宮城県の出身ですね。ここに移って来たのは精精(せいぜい)十四五年前でしょうねえ」

堂島はあっさりと云った。

「し、しかし——」

「言葉も違う。この辺の抑揚(イントネーション)じゃあない。寡黙なご老人ですから判り難かったのですがね、今日は多く話されたから善ッく判りました。平素は村人達と没交渉のようですから、露見しなかったのでしょうねぇ。それから、あの封筒の束——」

ばさり、と被風が翻る。

「息子さんからの仕送りは十四五年分はあったでしょう。でもね——十何年前、出て行ったのは息子さんじゃあないんですよ。あの熊田さんの方が出て来たんだ。宮城の家を——」

「そ——それじゃあ——」

「ここは——きっと、その戸人村です」

堂島はそう云った。淵脇が怒鳴った。

「じゃあ錯乱してたのは光保さんじゃなくて、熊田さんの方だと云うんですか！」

「錯乱はしていないでしょうよ。あの人は過去を与えられたんです。誰かから」

「記憶を——弄られたと？」

記憶ぅ——と淵脇が妙な声を出した。

「そんな馬鹿な——だって、奥さんだって」

「奥さんも一緒に——否、この集落の人全部と云った方がいいでしょうかねえ」

信じられませんよそんな与太話——淵脇は再び堂島の前に回り込んだ。

「魔法ですか？　忍術ですか？　そんな馬鹿なこと出来ますか！」

「出来るんですよ。何、難しいことでもないです。記憶を全部入れ替える訳じゃない。場所や土地の認識を少しだけ変えてやれば済むことですからねえ。しかし、だからこそ、どうでもいい部分——例えば便所神の祀り方なんかはそのままになってしまっているんです」

「そ、そんなこと」

堂島は目尻に皺を寄せて笑った。

「私の推測では、ここに住んでる人達は同じような規模の別の集落から集団でここに移されたんでしょうね。人間関係の記憶まで修正するのは難しいことですから」

「嘘だ。信じない」

淵脇は主張した。気持ちは解る。そんなことは、信じられぬと云うより信じたくない。だが——私はもう堂島の言葉を信じている。

何故なら私は——。

「駐在さん」

堂島が善く通る声で云った。

「この村の墓はどこにあるのです？」

「え？」

「墓のない村なんてこの日本には存在しません。隠し念仏や隠れ切支丹(キリシタン)の村なら兎(と)も角(かく)、檀家制度の浸透したこの国で、菩提寺も墓地もない集落などあり得ないんです。ところがこの集落には墓がない。私が以前調べた時にも、遂に判らなかった。麓の寺にも墓はない。過去帳もない。これはどう云うことでしょう」

「どう云うことって——それであなたは先程、位牌や仏壇のことを？」

「何か判ると思いましてね」

堂島の行く先には別の家が見えている。否、ひとつしかありません。多分それで正解です」

「考えられることは幾つもない。

「それはどんな正解ですか！」

「この村からは——未だ死人が出ていない」

はッ、と大きく息を吐いて、淵脇は腕を組んだ。

「堂島さん。揶うのもいい加減に——」

「警察官を揶うなんて大それたことをしたりはしません。宜しいかな駐在さん。私は何も、ここの住民が不老不死だと云っている訳じゃないのです——」

——不老不死。

不死の生き物。くんほう様——。

ぞくぞくと背筋に鳥肌が立った。

「——この集落の人間が全員、十何年か前にここに入植して来た人達だとしたら——誰も死んでいなくたッて不都合はないでしょう」

「ああ——でも」

青年警察官は腕を解いて拳を握った。

「でも——」

「これも推測ですけどね。多分位牌も仏壇も、そうしたものはないんです。彼等は、ここの住民達は、過去の記憶はあるが過去の記録はないんだ。そうしたものは持たされて来ていない筈です。ただ——本当はないのに、ないのじゃなくて、見ないように考えないようにしているのだ——と、彼等自身は認識している筈だ。ないのは不自然ですからね」

「じ——自分が確かめて来ますよ」

淵脇が駆け出すのを堂島は止めた。

「無駄ですよ。位牌も仏壇も絶対に見せてくれないし、家にないことも認めません。彼等は、仏壇は家にあるのだけれど見ないようにしている——つもりでいる訳で、彼等にとってはそれが真実なんですから、真実を壊すような行動を執る訳がない。もし仏壇を探してそれがなければ、彼等は欺瞞(ぎまん)に気付いてしまう。そうすると同時に己の過去も疑わざるを得なくなる。すると現在の己も消えてしまう」

「だって」

「いいですか。熊田さんの仕送りは凡て東京から投函されていたでしょう？　下田在住の人間が、幾ら頻繁に上京するからと云って、十何年もの間東京から郵便物を発送すると云うのは不自然でしょう。断言してもいいですが、下田に熊田さんの息子さんは居ませんよ。東京にも居ないでしょうねえ。そしてこの集落に送られて来る仕送りは、凡て東京中央郵便局に投函されている筈だ。そうでしょう、そう思うでしょう関口さん——」

「あ――」

「そう云う意味ではこの村は虚構の村ですよ。でもねえ、ここに来る途中にも云いましたが、虚構と現実に差なんてないんですよ。だって、虚構の集落なのに、住人は実在する。その住人には過去もあるんです。戸籍まである。こうなると、もう虚実は反転している訳です。駐在さんの云うように、関口さんのお知り合いの体験こそ虚構と云うことになる」

「そ、そんな抽象的なことは自分には解り兼ねます。自分は地域の治安を護る警官なんです。それが――それがこんな――関口さん、あなたはさっきから黙っているが、真逆この人の話を――」

「淵脇さん――」

淵脇の焦燥は痛い程解る。堂島の言葉を借りるなら、淵脇は淵脇でありたいのだろう。こんな馬鹿げたことは、若い田舎巡査の鋳型に到底嵌るものではない。私は淵脇を直視出来ず、結局堂島に向けて言葉を発した。

「誰が――何のために――こんなことを」

「さあ」

「仕送りをしている者こそ凡ての首謀者――と云うことになるのですか」

「それは解りませんねえ」

「しかし――」

廃屋。屋根に穴が開き、戸は外れている。

山鳥が啼いた。

「どうします。おふたりとも、これで引き揚げますか。それとも、何かまだお調べになるのですか？　これ以上歩いていると集落が終わってしまいます。その先が最後の家——慥か須藤さんでしたかねえ、駐在さん——」

淵脇は悲壮な顔をしていた。

「——この先は藪です。道はあるが、もう人は住んでいない筈ですよ。私は調べに行きますが、皆さんはどうされますか？」

「何を——お調べに」

「ですから墓です。この集落は古い。今住んでいる住民は兎も角、以前住んでいた人達の墓が必ずある筈だ——そう思いましてね。あなた方のお話だと、この先に庄屋だか村長だかのお屋敷があるかもしれないと云うことですし、ならば屋敷の敷地内に墓地があるかもしれませんからねえ。見たい」

「佐伯家——か」

淵脇が呟いた。

「自分は行きます。そこに建物があるのなら——それは知っておかなければならんでしょう。堂島さんの話が本当でも嘘でも——見届けなくては」

熱心ですねえ——と堂島は云った。

道端に摩滅した石仏が立っていた。

顔の凹凸も解らぬ程に磨り減って、まるでのっぺらぼうである。やや傾きかけた、橙色(だいだい)染みた斜めの陽差しが、余計にその輪郭を曖昧にしていた。

更に十五分程歩いた。

もう道などないに等しかった。取り敢えず踏み固められてはいるものの、通ろうと思えば通れると云うだけのことである。

私は下を向き、何も考えないようにしてただ足を動かした。考えれば某(なにがし)か答も出るのだろうが、理性を押し退けて訳の解らないモノが涌いて来そうで、ひたすら怖かった。

獣の気配がした。

それでなくとも山は怖い。

私は思考を停止してただ大地を注視(みつめ)る。

雑草。枯れ草。木の実。虫の死骸。木の葉。土。

「あ——」

——煙草の吸い殻。

「——これは」

淵脇が駆け寄る。

「何です？　あ、これは洋モクですよ。しかも何本もある。これ——ああ、あの進駐軍の連中か。おや？」

淵脇は目聡く何かを発見したらしく、警官らしい仕草で山側の藪に分け入った。

「関口さん！　一寸見てくださいよう」

もうあまり——何も見たくなかった。

伸び上がって見る。淵脇は痛たッと云って手を振った。何かを持ち上げようとしていたようだ。

「これは——有刺鉄線ですよ。危ないよなア、こんなところに丸めて——捨ててあるのかな。あ、これは何だ？　土嚢ですよ。破れた土嚢だ。鹿砦でも作ったのかな？　こんなところに——何故——」

若い巡査は顔を上げた。

「——米軍が何故ここを塞ぐんです？　ねえ」

警官は泣きそうな顔だった。

私は考えることが出来ない。

「正確には、塞いでいた、でしょうねえ、駐在さん。過去形です。時期的なことから推し量れば占領が解けたので帰国する前に撤収した——と云うところでしょうかねえ。しかしこの山道ですから。持って帰るようなものでもないし、結局放置したんでしょう。おお——」

堂島はそこまで云って立ち止まった。そして、

「関口さん。あなたのお知り合いは錯乱してなどいなかったようですねえ」

と云った。

「え？」

「ほら——あれが、その佐伯家でしょう」

指差す堂島の影が長く伸びている。

私はその影を辿るのが怖い。

「ほうらご覧なさい。大きな屋敷だ。本陣並みですよ。いいや、それ以上かな。これなら航空写真にだって写る」

「え——」

——そんな馬鹿な。

航空写真には写らなかった筈ではないのか。

淵脇が走り寄った。私も鈍鈍(のろのろ)と警官を追う。

私が追い付く前に若い巡査は叫んだ。

「ああ——これは——こんな場所にこんな屋敷があったとは——信じられないですよ！　まるで活動写真の、時代劇に出て来る御殿みたいだ！」

淵脇の拙(つたな)い比喩はある程度正しかった。

屋敷はあった。

ある筈だ——と云う思いはあった。

あるのだろうか——と云う疑いもあった。

ある筈がない——と云う願いもあった。

しかし、光保の妄想は——今、厳然として目下にその偉容を示していた。

立派な門構えの大きな屋敷である。敷地は土塀で囲われている。

門前横に粗末な小屋が建っていた。

多分光保の小屋——駐在所だろう。

「あれなら敷地内に墓地があってもおかしくはないでしょうねえ。しかし——あれだけのお屋敷が無人で、しかも放置されていると云うのはねえ」

堂島は歩き始める。

私は思う。

屋敷がある以上、ここにはかつて、誰かが住んでいたのだ。ならば——。

例えば、こんな推論は成り立たぬか。往生際の悪い私は、今更己を保とうと悪足掻きをする。

この屋敷に住んでいた一族を村人が共謀して殺害した——と云う可能性である。村人全員が共犯ならば、犯行を隠蔽することも容易ではないか。

何を尋かれても、知らぬ顔の半兵衛を決め込んでしまえばそれで済むのだ。この環境なら黙ってさえいれば犯行自体が発覚しない可能性もある。

——その場合、研ぎ辰はどうなる。

例えば研ぎ辰は、村に来たと云うよりこの屋敷に来たのだ——と考えればどうだろう。偶偶訪れた研ぎ辰は、殺害された屋敷の住人の死骸を目撃し、慌てて逃げ帰ったのだ。その体験談が不穏な噂——村人の大量虐殺に変容して流布し、その結果、新聞記事のように警察は捜査を開始したのだろう。しかし村人全員が共犯だったなら——隠蔽工作は容易だ。続報がないのは隠し切ったからではないのか。

——そこに光保か。

事なきを得て十何年後、当時の事情を知る者——光保公平がひょっこりと現れたのだ。村人は当然惚(とぼ)けるに違いない。何しろ光保は元警官なのである。

これは——。

でも——。

坂道を少し下る。屋敷はどんどん近くなる。

——駄目だ。

その推論は何も説明していない。

村人は、そっくり入れ替わっていたのだ。

私は眼を閉じ、一度強く頭を振った。

光保の記憶は正しいのだ。それは、目前に迫った屋敷自体が、その存在を以て保証しているのだ。ならば——先程堂島が云った通り、あそこに居た老人はその当時この村に居なかったと云うことになる。

——それじゃあ。

堂島は門前に至り、立ち止まった。

坂を下り切った淵脇もその横に立った。

それから門を見上げ、一度大きな溜め息を吐き、関口さあん——と、大声で私を呼んだ。

「関口さん、これ見てください！」

淵脇は門を指差している。見るまでもない——と私は思った。

「これ！ さ——佐伯——と、表札に書いてありますよ！ これはもう間違いないです。光保さんは正常ですよ関口さん。その人は錯乱も混乱もしていない！ つまりここは——戸人村なんです！」

そうだ。

ここは戸人村だ。

さっき堂島も云っていたじゃないか。

淵脇は地団駄を踏むような仕草をした。

「こ――こうなると、あの老人達が移住して来たのは間違いないことみたいですねえ。ただ、その、彼等の記憶が操作されたとか云う話は俄かには信じられないですが――だって普通、そんな大掛かりな、しかも馬鹿なことはしないですよ。仮令出来ることだとしたって、先ずそんなことを仕出かす動機がない。手段がない。そうでしょう堂島さん！」

堂島は門扉を開ける。

動機は何なんです、あなたには判ってるんですか堂島さん――と、淵脇が大声で尋いた。

堂島は横目で淵脇を見て、勿論私は存じませんがねエ――と云って笑った。そして、

「ただ――そう、ここに住んでいた人や、元の村人達はいったい何処に行ってしまったのでしょうねえ」

と、云った。

「た――大量――虐殺――か？」

さあて――堂島は惚けて門を抜ける。

「大量虐殺は事実だと云うんですか？　堂島さん、しかし、そんな報道はされていないんですよ！」

「記事はあるのでしょう」

「噂ですよ。噂の記事です！」

淵脇は堂島を引き止めるように怒鳴った。

「――それに、あの記事には警察が捜査に乗り出すんだ、と書いてあった。そうですね関口さん？　警察が乗り込んで来て、それでも事実が発覚しなかったと云うんですか？　そんな馬鹿な！　何故？」

堂島は玄関を開けてから振り返り、

「それは簡単なことですよ」

と云った。淵脇は更に怒鳴った。

「何故です！　何故警察は見逃した！」

「村人のダミーが用意されていたからですよ」

「ああ――」

淵脇はそう声を漏らし、のろまな私を顧みた。

「村人総入れ替えが――もしそれが――大量虐殺の隠蔽工作だったとしたら――」

淵脇は額を抑えた。

「――考えられないことはないのか？」

考えられないことではないのだろう。

私もそう思う。それが組織的な犯罪だったのだとすれば、その可能性は一層増すのだ。そして、淵脇は失念しているようだが――或は意識的に考えぬようにしているのかもしれないのだが――事件の背後に得体の知れぬ大きな影がちら付いていることは間違いない。

それは——軍部である。

唯一の証人、研ぎ辰は憲兵に拉致されている。

軍の解体後は米軍が現場をうろうろしている。

報道に対する情報操作も、警察の捜査に圧力をかけるのも、軍部が一枚咬んでいたなら簡単なことだったろう。戸籍の抹消や地図の改竄、記録の回収、そして洗脳——どれも難しくはなかっただろう。

厭な感じは厭な予感を通り越し厭な像を結んだ。

だが——何故。

だが何故——と淵脇も云った。

「大量殺戮の動機は何です！　百歩譲って村人の入れ替えなんて馬鹿馬鹿しい偽装工作の動機が大量殺人だ、と云うのはいいでしょう。ではその大量殺人の動機は何なんですかッ！」

「ご覧なさい。調度も何もかも残っています。玄関に生けた花までそのまま朽ちている」

堂島は黙って家裡に這入った。

「堂島さんッ！」

淵脇は訴えるように叫び乍ら門を潜った。私も続く。堂島は土足のまま屋敷に上がり込んでいた。

「廃屋です。構いませんよ」

声だけがする。

堂島はどんどんと奥に進む。

遅れては——迷ってしまう。

善く通る声が響く。

「何故——何故何故。あなた達は何故ばかりだ」

長い、畳敷の廊下。紅殻格子。

「そんなに謎を造りたいのですか」

漆喰細工の窓。染み。汚れ。埃。

「謎は、謎だけでは成立し得ない」

畳の大きな染み——血痕。

「解るとか解らないとか——」

幾度も曲がる。

「答えは出ている。否、この世には答えしかない」

襖が開く。

「林檎は何だと問わずとも林檎なのです。林檎を知らぬ者が問うた時、初めて林檎は謎になる。そしてその謎に対する答えはこうです。それは林檎だ——馬鹿馬鹿しい。問わずとも答えずとも、林檎は林檎ではないか」

襖が開く。

「さあ、あなた方の探している答えはこの奥にある」

襖が開く。堂島が振り返る。

「そんなことは関口さん、あなたは最初から知っていたことじゃあないですか」

そうだ。知っていたんだ。

奥の間。

入らずの奥の間の。

死なない生き物――。

くんほう様――それが動機だ。

奥座敷は閑寂（かんじゃく）として少し寒かった。障子越し欄間（らんま）越しに、かなり濾過（ろか）された弱弱しい夕日が、ささくれた無数の畳の目を騒騒（ざわざわ）と波立たせている。

堂島は座敷を真っ直ぐに進み、床の間の前に立つと、掛軸を外して、強く壁を打った。

ぎい、と音がした。

壁はなんなく開いた。

淵脇は一度確認でもするように私の顔を眺め、それから何かを振り捨てるようにして床の間の方に向かった。そして壁の中を覗き込み、声にならない悲鳴を上げた。

喰うと長生が得られる不死の生き物――。

そんなモノはこの世のモノではあるまい。

しかし、それが本当にあったなら——。

私は不死を求めて冥界に迷い込んだ科学者をひとり知っている。その男に資金を提供していたのも帝国陸軍だったのではなかったか。ならば——。

一歩。靴のまま畳を踏むのは厭な気分だ。

もう一歩。

解っている。あの中に何があるのか。

狂おしいまでの予定調和。

来るぞ来るぞと思っていても。

期待と裏腹な恐怖——これは。

私は床の間の前に立つ。そして——。

霞んだ眼(まなこ)で、弛弛(ゆるゆる)と中を覗き込んだ。

ここは、まるで——。

まるで異空間だ——。

淵脇が喘(あえ)ぐように云った。

燻(くす)んだ黒い小部屋だった。

光量が少ない所為か——。

部屋の中央に、何処の国のものとも知れぬ異形の装飾が施された祭壇らしきものがある。

その前に、何か干からびたものが転がっている。

あれは屍体か。屍体かもしれない。屍体ではないのかもしれない。祭壇の上には古びた本が置いてある。その奥には――。

ぬるりとした質感の塊が鎮座していた。

首のない胴体に短い手足の付いた――。

――くんほう様。

それはひくひくと動いた。

――生きている。

その時、私は急に肩を叩かれた。

振り向くと、

そこに大きな荷物を担いだ薬売りが居た。

燈がふっと消えた。

＊

――そこまでだった。

その後、私の記憶は途切れている。

薬売りの相貌だけが網膜に焼きついている。

そしてその、酷く現実離れした記憶の後に連続しているのは、模糊とした、夢のような山の景色だ。

書割のような空。棚引く紫雲。そして山陵。ただ綺麗な色だけが蘇る。朝陽か、夕照か。綺羅綺羅と瞬いている、あれは木の葉だ。大樹だ。私は景色の中で大樹を眺めていた。私は景色の一部だった。

廃屋の昏い奥座敷で見た薬売りの顔と、その雄大な山山や巨木の風景は、私の中では間隔を置かず、直接に繫がっている。まるで映画フィルムのコマを抜いたが如く。編集でもされたかのように。

それはあり得ないことだ。時間的経過を伴わずに空間を移動することなど不可能である。ならば続く風景は夢だ。夢の記憶に違いない。だが――。

夢の風景はそのまま現実になった。

気がついた時私は、その夢そのままの景色の中に居たのだ。私は大きな樹の下で、大勢の男達に囲まれていた。肩を攫(つか)まれ、腕を攫まれて。警官が指を差して喚(わめ)いていた。これは何だ、誰がやったのだ。

私は樹の上を見上げていた。樹の上には――。

女の脚。

磔(はりつけ)の裸女。

女を吊したのは、私なのだと思う。

何故なら、私はここに立っている私を見ているからだ。そして私はここから逃げたのだから。

だから――そう云ったのだ。

私は見たままを告げたのだ。

警官は云った。そうか、お前がやったのか。

私は怯(おび)えて答えた。私は何もしていません。

警官は云う。今、やったと云ったじゃないか。

私は再び答える。やったのは多分私だが――。

私は何もしていません。

巫山戯(ふざけ)るな。男達は口口に私を罵(ののし)った。

そうして私は、荒縄で括られて、何人もの男達に搦め捕られて、あの、夢の続きの樹の下から、この固い壁で囲われた建物へと移されたのだ。

それから丸二日。ろくに眠っていない。

怒っているのか呆れているのか、善く解らない表情の男が、ただこちらを注視ている。光源が偏っているから男の顔には深い陰影が刻まれている。

――私がやった。

目の前の男はそう云っている。幾度も幾度も繰り返し云い続けている。お前がやったお前がやった――と、只管同じことを鸚鵡のように反復している。それならそうかもしれないと、私は、半ばそう思い始めている。しかし私は、それでもうんと首肯くことが出来ないでいるのだ。かと云って私は、首を強く横に振ることも出来なかった。私はただ、まるで呆けたように弛緩して、男の善く動く口許を、焦点の暈けた瞳で見詰めるだけだ。

遂に男は私を見限った。

もういいなどと云う。私は少しだけ寂しくなる。見捨てられたような気持ちになる。こんな状態で放り出されて、これから先ちゃんと生きて行けるのだろうかなどと、本気で思う。このままここで責め続けて貰った方がいいと、真実そう思ったりする。

暗い部屋に導かれて、乱暴に背中を押されて。

嗚呼ここは真っ暗でなんて心地良いところだ。

ぎい、と金属の軋む音が項の下方で聞こえて、ばたん、と云う衝撃が脊髄に響いて、その後にかちゃり、と監禁を象徴する微かな振動が鼓膜に届いて。

——監禁。

そして、それからかなり長い時間が多分刻刻と過ぎて、厭と云う程闇の気配に染み込んで、もう情景と同化するばかりに脱力し続けて、それで漸く私は自分の置かれている状況を、ある程度把握するまでに恢復することが出来た。これは——現実だ。

私は——逮捕されたのだ。

＊

塗仏の宴◎宴の支度

うわん

◎うわん

（前略）そのワンワンを又化物の名として居る地方がある。たとえば筑前の博多ではオバケの小兒語がワンワン、同じく嘉穂郡ではバンバン、肥後玉名郡でもワワン、薩摩でも別にガモといふ語はあるが、小兒に對してはワンを用る。「ワンが來ッど」などといつて嚇すさうである。

——妖怪古意

柳田國男／昭和九年

1

潮騒（しおさい）が春の香りと混（ま）じって耳の産毛（うぶげ）を擽（くすぐ）る。

抜けたように見通しが善くって、何だかさばさばした気になって、朱美（あけみ）は久し振りに履物を脱いで素足で地面を踏んでみた。

朱美は足袋（たび）を履（は）かない。纏足（てんそく）されているようで嫌だからだ。気持ちが良かった。透明で冷たそうな空が脳天から足の裏へ抜けて、そのまま地面に吸い込まれるようだ。

――街は嫌いサ。

朱美は山育ちである。

少し駆け上がると海が望める。

ここは本当に良い処（ところ）だと、朱美は思う。

少し前までは逗子（ずし）に住んでいた。

借家の取り壊しが決まって、一度は東京に出た。

半月で厭（いや）になった。

逗子の借家は、常に海鳴りの聞こえてくる豪く古い屋敷で、そのうえ忌まわしい曰く因縁が纏わり付いていたから、そこでの暮らしは快適とは凡そ云い難かったのだが、それでもいがらっぽい都会暮らしに比べれば、遥かにマシだった。

良人に頼み込んで街を離れた。

朱美の良人は旅行ばかりする仕事だった。朱美は土地に執着がなく、平素から根無し草が性に合っていると公言して憚らぬ程だから、良人に同行しての旅暮しを望んだのだが、その望みは叶わなかった。

朱美は逗子で、それまでの己の人生に節目を刻むような、大きな事件に巻き込まれたのだ。そして、罪を犯した。大罪とは云わぬが微罪でもなく、決着は未だ付いていないから、居所は確然しておかねばならなかった。審理だの裁判だの、面倒なこと甚だしいとは思うが、罪を犯した以上償いはきっちりとせねば気が済まぬ質だから、すっぱりと諦めた。

そしてここ——沼津に落ち着いた。

最初は富山に行く筈だった。富山は良人の故郷であり、朱美の疎開先でもある。縁者親類も少しはある。だから心強かろうと良人は云ったが、朱美は、どうせ移るなら初めての場所が良い——と願った。

明日のことなど判らない。

だから思案しても始まらぬ。

過去だとか昔だとか、過ぎ去ったことなど朱美にはどうでも良いし、所詮は現在しかないとも思う。どうせ前が見えぬのならば後を見るのも潔くないとも思う。それに想い出と云う奴は善きにつけ悪しきにつけ、いつもべたべたとしているような気がする。だから朱美のような女にとって、縁のある場所と云うのはそう心地良いものではないのである。

駿河の空気は朱美には合っていた。

跳ねるように歩いてみる。

——少女のようだ。

尤も朱美には快活に跳ねるような少女時代を送った記憶はない。ただそれで別段不幸とも思わない。今、この齢で跳ねられるのだから良いと思う。

朱美と云うのはそう云う女である。

潮風が渡る。

一面の松林である。

見渡す限りの松である。

朱美は正直云ってそれ程松が好きではない。

松と云う樹は春夏秋冬変わらない。いつも青青と尖って、生きていることを誇示している。そこが鼻に付く。そのうえ植えた時から松はもう若くない。そんな気もするのだ。そして百年経っても松は同じように松なのだ。

最初から年老いていて、永世変わらぬ存在など朱美には理解出来ない。理解したくない。松を見る度そう思う。そしてひとりで、肚の中で笑う。植物を人に擬て、真面目に考えてしまう自分が可笑しいのである。

——樹は樹じゃないか。

そうして朱美は笑った。

好かぬ好かぬと云い乍ら朱美は善くここに来る。

本当かどうか、松は千本あると云う。

狩野川の河口から田子ノ浦まで延延と続く、所謂千本松原——東海の名勝として名高い青松の砂丘である。名勝と云ってもただ景色が善いだけのものではない。この松原は防塩林である。この松のなかった時分、駿河湾からこの一帯に容赦なく吹き込む波風は、住民達に計り知れない塩害を齎したのだと云う。頻に心地良い潮風も、度を超せば大勢を泣かす凶器となるのだと——朱美はそんなことを思う。

尤もこの場所は元元松林だったのだとも聞く。

その昔——と云ってもどのくらい昔なのか朱美は知らないし、興味もないのだが——武田勝頼と云う武将がすっかり伐り倒してしまったのだと云う。

迷惑な話である。

戦のためだと云うことだが、大義名分は如何あれ所詮は個人の妄念である。

武将がどれ程偉いか知らないが、そうした妄念が時を隔てて後の世にまで及ぶと云うのは、どうも朱美の好むところではない。

時は過ぎて行くものだ。

だから人も潔く去るべきだと、朱美は思う。死して後にまで何か残そうなどと思うのは欲張りだ。

――強欲の極みってモノさ。

伐り倒された松林を元通りにしたのは、比叡山延暦寺の、何とか云う偉い上人の弟の、長円と云う僧なのだと云うことである。その僧は、伝わるところに依れば、偶偶この地を通り掛かり、塩害に泣く村人を救おうと大願を立てて、一本一本松苗を植えたのだと云う。

通り掛かっただけなのに――。

植える端から松は枯れたのだそうだ。

潮風の所為である。普通は諦めるだろうと朱美は思う。人ひとりが林を創れるとは思わない。ならば無為である。だが長円は諦めず、念仏を唱えてはただ植え、ひたすらに植えたのだ。常人に出来ることではない。

結果今の美林はある。

住民は感謝し、寺まで建てた。

立派なことだと思う。しかし朱美には――これも妄念のひとつの形だとしか思えない。

衆生救済の大願を妄念と呼ぶとは何ごとか——と叱られそうだが、動機は如何あれ結果が如何あれ、個人の枠を超えた所業の源泉は総て妄念なのだと、朱美はそう思う。結果的に誰かが泣いたり喜んだりするにしても、それは別の話で、信念であれ邪念であれ、大本にどこか嘘恐ろしい執念がなくては、どんな偉業も成し遂げられるものではないだろう。

武田勝頼の妄執を打ち払ったのは、僧長円の妄執だった訳だ。

——いずれ執念深いことサ。

朱美はごつごつした幹を撫でた。

皹割れた樹皮の隙間に松脂が浮いていた。

——千本分の坊主の妄念。

未だに役に立っているよウ——と、朱美は声に出さずに云った。

海が見えた。

良人は今日も戻るまい。

相模を廻る月は、半月は戻らないのだ。

朱美の夫は置き薬の巡回販売をしている。

富山の実家が薬屋なのである。文字通り越中富山の薬売りなのだ。この商売は売り切りではない。得意先に箱ごと薬を預けて廻り、日を置いて訪れ、使用した分だけ代金を回収すると云う、所謂掛け売りである。だから常時廻っていなければ商売にならない。

一年の半分以上は家を空けている。

朱美は殆どひとりでいる。

寂しいとは思わない。独り暮らしに慣れた所為ではなく、仮令百人の中に居ても、人は結局ひとりと思えば一人なのだと、朱美は知っているだけだ。

——ぬくもりは外にあるものじゃアないから。

それを他人に求めているうちは半人前だと思う。

仮令生涯の伴侶と決めた相手でも他人に違いはない。幸福とは求めるものではなく、今ここに在ることだと、朱美は感じている。だから寂しくはない。

犬が哭いている。

朱美は松原を見渡した。

一町程先に何か動くものが見えた。

くい、と頸を伸ばす。躰を少し傾げる。

男のようだった。

男が跳ねている。喜んでいる訳ではなさそうだった。跳ねる度、腕の先から伸びた腰紐のようなものが宙に躍った。それはやがて松のごつごつした太い枝に引っ掛かった。男はそれを引き、幾度か扱くような動作をした。

——おやまあ。

朱美は溜め息を吐いた。折角清清しく散歩していたものを、却説どうしたものか——。

男は紐を輪に括ってから再び幾度も引き、次に下を向いて何か探すような仕草を始めた。

——何もこんなところでサァ。

間違いなく——首吊りの準備である。多分踏み台代わりになるものを物色しているのだろう。見れば慥かにぶら下がりたくなる程見事な枝振りの青松だった。他の樹では枝が折れそうである。

止めるのはお節介、説教は野暮。だが。

——行き合ったのも縁と思うサ。

朱美は下駄を履いた。焦る必要はない。紐が巧く掛かっていないのだ。このまま吊れば、落ちる。

男は、何処からか樽のようなものを見付けて来てその上に載った。紐を頸に掛ける。

「ああ——いけないよ兄さん——」

その樽は——朱美がそう叫んだ刹那、樽は箍が外れて綺麗に潰れ、男は紐を持ったまま転げ落ちた。紐は当然枝から外れた。朱美は駆け寄る。

男は腰を強打したらしく、横向きに倒れて踠いていた。

「まったく見ちゃァいられないよォ。選りに選って妾の前で吊るンならモウ一寸粋にやってお呉れな。ほうら——」

朱美が手を差し出すと男は素直に摑まって来た。引き起こす。男は腰を抑えて苦痛の顔を見せた。

男は痛い痛い、などと云っている。見たところ、三十五六、四十前の風采の上がらない男だった。

「何ですよウ、見たところ何不足ないご立派な殿方じゃァござんせんか。このご時世だ、他人にゃ計れぬ深い子細でもあるンでしょうけどね、いずれ命を絶とうとまで思い詰めたンだったら、もう少しばかり遣り方ってものを案配なさった方が良かァござんせんか？　それじゃあ折角の決心が可哀想でございますよ――」

男は痛そうに腰を摩り乍ら、はあ、と間抜けな返事をした。背広に開襟と云う風体である。松の根元にはひしゃげた旅行革鞄が置いてあった。

「ああ、痛かったです」

男はそう云った。

「何ですよゥ。気の抜けたお人だこと――」

朱美は悪いとは思いつつも――失笑した。

「――まったくモウ、こう云う時は、止めてくれるなとか理由は尋かないでくれとか、そう云う台詞を吐くものと相場が決まっておりましょうに――呑気な首吊りじゃァございませんか」

「はあ——そう云うものですか」

そうですよゥ——と云って朱美はまた笑った。

そして、ホラお立ちなさいな——と云って再び手を差し延べた。男は右手で腰を摩りつつ左手を出したが、指先が触れるなり慌てて引っ込めた。

「何ですよ。まだ首吊りの続きをなさるおつもりなんですか？　それにしたって腰抜かしてたんじゃア吊るモノも吊れやしますまいに」

「否——」

男は砂に手を突いて起き上がり乍ら、もう止めました、これは駄目です——などと云った。

「ただ、あなたの指が——その、豪く冷たかったものだから、まあその——」

「あら厭だ、彼誰刻にゃあまだまだ早うございましょう。妾はひゅうどろじゃアありませんよゥ」

判っとります——と、男はやけに真面目に朱美の冗談を受けて、失礼致しました——と詫びた。謝られても困ってしまう。

「本当にお見苦しいところをお見せしました。気の迷い——と、云う訳でもないのですが、どうも縊鬼に取り憑かれましたかな。お蔭様で憑物が落ちました——と、云うか、私が落ちたのですが」

老けて見えるが意外に若い。

朱美が何か云いかける前に、男は痛たたた——と云って再び躰を曲げた。

「おやおや、打ちどころが悪かったんじゃアありませんか。腰骨やられちゃ命に関わる」

元より死のうとしていたのだが——。

どうやら相当酷く打ち付けたらしい。

木の根にでも当たったものか。男はうんうんと唸ってまた屈んだ。

「——死のうとしちゃア死ねず仕舞い、死ぬ気が失せて死んじまったんじゃア本末転倒でござんすよ。そのご様子じゃア養生された方がようございますねえ。見たところ土地の方でもなさそうだ。お宿はどちらでございます？　人でも呼んで——」

「否——や、宿はないです。引き払って来た」

それも考えてみれば当然のことで、本気で死ぬつもりだったなら、宿に戻るつもりもなかったろう。

「それじゃあ——」

「いや、ご、ご迷惑をお掛けしました。なに、少し休めば」

「こんな砂地で幾ら休んだって、打ち身擦り傷が癒える訳ございませんよゥ。砂が効くのは河豚毒くらいサ。仕方がないねえ——」

朱美は頸を回して来し方を見た。

「——妾の家はすぐそこ。狭い借家で良かったら」

「そ、そんな、妙齢のご婦人の」

「あら嫌だ、妙齢だなんて世辞を云う。迷惑てェならもう、十分に迷惑ですからねェ。ここで行き倒れてお陀仏されちゃ夢見が悪ウござんしょうよ——」

朱美は同じようなことを去年の冬に云った憶えがある。それがあの、逗子の事件の幕開けだった。

珍しく、少しだけ厭な予感がした。

大きな通りから脇の路地に入る。

海鼠壁の家並み。

三部屋しかないこぢんまりとした借家である。

通行人に手を貸して貰って、朱美は男を自宅に運び込んだ。男は頻りにすいません結構ですすいませんと繰り返したが、どうにも足腰が立たぬのだから仕方がない。何が何でも死にたいと、云い張るのなら兎も角も、死ぬ気が失せたなら捨ててもおけぬ。

袖擦り合うも他生の縁と云うけれど、他生どころか今生で、こうまで関わって勝手にしろもなかろうと——そうも思うが、実際酔狂なことではある。

——ほんに。

そうした星の巡り合わせなのだろう。

男の腰にはくっきりと青痣が出来ていた。矢張りかなり強く打ち付けたのに違いない。しかし歩けなかったのはどうやらその打撲の所為ではなく、右足を捻挫したためであるらしかった。

膏薬を貼ってやった。

薬には事欠かないのだ。

男は、村上と名乗った。

申し訳ない面目無い——と、村上はそれでも尚、繰り返し云った。そして幾分硬直し、

「しかし驚きました。私は、てっきり十七八の娘さんかと思うたです」

と云った。

まァ、世迷言も程程にされませんとお口が曲がりますよゥ——と答えて朱美は薬箱を閉じた。

「妾みたいな年増摑まえて、精精二十二三ってェなら兎も角、十七八と云われちゃァ悪ッ口にしか聞こえませんよゥ」

「いや、実際そう見えたのだから仕方がない。それで立派に通ります。ご亭主——いや、ご主人様には申し訳ないが、真逆所帯を持たれているようには、とてもとても——」

「ほんに執拗い方だこと。十も鯖読んだのじゃァお天道様が怒りますよ。それに亭主が笑います」

　朱美は笑った。何だか善くは伝わらないのだが、この自殺志願者が懸命に自分を褒めようとしていることだけは間違いないようだった。それだけは十分伝わった。村上は豪く恐縮し、頭を掻いた。

「いや——それにしても、まったく以てお礼の云いようがない。あなたが通り掛からなかったら如何なっていたことか。本当に命の恩人です」

　仮令朱美が通り掛からずとも首吊りは失敗していたのだろうし、同じように転んでいたなら再度吊ることも出来なかったのだろうから、朱美が命を救ったことにはなるまい。そう云うと村上はくしゃみでもしそうな顔になった。

「そんなことはないです。あなたのお蔭で死ぬ気が失せた。今思えば、何であの時、あんなに死にたかったのかが解らない。魔が差したと申しましょうか魔に魅入られたと申しましょうか、もしあなたに逢わなんだなら、打擲捻挫は一層の不幸と、石浜を海まで這って入水でもしていたかもしれない」

「それはまあ——」

　朱美は僅か愉快な気持ちになる。

　真剣な話し振りが独得の可笑しみを醸し出している。気合いが入れば入る程、妙に可笑しい。そう云う味のある男である。

「——幸いでございましたけれどねぇ」

「ところでその、ご主人様は——いつお戻りで」

「さア」

「さあとは——その、このようなご迷惑をおかけして何なのですが、お礼も満足に出来ぬ有様、その、ご主人様がお戻りになる前に失礼致しませんと」

それでしたら当分は大丈夫でございますよ——と朱美は云った。

「——宅の亭主は諸国を巡る旅仕事。戻るのは明日か、来週か、来月か——とんと解りませんのサ」

こりゃまたご冗談を——と村上は云った。

「冗談じゃアありませんよ。妾の亭主は越中富山の薬売り。今頃は相模辺りを廻っておりますのサ」

薬売りですか——と村上は妙に高い声を出した。

「薬売りが——何か？」

「い、いえね——」

村上は何でもないですと云った。

「何ですよぅ」

「はあ、その」

村上の顔が曇った。

しかしそれはほんの瞬間のことで、情けない男はみるみる情けない顔に戻った。

「そうです、子供の頃なんです――」

「子供？」

ハイ子供の頃です――と、まるで云い訳でもするように村上は云った。実際、急に問われて返答に窮し、たった今思いついた――と、云うような感じの物云いではあった。

「いや、子供の頃、私は薬売りが怖くって――いいえ、その、あ、失礼」

村上はやけに慌てて頭を振った。

「ああ、も、申し訳ない。恩人のご主人様をそんな――」

朱美はイヤですよゥ――と笑った。

そして、途中で止められちゃ却って気になりますよぉ――と云った。はあ、まあそうでしようなあ――と、村上はもぞもぞと恥じ入るように恐縮した。

「そのですね、郷里には慥か、人攫いの薬売りと云うのが居りまして――いや、子供脅かす作り話ですよ勿論。それが、こう、大きな風呂敷包みを担いでおりまして、夕方に来る訳ですよ。ハンチングかなんか目深に被って、脚半か何か巻いて。それが夕方遊んでる子供を攫う。で、風呂敷に入れましてね、連れてっちゃう。擂り潰して薬にして売っちゃうんだとか謂います。まあ親父なんかが脅かすんです。だから、こう、悪いことすると、薬売りが来るぞ――と」

そこで村上は朱美の眼を見上げ、

「ご、ご勘弁を。ご主人様のご商売を悪く思うている訳では決してないのですが――」

と、慌てて云って鶏の如く首を突き出して詫びた。朱美の方は中中面白い話だと思って聞いていたから、笑い乍ら、一向構いやしませんよぅ――と答えた。しかし村上は、いいや構います、これはいけないです――と一層畏まった。

「まッ、まったく失礼にも程があります。お気を悪くされましたでしょう」

「厭ですよぅ。まァうちの亭主は人攫いじゃアありませんけどね、多分。でもそう云う脅かし話はどこにでもありましょうに。妾だって子供ン時は、あの按摩取りが怖うございましたよ。奉公先の旦那のところに攫まりに来るんですけどネ。あれが怖かったもんですよぅ。今思えばねえ、随分と失礼な話なンですけどねェ。そう云えばもっと小さい頃は――妾は信州の山奥に住んでたんですけどねぇ、そう、遅くまで遊んでると袋担ぎが来るぞッ――と、そう云われましたっけね」

「フクロカツギ？」

「狸か何かなんでしょうかねェ。大黒様みたいな、大きな袋担いでるンですよ。それで矢ッ張り袋に入れられッちまうンですよ、悪い子供は。喰われちまうのか殺されるのか、憶えはありませんけど、その人攫いの薬売りてェのと一緒でしょうよ――」

村上は、はあ――と云った。そして両手で肩を抱くようにした。

寒さでも堪えるような仕草だった。

「怖いですよね。人攫いは――」

「何とまァ――」

臆病な自殺志願者だろうか。

自らの命を絶つよりも攫われる方が怖いらしい。

村上はひと頻り怖がってから、それでは――と腰を上げた。否、上げようとした。

この情けない自殺志願者は、すぐに失礼しますこれで失礼しますと、再三再四辞去を望んでいるのである。しかし、どうしたって歩けないのであるから去りようがない。村上は立つことすら出来ずに、悲鳴まで上げた。朱美はまあまあと取り成す。

最前よりこの繰り返しである。

村上は再び頭を下げた。

「ほ、本当に面目無い。今すぐに発ちますので、その、暫しお待ちを――あ痛たた」

「すぐにと仰いますけどねェ。そのお御足じゃあ、まあ二三日は動けませんよ。それ程ここがお嫌でしたら、何処か近くにお宿でも探しましょうか。それとも医者殿にでも――」

「いや、その、甚だお恥ずかしい話だが、お銭を持ち合わせない。宿も医者も――」

「ソンなら――ここに」

「いや。それも、その――」

「妾の亭主にお気遣いなンでしたら、ご無用に願いますよ。どうせ戻らないンですから」

「そ、それが、で、ですから余計に困るのです。その——何と申しますか、ご婦人おひとりの家に、ご主人様の留守宅に上がり込んで——」

口が回っていない。

善く聞く台詞だ——と朱美は思う。

男は大抵そう云う台詞を吐くものなのだ。亭主の留守に訪れる男は皆間男で、女房の留守に上がり込む女は皆淫婦だと——多分世間の相場はそう決まっているのだろう。何が何でも色恋沙汰に持ち込まなければ失礼だとでも云うようである。例えば悋気の虫が騒ぐのは、己に疚しいところがあるからで、年柄年中発情しているような色気触れでもない限りそんなことなど滅多矢鱈にあるものではないと云うのに。そもそも目の前の冴えない男はどう見ても色気が抜けていて、仮令この場に亭主が帰って来ようとも、怪しむ惧れは毛程もないように思う。

そう云ってしまえば身も蓋もないのだが。

朱美は少少辟易する。どうしようもない。

村上は半身を起こし、何が何でも失礼します、お礼は後日改めて持参致します——などと云う。それじゃァ行くがいいサと追い出したところで、門前で蹲るのが関の山——だ。

思案の末、朱美は家を出ることにした。

このまま押し問答を続けていても埒が明かない。

留守を頼めば、まあ凝乎とはしているだろうし、独りにしてやれば少しは落ち着くやもしれぬ。それで、どうしても出て行こうと思うのならば、朱美の戻る前に出て行けば良いことである。尤も、それは無理な相談だろうとは思うが——。

それに、考えてみれば、そもそも朱美はただ松林を散歩していた訳ではなかったのだ。勿論首吊り男を拾うために徘徊ていた訳でもなく、本来は夕餉の食材を買いに出た途中だったのである。あまり春風が心地良かったから、つい回り道をしてしまっただけなのだ。

用があって出掛けるから兎に角暫くここで休めと漸う云い含め、朱美は立ち上がった。

土間に下り、下駄箱の上に出し放しになっていた財布を摑んで、朱美は玄関の引き戸を開ける。

下駄の音をかたりと立てて、一歩踏み出す。

玄関口を出るや否や——。

騒騒しい物音がした。

その物音と共に、隣家から男が何かを避けるようにして路地に飛び出して来た。男は勢い余って転びかけ、体勢を立て直す際に朱美に顔を向けた。

目が合った。

妙な風体である。

目立って変わった服装ではないが、どこか変だった。それが首から下げられた丸い飾りの所為なのだと気付いた時、男は朱美に向けて手を差し延べ、口を開きかけた。

その瞬間。

男目掛けて隣家の戸口から練炭らしきものが放られた。男は跳び退き、練炭は路地に転がった。続けて甲高い痛罵の声が鳴った。

「さっさと消えるがね！　執拗いッたらないら。うちは車返しの山王さんの氏子なんだから、そんな変なモノにゃ入らん！」

悪罵を浴びせられた男は朱美の方をちらちら盗み見乍ら暫く狼狽えていたが、そのうちもう一喝、罵声が響いた。

「いつまで突っ立っとるかね。いい加減に帰ぁれ。薄鬼魅の悪い。女衆だからって嘗めとると、本当にぶっ殴すよ！」

赤ん坊の泣き声が怒鳴り声の後に続いた。戸口から隣家の女房が出て来たのである。ねんねこを羽織り、背中に赤ん坊を背負っている。男は滅法居心地の悪い顔をして、結局こそこそとその場を去った。

女房は、よしよし御免ね、可哀想に煩瑣かったねえ――と散散赤ん坊をあやして、塩でも撒こうかねそれも勿体無いね――と悪態を吐いて、漸く朱美が立っていることに気付いた。

「あら朱美ちゃん、見てた」

「見てた——ってナツさん、あの男は何処の何奴ですよ？　また随分と嫌ッたものじゃアないか」

嫌いサ、大っ嫌いサ——と、女房——松嶋ナツはまるで童女のような顔を顰めて云った。

並ぶとどちらが母だか赤子だか解らない。顔の大きさが違うだけである。

親娘の顔が似ていると云うだけではない。ナツはそもそも、子供がいるにも拘らず子供のような女なのだ。朱美が十七八に見えると云うならば、ナツはいいところ十五六にしか見えまい。

押し売りかえ——と尋くと、ナツは間髪を容れずに、押し売りより質が悪いのさァ——と答えた。

「訳の解らない宗教の勧誘サ。本ッ当に憎らしい。突如這入って来て、長生きはしたくありませんかとか云っちゃって、巫山戯るなって感じよ。何回追い返しても来やがるのサ。おう、よしよし——亭主の留守にのこのこと、厚ッかましいよ。朱美ちゃんも気ィ付けた方がいいよう」

——亭主の留守に、か。

朱美が答えずにいると、ナツはぶうぶう文句を垂れ始めた。朱美はそれを聞き流し、ナツの背中の赤子を見た。いつの間にか子供はすやすやと眠っていた。朱美が寝顔を覗き込むとナツも気付き、ああ寝てくれた、寝かせて来よう、と云って引っ込んだ。

　そこで——朱美はどうしたものか戸惑ってしまった。寝かせて来よう——と云うことは、ナツは戻って来る気なのだろう。ならば待つべきか。このまま黙って去ってしまうのも慥かに変な具合ではある。

　それに、二度も出端を挫かれてしまっては買い物とても興が乗らぬ。元元必要に迫られていた訳ではなく、拾った自殺志願者の扱いに窮して家を出ただけなのだし、いっそこのままナツと立ち話でもして家に戻ろうか——とも思った。

ナツと云う女が、朱美のペエスを乱す種類の人間であることはまず間違いない。だから越して来て三箇月余になると云うのに、朱美はナツに逢う度に、擽ったいような痒いような、何とも形容し難い気分になる。ナツは大層親切で、それは濃濃と世話を焼いてはくれるのだが、要領が良いのか図図しいのか、気が付けば使われているのは朱美の方だったりすることが多いのだ。勿論それはそれで構わないのだけれど——。

　ただ、朱美にしてみれば調子が狂っているのに違いはない。しかし最近では朱美自身がそう云う状況を楽しんでいるような気もする。つまり朱美は、自分との共通項をひとつも持たぬ隣家の女房のことがきっと好きなのだろう——そんなことを考えているうち、身軽になったナツが再び玄関口に出て来た。

「お待たせ」

　顔だけ見ると、本当に幼女のようである。

「それよりさっきの男よ朱美ちゃん。昨日も今日も、あの野郎ってば、あの子が丁度寝付いたところに来やがるのさ。やることは山程あるし、子持ちにとって赤んぼ寝てる時間がどれだけ貴重なもんか解ってにゃあら――」

出て来るなりに捲し立てる。

その若やいだ口調は声だけ聞く分には小娘のようでもある。

調子に乗ると土地の言葉が雑じる辺りはご愛敬である。朱美が余所者だからか、この世話好きで賑やかな隣人は、朱美の前では意識的に方言を使わないようにしているらしい。気を遣っていると云うより、格好を付けているだけなのかもしれないのだが。

「――でもさ、多いんだぁ最近。何て云うの？　新興宗教って云うの？　ここいら、軒並みそう云う宗教とかが出来るのよ。何種類もあるんだって。あのサ、この辺富士山が善く見えるでしょう。その所為じゃない？　あたしは富士山絡みだと睨んでるんだけど。だってそう思わない？　富士は日本一の山だもんさ」

朱美は苦笑する。ナツの云うところの、その貴重な時間とやらを、このように無駄遣いして良いものかと、そう思ったからである。

「あれサ、何だっけ、そう『成仙道』だっけ。ほらあの、天神原だか本宿だかの方にサ、何かきんきらきんの妙竹林なお堂が出来たの知らなアい？」

「さア」

「変なの出来たのよォ。悪趣味。屋根とかに変な飾りとか付けちゃって。行ってみてよ笑うから。それでサ、今の男はサ、そこの男なんだ。丸い変なの首に掛けてたでしょ？　こォんな、神社の太鼓の模様みたいな変梃なの——」

それは朱美も見た。手鏡程の大きさの、白と黒の二つ巴のような模様の付いた飾りものだった。見慣れたものではないのだが、見覚えがない訳でもない。どこかで見たような模様であった。

「それ、信者になれッて云うンですか」

なれって云うのよォ——とナツは口吻を尖らす。

「なる訳ないのにねェ、信者なんかにサ。あんなへなちょこに騙される奴の気が知れないわ本当に。それがね、朱美ちゃん。成仙道って結構居るらしいのよ、信者。大きい声じゃ云えないけど」

ナツは二度三度周りを見渡し、声を潜めて、前屈みになった。

「この界隈にも相当居るって。小林さんとか入信したそうだし、大野さんとこの婆ちゃんもサ。後、清水さんとか。表向きはサ、何にもなかったような顔してるけど。信心してる訳よ。悪趣味な成仙道をサ」

「せい——せんどう」

どう云う字を書くのだろう。

「長生きするんだって。信心すると。百歳でも二百歳でも生きられますからって、馬鹿云うんじゃないよォッて云うの。ほら、この辺は水も綺麗じゃない？　だからなンか、湧き水飲んだりするんだよう。そんなん家で飲んだって一緒でしょうに。それをさ、誰がお金払ってまで飲む？」

飲まない飲まない——とナツは手を振る。

「三島とかサ、この辺に結構何箇所もあるンだって話だけど、馬鹿にしてるよ。三島には三島大社があるしさ。あたしのとこだって、代代山王さんの氏子でさ。曾祖母ちゃんは白砂運びの行列で世話役婆やってたって自慢してたんだからさ」

「白砂運び？」

朱美は未だまるで土地に馴染みがない。だから勿論せいせんどうと云うのも何だか解らないのだが、山王さんと云われても何のことだか解らなかった。辛うじて三島大社だけは知っていたのが、白砂運びとなると皆目見当がつかなかった。

そう告げるとナツは団栗のような眼を更に丸くして、お祭りよぅ——と問うた。

「知らない？　狩野川の土手から石持ってくンのよ。何か祭壇みたいの作って。ぞろぞろ並んで山王さんまで運ぶ訳。昔は大名行列みたいな派手な行列で、その頃は川縁からじゃなくって、浜から——千本松原の浜ね。あそこから石拾って持って来るんだったんだってさ。あそこ石ばっかでしょ」

「山王さん——って」

「神社よ神社。駅のあっち側の——日枝神社だっけな？　やだ、本当の名前なんか知らないわよゥ」

ナツはけたけたと笑った。

「だからさ、そうそう簡単に神様変えられる訳ないでしょうに。神棚だってあるしさ。それに代代だものさ。葬式だってお寺さんはあるでしょ。檀家だものサ。要らないじゃないそんなん。それをさ——」

——神様。

朱美はその言葉の響きがそれ程好きではない。

朱美は淡泊した女だから、その他多くのものと同様に、神様自体には何の思い入れもない。ただ、神と云う言葉を耳にした時に朱美が抱く感想と云うのは、多分一般的なそれとは大きくズレているのだ。

そうした己の特性に朱美が気付いたのは、実は最近のことである。長い間蓋をして来て、やっとこ蓋を開けてみれば、朱美の半生は神と云う言葉に翻弄されたが如きものだったのである。そんな生い立ちが影響しているのかいないのか、朱美は信仰と云うものに対して普通の受け止め方が、どうやら出来ていないようなのである。その辺はどうにも素直でなくて、自分でも忌ま忌ましいと思う。

そんなことを熟熟考えているうちに、多忙な主婦は大量の言葉を発していた。朱美は答えるに答えられず、何となく、適当に笑いかけた。

ナツは顔全体で笑って、

「それで、朱美ちゃん、何の用？」

と尋いた。

「用——って」

用などない。しかし。

朱美は成り行き上已むを得ず、千本松原で首吊りを拾った話をした。ナツは好奇の色を眼に浮かべて、あら大変——と云った。

「それで——居るん？」

ナツは視線で朱美の家を指した。朱美は頷いた。

物好きも程程にしにゃあと——とナツは云った。

「で、どうするら」

「それがねェ、帰る出て行くの一点張りサ。知ったお方でもなし恩もなし、行き掛かりの赤の他人だからサ、歩けるんならサッサとお帰り戴きますけどねェ。あれじゃあ、どうにも放り出せやしない」

「足腰立たないかね？」

「そうさ。あれを放り出したりしたら、助けた妾が鬼と云われるか蛇と罵られるか――」

「あははは。貧乏籤だ。仕方がないわ、それは。暫く面倒みな。あたしが一緒に行ってその男に云ってあげるよぅ。柔順しくしろッて。それにさ、自殺の動機も尋きたいじゃないよう。一応サ」

「動機――？」

「動機。いったい何が彼を追い込んだのか――だって、そうそう居らんよそんな男。尋きたいでしょ。お螻蛄だって云う話だし、面白い話でも聞かせて貰わなくっちゃ割に合わないって。あんた、取り敢えず買い物行っといで」

ナツは、朱美の肩をぽんと叩いた。

「なァに変な顔してるのよ朱美ちゃん。その辺で鯵かなんか買って来りゃいいでしょ。もうすぐうちの婆ちゃんが戻って来るから、そしたらアタシも行くよ。ほら行っといで」

ナツは背中を押す。朱美は押されるままに歩き出す。歩き出してから思う。いつものこと乍ら、完全にナツのペエスに嵌っている。

大通りまで、そのまま出た。

心地良かったあの風はもう止んでいた。

おまけに空は昏い。雲がかかっている。

まだ陽が落ちるような時刻ではないと云うのに。

――自殺未遂の、動機を尋く？

そんなこと、朱美は考えもしなかった。

自殺志願者の胸の裡など尋きたいとも思わない。

大体自分が村上ならそんな大切なこと他人に話すだろうか。切実に死にたいと願っているような人間が――。

――もう死にたかァないンだ。

寧ろ尋いてやった方がいいのかもしれぬ。

そうも思った。

朱美とて死にたいと思ったことはある。ただ、自殺を図ったことは、ただの一度もない。

何故なのかは解らない。そうした質だったとしか云いようがない。幸福だったからでないことだけは確実である。

その証拠に――朱美は人を殺してやりたいと思ったことならある。大昔のことである。

しかし――。

もしかしたら、他人を殺すも己を殺すも、いずれ同じことなのかもしれぬ。嫌いだとか憎いとか恨めしいとか、辛いとか悲しいとか虚しいとか、そう云う負の感情が凝り固まって、それが何処を向くかと云うだけの違いであるようにも思う。

もしそうならば、それは不幸と直接的に関わるものではないのかもしれない。

勿論、どんな場合でも人にはそれぞれ云い分と云うのがあるのだろうし、それは一概にそうだと云い切れる類のものではないのかもしれないのだが、自分の経験に照らす限り、朱美はそう思うのだ。

嘗て——朱美は或る人物に明確な殺意を抱いたことがある。でも、果たして朱美はその時その相手を嫌っていたか。憎んでいたか。恨んでいたか。

どうもそれは怪しい。憎いと云えば憎かったし、恨んでいないこともなかっただろう。好きでもなかった筈だから、ならば嫌いだったのかもしれぬ。でも、だから殺してやろうと考えた——とも思えない。それは絶対に違うと思う。そもそも憎いからと云って相手を殺して如何なるものでもない。

そう、如何なるものでもないのだ。だから。

——だからサ。

如何にかなるものなら如何にでもしているのだ。如何にもならないからこそ、そして如何にもならぬと知っているからこそ、人はその理不尽を何とか形にしようと腐心するのだろう。それが何かの瞬間、些細な契機で凝固したものが殺意なのだと、朱美はそう思う。だからその時その瞬間は、憎悪も怨恨もないのだ。そしてその、まるで瘧のような殺意が、外に向いた時は他人を殺めるような行動となり、内に向いた場合は己を殺める行為となる——単にそう云うことなのではないのか。

――正に憑物サ。

あの男――村上も、慥か憑物が落ちましたとか云っていた。

――本当に落ちたのかねェ。

朱美は少し不安になる。あの男をひとりにしてしまって良かったのだろうか。寧ろ傍に居て、ナツの云ったように根掘り葉掘りつまらぬことを聞き出してでもいた方が良かったのかもしれぬ。

真実と云うものは思ったよりいい加減なものである。言葉にすると、途端に真実は元居た場所から微妙にズレる。そして不思議なことにズレた場所に収まってしまうものなのである。そのズレが殺意を無効にすることはある。朱美は、逗子の事件でそのことを学習した。

――帰ろう。

そう思った。踵を返した瞬間、朱美は視線を感じた。

見回したけれど誰も居なかった。相変わらず見通しは良かった。薄曇りとは云え、春の町並みは澄んでいる。ただ、清清しかった町の空気が、僅か変質しているような気がした。

――騒付いてる。

道の向こう、遥か遠く、大きな荷物を担いだ男の姿が確認出来た。

男はとぼとぼと歩を進めている。

あれは――。

――薬売り。

良人ではない。良人がこの町に居る訳はない。

　目を凝らすが霞んで善く見えない。空気は澄んでいると云うのに、まるで歪んだレンズ越しに見るかのように、遠景が暈けてしまう。光の加減か。

否――朱美自身が微かに動揺しているところ所為かもしれなかった。

凝眸していると、更に遠く、薬売りの行く手に鮮やかな色が浮かんだ。黄色。緑色。赤色。原色が滲んでいる。普通の色彩ではない。色はまるで陽炎のようにゆらゆら揺れて近付いて来る。

それは列を成した大勢の人間だった。先程聞いた新興宗教だろうか。薬売りはただひたひたと遠ざかる。不思議な格好の一団は静静と迫って来る。

――落ち着かない。

風は凪いでいるのに、町は騒ついていた。

犬が騒いでいる。

ふと横を向くと、胸に丸い飾りを下げた男が、呆然として板塀の横に立っていた。

2

生薬の独得の香りが乾き気味の眼に沁みた。

それは、大きな色褪せた江戸紫の風呂敷包みから発散している。朱美は冷水で顔でも洗いたい気分になる。

「それで――」

尾国誠一は三和土の上がり框に浅く腰を下ろし、朱美の淹れた三杯目の茶を口に含んで、嚥下してから続けた。

「――その村上さんは今、どうしてるんです？」

病院ですよゥ――と朱美は答えた。そして溜め息を吐いた。

昨日――。

何だか落ち着かなくなった朱美は買い物を止めて引き返したのだった。

奇妙な風体の一行と擦れ違うのも何だか厭だった。しかし大通りから路地に入ると、その焦燥感は一層に増した。

寝てばかり居て滅多に鳴かぬ、角の荒物屋の老い耄れ番犬が、まるで尻でも蹴られたように吠えていた所為もあっただろう。それは多分——あの成仙道の男が、塀の陰に居たからなのだと思うが。

そして——。

朱美が小走りで路地を抜け、家に戻って、玄関の戸を開けた当にその時——茶箱がばたりと転げた。

見れば、庭先の鴨居に何かがぶら下がっている。

村上だった。村上は再び自殺を図ったのである。

朱美は慌てて駆け上がり、村上の躰を抱いて縁側からナツを呼んだ。ナツは大声を上げて騒ぎ訪れ、結果、向こう三軒両隣総出の大騒動となった。村上は荒物屋の親爺に引き下ろされ、大勢の手で戸板に載せられて、町医者まで運ばれた。

間一髪で一命だけは取り留めた。

後数分でも朱美が帰るのが遅ければ——村上の命は多分なかっただろうと医者は告げた。

災難でしたなあ——と尾国は云った。

「他人に家ン中で首吊られるなんて——要するに通りすがりの、見ず知らずの男でしょう？　まぁ災難としか云いようがない。何たって助けてやった恩返しに首吊られたんじゃ敵いませんからなあ」

まったく困った話で御座居ます——朱美はそう云って、愛想笑いをした。

「しかしその男は、立ち上がれぬ程の捻挫をしていたのでしょう？　善くまあ首が吊れましたな」

「そう——なンです。医者殿の見立てじゃァ、何でも骨に罅が入ってたとか。普通なら、とても痛くって立てやしないだろうに——とか」

余程死にたかったんだなあ——と尾国は云った。

朱美にはそうは見えなかった。

村上の様子は慥かに変だった。しかし変と云っても、何かに引っ掛かっているような様子だっただけで、深刻と云うより寧ろ明るかった。

「しかし引き返して正解でしたな。買い物に行っていたらその人はここにぶら下がってた訳でしょう？」

下がったなァそこですかな——尾国は縁側を指し示した。朱美は頷く。踏み台代わりにされた茶箱はまだその場所にあった。

「朱美さん、何か感じなすったかい」

「まあ、胸騒ぎ——って程じゃアありませんけど、妾にも何か予感があったのですかねェ」

そう云う自覚は朱美にはないのだが。

慥かにあの時朱美は、戻らなくてはいけないと思ったのだ。

しかしそれは、村上が再び自殺し兼ねない、と云う予測に基づいた判断ではなかったように思う。怪しいとは思ったが、危惧していた訳ではない。朱美が戻ったのは、強いて云うなら町全体が落ち着きなく、騒騒した気持ちになった所為なのだ。そして騒ついて感じたのは、空気ががさがさして来て、陽の光に元気がなくなったからである。

「虫の報せ——ってのとは違いましょうな」

尾国は冗談めいた口調で云った。それは違いましょう——と、朱美は頼りない口調で答えた。

朱美は殆ど眠っていない。

その所為か、正直云ってまだ昨日の疲れが取れていないのだ。

昨夜——首吊り騒ぎが一段落して朱美が帰宅したのは深夜のことである。村上の場合は自殺未遂と云うより行き倒れに近い。幸い意識はすぐに戻ったから、警察沙汰だけは避けられたのだが、身元の知れぬ男を入院させるのは結構面倒なことだったのだ。

だから朱美が散乱していた家の中を片付け終わって軽い食事を摂った頃には、もう夜は白白と明けかけていたのだ。床に就いても寝付けず、浅い眠りと覚醒を繰り返しているうちに昼も近くなり、眠るのを諦めて起きたところに尾国はやって来たのである。

尾国は良人の仕事仲間——つまり薬売りである。知り合って四年程になる。

但し、尾国は良人の実家の薬問屋から商品を請け負っている訳ではない。そう云う意味では謂わば良人の商売仇になるのだが、その道の先輩として良人にも朱美にも何かと目を掛けてくれる。

朱美の良人の、行商人としての経歴はまだ浅い。軍人だった良人が薬の行商を始めたのは戦後になって暫くしてからのことなのだ。良人は元来人当たりの良い、軍人には不向きな質だったのだが、それにしても命令と服従しかない階級社会から客商売への転身は簡単なものではなかったようだった。その素人に客扱いのいろはを仕込んでくれたのが、誰あろう尾国なのである。一方尾国は十八の頃からこの道二十年と云う熟練である。

と――云うより、良人がそれまでの躊躇を吹っ切って実家の商売を手伝おうと云う決心をしたのも、尾国と知り合ったことがひとつの契機となっていることは間違いなかった。

この家を周旋してくれたのも、実は尾国である。

尾国は駆け出しの時分からずっと駿河伊豆を廻っていたのだそうで、朱美達が転宅先を決め兼ねていることを知るとすぐ、気候風土が良いところだから住むなら静岡が良い――と云って薦めてくれたのである。おまけに貸家まで探してくれた。

その結果今の生活がある訳だから、尾国はある意味で朱美達夫婦の恩人でもある。

その尾国がこの家を訪れたのは、転宅の時以来のことである。周旋した手前もあってか、ずっと気にしてくれてはいたらしい。

聞けば尾国は二日前に沼津に入り得意先を廻っていたのだそうで、ならば昨日朱美が見た薬売りも尾国だったのかもしれない。

改めて尋きはしなかった。

尾国は云った。

「しかし——何ともはや不思議な話ですなあ。どうも解せません。先ず、結局その人は何だって首を縊ったのです？　その人に、事情とやらはお尋きになったのですか？」

「それがねえ——」

——何かが欠けているんです——。

——何が欠けてるってェのサ。

朱美には解らなかった。

昨夜——。

漸く落ち着いた床上の村上から、朱美はある程度の事情は聞くことが出来た。勿論聞き出したのは朱美ではなく、好奇心の塊と化した隣家の女房——ナツである。救ってやった恩もある。恰も母親が息子の不始末を叱るが如き口調で、ナツは問うた。村上は、大層畏まってはいたが殊更隠しごとをする様子もなく、問われるままに真情を吐露した。自殺衝動を持つまでに至った経過と、自が半生を交えつつ、その動機に就いて村上は先ずこう語った。

何かが欠けているんです——。

何かとは何か——金か、女か。ナツは追及した。

それが何か解らないから怖くなったのです——。

村上はそう云った。何かが欠けている、しかし欠けているのが何なのかは解らない——正体不明の喪失感に煽られて臆病な男は命を捨てようとしたと云うのである。不可解だった。

「欠け——てるとは？」

「さァねえ。ですからね——きっと儚い気持ちになったンでしょうよ」

「儚い？」

尾国は平たい顔を歪めた。

「何だか少女小説の台詞みたいですなあ。儚い、ねえ。そんな綿菓子みたいな理由で死にますかねェ。手前にはそう云う気持ちは、矢張り解せませんな。事業で失敗したとか女房に逃げられたとか、そう云うのじゃあないんですね？」

「経営していた螺子工場が潰れたンだとか云ってはいましたけどねェ、それでどうとか云うこともなかったようですし。それもその、何とか云う研修会に入ったお蔭で、遣る気も出て来たンだとか」

「ああ、ええと『みちの教え』でしたかね。しかしそれは眉唾ですよ。聞くところによるとインチキだとか。中小企業の経営者をカモにして、いい加減な助言ばかりする、一種の霊感商売です。手前の知り合いの家族も引っ掛かった」

「さて、妾にはそう云うことは解りませんけどね。インチキだろうがトンチキだろうが、上手く行きゃいいようなモンなんでしょうけど——」

——自殺の動機。

朱美には結局理解出来なかった。でも反面、酷く解るような気もしたのだ。尾国なら朱美と違って世間も広いから、見識も深かろう。もしや解るものかと思い至って話し始めた次第である。

尾国は暫く草履を眺めて、まあ病気——でしょうかねえ——と呟いた。

「病気——でございますか？」

「病気でしょうな。これは心持ちがどうの、考え方がどうのと云うのじゃないでしょう。理由はないと思うた方が良い。そう云う人は蚊に喰われただけでも死にたくなると聞きます」

「そんな病があるンでございますか」

「まあ気が鬱ぐ病と云うのはありますからな」

「気が鬱ぐ——」

「そうそう。憂鬱になるのです。聞くところに依れば、そう云う病に罹った方と云うのは、急に死にたくなるんだそうですな。理由はあまりない。本人にしてみれば深刻なんでしょうが——まあ家族の方が深刻ですな。突如死にたがる訳で、目が離せない」

厄介ですねえと云うと厄介ですよと返された。

「その病は治るもンなんですか」

「まあ神経に効く温泉だのもありますし、お薬だってあるにはありますが――手前も一応持ってますけれど、そもそも病気と思わないですからね、そう云うのは。今ではその、神経の医者様と云うのが居りますでしょう。ですからまあ病気と判るんでしょうけれども――」

村上がその気鬱ぎの病――とは、朱美には思えない。

何故なら意識が戻った村上は――ちっとも鬱いでなどいなかったからだ。何かに怯えてはいるようだったが、陰鬱な素振りは見せなかった。村上は最初に助けた後と同じように、情けなく、ただ只管に謝っただけなのだ。ただ謝りつつも頻りに自問自答しているようではあった。

――それこそが病である証しか。

自分でも自殺の動機を計り兼ねているのかもしれぬ。発作のようにそれは訪れるものなのだろうか。そう云うと尾国は、波があるんでしょうな――と云った。

「良くなったり悪くなったりするんです。だから病気なんでしょう。辛くて辛くて死のうと思い詰めたのなら、そんなムラ気にはなりませんよ」

尾国はそう結んだ。

それはどうだろうと、朱美は肚の中で考える。辛くて辛くて思い詰めた上のことであっても、自殺しようと思い切る瞬間と云うのは、矢張り発作のようなものなのではあるまいか。

——そうでなくては。

それはそうと——と、尾国は半身振り返る。

「——その人は薬売りが怖いとか」

「そンなこと云ってましたけどねェ。臆病な人なんでござんしょうよ」

「そうでもありますまいよ」

尾国は脚を組み、更に大きく振り向いた。

「手前で云うのも妙な具合ですが、薬売りが怖いと云うのは、まあ手前も解らないじゃない。手前どもは国から国、町から町へ、鳥みたいに渡り歩く訳ですからね。土地の人にしてみりゃあ、一年に一度しか訪れない余所者(よそもの)ですわ。幾ら馴染みになったって一年も開けば人も変わるし人情も変わる。お年寄りは亡くなる。赤ん坊は生まれる。夫婦別(みょうとわか)れしてる者もありますわ。そこに手前どもは現れる。ほら、鬼だの神様だのと云うのも、そうやって毎年一回やって来る訳でしょう。同じです。しかし神様と云う程有り難い面構えでもないし、我乍(なが)ら怪しいとは思いますわい。鬼と一緒ですなァ」

尾国は咳でもするように笑った。

「諸国を巡ってますとね、色ンな話を聞きますよ。子供攫うってのはどこにもある話でね。隠れ座頭だとか子取り婆ァだとか、土地土地で色色云いますな。天狗だって攫う。神隠しって奴ですな。今風に云えば人攫いだ」

「人攫い――ねえ」

「そう。児肝取りや脂搾りってのは主に上方の方で申しますな。その名の通り、攫った子供の生き肝を抜いたり脂を搾り取って薬にするのだそうで、死病難病に効き目があるとかないとか。まあ、妄言でしょうがね。勿論手前は、否否、お宅の旦那だってそんなモノは扱っちゃアいませんけれどね。ただ中には信じる奴も居りましょう」

「居る――ンでしょうね」

人体は霊薬妙薬になるのだと――そう信じて道を誤った男を、朱美はひとり知っている。そう遠くない過去にも、それを信じた者達の手で、幾つもの猟奇事件が引き起こされたと云う話も聞いた。だから俗説迷信は――効くのか効かぬのか朱美は知りはしないのだが――未だ有効なのだろう。

「――昔は居ったのでしょうなア。本当に」

朱美がそれらしいことを云うと、尾国はそれはまあそうです――と云った。

「と、申しますと？」

「ですから児肝取りです。人攫いは実際に居たんじゃないかと思うんですよ。その昔はそう云う商売があったんでしょう。だって呼び名は様様でも、全国何処でも云いますでしょう。悪いことをするとお化けが来るぞ、攫いに来るぞう――」

「それはお化けでございましょう」

「ですからお化けなんですよ。脅迫状でも届いてしまえば犯罪ですがね、拐したって、そのまま殺してしまうのじゃ誰の仕業か知れようがない。攫うのは人間でも、誰が攫ったのか判らんのですからお化けです。攫われると云う現象そのものがお化けなんですよ。まあ、迷子になって死んだとか、谷に落ちて死んだとか、そう云うのも一緒になっているんでしょうがね。そうでなくちゃ、こんなに人攫うお化けは居らんですよ。朱美さん——慥か信州でしたね？」

「ええ」

「じゃあモンモだとかモモンガとか？」

「はあ——？」

何のことだろう。聞き覚えはあるように思う。

尾国は両手を上げて指を開いて曲げ、口を大きく開けて、モモンガアッと云った。

「あら厭ですよ——そんなお化けじゃあるまいに」

「ですからお化けなんです。こうやって脅かされたでしょう？」

「はあ——」

朱美の記憶には袋担ぎしかない。しかし——善くは憶えていないまでも、ひと目見て素直にお化けの真似だと判った以上、そうした仕草や鳴き声はお化けのものだと、朱美もそう認識していたのだろう。それで違和感はなかった。

「慥か、信州の辺りはそう云うと思ったんですが、違いましたかね。手前なんかは佐賀の出ですがね、餓鬼の時分には善くこうやって脅されました。ガンゴウ、ガンゴウ」

「ガンゴウ？」

「モモンガもガンゴウもお化けの名前ですよ。名前と云うか、お化けのことをそう呼ぶんですな。子供の言葉ですよ。魚をオトト、犬をワンワン、と呼ぶようなものでしょうね。すると——鳴き声なのかな。ガーとかモーとか、鳴き声のようでもありますな。まあ怖そうな音でしょう」

「お化けの鳴き声ですか」

「はあ。手前どもはお子様のお相手も商売のうちですからね。手懐けると云えば言葉は悪いが、嫌われちゃ仕様がないですから、玩具も持ち歩きます。そんな訳で、全国巡回する都合もあって、土地土地の子供の言葉憶えなきゃならん。北の方は概ねモウですね。モウモとかモモンジイとか。南はガゴです。ガゴーとかガガンモだとか場所によって違います。ガゴゼとかも云う。これが一緒になってガモウとか云う場所もある。手前の勝手な当て推量では、こりゃあ元元カモウなんでしょうな。カモウのカが勝つとガガ某になる。モウが勝つとモモ某になる」

「カモウ——とはなんです」

「そりゃ咬もうですよ」

尾国は歯をがちがち噛み鳴らした。

「咬んで喰っちゃうぞ——と云う意味でしょうな。子供は攫われて、喰われる——」

「まあ——」

「人を喰うと云うと、大方は獣の仕業と思いますが、こりゃどうも獣じゃあない。お化けなんですな。獣ってのは生きた獲物は喰いません。春先の熊なんかは喰いますが——ありゃ襲うと云った方がいいですよ。こう、虎だの獅子だのは我が国にはいませんし。いずれそう云うのは死骸を喰らうものです。ガリガリ齧るような獣はいない。先ずは襲う訳です。だから同じ気を付けろと云われても、気の付け方が違いますな。避けようもある。しかしお化けの場合は、夕方ただ道を歩いているだけで遭遇う場合があるんです。そして、遇えば即攫われる。屍体も出ない」

「消えてしまう——訳ですかねぇ」

「そう。誘拐犯とは違います。人攫いってのは金目当てじゃないんですな。攫われたら戻って来ない。居なくなってしまう。そうでなくちゃ喰われると云う表現は変ですよ。それにね、熊は熊、狼は狼ですよ。わざわざお化けの所為にすることはない。悪いことをすると熊が来るぞ——とは云いますまい。まあそう云う地方もあるのかもしれませんが、手前は知りません。それに、山深い場所なら兎も角も、村や町に熊は出ませんよ。ですから手前は、昔は人攫う商売があったんじゃないかと思う訳です」

「人攫い——」

「そう云う連中が日本中に居たから、こんなに人喰いお化けや人攫いお化けが衍ったのじゃないかと、こう思う訳ですな。で、そう云う連中は土地の者じゃないでしょう。だから旅の者には気を付けなくちゃいけないってことになる。そして——手前ども薬売りは、村人から見ればただの旅人なんですよ」

「だから薬売りは怖い——と？」

「怖がられても仕方がないと、こう思う訳ですわ。手前どもは、見ようによっちゃあガンゴウなんですな。お化けの同類です」

——お化け。

——人攫い。

——薬売り。

「人を売る——人を買う商売と云うのは現にあるじゃないですか。今はどうか判りませんが、ついこの間まで娘の身売りは珍しいことじゃなかった。喰わなくッたって人は商品になる。それならどこかで仕入れねばなりますまい。通常は親から買いますな。しかし、仕入額が無料なら丸儲けでしょう——」

どうかしましたか朱美さん——と、云って尾国は平たい顔を向けた。朱美は言葉を選ぶ。

「その——村上さんですけどねェ」

村上が薬売りを怖がる理由。

朱美は昨晩、その理由を聞いているのである。

朱美は情けない首吊り男の顔を思い出す。

村上は紀州熊野の生まれなのだと云った。和歌山と三重の県境、新宮と云うところだそうだ。十五六年ばかり前、僅か十四で、村上は生家を出た。出たと云っても、奉公に出されたのでも養子に出されたのでもない。家出したのだと云う。

村上は云った。

——厳格な親父が恐くて、弟妹にばかり感ける母親が憎くて。

——高慢な兄貴が嫌いで、口煩い縁者が疎ましくて。

——家業が苦手で、田舎の風土が気性に合わなくて。

——何もかも厭でした。

——家は農家でしたが、それは貧しくて。

——土地も枯れていて、ろくな作物も採れず。

——紙漉きなんかもしていましたが、働けど働けど——。

一向に明るい行き先は見えなかったのだそうだ。嫌だ厭だで村上は、結局家から、村から、生活から逃げ出したのである。

朱美は思う。

十四と云えば慥かに半端な年頃ではある。最早子供でもないし、かと云って自活出来る訳でもない。昨今は教育の制度が確乎りして来たらしいから、そのどちらでもない学生と云う位置が用意されているが、当時は誰もが進学出来ると云う訳ではなく、その場合は要するに半人前と云う不当な呼ばれ方をする不本意な身分に甘んじるだけなのである。

朱美もまた貧しい家に生まれ、十三の時に奉公に出された。半人前に人生の選択肢はないのだ。

村上はそれが嫌だったのだろう。

少年はそれまでにも幾度か家出を試みたと云う。

そして、その度に連れ戻されたのだそうだ。所詮少年は行動半径が短い。だからこれは仕方がない。精精村外れを徘徊している程度では、家の呪縛から逃れることは出来ないのだ。

だが――。

早春だったと云う。

それが昭和十二年なのか、十三年だったのか、明確には思い出せないと、村上は云った。いつものことだった。激しい口論の末、もう我慢がならぬ、オン出てやる――と、威勢の良い捨て台詞を残して村上は飛び出した。

真っ赤な顔の父親が追って来た。

後ろを見ずに駆けたから、何処まで追って来たのかは判らぬが、多分すぐに引き返しただろう——と少年は思ったのだそうだ。

いつものことだった。親父も母親も村上が何処に逃げるかなど予め知っているのだ。だから本気で追ったりしない。それが少しだけ癪だった。しかし逃亡者自身、所詮は川縁か村外れで捕まるのだろうと高を括っていたようにも思うと、村上は述懐した。

本当に、いつものことだったのだ。

その時村上は神社の境内に逃げ込んだ。

阿須賀神社と云う名の社だそうである。

首を竦めて鳥居を潜った。

隠れるところなどそう沢山はない。村上はそこにも既に数回逃げ込んでいた。この前は社殿の右側で捕まった。だから一応、村上は左側に廻り込んだ。

左側は上御備、右は下御備と呼ばれていました。

何故そう呼ぶのかは知りません——。

村上はそう云った。

由来こそ知らぬものの、村上は上御備と呼ばれる神域に逃げ込んだ訳である。

大きな神木が二本、まるで鳥居のように立っている、その中央を抜けた。社殿の背後は樹木の繁茂した小高い丘陵になっており、そこは蓬莱山と呼ばれていた。

二本の神木の真ん中には、高さ五六尺の立石が祀られていたのだそうだ。立石には前掛けのようなものが掛けられ、下方は河原石で丸く囲われて、その内側には小石が敷きつめられていた。

子安の石と伝えられる石だそうだ。

村上はその後ろに隠れた。石の後ろには何やら不思議な木が茂っていた。木と石の間に挟まるようにして屈み、暫く過ごした。追手の気配がしないので村上は石に背を凭せ掛け、脚を伸ばして座った。

長かったのか短かったのか。村上の記憶では一時間くらいだそうだが、時計があった訳でもなく、その辺りは曖昧である。

何の気配もなかったのに突然声がした。

——何をしている。

少年は腰を抜かした。比喩ではなく、本当に腰が抜けたのだと云う。低いのに尚、脳天を突くような鋭い声は、続けてこう云った。

——ここは古よりの神域である。我が国にまだ名がなかった頃からの神聖なる場所だ。

——妄りに侵入って良いところではないのだ——。

神官かと思ったのだそうだ。当然だろう。村上は息を詰まらせ、萎縮して声の方を見た。

しかしそこに居たのは神官ではなかった。

黒い伊賀袴に脚半が見えた。視線を上げる。上も矢張り黒い着物だった。三角形を二つ重ねた、籠目の紋が印象的だったと云う。

こんな神主は居ない。

そう思った途端に村上は恐怖に駆られた。

――どうしたね。

男はにやりと笑った。

――怖がることはない。村上兵吉君。

声が出なかった。

――家出して来たのかね、性懲りもなく。

男は悠然と近付いて来た。そして村上のすぐ傍に身を屈めて、耳元で云った。

――悪い子だ。

何だか解らないがきっと殺される、そんな気がしました――と、村上はその時の気分を述べた。

男は緩慢と顔を上げて不思議な木を見上げた。神罰が当たったのだと思ったのだそうだ。

――これは天台烏薬と云う不老長寿の薬だ。贋物だがね。

――君の先祖はこの木を捜し求めて遠くからこの地にやって来た。知っていたかね。

そんなことは知らなかった。

この男は誰だ。

――私は――。

――そう、薬屋だ。

――不老不死の仙薬を捜し求める薬屋さ。

尋きもしないのに男はそう云った。

薬屋――人攫いの薬売り――悪いことをすると。

悲鳴が喉元のすぐ下まで込み上げて来たその時、兵吉兵吉――と呼ぶ声が聞こえた。

父親の声だった。

村上は瞬間父さん――と叫びかけ、それを呑み込んで、僅かの間に物凄い速度で逡巡した。自分は家出して来ているのだ。こんなことであんな厭な父親に助けを求めるのか。それ程自分は駄目な、半人前の男なのか。

黒ずくめの男は射竦めるような眼で村上を見据えた。そして、多分その葛藤を即座に看破したのだろう。父の声のする方を一度見てからこう云った。

――逃げたいのか。

見上げると目が合った。

――逃がしてやろう。

――来い。

男は村上の手を摑んで引き起こし、天台烏薬の木の後ろ、蓬萊山の樹樹の合間へと村上を導いた。兵吉兵吉居るのは判ってるぞいい加減にしろ——父の声が近付く。男は生い茂る樹木を搔き分け藪を搔い潜って進んだ。すると一枚の大きな岩板が現れた。岩は縦に割れていた。人一人やっと入れる程の裂け目である。多分男はここから出て来たのだろうと村上は思ったのだそうだ。

——ここだ。

中は窟のようになっていた。

——ここはそう古いものではない。

——ただこんなものがあることは神社の者も知らぬからな。

男はそう云うと蠟燭に火を点した。

何体かの仏様が見えた——と村上は云った。神社の境内で仏様と云うのも可笑しな話だが、村上の記憶ではそれは慥かに仏の姿だったそうだ。

その時父の声はまだ遠くで聞こえていたのだと云う。きっと子安石の辺りを探しているのだと村上は思ったそうだ。

暫くは息を潜め、耳を欹てていた。

父の声が完全にしなくなって、窒息しそうな緊張が解けて、漸く村上は声を出すことが出来た。

あなたは——誰ですか。

震えた、掠れ声だった。

薬屋だ——男は再びそう云った。

何故、吾を知っているのですか——そう問うと男は濃い陰影の付いた顔を綻ばせた。

——なァに、お前だけを知っている訳じゃない。

——私はこの辺りの者のことは皆、詳しく知っている。

——先祖代代、家業から家族の関係まで、皆調べはついている。

——だからお前が家出の常習犯だと云うことも先から承知している。

——案ずるな。本当に家を出たいなら手を貸してやろう。

乾いた洞窟の内部である。男の声は残響音を伴って、何度も何度も鼓膜に響いた。

——本当に家を捨てられるか。

捨てられるか捨てられるか捨てられるか。

あんな親父。あんな家。あんな村。

何がそんなに気に喰わなかったのか、今となっては善く判りません——と、床の上で村上は下を向いた。誰にでもきっとそう云う時期はあるのだ――と朱美は思う。

家を出たいとか親が嫌いだとか、そうした繰り言は、実は云い訳なのだろう。何だか判らぬが反発したい——それが真実だと朱美は思う。

憤懣の元もまた外にはないのだ。

しかしそう云う時期に、幸福も不幸も己の外にはないのだ——と、気づくことは少ない。何であれ遣り切れぬ憤懣が肚の底にあることも事実である。だから、反発の対象を外に求める。親や環境の所為にするのは、自分を正当化したいがためなのである。

だが、理由を外に求めているうちはそれは永遠に解決しない。抑えられた衝動はやがて大きな屈折を齎す場合もある。ただ耐えて遣り過ごすことが出来れば、なかったことになってしまうくらいの、酷く些細なことだと云うのに。

村上少年はその時、どうしても遣り過ごすことが出来なかったのだろう。厭だ厭だ厭だと、訳の解らぬ嫌悪感が暗闇の中で肥大して、結局村上少年は男の言葉に頷いた。

男は不敵に笑った。

——いい覚悟だ。この神社は熊野三所権現発祥の地などと謳っている。

——だがこれは明治の神格上申の折りにそう奏上しただけのこと。

——本来は泉津事解男命を祀っていたと云う社だ。

——泉津事解男命と云う神はな。

——伊奘諾命が黄泉の国の伊奘冉命に絶縁状を渡した時に生まれた神だ。

——だから日常の柵と決別するには持って来いの場所だ。

男は洞窟の中で立ち上がった。

――ここには何もない。私の求めるものはここにはないかもしれない。

――お前の家族にも質さねばなるまいな。質して何も出なければ只では済まぬ。

――何も知らぬお前まで巻き込むのもどうかと、それはそうも思う。

何のことだか解らなかった。

続けて男はこう云った。

――お前の家族は――居なくなるかもしれぬ。

――それでも良いか。

少年は頷いた。あんな親父、あんな家庭――しかし村上は、頷いたことをすぐに後悔したのだと云う。意味が善く解らなかった所為もあっただろう。しかしその時はもう遅かった。

男の顔が近付いた。火燈でゆらゆらと揺れる、口許だけが見えていたと云う。

――お前はこれから私の下で働け。伊豆に。

――いや、先ずは東京にでも行って貰おうか。

村上は、その虚弱な意志とは裏腹に、もう自分はこの男の云いなりなのだと、強く思ったと云う。

――止めるなら今しかない。

――後戻りは出来ぬぞ。

――良いのだな。

少年村上兵吉は、そして男に攫われた。

「攫われた――」

尾国は朱美の言葉を反復した。

「攫われたンですよ。だってそのまンま、まァ家出なンですから一日家に帰るってのも可笑しな具合なンでしょうけど、兎に角村上さんはその怪しい男に連れられて汽車に乗り、船に乗ってね、連れ出されちまッたんですから――」

尾国は黙って朱美から顔を背けて、玄関の引き戸を睨むようにした。

「昭和――十二年ですか」

「その時分らしいですけどねェ」

「その――怪しい男は、薬屋と？」

「そうなンですよゥ。ですからね、村上ってェ人は本当に薬屋に攫われたと」

薬屋か――と、尾国は独り言のように呟いた。

「ええ。云い伝え通り悪いことをしたら攫われるンだと、まあそう思ったンでしょうねェ」

「兵吉――」

「はァ？」

「その首吊りは、村上――兵吉と云うのですか」

尾国は朱美にそう尋いた。

——何だろう。この間は。

「そう——だ、そうですけど——尾国さん、真逆あの人を——御存知なんですか?」

とんでもない、なンで手前が——と、尾国は振り向き様に云った。それはそうだろう。そんな偶然は滅多にあるものではない。しかし。

「いえね、そう、手前は勿論そんな人は存じ上げませんけれど、その神社は存じております ものでね。その阿須賀神社ってのは徐福縁故の神社なんです」

「じょ——ふくとは?」

「大昔の中国の方士——まあ仙人みたいなものですよ。何でも遥か昔に、珍しい薬を採りに遥遥日本に渡って来たらしいですな」

「薬を」

「そう。薬をね——」

尾国はそこで朱美の目を見た。

「その徐福が、海を渡って有明の海に辿り着いた——と云う云い伝えがあるんですな。そこから上陸して秘薬を求め歩き、行き着いたのが手前の生国、つまり佐賀平野の北、金立山だと云うのです。そこで徐福は白髪で童顔の男から秘密の薬を伝授されたと、まあこう云う訳ですね。それで、その山にあります金立神社と云うのが、矢張り徐福縁故の神社なんですな。手前の生家はその山の麓ですからね。餓鬼の時分から話を聞いて、兼兼気にしていた」

「気にする——とは」

「本当かどうかですよ。そんな万病に効く薬があるなら、婆さんの脚気も親父の痛風も治るだろうに——と、まあそんな殊勝な心掛けでもなかったが、気にはなっておりましたな。人に尋いたりもした。するとね、その薬と云うのは黒蕗だと云うんですな。慥かに郷里の山にゃ黒蕗が群生してますしね。しかし万病に効くってものじゃない」

尾国は風呂敷包みから紙包みを出した。

「こりゃあ細辛てぇ薬でございますがね、これの原料が黒蕗です。これは慥かに、鎮痛解熱の効能はありますな。しかし万病には効きません。手前はがっかりしましてねェ。がっかり序でにがっかりの種がもうひとつ判った。徐福ってのは九州の他にも上陸してるらしいと云う。先ずは丹後の新井崎。新井崎神社にも徐福は祀られていましたな。それからその、熊野の阿須賀神社——」

「はあ」

その神社のことを知っていたのは、そう云う訳です——と尾国は云った。嘘とは思えなかったが、朱美は煙に巻かれたような印象を拭い切れなかった。

「はい。ま、これは昔昔の話ですからね。桃太郎なんかと同じで、どこまでが本当か判りゃしない。みんな嘘かもしれませんな。ただその、熊野には徐福の墓まであるンです。まあ墓だけならこの近く、甲州富士吉田にもありますがね」

「富士吉田に？」

「富士山麓には徐福伝説は多いですよ。富士山が徐福の目的地だった——と云うのですな。如何にもありそうな話ですが——出来過ぎと云う感じもしますやね。富士山の別名が蓬萊山だと云う話まである。でも手前は、その、熊野の蓬萊山ですか？　その二人が隠れた。そこが本物じゃないかと思ったですね。蓬萊山と云うのは海に浮かんでいると云う。富士は海に浮かんでおりませんでしょう。でも慥か、その熊野の蓬萊山と云う山は、大昔は四方を水で囲まれた島だった——と聞きますから」

「はあ」

それと——村上の名前とがどう関わるのだ。

釈然としなかった。しかし尾国はいつもと変わらぬ平たい顔で、笑みまで浮かべている。

朱美が一瞬戸惑った、あの不自然な間は夢だったのか。そんな気さえして来る程である。

朱美は黙したまま庭を見た。

「ですからね——」

尾国は続ける。

「——その薬屋と名乗った怪しい男と云うのも、そうした云い伝えを聞いて薬でも探しに来てたのじゃないですか。ならば、そう。好事家の類ですよ」

「そうでしょうか——」

好事家が家出した子供を連れ去るだろうか。

朱美がそう云うと、尾国は微妙に顔を引き攣らせた。笑ったのか困ったのか、朱美には判別がつかなかった。

「それじゃあ朱美さん、その男は——例えば人買いだと？」

「人買いと申しますか、この場合は人攫いでしょうねェ。尾国さん、先程そう云う商売はあるンだと、ご自分で仰ったじゃアございませんか」

尾国は矢張り極僅か顔面の筋肉を動かした。

「ある——ではなくて、あった——ですよ。今はないでしょう」

「そうは仰いますけどね。このお話は今のお話じゃあないンです。戦前——十五六年も前のことなンでございますよ」

それはそうですが——尾国は苦笑いをした。

「まあ手前の云う昔は精精明治くらいまでのこと。昭和のご時世では——矢張り難しいでしょうなあ。その証拠に、最近の子供はモウだのガアだの云っても怖がりやしません。近頃の拐しと云えば例外なく営利誘拐。攫われるぞォ誘拐されるぞォと云って怖がるのは専ら親の方ですよ」

「でも尾国さん、娘買いはついこの間まであったとも仰った。妾だって奉公とは名ばかり、半ば売られたようなものでございますよ」

「その村上と云う人が女性だったならば、また話は別ですがな。娘の売り買いはあるでしょうな。手前は法律には疎いですが、その頃ならば人身売買も半ば公然とあったのかもしれない。でも男ですからなぁ。男は、金にならないでしょう」

越後獅子だの見せ物小屋だの、今は廃れる一方ですからね――と尾国は結んだ。

それはそうなのだろう。しかし、何だか語り口が釈明染みていた。この一件に関して尾国辺りが何を釈明せねばならないのか朱美には見当も付かなかったのだが、何故だか朱美にはそう聞こえた。

それで――と尾国は脈絡なく話を戻した。

「その人はその後――どう？」

「え？　ええ、それが――」

朱美は話すことを少しだけ躊躇した。

それがどうしました――尾国は笑いかけた。

朱美は少し身を引く。

尾国は切れ長の一重の眼を細めた。

「どうも話が怪しいですよ。それでそのまま、その人はその怪しい男にくっついて郷里を出奔したと云うのですか？　信じられませんねェ。その男は山椒太夫の故事宜しく、その人を売り払ったとか？　生きている以上、生き肝を抜かれた訳でもありますまい？」

「それは——そうでございますけどね。それが奇妙なお話で、村上さんはどこぞで読み書き算盤を習わされた——と云うンですよ」

「学校にでも行かされたと云うので？」

「さァて。それが——」

丸三日。

移動には丸三日かかったと云う。

汽車を降り、船に乗った段階で、村上は戻ることを諦めたのだと云う。殺されるかもしれないと云う恐怖は付き纏っていたらしいが、男はあくまで冷静で、物腰が豹変することもなかったそうである。でも景色の方は目紛しく変わった。何処を如何移動しているのか、全く判らなかったそうである。村から出たことのない少年には、隣村さえ異郷である。それは已むを得まい。

——着いたのは街でした。今思えば多分、東京の、中野なんだと思います。

——行けば判りますが、怖いので足を向けたことはないです。

村上は何だか今にも泣きそうな声でそう云った。そこで村上は、基本的な教育を受けた。教官らしき人物は一人で、殆ど付き切りだったそうだが、村上は教官以外の人間とは一切接触しなかったらしい。ただ他にも人は大勢居たように思う——と村上は云った。

男はその教官に村上を預けると何も説明せずに去って、それから結局一度も顔を出さなかったそうである。

外出は許されず、場所や名称を聞くことすら許されなかったと云う。そこが何だったのか、だから村上は未だに知らないのだそうだ。

——厳しいことはなかったです。寧ろ優しかった。

——物憶えは悪い方ではないので、勉強もまあ面白かった。

——これで自分の人生も変わるんだと云う、儚い希望も湧かなかった訳ではないです。

——でも、矢張り事情が一切知らされないと云うのは——。

怖かったのだ——と村上は云った。

臆病な男なのである。

そして三箇月後。

村上はそこを脱走した。耐え切れなくなったのだそうだ。

便所の窓を抉じ開け、塀を乗り越えて、村上は逃げた。自分は逃げてばかりいる——と、その時は思ったそうである。闇雲だった。自分が何処に居るのかすら判らないのだから、何処へ逃げれば善いのかなど判らないのも当然だろう。

追手を気にして眠ることもならず、金も持っていなかったから食事も出来ず、村上はただ逃げた。

——川に出て、釣り舟に隠れたりし乍ら、川沿いに逃げました。

——深川あたりで浮浪児のような暮しを暫くして、それから板橋に流れた。

——そこで芸人の手伝いなんかをして居りました。

熊野に帰る気にはなれなかったのだそうだ。その時点ではもう、郷里や家族に対する反発や嫌悪感は消えてしまっていて、村上は寧ろ帰りたくて仕様がなかったそうなのだが——。

——帰ると捕まると思ったんです。それに——。

——あの薬屋に、です。親にじゃあない、

お前の家族は居なくなるかもしれぬ——そう告げた男の声が脳裏から離れなかった。男はもう後戻りは出来ぬと云ったが、それは本当にそうだった。もう何処にも帰るところはなかった。頼るものも居なかった。しかし後悔はしなかったと云う。でもそれは、前向きと呼べるような建設的な態度ではなくて、ただ後ろを見るのが怖かっただけだ——と村上は云った。追われている恐怖感に駆り立てられるようにして、村上は逃げた。

——怯え乍ら暮して、小銭が貯まると所場を変えました。

——町から町を転転と渡り歩いて、そのうち何かの拍子で土建屋の人足に雇って貰い、

——渡り人足の仲間に入ったんです。そして全国廻りました。

——そのうち戦争が始まったです。

太平洋戦争である。

しかし、村上に赤紙は届かなかった。

郷里には届いていたのかもしれないが、本人には届く訳もなかった。

戦時中、村上は茨城に居たのだと云う。戦争が始まってから人足仲間はバラバラと歯の抜けるように散り、仕事もなくなって、村上は色色と身の上を偽って町工場に勤めていた。

当時村上は健康で五体満足な成人男子であり、それで徴兵されないのはどう見ても不自然だった。世間の目もある。そこで村上は雇い主に何もかも告白したのだと云う。雇い主は全てを諒解し、村上を匿った。工場の経営者は善人で、村上はその男に迷惑をかけたくないと思ったのだそうだ。

――軍需景気とやらで工場は大変忙しかった。

――親爺さんはもう齢で、そのうえ肝臓をやられていて気が弱くなってたんです。

――息子さんが徴兵された、その直後だったと云うこともあったのだと思います。

――前線に行ったら戻るまいと、そう云っていた。

――事実、息子さんは戦死しました。

村上は息を殺して暮した。罪に問われるようなことは何もしていなかったのだけれど、常に逃げることによって成り立っていた村上の人生は、それ自体何処か背徳たいものでもあったのだ。だから村上は息を殺して暮し、息が詰まる前に戦争は終わった。

そして――。

——親爺さんは、この私を養子にして工場の跡取りにすると云い出したのです。

——しかし私は、その、今お話ししたような身の上ですから。はあ。

——ええ。簡単に養子にはなれないです。

——それに、それでは何だか申し訳ない。

——でも親爺さんは頑なで、その気持ちも無下には出来ない気がしました。

そこで——。

村上は、多分十年近くの時を隔てて、郷里の熊野に戻ったのだった。

複雑な心境だったそうである。

だが。

家族は居なかった。

父も母も兄も弟も妹も親類も知人も居なかった。

家は焼け、僅かに痕跡が見て取れるだけだった。

村上が拒絶した過去も、迎え入れてくれる筈の過去も、そこには何もなかった。

加えて阿須賀神社の、例の子安石まで爆撃でなくなっていたのだそうだ。似たような石が別の場所に立てられていたものの、それは記憶の石とは違っていた。洞窟には怖くて入れなかったそうである。

村上は、役場に行った。

しかし——。

——ああ、ああ。死亡届が出ていました。

——いえ、私のです。私は昭和十三年に十五歳で死亡したことになっていた。

——多分、行方知れずのまま、死んだと判断されたのだろうと思いますけど。

——家族に就いては、判らないと云うことでした。あの頃は混乱していましたから。

——ああ、転出届も死亡届も出ていませんでしたねえ。はい。でも居なかった。

——例えばどこかに疎開して亡くなったりする方も居たのでしょうし。

——家族が皆死に絶えてしまったら、死亡届も出せませんでしょう。

——戸籍係の人も困っていましたね。

どうすることも出来ず、そのまま村上は茨城に戻ったのだそうだ。

話を聞いた工場の親爺は養子縁組みは諦めるが、財産だけでも相続させたいと村上に告げたのだと云う。しかし経営権を譲渡するだけでも戸籍は必要なのである。

親爺は一計を案じ、策を弄して、新しい村上の戸籍を作ったのだと云う。

戦火で戸籍が焼失したと偽ったらしいが、詳細は知らぬと村上は語った。

村上兵吉は生まれ変わった。

過去のない男として新たに生まれた、と云うべきだろうか。

数奇な運命——と呼べぬこともない。

尾国は腕を組んだ。

「戸籍を――捏造した――のですね」

「さァ。それを捏造と云いますのか――勝手に殺されちまったンですから」

それにしても――と、尾国は考え込む。慥かに、それは真っ当な手段で得られたものではないのだろう。誤った死亡届が出されていたのだとしても、それならそれで、それ相応の法的手続きを踏んで誤りを正すのが筋なのだと朱美も思う。

尾国は納得したような顔をした。

「それが――その潰れた螺子工場なんですか？」

「そうなんでしょうねェ。その親爺さんと云う方は一昨年亡くなったんだと云ってましたから。何でも戦後は経営が捗捗しくなくッて、村上さんも苦労したそうですけどねェ。何しろ工場経営なんてしたことがない訳でしょうし、この景気ですから」

「そう――なんでしょうな」

尾国の顔から表情が消えている。

「どう――したンですか」

――何なのサ。

尾国の、この据わりの悪い反応は。

尾国は夢から覚めたような顔で反応した。

「あ――いいえ、その、何だか作り話のような気がしたものですからね。どうも信じ難い。手前の狭い了見じゃあ、まあ、法螺話の類としか――」

「作り話とは思えませんでしたけどねェ。その場凌ぎで口から出任せに語ったにしちゃア道具立てが込み入ってましょう。用意周到でございますよ。大体、妾騙して何の得がありましょう」

「それは――判りませんが――虚言癖のある人と云うのは居るものですよ。大体その首吊り自殺にしたって狂言自殺だったかもしれませんでしょう。一度目は兎も角、二度目なんか、間の取り方が絶妙でしょう。朱美さんは用心深いお人だから、滅多なことこそないと思うが、他人の情けを逆手に取る質の悪い族は居ますからな――」

「騙すンならもう一寸マシな嘘を吐くと思いますけどねェ。同情買いたいと思ったんだとしたッて、そうならもっと可哀想な身の上話をしましょうよ。その方が余ッ程作り易ウございましょう――」

そうなのだ。慥かに非常識で突拍子もない話なのだ。だが、朱美が村上を信じたのは、村上の様子がまるで悲劇的でなかったからである。

村上はただ申し訳なさそうに、恥ずかしそうに、淡淡と、訥訥と半生を語った。そして自分でも自分の来し方が信じられないと云うように、幾度も首を傾げたのである。

――悲しんじゃアいなかったのか。

村上の言葉には悲観も諦観もない。しかし村上がそれを不幸と感じているものとは云い難い。思うにその半生は、それ程恵まれたものとは云い難い。しかし村上がそれを不幸と感じている様子も多分ない。

だから余計に、自殺の理由は解り難くなる。連続自殺未遂は甚だ唐突だ。そこだけが、村上と云う男の人生から浮いているのだ。

朱美がそう云うと、それはそうだが、だからこそその話は怪しい、朱美さんは人が良過ぎる——と尾国は云った。

「だってそうでしょう。そんな波瀾万丈な人生を送った男がですよ、然したる理由もなしに首吊ると云うのは、矢張り怪訝しい。何かあると思った方がいいですよ。多分口八丁の出鱈目野郎だ。もう関わらない方がいい」

「それは——」

このまま放り出しても良いものだろうか。

そんなものはあなたの知ったことじゃない——と尾国はやけに熱心に云った。例えば病院の入院費や治療費はどうなるのか。

「その男の話を信じるならですよ、そいつは工場は潰れたものの、そう悲観していた訳じゃないのでしょう？　喰うに困っていたのじゃあない。そんな奴の世話を何故しなきゃならんのです？」

それは慥かに尾国の云う通りである。

村上は、単に旅先で持ち金がなくなってしまっただけなのだ。だから怪しいって云うのです——と、尾国は続ける。

「手前の思うに、そいつは本当は金に困っている。それで自殺の真似をして、助けてくれる奇特な人を探していたんでしょう。誰だって目の前で死なれちゃ厭ですからね。そこを狙う。こりゃ詐欺師やくざの手口と同じだ。当たり屋と云うの御存知ですか。こう、ぶつかって来て、大した怪我でもないのに大怪我の振りをしましてね、詫び料や治療費をせびるんです。そいつはその手合いに違いない。その妙な昔語りだって大方嘘に決まってますよ。大体、熊野の中野の茨城のと、色色地名は出て来ましたが、この沼津の話は一度も出て来ない。縁もゆかりもない土地で何故首を吊るンです?」

「それには理由があるンです」

「理由——?」

尾国は黙った。

「村上さんは工場閉めた後東京に出たンだそうですよ。堅実なのか臆病なのか、収拾付かなくなる前に閉めちまッたンで、借金こそなかったそうですがね、田舎じゃ職もなかったンです。それで都会に出て、偶偶募集してたンで郵便局に勤めた。勤めたと云っても臨時雇いだそうですけどね。去年の春だそうです。中央の郵便局だそうですよ。そこでの仕事と申しますのが、手紙の検閲だったンですよ」

「手紙の——検閲？」

「そう。戦中は、ヤレ敵性語だの危険思想だのと厳しかったようですけどね、戦後は戦後で、また別な意味で厳しかったンだそうですよ。尤も占領が解けてからのこたァ聞いちゃいませんから知りませんけどね。右も左も好ましくない訳でしょう進駐軍には。でね、投函された封書葉書を集めましてね、不穏な内容の手紙はないか、調べるンだそうです。厭な話じゃアありませんか——」

再び尾国から表情が消えた。

「解りませんな。それが如何——」

「ですからね、宛て名だの差出人だの、いいえ、手紙の中身まで、いちいち覧るンだそうですよ。そこで——見付けちまった」

「何を」

「名前——ですよ」

「誰の」

「熊野の家の隣人だそうです」

「隣人——」

「宛て名が隣の家の隠居と同じ名前だった」

「同姓同名では」

「ところが――それで、裏ッ返すと、差出人は隣の家の総領と同じ名前だった。勿論十何年前は字もロクに読めない小僧だったようですから、読みは一緒でも字は違うのかもしれない。親子揃って同姓同名とは珍しい――と思ったそうです。でもね――」

「で――も」

「今度は向かいの家の親父宛てサ。返すッてぇと、宛て名は同じく向かいの家の息子ですよ」

尾国は遂に合いの手すらも入れなくなり、緘黙してしまった。

「こんな偶然はないと、村上さんは思ったそうですよぉ。そりゃ妾だってそう思う。それでね、村上さん、こっそりと住所を控えた。そうしたことは堅く禁じられていたそうでございますけどね、個人の秘密を護るンだてェ大義名分があったンだそうで、中身覗いといて今更な云い分じゃアありますけどね、決まりは決まり。ただ他の臨時雇いは皆学生に毛が生えたようなのばっかりだったから、誤魔化すのは簡単だったそうです。でもねェ、それだけじゃ済まなかった――」

尾国は無言で朱美の言葉を待った。

「――村上さん、遂に見付けちまった」

「なに――を」

「ですからね」

「何です」

「お父さんの名前ですよ」

「え？」

「生き別れになったお父さん宛ての封書があったンです。差出人はお兄さんだった――そうですよ」

「それは――」

「決定的――と申しますのでしょうかねェ。結局、向こう三軒両隣、都合七軒の、集落の一角全員の名前が見付かったんだそうですからねェ。何でもその七軒は村の中でも一寸離れて固まって建ってたンだそうで、本家分家みたいな扱いだったそうでしてね。まァ親戚みたいなモノだったんでしょう。それが全部――でございますからね。しかも妙なことに、宛て先は揃ってこの伊豆だったって云うンです。それより奇態だったのは、東京の郵便局に投函されてるッてぇのに、差出人の住所まで皆伊豆だったンだそうですよ。下田、白浜、堂ケ島、韮山。そしてこの沼津――」

「真逆――」

尾国は実に不可解な反応を示した。

そんな偶然があるかと――呟いた。

そして絶句した。

最初にその話を聞いた時、慥かに朱美も驚かなかった訳ではない。しかしあり得ないことではない。

死んだことにされていたのは、村上本人だけなのだ。一族郎党の方は別に死んだとされていた訳ではない。家は焼けていたにしても死んだ証など何処にもなかった訳だし、しかも七軒全部死に絶えたと云うのは如何にも大仰である。単に行方が知れぬと云うだけのことだったのであるから、寧ろ何処かに越したと考えた方が現実的であろう。

ならば住所が知れたこと自体はそう驚くことではない。驚くべきは村上が郵便局で働いたと云う偶然の方であり、そうして見ると、尾国の驚きようは尋常ではないように思えた。

「む――村上は――」

尾国は喘ぐような声を出す。

「――慥か『みちの教え修身会』に入っていると、そう云いましたな」

「はあ。尾国さんは先程インチキだと仰いましたけれど、村上さんは感謝していたようですけどねェ。何でも下宿の大家さんの紹介だとかで、細かい悩みごとなンかを細細と聞いてくれるンだそうですよ。その上で当を得た指南をしてくれるンだとか。それでその一件のことも――」

「話したのですか」

「話した――と云うか相談をしたのだと」

尾国はどん、と板間に片手を突き、そうか、と小さく云った。

「何がそうかなんです」

「否――それで――じゃあその――」

――何なのだ。

「それで伊豆に――」

「そうなンだそうです。ただどうして良いか解らなかったンだそうです。郷里を捨てて裸一貫ここまで来て、今更合わせる顔もないと、そう思った。それでその、修身会とかの偉い方に相談した」

尾国は聞こえない程小さく舌を鳴らした。

「それで――伊豆へ行けと指示されたんですか」

「指示されたとは云ってませんでしたけれど。ただ、自分の気持ちを見極めろと、研修のようなものを受けさせられたとか。それで村上さんは、親兄弟に会う決心をしたんだそうですけれど」

「研修か」

尾国は吐き捨てるように云った。

反応が怪訝しいのは明白だった。朱美は尾国の様子を具に観た。尾国は平素、殆ど感情を表に出さない男である。それは今までに見せたことのない表情だった。

「村上さん、お父さんに最初に会うのは気が引けたとかで、先ずお兄さんの在所へ行ってみた。ところがその住所にゃ誰も居なかったンだそうですよ。別の人が住んでいた。間違いかと思って訪ねたものの、どうもそれらしい人は居ない。話も聞かない。それで次次と伊豆を巡って、それが全部外れた――」

――もう聞いちゃいない。

そんな感じだった。朱美の言葉は尾国の耳に入っていない。それから先は、もう知っている、とでも云うような態度に思えた。

それでも朱美は続けた。

「――そしてあの人はこの町まで来たンです。この沼津には、昔裏の家に住んでいた、須藤と云う人が居る筈だったのだそうですが、それも居なかったと云うンです。それで、折角の一大決心が空振りになッちまった――」

そして村上は、ここに至って遣り切れない喪失感と、遣り場のない焦燥感に襲われたのである。

――何かが欠けているんです。

欠けているのは何だ。

過去か。

人は善く、過去からは逃れられぬと謂う。

　過去なんて夢と同じだと朱美は思う。過去をまるで足枷の如く云う癖に、人はその過去が消えてなくなると途端に不安になるらしい。

　それが朱美には解らない。

　過去は消せぬし変えられぬと――世の人人は謂うけれど、朱美はそんなことはないと思う。朱美にとって過去は事実ではない。過去とは記憶のことである。だから消せるし、変えられる。つまらない過去など、だから忘れてしまった方が潔いのだと朱美はいつも思っている。変更が利くのなら拘泥ることなどあるまいとも思う。なくして困るものでもない。昨日などなくても今日があればそれで良い。

　つまり過去とは執着心の別名である。

　でも――。

　実際に、思い出を頼りにして生きている人は居るのだろうな――とも思う。

　例えば――嘗て朱美には、それをすっかり罔くしてしまった友が居た。朱美のような女には所詮解らないのだが、それは慥かに儚いものなのだろうとも思う。

　しかし村上には立派な過去があるのだ。誰よりも波瀾万丈な過去を、村上は確乎り記憶している。それが嘘でないことは誰よりも村上が承知している。

　欠けている訳ではない。

　それでも――。

朱美には結局解らなかったのだけれど――。

ただ、矢ッ張り善く解るような気もした。

「欠けているもの――か」

尾国はそう己に云い聞かせるように云って、暫く沈思していた。朱美はその横顔を見詰める。そして朱美は、尾国に不信感を持ち始めている自分に気付いた。尾国が今日訪れたのは偶然である。村上の話も乞われて語った訳ではない。朱美の意志だ。だから平たく考えれば尾国に疑団を抱かねばならぬ理由などその辺には見当たらない。ならばこの不信は理性的な判断に拠るものではなく至極本能的なものなのだ。しかし朱美の、そうしたことに関する嗅覚は鋭い。

――この男。

恩人である。四年に亙る付き合いで受けた恩義は数知れぬ程だが、迷惑を被った憶えはない。親切な男。奇特な人物。でも――。

――何も知らぬ。

朱美は尾国のことを何も知らない。

慥かに姓名や生国、年齢、そして生業は知っている。しかし、例えばこの男は何処に住んでいるのだろう。家族は居るのだろうか。普段はどう暮しているのだろうか。

――知らぬ。

朱美は親切な薬売りの尾国は知っている。しかし尾国誠一と云う人間に就いては何も知らない。生活が見えない。顔が見えない。匂いがしない。

朱美にとって尾国は親切にしてくれる他人と云う記号に過ぎない。

例えば。

——尾国と云うのは本名なのか。

ふとそんなことを思う。そう思うとそれすら怪しく思えて来る。

本来なら、そんなことは如何でも好いことではある。通称しか知らぬ知り合いは他にも居るし、本名を知っていたところで戸籍まで確認して付き合う訳ではない。大体名前などと云うものは個人を識別するためにあるもので、区別がつけば記号だって番号だって構わぬものだと朱美は思う。過去——家柄だの来歴だのに拘泥しないのであれば、付き合いの深い浅いに拘らず、本名など知らずとも一向に不都合はないからだ。事実、他人の名前で何年も暮していた人間を朱美は識っている。でも——。

俄に涌き上がったこの、拭い去れない不安は何だ。

そもそも朱美は、どこでどうやって、この薬売りと知り合ったのだろう。

ずっと昔から識っている気でいるけれど、それではいったいいつから識っているのだ。

必ず、必ず馴初めはある筈なのだ。それは。

——憶えていない。

記憶が——欠落している。

信頼感は急激に失われた。

朱美はそろりと、もしかしたら見知らぬ男であるかもしれぬ恩ある知人に目を向ける。

薬売りは徐(おもむろ)に云った。

「その話を村上兵吉から聞いたのは——朱美さん、あなただけですか？」

「いえ——」

ナツが居た。

ナツが一緒に聞いていた。

「——妾だけです」

朱美は嘘を吐いた。

薬売りは緩(ゆっく)りと、そうですか——と云った。

顔をこちらに向ける。緩緩(ゆるゆる)と朱美に手を伸ばす。

——何を。

がたんがたんと物を投げる音。

けたたましい赤ん坊の泣き声。

そして荒物屋の犬の吠える声。

尾国は舌打ちをして、喧騒の方に顔を向けた。

また来たのかい、いい加減におしよ——。

ナツの声がした。

朱美はその隙に立ち、玄関の戸を開け放った。

すうと顔を出すと、胸に丸い飾りを下げた男が、呆然として朱美の前に立っていた。

3

消毒液(リゾール)の刺激臭が鼻腔から脳天へ抜ける。

純白の敷布(シーツ)が蛍光燈に照り映えて不健康な清潔を主張している。

その上には満身創痍(まんしんそうい)の自殺未遂常習者が横たわっている。朱美はナツとふたりで小さな堅い椅子に腰を掛け、その倦(う)んだ寝顔を眺めていた。

馬鹿だよねえ——とナツは云う。

「本当に病気だねえ。これは——」

溜め息を吐く。まったく馬鹿なもん拾ったよ朱美ちゃんも——と云って、ナツはもう一度大きな溜め息を吐く。

「だってあんなにぺらぺら喋ったら普通気が晴れないか？　晴れなくたって暫くは落ち着かないか？」

「まアねエ——」

村上は、三度(みたび)自殺を図ったのである。

昨日の午後のことである。

朱美の借家の玄関先に立っていた成仙道の男と、框に腰を掛けていた尾国が、半ば睨み合うように対峙しているその最中に、使いの者が報せに来たのである。駆けて来たのは見覚えのある老人だった。それは医者の小使いであった。

この場合、朱美は報せを受ける筋合いの立場にはない。朱美は村上の身内でも知り合いでもないからだ。しかし、身許の知れぬ旅行中の男を入院させるに当たっては、形だけでも身許引受人は必要だったのだ。

朱美は戸締まりもせず、尾国に挨拶もしないで、成仙道の男の脇を抜け、病院に駆けた。

きっと、その場から離れたかっただけだ。

村上の安否を気に懸けた訳ではない。

町の小さな病院には入院患者は村上ひとりしか居らず、迷惑な自殺志願者は二階の三人部屋を独占して、窓際の風通しの良い寝台に寝ていた筈である。

――何故。

何故以外に感想はなかった。

病院に入ってしまえば安心だと思っていた。

係の看護婦が目を離した僅かの間のことだったと云う。自殺未遂直後の割に村上の情緒は驚く程に安定しており、病院側も警戒を緩めていたらしい。

と、云うより、それまで村上は入院費用の精算方法などを看護婦と話していたのだそうで、今は持ち合わせがないが、東京の下宿には蓄えもあるし、大家に頼めば送金して貰えるかもしれぬ——などと云っていたのだそうである。看護婦も真逆その直後に村上が自殺を図るとは思ってもみなかった——のだそうである。

村上は、寝台の鉄の桟に腰紐の一方を括り付け、もう一方を輪にして首に掛けて、窓から飛び降りようとしたのだそうだ。戻った看護婦が慌てて抑えたので大事にこそ至らなかったが、体中あちこちぶつけ、折角固めたギプスも粉粉になって、床に落ちる際に頭部を強打し、村上は昏倒したのだと云う。

意識が戻ったのは、夜半のことだった。

最早村上は何も語らなかった。

語るべきことは既に語り尽くしてしまっており、聞くべきことも何も残っていなかった。どうして自分は死を選ぶのか、誰よりも村上本人が尋きたいのだろうと、朱美は思った。

一度ならばものの弾み。二度目でも気の迷い。

しかし三度目となるともう云い訳も利くまい。

村上は朱美から目を逸らし、ただすいませんすいませんと、溝の潰れた蓄音盤のように繰り返した。朱美は何だか時が止まったような、同じ時間を繰り返しているような、形容し難い不安に覆われた。

——反覆は嫌いだ。

朱美はこれまで前ばかり見て歩いて来たけれど、もしも、己の目の前に己の背中が見えたなら——。

行末に来方が繰り返されたならば——。

同じ時間の中を永遠に循環するのなら。

——そンなのは。

死ンでも厭だった。朱美のような女にとって、無限程厭なモノはないのである。

それでも村上はすいませんすいませんと呪文のように繰り返したのだった。それはしかし、朱美に謝っているのではなかったようにも思う。痛め付けた己の躰に謝っているのか。それとも騒がせた世間に謝っているのか。それとも——。

——欠けている何かに。

やがて声は止んだ。

村上が眠るのを待って、朱美は家に戻った。流石に朝まで付き添う義理はないと思った。家のことも気になってはいた。取り残されて尾国はいったいどうしただろう。曲がりなりにも尾国は客だ。その客を置き去りにして、言葉も懸けず飛び出したのは、軽挙妄動と云う奴ではなかったか。それよりも朱美が不信感を抱いていたことくらい、察しの良い尾国は疾うに見抜いていたのではないか。ならば気を悪くしたのではないか。

当然のように尾国の姿はなかった。

三和土には置き手紙だけが残っていた。

手紙には、

『呉々も御用心あれ——尾』

と、だけ記してあった。

朱美はそれこそ憑物が落ちたが如くに脱力した。

そして、柄にもなく自問自答した。尾国は粗略に扱われて尚、朱美のことを案じているではないか。

それなのに——何故あの時、自分は尾国のことをあれ程までに疑わしく思ったのだろうか。

——それは様子が怪訝しかったからだ。

本当に尾国の様子は怪訝しかったのか。

もしや、様子が変だったのは自分の方ではなかったのか。朱美が普通でなかったことは確実である。

しかし——ならばあの、尾国の最後の仕草はいったい何だったのだ。朱美に向けて伸ばされた手は、邪魔が入らなければ何をしようとしていたのだ。

何だかどうでも良くなってしまった。

朱美は綿のように眠った。

夢も見なかった。

「それにしても——この人はサ、何故そこまでして死にたいんだろうね」

ナツが不思議そうに云った。

朱美を虚無なる睡眠から煩雑なる現実に引き戻したのはナツだった。ナツは早くに訪れ、朱美を起こすと、成仙道の行列がちんどんちんどん煩瑣(うるさ)くッて赤ん坊が眠りやしない——と訴えたのだった。

起き抜けにそんなことを訴えられても朱美とて手の施しようもない。しかしそんなことはナツも百も承知のことだろう。却説(さて)何が所望かと、落ち着いて聞いてみれば何のことはない、赤ん坊を一日実家に預けるから村上のところへ見舞いに行こう——と、ナツは誘いに来たのだった。

慥(たし)かに、外は喧(やかま)しかった。

鉦(かね)や太鼓が引ッ切りなしに鳴っていた。笙(しょう)のような笛のような、不思議な音色も流れている。人声こそ聞こえなかったが、大勢がそこに居ると云う、形容し難い気配だけは家の裡(なか)まで濃厚に伝わって来た。

異常な状況に呑まれたか、荒物屋の犬まで怯えたような吠え声を発している。

これでは赤子も眠れまい。

ナツの実家は少し離れた場所にあるのだそうで、赤ん坊は堪り兼ねた義母が既に連れて出ているとうことだった。

朱美も病院には行かねばなるまいとは思っていたから、急いで身支度を整えはしたが、行ってどうなるものなのか、そしてどうしたものなのか、一向に考えは纏まらなかった。

表は更に喧しかった。

大通りの沿道には例の二つ巴の飾りを首から下げた男女が、ずらりと揃って立ち並んでいた。その合間に、見慣れぬ異国の衣装を纏った者達が手に手に鳴り物や楽器を持って一定間隔で突っ立っていた。交通整理の警官が数名、面白くなさそうな顔でそれを睨めつけつつ、投げ遣りに行き来していた。ナツの云った通り信者は相当数居るようだった。

朱美は写真で見た立太子の礼を思い出した。比較するのは不敬なのかもしれず、規模とても大分違うのだろうが、それでもその光景はそれと善く似ていた。ただ、通るお方が違うだけである。

いつまで経っても何も通らなかった。

朱美とナツは連れ立って、その人垣に添うように病院へ向かった。大通りを逸れてもその列は切れることなく続き、結局病院へ向かう道筋の殆ど凡てに奇妙な一団は並んでいたのだった。

見ようによっては異国の兵隊にも似ていた。

いったい何人居るのか——酷く気になった。

村上は寝ていた。

朱美達の顔を見るなり、看護婦は吹き込んだ息がすっかり抜けてしまった紙風船のように萎んだ。そしてああ良かったと、矢鱈と感情を込めて云った。

昨日と事情は打って変わり、病院側も村上からは目が離せなくなったのだろう。預かった以上は病院にも責任がある。死なれては堪らない。

とは云え小さな町医者では終日監視をつけてる程の人手もなく、正直困っていたのだと院長は云った。朱美やナツとて、関係者ではあるが当事者と云う訳でもないのだし、徒に呼び付けて面倒をみろとも云えたものではない。朱美もナツも、謂わば善意の第三者であり、責任を取らねばならぬ立場にはないことを、病院側は十分に諒解していたのである。院長は寧ろ警察に凡てを委ねるが得策か、と考えていたという。

朱美もその方が良いと思っていた。

警察沙汰にならぬのは、大事に至っていないからであり、それは偏に村上が間抜けだったからだ。

考えてみれば、これが通常の自殺未遂者だったなら、事態は遥かに深刻なものだったのだろう。当然のように、自殺を図るような者には切迫した事情があるのだから、一度失敗したからと云ってすぐに死ぬ気が失せるような場合は少ないのだろうと思う。

そう云う場合は、取り乱し、幾度でも死を願うに違いない。

少なくとも村上のように、命あっての物種、死んで花実が咲くものか――と、それで一件落着する訳がないのである。

その場合は、直ちに司直の手に委ねるのが筋である。再度自殺する惧れがある者を知っていて放置するのは好ましいことではあるまい。

ところが村上の場合は違っていた。だから、通報しなかったからと云って、誰を責められるものでもない。村上は切迫もしていなければ錯乱もしていなかったのだ。そう云う場合は二度も三度も凶行を繰り返したりはしないものである。村上の態度を見て再び死を選ぶとは誰も思うまい。それなのに――。

厄介者は眠っている。

――何だか釣合いが取れないのサ。

波乱に富んだ数奇なる半生。情けのない仕草と気の弱そうな物腰。そして数度に亙る自殺未遂。釣合わない。嚙み合わない。取り合わせが悪い。どれかが間違っているような気がする。

例えば尾国の云ったように、一昨日村上が語った身の上話は凡て嘘なのかもしれない。情けのない仕草とて、朱美を誑かすための演技と云う可能性もある。そもそも、この男が真実村上兵吉と云う名前なのかどうか、保証するものは何もないのだ。

――でも。

朱美にはそれが嘘だとは思えない。

勿論これも理性的な判断ではない。

――何故だろう。

朱美は昨日、尾国に不信感を持った。尾国の素姓はおろか、名前まで疑ったのだ。それなのに、村上の語ったことの殆どを、朱美は疑っていない。

尾国とは四年来の付き合いである。しかも彼の男は朱美の恩人でもある。一方、村上は赤の他人だ。一昨日偶偶(たまたま)知り合っただけで、人柄も何も判ったものではない。その村上を信用しておいてあの尾国を疑う己の神経が朱美には知れない。

その理由は――。

――確実なこと。

少なくとも、目の前の男が死にたがっていたことだけは確実なのではあるまいか。尾国の云うように狂言自殺であると云う可能性は、本当にあるのか。

朱美は思い出す。

最初の自殺――。

もし尾国の云うように村上が狂言自殺を企(くわだ)てていたのだとしたら――村上はあの千本松原に立ち、引っ掛けるカモを物色し乍(なが)ら様子を窺っていたことになる。

やがて朱美が訪れる。その姿を確認してから紐を掛ける――でも。もし朱美が無関心な女だったら。或は本当に気が付かなかったら――。

その時は予め壊れ易い踏み台を用意しておけば済むことである。

――それは可能だ。でも。

可能だが、仮に助けたとしてもそれで朱美が村上を家に誘うと云う保証は全くない。その場合、次のカモを探すことは村上には出来ない。何故なら村上はそれで本当に怪我をしたのだから。

怪我が不測の事態だったとすれば。

二度目の自殺。

朱美が外出することを、村上が予想出来た筈はない。もし外出していなかったら果たしてどのような展開になっていたものか、朱美には予測出来ない。

運良く外出したのだ――とする。その場合、村上はこの好機を逃すまいとばかりに、欄間に紐を通して茶箱の上に立ち首に紐を掛けて、予め首吊りの準備を整えて朱美の帰りを待っていたことになる。朱美が戸を開ける音を契機に箱を蹴る段取りである。

――これも出来ぬことではない。でも。

朱美がいつ帰るのかまでは判らないのだし、骨に罅の入った足で、不安定な姿勢のまま茶箱の上に立ち続けることは不可能だと思う。

　そもそも欄間から紐が下がっているだけでも首吊りの状況は十分に理解出来る訳で、例えば戸が開く音を聞いてから茶箱に乗ろうとする——程度の行動で済むことではないか。それでも同じように朱美は止めていただろう。

　ならば本当に命を落とすような危険性の高い演出を施す必要は全くないと思う。一昨日村上は、朱美が戸を開けた瞬間に茶箱を蹴っている。朱美が抱き留めていなければ確実に死んでいたのだ。

　ただ、偽って入院するのが目的だったのなら、ある程度の傷を負う必要はあったのかもしれぬ。

　医者は騙せぬ。

　そして——三度目。

　三度目に至っては、まるで意図が汲めない。

　例えば村上が、本当に善意を喰い物にする入院詐欺——そんな言葉があるのかどうか朱美は知らないのだけれど——だったとして、この連続自殺未遂はあまりにも無謀である。無計画としか云いようがない。今回のように自殺を集中的に繰り返すことで村上に得があるとは思えない。寧ろ逆効果である。事実、院長は警察に通報することを考えていたのである。この場合、一番効果的且つ効率的な狂言実行の時期は退院寸前なのだろうと朱美は思う。

　——だから。

矢張(やは)り村上の自殺未遂は狂言ではないのだ、と朱美は思う。それが真実(ほんとう)なのだとすると、偽名を名乗ることも、虚偽の人生を語ることも意味をなくすのだ。朱美を謀(たばか)ったところで、村上が得るものなど何もないのだ。だから村上は本当に村上なのだろうし、あの素っ頓狂な半生も——多少の脚色はあったにしろ——真実なのだろう。

——尾国は。

尾国に就いて云えば、確実なことなど何もない。ただ、今まで親切に接してくれたと云う事実があるだけだ。それが尾国の本質なのか、それともそうでないのか、判断する基準を朱美は持っていない。

しかしその尾国にしても、朱美達を騙して得になることなど何もないことに変わりはないのである。

何だか善く解らなくなってしまった。

ただ——掻き乱されている。

朱美は着物の襟を合わせた。

「この人幾つ？」

ナツが尋いた。

「さァ。十五六年前十四だと云ってたンだから、今は三十そこそこッてことになりましょう」

見た目よりはずっと若い。

ナツは嫁でも貰ってりゃアねえ——と云った。

「何か違ってたと？」

「そりゃ違うって。所帯持ってりゃ良かったのサ」

「そう——かねェ」

「だって——」

ナツが何か云いかけた時、村上がうう、と唸って眼を開いた。あら気が付いた——とナツは嬉しそうに云った。退屈だったのだろう。

村上は眼をしょぼつかせ乍ら首を横に倒し、朱美とナツを順に見た。そして、ああ申し訳ない——とお決まりの台詞を吐いた。

「村上さん——あンた」

朱美は何と続けていいか解らなかった。

「夢を——」

「え？」

「夢を見ていました」

村上は未だ夢見心地のような、ふわふわとした口調でそう云った。

「懐かしい夢でした。あれは——」

お父ッつあんかね、おッ母さんかね――とナツが尋いた。村上はぽかんと口を開けた。

「はあ、そう申されればそうだったような――違うような――親父じゃないかなあ。暖かい夢でしたからね――こう、何か滲むような――否、おふたりの顔を見ましたらすっかり忘れてしまいました」

夢と云うのはそう云うものだ。

村上は身を起こそうとした。止めようと思ったがまた謝られるのも嫌だったから、朱美は手を添えてやった。村上は有り難うございますと云った。

「来て戴けるとは思いませんでした。呆れて来たンじゃないよ――とナツは云って、ねえ、と朱美の肩を叩いた。

呆れてるサ。呆れているだろうなァと。私も呆れましたから」

村上は下を向き、どうしたんでしょう私――と呟いた。

「死にたい――と、今は全く思いません」

「それじゃ何サ。死のうと思ってる時はどんな気分な訳？　皆に迷惑掛けてンだから云いなさいよね」

「ナツさん、一寸お待ちよ」

「いいんです朱美さん。本当に、馬鹿なことを仕出かしたものだと思っています。羞悔の念に身が細る思いです。責められようが質されようが仕方がないです。しかし」

「しかし何よ」

「昨日と同じことしか云えないです。同じ気持ちでした。何か、こう足りないものが」

「村上さん」

朱美はもう一度呼んだ。

「こう云うことは初めて――ですか」

「はあ？」

「これまでにも、死のうと思われたことはおありなンですか？」

村上は暫く考えて、伊豆を訪れる迄はなかったです――と、怖ず怖ず答えた。朱美は重ねて問うた。

「失礼な云い方でございますけど、例えば死にたくなッてもおかしくはない状況ッてェのは、過去に幾度もあったように思うンですけどねェ。それでも、自殺を企てた――いいえ、企てずともただ死にたいと思ったことすら、本当に、一度もなかったてェんでございますか？」

朱美の問いに、村上は酷く困った顔をした。

「私は、多分馬鹿なんでしょう。不幸に対して鈍感なのかもしれません。何があっても身から出た錆(さび)ですし、厭なことと云えば――そう、臆病なので怖い目に遭うのは厭です。ただ、怖いと云うなら死ぬことは何より怖いですから。貧乏や苦労は、そうですねえ。それ程苦になりませんし――」

それは善く解った。

村上の語った綱渡りの人生と、目の前の情けない男は素直には繋がらぬ。その二つを一本の線で結ぶためには、某かの条件が必要な筈である。

今村上本人が語った、鈍感で臆病で、それでも何故か前向きで、苦労を厭わぬ男——と云う、やや複雑な性格だけが、彼の過去と彼の現在の整合性を保つ条件なのだ。それは中っているのだろう。ただ、そうすると矢張り自殺の二文字だけが浮いてしまうように思う。そんな男は自ら死なない。

「ただ、その——自分でも善く解りません。気がおかしくなったとしか、思えません」

それですけど——朱美は問うた。

「その、欠けた想いッてェのは、以前からあったものでございますか？」

「はあ」

あったと云えばあったんです——と村上はどことなく懐かしそうな顔で云った。夢の続きに、まだ躰が半分程浸っているのかもしれない。

「でも、その、欠けた想いが以前からあったなら、そしてそれが、本当に村上さんの自害の理由なンならば、今までに一度も死にたいと思わなかったのは何故なンです。どうして今になって急に——」

ああ、そうですねえ——と、村上は胸の辺りを押さえた。

「否──それが、どうにも上手く説明出来ないンですが、そう云う気持ち自体は、多分ずっとあったのだと思うのです。思うのですが──そう、そう云う欠落感が自分の中にあるんだ、と意識したことはなかったんです。否、その正体が欠落感だと思い至らなかった──のですか。そうだと気が付いて、ああ自分はずっとそうだったんだなァと、そう思った訳です。何だか淋しくなったり、虚しくなったりしたのは、この欠けがあったからなんだと、この旅行中に気づいたのです。ですから──」

例によって要領が悪いから何とも伝わり難いのだが、何となくは伝わった。

多分、誰にでもそう云うことはある。得体の知れぬ不安と云うのは誰の中にもあるのだ。その手の不安は正体が爽然攫めない。云い換えれば、だからこそ不安なのである。人はその不安に堪えることが出来ぬから、それに像を与えようとする。像が決まれば取り敢えず落ち着くからである。

名前を与える。理由を考える。意味付けをする。

すると不安は像を結ぶ。それで人は少しだけ安心する。正体の解らない化け物にモウとかガアとか名づけるのと同じことだ。村上はそれに、喪失とか欠落と云う名を与えたのだろう。ただ、村上の中の化け物は顔が見えない。何が欠けているのか何が失われたのかが解らないのでは真の安心は得られまい。

──だからと云って。

それが自殺の動機になることもない――と思う。

朱美は立ち上がり、窓際まで進んだ。

病院の臭いは苦手だ。

朱美は窓を開けた。

期待した春風は得られなかった。空は薄暗く風は凪いでいて、おまけに外気は生温く、室温と殆ど変わりがなかった。それでも逼塞した部屋に充満した粘性の空気が、僅かに稀釈されたような気がした。

外を見て――。

朱美は息を呑んだ。

あの、沿道を埋めていた成仙道の信者達が、空き地を挟んで横一列にずらりと立ち並び、凝乎とこちらを注視ていたのだ。

――何。

楽器は鳴らしていない。五十人は居るだろうか。但し、半分以上は一般の信者なのだろう。衣裳が違う。買い物籠を持っている者や犬を連れている者までいる。向かいの二階家の住民が窓から顔を出して訝しんでいる様子が見えた。

その時――看護婦の声がした。

次に病室の戸がひたひたと開いた。

振り向くと胸から丸い飾りを下げた、あの——。

成仙道の男が立っていた。

「な——なンだい、こんなとこまで！」

ナツが叫んだ。

「場所柄弁えな。警察呼ぶよ！」

男は表情ひとつ変えずに手を合わせて一礼した。

「これは松嶋様。本日は松嶋様へのお導きのために参上致しましたのではございません。そこなるお方の貴きお命をお救いせんがために、失礼を承知で罷り越しました次第。何卒ご理解戴きたく、伏して願い奉ります」

「奉られたッて困るンだ——」ナツは立ち上がった。

「朱美ちゃん。こいつら遂に朱美ちゃんを狙って来たよ。話聞くンじゃにゃあよ。金毟られるよ！」

男は恭しく云った。

「私どもの申しておりますのは、そちらの——一柳様ですか、そのお方のことでもございません。床上にいらっしゃいます禁呪に掛けられたお人のこと。貴方様を——お救いに参りました」

「きんじゅ？」

村上は狐に抓まれたような顔をした。

「村上様――と、仰るのでございますか。私どもは偉大なる真人、曹方士の許で日夜修行を致しております団体でございまして、成仙道、と称しております。私めは童乩の刑部と申す者でございます。どうぞ宜しくお願い致します」

男――刑部は深深と礼をした。

何云ってるか解らないわよッ――とナツが怒鳴った。

「何だってあんたがこの人知ってんの？　適当なこと云わンでよ！」

「天地雷風山川水火、この世の中で起きている事柄は遍く八卦の相として知ることが出来ます。竹籤、擲銭、鏡聴、雑卜の類に頼るまでもなく、我が師たる曹方士は優れた日者。そちら様のことなど手に取るようにお解りです」

「意味解らないッて！」

刑部は笑った。眉が薄い。

「実は先月、富士吉田にございます私どもの本部、蓬莱廟の道観で、我が師曹方士が潔斎を執り行いました。その際に真に奇ッ怪不穏な卦を得ましたもので、方士は急遽科儀を執り行いまして、それでこちら様のことをお知りになったのでございます」

「嘘吐きなッ。そンな前から知ってたンなら何だって今頃ンなってのこのこ来るのよ。どうせ朱美ちゃん家の前で立ち聞きでもしてたンだろッ」

「方士は以来大変お気に懸けられております――」

刑部はナツの言葉を歯牙にもかけず、涼しい顔で病室に入って来た。後ろの廊下には数名の信者らしき者が立っていた。

「――ただ方士はお忙しい。そこで私どもは方士に仰せつかり、扶乩など致しましてこちら様の居場所をずっとお探ししておりました。貴方は――」

刑部は一つ目の寝台を通り越し、二つ目の寝台に手を掛けた。

「――移動されておられた」

村上はしょぼついた眼を丸くした。

「だから、中中追い付くことが叶いませんでした。それでお会い出来ずにいたのでございます」

「あ、あの」

「此度はご入院された由、もう少し早く御面会が叶っておりますれば、村上様もそのような無残なお姿にならずとも済んだものをと思いますと、慚愧の念に堪えません。しかしそのお蔭で漸く居所が定まりましたので――本日、気を通す道を作り、お救いに参ったと、斯様な次第でございます」

「気の道ィ？」

ナツが噛み付いた。徹底的に嫌いなのだ。

「巫山戯(ふざけ)ないでよ。何なのよ。何云ってんだか解らんよ。あたしは占いだの幽霊だのは信じないのサ。気って何よ」

「気とは一なるもの——根源のこと。根源とは太極(たいきょく)。太極より両儀(りょうぎ)生じ、両儀より四象(ししょう)生じ、四象より八卦生ず。世界の凡ては気の表れに過ぎません」

「け、煙に巻かないでよ。どうせ流行(はや)りの、心霊術とか何とかでしょうに」

「私ども成仙道は霊魂と物質を同一のものとして捉えます。精神も肉体も、それは気のひとつの表れ方でしかありません。もしこの世に幽霊あらばそれは気がそうした形を採っているだけ。ここに肉体あらばそれは気が肉体と云う形を採っているだけ。肉は霊であり霊は肉です。凡ては気に生じ気に還る。その気の運動を〝道(タオ)〟と申します。私どもはその道を求める者。霊も肉もなく、宇宙の根本原理に即した行いを為すだけでございます。心霊術と申しますものが如何(いか)なるものかは存じませんが、私どもが行う方術はそうしたものとは根本的に違います」

刑部は窓に立つ朱美の方に顔を向けた。

「お解り——戴けますでしょうか」

朱美は己の顎が上がっていることに気付き、そっと戻して、視線を刑部から逸らした。刑部はその仕草を見て無表情に頷いた。

「解り易く申しましょう」

刑部は人差指を立てた。

「人の躰にはツボと云うものがございますでしょう。揉み療治鍼療治で申しますものでございます。そのツボは、私どもの申します〝経絡〟に沿ってあるものでございます。経絡とは人体の気の流るる道筋でございます。経絡に気が滞れば即ち病となります。それを通すことで病は癒え、健やかなる生が得られます。だから按摩取りはツボを捺し、鍼灸師はツボに艾を据えるのです。このツボや経絡は、何も人間に限ってある訳ではございません。人も宇宙も気のひとつの表れなのですから、当然同じ造りになっているのでございます。因に大地の経絡を〝風水〟と申します。地相家相はお気にされる方も多いかと存じますが、そうしたものも元を辿ればこの、気の考え方に拠るものなのでございます。ですから私どもは取り立てて変わったことを申し上げている訳ではございません」

「それが──何よ。迷信に変わりはにゃあ」

ナツは座ったまま頰を膨らませて壁を見た。

刑部は更に村上に近付いた。

「松嶋様はずっと──そこの車返しの山王様こと、日枝神社の氏子でいらっしゃるとか。日枝神社は、社伝に拠れば永長元年、比叡山坂本の日吉大社より分祀勧請したものだとか。坂本の日吉大社と云えば山王一実神道、山王一実神道は天台宗の創った神道でございます」

「それが何さ」

「その天台宗も、元を辿れば中国天台山に行き着く訳で、中国天台山は仏教の聖地でもございますが道教の聖地でもございます。当然我が国の天台宗も、道教の影響下にあるのでございます。それが証拠に、そこな日枝神社でも、その昔はカメウラと云う神事が行われていたのです。古くは白砂運び神事を執り行う少年少女をそのカメウラで決めたのだと伝えられています。このカメウラは、間違いなく亀古、つまり私どもの行います亀卜と同じもの。それならば、道教教団でも一番成立が古い『太平道』の、絶えた流れを復興させた、私ども成仙道の方がそもそもの正統とは云えますまいか――」

ナツは多分、刑部が訪れるや否や物凄い見幕で追い返していたのだろう。今まで刑部は、こうした講釈を垂れる隙も与えられていなかったに違いない。

「私どもはイ、ン、チ、キではございません――」

ナツは酷く不服そうだった。

刑部は念を捺すように云った。

「――卜筮風水も致しますが、私どもの修行の基本は導引胎息し辟穀服餌を心掛け、気を整えて長生と富貴とを得ると云うもの。決して怪しげなものではございません。こちらにお邪魔致しましたのも、こちらの村上様が大変危険な状態であることを察知したため。悪意奸計はございません」

「だからって――」

　だからってどうすると云うのサ――ナツは投げ遣りに云った。分が悪い。そもそもこの病院は取り囲まれている。否――今この時に限っては、この町は成仙道が支配している。何故なら彼等は――。

　――道を押さえている。

　文字通り、どう動こうと逃げ場はないのだ。

　朱美は刑部から村上に視線を移した。

　村上はべそをかいたような顔で、慄くように口を少し開けた。ずっと発言の機会を逸していたのだ。

「あの――」

　どうしました村上様――刑部は、敏速且つ慇懃に反応した。

「あの、私は――」

「一寸村上さんッ」

「いいのですナツさん――あ、すいません。その、この人達がどんな人達なのか私には判りませんし、さっきから何を仰っているのかも善く解らないんですけど、でも、こちらの方が、私がどうなってしまったのか御存知なのでしたら、それは是非お伺いしたいのです。私は――いったいどうしちゃったのでしょうか？　さっきそのキンジュとか――」

「禁呪とは平たく云えば呪いです」

「呪い？」

馬ッ鹿馬鹿しい——ナツは唾でも吐くようにそう云った。

しかし朱美は知っている。呪いは効く。呪いとは神秘な力ではない。朱美の言葉で云えば、それは執念である。人の器を超えて溢れた妄念である。

刑部は続けた。

「禁呪は、元元身を護るために編み出された方術でございます。先程申しましたように、気の流れを整えれば人の病は癒え、家は栄え、国も繁栄します。しかしその逆を行えばどうなるか。気の流れを乱し或は断ってしまえば、人は病み、家は衰え、国は滅びます。大地の龍脈を断ち切れば土地が壊れます。つまり気を自在に操れたなら、禍を生じさせることも可能だ、と云うことです。これを悪用する者も——居ないではない」

「悪用——」

はい——と明瞭に答えて、刑部はナツを越して歩み寄り、村上の足許に至った。

「水を禁じれば凍ることなく、また湯にもなり、火を禁じれば焦げることなく、釘を禁じれば打ち込んだ後に触れずに抜くことも出来ると申します。人を禁じれば相手は思いのままに操ることが出来ます」

「思いのまま——」

左様でございます——と刑部は云った。

「この場合、勘違いなされては困るのでございますが、気と申しますのは世界の根本、宇宙の根源のことでございます。特別なエネルギイではございません。例えば気を発するとか気を通すとか申しましてもそれはあくまで比喩でございます。こう、息が抜けるように力学の作用がある訳ではございません。気で物体を吹き飛ばすような場合も、目に見えぬエネルギイが放出されている訳では決してないのでございます。禁呪の禁は縛ると云う意味。つまり精精対象を封じると云う意味で、その後の作用は対象自体の気の流れを変えることで、対象そのものが変化するのでございます」

つまり。

云いなりになるのは、なる方が勝手になるのだ、と云うことなのだろう。物の喩えに、気合いで飛ばされる——などと云うことがあるが、その場合飛ぶのは飛ぶ方が勝手に飛んでいるのであり、飛ばす方は物理的には何もしていない——と云うことになるのだろうか。

ならば。

「村上様は禁人の術に掛かっていらっしゃいます。貴方は勿論、ご自分の意志で自殺を図られたのではございますけれど——反面それは何者かの意志でもある。つまりは自殺を強要されているのに等しいのでございます」

「そんな——誰が」

「拝見しますに——」

刑部は村上の顔を覗き込んだ。

「貴方様は、複雑な顔相をなされております。成功はしないが敗北もしない――」

慥かにそれは中っているだろう。

村上は望んで家を出た。しかしその家出も本来自力では叶わなかった筈のものである。奇妙な男の介入で偶か家を出ることには成功したものの、それでも自己実現は成功したとは云い難い。でも村上は負けなかった。そして紆余曲折はあったものの、結果一度は工場まで持ったのであるから、これは成功のうちであろう。しかし、それも果たして彼が望んだ道だったのかどうかは怪しい。更にはその天からの賜り物のような工場も死守することなくあっさり閉めてしまった訳だけれども、それで追い詰められた訳ではないのだ。

成功はしていない。でも、失敗もしていない。

「貴方様は――そう、事業に失敗なされた。しかし損はしていないのではございませんか。引き際の見定めが出来るお方とお見受けします」

それは臆病とか用心深いと云う意味か。

物は云いようである。要するに村上は、軽挙を補える程用心深くて、臆病の果てに無鉄砲になると云う、実に困った性格なのだと云うことだろう。

もしかしたら――と、刑部は割と大きな声を出した。

「――貴方様は財産をお持ちではありませぬか」

この人は一文なしだよッ——とナツが云った。

しかし村上は、虚ろな眼で刑部を見て、大した額ではございませんが——と答えた。

「あんた、金ないって云ってたじゃないか」

ナツが甲高い声を上げた。村上は怯えたように身を竦め、すいません、所持金が底をついていたのは本当です——と詫びた。そう云えば村上は昨日、看護婦と支払いの相談をしていたのではなかったか。そもそも朱美にだって、そう云えば、お礼は後程持参しますなどと云っていたのだ。

「私、工場を始末した際に、土地家屋一切合切処分したんです。元元相続するのは気が引けていましたし、執着はなかったです。そうしましたら、借財を全部返済して、従業員にお金を渡しても、まだ余った。ただ別の場所に家を買ったり、何年も暮す程はなくって、ただ持ち金を喰い潰して暮すのは厭でしたから、それで——東京に出たのです」

「そのお金は今どうなっているのです？」

「はあ。旅先に持って出るのは物騒なので、大家さんに預けて参りました」

なる程——と云って刑部は村上に背を向けた。

つまり朱美の方——窓に向き直った訳である。

「村上様。貴方様はもしや、伊豆に来て初めて死にたいと思ったのではありませんか」

「ええ——」

欠けているもの——。

それはずっと欠けていたのだと、先程村上は云った。

しかし欠けていると認識したのは旅行中のことなのだと、そうも云った。

だからそれに関しては刑部の言葉は中っている。

「貴方様は本来、非常に繊細なお方だ。怖いもの嫌いなもの厭なものに遭遇するのを極端に避けていらっしゃる。しかしそれでいて、勇敢でもあるようでございます。それは貴方様が攻撃的だからではないのです。攻撃こそ最大の防御。貴方様は身を護るために果敢になられる。しかしその果敢な攻撃性が剝奪されてしまうと、貴方様は簡単に死を選ぶ。それ程弱いお方なのです」

「でも、私は過去死にたいと思ったことは——」

「人は誰でも同じように弱いものです。しかし多くの者は死を選ぶことをしない。何故なら人間はそう云う風に出来ているからでございます」

「そう云う風に、とは？」

「人は、否、生き物は、生きるために生きているのです。ですから生きるように出来ております。本来的に、自ら死を選ぶようには設計されていないのでございます。死ね、死ねと幾ら云われても、通常は死にません。ですから、自殺を強要するのは殺すよりも遥かに難しいことなのです。でも——」

「でも？」

「その、仕組みの方を変えてやることは出来るのです。つまり――例えば貴方様の場合は、果敢な攻撃性を一時的に禁じてしまうと云うことでございましょうか。するとその間、繊細で弱い本来の自分が剝き出しになるのでございます。これは耐えられますまい。それが幾度か続けば、幾度目かに――貴方は自発的に死を選ぶ」

「自ら――死を」

はい――と刑部は云った。

鉦の音がした。

それを合図に、太鼓や笛が鳴り始めた。

「鬱病――と云う病がございます。この病の方は、只管(ひたすら)生きるのが辛く、重い方は死を願うのだそうでございます」

尾国も云っていた。気の鬱(ふさ)ぐ病――である。

気の――鬱ぐ。

「自殺しろ――と云う禁呪は不可能でしょう。人を操ることは可能ですが、操って自殺させることは出来ません。でも鬱状態にすることは出来る。つまり貴方様は、強制的に鬱病を発症させられていたのでございますよ。鬱を脱した後は躁になる。自殺を図った後、貴方様は妙に明るい気持ちになったのではございませんか？」

妙に明るい――。

そう。慥かにそうだった。

情けないとか間抜けだとか、朱美も色色と思ったのだが、それも偏に村上が明るかった所為なのだ。

「そんな――でも――」

寝台の上の村上の表情が硬くなった。躰全体が強張っている。

刑部は胸の丸い飾りを弄んでいる。近くで観るとそれは金属で出来ているようだった。初めて見た時朱美がそれを手鏡に喩えたのは、形や大きさよりも表面の仕上げが鏡面の如くに見えた所為だったかもしれぬ。

村上は震えていた。

「しかしそんな呪い――いったい誰が」

誰が何のために――と、村上は声を絞り出す。

刑部はその哀れな姿を哀れみの視線で見回す。

「それは、貴方様が死んで得をする者の仕業です」

「得？」

村上の震えは徐徐に大きくなって行く。わなわなと寝台が揺れている。

怖いのか。

「――例えばその大家さん――否、違いますね」

刑部はそう云い乍ら朱美の真横に来た。そして開け放たれた窓の前に立った。西陽になりかけた鈍い陽光が、丸い飾りに跳ね返って、飾りは一瞬、閃光のように光った。窓からは容赦なく異様な音色が侵入して来る。

鉦。太鼓。笙。笛。

落ち着かない。

あう、あうと犬が吠えている。

この独得な音色は獣の神経を逆撫でするものなのかもしれない。

刑部は外の同志達を眺めつつ続けた。

「村上様。貴方様を陥れたのは、多分、その大家と云うお方の背後に居る――」

――みちの教えか。

尾国が云っていた。

――慥か『みちの教え修身会』に入っていると。

――一種の霊感商売です。

――それは眉唾ですよ。

――インチキだとか。

そうか。

村上をその怪しげな会に引き込んだのは、下宿の大家なのではなかったか。そして村上は伊豆に行くべきか否かをその会に相談したのではなかったか。その結果、怪しげな研修のようなものを——。

——研修だ。

そこで術を掛けられたのだ。

厭だ厭だッ——村上が突如叫んだ。何よどうしたのよゥ、とナツが立ち上がる。

「村上様。このままでは貴方様は確実に死にます」

窓の外を見たまま刑部が云う。

おうおうと嗚咽を上げ、村上は頭を抱えて丸くなった。何サ確乎りしてとナツが手を掛ける。離せ、俺はもう駄目だと村上はその手を振り解く。

「離してくださいッ。死にたいッ。死なせてくれッ」

「村上さんッ——」

朱美も思わず近寄って村上を押さえた。

村上の背中はどくどくと脈打っていた。

振り返る。刑部が冷ややかに見ている。

怖いよう寂しいようと、鼓動が伝える。

——本気だ。

鉦。太鼓。笙。笛。大勢の人間の吐息。気配。

犬が騒いでいる。凪いでいると云うのに。

町が騒付いている。おう、おう。村上が泣く。

わん、わんと犬が吠える。落ち着かない——。

死ぬ、死ぬんだァ——と雄叫びを上げて、村上は狂乱した。看護婦が信者を割って這入って来る。朱美とナツと看護婦が三人がかりで押さえるが、村上は止まない。死なせてくれエ、もう厭だァ——と、泣き喚く。自殺志願者本来の姿を、村上は漸く朱美に見せつけた。

「なにサ、突っ立ってないで手伝いなッ」

ナツが叫んだ。

刑部は動じることもなく、

「ですからお救いしたいと申し上げております」

と云った。ナツは暴れる村上の腕を掴み、救えるもんならさっさと救いなよッ——と怒鳴った。

「承知致しました」

刑部は懐から輪のようなものを出した。

茅の輪だ。正月や盛夏などに神社などに設えられる、あの茅萱の輪である。潜ると身が祓い清められると云う、あの輪の、小さなものである。

「臨兵闘者皆陳烈前行——」

刑部は高い声でそう誦え、窓に輪を翳した。

かん、と鉦が鳴った——ように思った。

村上は鎮まった。

朱美は緩緩と顔を上げる。

ナツが呆れたように口を開けている。

頭を抱えていた村上は、ひいと喘息患者のように息を吸い込んで、それを吐き出し乍ら怖わごわ起き上がった。何だかすっかり壊れている。

「わ——私は」

「禁呪を断ちました」

刑部はそう云った。

「お、お救いくださいッ——」

村上は寝台の上で平伏した。

「よ——止しなよ、あんた、村上さんッ」

刑部は窓に向け茅の輪を翳したまま、勝ち誇ったように立ちはだかっている。ナツは村上から離れて刑部に向き直った。

「まじないなんて気の所為だよ。こんな野郎のまやかしに乗っちゃ駄目さ。こいつらも金目当てだよ」

こんなのインチキさッ——とナツが云った途端、刑部は翳した茅の輪を下ろした。

村上の様子は、再び急変した。

朱美が当てた手の下で、村上の背中はがたがたと痙攣し始める。だ、駄目だ——と、村上は云った。

「何だい！　あんた、巫山戯てるんじゃないよッ」

村上はもう返事の出来る状態ではなかった。

「松嶋様。これは邪法まやかしの類ではございません。これでもお解り戴けませんか——」

「解った、解った、解ったから——」

刑部は不敵に笑った。

そして茅の輪を翳そうとした。

しかし。

急にその顔が歪んだ。

村上の動きも止まった。

「ど——どうしたのさッ」

刑部は中途半端な場所で茅の輪を止めて、そのまま窓の外を凝視している。顔がやや蒼醒めている。眉毛のない眉が、二三度ひくひくと動いた。

村上の鼓動が鎮まったのを感じて、朱美は手を離し、すうと立った。

——音が。

音が止んでいる。否、鉦や太鼓なら僅かに聞こえているのだが——。

——乱れている。

外を見る。隊列が乱れていた。人声も聞こえる。

雑音が近付いて来る。がやがやと揉めている。

表——違う。これは廊下だ。

朱美は振り返って病室の入口を見た。成仙道の信者達が廊下で何か云っている。やがてその喧騒を裂くようにして、男がひとり這入って来た。

大きな、色褪せた江戸紫の風呂敷包み。

ハンチング。

薬売り。

「尾国——さん」

男は尾国誠一だった。

尾国はすい、と跫(あしおと)を立てずに踏み込む。

刑部は茅の輪を下ろして漸く振り向いた。

「そなたは——昨日の——」

「越中富山の薬売りですよ」

尾国はそう云って刑部を冷ややかに見据えた。

「そこの朱美さんはね、手前の古い馴染みでござんしてね。まあ、ご同業の奥方だ。この女は、竹を割ったように潔いお方でしてね――普段はこんな、しち面倒臭ェ揉めごとに煩わされるようなお方じゃあないんだが――」

尾国はそこで朱美を見た。

「どうにも今回は相手が悪いや。まあ手前も見捨てておけなくッて、野暮を承知で、こうして出て参ったと云う訳でしてね――あんた、そこの旦那、村上兵吉さん――」

「は――はい」

壊れかけた村上は、今までで一番情けない声を出して面を上げた。

村上は何がどうなっているのか全く解っていないようだった。

しかしそれはナツも、勿論朱美とても同じことである。

尾国は云った。

「村上さん。あんた慥かに術に掛かってた。術を掛けたのは『みちの教え修身会』の磐田の野郎に違いない。しかしね、今、旦那が治ったのは、そこの男の法力のお蔭なんかじゃアないんですよ」

村上は尾国を見て、それから刑部を見た。

刑部は渇いた眼で尾国を睨み付けている。

尾国はもう一歩踏み出す。

「旦那を掻き乱してたのはね、犬だ」

「い——犬？」

「犬の鳴き声が契機になる、そう云う術だ。犬が鳴いてる間だけ、旦那は気鬱ぎの病になるですよ——」

「ああ」

朱美は思わず声を出す。

千本松原でも。朱美の家でも。

慥かに犬は鳴いていたのだ。

そして、たった今も——。

——あの犬が。

「聞くところに依れば『みちの教え修身会』の磐田会長は、何でも去年暴漢だかに襲われて以来、大きな番犬を常時に傍に侍らせているそうじゃありませんか。どうです。憶えがあるでしょう、村上さん——」

村上はおどおどと上を向き、それからああ——と声を出した。動きがぎくしゃくしている。

「そう云えば、大きな犬が――」

「研修の時に居たんですかい？」

「け――研修の終わった後、会長さんと面会させて戴いて、それで――ああ？　その、時に？」

「そう、その時に術を掛けたんでしょうよ」

尾国は断言した。

「それを、この男は見抜いたンです。これは中中大した眼力だ。並のものじゃあないでしょうな。ただ神通力で知った訳じゃない。立ち聞きしていて察したのでしょうよ。まあ、そこまでは大したもんではあるンだが、その後が悪い。あんたも悪さが過ぎるンじゃァござんせんか――」

刑部は横を向いた。

「こいつ、そこの空き地に犬を用意して、その、胸の太極の飾りで合図していやがった。犬笛ってのがあるのを知ってるでしょう。こいつですがね――」

尾国は手に持っていた笛を高く掲げた。

「――反射の合図で演奏が始まる。他の楽器に紛れてこれを吹く。犬が鳴く。この旦那は死にたくなると、こう云う仕掛けだ。その輪飾り翳すと犬を宥める。犬が黙りゃあ発作は治まる。何てチンケないかさまじゃないですか――」

尾国は笛を刑部に向けて放った。

刑部は受け取らず、窓辺から離れてそのまま尾国の横まで進んだ。

笛は床に転がった。

「そいつを取り上げましたらね、大層困っていましたよ、あんたのお仲間は。序でにワン公も逃がしてやったが」

「貴ッ様ァ――」

刑部は尾国に、ぐいとその顔を近付けた。尾国は一歩も引かず、いっそうに顔を寄せて豪く低い声で云った。

「やるならてめえの裁量でやれ。他人の褌で相撲取るような真似するんじゃねえ」

「貴様、もしや」

尾国は無言で威圧した。

刑部は唸った。

そして後ろも見ずにそのまま病室を出て行った。

尾国はその後ろ姿を暫く眺めてから、廊下を確認して扉を閉めた。

「もう平気でしょうよ。あの野郎は二度と来ないでしょう」

尾国は振り返り、朱美を見て笑った。

「尾国さん――こりゃア一体」

「朱美さん。手前は気を付けな、と置き手紙で書き残しましたでしょう」

　呉々も御用心あれ。そう記してあった。

「それから」

　嘘を吐くのも朱美さんらしかないですよと尾国は云った。

「嘘」

「何、そちらの奥さんのことですよ。奥さん——」

「え？」

　忘我の状態だったナツは突然指差されて吃驚したようだった。己を指差して、あたしィ、と云った。

「こんなに話に嚙んでたんじゃァいけませんぜ。下手をすりゃただじゃ済まないところでしたよ。ま、朱美さんにしてみりゃ巻き込みたくないって判断だったんでしょうがね、兎に角あいつらは質が悪いんですよ。こちらさんは元元狙われてたようだから、一石二鳥を企んだんでしょうな」

　それを聞くとナツは、あたしはあんなペテンに騙されやしないさ——と云った。しかし、多分あのまま尾国が登場していなかったなら、ナツとて遠からず丸い飾りを下げていたのだろうと朱美は思う。

　朱美だって知れたものではない。

尾国は笑い乍ら村上の傍まで近寄った。そして壊れた男の頸に向けて両手を伸ばし、頸動脈の辺りを軽く攫むようにすると、

「もう、大丈夫だ――」

と、緩寛と囁いた。そして手を離し、

「術を掛けた相手の名前が解れば、その術は無効になるンだと聞きます。もう、犬っころは怖くない」

と云った。

村上は、はあ――と答えた。

村上はまるで玩具だ。修身会だか成仙道だか知らないが、いいように弄ばれて――。

何かが欠けている――。

そんなことは関係なかったじゃないか。

でも、きっとこの男には何かが欠けているのだ。

ふう、と外気が頬を撫でた。

――春風だ。

窓の外にはもう誰も居ない。

ただ、先程の犬が一匹、空き地で跳ねていた。

春の風が心地良いのだろう。

尾国は云った。

「村上さん。旦那は——多分親父殿のところにはまだ行ってないのじゃあないのですか。足が治ったら参りましょうよ。手前は丁度そちらを廻る。お供しますよ——韮山に」

村上は有り難うございますと云って頭を下げた。

欠けているもの——。

朱美はそれが何かを考えていた。

だから尾国が何故その場所を知っていたのかも、気に懸けはしなかった。

そして、珍しく——。

朱美は良人に会いたいと思った。

＊

監禁生活も——四日目を迎えた。

微昏(うすぐら)い部屋。冷たい質感。

無彩色の静止した風景。

粗末な堅い寝床。

薄汚れた壁。

黴(かび)の匂い。

鉄格子。

——劣悪な環境。

普通なら、辛いとか、厭だとか、帰りたいとか、いずれにしろ強い拒否感を抱く状況なのだろうと思う。でも私の場合はと云えば、まあ厭ではあるのだけれど、自分でも可笑(おか)しくなる程に、妙に落ち着いてしまっている。

決して開き直っている訳ではない。

私にはどんな時だって尻を捲(まく)れる程の度胸はないから、多分——いつものように——現実逃避しているだけなのだろう。

否、こうしたある意味で刺激の少ない胡乱な状況と云うのは、本来私の糜爛だらけの神経には適合した環境なのかもしれぬ。そうも思う。得体の知れない世間という大海に放り出されるよりも、少しだけマシかもしれぬなどと、本気で思うことさえある。熟熟駄目な人間なのだ。そして私は膝を抱える。

粗略な扱い。詰問。恫喝。罵言。暴力。

最初は怖かった。尋問は厭だった。

そもそも対人恐怖症のきらいがある私は、日常生活の中でさえ人前で上手く喋れない質なのである。強く問われれば問われる程動揺して結果口籠る。気の利いた回答など出来る筈もなかった。それに加えて私の場合、記憶と云う奴は遍く曖昧模糊としたものなのだ。だから本当のことを云えと怒鳴られても叱られても、ひたすら困るだけだった。大体、体験と雖も所詮は個人的な認識に過ぎぬ訳だから、それが客観的な事実かどうかなど、体験者自身には判断不能ではないか。

だから糾される程に、自分の見聞きしたことが真実なのか否か——私は解らなくなって行った。

しかし、単調な拷問は、反復するうちに苦痛を伴わなくなる。

予測可能なら怖くはない。

予測不能の平時の方が私にとっては余程不安である。

閉じた環境で同じ行為が繰り返される限り、それは単なる予定調和に過ぎないし、肉体的苦痛にはいずれ慣れる。

慣れると——急速に現実感は失われた。

それが私の、卑怯な自己防衛法である。

私は尋問される私を演じる別人になり、同じ情景（シーン）は繰り返される度に色褪（あ）せて、終（しま）いには他人事になった。私は既に、私本体から遊離し、苛（いじ）められている私を傍観する第三者になってしまっている。

軍隊時代を思い出した。どこか似ていた。

だから私は殆（ほとん）ど反応しなくなった。

もう——どうでも良くなっていた。

だから。

義務的にただ乱暴な言葉を聞き流し、何度か殴られて——私は背を丸め、脱力して、虚（うつ）ろな目で善く動く係官の口許（くちもと）を眺め、時間一杯ただそうして。

時間切れになるとこの部屋に戻る。

だから。

無味乾燥なこの檻の中も、今の私にとっては安息の場所なのである。

そして黴（かび）の匂いを嗅ぎ、汚れた壁を見詰めて、私はこうして思いを巡らせている。

世界から隔絶されると、血の巡りの悪い私の脳髄も少しは働いてくれるらしく、物覚えが悪い上に忘れっぽい、そんな私が、つまらない、些細なことまで思い出したりもするのである。思い出してみるともしや今回の事件に関わりがありや――などと勘ぐりたくなる。勾留される前に身の回りで起きた無関係な事象を結びつけ突飛な結末が導き出せぬかと夢想したりもする。推理ではない。妄想である。無為な作業である。

そして私は――またある事件を思い出した。

＊

塗仏の宴◎宴の支度

ひょうすべ

○ひやうすべ

◎ひょうすべ

上總國夷灊郡岩田村半左衞門といへる者の方へ、其村の船頭來り、此程夜〱河童來りて怖しき由語りければ、半左衞門家に菅相承の歌也とて持傳へしを書て與へければ、其後は河童來りても其まゝ逃失しとや、右歌は、

ひよふすべよ約束せしを忘るゝな　川だち男うぢはすがはら

右歌のひよふすべと云ふは、川童の事の由、菅神の歌といふも疑敷、土人の物がたり取るに不足と思へと、聞まゝ書留めぬ。

——耳囊・巻の七

根岸鎮衞／文化六年

1

初めて宮村香奈男に会ったのは、今年の正月のことである。

講和後初めて迎えた新年は、それでも占領下の正月よりは幾分落ち着いていたように思う。

だが、それも世間の話で、私はと云えば何の代わり映えもしない冴えない顔で、そう、暮れに起きた逗子の事件の余韻から中中抜け出せず、禧いのか物哀しいのか善く解らぬ宙吊りの状態のまま、それでも浮浮とした正月気分に浸ってはいたのだった。

当時巷間では、あの忌わしい目潰し魔が評判になり始めていたと記憶している。その後目潰し魔事件は私の極身近なところにまでその波紋を寄せることになるのだが、勿論その時の私にそんな先のことが判る訳もないから、それ程興味も持てず、詳しく知ることもしないでいた。

慥か、一月三日だったと思う。

私はその日、妻を伴って友人の中禅寺の許へ年始の挨拶に赴いた。

とは云え私達は夫婦揃ってそれ程健な方ではないし、人付き合いも地味なものだから、毎年あちこち年始回りをするような習慣はそもそもない。

ただ、中禅寺とは付き合いも長いし、妻同士も親しくしていることもあり、更に彼の家は我が家から散歩がてらに行ける距離でもあるから、正月に限らず行き来は頻繁にあるのである。だからその日も、単に訪問した日が正月だったと云うだけのことで、取り分け年始の挨拶と云うような改まったものでもなかったのだと思う。

それにしても私達は夫婦揃って出歩くことからして先ず稀な訳だし、私は兎も角妻はそれなりに着飾っていたので、どことなく畏まったような尻の据わりが悪いような、何とも変な気分だった。

中禅寺宅——京極堂は古本屋でもある。

その日、京極堂には先客がいた。

和服を着た小柄な男性で、酷く愛想が善い。

齢の頃は三十代か五十代か、見ようによっては豪く老けて見えるのだが、子供のような稚気もあり、精精二十代ではないと云うことが判る程度で、それ以外は年齢も職業も不詳と云った、独得の風貌である。

私は例によって知人の関口とだけ紹介された。

どうやら京極堂は学生の頃から私を友人と認めていないようなのである。

彼は御友達ですかと尋かれる度に友人ではない知人だと否定するのも面倒なのか、私のことは予め知人と紹介する。友人と知人がどれだけ違うのか私には善く解らないし、どちらも同じようなものだろうとも思うのだが、紹介される度、何だか馬鹿にされているような気がしてならない。それでいて妻の方は、家内の友人で関口君の細君でもある雪絵さんです――などと紹介するのだから、余計に頭に来る。

しかし、そこで私が違います友人ですと主張するのも考えてみれば可笑しな話で、仮令そう云ったところで友人とは思っていないと云われてしまえばそれまでであるし、寧ろ余計に悪い。

だから私は黙って礼をする。

先客は笑い乍らか細い声で、しかも丁寧に、宮村です――と名乗ったのだった。

詳しいことは忘れたが、京極堂の説明だと彼は矢張り古本屋で、川崎辺りに和書専門の小さな店を出しているらしい。その道では京極堂も太刀打ちの出来ぬ達人なのだと説明されたが、その道がどの道なのか、その時の私には判らなかった。

余談ではあるが、そのひと月後に起こった箱根山の事件に京極堂や私が巻き込まれることになった間接的な原因は、誰あろうその宮村氏にあったのだそうである。宮村氏が不在だったために京極堂が担ぎ出された――と云うのが真相らしい。

勿論、それは後から聞いたことである。

一切説明がなかったにも拘らず、宮村は私の素姓を知っていた。お作は殆ど拝読しております——と云われ、私は一気に赤面した。

宮村はそんな私の姿を、幼子を見守る祖父のような視線で見て、関口さんは翻訳がし難い小説をお書きになりますから、私なんかにはそこが嬉しくってねえ——と、柔らかい口調で云った。翻訳がし難いとはどう云う意味なのだろう。私は彼の本意が善く解らなかったのだが、それでもどことなく褒めているような口振りだったから、解らぬままに有り難うございます——と礼を云ったのだった。

改めて年頭の挨拶を済ませ、暫く歓談した。

宮村は第一印象通りの、大層人当たりの良い、絵に描いたような好人物だった。会話も巧みで、些細なことでも懸命に手振りを添えて伝える姿勢には好感を持った。また、決して社交上手でない私にも善く話題を振ってくれたし、どうにも消化不良気味な私の言葉にも丁寧に耳を傾けてくれた。

そして宮村は、口下手な私のつまらない話にも逐一相槌を打ち、その度に愉快そうに笑った。

そのうち私は妙なことに気付いたのだった。会話中、宮村の方は友人のことを京極堂さんと屋号で呼ぶのだが、京極堂の方は宮村のことを店の名でも苗字でも呼ばず、常に先生と呼ぶのだった。

私が知る限り友人が師と仰ぐ人物はひとりしか居らず、その人物以外に彼が先生と呼ぶ者はいない筈である。それ以外は私のことを稀にセンセイと呼ぶくらいである。勿論私の場合は揶揄されているだけなのだが。

私は不審に思い、いったい宮村は何の先生なのか京極堂に小声で問うた。宮村はその問いを耳聡く聞き付け、何のことはない私は元教員なのですよ関口さん——と答え、それから京極堂を見て、でもね京極堂さん、私が先生なら貴方も先生でしょうに——と続けた。そう云えば京極堂もまた元教員なのである。友人はそれを聞くなりにやりと笑って、それは違いますよ先生——と云った。

「生徒の中には未だに僕を先生と呼ぶ粗忽者もいますがね。宮村先生の場合は別でしょう。そもそも教え子でもないのに、誰もが先生と呼ぶじゃあありませんか。あの山内さんだってそう呼んでいる」

京極堂がそう云うと、宮村は頭を掻いて、

「いや、先生と呼ばれる程の何とやらと申しますですからね。余り嬉しくはないですけれども——」

と云った。

つまり宮村が先生と呼ばれるのは、風貌や物腰が教員めいている所為と云うことなのだろうか。

云われてみれば慥かに教員風ではある。一方京極堂は斜めにしても逆さにしても教員には見えない。二人ともひと昔前の文士のような格好に変わりはないと云うのに、こうも違って見えるものだろうか。

齢の所為などではないだろう。これはきっと人徳とか人柄とか云う奴だ。

私がそう云うと、京極堂は珍しく素直に、なる程人徳ねえ、と首肯いて、

「それもあるかもしれないなあ。だが、それだけじゃあないのだ、この方には先生と呼ばれる訳がちゃんとあるのだ」

と云って、そうですね宮村先生——と振った。

宮村は畏まり、

「京極堂さんは、人が悪いですねえ」

と答えた。それはその通りである。

そのうち京極堂の細君が怖ず怖ずと腰を上げて、支度なども御座居ますので中座致しますが宜しいでしょうか——と云った。

宮村は微笑んで、もうたんとご馳走になりましたからどうぞお構いなく——と答えた。細君は私の方にも諒解を求めるべく視線を向けたのだが、私は料理を頑張っていたので答えることが出来ず、代わりに妻が、お勝手ならお手伝い致しましょうと云って立った。そして妻達二人は着付けがどうしたとかきんとんがどうしたとか云い乍らつうと部屋を出て行った。

人数が減ると急に本が目立つ。十畳程の座敷の壁は出入り口を除けば全面書架である。宮村は端からそれを見渡して、中中壮観ですなあ――と云った。

私も宮村につられるようにして本の壁を見る。

本だらけである。

「薫紫亭程の品揃えじゃあないですよ、先生」

京極堂はそう云った。

宮村の店は薫紫亭という名であるらしい。

「薫紫亭は和書や古地図などが専門ですからね、こう、陳列も地味です。その点京極堂は」

宮村はそう受けて、また書架を見た。

そして私を見て、ねえ――と、同意を求めた。

私はハァ、と気の抜けた返事をした。

慥かに京極堂の品揃えは何でもありだ。まず傾向と云うものがない。和綴もあれば革装もある。円本からカストリ雑誌まで、主の琴線に触れたものならどんなものでも、凡そ売り物にならぬものまで、玉石混交で並んでいる。

その雑多な書物の山は、店だけでなく、住居部分である主の部屋や、例えばこの座敷にまでも容赦なく浸蝕しているのだが、それでいて整然としているのが私には如何にも釈然としない。

気が付くと言葉が途切れていた。

どうも座が妙な空気になっていることに私が気付いたのは、その時だった。腹芸の通じない、鈍感な私はまるで気付かなかったのだが、どうやら細君の中座は京極堂が指示したためであったらしい。妻はそれに感付いて気を利かせ、一緒に退席したのだろう。もしかしたら宮村には何か込み入った話でもあるのだろうか。私は、やや狼狽した。

宮村の問いは唐突に発せられた。

「ひょうすべと云えば――」

私は面喰らった。

「ひょうすべと云えば――矢張り河童のことなんでしょうなぁ」

突飛な話題である。

しかし、京極堂は動じることなく、茶を淹れ乍らやや怪訝な顔をして、そうではありませんよ――と云った。そして急須を置き、茶托を押して茶を私と宮村に勧めつつ、矢張りひょうすべはひょうすべでしょう――と素っ気なく続けた。

宮村は茶を両手で戴いて、

「しかし、ひょうすべと云うのは河童の別称だ、とね――根岸鎮衛も書いてましたでしょう?」

と尋いた。

「ああ『耳嚢』ですね」

「そうそう。慥か、ええ、ひょうすべと云うは川童の由――とか」

「菅神の縁の由と云うも疑わしく――とも書いてあります。だから鎮衛はその時点でもう、河童の何たるかひょうすべの何たるかを読み取れていない。彼は呪文まじないが好きだっただけです」

何のことだか解らない。宮村も、仰る意味が解りませんねえ――と云って頸を傾げた。

そして徐に、

「それに、そう、慥か、柳田翁の『川童の話』でしたか――それで読んだと思うんだけれども。河童はひょんひょんと啼くから日州辺りではそう呼ぶのだとか、そんなことが書いてあったような――そんな憶えがあるんですけれどねえ。ひょんひょんと云うのは、何とも悲しげな声でしょう。その所為か、何だか印象に残っていて、善く憶えているんですけれどもね。憶えてはいたが真面目に読んだものではないですから、間違っているかもしれません。何しろ専門外のことで――」

と云った。

その論文なら私も以前に読んだ憶えがあった。慥かそんな題だったように記憶している。

しかし京極堂は、先生、それなら『川童の渡り』の方でしょう――と答えた。そう云われればそうかもしれない。甚だいい加減な記憶である。

京極堂は例によって滔滔と語り始めた。

「今宮村先生が仰った『川童の話』の方も同じことが書いてありますが、この項で翁は『水虎考略　後篇巻三』を引いて、日州で河童をひょうすえと呼ぶのは鳴き声が飄飄と聞こえるためだとあるが、未だただちには信じられない——として、懐疑的な意見を述べるに止めています。しかし『野鳥』に載った『川童の渡り』の方では渡り鳥信仰と結び付けて、この鳴き声由来説を支持していますね。ここで柳田は、河童を鳥だと思う者はいないが、ある鳥類を河童だと思っている者があるのだ——と冒頭でわざわざ断っています」

「一寸待ってください京極堂さん——」

宮村は手を翳す。

「いや、京極堂さん、語源はこの際どうでもいいのです。九州で河童をひょうすべとかひょうすえとか呼ぶのは間違いないことなんでしょう。ひょうすべとは河童ですね？」

ううん、と若い古書肆は頸を捻った。

そして、宮村先生——と呼び、妖怪は呼び名が凡てです、だからひょうすべは矢張りひょうすべなんですよ——と解らないことを云った。それからどうも説明し難いですねえ、と結んだ。

「河童とか川太郎とか水虎とか——まあ何でもいいんですが、そう、そうした名前は、否、妖怪と云うものはそれ自体が、謂わば上澄みなんですよ」

「うわずみとは？」

「例えば——四国は狸の本場ですが」

私は一瞬戸惑った。まるで脈絡がない。

しかし宮村は暫の間をおいて、はいはい、と大きく首肯いた。

そう——善くは解らないが聞いていればそのうち解る筈なのだ。京極堂はいつもそうした話し方をするのだ。脈絡のない展開はやがて脈を持ち、いずれ本線と連絡するのだ。だからこう云う場合はただ聞いているのが得策で、真意を問うたりしても解らなくなるだけなのである。宮村はそれを十分承知しているから頷いたのだ。私もそれは解ってはいるのだが、それでも矢張り、大抵は面喰らってしまう。

友人は続けた。

「——僕の友人で、大陸の化け物の研究をしている多々良君と云う変わり者がいましてね。彼がこの間四国に行って来たんですが——」

「妙なお方がいるものですなあ」

宮村は私をちらりと見て、笑顔のままそう小声で告げた。私は答えずにただ苦笑した。今日日面識こそないのだが、多々良と云う人物に就いては京極堂から何度か聞いていた。今日日お化けの研究で身が立つとも思えぬし、況や大陸のお化けと来ては尚更である。他人の心配が出来るような身分ではない私でさえ、聞く度にその身の上を案じてしまう程だ。

それにしても類は友を呼ぶと云うか、お化けはお化けを呼ぶと云うか、宮村の云う通り妙な人間と云うのは少なからず居るものである。

宮村は多々良にかなり興味を持ったらしかったのだが、それ以上多くを問わなかった。質せば質す程迷宮は深くなることを知っているのだ。

京極堂は続けた。

「——そうしたらその彼がこんなことを云う。そうですね——先生は、オッパショ石と云う奇石の伝説を御存じですかな」

話が次次に飛ぶ。

宮村はさあ、と小首を傾げた。

京極堂は横目で私を見て、関口君、君はどうだい——と質した。当然知らぬと答えた。そんな妙なものはいちいち知っていられない。

「オッパショ石とは徳島の某所に伝えられている奇石なんですが——元は名のある角力の墓石だとも云われている。これが、オッパショ、オッパショと口を利く」

「おっぱしょとは?」

「背負ってくれと云う意味です。負っぱしょ」

「はあ。それはその、馬琴の『石言遺響』にある、遠州の夜啼き石のようなものですか」

宮村はそう尋いた。

なる程そちらが専門なのだろう。

「ええ。〝声を出す石〟系統の根を辿って行くならそうなりますね。備前のこそこそ岩辺りと同系の怪異と考えられる。でも、これは別の地方ではバウロ石とかウバリオンとも呼ばれますから〝おんぶお化け〟系の怪でもありますね。おぶると重くなると云う怪です。すると、これは産女の怪とも無関係ではなくなって来るし、一方で富を齎すマレビトの説話なんかとも関わって来るのですが、それは置いておく。兎に角、オッパショ石というのは路傍にあって背負ってくれとせがむ石なんです」

「今でもせがむのか？」

私がそう尋くと京極堂は片方の眉毛を吊り上げ、

「君はねえ――」

と云って、大きな溜め息を吐いた。

「――今はただの石だよ。いつの頃か、さる力士が通り掛かった際に、小癪な石とばかりに背負って、段段重くなるので堪え切れず投げ捨て、その時割れてしまったんだそうだ。それ以降は何も云わなくなったと伝えられる。その割れた石は今でもそこにあるとかないとか」

「それが何か？」

宮村が尋いた。当然の質問である。

「そのオッパショ石が、狸だと云うんですよ」

「どなたが云うんです？」

「地元の人達だそうです」

「狸、だったんですか？」

「まあ場所柄狸と無関係に論じる訳にも行きませんがね、これが他の土地だったなら、決して狸じゃありませんよ。声を出す石もおんぶお化けも、別に狸じゃないですし。負ぶってくれと頼んで来る石の怪を説明するのに、狸なんか引っ張り出す必要はないんです。しかしそれが――どうやら狸になってしまったようなんですね」

「なった？」

「ええ。元はどうであったのか、それは解りません。もしかしたら大本は狸が化かすと云う話だったのかもしれません。しかし化かした、が化けたに変わった」

どう違うのです、と宮村は問う。同じに聞こえる。

「化かす、というのは化かされる対象、僕等人間が妙な目に遭わされる訳です。化ける、と云うのは化かす本体、この場合狸が形を変えることですね」

ああ、と宮村は膝を打った。

「つまり、まあ力士の墓石か何か解りませんが、何かそうした怪しい石があって、それが口を利いたり重くなったりする、そうした怪異を体験させるのが化かす、狸がどろどろんと石に変わるのが化けるだと」

「そうですね。化かす場合と化ける場合では意味合いが微妙に違うでしょう。この場合、或る時期から、オッパショ石はオッパショ石として理解されていた筈なんです。そもそも狸が石に化けていたのなら、割れた後の石は何故残っているのかまるで説明出来ないでしょう。それに、力士の墓石だと云う由来に就いての説明も出来はしないんですね。狸が化けたじゃ説明し切れない部分がある、あると云うか出来上がってしまっている訳ですよ。ところが、最近では狸が化けたと云うことになってしまった」

「何故？」

「その方が通りが良いんですよ。狸の仕業とした方が実感があるんですね。少なくとも現代では」

狸で現実感が持てますか――と宮村は問うた。

「尤も四国ですから――と、京極堂は即座に答えた。

持てますよ、四国ですから――と、京極堂は即座に答えた。

「尤も四国の人達が全員挙って、今でも狸は人を化かすんだと信じ込んでいる、と云う意味じゃありませんよ。今日日そんなこと頭から信じている人は四国にだってそうはいないでしょう。ですからこれは、現代に於いては狸というコードならまだ許容範囲だ、と云う意味ですね。それ以外の名称は殆ど効力を失っているんです。共通認識可能なコードではなくなってしまった訳です。だからまあ、通じるなら狸でなくても狐でも河童でもいいし、悪魔でも火星人類でも良かったんですがね。何でもいいんですが、四国ですから狸だと云うだけで」

この場合ですね、この狸と云うのが上澄みなんですと京極堂は云った。

「はあ」

上澄みとは何なのか——と、宮村が尋いたことからして先ず、私などは忘れそうになっている。

「だからまあ、石がおぶってくれと口を利く——おぶると重くなる——と云う怪異が、狸の悪戯であるとしてしまうと、〝オッパショ石〟と云う怪異は消滅してしまうんですよ。夜啼き石もおんぶお化けも産女も関係なくなってしまう。妖怪としては〝狸〟だと云うことになる訳です」

なりますねェ——と宮村は云った。

流石に呑み込みが速い。

「妖怪〝オッパショ石〟ではなくて、妖怪〝狸〟が悪戯で石に化けてオッパショオッパショと声を出していた、とこう云うことになる訳ですねえ。そこで石が喋ると云う不思議は消えてしまい、狸が石に化けると云う不思議こそが怪異の要になってしまう、と」

宮村がオッパショオッパショと云うと、やけに趣がある。

「そうなんです。しかしですね、矢張りこのオッパショ石と云う怪異が成立する過程には、先程先生が仰ったような語る石啼く石の伝承や、背負ってくれとせがむ怪と云うのが確実に絡んで来る訳です。系譜を遡る限りそれは狸だけで成り立ってるものじゃない」

「化かすにしても化けるにしても、と云うことですね」

「その通りでしょうね。他所では仮令狸と関係付けるとしても、少なくとも〝オッパショ石狸〟程度の特殊な固有名詞が付くべきものですよ。それがただの狸になってしまう。まあ狸の方が通りはいいし、事実不都合なく通ってしまうからなんですがね。結果オッパショ石に化けた狸は、本来狸と無関係の来歴をも抱え込むことになるものの、まあ狸は狸だ。妖怪としての名前は狸で落ち着く」

「はいはい、善く解ります。そうした多くの背景や歴史や何や彼や一切合切引っ括めて、その上に乗っかってるのが妖怪の名前——上澄みで」

そうです、そうなんです——と、京極堂は大きく頷いた。

「ただ古の人人は、その上澄みである名を聞いただけでそうした来歴を含む一切合切を察することが出来たのですが、現代人たる我我は名を聞いただけでは何も解らなくなってしまったんですね。上澄みである名前からは、同じように上澄みである現象だけしか察することが出来ない訳です。だから現象として同じか、或は同じようなものであれば、名前も同じで構わないと思ってしまう。だからオッパショ石もただの狸で良くなるのです。狸は何にでも化けるから何でもありですし、そこに諄諄とした理由は要らない。そうするとひょうすべもカッパも同じでいいと云うことにもなる。しかしひょうすべは矢張りひょうすべなんです」

「河童とは違う」

「違うんです。同じ性質、同じ歴史、同じ正体を持っていますが、ひょうすべと河童は、その隠された部分の多くを共有する――違うモノなのです」

「待ってくれ」

私は止める。

「同じ性質を持った別個のモノは解るよ。しかし同じ歴史を持った別個のモノ、と云うのは成り立たないだろう。剰え同じ正体と来た日には、もう同じモノとしか云いようがない。名前が違うと云うだけなら、それは矢張り単なる別称でしかないじゃあないか」

何であろうと正体が一緒ならば同じモノである。

まあ普通はそうだ――と京極堂は云った。そして宮村をちらりと見てから小馬鹿にするような目付きで私を見据え、

「君は気鋭の歌人喜多島薫童を知っているかね？」

と尋いた。

「今日は目茶苦茶に飛ばすなあ。脈絡がまるでないぞ。まあ、それは僕だって、これでも物書きの端くれだからね。喜多島薫童くらい知ってはいるさ。そう、慥か去年だったか、短歌の世界に彗星のように現れた天才女流歌人だろう？」

私がそう答えると京極堂は口許を歪めて、天才女流歌人だそうですよ先生――と、諧た口調で云ってから、まるで悪巧みでもしているような笑みを湛えて宮村を見た。

宮村は矢張りただ笑っている。私は憮然とした顔を作って云った。

「何だ。思わせ振りじゃないか。新感覚派とか新叙情派とか評される女流歌人さ。日常生活の断面を鮮やかに切り取って瑞瑞しい繊細な言葉を駆使して歌に詠み込む天才と評判だ」

京極堂は、まるで雑誌の受け売りだなぁ——と馬鹿にしたように云った。慥かにそれはその通りだった。これは私が寄稿している『近代文藝』の新年号に載っていた寸評そのままの言葉である。

喜多島薫童は短歌の同人誌や専門誌で世に出た歌人ではない。さる文芸誌にある日突然連載頁を持ったのだ。それが矢庭に注目を浴びたものだから、それまで短歌などに目もくれなかった他の文芸誌も挙って取り上げ、一躍時の人となったのである。

そして『近代文藝』もご多分に洩れず特集記事を組んだのだった。私は偶偶その記事を読んだだけである。言い当てられて尚、私は一応、失礼だな——と抗議の姿勢を示した。

京極堂は笑いもせず、

「君みたいな三文文士に短歌の善し悪しなんか解る訳がない。そんなことは印度支那の水牛にだって察しが付くことじゃないか。そんなどっかで聞いたような下らない講評が聞きたいのじゃないよ。そのくらいの講評なら馬にだって出来るんだ。世間の評判さえ聞いていれば、一首も作品を読まなくったってその程度のことは嘶けるぞ」

と云った。私は観念した。

「まあそうだろう。こりゃあ受け売りだよ。ただ、そう、薫童はどこの誰なのか、経歴を含めて身許が一切公表されていないそうじゃないか、まあ来歴を明かさず、作品だけで勝負してそれだけ評価されるんだから大したものなんだろう」

「慥かに君の云う通り喜多島薫童は覆面歌人だよ。そこで——そう、例えば関口君、君がその薫童の正体だとしようじゃないか」

「何で僕が。僕は男だぜ」

「いいだろう。仮令嘘でも天才の正体にされたんだから、これは光栄なことじゃあないか。有り難く思うがいいさ。それで——だ。ええと、君は慥か——楚木逸巳とか云う巫山戯た筆名を持っていたね？」

「ああ。巫山戯て付けたんだ」

本名を隠したい仕事をする時に使う筆名である。

「この場合は——君が薫童だった場合だね。喜多島薫童と楚木逸巳は歴史を共有している。性質も一緒だ。勿論正体も一緒だ。両方とも君なんだから、いずれも関口巽の別称で良い」

「そうだろうさ」

「ところが——だ。喜多島薫童と云うのは、僕と君の合作の筆名だったとしようじゃないか。あり得るだろう？」

「まあ、あるね」

「この場合——楚木逸巳と喜多島薫童は、君と云う正体こそ一緒なんだが、それでも完全に同一ではないと云うことになる。関口巽としての歴史は共有しているし、その部分では性質も同じだが——薫童の方には僕が雑じっており、楚木の方に僕は雑じっていないんだ」

「ああ——」

「そこで——今度は僕が、君との合作活動を続けつつ、この宮村先生とも合作をしたとする。それで、そうだな、華厳滝彦とか云う別の名前で俳句を発表したとしようじゃないか。勿論薫童の方も続けているんだぜ。この場合、喜多島薫童と華厳滝彦は、僕と云う正体は一緒だし、その分の歴史や性質を共有しているんだが、また別のものだね。更に、だ。君の単独別名である楚木逸巳の方とは、まるで関係ないことになるだろ？」

「なる程解った——」

構成する要素の一部に若干の差があると云うことかと尋くと、結合の仕方が違うと云うだけで構成素は全く同じと云う場合もあるがねと、京極堂は答えた。

まるで化学反応のような話である。

「つまりですね、宮村先生。今の喩えで云うならば喜多島薫童と云う名前こそが上澄みな訳ですね。その来歴も性格も性別も我我は知らない訳ですが、薫童と雖も人間でしょうから、そうしたものがない訳はない。公表されていないだけですね。探れば知れる。しかし、それは正体である誰かさんの属性であって、薫童の属性ではないんです」

「薫童を名乗る人の属性だ、と」

「喜多島薫童という歌人は居るが、喜多島薫童と云う人物は居ないんです。名前しかない。でも名前しかないと云うのに詠んだ歌はある――」

「なる程――」

「現象として天才歌人は機能している。名前があるからです。名前がなくちゃ、歌だけあっても誰の歌だか解らない。詠み人知らずになってしまう」

「はいはい」

「つまり我我にとっては喜多島薫童と云う名前だけが有効なんです。しかし隠蔽された部分、その正体である誰かさんがいなければ、薫童もまた存在し得ない訳ですが――」

「もしも、同一人が正体を隠したまま、別名義で作品を発表したとしますね。そうしますとね、それは別の人になってしまう、と」

「そうですね。それは別人になってしまうでしょうね。逆に、全然違う名前の誰かが薫童と大変善く似た歌風の歌を、薫童の名で発表したとしますね。これは薫童だと誰もが疑わなかった。この場合も正体である誰かさんが黙っていれば――」

「今度は逆に同一人になってしまうと？」

「なる可能性はある、と云うことですね」

「オッパショ石が狸になったように——と云うことか？」

「そう云うことだ関口君。しかし別人は別人だ。幾ら歌風が似ているからと云って同一人にしていいというもんじゃないね？」

「当たり前だろう」

作風が似ているからと云って作者まで一緒だとされてしまったのでは、浮浮小説も書けないではないか。それが罷り通るなら、万が一私が傑作を物したとしても、あの関口にこんな傑作が書ける訳がないと云われ、作風が似ているからきっと誰か有名作家が書いたのだろうと——云われ兼ねない。

私に関して云えば、それはありそうな話ではある。

そう云うと京極堂は頰を引き攣らせて、君の場合傑作を物することはあり得ないから心配は要らぬだろうが——と、酷く憎憎しげに云った。重ね重ね失礼な男である。

「君の場合は特殊な例だから置いておくとして——妖怪も同じことなのだ。現象として同じなら同じ妖怪だとしてしまうのは矢張り間違いだ」

僕はどう特殊なのだ——と云う私の問いは無視された。

「天狗倒しと云うのがあるだろ？」

「慥か山中で聞く空耳の類だろう。めりめりと巨木の倒れる音だけする奴だな？　探しても倒れた木などないと云う——」

「そう。これは地方によっては空木返しとも呼ばれる。古杣と云うのも同じような怪異現象だ。狐狸の仕業とされる場合もある。これはどれも、関口君の云った通りの音の怪で、つまり現象としては全く同じなんだが――ただ天狗倒しと云った場合は、その背景に天狗の来歴が重なる。修験道やらアマツキツネやら破戒僧やら、そうした天狗を構成する諸要素がその地域で有効だからこそそう呼ばれるんだ。古杣と呼んだ場合は、亡くなった樵の妄念と云う説明がされる。この説明は樵の居ない場所では通用しないね。空木返しと云うのはそうした背景が希薄な、極めて現象寄りの名前だ」

ふんふんと宮村は感心した。

「名が違う限り一緒にしてはならないと云う訳ですね。あなたが妖怪が上澄みだと云ったのはそう云う意味なんですね、京極堂さん」

「そうです。妖怪の名前は重要なんです。今申し上げた天狗倒しの場合は現象が同一で名前が違っている訳です。これは現象面から見る限りは同じものだが、名前が違う以上文化歴史を異にしている。つまり先程の喩えで云うならば、歌風は全く同じなのだが、作者名が違うと云うケエスですね。勿論作者の来歴も違うんです」

「なる程善く解りましたよ。ただその――」

宮村は眉尻を下げ、情けなさそうな表情になった。京極堂はその顔を見返して、善い喩えでしたかね――と尋いた。宮村は笑った。

「その、歌人の喩えはまあ大変に解り易いんですけれどもね。その喩えで行きますとね、妖怪の場合は大抵、その、正体がひとりではないと――そう云うことになるんですね？」

「そうです。喜多島薫童の正体は合作ではなく、まあひとりの個人なのですが――ひょうすべの場合は合作で、しかも正体が百人くらい居るんですね。妖怪の多くはそうなんです。そして多く、その妖怪の正体という奴は重複している。多くの妖怪は公表されていない部分、隠蔽された来歴を共有しているんですね。ですから、現象でも性質でも、どこかがひとつ同じだからと云って同じものだと判断してしまうと、鬼も天狗も河童も狸も――凡て一種類の妖怪と云うことになってしまうのです」

京極堂は宮村の方を向いてそう云った後、私の方を見た。私はと云えば――解ったような気もしていたのだが、解らないような気もしていた。

と、云うことは、きっと解らないのだ。

私は思案の末に尋いた。

「天狗倒しのところまでは解ったがなあ。現象として同じでも名前が違えば別物だと、まあそれは解らないでもないのだが――」

正体が百人くらいいるとか、しかも重複しているとか云うことになると、いったいどう整理したものか見当がつかなかった。

京極堂は案の定、物凄く嫌そうな顔をした。

「だから予め云っておいたんじゃあないか。ひょうすべと河童は、さっきの話で云うところの楚木逸巳と喜多島薫童なんだよ」

「ああ——合作の方の」

「しかも百人の合作だと云っている」

「そうか——しかし、すると例えば河童の正体を辿って行くと——」

「ひょうすべの正体と同じものがざくざくと出て来るのだ」

「なら」

「でも完全に同じじゃないのだ。しかし百人態勢の九十人くらいは同じだね」

「ほぼ同じじゃあないか」

そうじゃないよ——と京極堂は手を振った。

「河童はね、作者が二百人いるんだ。その中の九十人くらいをひょうすべと共有していると思えばいい。いいかね、兎角物事と云うのは、多く根っこがひとつで、その一本の根から茎が生え、段段に枝別れして、複雑に進化して行くように捉えられがちだ。現象と云うのは枝葉末節の部分で、それを辿ればやがて本線に行き着き、その本線を遡れば根源——本質に至るのだと——まあ、多くそう思われている。実際に世の中の殆どの物事は、そうした考え方で読み解けないこともないし、解り易いのも手伝ってか、多くの人はそう考えている。しかし、妖怪と云う奴はまるで逆なんだ」

逆と云いますと——と宮村が尋いた。

「そうですね、毛先がくっ付いていて、根の方が別れている枝毛だと思ってください」

京極堂の比喩は大抵馬鹿馬鹿しい。

宮村は笑い、それはまた面妖な枝毛ですねぇ——と云った。

京極堂は真顔で答える。

「それは面妖ですよ。妖怪は妖しい怪しいと書くのですから。この毛先と云うのは今申し上げた上澄みと同じ意味ですね。つまり名前です。この毛は、毛先から毛幹を辿って根元の方に遡ると、毛根の方に向けて枝分かれしてるんです。辿り続けるといずれ根には行き着くが、それは沢山ある根のうちのひとつに過ぎないんですね。その根からは幾本も毛が生えていて、その毛は別の根から生えた毛と融合し、幾つもの毛先を作っているんです」

「なる程——根っこと云うのが、先程の喩えで云う正体なんかに当たる訳ですね」

「そうです。河童と云う毛先には、それは多くの毛根がある。水怪の漠然とした総称にまで昇り詰めたのですから、それは莫大なものです」

「隠蔽された部分が矢鱈に多いと？」

「そうです。だから水怪の多くは、その殆どの根を河童と共有しています。僅かに別の根が雑じって、違う毛先を作っている訳です」

「一本でも違えば変わる？」

「完全に同じ毛根で出来ているならば、毛先も完全に同じになる筈なんです。つまり、同じ名になる。その僅かな差も、例えば地域性とか云うだけの程度のものなら、もっと似た名になる筈ですよ。同じ九州でも、例えばガラッパだとかガワッパだとか、ガワロやカワノモノ、カワノヒトと——もっと河童に近い呼び名がちゃんとある訳です。これらは、ひょうすべよりも更に河童と共有する部分が多いのですね。しかし、決定的に違う根を一本でも持ってしまうと、セコだのカシャンボだのと云うまるで異なった名を持つことになる」

「ははあ。違った毛先になると」

「水溶液の部分や沈殿物なんかが殆ど一緒で、上澄みの部分だけ違って来ると云う訳か？」

京極堂はまあその通りだ関口君——と云った。

宮村は感心したように何度か頷き、そして僅か考え、両手を動かし乍らこう云った。

「つまり京極堂さん、纏めますと、ひょうすべと云うのは河童なんだけれども、河童とあまりにも掛け離れた名前である以上、河童と呼ばれぬそれなりの理由がある筈だと——そう云うことですね」

京極堂はあっさり、そうです——と云った。

「何がそうです、だ。君と云う奴はいつもそうだ。それなら最初から今、宮村さんが仰ったように云えばいいことじゃないか。大層解り易くて端的な結論だよ。オッパショ石だの喜多島薫童だの天狗倒しだの、そのうえ上澄みに毛先じゃ迂回し過ぎじゃあないか。大層な時間の無駄だよ。それは言葉の浪費だよ」

関口君——と友人は疲れた声を出した。

「僕が最初から今先生が仰ったみたいなことを云っていたなら、君なんかは必ず何故だ何故だと煩瑣く尋くじゃあないか。そうなれば結局同じことを話さなきゃならないのだから、最初から話したって同じことだろう」

「そうかな」

「そうさ。いや、時間の無駄どころか、君自身が、自分で何処が解らないのかを纏める時間をも省いてやったことになるのだからな。時間は大いに節約されてるじゃないか」

「しかしだな——」

「ほら。そうやって君はいつも時間を無駄遣いするんだよ。いいですか宮村先生。ひょうすべと云う呼び名自体は佐賀のものですが、似た名は宮崎県に集中しています。ヒョウスエ、ヒョスベ、ヒョウズンボ、ヒョウズボウと、僅かな差はあるがほぼ同じ名で、それぞれ性質に若干の差がある。だがこれは凡て宮崎近辺での差異です。大分でも福岡でも、ひょうすべで通じはするが、もうそうは呼ばない。ちゃんと河童に近い呼び方がある」

「なる程なる程。非常に善く解りましたよ。しかしね、京極堂さん、それなら、そのひょうすべと云うのは——」

そこで宮村ははた、と膝を打った。

「――なる程。いやあ、これは失礼しました。それで貴方は、最初っから語源の話をされた訳ですね。そこが河童とひょうすべの決定的な差である訳でしょ。いや、貴方の話は近道か遠回りか判らないんですけれどね、否、近道は険しくて回り道は緩やかだから、聞く方の仕事量としては同じになると云うことでね。長かろうと短かろうと、道程に無駄はないですね」

「世の中には無駄な言葉などありませんよ。無駄と感じるなら感じる者が無知なだけです」

京極堂はそう云った。何だかその言葉は私に向けて云っているように感じたのだが、多分それは被害妄想なのだろう。

宮村は、仰せの通りですねえ――と云った。

「で。その、私が呑み込みが悪くってお手間をお掛けしましたけれども、それではその、ひょうすべとはいったい如何云う意味で？」

「判りませんね」

「あなたでも？」

「それはそうです。僕が決めたもの以外、僕には推測しか出来ない訳ですし、推測である以上判ったとは云えませんからね。まあ、世の中の役に立たない妖怪のことですから、この場で決めてしまっても誰も文句は云わないのでしょうが――」

京極堂はそう云い乍ら席を立った。

そして床の間に堆く積み上げた本の中から、私などにはもうすっかりお馴染みの『画圖百鬼夜行』と云う和綴の本を抓み上げた。それは江戸時代の妖怪名鑑のようなものであり、妖怪好きを自認する友人の座右の書でもある。

京極堂は、最近こいつの出番が多くって困るだとか、貴重な本が傷むとかなんだとか、辛気臭いぼやきを垂れながら頁を繰って、座卓の上に広げたそれをばさりと置いた。

「これがひょうすべですが――」

覗き込むと怪しげな獣の絵が描いてあった。

縁側だろうか。

料亭か、宿屋か、いずれにしろ余り手入れの行き届いていない建物ではある。掛行燈の障子は外れて廊下に落ち、外壁の板は割れて、庭のそちこちには雑草が生えている。その庭に面した竹縁のようなものの上に、妙な形に両手を広げ片足を振り上げた、人型のけだものが危なっかしい姿勢で乗っかっている。全身毛だらけで爪は長く眼は血走り、口は耳まで裂けているのだが、凶暴そうでもない。

どちらかと云うと剽軽な格好ではある。

それもその筈で、その絵はどう見ても――猿なのである。

これは誰けた猿猴の仕草である。ただ――異様にまん丸い頭部だけには、一本も毛が生えていない。そこだけが猿とは違う。

「——御覧の通り、説明書きはないんです」

慥かに名前以外の詞書きは書かれていない。

「説明なしで判る程ポピュラーな妖怪だった訳ですか？」

「それはどうでしょう。寧ろ当時、既に説明が失われていたと考えた方が善いかも知れませんね。いずれにしろ名前は残っていた。ただ、先程先生が仰った根岸鎮衛だけでなく太田全斎なんかもひょうすべは河童であると述べていますから、そう云う認識はあったのかもしれない。しかし石燕は分けているんですね。因に石燕の河童はこちらです」

京極堂は同じ本の別の巻を開いて示した。

そちらにはお馴染みの河童の絵が描かれている。

こちらは川縁の蓮の葉の中から顔を出している。白地に水生で、顔付きは極めて両生類のそれに近く、甲羅も蹼も備えている。蓬髪の上には皿までも載せている。

まるで違う絵である。

「石燕は例えばやまびこ、こだまを別の妖怪としたりしているし、まあ妖怪に関しては彼なりの拘泥りや基準があった訳で、それをそのまま当時の一般の認識と重ねるのは些か乱暴ですがね。しかし河童の持つある部分を抽出してひょうすべに仮託したと云うのはあるのかもしれない」

「ある——部分とは？」

「例えば猿ですよ。河童と猿はとてもひと言では説明できない複雑な因果関係にある訳ですが——しかし猿を正体だとしてしまうと、河童の持つその他のイメエジが大きく損なわれてしまうでしょう？　猿は、亀や川獺や、そうした水棲動物の質感——特に爬虫類両生類のそれと整合性を持つ生き物ではないのですね。猿のような亀、と云うのは想像し難いでしょう。でも、猿は河童の正体のひとつではある」

「そこでひょうすべとして分けたと？」

「とも——考えられる。でもひょうすべに関して云うなら、これは石燕の元ネタのひとつである『妖怪圖巻』や『化け物盡くし』の影響の方が大きいでしょうね。『化け物盡くし』には河童とへうすべは別のものとして描かれていますから」

「太田全斎は『俚言集覧』でしょう？　でも——さて『妖怪圖巻』に『化け物盡くし』とは、聞いたことがないですねぇ」

「それらは狩野派に伝わるとされる化け物の図を記した絵巻物ですよ。元は狩野正信が描いたものとも云われていますが、それ自体は現存しません。しかし沢山の弟子がそれを筆写して後世に伝えている。名前もまちまちで、多くの異本があるようです。これを石燕は参考にしていた。僕の聞いたところに依ると、鳥羽僧正真筆と記されたものがどこかに残っているそうだが——まあ、そりゃあ嘘でしょうけどね」

鳥羽僧正ですかそれはまた凄いと宮村は笑った。

「これらの絵巻には、へうすべの他にもおどろおどろ、ぬらりひょん、はいら、うはん、そして——塗仏など、現在では名前以外は殆ど何も伝わっていない妖怪変化の姿が数多く記されています。どれもこれもどこか野趣溢れる中中の力作ですね。絵巻に依って載せる種目に多少の変動はありますが、今挙げた辺りはほぼ載せられているようです」

宮村ははぁ、と息を吐き出した。

気持ちは善く解る。京極堂は普段から、まあ饒舌ではあるのだが、こと妖怪の話題になると、一聞けば十返ると云う有様なのである。

しかし宮村も負けてはいない。

「すると、まあ一般的ではなかったにしろ、一部の文化人の間で、当時ひょうすべと云う名前だけは通っていたことになる訳ですね。それが何だか解るかどうかは別にして。そう云えば先の『耳嚢』にも何ですか、河童除けの呪文だかが載っておりましたでしょう？」

「ええ。鎮衛と云う人は呪文が好きだったようですね。ひょうすべよ約束せしを忘るるな川だち男氏は菅原——ですね」

「それは上総——千葉に伝わるとか」

それはどうでしょうねえ——と云って、京極堂は頸を捻る。

「先生は菊岡沾涼を御存じですか」

「はあ、『諸國里人談』ですね？」

「そう。沾涼も同じような歌を記しています。『諸國里人談巻の四妖異部』に河童歌の題で掲載されている。こちらは、ひょうすへに川たちせしをわすれなよ川たち男我も菅原——です」

「ああ、同じですねぇ」

「こちらは、肥前諫早に伝わり、この歌を書き記した紙を水に流せば河童は害を為さないと謂う。『諸國里人談』は『耳嚢』より百年近く古いでしょう」

「なる程。するとそちらが正しい」

「正しいとか間違っているとか云うことはありませんがね。鎮衛と云う人は真面目な人だし、佐渡奉行から勘定奉行、果ては町奉行まで務めた選良ですから嘘を書き記したりはしないでしょう。ただ百年の空白は埋め難い。最初に云いましたが、当時の常識の枠内で、菅神の縁は疑わしなどと書いてしまう」

「その、菅神とは何だ？」

京極堂と宮村の間では通じるのだろうが、私には通じない。さっきから何のことだか皆目解らなかった。京極堂は片眉を吊り上げて私に軽蔑の視線を寄越す。それを見て宮村が矢張り笑い乍ら、

「菅原道真——天神様のことですな」

と云った。

「天神様——ですか？　ああ、それで氏は菅原？　おい、京極堂。なら菅原一族だと誇示すると河童が寄って来ないと云うのか？　河童なら水神様だろうに。天神様は場違いだろう」

「そう思ったからこそ鎮衛も疑わしと書いたんだろうな。しかし沾涼の方はこう書いている。ひゃうすへは兵揃にて所の名なり、此の村に天満宮のやしろあり、よって菅原と云うなるべし——」

「おい、ひょうすべなんて村があるのか？　しかしもしあったとしても河童——否、妖怪ひょうすべと如何関係あるんだ？」

せっかちだなあ君は——と云って京極堂は顎を掻いた。

「だから君と話すのは厭なんだ。そんな村があるかどうかなんて僕は知らないよ。調べてもいない。だが沾涼はそう書いているんだ。そして更にこう続ける。長崎に澁江文太夫と云う者がいて、矢張り河童除けの御符を出す——とね」

「それが何だ？」

「沾涼は『和漢三才圖會』を引いたと思われます。また、百井塘雨の『笈埃随筆』にも同じような記事が載っている。こちらの方は名前が澁江久太夫になっていて、職業も天満宮の守人とされている。『笈埃随筆』を引いた『さへづり草の葉』には、この天満宮は肥前諫早兵揃村に——あると云う」

「矢張りあるんだ、その村は」

「今はないから解らないんだよ。兎に角、この澁江一族と云うのは曲者で、どうやら肥前各地の水神社司と親交があったらしい。澁江氏の先祖と云うのは左大臣兼大宰帥、敏達天皇の血を引く橘諸兄だそうだ。その孫である嶋田丸と云うのが澁江氏の祖と伝えられる。史実上で対応するのは橘嶋田麻呂だと思われる。この人は兵部大輔として朝廷に仕えていた。神護景雲の頃春日大社を常陸鹿島から三笠山に遷すことになり、この兵部大輔嶋田丸が工匠奉行を仰せ遣ったのだが――」

はあ、解りましたよ――と宮村が云った。

「河童と来れば大工ですね。その職人が使役した人形が用済になり川にうち捨てられ――と云う奴でしょうか」

「正にそうです。河童と来れば大工なんです」

「どうしてだい？」

じれったいなあもう――と、京極堂は今度は頭を掻き毟った。

「宮村先生が云うのは各地に残る、所謂河童起源人形化生説話のことだよ。人手不足と工期の短いのに頭を悩ませた匠が木屑などで人形を造り、匠道の秘法で命を吹き込んで、仕事を手伝わせるんだな。工事完了の後、その人形は川に捨てられ、それが河童になったと云う奴さ。匠は竹田の番匠だったり左甚五郎だったりと色色だがね。大抵は神社仏閣の縁起として語られる。化生した河童を鎮める為に霊験が云々と云うことになる訳だけれど――」

「京極堂さん、その、澁江の場合は？」

「これも肥前は杵島郡橘村にある潮見神社の縁起なんですけれどね。潮見神社の祭神は橘諸兄です。話を戻しますと、春日大社の造営に当たり工匠頭が矢張り人形を造って働かせ、造営成って後に、これも矢張り川か何かに打ち捨ててしまうんですね。それが人馬六畜に害を為すので、奉行である兵部大輔嶋田丸が出張って鎮めた。これに因んでその水怪を兵主部と名付け、以降兵主部は橘家の眷族となったと——」

「ひょうすべが出て来るじゃあないか！」

京極堂はあっさりと、出て来るよ——と答えた。

宮村が尋いた。

「その話の出典は何ですか？　口碑か何かで？」

「この話は『北肥戰志』と云う本に載っています。他にも『菊池風土記』なんかに、春日大社造営後に称徳天皇が嶋田丸の功を讃え、天地元水神を氏神に付属する勅許を与えて、嶋田丸は以降水部の主として行事を執り行った——と云う記事があります」

「春日大社——ですか」

「そうです。だからまあ、強ち嘘ではないようですね。澁江氏は外せませんね」

う。水怪を語る上で澁江一族は水神使いだったのでしょ

「一寸待ってくれ」

私は止める。京極堂は何だねと云って睨む。

「だって澁江氏の先祖は橘氏なんだろう？　菅原氏は関係ないじゃないか。氏は橘とか氏は澁江、とか云って脅かすなら諒解るが、菅原と唱えるのは納得出来ないよ。それに兵部に因むと何で兵主部になるんだ？　兵部ってのはまあ、役職のようなものじゃないか。因んだからって、その兵と部の間にスを入れると云う感覚が了解出来ないな。おかしいよ」

「そう捲し立てるなよ。まあ聞き賜え。この潮見神社の社家である毛利家にも、河童除けの呪文は伝わっているんですね。それはどんな呪文かと云いますとね、ひょうすべよ約束せしを忘るなよ川たちおのが後は菅原――」

「また少し違う」

「違います。意味も微妙に違う。そして不自然なのは、慥かに今関口君が云った通り、河童に対して澁江とも橘とも毛利とも名乗らないと云うことです。どうであれ誰であれ、常に菅原と名乗るんです」

「常に菅原」

「そうです。この歌は『和漢三才圖會』には二種類載っているんですが――先ず肥前諫早兵揃村菅原大明神の呪とされる呪文で――これは沾涼が引いたものと全く同じ歌なんですね。もうひとつの方は何と菅原道真自身が詠んだものとして記されていて、こちらは、いにしえの約束せしを忘るなよ川だち男氏は菅原――となる」

「違うんですねえ」

「違うんですよ。柳田翁も『河童駒引き』で取り上げていますが、こちらは、ひょうすえに約束せしを忘るなよ川立ち男我も菅原――ですね。どうしても菅原なんです」

「おい、何だか大して違わないぞ」

いちいち書き記していた訳ではないから、前の呪文など憶えていられない。ただ聞いている分には殆ど同じに聞こえる。私がそう云うと京極堂は呆れたような顔でこう云った。

「凄く違うよ。ひょうすえに、とひょうすえよ、じゃ大違いだろうに。語り掛ける相手が水怪なんだから、ひょうすえよ、だとひょうすえ自体が水怪だと云うことになるし、ひょうすえに、だと水怪とひょうすえが約束したことになるだろう」

「そうか。川立ち男、と云うのは？」

「川で育った男、水練の達人のことだよ。ただ、どちらも末尾は菅原で統一なんだね。つまり、菅原氏が水怪であるひょうすべと約束したととれる呪文と、水怪がひょうすべと約束したととれる呪文がある訳だ。前者の場合、菅原氏は水怪ひょうすべを使役する一族、後者の場合だと、菅原氏はひょうすべを祀る一族――と云うことになるだろうか」

「澁江氏はどうなる？」

「そうだね。橘一族がどう咬んで来るのか、そこはもっと調べる必要があるだろう。春日大社と云うのも十分怪しい。しかし、この場合先ずは菅原だよ」

「道真公と——河童か？」

「そうさ。この菅原一族と云うのが、ひょうすべと云う、延いては河童と云う妖怪の重要な構成要素であることはまず間違いないようなのだ」

京極堂はそこで言葉を切り、面白いんだかつまらないんだか判別し難い表情で私を見ると、関口君、と呼び掛けて、

「君の場合、河童の性質と云われてすぐ思い出すものと云えば何だい？」

と尋いた。

私は少し考え、思いつくままに云った。

「え？　そうだなあ。河童と云えば、まあおかっぱ頭だ。それから皿。いや、それは特徴かな。性質と云うなら——そうだなあ、頭の皿が渇くと弱る。川に馬を引き込む。尻子玉を抜く。胡瓜を好む。相撲を取る——と云うところかなぁ」

「なる程な。君らしいや。それらは皆、それぞれ別別の根を持った特性なのだけれども、まあひょうすべの場合は、形態の記述自体が少ないから、どちらとも云えないところも多いんだが——少なくともおかっぱ頭と云うのはこの絵には当て嵌らないね。皿もない。カシャンボを始めとする芥子坊主頭の水怪は多いから、ひょうすべはそっちの系統なのかな。しかしね、君の挙げたもののなかで注目すべきなのは——そう、相撲好きと云う性質だ。相撲好きは菅原氏と関係している」

「何故だ？　天神様は学問の神様だろう。相撲は関係ないよ」

「そんなことはないよ。菅原氏は本来は土師氏を名乗っていたのだ。道真の三代前に改姓したんだが、それまでは土師一族なのだ。そして、その土師氏の祖と云うのは、かの野見宿禰なんだ」

「それは誰だい？」

「それはあの、お相撲の元祖の？」

宮村は小さな眼を丸くして、少し意外そうにそう云った。

どうやらそれに就いて知らなかったのも私だけだったようだ。

「そうです。当麻蹶速と日本で最初に相撲を取ったと伝えられる野見宿禰です。宿禰を祀った相撲神社があるのは、大和国の穴師神社の参道南側ですが、境内の碑文などから類推するに、野見宿禰は天穂日命を奉じており、元元穴師神社の大宮司だったらしいのです。そして――この穴師神社と云う社は『延喜式』神名帳に依れば――正しくは穴師坐兵主神社、と云うのです」

「ひょ、ひょうずだと？」

「そう。そこは兵主神を祀った兵主神社なんです」

「ひょ、ひょうず神？」

こちらは宮村も知らなかったようだ。

宮村は怪訝そうに、

「兵主神とは聞き慣れない名ですねえ。記紀に載る神様ですか？」

と、尋いた。

「記紀に出ている神様ではありませんね。そう、兵主の神の本邦に於ける初見は、多分『三代實錄』だろうと思いますが、これは本邦の天神地祇ではないようです。しかし無名な神ではありません。兵主神社は『延喜式』に載っているだけで但馬に七つ、因幡に二つ、播磨に二つ、壱岐に一つ——と、西国を中心に十九社を数えます。祭神は多く大国主の別称である八千矛神に比定されることが多いのですが、どうやらそれは建前上の祭神らしい。その正体は——蚩尤です」

宮村は呆れたような顔をした。

「蚩尤。蚩尤と申しますと、『史記』の五帝本紀に出て来る、あの中国の武将の——あの、蚩尤のことですか？」

「武将と云うより怪物ですね。黄帝と最後まで争ったと伝えられる化け物ですよ。蚩尤は鉄を食らう人面獣身の怪物で、額に角を有し角力では誰も敵わなかったと云います」

宮村は、相撲ですか——と云ってから、それにしてもとんでもないものが出て来ましたねえ——と呟くように云って私を見た。

私は何がとんでもないのかも善く解らなかったので、苦笑いをした。

「慥かにとんでもないものなんですよ。しかし兵主は蚩尤なんです。兵主に関する日本の文献は少ないのですが、先生も仰った『史記』の封禅書にはその名を見ることが出来ます。八神——天主、地主、兵主、陽主、陰主、月主、日主、四時主——のひとつとして挙げられているんですが、そこに兵主は蚩尤である、と記されているのです。これは漢の高祖が兵を挙げるに当たって、蚩尤を軍神——兵主として祀り上げたことに由来すると云う。武神なんです。まあ兵の主と書くのだから解りそうなものではありますが——それに兵主神社に就いては、新羅の王子天日槍との関係も無視出来ないのですが」

「その兵主神こそ——ひょうすべだと？」

宮村が尋いた。核心に迫って来たようである。

いい加減に聞いていた私も、思わず耳を欹てる。しかし京極堂は否定した。

「そうではありません。兵主神とひょうすべの関係について最初に言及したのは折口信夫先生ですが、彼は武神であり山神でもある兵主神が水神となり田の神となることで零落したと考える。僕はこの考え方には与しません。一方で柳田翁は、蚩尤がそうだったように、ひょうすべも元は河童ではなく、河童退治を専門にした魔除けの神ではなかったかと類推しています。お約束のようにそれが零落して——となる訳ですが、僕はどうもこの神の零落と云う発想だけは戴けない」

おやおやと宮村は眼を円くする。

「それは定説ではないのですか？」

「定説ではありませんよ。折口は兵主神を落として、柳田はひょうすべを持ち上げて同一視するのですが、僕に云わせれば神は落ちたり上がったりするものではない。神性が失われれば消えるだけです」

「待てよ京極堂」

いちいち止めるなあと友人は片眉を吊り上げる。納得出来ぬものは仕方がない。

「慥か――柳田國男はひょうすべ鳴き声説じゃなかったのか？」

「ああ。柳田翁がひょうすべ鳴き声説を支持したのは、兵主神を水神と認めたくなかったからだと思うよ。ひょうすべが河童ならそれは鳴き声からの命名で兵主神とは無関係、もしそうでないのなら――つまりひょうすべが兵主神だったなら――兵主は水神ではないのだから、ひょうすべもまた河童ではないんだ――と云う主張があるのじゃないかな。柳田のひょうすべ魔除け説が載るのは『山嶋民譚集』なんだが、同じ本の中で翁は『近江輿地誌略』などを引いている。この記事を読む限り、兵主神は河童的な性格を持った水神であると云うことが容易に窺えるのだけれども、それを引いているにも拘らず、翁は兵主が水神だとは決して認めないのだね。意地を張っている。まあ、いずれこの辺りの考証はやればやる程面白いのだが――それは置いておく。兵主と云う、間違いなく外来の神が信仰されていたと、それだけでこの場は良いでしょう」

「するとどうなるのです？」

「穴師兵主神社の穴師と云うのも、播磨の射楯兵主神社の射楯と云うのも地名なんですが、同時にアナシ神、イタテ神と云う渡来神の名でもある。セットになっている兵主神も外来の神なのですから、当然祀ったのは渡来人でしょう。先程の天日槍の渡来と併せてもこれは間違いない」

京極堂はそこで河童の頁をひょうすべに戻した。

「蚩尤――兵主神を我が国に持ち込んだのは、あの秦氏であるとも云う。不明瞭な部分は多く、錯綜していて、解釈にも混乱があるようです。しかし外来の兵主と云う神がいて、過去にそれを奉じる異能の集団があったことだけはまず間違いない。渡来人の多くは技能集団です。河童の多くが工人であるとされることと関わりがないとも思えない。更に云うなら、この兵主神は穴師神とセットで語られることが多く、そこから、どうやら製鉄技術者との関わりが予想されるんです」

「製鉄――ですか」

「そうです。そして元元埴輪を造ることに携わっていた氏族である土師氏――後の菅原氏もまた、製鉄に従事していたのです。埴輪を焼く竈が溶鉱炉に転用されたのですね。土師氏が勢力を拡大するのは、製鉄に関わってからだ。その土師氏も――矢張り兵主神を信仰していたらしい」

「その裔が――道真ですか」

「そうなんですね。道真と云えば天満宮です。実は太宰府天満宮にも兵主神は祀られているんですね。だから矢張り菅原一族は兵主神を奉じていたのでしょう。そして河童除けのまじないに、必ずひょうすべと云う言葉と、菅原と云う名がセットで出て来る以上、兵主神と水怪――ひょうすべは無関係ではあり得ないのです」

一寸待ってくれ――私は再三手を翳す。

「しかし京極堂。君は先程、兵主神はひょうすべではない、と云ったじゃないか。慥か、そう、神は零落しないのだろう？」

「兵主神がひょうすべの訳はないよ。ただ僕は無関係ではない、と云っているんだ」

そう云って京極堂は少しだけ苛付いたような顔をする。

「――ううん、そうだなあ。例えば大和の兵主神はね、他の山の神と同じように、年に一度山から里に降りて来るんだ。これは珍しいことではない、春、山の神が下って来て田の神になり、また秋になると山に帰って行くと云う、その類の言い伝えは全国的に残っている。そして河童もまた、冬は山に登って山童になると云う。これも九州を中心として、各地で伝えられることだ。河童は、春と秋に渡るのだ。これが柳田翁の云う河童の渡りだね。山にいる間の河童は、山太郎とかセコとかカシャンボとか、大抵は名前も性質も変わる。しかし、山にいて尚、名前も性質も変わらない奴がいる。その名も――ヒョウスンボと云います」

「ひょうすんぼ？」

「矢張り宮崎の水怪です。これは、そう、ひょうすべの亜種と考えていいですか」

「名前が近いと？」

「ほぼ——同じですからね。これは年に一度、大群を成して山から川へ、空を飛んだりして大移動すると云うのです。これこそ柳田翁の採集した鳥のような河童なのですが、しかし、実際はひょんひょんとばかり鳴く訳ではなく、ぐゎっぐゎっだとか、鳴き声の方は色色なんですがね」

「それはその、兵主神と一緒じゃないのか？」

「一緒じゃないんだよ。九州では単独の兵主神社は壱岐にしかない。宮崎に兵主神社はないし、兵主神社のある場所に渡る河童はいないよ」

「どう云うことかな」

「君も呑み込みが悪いなあ。うん——そうだ。折口信夫は『翁の發生』でこう書き記している。大和では山人の村があちこちにあり、それを穴師山では穴師部（あなしべ）または兵主部（ひょうずべ）と云う」

「ひょうず——べ、か」

なる程それなら納得出来る。兵部に因（ちな）んで兵主部だ、と云われても首を傾げるばかりだが、兵主の部（べ）の民で兵主部なら筋が通る。私は実にすっきりとした顔を見せたつもりだったのだが、京極堂は頷きもせず、ただ私と宮村の顔を見比べた。

「例えば——菅原氏が兵主神を奉じる神職にあったとします。その配下には大陸渡来の技能集団がいたとする。その場合、菅原一族が使役した者どもは何と呼ばれたか。兵主の神に仕える部の民——兵主部と呼ばれたのではなかったか」

宮村がぱん、と膝を叩いた。

「なる程。それで先程の歌——河童除けの呪文も、二種の読み方が出来てしまった訳ですね。仕えている神と、使っている部の民が、名が近いがために混同されたと云う——」

そうでしょうね——と京極堂は頷いた。

「兵主神に約束しただろう、と云う脅迫と、兵主の部の民よ、と云う呼びかけと——ですね。菅原一族が神意を伝える仲介者だったとしたら、それは両方成り立つ訳です」

「すると——ひょうすべと云うのは」

「ひょうすべは兵主部、つまり兵主神を奉じる技能集団のことだったのでしょう。澁江氏に伝わると云う、兵部に因んでの命名——と云うのは、関口君が訝しんだ通り後世のこじつけなのでしょう。諫早にあった兵揃村と云うのは、多分彼等がその昔住んでいた場所です。彼等は工人であり、金属の精錬技術を持っていた。だから山と川を行き来していたのです。古代の製鉄は砂鉄を原料とします。この場合、山で砂鉄を含む土砂を掘り、川に流して、沈殿した砂鉄を掬うと云う作業が必要です。鉱脈探しと水脈探しは同じ作業です」

山から川へ——山人でもあり、川の民でもある異人。

慥かに共同体から見ればそれは妖怪だ。

「だから彼らの奉っている兵主神は山の神であり、水の神であり、製鉄の神であり、武器を造る武神でもある。元になった蚩尤は砂鉄を食らい、武器を作り、雨師風伯を操る神なのです。穴師は風の神とされますが、これは鞴の風です。穴師兵主と繋げて製鉄は完成する。しかし——」

京極堂はそこで語調を強めた。

「——兵主も穴師もあくまで神です。信仰の対象にならない異郷の神が妖怪視されることはままありますが、神様は零落することはないんです。妖怪化したのはその神を奉ずる人間の方であり、彼等の行為であり、彼等が起こした現象なのです。相撲を好むのも、山から川に移り住むのも、神自体ではなく、その神を奉じる人間なのです。神と云うのは観念です。妖怪もまた観念です。観念である神が変容して観念である妖怪になることはありません。しかし神と云う観念は人を介して現象を生む。その現象が別の観念となって妖怪が生まれることはあるのです」

「でも京極堂、君の話じゃあその、兵主神社と云うのは各地にあると云うじゃないか。慥か十九社とか云っていたぞ。しかし九州にはないのだろう？　それでその兵主神社のある場所凡てに、妖怪ひょうすべが伝えられているなら兎も角、伝えられているのは神社のない九州の一部分だけだ。これは変だよ」

京極堂は即座に、変じゃないよ――と云った。

「九州にないからこそ、兵主部の民は妖怪ひょうすべになってしまったんじゃあないか」

「解らないなあ」

「そこに本人がいて、どうしてその本人が妖怪になるんだ。例えばこの宮村先生が喜多島薫童だったとして、ここに本人がいる以上、宮村先生は宮村先生だ。喜多島薫童と云う名を持った宮村先生でしかない。覆面天才女流歌人としてはどうしたって機能しない。しかしここから本人がいなくなれば、喜多島薫童は実体を失い、覆面天才女流歌人として機能し始めるんだ」

「つまり、こう云うことですか――」

宮村が手振りを加えつつ割って出た。

「兵主部の民は、その地を追われたか、或は何等かの理由で自ら別の地に移ったと――そしてその後、彼等の足跡が妖怪化したと？」

概ねそう云うことです――と云って、京極堂は肩の力を抜くようにして座り直した。

「九州に単独で兵主神を祀った社はありませんが、諫早の兵揃村と云うのは、多くの文献に散見する以上、今はなくとも、その昔はあったのでしょうね。ならば過去にそこに住んでいたのは兵主の民です。村はなくなり――伝説だけが残ったのです」

「彼等はどこへ移り住んだのでしょうか？」

「移動したのは兵主の神本体であって、眷族凡てが移ったのではなかったのでしょう。彼等は、後に別の主人に使役された。それが澁江氏だったのかもしれない。澁江氏の他にも、金丸と云う神官の一族もひょうすべを使役していたらしい」

主を失った渡来人の工人集団は再就職したのだろう。

同じく水域を司る別の神職の許に――。

「使役された異人達と云うのは時空を隔てて概ね妖怪になってしまうんです。一方、各地に移動した兵主部達は、その地に伝わる水怪の伝承と自分達の伝承を習合させて行った。北の河伯と南のひょうすべが出会い、河童が生まれる。そして河童は多くの属性を抱え込んだ水怪の総称へと膨張して行くのです。因に、兵主の地名を残すのは近江の国の兵主神社のある一帯で、そこは兵主十八郷と呼ばれています。各地の兵主神社の中で最も神位の高いのはそこです」

なる程――と唸って、宮村は頸を捻り、卓上を見詰めて、黒豆をひとつ抓んで口に放り込んでから、

「最初にひょうすべは河童ですねとお尋ねした時にね、あなたが怪訝な顔をされた訳がやっと解りましたよ。まあ、簡単なものではないんですねえ――」

と云った。

そしてすっかり冷めた茶を飲んで、

「——私は、まあ軽い気持ちではあったのですが。ひょうすべは河童で、落ち穂を食べるとか、見たら高熱を発するとか、或は死ぬとか、そう云う風に覚えていたものですからね。そんな河童がいるのかなあと、そう思った訳ですよ」

と続けた。

「落ち穂を食べると云うのは薩摩や日向で稲穂をひとかま残して水神に献上すると云う風習が雑じったのでしょう。見ると死ぬとか病気になるとか云うのは、正しくは遮ると祟る、なんでしょうね」

「遮ると？」

「遮ると。兵主神の山から川に移動する、その行軍を遮ると死ぬ——なんです。これは別に兵主神に限ったことではなく、移動中の山の神の姿を目撃することは全国的に禁忌ですから、全国的に死にます。山には厳しい戒律がある。入山を固く禁じる忌日を設ける山は多いですが、それは山の神が移動する日だからですよ」

「するとそれは、兵主神の残した禁忌だけが、神が去った後にも生き残って、その後のその、残党に依る現象の妖怪化の際に吸収されたと、こう見るべきなんですね？」

そうでしょうね——と云いつつ京極堂は田作を抓んだ。機嫌が善くなっている。宮村の呑み込みが善いからだろう。だが、その宮村の方は、何だか困ったような顔をして口籠ってしまった。

「どうしたものですかねえ」

「宮村先生――」

宮村が話しあぐねている様子なのに、京極堂は一向に質そうとしないので、私は業を煮やして質問した。

「――何故その、ひょうすべなんか？」

「はあ、それがですねえ――」

宮村はもう一度黒豆を食った。

「ひ、ひ、ひょうすべを見たと――云うんです」

「は？」

私は我が耳を疑った。さりげなく――宮村は物凄いことを云ったようだった。

「私のね、お世話になっているある女性が、ひょうすべを見たと云うのですよ。それで、私はひょうすべと云われてもぴんと来なかったものでね、あれこれ想いを巡らすうちにですね、ああ、河童だったかなあと思い至って、それでまあ――」

妖怪なら京極堂が専門だと、年始がてらにここを訪れたと、そう云うことなのだろう。

それにしても――私もカストリ雑誌などに怪しげな記事を書いたりする手前、そうした話を耳にすることもまあ多い。それに加えて、最近では私自身の近辺でも妖怪めいた事件が相継いで起こっている。その所為か何かと考えさせられることも多いのだが――。

それでも実際に妖怪を見たと云う人間の話は聞いたことがなかった。

「少し――詳しく話しては戴けませんか――」

私がそう申し出ると京極堂は冷たい視線を寄越した。

「宮村先生、用心した方がいいですよ。この男はそうした話を聞き付けるとすぐ、深く考えることもせずに大抵は面白可笑しい尾鰭を付けて出鱈目な記事に仕立てるのです。良心も知性もあったものじゃあない。気を付けないと先生に相談された女性の人権が蹂躙されてしまう。僕の思うに――その女性と云うのは加藤女史ではないのですか？」

宮村は箸を止め、驚いたような顔をした。

「善く判りますね」

「判りますよ。先生にそうした相談を持ち掛ける以上、先生と同年代の方ではないでしょう。口振りから察するに長い付き合いでもなさそうだ。それでいて先生が世話になったと仰るなら、まあ彼女しかいない。慥か加藤さんは昨年付けで出版社を辞めたのでしたね？」

「善く判りましたねぇ――」と宮村はもう一度感心するように云って、そう、彼女はお辞めになったんですよ――と続けた。

「何だか悪いような気がしましてね」

「先生の所為じゃあないでしょう。彼女の功績をまるで認めない編集部にも非はあるし、だからと云って元元短歌の雑誌じゃないんですから、余り遣り過ぎも宜しくないし」

「何だ。僕に解るように話してくれよ」

私はすぐに置いてけ堀にされる。

京極堂は、君はいいんだ、そこは隠蔽された部分なのだから——と云った。徹頭徹尾私を虚仮にしている。宮村は、私が何とか反撃に出ようと煩悶しているのを見兼ねたのか、苦笑いをし乍ら、

「いや、大した話ではないのでお話ししますよ。そもそも関口さんが題材にされるようなお話ではないのです——」

と云った。京極堂が記事にすると云ったのを、小説の題材にすると勘違いしたのだろう。私の場合、副業で本当に低俗な記事を書いていたりする訳で、その辺りのことを宮村は知らないのだろう。

「京極堂さんの仰った通り、私の世話になった女性と申しますのは、加藤麻美子さんと云う方で、昨年まで『小説創造』の編集者をしていたご婦人です。その方がですね、そう、去年の暮れの、もう押し詰まった頃に私の店にやって来たのですが——」

宮村は巧みな話術と手振りで語った。

薫紫亭を訪れた加藤麻美子は、柄になく沈んでいたのだと云う。

麻美子は気骨も馬力もある女性編集者で、宮村は平素彼女が弱音を吐いたところなど見たことがなかったそうである。

宮村は急に心配になり、話し悪そうにしている麻美子を騙したり賺したりして、漸く彼女の鬱いでいる理由を聞き出したのだそうだ。

麻美子は、

——祖父の様子が変なのです。

と云ったと云う。

「祖父の——様子とは？」

「はあ、それが、記憶が刮げ落ちていると仰る」

解らないなあ——と云いつつ、私は京極堂の様子を窺った。京極堂は昆布巻きを喰っている。まるで聞いていない風だが、それでも耳には入っているのだろう。そう云う男である。

宮村は続けた。

「彼女はですね、幼い頃に、その、お祖父さんと一緒にひょうすべを目撃したのだそうです。しかしですね、最近になってお祖父さんはそんなことは知らぬ、全く憶えがないと云い出したんだそうです」

「忘れてしまった？」

そう云うのじゃあないようですねえ——と宮村は答えた。

「お祖父さん、もう、八十に手が届くようなご高齢だそうですが、矍鑠としていて、とてもその、老人性の痴呆ですか、その気はないそうですよ」

宮村はそう云ったが、老人でなくたって物忘れはするのだ。それは私自身が誰よりも善く知っていることである。私は学生時代、余りに物憶えが悪いので、耄け封じの社に連れて行かれたことまである。

「それは――いつのことなんですか？　ひょうすべを見たと云うのは」

「彼女、やけに明瞭憶えていましてね。昭和八年の六月四日だったと云います。ですから、そう彼此――」

二十年前のことですねぇと宮村は答えた。

「に、二十年前ですか？　それじゃあ――」

私など、今日の朝食の献立さえ憶えていない。

「――お祖父さんでなくたって忘れるでしょう。憶えている方がおかしいですよ」

「私もね、そう思った。誰でも思いますわねぇ。私だって二十年前のことになると、そうそう憶えちゃいない。何月何日何をしたなんて、余ッ程印象に残っていなきゃあ思いだせませんね。でもね、関口さん。これに関しちゃ少少事情が違うようですね」

「どう違います？」

「はあ。関口さんあなた、ひょうすべなんて単語をね、日頃使います？」

「使いませんね」

まず使う理由がないし、だから使いようもない。

「彼女も同じです。否、彼女は私がひょうすべとは河童だと――まあ河童じゃないんでしょうが――兎に角妖怪の名前だと説明するまで、ひょうすべが何なのかすら知らなかったんです」

「それは――」

如何云うことだ――。

「しかしその女性はひょうすべを見た、と云っている訳でしょう。それで知らないは通らない。その人はいったい何を見たんです？」

宮村は少少困ったような笑みを浮かべた。

「見たのは人間です。小柄な、猿のような顔の男だったとか」

「猿――ですか？」

「それはこいつじゃあないんですか宮村先生」

京極堂が私を顎で指し示し、馬鹿にするような発言をした。

どうやら昆布巻きを食い終ったらしい。

慥かに私は背が低いし、学生時代から猿だえてこうだと罵られ続けている。それにしたってあんまりだ。しかし宮村は真顔で、関口さん二十年前静岡の韮山に行かれましたか――と尋いて来た。真顔で尋かれては仕方がない。私は行きません――と真面目に答えた。すると宮村は真顔のまま、そうですかそれはそれは――と云った。

「まあ順を追ってお話しし直しますとね、その、二十年前——麻美子さんがお祖父さんと一緒に夜の山道を歩いていたところ、怪しげな、その、猿に似た男が、ひょこひょこと歩いていたと云うんですね。何故そんな夜に、そんな山道を歩いていたのか、それは判らないと云う。兎に角、少女だった麻美子さんは——多分六つくらいでしょうな。その幼子だった彼女は、その男の歩き方が奇妙だったので、つい見入ってしまったんだそうです——」

すると祖父は麻美子の顔を手で覆い、こう云ったのだそうだ。

——見ちゃいけない。

——あれは、ひょうすべだ。

——あれを見ると、祟りがあるぞ。

「それでもう怖くなった。後のことは憶えていないそうです。先程のお話じゃあありませんけれど、私が思うに、この場合はひょうすべと云う特殊な名前が問題なんですね。彼女が憶えていたのは河童や狸と云う有り触れた名前じゃあなくて、ひょうすべと云う特殊なモノだった。彼女は静岡の出身ですからひょうすべなんてモノは、京極堂さんや、その——多々良さんのような友人でもいない限りは知りようがない訳ですよ。もしも過去にそう云う状況があったとしても、例えば鬼だとか天狗だとか云われたのなら困らないのです。彼女はひょうすべがどんなものなのか知らないまま、名前だけ憶えていた。ですから、少なくとも彼女は過去に誰かからその名を聴いていたことだけは間違いないのです」

「しかし、お祖父さんは知らないと？」

「ええ。そう云う状況——孫娘と夜に山道を歩く状況ですね。それはあったかもしれない、否、きっとあったのだろうと云う。そうした記憶はあるんだが、しかし断じてそんな妙なことは云っていないと云うんだそうです」

「それなら場所や、時期が違っていたとか？　その女性の勘違いか、いや、記憶違いか」

宮村は胸の前で小さく手を振った。

「そうでもないのですねえ。彼女がひょうすべと云う名を聞いたのはですね、その、昭和八年六月四日に、まず間違いないようなのです」

「それは——何か証しでもある？」

ええ。多分——と云って、宮村は少しだけ眉間に皺を寄せて、顔を斜めに傾けた。

「まあ、そんなことよりですね、そのお祖父さん、只二郎さんと云う方は、そもそもひょうすべなんてェ妙なモノは知らない、見たことも聞いたこともないとね、そう云い張るんだそうです」

——それならば。

「ならば、その女性にそう告げたのはお祖父さんではなかったのではないのですか？　例えばお父さんだとか伯父さんだとか——」

それがねえ——と宮村は考え込んだ。

「その線もないのです。その日、彼女はお祖父さんと終日一緒だったと云うのですよ。朝起きてすぐに連れだって家を出て、晩になって戻るまで」

私は腕を組む。どうにも出来過ぎた話だ。

「それは——八方塞がりですねぇ。それなら齎した人間も聞いた日時も、両方その女性の記憶違いだとしか僕には思えないです。いったい何故、それはその——六月四日ですか？　その日の出来事だと限定出来るんです？　裏付ける根拠でもあるのですか」

宮村は珍妙な表情になった。

しかし宮村が言葉を見繕う前に、京極堂が徐に云った。

「その——ひょうすべを見た後、実際に祟りがあ、っ、た、のですね？」

「はあ」

宮村は顔を縦に戻して眼を見開き、僅か間隔を開けてから、そうですそうです——と嬉しそうに云った。

「あ、っ、た、のですよ。だから彼女は明確に憶えていたのですね。その翌日、彼女のお父さんが亡くなったのだそうです。彼女が日にちまで憶えていたのは、お父上のご命日の前日だったからでしょうね」

——それは。

「殺された？」

私がそう尋くと宮村は大袈裟（おおげさ）に手を振って真逆（まさか）真逆、と繰り返し云った。

「今回はそう云う物騒なお話ではないのです。お父上は病死だそうです。脳溢血（のういっけつ）だそうですよ。三十代で脳溢血ですからお気の毒ですが、死因に不審な点はなかったそうです」

京極堂は、関口君——と、哀れむような馬鹿にするような声を発した。

「去年から血生臭い事件が立て続けに起きたから、気持ちは解るがね。死んだと聞けば殺された、事件と聞けば殺人事件と云うのじゃあ、人格品性を疑われるぜ。それで宮村先生、加藤さんは何故二十年も経ってからお祖父さんにそのことを？」

そこですねえ、そこです——と宮村は歌うように云った。

「彼女、また見たと云うんですよ」

「何を」

「ひょうすべを、です。同じ男だったのだそうですよ。その後——京極堂さんは御存じでしょうか？　彼女、生まれたばかりのお子さんをね、亡くされているんですよ。去年——」

「存じています。それが元で離婚もされたとか」

「そうそう。そして今度は退職でしょう。どうも遣り切れませんねえ。まあそれはそれとして、そのお子さんが亡くなる何日か前に、彼女は小柄な、猿のような男を目撃した。そしたらまた——」

「真逆」

そんな馬鹿なことがあるだろうか。

「まぁ、その男がひょうすべかどうかは別問題で。思い込みか、見間違いか、起きた不幸も偶然か、祟りと取るかどう取るか、それはねぇ、彼女の中で決着を付ける問題なのでしょうから。それは彼女も承知している。彼女が本当に気にしているのは——その、お祖父さんの方なんですね」

「お祖父さんの——何を心配するのです？」

「彼女が云いますには、そのお祖父さん——只二郎さんと仰るんですが、只二郎さんは記憶を消されたのじゃあないかと」

「記憶を消された？」

「はあ。中共などでやる、何と云うのでしょう」

「洗脳ですか？」

「そうそう、その洗脳です」

「誰にそんな——」

ええ——と、宮村は頭を掻いた。

「新春早早ですからねぇ。申し上げるのを躊躇っていたのですが——まあ、寿ぎとは程遠い話題で——でも、こうなってしまっちゃあ一緒ですねぇ」

宮村は含羞むような表情を見せて、やや姿勢を正した。

「実はですね、京極堂さん。その、加藤麻美子さんの祖父加藤只二郎さんは、一昨年、怪しげな宗教団体に入信したらしいのですよ。そこで麻美子さんは随分心配されていた。そこでその、ひょうすべに関する記憶の行き違いが発覚したのですねえ。で、些細なことではあるけれど、どうも釈然としない――」

宮村は懐から扇子を出した。

「――そこであれこれと想いを巡らすうち、洗脳されて部分的に記憶を消されてしまったのではないかと――思い至った訳です」

「しかしそんな記憶を消してどうなるんです？」

宗教団体が老人の想い出を消してどんな利があるのだ。しかも、二十年も前に孫娘と怪しい男を目撃した――それだけの記憶である。そんな記憶を消しても、得になることなど何もない。ある訳がない。

「それは解りませんな。ただ、それは氷山の一角ではないか――と、彼女は懸念しているのです。そうした記憶の改竄（かいざん）が可能なのだったら、もう思うがままな訳でしょう。お祖父さんの人格は。事実、資産家の只二郎さんは、お布施以外に相当額の寄付もしているらしいですから」

「何と云う団体です？」

京極堂が尋いた。

宮村は両袖をつんつんと整えてから、

「ええと、慥か『みちの教え修身会』とか」

と云った。

それは宗教じゃないですよ——と京極堂は即座に答えた。

偏屈な友人はそうしたことに矢鱈に詳しいのだ。

「それは研修会のようなものです。訓練や講話で人格を改造するとか云う団体で——まあ胡散臭いのは新興宗教以上なんですが——信仰の対象になるようなものではないし、宗教法人でもない筈です」

宮村は、ああそうなのですか——と云った。

「しかしですね、麻美子さんが只二郎さんにひょうすべの話をした途端、そこの人間が彼女を勧誘に来たのだそうですよ。それが、大層執拗い。しかも、そんなひょうすべなんて幻覚だ、そんなモノを見るのはあなたの人格が弱くて歪んでいるからだとか、まあ煩瑣いのだそうです。只二郎さんも熱心に誘うんだと云う。彼女は断固断っているらしいですが、誘われれば誘われる程、彼女の心配は増す訳です」

厭だ。

私はそうした勧誘する宗教には如何しても馴染めない。

京極堂辺りは教義次第では可成り寛容なのだが、私は駄目だ。

教義を聞く前に嫌悪感が先んじてしまい、冷静でいられなくなるのである。

ひょうすべを見た女――。

その後京極堂は宮村に乞(こ)われてその胡散臭い研修会に就いての講義を始めたのだが、私の耳には入らなかった。

私は――ただ珍妙な歩き方をする、小柄な男の姿を夢想していた。

2

二度目に宮村と会ったのは、三月の初旬だったと思う。

その前の月——私は箱根で大きな事件に巻き込まれた。後始末は割と長引き、気持ちの整理をつけるのが他人の数倍遅い私は、その時もまだ事件を引き摺っていたように思う。否、正直云ってその頃の私は精も根も尽き果てて、完全に腑抜けていたのだ。ただ、尽き果てたのは精や根だけではなく、序でに懐具合の方も尽き果ててしまっていたから、私は已むを得ず停止した脳髄を酷使して短い小説を書いたのだった。何しろ仕事をしなければ明日食う米もないと云う退っ引きならぬ経済状態だったのである。

だから兎に角ただ書いた。

書いたはいいが、書き上げた途端、私は急に不安になった。

過去、私の作品は凡て稀譚舎発行の雑誌『近代文藝』に掲載して貰っている。その作品も勿論『近代文藝』に載せて貰うつもりで書いたものだった。しかし書いている時は何も考えなかったのだが、ただ書いたからと云って載せて貰えるとは限らないのである。

　大体私は、依頼もされていないのに書いたから載せろと云える程の大家ではないのだ。頼み込むにも自信作とも云い難かったから如何にも気が引けた——と、云うより腑抜けの状態で書いたものだから、その時は確実に出来映えが悪いと思っていたのである。そもそも作品の善し悪しの判断すらも出来なかったのだ。そう思うと担当者に電話するのが怖くなった。掲載を拒否される可能性は大いにある。

　思いあぐね、考えあぐねて、結局私は新人作家でもないのに編集部に原稿の持ち込みをすることにしたのだった。

　直接会えば少しは通じるものがあるかとでも思ったのだろうか。

　今思えば単なる愚挙でしかない。電話で話そうが直接会おうが、状況は何等変わらないのだ。それで作品が良くなることもないし、誌面に空きが出来る訳でもない。ならば連絡も入れずにいきなり訪れるが如き非礼を仕出かす方が、余程分が悪いと云うものである。

　でもその時はそうは思わなかった。

　私は何の方策も持てぬまま、汚い字が書き殴られた五十枚程の原稿用紙を擦り切れた風呂敷に包み、髭も剃らずに、『近代文藝』の発行元の稀譚舎へと向かった。

　稀譚舎ビルは神田にある。一階は倉庫のようになっていて、『近代文藝』編集部は二階である。私は狭い階段を登りつつ、何度も引き返そうと思い、ドアの前に立って尚、可成り長い間逡巡した。

半ば捨て鉢になってドアを開けた。

幸いにも――と云うか何と云うか、私を担当してくれている小泉女史は席に居た。痩せた女性編集者は私の顔を見ると大層驚き、まあ先生御無事でしたか――などと云った。箱根の事件の経緯を知っての台詞である。そう云えば、箱根の事件には稀譚舎も会社ぐるみで少なからず関わっていたのだと――その時になって漸く私は思い出したのだ。

間をおかず編集長の山嵜が巨体を揺すって駆け付け、ようこそようこそと愛想を振った。そして訳の解らぬまま、私などは普段はまず通されないであろう賓客用応接室へと誘われ、待つように云われた。

如何云う訳かお茶に羊羹まで出た。

待たされている間は何だか針の筵に座らされているような心持ちだったから、羊羹の味など解る筈もなかった。

十分程経って、山嵜に小泉、それに稀譚舎の看板雑誌である『稀譚月報』の編集長の中村と、その部下で京極堂の妹の中禅寺敦子の四人がやって来て丁寧に詫びた。私は面喰らい、且つ大いに困惑した。どうやら箱根の件で詫びているようだった。

慥かに私があの事件に深入りする羽目になったのは『稀譚月報』の所為だと――云って云えないことはない。しかし私の方にはそうした意識は一切なかったから、謝られても只管困るだけで、私はただただ閉口した。

箱根での私は、云ってみれば徹頭徹尾傍観者でしかなかった訳で、善く考えてみれば実害などないに等しかったし、中禅寺敦子などは箱根で怪我までしているのだから、却って気の毒なくらいである。それよりも――。

まずは書き上げた原稿の掲載依頼をすることこそが肝要なのだ。そんなに謝るなら許してやるからこれを載せろ――とでも云えばいいようなものではあるが、そうなればなったで一層云い出し難くなってしまったから、私は暑くもないのに額にだくだくと汗をかき、ただ頻りにそれを拭ったのだった。

結局私は、汗ばんだ手で風呂敷包みの結びを握って、途方に暮れてしまった。

――それは、お原稿ですか。

目聡い中禅寺敦子が草臥た風呂敷包みに気付いてくれなければ、私は多分、そのまま黙って帰って来ていただろうと思う。その時の彼女のひと言に、私はどれだけ救われる思いを抱いたか知れない。

そうして――私の不出来な短編『犬の逝く径』は禧く翌月号の『近代文藝』に掲載される運びとなったのである。

原稿にさっと目を通した山嵜は、朔太郎が小説を書いたらこんなでしょうか――と、私には善く解らない感想を述べた。小泉は申し訳なさそうな笑みを作って、そう云うことでしたらこちらから伺いましたのに――と云った。

結果的に恩を売ったような格好になってしまった訳だから、矢張り素直に小泉に電話をしていた方が後味が善かったのだと――私は案の定、先に立たぬ後悔をした。

私はもごもご不明瞭な発音で繰り言を述べた。

原稿を託し、帰ろうと腰を上げたその時である。

「きたじま先生それでは宜しくお願いします――」

と、声が聞こえた。目を遣ると名前は知らぬが見慣れた顔の編集者が立ち上がって、深深と礼をしている。私を見送るべく立ち上がっていた山嵜がそれを認めてひょいと巨軀を翻し、衝立の向こうに向けてやあやあ、と声を発し、どうもどうもこの度は――と云って、矢張り深く礼をした。続いて衝立の陰から女性が出て来た。

――きたじま――と、云った。

見覚えのない顔だった。

私は、駆け出しではあるがそれでもひと通り『近代文藝』に関わりのある作家達の面体は見知っているつもりだった。尤も――先方は私の顔はおろか作品すら知らないのだろうとは思うが。私の場合作家と云うよりまず読者である。識ると云う意味では読者の方が圧倒的に優位だ。作家に読者の顔は見えぬが、読者は多く作家の顔を識っているからだ。

――喜多島薫童。

間違いあるまい。

私は竦んだ。私が通されてからこっち、人の出入りした様子はなかった。扉は開閉していない。ならば彼女は私が通される以前から、私の居た部屋の中に居たことになる。どうやら彼女は別の編集者と、この賓客用応接室で、ずっと何かの打合せをしていたらしかった。つまり、私が味のしない羊羹を頬張っているその時既に、彼の覆面女流歌人は手の届く程すぐそこ——衝立一枚を隔てたすぐ隣——にいた訳である。打合せの席で沈黙していることもあるまいから、すると最初から話し声くらいは聞こえていた筈なのだが、どうしたことか私にはまるで憶えがなかった。私は同じ部屋に人がいることにさえ気付いていなかったのだ。気配すら感じ取ることが出来なかったのである。

私は、見てはいけないものを盗み見るように、恐る恐る視線を向けた。山嵜が何度も会釈している。その大きな躰越しに——。

子鹿のような女だった。

線の細い、神経質そうな、それでいてどこか夢見がちで気の抜けたような——失礼な話だが本当にそう思ったのだ——小柄な女性が泣き笑いのような顔をして立っていた。見たところ有難迷惑と云う表情である。

山嵜編集長は六尺を越えようと云う大男だし、その上動作が大きく、矢鱈と愛想も良いので慣れぬ者は少少困惑する。私など何回会ってもその対応に苦慮するようなところがある。

しかし彼女の場合、山嵜の対応に困っていると云うよりは——。

——薄幸そうなのか。

そんな印象だった。しかしそれは単に、少し悲しそうに顰めた眉と一重瞼の眼との間隔が開いている所為かもしれなかったし、遠くを眺めるような独得の眼差しの所為なのかもしれなかった。だが、そんな人相などで何かが知れるものでもないのだ。だからどう云い訳してもそれは失礼な感想である。私は己を恥じて目を逸らし、小泉や敦子に小声で挨拶をしてこそこそと退出した。

何だか自分が薄汚く思えて仕様がなかった。

背中を丸め、階段に踏み出した時、

「関口さん、関口さんでしょう——」

と、高い声で呼び止められた。

振り向くとそこには。

宮村が居た。

「やあ、お正月は失礼しました。京極堂さんも関口さんも、大変な目にお遭いになったんだそうですねえ——」

宮村は例によって機嫌の良さそうな声でそう云って、目を細めて笑った。京極堂で会った時と違い、開襟にジャケット姿である。同じ古書店主でも、万年和装なのは京極堂くらいらしい。

私は思いも掛けぬ人物の登場にまたもや言葉を失い、肩の力の抜けぬまま首だけ縮めて挨拶をした。そして足下から宮村を見上げ、その後ろに先程の女性の姿を確認して――再び硬直した。

「み、宮村さん、そ、その方はもしや、その――」

私は呂律の回らぬ舌で何とかそれだけを云った。

宮村は満面に笑みを浮かべて、

「おや、お察しの宜しいことです。彼女が――」

と云って横に退き、背後にいた女性に手を差し延べて前に引き出すと、

「――加藤麻美子さんです」

と云った。

――加藤――麻美子？

そして、こちらがほら小説家の関口先生――と私を紹介した。女性は、まあ、あの『目眩』の関口巽先生ですか――と云った。私は暫くの間、挨拶もせずにぼうっと突っ立っていて、そのうちにやおら状況を呑み込んだ。

加藤麻美子とは――そう、ひょうすべを見た女の名ではなかったか。つまり、そのひょうすべを見た女こそ、喜多島薫童だった――と云うことなのか。

――それでか。

私はひとり納得した。正月三日、京極堂がまるで脈絡なく喜多島薫童を俎上に乗せた理由はそれだ。

奴は覆面歌人の正体を知っていたのだろう。そして、人の悪い友人は宮村が薫童その人から相談を受けるような立場の人間であることもまた承知していたのだ。それ故に薫童は肴にされたのではなかったのか。そう云えば、話に加藤女史の名前が出た時、短歌がどうしたとか云っていたようにも思う。慥か正当に評価しない編集部も悪いが、短歌雑誌ではないのだから仕様がない――と云うようなことをあの友人は漏らしていたようだった。

ならば――なる程納得が行く。

慥か。彼女は去年まで『小説創造』の編集者だったのだと――あの時宮村は云っていたと思う。記憶は朧げなのだが、薫童を世に出した雑誌も『小説創造』だったのではなかっただろうか。ならば――加藤麻美子が喜多島薫童だったならば――無名の歌人による突然の連載開始も頷けることではないか。編集者自身が覆面歌人の正体だったなら、何の不思議もないのである。

広告が落ちたとか、誰かの原稿の枚数が足りなかっただとか、小説誌には半端な穴が開くことがままあるのだ。編集者は、あの手この手でその穴を埋める。最初は単なる埋め草のつもりで始めた短歌の頁が偶偶評判になってしまった――と云う展開は、容易に想像出来るではないか。

それなら、例えばその頁が評価されたとしても、編集部が良い顔をする訳がない。況てや、他誌が挙って取り上げたりする迄に高い評価がなされてしまったような場合は尚更だろう。評価されているのは実は一編集者なのである。結果、退職に至るが如き確執も生まれようと云うものである。

私は勝手に想像し勝手に結論を出して漸う言葉を取戻し、始めましてと挨拶をした。喜多島薫童――否、加藤麻美子は、矢張り少少不幸そうな顔相で、どうぞ宜しくと応えた。

宮村は幾度か頷いて、是非お茶でも御一緒に――と強く誘った。

私は――何の根拠もないままに――殆ど肩の荷が下りてしまったかのような錯覚を抱いていたから、優柔不断な私にしては珍しく、快活にその誘いを承諾したのである。原稿を預けたからと云って、その時点で家計が上向きになった訳でもなければ、加藤麻美子が喜多島薫童だったからと云って、何がどうなる訳でもなかったのだが。

甘味屋だか喫茶店だか判然とせぬ店に入った。

宮村と加藤麻美子が並んで座り、私は粗末な卓を挟んでふたりの向かいに腰を掛けた。

加藤麻美子は――見れば見る程不幸そうな顔をしていた。

泣いている訳でも鬱いでいる訳でもない。態度も至極普通だし、山嵜程ではないにしろ、社会人としての礼節を欠かぬ程度に愛想は良い方だろう。知的だし、寧ろ闊達な職業婦人と云う物腰である。にも拘らず――。

どうしても私には、彼女が幸せそうには見えなかった。

何がいったいそう思わせるのか、勿論何の憑拠もない先入見だと云うことはその時も十二分に解っていたのだけれど、一度抱いてしまった先入観は中中拭い去ることが出来ず、私は多分私よりずっと世間的評価の高いであろう女性を目前にして、同情するような視線を投げ掛けていたのだった。

「あのう——」

とても愚かしい語り掛けである。

私が喜多島——と云いかけると、宮村が右手を開いて止めた。

「その話は——ま、いいじゃありませんか関口さん。まあ、バレてしまったものは仕方がないんですが、出来まするなら、稀譚舎でのことは暫く伏せておいて戴きたいのです。今のところは、ねえ——」

宮村は麻美子に同意を求めた。

麻美子は宮村の言葉がすっかり切れてから、

「そうですねぇ——先生。宜しいでしょうか」

と云った。

そう明瞭云われても尚問い続けられる程、持続力のある男ではないから、私は了解しました、忘れましょう——と答えた。

「忘れたと云えば関口さん――と、これは少少苦しい繋ぎなんですけれどもね。実はお誘いしましたのはね、この間の続きなのです。白状しますと、近近お目に掛からせて戴きたいと、こう思っていた。しかし、ほら、箱根のことがありましたでしょう。遠慮しておりまして」

「何故私などに？」

「ええ。この間京極堂さんに、関口先生が心理学に大層深い造詣をお持ちだ、と伺ったものですから」

「造詣――ですか」

一寸嚙った程度である。私は寧ろ患者側なのだ。しかし例によってそんなことは主張出来なかったから、宮村は、あんなところで偶然お会いしたのも何かの配剤です、良かったですと頻りに喜んだ。私は何だか再び汗ばみ、水を飲んだ。

「騙され易いんです――」

麻美子は突然そう云った。

「――お人好しと云うか、馬鹿と云うか」

「だ、誰がです？」

「――私です」

「それは如何云う」

「――家系、なんです」

苦笑いをして宮村が補う。

「関口さん、この麻美子さんと云う方はですねぇ、中中どうして、これでも確乎りしてるんです。この御時世、御婦人が社会で身を立てようと思いましたらね、それは並並ならぬ努力が要りましょう。この人はどっこい確乎りやってますね。私の知る限りじゃこんなに前向きな人は居ない。別に持ち上げてる訳じゃあないんですが。ですから余計に、その、何と云いますかねえ――」

「――騙されるんです」

麻美子は再びそう云った。

実際、カモにされ易いタイプではあるだろう。

魯鈍な私辺りがそう思うのだから間違いない。

それに、どうやら麻美子はほんの少しテンポが遅い。打てば響くと云う質ではないようだった。一拍開くと云うか、反応にややスローなところがあるようである。これは大きい。即答出来ない体質と云うのは、応酬話法に於ては大きなマイナスとなる。不用意な間と云うのは危険なものである。それが常であるなら、連続して相手に付け入る隙を与え続けるようなものなのだ。京極堂のような能弁男と付き合っていると、それは非常に善く解る。斯云う私もそうだからである。

以前、無理矢理バンドの練習をさせられた際も、アフタービートにも程がある——と、散散に貶されたものである。思えば私はベースギターを弾かされていたのだから、他の演奏者は堪ったものではなかっただろうが、それにしても酷い悪罵で、その時私は自分の天性ののろま加減を嫌と云う程思い知ったのだった。

どうやら他人が十数える間に、私は八とか六くらいしか数えられないらしい。きっと麻美子も私の同類なのである。

麻美子はどこか気の抜けた口調で語った。

「——ですから、今回だけはどうしても信用してやるものかと、そう思っているんです。祖父も私に似て——否、私が祖父に似たんでしょうが、いずれ騙され易い人ですから、きっと誑かされ——」

「ま、待ってください。それはええと——」

「ああ——申し訳ありません。前振りもなく勝手にお話ししてしまって。その、以前宮村先生から、関口先生には事情をお話ししてあるからと、そう伺っておりましたので——これは、祖父の入会しております怪しげな団体のことです」

「ああ——あの」

「ええ——その」

反応の鈍い同士だと、どうも会話が馬鹿になる。

宮村が苦笑し乍ら口を挟んだ。

「みちの教え修身会のことですね。先日京極堂さんに色色とお伺いして、大変参考になりました。あの時聞いたお話をね、あの後すぐ麻美子さんに話しましたところ、この方も大いに納得しましてね。それでまあ、執拗い勧誘にもめげずに攻防を続け、お祖父さんにも脱会を勧めているのです。そうですね、麻美子さん——」

麻美子は一拍置いて、ええ、と云った。

「まだ——その連中は勧誘して来るのですか？」

話を聞いてから、既に二箇月以上経っている。

「もう、幾ら断っても聞く耳を持たないのです。あなたが不幸なのは、本当のあなたをあなた自身が知らないからだ——とか」

「え？」

善く解らなかった。ただ少なくとも不幸なのは人相の所為だとは云っていないようである。

「その人達が云うには、私は、何でも本当は巫女さんか何かなんだそうです。それが天職なんだとか」

「天職？」

「そうだそうです。私、お盆とか大嫌いだし——」

「は？」

「いえ、その、お経ですとか——そう云うものが」

「で？」

この方は宗教全般に全く興味がなくて、寧ろ嫌いだと、こう仰っているんですね——と宮村が解説した。麻美子は頷いた。

「それなのに、その人達は——祖父もですが、そんなことを云うのです。私は私の意志を以てこの齢まで生きて来たんです。それで今の私があるんですから、他人に突如おまえは巫女だなんて云われたってどう思えばいいと云うのです。馬鹿にしています。あまり執拗いので、先生に御相談して——」

「それがまあ、常套手段——手口なんだと京極堂さんに教わりましてね。お聞きになっていらっしゃったでしょう、関口さんも」

聞いていなかったのだ。

私は慥かにその場にいた。しかし前半の、ひょうすべの話ばかり印象に残っていて、後半の、特に宗教がどうした講習会がどうしたと云う京極堂お得意の講釈の方になると全く記憶になかった。いつも聞かされている手合いの内容だったから、上の空だったに違いない。ただ、麻美子の居る手前知らないとも云えず、私は記憶を振り絞って、ほんの少しだけ思い出し、しどろもどろでこう云った。

「でもその——みちの教えですか？　それは宗教じゃないとか」

それくらいは憶えていた。

「そうそう。宗教じゃないようですねぇ。何か拝めとか信仰しろとか、そう云うことは云わないのですよ。講習会とか勉強会とか、そう云うものなんだそうです」

「それで——天職は巫女だとか宣うのは如何云うことです？」

結局質問してしまう。

「それはですね——」

宮村は柔らかな口調で話し始めた。きっと私が何も憶えていないと看破したのだろう。察しが良くて親切な男なのだ。

件のみちの教え修身会は、人生を深く考え、明るく健康に、社会に貢献して前向きに生きるための勉強会——なのだそうである。それだけ聞けば良いことだらけである。人生を浅く考えただけで暗澹たる思いに沈み、不健康に、まるで社会から孤立するように後ろ向きに生きている私などは、是非とも参加するべき講習である。

これが巧く出来てましてねぇ——と、宮村は云った。

講習は初心者向けから中級、上級へと数段階に分かれており、そして中級以上は更に細かく幾つかのコースに分かれていると云う。先ず最初は『自分を語る集い』と云う集会があり、そこで会員は現在抱いている不満や不平を次次に述べ合うのだそうだ。

「この段階ではまあ、愚痴の云い合いみたいなものらしいですね。ヤレ不景気だ、お金がない、彼女が出来ない、姑と折り合いが悪い、それならまだまだ良い方で、毛深いだの背が低いだの、昨日足を踏まれただの、まあ何でもいいらしいんですけれどね――」

「しかし宮村さん、その集いはお金を取る訳でしょう？　この不景気な時世に、お金を払ってまで愚痴を云う人間がいますか？」

居りますでしょう――と宮村は眼を剝いた。

「愚痴と云う奴は中中云えないものですよ。立場上云えない、見栄がある度胸がない、色色でしょう。友がいない家族がいない、愚痴を聞いてくれる相手すらいないと云う方も世間には多く居りますから。そうした人達に、そうしたことを云い合える場を、みちの教え修身会は提供してくれる訳ですねえ。この段階では金額も安いようですし、気晴らし憂さ晴らしには丁度良い」

それはそうかもしれない。しかし何だか後ろ向きですね――と、私にしては柄に似わぬ前向きな感想を差し挟むと、年齢不詳の古書肆は、それはですねぇ、とば口なんです――と云った。

会員は、取り敢えず目先の憂さは晴れるから大抵数度は通う。だが回を重ねると、矢張りそんな温い集まりでは満足出来なくなるのだそうだ。抜本的な解決は齎されないのだから当然だろう。

だが次に、そう云う会員に向けて『自分を探る集い』と云うものが用意されているのだそうである。第二段階は、愚痴——不平不満、懊悩不幸——の原因を会員同士が徹底的に探り合うと云う集いなのだそうだ。そして全員で対応策を考える。更にそれを実践する。

——厭だ。

私などはその段階でもう堪えられそうにない。

そう云うと、それは誰でもそう思うのです——と宮村は云った。

「——何と申しましても自分の不満の原因を探られちゃうのですから、良いような悪いようなものでしょう。不満と云うものは外に原因があるとは限りませんし。それを互いに探り合う訳ですから、下手をすると恥部を晒け出すようなことにもなり兼ねない訳です」

その通りだろう。不満などと云うものは多く自分の中に原因があるものなのだ。厭と思えばどんな環境でも不幸だし、良しとするなら大抵の状況は幸福になる。それは遍く相対的なもので、決定するのは個人である。外的要因を改善除去することで軽減したり解消する不幸と云うのは思いの外少ないし、その場合も自分の中の原因を外的要因に仮託して解決したような錯覚をしているだけなのである。

私がそう云うと、宮村はそれもそうでしょう——と云い、

「——ですから、否、だからこそ悩み事の多くは、そうした一寸話し難い話し合いだけで解決してしまうんですよ——」

と続けた。

つまり、こう云うことであるらしい。

人間と云うものは都合の良いもので、自分自身のことだけは目が曇るように出来ているものである。自分の不幸に限っては自分の所為にせず、多く外部に原因を求めてしまうものだ。しかし他人事となると別で、そんな誤魔化しはすぐ解る。だから、不幸だ不運だと深刻振るが、それは鰡の詰まりはお前自身が悪いのじゃないか——と、会員同士は互いに指摘し合うことになる。互いに云い合うことで互いに気づき、気づかせる。それで不幸の芽はある程度摘まれる——。

「元元それ程差し迫った不幸を背負った会員なんていないのですね。愚痴で済むようなものなんですから、精精気の持ちようで解決した気になる。不景気だとか金がないとか、そう云う悩みに関しては、まあ経営方針を変えてみろとか真面目に働けとか云う程度の助言だって有効でしょう」

「まあそうなんでしょうが——指摘されたところで詮ないことも——あるでしょうに」

「曰く毛深い背が低い、そうした悩みの場合は、そもそも外部要因がある訳ではないですし、考え方次第で如何にでもなると云えばなるものですね。矮軀の方が便利だとか毛深い方が冬場は良いだとか、下らないことだって励みにはなる」

「しかしそんなことなら、何もそんな会に参加せずとも」

「そうですね。普通はそう思う。親が子を叱る、口煩瑣い叔母さんが小言を垂れる、お節介な友人が要らぬ意見をする——そう云うのと変わらない。でもね、関口さん。先程の愚痴と同じでね、そう云うことを云ってくれる人が、一切居なかったとしたらどうです？」

「はあ、愚痴の後は小言ですか——」

「——有料の」

麻美子がぽつりと補足した。

「そうですよ。お金をかけて小言を云われる訳でしょう。どうかなあ。慥かに気の持ちようなんでしょうが、大抵そう云うことは無意識に自覚してるし、今更他人に気の持ちようだと指摘されても、そうですか、とは思えないでしょう？　気持ち次第だからこそ、余計簡単に解決するものではないのではないですか？　それに、例えば会社が連鎖倒産するとか不慮の事故に遭うとか、その手の不幸——本当に外部から齎される不幸と云う奴は防ぎようがない訳でしょう。それもまた気の持ちようだと云っちゃったら、そんなのは他人ごとだからこそ云えることだろう——と、私ならきっとそう思います」

「勿論そうですよ」

と宮村は云った。

不満を述べ合い、解決法を話し合い、一応実践してみる——そうしたことを繰り返すと、慥かにそれなりの効果は出る。だからその時点で多くの会員は会に感謝をするらしい。

それは、会の教えと云うよりも実は当然のことなのだが、それでも感謝したくはなるだろう。その段階ではかかる金額も少なく、云ってみれば良心的な世話焼き大会なのである。

だが——。

どれだけ悩みが減ろうとも、人間それ程単純に幸福が摑める訳ではないのだ。如何したって悩みは残る。不幸の種は実際には尽きることはない。だから——。

「だから次のステップが用意されているのですね」

次の第三段階は『真実の幸福を見極める集い』と云うものだと云う。

「これはですね、今までの井戸端会議型と違いましてね、指導員のような人が入るのですね。導き役と呼ばれてるようですが。このクラスになりますとね、互いの不幸や不幸の根っこ——恥部まで探りあった仲になっている訳ですから、会員同士で秘密を共有するような、一種の連帯感が芽生えているのですねぇ。そこに指導員が入って問い掛ける。あなたがたは何故不幸なのか——」

「それはその前の段階で、探り合ったのでは？」

「そうじゃあないのです。彼等は結局、何故不幸なのか考えただけでは抜本的解決が出来なかった訳でしょう。だから今度は幸福とは何かを問う訳です。命題の主旨はこうです。あなたがたが不幸なのは幸福とは何たるかを履き違えているからではありませんか——」

「はあ？」

「首根っこを摑えましてね、価値観を、こう、ぐらぐらと揺する。金が儲かれば幸福か、出世をするが幸福か、金があるのは良いことか、地位が上がるのは良いことか――」

「そんなこと――」

「はい。それはね、別に良いことでも悪いことでもない。実はどうでも良いことだったりする訳ですがね、ま、そうは思わないですよ。金があるのが幸福だと云うのがもし嘘だったら、貧乏と云う不幸はもう、根本的に成り立ちませんでしょう」

「そうですが」

「実際に貧乏でも幸福な人はおりますが、でも貧乏が理由で発生する不幸も確実にある訳ですね。だから本来そんな理屈は成り立たないんですが――」

「成り立ってしまう？」

「しまう。この段階にまで至った会員の方は、もう浅いところから大変深いところまで、幸不幸に関して徹底的に考えさせられている訳ですね。半ば自発的に。だから、会員はそうした論理の摩り替えはもう気にならなくなっている。寧ろ自分の思考の変遷こそを信じたい、それに合致するか否かが判断基準なんだと、そう云う状態なんですねえきっと。そこでスマートな指導員は、正にツボに嵌った講義をするのです」

「ツボに嵌った――と云うと？」

ですからね、と宮村は柔らかい口調で続ける。

「指導員は、例えば金銭とか経済力とか云うものを幸福と云う枠の中から追い出してしまう訳です。それだけじゃありません。愛情とか名誉とか、そうしたものも追い出して行く。これはですね、善く考えますと、大変に怖いことな訳です——」

慥かに怖い。

それは、出世しないとか、家族の関係が上手く行かないんだとか云う負——不幸を消すために、誉れや勤勉を貴ぶとか、家族を慈しむとか云う正——幸福をもまた、消してしまうと云うことだ。

それはもしかしたら、その人間の土台を揺することになり兼ねない。

そんなものを揺すられたら——否、壊されたら。罔くされてしまったら——。

「ど——どうなるのですか」

「困りますでしょう？　しかし、これが中級だけあって徹底して行われるんだそうです。金に拘泥る人用他、種種のコースが設定されていて、財産、異性、名誉、家族——生き甲斐みンな取られてしまう」

生き甲斐。私の場合は——。

——何だろう。

私はすぐにそんなことを考えてしまう。

大事なもの。揺るがない何か。捨てられぬもの。

そう云う重さや堅さや大きさを持った、何だか立派なモノが、普通は誰の中にもあるのだろう。それが大きければ大きい程その人は幸せなのだろうし、堅ければ堅い程安心で、重ければ重い程安定もしているのだろうと思う。

それが——取り去られてしまったとしたら。

大きければ大きい程、穴は大きくなる。堅ければ堅い程、傷は深くなる。重ければ重い程、安定感は失われる。そして——。

私の場合はどうだろう。

そう、私の場合は最初から、そんな確固たるモノは何もない。私の心には常に穴が開き放しなのだ。私の頭はがらんどうで、私はいつも浮遊している。つまり、その中級の段階を受講した会員達は、

——私のようになるのだ。

心にぽっかりと穴が開くのだ。

頭の中ががらっぽになるのだ。

宮村はペエスを崩さず淡淡と語る。

「中級編の締め括りは『誤った世界観を葬り去る合宿』と云うものなんだそうで、七日間だか十日間だか、樹海の中で瞑想合宿をいたしましてね、その、今までの自分が如何に誤った世界観を持っていたかを再確認するのだそうです。いえね、再確認と云うよりも——」

「——茶番です」

麻美子がぽつりと云った。

まるで、独り言のようだった。

「瞑想と云うと、ヨーガとかその——坐禅は——」

禅は瞑想ではないのだと、それだけは私も箱根で学んだ。

そんな大層なものじゃないんです——と麻美子は云った。

「——断食したり、正座したり、その、風穴のような穴に入ったりもするんだそうですけれど、子供でもあるまいに、立派な紳士や老人がぞろぞろ集団で山に籠るなんて——馬鹿気ています」

「京極堂さんのお話ですとね、これが味噌なんですね。拘束し、反復し、延延とそれを続けて、会員から価値観のみならず、自分で考える力そのものを剝奪してしまう。自我を盗っちゃうのです。それこそが——宗教のある遣り口ではあるんだと、彼はそう仰った」

宮村はそう云った。慥かに——極限的な状態に長時間拘束することで強制的に神秘体験を引き起こさせる——と云うやり方は、まさしく一部の宗教の手口ではあるようだ。

神秘体験は慥かに人を変える力を持っている。信じられぬこと、考えられぬこと、それまでの経験則では計れぬことを実際に体験してしまうことで、人はそれまでの経験自体を疑うことになり、代わりに新しい見地を手に入れるのである。

しかし、神秘体験と云うのは、体験したかの如く認識はされるものの、正確には実体験ではない。

凡(すべ)ては脳のまやかしである。

だから神経体験は通常の生活の中でも、環境さえ整えば容易に起こり得ることでもあるし、頻繁に起こっていることでもある。ただ整合性のない記憶は平素は是正されるから、通常は人生を変えるまでには至らないだけだ。

人と云うのは元来、そうした危ういバランスの上に知らん顔して突っ立って生きている生き物なのである。ただ――ある種の宗教はそうした、通常意識すらされぬ当然のことを特別視することで権威を獲得する。畢竟(ひっきょう)偶然にしか起こらぬそうした状況を人為的に引き起こすことで奇跡を演出するのである。例えば――感覚器官を遮蔽(しゃへい)し、食物も摂らず、外部からの刺激を絶って一定以上の時間を過ごすと、ある種の脳内物質の分泌が正常値と変わる。そうすると幻覚が見え、幻聴が聞こえる。常識は覆り、世界は一変する。そして人は、ある時は神と出会い、またある時は生まれ変わったような気持ちになり、またある時は別の世界を感得する。

私に云わせれば、宗教者とはつまり、当たり前のことに当たり前でない意味付けをする者である。信者の心にウロを作っておいて、そこに信仰だの理念だのを植え付ける侵略者である。

些か穿っているのかもしれないし――京極堂辺りは怒るのかもしれないが――宗教全般に対して必要以上に、しかも漠然と偏見を持っている私は、概ねそうした見方をしている。

でも。

「でも――宗教じゃないのでしょう？」

「ないのです。この合宿はこれで終わり。会員は自我を盗み取られて、何も信じられなくなって、ぽいと、世間に放り出されるのですね。これ、悲惨ですよねえ」

「悲惨――で済みますか？」

空いた穴が埋まらなければ――どうなるのだ。

空っぽになった頭に教義を注入する、心の穴に神様だの教祖様だのを放り込む、そして神秘体験は宗教体験になるのではなかったか。

もしそれがなかったなら――。

意味付けがされなかったら――。

穴が埋まらなかったら――。

それまで自分が信じていたものは全部間違いだったと思い知り、人生丸ごと捨て去って、そのままポイと放り出されるのである。それは自己の全否定に等しいではないか。自分も、世界も、何も信じられず、縋るものもなく、それで――。

――それは私だ。

私が――宗教的なものの一切を敬遠している理由は、実に簡単である。

私のような人間は、きっと何の処置を施すまでもなく、実に簡単に彼等に取り込まれてしまうからである。何も信じられない私は、多分常に何かを信じたいと欲しており、いつも信じていいのだよと云う優しい言葉を待っているのだ。だから、したり顔の教祖様がお出ましになって、信じていいのだよと云ってくれたとしたならば、その時私は、きっと信じることに疑問を抱く余地すら持たないだろう。

だから私は、凡て信じないぞと目を瞑り、耳を塞ぎ、何も見ず何も聞かずに、それらの一切から遠ざかっているのだ。そうする以外に、私は私でいられないのだ。

――騙され易いんです。

麻美子もまた、私の同類なのかもしれない。

私は身勝手にそう思う。

視線を上げると宮村が少し心配そうに私を見ていた。やおら私は狼狽する。

「それでお終いじゃあ――人格が――崩壊します」

私は――すぐに狼狽するのだ。

そうでしょうねえ――と柔和な古書店主は頷く。

「そこで脱落した方はまあそうなるのでしょうが、どっこい脱落する人は殆どいないのだそうですよ」

「何故です」

「それはまあ、関口さんの仰る通り、そこで終わりじゃあ気持ち悪いです。解決しない探偵小説みたいなものですからねえ」

「解決編があるのですか？」

「ええ。勿論あるんです。実際の世の中と云う奴はね、関口さん。お諒解りの通りに始まりもなければ終わりもない。つまり人生に於ける結論とか結果とか云うものは、実は通過点に過ぎませんね。この辺で切りをつけておこうと云う、まあ目安程度のものでしょう。人生には、区切りはあるかもしれないけれど終着はない。死んじゃえば別ですけれどね。しかし私達は馬鹿ですから、何かこう、結論めいたものが欲しい訳ですね。お前は間違っている、間違っている、駄目だ駄目だと散散仕込まれてハイ左様なら——と云うことはないんだろうと思っちゃう。敵さんもそんなことはお見通しで、案の定、上級の講座がある訳ですね。まあ中級の場合は合宿などもあり、金額も嵩みますしね、それでは元が取れないと云う気持ちもあるかもしれませんが、ほぼ全員、そちらに進むのだそうですよ」

「穴を——埋めるのですか」

「穴？　ええ、まあその、これが面白い。面白いと云っちゃ不謹慎なんですがね。私はそれを聞いて、実に驚いた」

「何か崇高な——否、奇妙な教義でも？」

既存の宗教にはない突飛な教えでもあるのか。

「宗教じゃアないですから教義はないんですねえ。いいですか関口さん、上級になりますとね、初めて会長さん――お名前は磐田純陽という方だそうですが、その方の講義があるんです。そこでですね、それまで、さんざっぱら駄目だ違うと云っておいてですよ。会長さん、あっさりと皆さんを許しちゃう」

「許す？」

「それでいいのだよ、と」

「どう云うことです？」

いったい何がいいのか。

宮村は何故か何度か頷いた。

「あなた達が否定した世の中は、本当は正しいんだよ、と」

「へ？」

「欲を持ちなさい、人を怨みなさい、妬みなさい、憎みなさい、悲しみなさい、泣きなさい、苦しみなさい、それは自然な在り方です――と一席ぶつのです。振り出しに戻す」

「そんな――」

「いや、これはね、是非京極堂さんの御意見をお伺いしたいところですがね。兎に角、何でもかんでも一切合切、もう、全部正しいんだと云うらしい」

「なら最初から」

「最初からそう云ったのでは――ナンだそれは、と云うことになるじゃアないですか。それじゃ誰も納得しないです」

「しかし――所詮ナンだそれは、なんじゃないのですか。元通りなら」

「ただひとつ、あなた方がそれでも最初に不幸だったのは、そうした自分の在り方が、正しいと知らなかったからですよ――とやる」

「ああ――」

「会員は皆、涙を流して安心するそうですよ。なァんだ、それで良かったのかい、簡単じゃないか――と。まあ気持ちは解りますよねぇ。何も信じられぬ程こてんぱんにされてるンですから」

「でもそれじゃあ――安心したところで結局何の解決もしてないでしょうに」

「するんですよ」

「如何(どう)します？」

「いえね、そこからが彼等の商売なんですね。出世したければこうしろああしろ、人に負けたくなかったらこれをやれあれをやれと、要するにそれぞれの欲求に合わせて設定された、人格強化講座を受けさせるんですよ。前向きに生きよう、人より前に出よう、好機は逃がすな――世の中に貢献し、大いに生を謳歌しよう――」

前向き(ポジティブ)になる講座(セミナー)だと――それは最初に聞いていた。

「京極堂さんの話ですと、どうやらその、この講座こそが、みちの教え修身会と云う団体のそもそもの商売だったんだそうです。だから矢張り宗教じゃないんです。ただ、そのままやったんじゃ客が採れないから、会長さんは前段階を設定したんですね」

「なる程――」

呆れた。結局――社会人向けの道徳講座なのだ。ただ、一度受講者を廃人にしておいて、リハビリテイションの一環としてそれを施すのである。これは卑怯だ。この上なく卑怯だ。私はなんだかムラムラと腹が立って来た。どう云う訳かその時、私は自分が馬鹿にされたような気がしていたのである。

少し遅れて麻美子が云った。

「――大声を出したり、走ったり、度胸を養え根性を培(つちか)えと、結局精神論なんですけれど。自分の欲求は正しい、まやかしの甘言に惑わされない、強い精神を作るんだとか、間違ったことには大声で間違っていると云えとか。兎(と)に角(かく)大声で――」

「大声？」

「大声です。祖父も声が大きくなって――」

耳障(みみざわ)りです――と麻美子は不快感を露(あらわ)にした。

その気持ちは善く解る。

はきはきとした態度は悪いものではないのだろうが、時には不快なものでもある。先ず正し過ぎる。正しければ良いと云うものではないのである。ともあれ、何も疑わず自信に満ちた人間と云うのは実に苦手だ。それは私の対極にいる人達だからだ。

「それでね、関口さん——」

宮村は楽しそうに見える。

「——その、会員は沢山居りますでしょ。中には何の望みもない人だっている訳ですよ。最初の段階からね、ただ何となく不幸だてぇ手合いは、中級の合宿の後も、何もその、求めるモノがない。元元なかった訳でしょ。そう云う人にはですね、最後の手段で、御託宣が下る訳ですね」

「御託宣とは？」

「ですから、あなたは本来、そんな仕事をするべき人じゃない——とか、あなたの人生は他にある——とか、そう云う」

「ああ、それで本当のあなたは別だと？」

「——私の場合は、巫女なんだそうです」

漸く納得が行った。矢鱈と察しが悪い。

「しかし、何故そんなことが判るのです」

「会長さんは観相学の大家でもあるとか」

観相学と云えば聞こえはいいが、要は人相見である。鼻が高かろうが色が黒かろうが、そんな外見上の差異はその人間の評価と直結するものではない訳だし、そんなどうでも良い瑣末な特徴から導き出された結論など信じるに値しないことは火を見るよりも明らかである。大体そんなことなら素人でも云える。私だって麻美子を一目見て薄幸そうな印象を持ったのだ。推して知るべしである。

「でも、そんな出鱈目を云われたって普通は納得しないでしょう」

私がそう云うと、宮村は細い眼を少しだけ見開いて、そうでもないンですよ――と云った。

「いえね。麻美子さんの場合は極めて異例なンでしょうけれど、大抵の場合は大丈夫なんです。何故なら、その人個人の嗜好から性質から地位待遇まで、入念な調査は済んでおりますでしょう。初級講座の際に。それに即した職業なり人生なりを考えるんでしょうから。だからまあ大方は当たってると思い込んで、頭っから信じてしまいますよ。その上、会員はその、例の合宿の後なんですから、頭真っ白な状態ですね。そこで信頼すべき会長さんに御託宣されるんですから――」

「ううん――」

本当に善く出来ている。そのための前段階でもあるのだ。最初のうちは会長とやらが出て来ないのも計算の内なのだろう。

「――祖父も、そうして嵌(はま)ったんです」

「お祖父様はそもそも、どうしてそんな会に？」

「――祖父は元元林業をしていまして、今でも会社の役員ですし、伊豆の韮山に山林も持っておりますから、経済的には何の問題もなく、取り分け困ったこともなかったようです。私以外に血縁の家族は居りませんが、古くから仕える使用人や会社の人間などが常に周りにいて、不便もなかったのです。それなのに――」

不安になったのだろう。

生き甲斐が薄れてしまったか。昇り詰めたらもう先はない。それ以降の達成感に乏しい暮らしが堪えられなかったのか。気が遠くなる程に長い時間、額に汗して働いて、いったい何が得られたか――短き老い先(おいさき)に何を為すべきか――いずれ疑問を持ったのだろう。

「――祖父は噂を聞いたんですね。修身会の。富士の裾野での訓練だとか、樹海の合宿だとか、どうも修身会は富士山に拘泥(こだわ)っているらしくって、その所為か静岡では割と有名なんです――」

麻美子は語気を僅かに強めた。

「――それでも最初祖父は、馬鹿がやることだとか云って頭から馬鹿にしていた。でも多分、祖父は雑誌を見たのです」

「雑誌とは？」

「実家の応接間に、会長の談話が載っている古雑誌があったんです。きっとそれを見たんです」

麻美子は口を尖(とが)らせた。

「その記事に、何か素晴らしいことでも書いてあったのですか？」

「いいえ。ただ、そこには会長の名前が出ていたんです」

私が、それが何か——と問いかけると、透(す)かさず宮村が説明した。

「実はね関口さん。どうやらその会長——磐田純陽と云うのは、お祖父さん——加藤只二郎さんの尋常の同窓だったらしいのですね」

「それは、まあ」

好ましくない偶然の悪戯(いたずら)である。

「——最初は興味本位だったようです。隠居は退屈で堪(たま)らないと云って出掛け、帰って来た時には若者と交流が持てて良いとか云っていたそうです。それが、徐徐にのめり込んで、樹海の合宿から戻った時には、祖父はもう魂が抜かれたようになっていたと云います。その後です。がらりと人が変わった。御託宣があったようです」

「どんな」

「あなたは人を導く相だ——是非導き役になってくれと——」

「それでは、あなたのお祖父さんは会員ではなく会の側に？」

「——会員でもあり、会の人間でもあるんです。導き役は無償で行っているらしいですし、それで尚、寄付やカンパ類は惜しまない。その上、未だに一回数万円からの受講料を払って、会長自らの、人格向上の特別講義を月に幾度も受けているんです」

「そ、それは阿漕です。間違いなく財産目当てだ」

でもね——宮村は云う。

「お祖父さん、それは見違えるように活き活きとされましてね、お元気になられたのだそうですよ。矍鑠と行動して、肌の艶も良くて——」

「あんな——あんないかさまな人達の肩を持つようなこと——」

止してください先生——と麻美子が珍しく機敏に反応した。

「でも、先日ご説明しました通り、そうしたことはご本人がお幸せかどうかで判断するしかないと」

幸せなものですか——麻美子は刺刺しい口調でそう云い、水を一口飲んだ。それから私に向け、やや訴えかけるような調子で、

「——幸せだとしても誑かされているに違いありません。私にはそう見えるんです。関口先生の仰った通り、財産目当てなんです」

と云って、拗ねるように躰を僅か揺すった。

怒っている。

「——祖父はどうも会社を処分して、そのお金を会に寄付するつもりなのです。それだけではなく、韮山の山林も会に提供すると」

「提供する？」

「ええ。何でもその広大な敷地を利用して、道場を造るのだとか」

「はあ、道場ね」

それはきっと騙されているのだろう。麻美子が憤慨している様子を横目で見乍《なが》ら、宮村はいっそう柔らかな話し方でこう云った。

「それでも幸せならばいいンじゃあないかと、そう私は麻美子さんに云っているんですが。これに就いては、こうして京極堂さんもそう云っていた。そもそもね、遣り甲斐や生き甲斐などと云うものは、考えてみると元来、単なる思い込みなのではないかとね、それはそうなんでしょう。誰かに騙されているのか、自分で自分を騙しているのか、それはいずれ大差ないんですね。そうでしょう関口さん」

「え？」

そう云われればそうかもしれない。

否、多分そうなのだろう。いつもの私ならそれで納得していたに違いない。そもそも幸せなんて錯覚に過ぎないんだと云うことは、私が常日頃から思い口にしていることではなかったか。しかし——その時は何故か、それでいいと云う気持ちにはなれなかった。

麻美子の憤りが感染したのか。それとも話を聞くうちに、己が弄ばれているような気になっていたのだろうか。きっと私は、いいようにあしらわれている会員達と愚かな自分の姿を重ね合わせていたのだ。

私は宮村に同意を示さず、麻美子の方を向いて問うた。

「あなたは——相続人なのでしょう」

麻美子は首を傾けて、ああ——と云った。

「祖父の財産の相続人——と云う意味ですか。それはまあそうなのですけれど——」

少し間が開いた。

「——私は結婚して家を出て、失敗して離婚した現在も実家に戻っていませんし、祖父の世話をしていた訳でもないので——その、財産を相続する気はないのです。ただ——」

「ただ？」

「何も出来ない祖父の身の回りのことを一切合切やってくれているお手伝いさんが居るんです。お手伝いと云っても、もう三十年以上も住込で、家族のようなものですし、祖母や母が亡くなってからは家の裡のことは凡てひとりで切り盛りしてくれていて、私にとっても親代わりのようなものですし——もう内縁の妻と云ってもいいと、孫の私も思う程なんですけれど——」

「その方に？」

「ええ。私としては祖父の遺産はそのお手伝いさん——木村よね子さんと云うんですが、よね子さんに相続して欲しいと云う気持ちはあります」

「遺産を——全部ですか？」

「全額でなくたって、相当額の相続をする権利はあると考えています。でも、修身会に入会してから、祖父のよね子さんに対する態度はどうも邪険で。あれ程世話になっておき乍ら、解雇するようなことまで云うんです。それもその、よね子さんが修身会に対して好意的でない所為なんです。いんちきだ、騙されるな、辞めろとよね子さんは忠告する。当たり前だと思います。でも祖父はもう——」

「話が通じないと？」

「——ええ。よね子さんが辞めないのも、財産を狙っているからだろう、とまで云うんです。そんなの酷過ぎます」

「まあねえ」

そう云う経緯の下、麻美子は祖父を説得するべく実家に通ったのだそうだ。只二郎は頑迷で、取り付く島もない様子だったと云う。

「そこでね、関口さん」

宮村が云った。

「麻美子さんは、昔の優しかったお祖父さんに戻って欲しいと——」

そこで宮村は、ああ今が優しくないと云う意味ではありませんよと云い訳をした。

「人格的には今でもお優しい方なのだそうです。苦労人ですし、他人の痛みが解らぬ方でもない。ただ修身会を悪く云うことだけは許さないと、それだけは曲げない。そのことになると人が変わる。こう云う変化ですね。で、麻美子さんは、昔から自分達が如何にその、よね子さんに世話になっているかを、切切と説いたのだそうですよ――」

宮村は少少情けない顔付きの面を麻美子の方に向けた。麻美子は見ずともそれを察したらしく、眼を伏せたまま話を継いだ。

「――私の家は逆縁続きでした。まず二十年前、ひとり息子の父が急死して、その二年後に母も亡くなった。半ば隠居しかけていた祖父は父の分まで働かなければいけなくなって、幼かった私は祖母とよね子さんに育てられたようなものです。その祖母も十年ばかり前に他界しました――」

薄幸そうな顔の女は、事もなげに身内の死を語った。

「――祖父は――今でこそ事業にもそこそこ成功して、山林など不動産も多く持つような裕福な暮らし振りですが、今に至るまでは随分な苦労があったのです。父が亡くなった直後と云うのはそれは大変だったように憶えています。亡くなる直前に父が興した会社は大変な経営難に陥っており、多額の借金があったようですから、家計も逼迫していた。祖父はそれこそ死に物狂いで働いていましたから」

「かなりのご苦労がおありだったのですね」

「でも、それは祖父だけの苦労じゃないんです。祖父が仕事に打ち込めたのは家庭を祖母やよね子さんが護ってくれていたからです。そのことを思い出して欲しかった」

そこで麻美子は、祖父に父親の死んだ時の話をしたのだと云う。

「ああ、その時にその——」

麻美子は昔語りをしたのだ。

父親の亡くなった前後の頃の話を。

昭和八年。ナチスが政権を獲得した年である。

私はその頃、まだ十代の前半だった筈だ。うろ憶えだが、小林多喜二が検挙され、特高の尋問の挙げ句獄死した年ではなかったか。

非社会的な私には縁のない世界の話だが、父が騒いでいたのを憶えている。要するに非常時だった。

満州事変、上海事変、満州国建国と、子供には善く解らない不穏な事件が相次いで起きた。国際社会の中で、日本と云う国はどんどんと悪しき方向にその顔を向け始めていたのである。父の影響もあったのかもしれないが、私はその時期——今とは違う理由で——不安で堪らなかったように思う。

「私は——」

麻美子が云う。

「――その頃は祖父とばかり過ごしていたように思います。母は躰が虚弱で、私を産んでからずっと、寝たり起きたりを繰り返していました。私の思い出の中の母は、必ず寝巻き姿で床の上に居ます――」

麻美子の眉が歪んだ。

「――家の中のことは祖母とよね子さんが行っていましたし、父は興したばかりの事業が上手く軌道に乗らず、殆ど仕事をしていたように思います。同じ齢頃の子供も近所には居らず、私を構ってくれるのは祖父だけだった。だから善く山へ――周りには山しかなかったから――山へ行きました。祖父は、そう、何度も何度も鉄道唱歌を唄ってくれて、私は皆憶えてしまった」

「汽笛一声云々と云うあれですか？」

その唄は慥か何番も何番も延延とあるのだ。東海道編だけでも大変な数になるのではなかったか。私がそう云うと麻美子はその通りです、と云った。

「今でも憶えています」

麻美子は妙に決然とそう云った。それを受けて宮村が、そうそう、麻美子さん、二十、二十五番より後はどうしました――と、私には意味の解らないことを問うた。

麻美子は、ふ、と表情をなくし、すぐに、ああ、きっと憶えていますわ――と云った。

「――兎も角、気の遠くなる程何節も続く鉄道唱歌を全節暗唱出来てしまうくらいに、私と祖父は時間を共にしていたのです――」

それに就いては只二郎も認めたらしい。麻美子がその頃のことを話すと、眼を細め、そうだったなあそうだったなあ、と懐かしむようにしたのだと云う。

「――その頃の我家の家計が火の車だったことや、母の病が肺病だったことなどは、逆に最近祖父から聞きました。私が蛇を踏ん付けたことや、毛虫に刺されて顔を腫らしたことなど、私が忘れているようなことも憶えていた。それなのに――」

「ひょうすべの話だけは知らないと？」

「――ええ。全く知らないと申しました。私の方も今云いました通り、その頃のことは憶えていることもあれば憶えていないこともあります」

「それは当然でしょう」

「ええ。妙に生生しい記憶もあるし、どうしても思い出せないこともあるのですが、ただ、それは時が遠いからではなく、私が幼かったからだと思うのです。少なくとも祖父はその頃既に五十歳を越えていた訳ですから、私辺りが明瞭に憶えていることを、全く、かけらも憶えていないと云うのは、どうにも不自然に思いました」

それはそうだろう。

特に――。

——あれを見ると祟りがあるぞ。

特殊と云うならこの上なく特殊な思い出である。

熊笹が一面に生い茂っていたのだそうだ。

麻美子は只二郎に手を引かれて、小高い丘の斜面を下っていた。

「隣村に用があって出掛けて、その帰り道だったんだろうと思うんです。何度も通った径ではないように思います。こう、山道を進んで、ぱっと視界が開けて、そこがこう、海みたいな笹の原っぱで」

「そこにひょうすべが？」

「鮮烈に——憶えています。皺の寄っただぶだぶの背広を着て、酔っ払ったような千鳥足で。左の頰にはQQ絆を貼って——」

「QQ絆とは、あの救急絆創膏のことですか？　真ん中がガーゼになっているあれ？」

山中にはまるで相応しくない格好である。だが、少なくとも妖怪は絆創膏を貼らないだろうから、それは人間ではある。

「ええ。小作りな顔なので豪く目立っていました。髪の毛は殆どなくて、つるりと赤く剝けているんです。白目のところが黄色く濁った大きな眼をしていて、瞼には沢山皺が寄っていて。丁度、生まれてすぐの日本猿みたいな顔です。どこを見ているのか一向定まらない視線で、にやにや笑い乍ら——」

――見ちゃいけない。

――あれはひょうすべだ。

――あれを見ると祟りがあるぞ。

「お祖父さんはそう仰ったのですね？」

「はい――その場には祖父しか居なかったのですから、祖父以外の誰かが云った言葉の記憶とは思えません。見るなと云われても、私は既に見てしまっていた訳ですから――そしてその後、家に帰ると父が倒れて騒ぎになっていた。父はそのまま帰らぬ人となってしまいました。私は父と言葉を交わすことも出来なかったんです」

父親の死がひょうすべの祟りかどうかなどと云う浅薄な論議は、この際問題ではない。麻美子の言葉通りなら、それは只二郎にとってはひとり息子の死と云う、多分生涯忘れ得ぬ筈の出来事の序幕としてあった筈のエピソードなのである。そんな特別な日の、それだけ印象的な出来事を綺麗爽然忘れてしまうとは思えない。

「お祖父さんはその辺りのことは？」

「ええ、祖父は、慥かに父が死ぬ前日に隣村に用足しに行ったとは思う――と、申しました。で、そこから戻った時に父が倒れていたことに就いては善く憶えていて、大層周章したと云うんです。しかし、それでもそんな男は見なかったと云うのです」

「あなたがその――日にちを間違えているとか？」

「父の死と連動して記憶しているので――それはないと思います。ただ、もし他の日であっても、そんなものは見た憶えがない、ひょうすべなんて言葉は知らないと――」

私はふう、と息を吐き出した。

何が何だか善く解らない。善く考えるとそれでどうしたと云うような話ではある。気が付けば入店してから随分時間も経っている。コップの水も空である。私達はそれぞれ珈琲を一杯ずつ注文しただけだったから、少少気が引けて蜜豆を追加で注文した。

「どうなんでしょうねえ関口さん」

宮村が云った。

「その、記憶をね、都合良く部分的に消したりすることは、果たして出来ましょうか。私なんかはね、素人考えですから、その、妖術ですとか幻術ですとか、荒唐無稽な読み本みたいなね、そう云うものしか思い付かない。どうも現実的ではないですが」

「京極堂は――どう云っていましたか」

どうせ何か云ったに違いない。勿論私は憶えていない。

「京極堂さんはね、それは出来ないこともないだろうけれど、聞く限りそんなことしても意味がないからと、ただそれだけ」

「何だか無責任だなあ。それだけですか？」

それくらいなら私でも云える。いや、云ったような気もする。

「まあ、寧ろもう少し細かく事情を調べることでしょうね——と、そう仰った。例えば、そんなことをしたならしたで、したいだけの理由があるんだろうからと。それは至極御尤もな御意見ですから、それで、まあこうして私も手伝ったりして修身会に就いて調べたりもしたのですけれどね。後は、どうあれ勧誘には困ったものだ、厭なら断固断りなさいと仰いましたねえ。ただお祖父さんの方は、御本人が幸せそうなら余り干渉しない方がいいと」

「あいつにしちゃあ当たり前の助言ですねえ」

おや、あの方は当たり前のことしか仰いませんでしょう——と、宮村は云った。そう云われれば慥かにそうなのだが。

「しかしですね、調べてみれば——お聞きの通りですね。どうにもその、宗教じゃあないとは云うものの、そう代わり映えもしませんしねぇ、何とも怪しい。麻美子さんの話を聞きましてもね、聞くだに怪しいでしょう?」

「怪しいですね」

「その、手口としては」

「まあ一種の洗脳ではあるでしょう」

「ね。それでは矢張り——と、思った訳です」

「記憶を消す——術ですか」

私は腕を組む。大きな意味はない。深く考えている訳でもない。

ただ漠然と下手な考えを巡らせているだけである。今の医学では——記憶の仕組みと云う奴は、実は善く解っていない筈である。

酷く複雑なようでもあり、豪く単純なものなのかもしれず、大体仕組みが解らなくとも人はものを憶えるから、そんな仕組みは解らなくてもいいようなものでもあり、それでも忘れるのが厭だと云う人もまた多くいるから、日夜学者は骨身を削っているのだ。

そうした研鑽のお蔭で、脳の研究は目紛しい速度で進んでいる。

例えば、言語野と云う脳の言葉を司る部所を破壊すれば、慥かに言葉は不自由になる。しかしそれは言語機能が停止するだけで記憶されなくなる訳でも記憶が消える訳でもない。言葉による入力が出来なくなり、また言葉に変換することが出来なくなるだけである。そうして突き詰めて行くと、大脳生理学だけで記憶の仕組みは解き解せない可能性がある。そんなだから——少なくとも現時点では、外科手術や薬物投与等の外的処置で、恣意的に記憶を改竄することは不可能である。

もしも、無理矢理にその手の処置を施したとしても、丸ごと記憶がなくなるとか、或は全然効かないとか、錯乱するとか発狂するとか、その程度が限界だろう。万が一——と云うか運良くと云うか、被験者が部分的に記憶をなくすような例があったとしても、どの記憶をなくすかは未知数で、意図的に行ったとしても、なくした部分が果たして実験者の設定した通りのものであるのかどうか、そんなことはやってみるまで判らないと云うのが現状である。

何月何日の記憶を消すなど——出来るものではない。人体実験など出来ないからだ。

それに本来記憶と云うものは消えはしないのだそうだ。再生されなくなるだけなのである。だから記憶喪失と云う云い方は間違いなのだそうで、ならば記憶再生不良とでも呼ぶのだろうか。

だが。

「ああ」

——手はあるか。

「催眠術——ですか」

「催眠術と云いますと、あなたは段段眠くなる——とか云う？」

まあそうです——と私は答えた。

「催眠術は魔法や幻術ではありません。まあ、一種の技術です。米国の医師会などはその効果をある程度認めていて、向こうでは積極的に治療に取り込んで行こうなどと云う動きもあるそうです」

ほほう、と宮村は嬉しそうな顔をした。しかしこれらは凡て、私の主治医の受け売りである。本当かどうか、私は知らない。

「催眠状態と云うのは、睡眠時と違って意識はあるのですね。外見は眠っているのと変わりないのですが、判断力もある」

「眠ってしまうような印象がありますがねえ」

「眠るのとは違います。そうですね──酔っ払った時とか、何かに集中した時とか、あるモノには反応するのに通常察知可能なことが理解出来なくなったりしますでしょう。それに似ている。そう云う状態では通常理性などで覆われていて露になることのない、本能のようなものが剝き出しになる」

「はいはい」

「そこに語りかけるのが催眠術なんです。寝起きの悪い人──まあ僕なんかがそうなのですが、朝、理性では起きなければいけないと解っていても、どうしても起きられないことがあるでしょう？」

私もそうです──と麻美子が云った。

「これは理性的な行動ではないです。寝ていれば遅刻は間違いないです。でも眠いと云う本能が勝っている。しかし意識はある。もうこんな時間だと云う認識も判断も出来る。ただ、行動が出来ない。これが催眠状態です」

「それが──」

「ああ」

どうも私は説明が苦手だ。

「そうした状態の人間は、強い暗示を与えることで操ることが出来るのだそうです」

「操る？」

「ええ。立てと命ずれば立ち、腕が曲がらなくなると暗示を掛ければ曲がらなくなる」

「それは——何となく知っています。しかしその、催眠状態から解ければそれはそれでお終いなのでしょう？　催眠状態が永遠に続く訳でもないのでしょうし、真逆解けた後も永遠にその人は術を掛けた人の云いなりになるなんてことも——それでは魔法です」

「それはそうです。否、その——」

不甲斐ない私は、麻美子辺りに突っ込まれても口籠る。付け入り易いとか話の間に隙があるとか、勝手に思っていたものの、私の方が余程隙だらけだ。

「後催眠と云うのがありまして」

「はあ」

「これはですね、催眠状態で掛けた暗示が、催眠の解けた後に効力を発するものだと、まあこう考えてください。例えば——そうですね、あなたは催眠が解けた後に、手を叩いたら跳び上がると暗示を掛ける。それで催眠を解く。術を掛けられた本人は、そんな暗示のことなど憶えていない。思い出せない」

「意識出来ないのですか？」

「ええ、全く。だから普通にしている。暫くして手を叩くと——」

「跳び上がるんですか？」

「跳び上がるそうです。本人は何故跳び上がったか全く解らない。それでも手が鳴ると」

「跳び上がっちゃうのですか？」

「跳ぶそうです」

それは恐ろしいですねえ――と宮村が云った。

「何か犯罪に使われちゃあねえ」

「ええ、まあ」

間抜けな回答であるが、実際そんな回答しか出来ないのである。そんな犯罪は聞いたことがないから矢張り出来ないのかもしれず、反面巧妙だから知れないだけなのかもしれないのだ。繰り返すが、先ず実験しようにもする方法がないのである。勿論失敗したら元も子もないのだが、もし実験して成功した場合でも、その実験は絶対に公表出来ない。

そもそも催眠状態では理性は損なわれるが意識はある訳で、つまり社会的倫理観と云ったものがどの階層に属するかで、犯罪性のある暗示が有効かどうかは決まってしまう。本能的に自己に不利であると判断されれば暗示は効かない筈なのだ。人を殺せとか自殺しろとか云う暗示は、だから効かないようにも思う。

「それで――」

麻美子が云った。

「――それで記憶が？」

「ええ。催眠状態には深度があって、浅い状態だと運動機能、もう少し深くなると情操を刺激支配することが出来るんだそうです。それで、深い催眠状態に入ると理性の抑制が殆どなくなるので、普段思い出すことのない記憶まで意識に上る。記憶が剝き出しになるんですね。そうなると、記憶も操作することが出来るのだそうです」

「操作――と云いますと」

「多くは思い出せなくする――と云うことです。人間の記憶と云うのは消えてなくなることはないんだそうです。ただ、色色な理由で思い出せなくなる。緊張して話す内容を忘れる、吃驚(びっくり)して言葉を失う、厭な思い出は封印される――」

そう。記憶は封印されるものだ。

麻美子は眉尻を下げて、情けのない声を出した。

「すると――先程の後催眠で？」

「そうですね。これは京極堂から聞いた話ですが、数字の五を忘れなさいと云う暗示をかけた場合ですね、五と云う概念自体が封印されてしまうという。一、二、三、四、と勘定して、どうしてもその先が出て来ない。次の次は六だと解る。七八九十とその先も解る。数の概念自体はあるし、十進法だって理解出来るが、でもどうしても四に次があると思えなくなる。でも四の次が六ではないことは解る」

「それは困りますねえ――」

宮村は、我がことのように困惑した顔をした。

「——大変不便だ」

「でも、これは善くあることですよ宮村先生。そのように、意図的な記憶の改竄は可能です。ただ、多くは短期的な効果しか認められず、持続性がどれだけあるのかは判りません。でも先程お話ししました通り米国などではそれを心理学的な治療に応用しようという動きがある訳です。これは、例えば極端な不安神経症——高所恐怖症などですが、こうした患者に、高いところは怖くないんだぞ——と暗示をかけるのですね。不安を取り除く」

「それも何だか怖いですねえ。その人は危険な高所にも平気で行くようになるのでしょう？」

「それは——ですね、まあ僕も受け売りなんで何なのですが、そうした人は、高いところは無条件で怖い、と云う自己暗示にかかっているようなものなんですね。だから無条件で怖い訳ではないと、暗示をかけ直すのでしょうね。しかしこれは催眠術をかける方の倫理観に依存するしかないんでしょうねえ」

「なる程。しかし、治療に応用出来ると目されている以上は、長期的な効果も勿論あるだろうと、そう考えられていると？」

そう云うことですと私が云うと、麻美子はいっそう果敢なげな顔を作って、いったい何時と云った。

「そんな催眠術なんかどうして——」

麻美子はすっかりその気になっている。私は少少辟易した。凡ては、思い付いたと云うだけのことで確証はなく、実証も出来ないからだ。麻美子は何だか悲しそうに、みんなあのひようすべが悪いんだ、とか訳の解らないことを口走り、催眠術なんかいつ掛けられたのでしょう、そんなこととされて、解らないものでしょうか——と繰り返し云った。

「催眠術には何も特別な装置や環境が必要な訳じゃないんです。何時でも何処でも、相手を催眠状態にすることが出来さえすれば良い訳で、軽いものなら音楽を使った集団睡眠なんてものもあるそうですから、講習中でも」

「だって関口先生、記憶を操作するには深い催眠が必要だと——」

「それはですね、ううん、慥かにそうなんですが、その昔流行ったのに頸動脈法と云うのがありまして、これなんかは頸を軽く絞めて、頭に血が上るのを止めて、一瞬気が遠くなった時に暗示を与えるんですね。これは難しい上に危険なんで、とても問題がある方法なんですが、ただ、一瞬で掛かる。それから何か急激に、こうわっと吃驚させて、瞬間的に深い催眠に導く方法もあるのだそうです。ですから一対一になる機会さえあれば可能性は——ないと云い切ることも——出来ないかと」

尻窄みな言説である。

発言しているうちに余計自信がなくなる。

「ただ、加藤さんも宮村先生も、その、僕の云うのは可能性であって——ええ、何よりまず、そんな記憶を消す意味が——ないかと」

「それがね、関口さん。これが、意味があるかもしれないんです」

「と、云いますと？」

「ですからね、その、ひょうすべの記憶を消す理由が、修身会側にはあるかもしれないと、こう云うことです。それが解りましたのでね、その、記憶改竄の方法はあるのかと、関口さんに——」

宮村は何度か頷き、照れるような口調で云った。

「——最初にお話ししようかとも思ったのですがね、矢張り順を追った方が宜しいかとも思いまして、京極堂さんの真似をね」

「回り道——ですか」

宮村は、はい、と答えた。

「実はひょうすべの正体が解りましてね」

「ひょうすべの正体？」

「はい、正しくは只二郎さんがひょうすべと呼んだ男の名前です」

「それは——」

「はい。磐田純陽。みちの教え修身会の会長さんです」

宮村は大変意外なことを、笑い顔のまま簡単に云って、次に内ポケットから紙を出した。写真のようだった。

「中中写真がないのですよ、磐田会長は。これは京極堂さんに紹介して戴いた、鳥口さんと云う青年に――」

「ああ鳥口」

私も善く知った男である。

「ええ。その鳥口さんにお願いしていたんですが、彼も箱根に行かれていたのですねえ。その上お怪我をされたそうで。知らなかったもので大層驚きましたが、兎も角やっと昨日手に入れた。そしたら――」

宮村は写真を差し出した。

キャビネ判の白茶けた写真だった。

演壇の上で拳を揮っている冴えない男が写っていた。格好だけは勇ましいが、先ず服が随分大きい。高級なのかもしれないが全然似合っていない。その上顔が――慥かに麻美子の説明通りの――実に特徴的な顔なのである。

頭部は丸く禿げ上がっている。

写真だと解りづらいが、火傷でもしたのか、多分赤く剝けているのである。

御丁寧に、頰には救急絆創膏まで貼ってある。

「念のため申し上げますとね関口さん――」

宮村は人差し指で写真を指し示した。

「その、頬のＱＱ絆に就いてですね、彼女はその写真を目にするずっと前から私に言及しておりましたから、まずその――」

傷でも隠しているのか、頬には慥かに救急絆創膏が貼られていた。かなり目立つ。

しかし、麻美子の見たひょうすべが本当にこの男なのだとしたら――同じ場所に偶偶傷を作ったと云うことか。そうでないなら、この男はこんなものを二十年もずっと貼り続けていることになる。もしそうならトレードマークと云っても良かろう。

「それはつまり――この男が」

「間違いないんです。こいつです。こいつが二度も私の前に現れて父を殺し、娘を殺したんです。そして祖父も――」

「しかし加藤さん、それは」

それは濡れ衣ではないか。

縦んば、二十年前山中に居た男がこの磐田と云う男であったのだとしても、この男にそんな魔力がある訳がないのである。

「つまりですね、こう云うことです」

私の云いたいことを察したらしく宮村が口を挟んだ。

「例えばこの磐田さん、二十年前に山の中で見られてはいけないことをしていたとしますね。まあ何かは判りませんよ、場所が場所ですし、宝物を埋めていたとか、まあ現実的な線では犯罪行為ですとかね、人目を憚ることをなさっていたと仮定しますね。そこに只二郎さんと麻美子さんが遭遇した。只二郎さんは磐田さんと旧知の間柄ですから、何かを察して、子供の麻美子さんには見るな、お化けだと云った――」

「なる程」

「何故ひょうすべと呼んだかと云うことは一旦置いておきましょう。で、磐田さんの方は目撃されたことをずっと知らないでいたとしましょう。十何年経って、只二郎さんは磐田さんの消息を偶然知り、接触する。そしてそのことを喋ってしまう」

「驚いた磐田はお祖父さんを洗脳し、後催眠で記憶を――消してしまったと？」

「そうそう。それで次は麻美子さんですね。幼かったろうから大丈夫だろうと、高を括って(くく)いたんでしょうが、どうやら憶えている。しかも明確に憶えているらしい。だからこれは拙(まず)いと執拗(しつこ)く――」

「入会の勧誘をするのだと云うことですか。つまり、こちらの記憶も消してしまおうと云う企みですね。まあ、筋は通りますけれど――宮村先生。しかし二十年前の見られては困ることとは何です？　僕には見当も付かない。それが大変な秘密なのか、どれだけ重い罪なのか解りませんが、もし殺人だったとしても、もう時効を迎えているのじゃあないですか？」

「社会的に地位のある者にとっちゃ、時効なんかは無意味でしょう。仮令法律上は無罪でも、世間的には同じことなんでしょうからねえ。この磐田と云う人は、まあ公職にある訳ではないですし、表舞台に立っている人間でもないですが、少なくとも過去の大きな罪が発覚すれば信用を失い、商売は不如意になりましょう」

それはそうだろう。

それに。例えば目撃者の記憶を消してしまえるなら——完全犯罪も夢ではない。何も直接的に犯罪に結び付けなくともいいのだ。催眠術を有効に使うことで犯行を隠蔽するなり、犯罪自体を無効にすることなら、それは十分に出来るのかもしれない。私は考え込んでしまった。

「その——ひょうすべ——いや、磐田の姿を——慥か加藤さんはもう一度見たのでしたか」

麻美子は首肯いた。

見る度に不幸そうな度合いが増している気がする。

「見ました。去年の四月七日です」

「そちらの方も日付けまで憶えているんですか」

「娘の——命日の二日前ですから——」

返す言葉がない。

「全く同じ姿でした。寸分違わぬ——」

「絆創膏も、服装も全く同じなのですか？」

麻美子は大きく首肯いた。

「しかしなあ――服は――」

同一人だからといって、二十年の歳月を隔てて同じ服を着るものだろうか。五十歳を過ぎて体格が変わることもそうなかろうから着られないこともないのだろうが、二十年間着続けたとなると相当な年寄りである。

磐田は慥かに育ち盛りの子供ではなく、相当物持ちがいいことになる。他にも多くの服を持っていて、取っ替え引っ替え着ていて、偶偶同じ服の時に麻美子が遭遇した――と云う可能性も、ないこともない。ないこともないが、それは物凄く低い確率である。或は同じ意匠の服を数え切れない程何着も持っていたのだろうか。

絆創膏と同じように、磐田会長のトレードマーク――制服なのかもしれない。

因に写真の服もその時と同じなのかどうかと尋いてみると、麻美子は矢張り同じだと答えた。ならばその可能性は高い。

写真を見る。

寸足らずが熱弁を振るっている。

多分――彼はこれでも一流の煽動者なのだろう。個と群れ、個人と社会、自我と世界の関係に倦み疲れた者どもを、煽て、褒め、叱り、癒し、奮い立たせて――金を取る。

実際宜しからぬことも多くしているだろうし、金もいいだけ取っているのだろうから、決して褒められた商売ではないが、それでも続いている以上、救われた者は居るのだろう。

金さえ払えばこの小男は——、

——私も救ってくれるのだろうか。

騙されるだけだとしても——。

騙し通してくれるのならば——。

神仏よりもマシな気がした。

底の知れた神秘より、巧妙な詐欺の方がより効果的だ。

関口先生——麻美子が呼んだので私は我に返る。磐田の写真に見入っていたのである。

「そんなに御覧になると写真でも善くないことが起きますわ」

「そんな」

「いいえ。その男は魔物です。祟るんです」

——本気か。

「あの、これは——あなたを疑っている訳ではないのですが、ええと、私自身は見間違いや勘違いが多い人間で」

京極堂に依ると、私の言動は勘違い二割、間違い二割、嘘一割の思い込み五割だそうだ。

真実は一割とてない。

しかし麻美子は憮然として、その顔は見間違いませんでしょう——と云った。

「そうなのですが、ただ、その、幻覚とか」

「それも——ないと思います。何故ならそれを見た直後、私は知人に見たことを克明に話しているんです。幻覚ならそんな冷静な行動は執れないと思うのですが。何でしたらその知人に確認して戴いても結構ですけれど」

「いや、そこまでには及びませんが——その知人とは？」

「置き薬の行商をしている方で、尾国さんと仰る方なんですが」

「行商ですか。男性？」

「はい。とても親切な方で、今でも親しくさせて戴いてます。あ、勿論その、変な関係ではございません。お友達と云いますか、その頃は夫も親しくさせて戴いていて、と云うか夫の方が親しかったようなものでしたから。家が近いとかで善く寄って行かれて——」

「その方が丁度そこにいらしたのですか？」

「ええ。余り可笑しな男だったので、ついお話ししてしまったんです。きっと——」

——え？

何だろう。何か間違っているような気がした。

勿論気の所為だろう。私は思い込み五割の男なのだ。

「その、お見掛けになったのはどちらで？」

「浅草橋の辺りです。時刻は大体四時半頃です。娘を背負って買い出しに出たんですね。その帰り道でした。家は小川町でしたから。私、その頃は娘が生まれたばかりで、勤めも休職中だったのです。と云うより、娘が亡くならなければ仕事に復帰していなかったと思います。

そうすると喜多島薫童は――」

そこで、麻美子は宮村を見た。宮村は細い眼を極限まで細め、

「そうですねえ。喜多島は世に出ていなかったでしょう。何だか悼ましい話で胸が痛みますねえ――」

と云った。私もまた複雑な思いに駆られた。

子供の死を契機に夫婦仲も冷え、終には離婚して、そのまま彼女は再婚していないのだそうだ。そのお蔭で天才歌人と祀り上げられることになろうとは――麻美子自身が一番驚いているのではないか。予期せぬどころか、想像も付かない展開であろう。

「お子様は――」

要らぬ質問だ。してからそう思った。それでも麻美子は――かなり煩悶した挙げ句ではあるのだが――割と淡淡と答えた。

「娘は――盥で――溺死しました。完全に私の不注意です。沐浴中のことでしたから――云い訳は出来ないんです。出来ないのですが」

沐浴中に、溺死。

何があったのだ。

「それはその——」

今更フォローしても遅い。矢張り触れられたくない話題だったのだろうか。麻美子は急に押し黙り、結局、鞄からハンカチーフを出して目頭を押えた。如何云う経過であろうとも、いずれ厭な思い出ではあろう。

「それで——申し訳ない加藤さん。お子様のことはもうお尋きしませんのでご勘弁ください。それよりその、磐田ですが」

巧みな話術とは縁遠い無器用な私は、強引な話題の修復を試みた。麻美子は幾度か小さくしゃくり上げ、咳払いをして、多分わざと毅然とした態度を装って答えた。

「ええ、路地裏の暗がりに、ひょこひょこと」

「見た時はどう思われました？」

「——変わった人だと」

——え？

「変わった人？　ひょうすべだとは思わなかったのですか？」

「え？　それは、だって——ひょうすべですわ。そうそう、尾国さんも、ひょうすべは見ると悪いことがあるんだ——とか云っていましたっけ。ですから私、矢張りそうお話ししたんです。きっと」

「待ってください。その人は——ひょうすべを知っていたんですか？」

宮村が尋き返した。

「ええ、きっと御存知だったのでしょうね。ただ、先生の仰るように河童だとは云っていなかったと思います。ですから私、ひょうすべと云うのは、見ると祟りを為す忌まわしい人間なんだと、そう認識していたんですわ。ですから先生にお化けだ河童だと云われた時は驚きました。だって河童なら可愛いじゃあないですか」

その時である。

ぱんぱん、と窓の外で破裂音がした。

あの音は、多分癇癪玉だろう。窓の外に目を投じると、嬌声を上げて、駆け去って行く子供の後ろ姿が見えた。続いて、がしゃんと云う音がした。窓の外から音のした方に目を転じると、汚れた絨緞の床に蜜豆の残骸が広がっていた。驚いて落としでもしたのか。

麻美子に視線を戻すと——。

加藤麻美子は強張った顔で細かく痙攣しつつ、

両手を伸ばして固まっていた。

3

三度目に宮村と会ったのは、あれは慥か四月の下旬だったろうか。

それが最後の会見になる。

ひと月半後——私は逮捕されたのだ。

対面場所は再び京極堂の座敷である。

その日私は、珍しく偏屈な友人に呼び出されたのだった。連絡を受けた私は、例によって悶悶として暇を弄んでいたから、何故呼ばれたのかもろくに聞かずにさっさと家を出て、眩暈坂を上ったのである。

その幾日か前にも私は京極堂を訪れている。

その時私は、友人に無理を云って彼の仕事に同道し、遠路遥遥千葉くんだりまで赴いたのだ。それも春の帝都を震撼させた連続目潰し魔事件の渦中の女に会ってみたいと思ったからで、他意はなく、謂わば単なる野次馬である。

しかし、どうやらその時の愚行がこの度の凶事の遠因となっていると云うことらしい。

本当ならば豪く馬鹿なことをしたものだと思うけれども、その時は真逆このような事態になろうとは想像だにしなかったから――まあ私の場合いつだって想像通りにことが運ぶことなどない訳だが――至って気楽なものだった。大量に被害者を出した連続目潰し魔事件の熾烈な結末を知らされて尚、私は飄然としていたのである。

その時は――凡て他人事だった。

玄関先には細君がいて、私の姿を認めるとにこやかに挨拶し、関口さん今日はいったい何の集まりで御座居ましょう――と尋いた。私は呼ばれただけだと答えると、細君は困ったように笑い、

「それじゃあ関口さん、歌わされないように用心なさいませ」

と云った。

細君に案内されて廊下を行くと、聞き憶えのある声が聞こえて来た。

しかもその声音は――。

どうやら唱っている。

細君は再び声を出さずに笑って、歌唱教室でも始めるんでしょうか――と云った。

唱っているのは鳥口守彦だった。鳥口は、私も寄稿するカストリ雑誌の青年編集者で、写真も撮る。性格が明るいのと体力があるのが自慢の気さくな男で、商売柄事件のあるところにはひょこひょこと顔を出し、その度に酷い目に遭っている。

　鳥口が唱っているのは鉄道唱歌である。

　私が障子を開けるのと、鳥口が唄い終るのはほぼ同時だった。

「ゆっくり唱ったって精精二十秒だなあ」

　京極堂はそう云った。彼はどうやら懐中時計を睨んでいる。

　まるで亜細亜が全部沈没してしまったかのような仏頂面である。

「――と云うことは、七分か。いや、長丁場なんだからもう一寸早く唱うかなあ」

「僕が唱っててですね、唱い易い拍子ってのは、その、前の前の奴ですな。ええと、十六秒。この具合がいいっすよ」

「じゃあ六分二十四秒。いずれそんなものか」

「おい、何をしているんだ？」

　まるで無視である。私が声を掛けると漸く友人は顔を上げた。

「何だ、来たのか」

「君が喚んだんじゃないか。喚んでおいてその云い種は何だ」

　私が抗議し乍ら座敷に踏み込むと、鳥口がまるで自分の家であるかの如き気安さで座布団を勧め、いつもの如く軽口を叩いた。

「おや先生。この前お会いした後、師匠と一緒に千葉まで行ったんですって？　やあ、物好きここに極まれり。見上げた俗物ですな」

　そう云えばその時も鳥口はこの家にいたのだったか。

「君に云われたくないよ鳥口君。それより君達は何をやっているんだ？　歌い手にでもなるつもりなのか？　下手糞な唄を聞かせて僕を苛めようとでも云う企みか？」

「馬鹿なことばかり云ってないで座ったらどうなんだ関口君。君はそうやって中腰でうろうろするから落ち着かなくっていけないよ。いや、本来は君に頼んでもいいようなことなんだが、聞けば君は噂に名高い音痴で、音痴なだけでなくリズム感が全くないそうだからな。こうして鳥口君に頼んでいるんじゃないか」

「随分酷い云われようじゃないか。どうせ榎木津が悪口を垂れたのだろう。あの男は僕が厭だ厭だと云うのを無理に誘っておいて、それで下手だ無能だと云うのだから酷い」

　榎木津と云うのは探偵をしている友人で、私をバンドに誘った張本人である。

　私がそう云うと京極堂は、

「僕は和寅から聞いたんだ、あれは嘘は云うまい」

　と云った。和寅と云うのは榎木津の探偵助手のような仕事をしている男である。榎木津のように出鱈目な男ではないが、その和寅もまた演奏させられていたし、私と同じく下手だと叱られていたから、腹いせに何を云ったかは知れたものではない。

「いや、この際僕の音楽の才能のあるなしなんかはどうでもいいんだ。君達は今、ここで何をしているのかと僕は尋いているのだ」

「見れば判るだろうに。懐中時計で温度が測れるかい。時間を測っていたのだ」

「何の?」

「煩瑣いなあ。唱歌だよ。いいじゃないか」

「良くはないよ。君が来いと云うから僕は」

「喚ばなきゃ良かったよ。考えてみれば君なんか喚んだって些細とも役に立たないんだ。野次馬な君の性質を考えて、親切心を出したのが悪かった。頼むから温柔しくしていてくれ」

京極堂は私の顔も見ずにそう云った後、駄目押しでもするように、それから今日は当分茶も茶請けも出ないぞ——と云った。

私が反論を考えている間に、見兼ねた鳥口が漸く白状した。

「実はですね、先生。僕が以前より——以前と云っても箱根から戻ってからですから、まだひと月ちょいですが——まあその、例によって探っている霊媒師がおりまして」

「霊媒? 鳥口君、君はまたぞろそんな妙なモノに関わっているのか? 懲りない男だなあ。去年の事件で散散苦労したのを忘れたのか。だがその霊媒と鉄道唱歌の歌唱時間と、どう関わるんだ?」

せっかちだなあ——と京極堂は云った。

「例によってその霊媒師を奉る営利集団があるらしいんだが、鳥口君の話だと、どうやらその集団の行為には犯罪性があると云うんだな」

「犯罪霊媒？　好きだなあ君も」

「おいおい。鳥口君は好きでやってる訳じゃない。上司の命令で、箱根の怪我も癒えないうちに取材をしているのだ。そうだね？」

「はいはい。まあ世間の目が目潰し魔だの絞殺魔だのに向いていたもんで、機動力もなければ金もない我が『實録犯罪』誌としましては、起死回生を狙って競合の少ないネタを追いましょうと――」

「だからその――」

「まあ聞き賜えよ。このね、鉄道唱歌がもしかしたらその犯罪性を暴く契機になるかもしれないと――まあこう云うことだ。僕はそもそもそんなことは如何でもいいんだが、被害に遭っているのが知人らしくてね。知ってしまえば捨ててもおけず――」

それはいつものことである。だから別に驚くに値することではない。京極堂は嫌だ厭だといい乍ら、結局知ってしまった以上ほってもおけぬと腰を上げるのだ。いい加減運命と諦めるべきである。

しかし京極堂は、そこで陰鬱な目をした。

「しかしなあ。本人に自覚がないと云うのに、確証もなく明かすのは、どうなのか――」

友人は珍しく言葉を濁し、顎を摩った。

その様子を見て、鳥口がこちらも珍しく積極的な発言をした。

「いや師匠、そりゃあ違う。慥かにその人だって知らない方が幸せでしょう。しかしこのまま じゃその人は子供の怨仇に延延雀られることになるンです。それに、本来あんなインチキ霊媒に関わらなきゃァ不幸は起きなかった訳だし、それだって好んで関わった訳じゃないじゃないっすか。頼みもしないのに向こうが勝手に押し掛けて来て、その結果なんすから。黙ってるなァいけません。僕の調査に間違いはないんすから。全部師匠の考えた通りだったじゃないッすか。偶然じゃないッすよ」

普段は飄然として柳に風の鳥口が、口調まで妙にはきはきしている。一方京極堂は、まあなあ——などと煮え切らぬことを云う。

「おい、じゃあこれから君は、その——例の憑物落としをするのか？」

京極堂のもうひとつの仕事は、人に憑いた様様な悪しきモノを祓い落とす拝み屋——憑物落としなのである。と云っても呪文を誦える訳ではなく——誦える場合もあるのだが——落とすのも怨霊だ狐だと云うモノではない。上手くは云えないが、私が思うにそれは観念の浄化のような作業なのではなかろうか。そんな風に云うと、多分まるで違うと叱られそうだが、私にはそれを云い表すだけの語彙がない。

京極堂はただひと言、違うよ——と云った。

そこに——。

細君に誘われ、加藤麻美子を伴った宮村が訪れたのだった。

まるで予測していなかった顔触れの登場に私は豪く面喰らった。三月に稀譚舎で会った時は、結局善く解らぬままに話は纏まり、然したる結論も出せぬままに散会したのだ。それ切りになっていた。

宮村は私を見ると非常に喜び、先日はお忙しいところ有り難う御座居ました——と、慇懃に礼を述べた。麻美子も畏まって礼をした。私はそれ以上に畏まり、もごもご中途半端な挨拶をした。

宮村は続いて鳥口にも礼をして、最後に麻美子を京極堂に紹介した。京極堂は善くお出でくださいました——と云った。

「加藤さんのお噂は兼兼先生からお伺いしておりました。中中の手腕だとか。それにしても貴女のような人材を簡単に手放すなんて、創造社の連中もどうかしています」

京極堂はお世辞を云うような男ではないから、これは本音なのだろう。

麻美子の方は豪く恐縮して、私が望んだことなのです——と云った。京極堂はその様子を凝乎と視て、貴女が望まれたのでしたら仕方がありませんね——と、意味ありげに云った。

「さて手短に済ませましょう。いずれ楽しい話ではない。その」

「あの——」

例に因って一拍遅れて麻美子が発声する。

「——祖父の、記憶の件が——本当に——」

「ええ。多分解ります。僕がこれからお尋きする事柄にお答え戴けるならば――ですが。僕の想定した答えと、貴女の回答が凡て一致すれば、まず間違いないでしょう。但し、その場合は貴女にとって余りいい結果が出ない、と云うことでもある。それでも――」

結構です――と、麻美子は云った。

私はその時も矢張り混乱していた。

その霊媒師の一件とやらに、麻美子が関係しているとでも云うのだろうか。

先程京極堂は知人が被害に遭って云々――と云っていた。しかし今の口振りから察するに、例の麻美子の祖父の記憶欠損の一件であるらしい。

ならば――霊媒などがいったい如何関わって来ると云うのだろう。鳥口の探っている霊媒師とは、もしかするとみちの教え修身会の磐田会長のことなのだろうか。しかし修身会は宗教団体ではないようだし、磐田純陽は霊媒ではない筈だ。観相をするそうだが、それは霊感だのお告げだのとは別のものである。他の者ならいざ知らず、こと京極堂に関してはそうしたモノの区分けは厳密で、神経質な程に混同を嫌う。だからもし磐田のことを云っているのなら霊媒とは云わないだろうし、そうだったなら磐田が霊媒としても活動していたことになる。

それは考え難い気がした。

京極堂は善く通る声で、先ずこう尋いた。

「貴女が二度目にひょうすべ——いえ、磐田純陽の姿を見たのは、昨年の四月七日の午後四時三十分に間違いありませんね？」

麻美子は気圧されるように姿勢を正し、間違いありません——と答えた。

「慥かにその日その時間、磐田は浅草橋近辺に居たようです。それはこの鳥口君が調べて来てくれた。そうだったね？」

鳥口は頷いた。

「磐田を目撃した後、貴女は家に帰った。その頃、慥か貴女は小川町のアパート河合荘に、ご主人と、亡くなった娘さんとで三人で住んでいたのですね。ええと——一〇二号室でしたか」

「はい。仰る通りです。離婚した際に引き払いましたが」

「お隣の一〇一号室の方を憶えていらっしゃいますか？」

「慥か——下沢さん——でしたか」

「そう。下沢太さんと奥さんの香代さん。おふたりは今でもそこにお住まいです。昨日鳥口君に会って来て貰いました」

「下沢さんに？」

麻美子は眉で訝しむ。当然だろう。

「あの下沢さんが何か——」

「話を戻しましょう。貴女が戻ると、丁度アパートには置き薬の行商をしている尾国さんと仰る方がいらっしゃったとか――」

「はい。尾国さん、丁度到着したところだったんです。入口で行き合って」

「そうですか。下沢さんの話だと、尾国さんはそのひと月程前から、頻繁にお宅に通って来るようになったと云うことですが」

「ええ。子供が生まれるまでは共働きでしたから日中は留守にしていたのですが、去年の初めに子供が生まれまして――主人の実家で生んだのですが。それで、ひと月程はそこで過ごしまして、二月の中頃にアパートに戻りました。それからは私は仕事を休んでずっと家におりましたから――そうですね、三月になるかならないかくらいでしょうか。尾国さんが最初にいらしたのは」

「最初は置き薬のセールスで？」

「ええ、子供が生まれて出費も嵩み、私も休職していましたから収入の方は半減していました。そう云う訳で家計が苦しくって、だから置き薬など要らないと云ったのですが、子供が生まれたのなら尚更だ、何があるか判らないし、あれば便利ですと仰って。それでもお断りしたんですが、兎に角ご主人とご相談してみるといい、使った分だけお金を戴くのだから使わなければ無料だし、置いて行きましょう――と」

「薬箱を置いて行った」

「ええ。日曜日ならご主人は居られますかとお尋きになるので、居りますと答えると、じゃあ日曜にまた来ますと仰って。それで、本当にいらっしゃって、話すうち結局主人と意気投合してしまって」

「意気投合した理由は判りますか？」

「さて——ええ、そう云えば主人は学生の頃九州に居て、尾国さんはその、主人の居た町のご出身だとか云っていました」

「そうです。尾国誠一さんは佐賀のご出身です」

「お——尾国さんを——ご存知なのですか？」

「はい。調べたら——簡単に出て来ました」

「調べた？　何をです？」

麻美子の問いは無視された。

「今でもお付き合いがあるのですね？」

「はい」

「前のご主人とはどうなのでしょう。現在も交流があるのでしょうか？　ご主人ともお親しかったのでしょう？　尾国さんは」

「さあ。尋いたことがありませんから」

「当時、尾国さんはどのくらいの割合でお宅に？」

「え？」

麻美子は眉を歪ませた。改めて考えたこともなかったのだろう。

「そうですね。尾国さんは、慥か前のアパートからほんの四五軒先の貸家にお住まいなのです。ですから——そうですねえ、二日に一度くらいの割で顔を出されたでしょうか。女の一人住まいは何かと物騒だと仰って——果物だとか、進駐軍の持っているようなお菓子だとか、お土産を持って来てくれたり——そう、あの方は子供がお好きなんです。来る度に、嬉しそうにあやしてくれて」

「すると——ひと月の間に十五回はいらしていた」

「それくらいは——もっとかしら」

「来る時間は決まっていましたか」

「まちまちでした。決まってはいませんでした」

「尾国さんの訪問を、迷惑と思ったことはなかったのですか？」

「迷惑——ですか？　親切な方ですし、今でもお付き合いがあるくらいですから、そんなことは——ああ、でも子供を沐浴させている時や、授乳中などに来合わせた時は少少困りました」

「なる程——ところで貴女は時間に几帳面な方ですね？　生活は規則正しい方だ。先生からはそう聞いていますが」

京極堂は射るような視線で麻美子を見ている。

「は？　まあ、余り考えたことはありませんが、大体同じ時間に同じことを致します。編集の仕事をしておりますとそうも行きませんけれど、仕事がなければ起きる時間も寝る時間も大体は一緒です」

なる程――と京極堂は大きく頷いた。

「授乳や沐浴も決まった時間に？」

「え？　ええ、そうです。ああ、ですから尾国さんには、この時間はお乳を遣る時間なので今度から遠慮してくれと――そう申しました憶えがあります。もし当たってしまうと、折角おいで戴いてもお茶もお出し出来ませんし。三時間置きくらいに遣っていましたから、いらっしゃるならそれ以外の時間にお願いしますと申しました。それから――そう、沐浴の時間もご遠慮くださいと――そうも申しました」

「沐浴は何時に」

「大体夕方五時――くらいですか」

「毎日五時に？」

「はあ、他のご家庭はどうか判りませんが、うちは主人の帰るのが毎日午後八時くらいだったものですから、夕食が少し遅いのです。それで、夕食の支度をする前に沐浴をするような習慣が――でも、それが？」

「いいえ。では、尾国さんはその後、貴女が遠慮してくれと云った時間帯には来なかったのですね？」

「はい。いらっしゃいませんでした。とても律儀(りちぎ)な方なのです」

ほう——京極堂は意地の悪そうな顔をする。

「しかしその——貴女が磐田純陽を見た日はどうです？　四時半頃に磐田を見たのなら、アパートに着いた時間は五時頃ではなかったのですか？　そこに尾国さんはいらした訳でしょう？」

「あ、ええ——まあ。でもそれは——偶偶(たまたま)です。尾国さんがいらしたので沐浴はしませんでしたし」

「その日の沐浴は何時に？」

麻美子は考え込んでしまった。いったい何を聞き出そうとしているのか、私には全く解らない。麻美子も、いい加減に答えれば良さそうなものだが、意図が解らぬから慎重になっているのだろう。

「多分——七時過ぎです。沐浴を終えてから食事の支度を大慌てでして——主人の帰宅に間に合わなかったような憶えがあります。主人は先程申しました通り、八時に帰る習慣だったので——」

麻美子は歯切れの悪い言葉で切れ切れに語った。

思い出せぬと云うよりも思い出したくないのだろう。彼女の子供は亡くなったのだ。しかも沐浴中の事故で――。先日私が尋ねた時も、麻美子は悲壮な表情を見せたのである。辛い思い出なのだろう。私は男だし、子供もいないから解ったようなことは何も云えないが、乳飲み子と母親の関係と云うものは、私などには計り知れぬ程親密なものなのだろうと思う。もし彼女が自分の不注意で我が子を死なせてしまったのだとしたら――これ以上その件に就いて糾すのは酷だと思った。

善く解りました――と京極堂は云った。

「その間――貴女は、尾国さんに、目撃したひょうすべの話をしたのですね？」

「そうです」

「二十年前の話も？」

「え？」

麻美子は白地に当惑の表情を見せた。

「それは――いえ、兎に角浅草橋の路地で見たことを克明に語りました。私、その時は随分鬼魅が悪いと――その、印象が鮮烈で」

「つまり――」

京極堂は声を少し大きくした。

「つまり貴女は――それが、二十年前と同じ光景だったと云う摩訶不思議な事実より、その時は、その異様な容姿の方が印象的だったと――こう仰る訳ですね？」

麻美子は眉を上げて眼を円くした。

「え？　ええ、一寸興奮していたのかも――いえ、思い出したのがその後だったのか――そうです。話し乍ら思い出したんです。今、思い出しました。尾国さんにお話ししている途中で、二十年前のことをはっと思い出して、それで父が死んだ時のことも思い出したんです。それで――」

「それで」

「それで、私がそれに就いてを語ったら、尾国さんがひょうすべと云うのは見ると悪いことがあると聞いている、誰か縁者が死ぬ――と云うようなことを仰ったんです。私、何だか不安になって――でも、それは私が祖父の言葉を憶えていたからで――だって、私が話さなければ尾国さんもそんな、ひょうすべなんてことを云い出す訳ありませんもの」

それはそうだろう。磐田の容姿は慥かに絵にあるひょうすべと似ていないこともないのだが、その容姿から何もなしでひょうすべを導き出すことは矢張り出来ないだろうと思う。幾らひょうすべを知っていたとしても普通そうは思うまい。先行して麻美子の祖父の言葉があって、初めて磐田とひょうすべは結び付くのである。

京極堂は調子を変えずに云った。

「尾国さんとは何分くらいその話——磐田を見た話や二十年前の話——と云うより、ひょうすべの話をしていました？」

「それは——多分、三十分くらいでしょうか——」

幾ら奇異でもそれ程長く持つ話題ではあるまい。どんなに磐田が変な格好でも、見ただけなのだから精精そんなものだろう。

京極堂は腕を組んだ。

「なる程。貴女の感覚では三十分ですか——ところで——貴女は、鉄道唱歌を全部憶えていらっしゃるとか？」

唐突に話題が変わったので麻美子はぽかんと口を開け、一層丸く目を見開いた。勿論私も肩透かしを喰った。そしてそれからすぐに鳥口の顔を見た。

鳥口は澄ましている。

——鉄道唱歌。

それは鳥口がついさっき唄っていた唄だ。

それが犯罪を暴く契機——だと京極堂は云っていた。

私は、能弁な友人の口許を見た。何を企んでいるのか。

「いや加藤さん、そう驚かれなくてもいいです。その話は先生から聞いていたのです。東海道編、山陽編、九州編、東北編、北陸編、関西編と、全部憶えていらっしゃるのですか？」

麻美子は一度宮村を見た。宮村は頭を掻いて、

「いえね、一寸自慢だなあと思いましたもので、我がことのようにね、吹聴してしまったのです」

と云った。麻美子はまた果敢なげな、薄幸そうな顔に戻り、

「幼い頃に祖父が唄ってくれたんです。祖父が若い頃、明治の後半ですわね。その頃大流行したのだそうで、完璧主義だった祖父は次次に発表されるそれを懸命に憶えて、暗唱出来るようになってしまったのだそうです。祖父は若い頃憶えたものは忘れないなあと、そう云っていましたが――私は――」

と、云って、黙った。

「お忘れになった――と云うのも聞いています。ええと、慥か」

「東海道編の二十四節辺りまでは――」

「後は?」

「え? そう――山陽編や九州編はまるで――東北編なら少し」

「北陸と関西はどうです?」

「はあ、思い出そうとしたことがないので――」

麻美子はそこで天井の方を見て、暫く声を出さずに諳んじるようにしていたが、やがて軽く頷いて、

「——ああ。ええ、でも憶えています」

と云った。

京極堂は鳥口と顔を見合わせた。

「実は、手元に資料がないので全部で何節あるのか解らないのです。しかし貴女は少なくとも最初と、後半は憶えている訳だ」

「そう——なりますか」

「あなたが一体何節分忘れてしまったのか——実はそれが知りたいところなのですが——まあいいでしょう」

「おい京極堂、何なんだそれは？」

私が堪り兼ねてそう問うと、友人は片眉を吊り上げて、

「さっきの実験の正確さを実証したかったんだ。でももういいよ。大体解ったから——ん？おい。余計なことを云うんじゃない。君は黙っていればいいんだ関口君」

と云った。本来なら答える必要のない私なんかの質問に、つい答えてしまったと云うことらしい。京極堂は仕切り直すように云った。

「実はですね——お隣の下沢さんご夫妻が、その日——貴女が磐田を見た日のことなんですけれどもね。その日のことを善く憶えていた。彼等の話に依るとですね、貴女は慥かに五時丁度くらいにお戻りになって、その時は尾国さんと一緒だったと云うんですね」

「ですから玄関口でお会いして」

「ええ。それで下沢さんご夫妻の記憶に依れば、いつもなら三十分程で帰るのに、その日に限って随分とこう、寛悠(ゆっくり)していったようだ――と云うんですね。尾国さんが」

「え？　そんな――ですから三十分程で――」

「しかし、その日の沐浴は七時過ぎだったのでしょう。通常の時間より二時間近く経っているじゃないですか。尾国さんが帰られてから一時間半も、貴女は何をしていたのですか？」

麻美子は再びぽかんとした顔になった。

「いえ――いいえ、慥(たし)かに私は五時に戻って、そうですね、尾国さんが帰られたのが――ああ六時半過ぎくらいだったのかしら。もっと遅いのかもしれませんね。そういう勘定になりますものねえ。では、そんなに長いこと話していたんですね。私――その話題しか話した憶えはないのですけれど――でも、じゃあきっとそうです。そうなんですね」

「下沢さんは、まあ盗み聞きをするような人じゃないのだけれど、その日は何か――何だったかな？」

里芋ですな――と鳥口が補足した。

「そうか。里芋をお裾分けしようと思っていたらしくて、貴女の様子を窺(うかが)っていたのだそうですよ。いや、尾国さんと顔を合わせると薬を売り付けられるような気がして敬遠していたと云うんですがね。そうだね鳥口君」

「そうなんすよ。で、余り長いので夕食の時間になっちゃった。下沢家では六時過ぎが夕食なんだそうで。で、里芋を夫婦で喰っていると、銃声が聞こえた――」

「銃声？」

「気の所為だったようです。慌てて表に出たが何もなくって、真逆尾国さんが貴女を撃ち殺すこともないだろうと――まあ当たり前ですが、そう思っていたら尾国さん、にこにこして出て来た。貴女も赤ちゃんを抱いて見送りに出た――出ましたね？」

「出ました――ああ、そう云えばあの時、お芋を」

「そう。そこで里芋を渡したんだと下沢さんは云っていたそうです。ところで加藤さん、その次の日も――尾国さんは来たのですね？」

「は？　ええ。どうしてそれを？　それも下沢さんですか？」

「違います。下沢夫妻はその翌日は不在だったようです。ですからこれは想像です。まあ想像ですから違うかもしれないのですが――尾国さんは再び来て、貴女にある人を紹介すると云った。違いますか？」

「はあ」

麻美子は下を向いた。

「お話ししては戴けませんか、加藤さん。尾国さんは貴女に――霊媒師の華仙姑処女を紹介したのではありませんか？」

「霊媒師——」

ついロに出してしまった。

「おい、京極堂。喜多——否、加藤さんはそう云う宗教は嫌いなんだそうだ。お盆もお経も嫌いなんだと——そうですね？」

私の問い掛けに、麻美子は反応しなかった。硬直している。

「霊媒は宗教とは違うよ。兎に角君は黙っていてくれと先程頼んだだろう。喚んだことを後悔させるなよ。それよりどうなのです？　加藤さん、貴女はその時、華仙姑を紹介されたのでしょう」

「ど——どうしてそれを——」

「そうなのですね？」

麻美子は小さく首を縦に振った。

「ほう、霊媒ですか——」

黙って聞いていた宮村が吃驚したような声を上げた。

「これはこれは麻美子さんらしくもない。関口さんの仰ったように、あなたそうしたものは嫌いだったでしょう？」

「あの方は宗教じゃないんです先生。別に何か信仰しろとは——」

「あの方？」

「え──」

「加藤さん」

京極堂は思い切り決然と云った。

「貴女は今でも──その華仙姑を信じているんですね。そして、高いお金を払って色色とお伺いを立てているのではありませんか？」

麻美子は黙して俯向いた。そして小声ではい、と云った。

「ほう、まあ、そうなのですか、これは──驚きました」

宮村も知らなかったらしい。麻美子はそんな宮村を見て、それから一同を見渡した。そして静かに、しかし強く主張し始めた。

「別に隠していた訳ではありません。云いふらすことでもありませんし、あの方はそうしたこと──人の口の端に上ることを、殊の外嫌われるのです。華仙姑様は──どこかの如何わしい宗教や、祖父の入っているような胡散臭い自己啓発講習会とは根本的に違うのです。先を見通し善き言葉を齎してくださる慈善の方なんです──」

「信じていますか」

「勿論です。信じざるを得ないことがありましたから。あの方は本物です。本物なんです。あの時、尾国さんの助言通りにしていたなら、娘は死ななかった。私があの方の云うことさえ聞いていれば──だから──だから」

興奮している。

「だから、ご主人とも離婚した。会社も辞めた。それは全て華仙姑の意志なのでしょう」

京極堂は静かに、しかし瞭然と云った。

「麻美子さん、あなた」

本当なのですかと、宮村が心配そうに覗き込んだ。

麻美子は黙って首肯いた。

「加藤さん、貴女はそれ以降、華仙姑の託宣通りに生きているのですね？　みちの教え修身会のことだって、華仙姑がいかんと宣った。あれはインチキだと——違いますか？」

そうです——と麻美子は云った。

「どうして御存知なのか私には計り兼ねますが——中禅寺さんの仰る通り、ひょうすべを見た翌日、尾国さんがまたやって来たんです。そして、こう仰った。あなたが見たのは矢張り善くない男だ、気を付けなければ遠からずお子さんに禍がある——と」

麻美子の声音が微かに振動している。動揺しているのだろう。心拍数が上がっていることが傍目にも知れた。

「——どう云うことかと問うと、知り合いの霊媒に占って貰ったと云うんです。するとひょうすべは水の怪だ、お子さんに水難の相が出ている、と」

「水難ですか」

「ええ、洪水がある訳でもなし、近くに川もなく、這い這いも出来ぬ赤ん坊に何の水難かと、そう私だって思いました。でも、父のこともあり、少し不安でしたから、どうすれば厄が除けるのか尋ねたのです。すると尾国さんは、その霊媒に頼んで祈り祓って貰うしかないと云った。その人は商売でやっているのではないから頼むのは中中難しいのだが、自分が話せば力になってくれるだろう、と。ただお礼は——強力な魔物だそうだから、一万円は差し上げなければいけないと」

それは高い——と宮村が云った。

「——公務員の月給並みですねえ」

「でも人の命には代えられません。一万円で命が買えるのなら安いものです。でも、その時はそう思わなかった。先ずそんなお金はなかったし——でも、借金をしてでも祓って貰うべきだったんです。だって、あの娘は——あの娘は本当に死んでしまったのですから——あの娘は——」

麻美子は項垂れて下を向いたまま、はらはらと泣いた。そして泣き乍ら続けた。

「尾国さんは熱心に勧めてくれたんです。余り時間はない、今日か明日にでも不幸は訪れるかもしれないと——でも——でも私は本気にしなかった。折角助言してくれたのに——親切を無にして——その翌日です。あの娘は——」

両手で顔を塞ぎ、麻美子は泣いている。

私は目を逸らす。彼女の姿を直視できない。京極堂は哀れみとも慰めとも違う、静かな視線を麻美子に投げ掛け、低い、落ち着いた声で、諭すように——残酷なことを云った。

「お気持ちはお察し致します。聞けば、貴女は貴女の不注意でお子さんを死なせてしまったとか——」

麻美子は泣き乍ら、小さく頷いた。

「沐浴中の事故——と聞いています」

「どう——なったのか——善く解らないのです。私が——私が殺したようなものです。あの娘を——いつものように沐浴させていたのに——腕が——」

「腕が？」

「腕が攣って——私は大声で人を呼んだ」

——腕が——攣った。

私は想像する。そして胸が痛くなる。

もしも。我が子を湯に浸けたその途端に、自が両腕が硬直してしまったとしたら——。

赤ん坊が踠き苦しむ様を見ても、何も出来ない。

のみならずそれを守るべき己の腕が——。

最愛の小さきものを自分自身の手で——。

母親である彼女の腕の先で、子供は——。

──厭だ。

「下沢さんの奥さんが駆け付けたそうですね。貴女はお子さんを盥に浸けて悲鳴を上げていた。お子さんは下沢さんの手で助けられすぐに病院に運ばれたが──間に合わなかった。残念です」

盥で溺死──と麻美子は云っていた。そう云うことだったのか。

「一応変死ですから、警察の人が来ました。事実、私が殺したようなものですから──でも、動機もないし、癲癇などの発作の類だろうと云うことになったんです。過失致死──ですか──」

悲惨だ。我が子を──我が手で。厭だ。

「落としたとか、手が滑ったとか──そう云うのじゃないのです。こう、お湯の中に、押しつけるように──どうしてそんなことになったのか全然解りません。祟りか何かとしか思いようがないです」

涙声。宮村も、鳥口も目を伏せている。

──水難。

予言は的中したことになる。

だから──以降、麻美子はその何とか云う霊媒師に帰依したのだろう。予言を成就させるために第三者が殺した訳ではないのだ。事故を装うにもそれも出来ない。

誰の所為でもなく、凡て自分でやってしまったのだから疑う余地はないのである。不幸な予言は完全に的中している。

それに、その異常な状況から考えて、麻美子がその不幸を祟りだ呪いだと受け止めたとしても――それは已むを得ぬことだと思う。常識では考え難いことだが、それは矢張りひょうすべ――磐田純陽の発した毒気のようなものに当てられたと考えるよりないのだろう。麻美子の場合は父親も死んでいるのだし、偶然では済まされまい。

見たものの親族に禍が及ぶ――そうした魔力を磐田は持っているのか。

事実は如何あれ、少なくとも麻美子にとってそれは事実なのだ。ならば余計に、味方になってくれる霊媒師は心強い。祟りや呪いに立ち向かうことが出来るのはそうした人種以外にないのである。

暫くの間、啜り泣く声だけが座敷に響いた。

「私は――尾国さんに頼んで華仙姑様にお目に掛かりました。あの方は優しい言葉を掛けてくださいました。ただ、夫とは別れることになるだろうと――そうなったら素直に離婚した方がいいと――その後夫とは、当然のように上手く行かなくなりました。あの方はそれも予言していた。駄目になりかけていた私が――仕事に復帰してそれなりの成果をあげることが出来たのも、みんなあの方のお蔭です。先生の頁を連載する決断だって――」

「しかし退職の決心をしたのも華仙姑の託宣なのでしょう」

「え――ええ。それも――辞めて良かったと思っています」

「何故です？」

「あの方の仰ることですから――多分あのまま、私があの会社に居続けたなら、きっと災厄に見舞われていた筈です」

――これでいいのだろうか。

そこに至って、私は急に不安になる。

私は――どうのこうの云って霊媒の予言など信じていない。理性的に考えれば今回のことだって偶然の一致なのだろうと思う。ただ人生の岐路に立ち、行く末を決め兼ねて迷うことは多いし、そうした時に卜占の類に判断を託すことは誰にでも、ままあることだろうと思う。私にもある。だから、それは良い。だが、その岐路自体を占い師が作っているのだとしたらそれは許されることなのだろうか。

例えば麻美子自身会社を辞めるべきか否か迷っていた――と云う既成事実があった上での助言だったなら、それは構わないのだ。助言ならあくまで判断するのは麻美子自身だからである。だが、そうではなくて、ただいきなり辞めるべきだと託宣されたのなら――。

そうだったのなら、その段階で麻美子は既に判断力を失っていることになる。

彼女の意志も、周囲の状況も関係なく、占い師の意志だけで凡てのものごとが決められて行くのである。それは正しくないと思う。

——だが。

磐田の存在はどう説明したらいいのか。

見ただけで禍を生すような化物の存在を信じざるを得ない状況下で、霊媒の予言の方は信じるなと云う方が無理ではないか。だから、一概に麻美子は責められない。

見れば京極堂は独りだけ泰然としている。

——何故——この男は——いつも。

「おい——京極堂。君は——」

「世の中にはね——不思議なことなど何もないのだよ、関口君」

京極堂はそう云った。

そして悲しそうな目で麻美子を見て、一度視線を下げ、何か決心でもするようにそれを再び上げて、麻美子の顔を正面から見据えた。

「いいですか加藤さん。華仙姑と云う女は悪質な詐欺師です。只二郎さんの入会している修身会だって自慢出来たものじゃあないんだが、少なくとも信者会員を募るために人まで殺しはしない」

「ひと——ごろし——？」

「そうです」

京極堂は鳥口に目配せした。

「加藤さん、宮村先生も聞いてください。結論を云いましょう。実はですね、記憶を弄(いじ)られたのは、加藤さん――貴女の方なのです」

「何ですと――それは」

「嘘です。私は――」

「貴女は二十年前、ひょうすべなんかは見ちゃいない。お祖父さんの、只二郎さんの記憶は正しいんです。あなたがひょうすべ――磐田純陽を見たのは去年の四月が初めてなんだ。あなたはその異様な風体が印象に残り、それで偵察に来ていた尾国誠一に詳(つまび)らかに話した。それがいけなかったんです」

「偵察――とは」

「貴女が五時きっかりに赤ちゃんの沐浴をするかどうか、確かめるための偵察ですよ。ところが貴女は留守だった。帰ろうとしたところに丁度貴女は戻って来たのです。そしてその話をした。そこで――」

「そこで？」

「貴女は彼に後催眠を掛けられたのです」

「そんな馬鹿な――なんであの人が――」

「彼は華仙姑の手下なんです。金を吸い上げるためにカモを探して騙し、華仙姑の云いなりにする――使い魔だ」

「信じられません。あの人が——そんな」

「尾国は訪問を重ねて機会を狙っていたんです。勿論貴女を嵌める機会です。いいですか、彼は貴女の身に、印象に残るような出来事が起きるのを待っていたのです。それが不吉の前兆だと、そう思い込ませることが出来れば、黒猫でも下駄の鼻緒でも何でも良かった。磐田純陽なんて実は関係ないんです」

「だって——」

「本当は何でも良かった筈なんだ。しかし中中そう云う都合の良いことが起らなかったので業を煮やしたのでしょうね。貴女が偶偶見かけた変な男の話を熱心にしたので、これ幸いと妖怪に仕立て上げたんだ。磐田は——濡れ衣を着せられたんです」

「う——嘘です。だって、私の記憶は——」

「貴女の記憶の方が紛いものなんです。只二郎さんの記憶が封印されたのではなく、貴女の記憶がとっちらかされただけなんだ。貴女は多分、去年の四月七日の五時三十六分か七分に彼の手で催眠状態に落とされた。状況から考えるに驚愕法を使ったのでしょう。貴女が掛かり易い体質だと、数度の訪問で彼は見抜いていた筈です。貴女は深い催眠に陥った。そこで彼は貴女にこう尋いた筈です。貴女が今までで一番悲しかったのは何時のことか——と。その時貴女の深層はこう答えた。お父さんが死んだ時です——」

「そんな——父の死は慥かにとても悲しかったけれども——」

「そうでしょう。貴女はお祖父さんの方が好きだった。お父さんは働き詰めで、貴女との触れ合いも少なかったのでしょうし、幼い頃に亡くなっているのですからね。貴女とお父さんとの結び付きは意外に薄かったのでしょう。しかし」

「し——しかし？」

「しかしお父さんの死は同時に貴女から大好きだったお祖父さんをも奪ってしまったのです。お祖父さんはお父さんの代わりに働かなくてはならなくなった。それまでのように貴女に構ってくれなくなってしまった。幼かった貴女は二重に悲しかった筈だ。そこで——彼は貴女にこう暗示をかけた。貴女の不幸は——凡て今日見た変な男の所為なのだ、お父さんが死んだのもあれの所為なんだ、あれを見ちゃいけない、あれはひょうすべだ、あれを見ると祟りがあるぞ——」

「それはお祖父ちゃんの」

「いや、それは尾国の言葉なんです」

京極堂は断定した。

「ひょうすべと云うのは九州のお化けです。尾国の育った地方の妖怪なんです。名前だけなら兎も角、見ると病気になるとか死ぬとか、他国の者でそんなことを知っている人はまず居ない。尾国は咄嗟にそれを思い出したのでしょう。見ると不幸になるなんて呪物はそうそうないですからね。別に磐田の容姿からの連想ではないんでしょう」

「でも――」

「尾国にしてみれば、時間を掛ける訳には行かないし、急な展開ですからその場凌ぎのアドリブで上手く取り繕ったつもりだったんでしょうが、ただ尾国が思っている程、それはポピュラーな妖物じゃなかったのです。しかしこの場合、名前なんか何でも良かったんです。それを見ると不幸になると、貴女に思い込ませることが出来れば良かったのですから。だからそれを貴女の生涯で一番不幸だと認識されている出来事に結び付けた。そうすれば貴女はひょうすべイクォール不幸と云う図式を躊躇なく受け入れるだろうと云う計算です」

「そんな――だって」

「お父さんの死は、その男を見た所為だ――貴女はそう暗示を掛けられた。ひょうすべと名付けられたそれ――磐田を不幸の元凶として貴女に認識させるためには、貴女の不幸な記憶、お父さんの死の記憶の直前に磐田の記憶を挿入する必要があったんですね。お父さんの死の直前――それは、幼かった貴女と優しいお祖父さんとの思い出の、最後の一場面でもある訳です。そうして――昭和八年の、貴女の一番大切にしていた情景に、つい一時間前に見掛けた鬼魅の悪い男はひょこひょこと入り込み、熊笹の中を不格好に歩き回ることとなったんです。貴女の記憶は――書き換えられた」

「何故――そんなこと」

麻美子は硬直している。

その瞳は今、何にも照準が合っていない。

「勿論——貴女の身に近近同じような不幸が訪れると——そう思い込ませるためです。ひょうすべの記憶を人生最大の不幸の前に持って来ることで、再びそれを見た貴女は——実は初見だった訳ですが——この後再び我が身に前回にも負けない程の大きな災厄が降り懸かるであろうと思ってしまう」

「そんな」

「それを見たが故に再び不幸が繰り返されるだろうと云う強迫観念を煽るために、遡って貴女の記憶は改竄(かいざん)されたのです。そしてそれは——ある程度成功しました」

「信じません——と麻美子は云った。それから瞳の照準を京極堂に合わせ、決然(きっぱり)と云った。

「そんな夢のような話は信じません。私は私の記憶を信じます」

「人は——自分のことにだけは目が曇るものです。そもそもお祖父さんの記憶が改編されたのではないかと疑ったのは貴女だ。その貴女が、自分の場合だけそれは認めないと云うのはおかしいでしょう。それでは筋が通らない」

「そう——ですが」

麻美子は再び下を向いた。

京極堂は眼を細めて鳥口に視線で合図を送る。鳥口はすぐに察して、座卓の上にすっ、と写真を出した。

「これが――写真を見るだけで悪いことがあると華仙姑が云ったらしい、みちの教え修身会会長、磐田純陽氏の写真です。貴女が昨年、浅草橋で目撃した男だ。どうです、間違いありませんね？」

麻美子は答えなかった。

「貴女は――まだこの男の姿を、本当に昭和八年に見たと云い張るのですね？」

「ええ――そうです」

見ました、克明に覚えています――と麻美子は激しく云った。

「その時も磐田は頬に救急絆創膏を貼っていたのですか？」

「――貼っていました」

「救急絆創膏――俗に云うＱＱ絆が開発発売されたのは、昭和二十三年なんです」

「――え？」

「それまで絆創膏と云えばもっとこう、膏薬のようなものだったのです」

「あ――」

「それから、磐田純陽氏は東京大空襲の際に大火傷(やけど)を負っています。頭部が今のように禿(は)げてしまったのはその時の火傷の所為で、それまでは髪の毛があったんです。因(ちな)みに――これは昭和十三年当時の彼の写真です――」

京極堂はもう一枚の別の写真を、今度は懐から出した。

私は覗き込む。顔は矢張り猿のようだが、髪の毛がふさふさと生えていた。服装も垢抜けないところは変わりないが、背広ではなくセーターのようなものを着ている。

「だから貴女がこの男を二回見たと云うなら、それは二回とも戦後しかも昭和二十三年以降のことでないとおかしいんです。昭和八年当時、彼はこんな姿じゃなかったのです」

「そんな――」

麻美子は壊れたような顔をした。実際どこかが壊れてしまったのだろう。

そうした気持ちは――。

私には善く解る。

宮村も言葉をなくしている。

これで終わり――それでいいではないか。

最早疑いようのない証拠があるのだ。それがある以上、もう言葉は要らないではないか。

しかし京極堂は容赦なく続けた。それは彼の本意ではないのかもしれないが、それが彼の役割なのである。

「慥かに――去年の四月七日、彼は浅草橋でふらふらしていた筈です。磐田はその日、暴漢に襲われている。インチキ野郎と叫び乍ら、元会員が殴り掛かって来た。小さくですが新聞にも出ています。貴女が見たのは、殴られた直後の彼だったのでしょう」

それならふらふらとおかしな足取り――になるのも首肯ける。

「貴女が見たのは磐田に間違いなく、その磐田の容貌が昭和八年当時と今とでは大きく違う以上、貴女の記憶の方が事実ではないのだと考える以外にないんです」

「ですから——それで——」

それで、それで——と麻美子は次の言葉を選び続けた。京極堂は微動だにせず、彼女の言葉を待っている。やがて麻美子は涙で声を詰まらせ乍ら、吹っ切るように云った。

「それでどうしようと——私の過去に、現在の記憶を移植していったいどうなると——意味がありません」

「貴女が華仙姑の云いなりになる——尾国の狙いはそれだけだ」

「それは——」

それは納得出来ません——と麻美子は激昂した。

「先程からお聞きしていると、中禅寺さんは華仙姑様を誹謗するようなことばかりを仰います。仰る通り、悪質な遣り方の占い師も多いと聞いておりますし、霊媒など信じない方には十把一絡げなのかもしれない。それは構いません。でも、少なくとも私にとって華仙姑様は素晴らしい方です——」

壊れ掛けた激昂——麻美子は続ける。

「それに私は、その——ひょうすべの記憶があったからあの方を信じたと云う訳ではありません。ひょうすべのことは無関係です。だから——」

京極堂は乱れた麻美子を手で制した。

「いいですか。貴女がひょうすべ怖しと霊媒師に頼るような弱い人だったら——ひょっとしたら不幸は起きなかったかもしれないのです。尾国にしてみれば、それであなたがひょうすべを怖れ、逃れるために華仙姑に帰依してくれれば——それでもう良かったのでしょうね。しかし、貴女が今仰ったように、そうならない可能性もまた多くあった。貴女が狙い通りひょうすべを怖れたとしても、貴女が華仙姑を信じるかどうかはまた別です。貴女は宗教が嫌いだと公言するくらいだから、そうしたことに金を払うのには抵抗を示すかもしれない。事実、翌日の勧誘には難色を示している。そこで——」

その時、庭の方で大きな音がした。

私は思わず声を上げた。宮村も驚いたようだ。

見れば、いつの間にか庭に鳥口が下りていた。

「驚きましたか。ご心配なく癇癪玉です」

「何が驚きましたか、だ！　いったい何をするんだ君は——ん？」

私は鳥口の意味不明の行動に抗議しようと片膝を立てたのだが、すぐに戻す羽目になった。

麻美子が両手を伸ばして震えていた。

「あ、あ、こ、これは——」

麻美子の腕は音に反応して反射的に反《そ》り返り——どうやらそのまま硬直しているのである。痙攣しているのは多分己の意志でそれを動かそうと必死に力を入れている所為《せい》なのだ。

京極堂は実に悲しそうな顔をして、静かにこう云った。

「癇癪玉の音がしたら貴女の両手は曲がらない。貴女は——未だに後催眠に掛かっているのです。失礼かとは思いましたが——試させて戴いた。申し訳ありませんでした」

「え？　ど、どう云う——こ、これは」

京極堂は暫く黙って麻美子を見ていた。麻美子は苦しそうに両手を突っ張って痙攣させていたが、やがてぐったりと脱力した。額には細かい汗が浮き、肩を上下させて息を継いでいる。

「どうやら一分間は持続するようですね。本当に申し訳ありませんでした加藤さん。騙し討ちにするつもりはなかったのですが、これをやるまでは僕も確証が持てなかったのです。だから今までお茶もお出ししないでいたのです。宮村先生にも——お詫びします」

「そう云う——訳ですか」

宮村は泣きそうな顔をした。

「間違いないでしょう。尾国は、僕が今云ったような後催眠を彼女に掛けたに違いないんです。ひょうすべの記憶支配と、癇癪玉の肉体支配です。下沢夫妻が聞いた空耳の発砲は、術をかける時に尾国が鳴らした癇癪玉の音です——」

——そうか。

あの時——あの喫茶店でも同じことが起きたのだろう。店の外で子供が鳴らした癇癪玉に、麻美子は敏感に反応したのだ。

「尾国は加藤さんに二つの仕掛けを施して一旦引き揚げ、そして翌日再び訪れて、華仙姑の予言を伝えた。その段階で加藤さんが金を出すことを渋ったなら——更に翌日、丁度五時に訪れて——癇癪玉を」

「そんな——馬鹿な——」

麻美子は二度三度頭を左右に振った。

「下沢さんが憶えていました。お隣の赤ちゃんが亡くなった時に、パンパンと云う音が聞こえたのだと」

「それじゃあ」

麻美子は大声を出した。

「それじゃああの娘は——」

そして大きく息を吸い込んだ。

「あの娘は殺されたようなものじゃないですか」

酷く静かな絶叫——だった。

「そうです。貴女のお子さんは尾国に、そして華仙姑に殺されたようなものなのです」

私は言葉をなくしていた。そんな結末は、実際予想もしていなかったのである。

「おい――京極堂、こ――これは――殺人事件じゃないのか」

「そう。立件は非常に難しいが――これは殺人事件なんですよ。それを予言だなどと――馬鹿にしている。これじゃあ中るに決まっているのです。悪質な霊能詐欺、否、赤ん坊まで殺す非道な殺人者だ。そんな奴は――矢張り許しておくべきではないのでしょうね。少なくとも加藤さん、貴女だけは、もう華仙姑とは縁を切るべきだ。貴女は娘さんを殺した怨仇を恩人と仰いでいたのですよ。人生も弄ばれた。貴女は今までいったい幾ら貢いだのです」

麻美子は両手を顔に当てて、おいおいと泣いた。

京極堂は眉を顰め暫く黙ってその姿を見ていた。

私は苦いものでも嚙み潰したような気分になる。

宮村も、どうにも遣り切れないと云う顔で麻美子を見守り乍ら、ぽつりと尋いた。

「どうして――判ったのです？」

「鉄道唱歌です」

京極堂はそう云った。

麻美子は涙で汚れた顔を上げた。

宮村が続けて尋いた。

「鉄道唱歌とは――これはまた――解りませんね。どう云うことです？」

「鳥口君が昨日、下沢さんのところに行ってあれこれ尋いて来たんですがね、どんな些細なことでも思い出してくれと、まあこの青年は執拗く尋いたのです。それであれこれ判ったのですが、その時に下沢さんは、ある興味深いことを憶えていた。その時鉄道唱歌が聞こえていたように思うと云うのですね。そこで調べてみると――」

「去年は鉄道開通八十周年だったんっすね」

鳥口が縁側に腰を掛け、京極堂の後を受けた。

「それで、まあ何でも彼でも商売にする奴はいるんですな。鉄道唱歌全節を唱う傷痍軍人ってのがね、いたらしいんです。こう、辻に立ちましてね、一番からずっと唱って、まあ段段人が寄って来る。延延唱う。こう――」

鳥口は気を付けの真似をした。

「――最敬礼でもするように姿勢を正して、朗朗と唱うんですな。あれは長いですからね。聞いている方も、こいつどこまで知っていやがるかと、まあこう思う訳ですよ。で、段段と人垣が出来てですね、足許の襤褸鍋に小銭が溜ると――僕ァ下沢さんから話を聞いて、それがね、居たのじゃあないかと思って、探したんです。そいつを」

「居ましたか」

「居ません。そう簡単に見つかりゃあしませんな」

ただ、近所の人は憶えていましたと鳥口は云った。

「去年の四月頃、大方日にちは忘れたって云うんですがね、まあ普通は忘れましょうな。ところがですな、どうやら丁度五時三十分に、おっ始めたらしいことが判った」

「鳥口さん」

宮村が止めた。

「そのね、日にちすら忘れている訳でしょ。そうした方方に、どうしてそんな細かい時間が判るのです？」

「はい、そりゃまあ当然のご質問ですな。そのですねえ、時間を証言したその人は、実に時計屋さんでして。しかもそん時ラジオまで聞いていたンだそうで、時間もきっかり憶えていたようでして。で、周囲に聴き込みをすると、どうやらその日だ。場所だって河合荘の斜向かいですからね。こりゃガンガン聞こえますよ」

鳥口はそう云って靴を脱ぎ、縁側に正座した。

京極堂が補足した。

「五時半きっかりから唄い始めると、二十四番辺りでほぼ五時三十六七分になるようなのですね。そこで麻美子さんは術に掛けられたのでしょう。深い催眠に掛けて古い記憶を呼び出し、意識下に暗示を掛けて、更に運動機能に後催眠を掛けるのに、まあ三四十分かかっている。そこで——」

「そこ——で」

「後催眠の場合は、催眠中に耳にしたことは覚醒後には忘れるように暗示を掛けなければならないのです。それを憶えていては暗示にならない。だから、目が覚めたら今聞いたことは全部忘れる――と云う暗示も掛けるのです」

「全部――忘れる」

――そうか。

「ははあ、それで実際は二時間近い接見時間が、麻美子さんの記憶では三十分くらいの長さに縮んでしまったのですね。時間をスキップしてしまったようなものですか」

そうですね、宮村先生らしい表現です――と京極堂は云った。

宮村は複雑な表情のまま、ポン、と膝を打った。

「で、麻美子さんが覚醒した時、傷痍軍人の唱う唱歌は、東海道を終え、山陽九州を過ぎて、東北の半ばに至っていたと――」

「そう。その間に聞いたことは全部忘れる――忘れると云うより思い出せなくする。否、意識の表層に浮かび上がらないようにさせるだけで、ずっと憶えてはいる訳ですがね。通常なら、術者の言葉と音楽など背後の雑音は区別されるものなのですが、加藤さんの場合はキイワードとなるお祖父さんと鉄道唱歌が深いところで結び付いていたために混同されてしまったのでしょう。そして――催眠中の尾国の言葉と一緒に、その間ずっと聞こえていた鉄道唱歌の部分もまた、封印されてしまったのです」

京極堂はそう云って立ち上がり、奥に向けて、お茶を持って来るように声をかけた。

宮村は腕組みをして暫く考え込んで、麻美子を優しい眼差しで見つめ、

「京極堂さん、その忌まわしい催眠術を――」

と云って、京極堂の方を見た。

「お望みとあらば――後催眠を解いてみても良いのですが――否、僕は所詮素人だ。未だに出来るかどうか少少不安です。日を改めて専門の人間を紹介しましょう。今ここでと云う訳には――」

麻美子は両手で涙を拭い、瞼を押えてから眼を開けた。

「中禅寺さん――その」

ええ――と京極堂は云った。

「先程も云いましたが、現段階では本件を刑事事件として立件するのは非常に難しい――いいえ、まず無理でしょう。何の証拠もない。呪いの所為とでも云った方がまだ通る。ですから、お気持ちは痛い程解りますが、軽はずみな行動だけは慎んだ方がいい。何と云っても相手が悪い」

「それは――解っています。誰の意志であれ、娘を殺したのは私自身なのです。この手があの娘を殺した。その罪は消えない。でも私のような目に遭う人がこれ以上増えるのは――」

鳥口が続けた。

「そうですよ。このままにはしておけませんよ。被害者は加藤さんだけじゃあない筈ですよ。人の心にずかずかと土足で入り込んで、大事なものを弄り回して、その上殺人まで犯すなど見過ごす訳には行きません。絶対叩きます」

鳥口は珍しくまともにそう結んだ。

京極堂はそんな鳥口を見てから髪を掻き上げた。

「加藤さん。この鳥口君は、軽率だが信用出来る。それにどうやら社会正義に目覚めたらしい。今後も執拗に華仙姑を追うと云っている。もし華仙姑が尻尾を出し、鳥口君がその尻尾を捕まえたなら——その時は是非協力してやってください。娘さんのためにも」

勿論です——と麻美子は云った。

「ただ加藤さん。宮村先生も聞いてください。僕は幾つか気になることがある。何故加藤さんは狙われたのか。もしそこに特別な訳があるなら——僕はそれを知りたい。そして華仙姑は何故、お祖父さんを修身会から脱会させるように貴女に云い寄ったのか。更には修身会は何故貴女を執拗く勧誘するのか——これは皆、共通した何かに因っているのではないか。華仙姑と修身会に関連性は全く見出せませんが——僕にはその両者が同じ根を持っているように思えてならないのです」

——同じ根。

例えば河童とひょうすべのように——と云うことなのか。

みちの教え修身会と磐田純陽。

そして霊媒師・華仙姑処女と尾国誠一。

純陽も華仙姑も妖怪のようなものではないか。ならば彼等とて毛先に過ぎないのではないか。その根は幾つにも分れており、そして奴等は多くの根を共有しているのだ。

純陽がひょうすべに比されたのは、ひょっとしたら偶然ではないのかもしれない――そんな気さえして来る。

そして――私は思う。上澄みなのは妖怪だけじゃない。現象の凡ては上澄みに過ぎないのだ。隠蔽された部分は加速度的に失われて行く。だから私達は世界の何たるかを、今や全く察することが出来ないのではないか。

私は安定を欠いた。

麻美子は散散泣いて、もう泣き止んでいる。

麻美子と云う女は、見かけによらず強い人なのかもしれない。強いが故に、私の如き男の目には寧ろ薄幸に映るのか。

「いやあ、思いもしない結果でしたけれどね、京極堂さん。ご心配は要りません。この人はですね、これでどうして確乎りしてるんですよ。今度ね、妹さんの会社――稀譚舎のね、新雑誌の編集者として採用されることになったんだそうです。どうやら短歌の頁も作るそうですから」

宮村が励ますようにそう云うと、麻美子は眉を顰めたまま、
「その際は宜しくお願いします。喜多島先生――」
と、云った。
私はそれきり――その後暫く――口が利けなくなったのだった。
喜多島薫童こと宮村香奈男は、そんな私を見て愛想良く笑った。
そして――私は思い出し笑いをする。
私はいつだって、何も解っちゃいなかったのだ――と。

＊

そう――私は何も解っていなかったのだ。

――未だに。

未だに解らない。どこまでが現実でどこからが妄想か境界は甚(はなは)だ曖昧で、思い出せども思い出せども朦朧(もうろう)とした胡乱(うろん)なる混沌(こんとん)に呑み込まれてしまう。

お前がやったお前がやったお前がやった。

お前がやったんだ――。

――私はいったい何をしたと云うのだろう。

樹下の私は裸女を吊して逃げて行ったのだ。

私が見たのはそれだけだ。私は私を追いかけたのだけれど、私の逃げ足は速くて、鈍鈍(のろのろ)とした私は追い付けなかったのだ。

私は私を見失った。

だから訊かれても答えることは出来ない。

お前がやったと云ったじゃないか――。

やった――やったとは。

――殺ったか？

殺人容疑か。

――殺人。ひとごろし。私が――。

私には殺人の容疑が掛かっている。

どうどうと音を立て昏黒が私の周囲を回った。

私は視界の絶えた暗中だと云うのに眼を閉じた。

ひとごろし。わたしがころした。

――誰が死んだ？

そう、大勢が死んだ。屍体。屍体屍体。私の周囲は屍体ばかりだ。この閉ざされた部屋は累累たる屍体の山で満ちている。御免なさい御免なさい許してください母様母様その中が匣の中が見たかっただけなんです覗いてはいけない其処はその匣の中だけは決して覗いては嗚呼出られなくなる此処はこの中は暗い昏い檻の中だ此処からは――出られない。

まるで夢のようだな。否、これは夢なのだ。

記憶が闇に像を結ぶ。あの女も、あの男も。

あいつもあいつもあいつも見えている。

――違う。

それは想い出だ。

ただの眩暈だ。記憶の錆だ。

現実に知覚している現在の認識に昨今私が経験した多くの悲しい出来事の記憶が容赦なく雑じる。区別が付かぬ。覚醒している筈なのに頭の芯の方はまるで昏睡状態だ。私は疲れているのだ。未だ混乱しているのだ。これは悪い夢だ。そうに違いない。

幾度か頭を振った。

重たい扉が開いた。

私は強く腕を引かれて引き摺り出される。

ここが、この暗い部屋がいいのに。

そして多分——五回目の尋問が始まった。

係官は初っ端から苛付いていた。

私の顔など見るのも厭だと、総身の毛穴から嫌悪感を瘴気のように吹き出していた。

私はそれ程までに褻らわしいモノなのか、汚らしいモノなのかと、刹那そんなことを考えて、そうかもしれぬと納得した。

思い出せ思い出せ思い出せ——。

ちゃんと、いいか、考えろ——。

係官は怒鳴る。

考えろ考えろ考えろ——。

そう、私は逮捕されて以降、理性的に思考することを放棄してしまっている。理を捨てた人間など畜生にも劣るだろう。ならばただの塵芥でしかない。見下げられても見捨てられても仕方がない。

どん、と机を叩く音がする。

私は躰だけで反応する。私の精神はもうぐずぐずに腐ってしまったのだろう。どんな振動にも鈍感でやけに安定していた。最早揺れることもない。

酷く殴られて、目が眩んだ。

ふ——と、意識が飛んでどうでもよくなる。

考えないことは何て楽なことなんだろう。

私と云うものは考えるから在るのか。私が考えなければ私は罔いと云うのか。ならば考えている私と云うのは何処に在るのか。その私こそが——。

私から逃げて行ったのだろう。

＊

塗仏の宴◎宴の支度

わいら

◎わいら

わいら——不詳

1

半透明な質感の皮膚を持った左右対称の顔をしたその女は、硝子玉のように澄んでいる癖に矢張り硝子玉のような虚ろな瞳を持っていた。その女と対峙する者は必ずやその瞳に魅入られ、やがて云い知れぬ感情に駆られて、きっと目を伏せるに違いない。際立って印象的なその瞳は、見る者を強く魅きつけると同時に、強く拒否してもいたからである。

女は努めて無表情だった。このまま胸を一突きしたとしても、多分きっとこの女は苦痛の表情すら浮かべずに死んで行くのだろう――そんな不吉な予感を抱かせる程に、女は淡淡としていた。

視線を女から外す。

見慣れた部屋。

見飽きた風景。

異物としての――女。

――そう。

子供の頃に欲しかった、セルロイドの人形に似ているのだ。中禅寺敦子はそう思った。

ふわふわした軽羅を纏った金色の巻き毛の人形。

敦子は、それが欲しくて欲しくて堪らなかった。

でも——親元を離れ、知人に預けられて育った敦子には、そんなものが欲しいなどと云う贅沢は口が裂けても云えることではなかった。

——そんな幼い頃から。

そんな頃から——そうだったんだ。

敦子は女を見る。すると益々あの人形に見えて来る。人形と違うのは黒くて長い、艶やかな洗い髪だけである。セルロイドの女は、敦子の夜着を纏い、敦子の寝台に腰掛けて、窓の外を眺めている。否、もしかしたら夜の外を見ているのかもしれない。

敦子は再び女の瞳を見る。

硝子玉の中の虚ろ。

敦子は見ることを止めた。

「良い——」

「え?」

「——良いお部屋です」

女はそう云った。

「そうでしょうか——」

飾り気のない、情緒に乏しい部屋である。

素敵です——と女は云った。敦子は笑う。

「一見文化住宅風なんですけど、古いんです。モダンな造りに見えるのは元元画家のアトリエだったからです。その方が戦後すぐに変死して——あ、御免なさい。気持ちの良いお話ではないですね」

女は構いませんと云った。相変わらず無表情ではあったが、優しい口調だった。

「その——借り手がつかなかったんだそうです。皆鬼魅が悪いと云って。私、そう云うのはあまり気にならない質なので——」

「私も気になりません」

女はそう云った。

「そうですか——ですから、一応は一軒家なんですけど、格安で借りられたんです——」

敦子は改めて自が部屋を見渡した。

だだっ広い板張りの部屋。寝台に書き物机。小さな食卓に小さな流し。書架。食器棚。敦子はこの一部屋で暮している。本来寝室は別にあるのだが、そちらは使っていない。越して来た時に前の持ち主の残した家財——画布だとか石膏像だとか——を纏めて入れて、以来そのままになっている。

前の持ち主がどのような最期を遂げたのか敦子は詳しく聞かされていないのだが、その寝室の壁には絵の具とも血痕とも知れぬ染みが無数に残っており、流石の敦子もそこで寝起きする気にはなれなかったのである。

借りたのは三年前、就職が決まった時のことだ。

決めた理由は小振り乍ら風呂が付いていると云うただ一点に尽きた。職業柄生活が不規則になることは目に見えていた。社会参加はしたかったけれど、入浴を犠牲にするのは嫌だった。

しかし敦子は結局銭湯に行っている。独り暮しの内風呂は不経済なのである。燃料を手に入れるのも大変なのだ。

そんな話をした。

「変ですよね。些細な利便性の方が、鬼魅の悪さより勝っちゃった。そう云う——女なんです」

「別に変ではありません」

女の声は相変わらず優しかった。

「それより——宜しかったのでしょうか。私、色色とお世話になって——お風呂まで戴いて」

ああ——敦子は短く声を上げる。

「そんなこと——気にしないでください。独りだと無精になると云うだけのことで——お客様がいらした時くらいは」

「お客——なんかじゃありませんわ」

「でも——助けて戴いたんですから」

「助けた——」

女はそこで黙った。

蛙の声がした。

「この辺りは——何と云う土地ですの」

女はそう聞いた。敦子が世田谷区上馬町ですと答えると、女ははあ、と浮付いた返事をした。

「静かな——ところです」

「戦前に大流行りした、所謂田園住宅地——なんですけど、地の利がいい割に一歩踏み込むと何にもなくて——でも、私なんか寝に帰るだけですし」

「不用心——ではありませんか」

不用心です——と敦子は答えた。

「ただ——盗るものもありませんから」

「でも——」

——昼間の連中。

慥(たし)かに奴等がここを襲わないとも限らない。敦子の住所を調べることなど、連中にとっては簡単なことなのだろう。とは云え——。

——そこまでやるだろうか。

敦子にはそうとは思えない。

昼間の一件に就(つ)いては、偶偶(たまたま)行き合ってしまったと云うことなのだろうし、計画的に報復する気があるのなら先ず編集部を襲うと思う。ただ——。

警察沙汰を嫌うなら、敵が個人攻撃に絞り込んで来ないとも限らない。出版社を襲撃するよりも個人宅を襲った方が襲撃意図は隠蔽(いんぺい)し易い。もし敦子が自宅で襲われても、場合によっては単なる暴漢による暴行事件として処理される可能性はある。

——ならば。

危険なのかもしれない。

女は敦子に瞳を向けた。

「独りで——暮していらっしゃるのですね」

「ええ。兄夫婦は中野におりますが——両親は遠方で暮しています。私——家族の縁が薄いんですね。皆、離れて散り散りに——」

家族揃って暮したことは只の一度もない。

仲が悪かった訳ではないし、経済的な事情があった訳でもない。ただ縁が薄かったと云うだけのことである。

齢の離れた兄は七歳で祖父に引き取られ、敦子もまた七つで京都の知人——嫂の実家に預けられて、それぞれ別別に育った。敦子が生まれた時、兄は既に親許から離れていた訳で、敦子が兄の秋彦に初めて会ったのは、実に八歳の夏のことだった。その後、敦子は祖父が亡くなった年に上京して兄の許に身を寄せたのだが、疎開したりもしたから、結局兄とは半年程しか一緒に暮していない。

ただ、世話になった京都の家でも敦子は家族同然に扱われていたし、姉のように慕っていた人は後に真実義理の姉となった訳だから、敦子は取り敢えず孤独や不幸を感じたことはない。家族の構成員が血縁者でなかったと云うだけのことである。それに、仮令離れていても両親は健在なのだし、それならば肉親の情に変わりはあるまい——とも思う。それはそうも思うのだが、敦子の良く云えば自立した、悪く云えば相互依存性の低い人格が、そうした環境によって培われたことだけは確実である。

「寂しくはありませんか」

女は尋いた。

寂しい——と云う気持ちはどう云う気持ちなのだろうと、敦子は考える。寂しいと云うならずっと寂しかったし、寂しくないと云えばこれからも寂しくなんかないだろう。

色色考えて、物騒ではありますけど寂しくはありません——と答えた。女はそれには答えず、伏し目がちになって、

「私は——寂しいです」

と云った。

「あなたも——お独りなんですか？」

女は頷く。

相変わらず無表情だが——悲しそうだった。

徒に顔面の筋肉を緊張させたり弛緩させたりせずとも感情表現は出来るものなのだ。文楽人形だって能面だって、本来なら作り物に表情はない筈なのに、それは豊かな表情を見せてくれるではないか。

私もずっと独りです——と、女は繰り返した。

「ずっと——」

「気がついた時は独りでした。それからずっと独りです」

「あなたは——」

敦子は未だに女の名前が尋けない。

家に招き入れ食事を振る舞い、剰え泊めようとまでしていると云うのに——敦子は女の名前も、素姓も、何も知らない。不用心と云うならこの上なく不用心である。

普段の自分の、慎重過ぎる程慎重な性格からは想像も出来ない展開である。

——でも。

女は敦子を助けてくれたのだ。

——だからと云って。

信用出来るものではない。女の情報を敦子は何も持っていない。そもそも昼間のことだって、この女が咬んでいないと云う証拠はない。疑おうと思えば疑える。否——この女は明らかに怪しい。でも。

敦子は女の瞳を見た。

半日前——。

敦子は銀座にいた。

取材の帰りである。今日は、日本橋髙島屋で日本コロムビアが行っている我が国初のカラー式テレヴィジョン実験公開放送の最終日だったのだ。

敦子は『稀譚月報』と云う雑誌の編集部に勤めている。誌名だけ取ると如何わしいカストリ雑誌のようにも聞こえるが、実際は豪く堅い雑誌である。雑誌の巻頭言にはこう記されている。

本誌創刊の主旨——本誌は古今東西の愚昧なる謎に理性の矛先を向け、不明と云ふ名の闇を果敢なる叡智の光にて払拭せんとするものである——。

つまり。怪事件、不思議な噂、怪奇現象、そうした所謂謎を科学的近代的な視点で見直し、解き明かそう——と云うのである。

奢った考え方ではある。

解らぬことは劣っていること——と云う考え方は一方的かつ差別的である。啓蒙主義的で嫌になる。

鼻の低きより高きが良く、色の黒きより白きが勝っていると云うのと、それは同じことである。未開の地にずかずかと踏み込み、文明を振り翳して先住民を教育洗脳し、植民地化して行くのに似ている。ものを知らぬは劣ったこと也——などと云う理屈は本来成り立たないのだ。知っていようと知るまいと世界は変わるものではないのだろうし。

——それでも。

正直、その見解は解らないでもない。

何故なら敦子はそう云う人間だからだ。

無知なるを劣っているとは思わない。しかし叡智なくしては敦子は多分呼吸も出来まい。だから敦子は潜在的に無知を厭うている。例えば——林檎と蜜柑、好きな方を選べと云われても、先ずは理由を考えてしまう。本来好き嫌いに理由は要らない。でも敦子は理由なしには決められないのだ。決定するためには知識が要る。論理が要る。敦子にとって叡智とは、生きて行くために必要不可欠なものである。

——つまらない。

敦子は好き嫌いすら自分で決められないのだ。

頭の上には常に論理とか倫理とかが浮いていて、敦子はそれにお伺いを立てるようにして毎日を生きている。論理の御託宣がなくては瞬きも出来ない。

敦子とは、そう云う人間なのである。

だから自分でも自分が嫌になることがある。

しかし、それでもこの仕事は好きだ。

自分には合っていると思う。

そもそも、今や世界に謎などないのだ。小さな島国の雑誌などが気張るまでもなく、世界は自らその不明を恥じて、闇をどんどんと駆逐している。日夜目にも留まらぬ速度で、夜は眩く、人は賢く、未来は明るく——なって行く。だから『稀譚月報』なんかの出番はない。最近の記事は専ら、歴史の読み直しだとか犯罪の社会科学的位置付けだとか科学発達の最新情報だとか——そうした、放っておいても誰かがやるような素材に偏って来ている。

敦子は今日、カラーテレヴィジョンの仕組みを教わった。

それでどうした——とは思う。でも敦子は、大層面白く感じたのだった。取り立てて興味はなかったのだが豪く熱心に聞きもした。聞いたからと云ってテレヴィジョンが造れるようになる訳でもないと云うのに、それでも好奇の気持ちが掻き立てられた。

開発者は熱に浮かされたように語った。

何だか羨ましかった。

半月前、兵庫で開催された科学博覧会に行った時もそうだった。躍進する科学。革新的技術。輝かしい二十世紀――誰もが眼を輝かせて、素晴らしい素晴らしいと連呼した。

敦子も――そう思った。

ただ、冷静に考えるなら、それが本当に素晴らしいことなのかどうかは甚だ怪しい。原子力は次代を担う夢のエネルギイです、と広報の女性は云う。それは間違いなくそうだろう。でもほんの八年前、多くの人の命を奪ったのも原子力ではなかったか。原子爆弾が素晴らしいものである訳がない。そんな訳はないのだけれど、原子爆弾だって科学のひとつの成果ではないのか。科学技術の発展が一概に人間を幸せにするとは限らないのだ。

――でも。

敦子は、それでも科学は面白いと思った。それを承知で、原子力は素晴らしいとも思った。

人間の幸不幸など、きっと関係ない。科学にとっては、科学が進歩すること自体が素晴らしいのだ。だから科学者は人間のことなど考えてはいない。科学者は科学のことだけを考えているものなのだ。そうでなくては科学は発展などしない。

恩恵に浴するか害を被るかは使う者の裁量である。

——きっとそうなのだ。

そう考えて、敦子は益々自分が厭になった。

敦子はきっと、科学者の語る論理的な思考過程に強く心を動かされる人間なのである。それによって何が齎されるかは、きっと二の次なのである。

——例えば。

新型大量殺戮兵器が開発されたとする。敦子も、それ自体に就いては好ましくは思うまい。それは確実なのだが、しかしその兵器の仕組みが過去に類を見ぬ程卓越したものであったなら——その部分に関してのみ、敦子は面白いと感じるのだろうと思う。

それは、道徳人倫に照らせば明らかに不謹慎である。どれ程卓越した論理でも用途が殺戮に限定されているのなら面白がったりしてはならないだろう。それでも敦子は論理の愉悦に浸りたいと云う欲求を封殺することが出来ない。これは、ある意味で現実から乖離したいと云う欲求なのかもしれない。

そう思うこともある。

論理には情けも容赦もない。曲がりもしなければ伸びも縮みもしない。悲しみも可笑しみもない。あるのは選択の余地がない過程を積み重ねる悦びと、整合性を持った結論に至った時の喜びだけである。一分の隙もない。素晴らしい——と思う。

現実はそんな綺麗な形に結実し得ない。現実の世界は不安定で非合理でいい加減なものなのだ。

論理だとか概念だとか云うものは、要するに経験的なものではないのである。それは遍く純粋な思索から導き出される、非経験的なるものである。つまり、実生活に寄り添ったものではないのだ。

結局敦子は、非経験的な理想的世界観に強い憧憬を抱いている——経験的な社会からただ顔を背けて生きている——に過ぎないのだろう。

そう思うと、ほんの少し——本当にほんの少しだけ——敦子は遣り切れなくなった。杓子定規で面白みのない女だと、爪の先だけでそう思った。そしてそんな時でも、頭の上には妙に醒めた別の自分が居て、この女本気で思っている訳でもない癖に——などと云い乍ら冷笑しているような気がして、余計に厭になった。

敦子が今日、真っ直ぐ編集部に戻ることを止めたのは、その所為である。

非論理的行動を執ってみたくなったのだろう。

気紛れである。

戻ると云って出て来た以上、戻れるのに戻らないのは論理的でない。電話を入れようかとも思ったが止めた。戻らない理由がない。理由がなくても諒解は得られるかもしれないが、諒解を得た段階で非常識な行動の逸脱性は失われてしまう。

横道に侵入(はい)った。それも意味がなかった。

床屋の大きな硝子(ガラス)に男だか女だか判らぬ己の姿が映った。足を止める。

半端に伸びた前髪。

学生の頃はずっと髪を伸ばしていた。その頃の自分の顔を敦子は思い出せない。今の顔は好きでも嫌いでもない。その頃はどうだったのかも憶えていない。髪を短くした理由は、好き嫌いではなかった。似合う似合わないでもなかった。別に生きて行く上で長い髪の毛は必要ないと云う、それだけの理由で敦子は髪を切ったのだった。

——つまらない女。

自分が男ならそう思うだろうか——そう己に問うてから、それは馬鹿馬鹿しい問いだと思い直した。性別と個人的な嗜好や特性を関連づけるだけの理由を、敦子は持っていない。仮令(たとえ)性別が男でも敦子の内面はそう変わらないだろうし、そうなら結論は推して知るべしである。

——そこがつまらないんだ。

敦子は硝子に映るつまらない女に決別でもするように足早に歩を進め、更に狭い路地に分け入った。

太った黒い大きな野良猫が、あう、と短く鳴いて塵芥(ごみ)バケツの蓋を蹴って逃げた。

汚い、殺伐とした風景だった。

趣のかけらもない。まるで自分みたいだ。

——この都会は自分に合っている。

敦子は上京した日にもそう思った。情緒に欠ける殺風景な景色や暮しは如何にも自分向きだと、そう感じたのである。今でもそう思う。

敦子は幼い頃を京都で過ごした。

上京して十年近くが経つ。それでも、東京暮しはさぞお嫌でしょう——と、古くからの知人は未だに口を揃えて云う。敦子はそうは思わない。

殺伐とした景色には無駄がない。否、無駄は無駄ですと、きちんと自己主張している。利便性を追求する都市に於て、役に立たぬモノは皆塵芥なのである。塵芥とは無駄なものでしかないのだ。一方、情緒溢れる景色と云うのはどこまでが無駄なのか判然としない。否、風情などと云うものは無駄だからこそ感じられるものなのであろう。

それは解る。善く解るのだが——。

これだけ無駄を容認すれば情緒が出ますと、数値化出来ればいいのだけれど。

そんなことは出来ないし、出来ないからこそそれはあるのだと、そこも十分承知しているのだが。

路地は行き止まりだった。

そんなものだ。

敦子はさっさと踵(きびす)を返した。

その時だった。

路地の真ん中に——女はいた。

半透明な質感の皮膚。

左右対称の整った顔。

硝子(ガラス)玉のように澄んでいる癖に矢張り硝子玉のように虚ろな瞳。怯えているのか、それともそれが常態なのか、敦子には判断がつかなかった。白いワンピースがやけに汚れていた。

靴も履いていない。

女は背後を気にしている。

やくざな経営者に折檻されて逃げ出した水商売の女——敦子の脳裏を最初に過(よぎ)ったのはそうした月並みな属性だった。

しかし——逃げている最中にしては、女の動作は緩慢だった。寧(むし)ろ悠然としているようにも見えた。ただ動きは鈍いものの、矢張り追手を気にしているような素振りでもあり、かと云って逃げ惑い走り疲れたと云う様子では決してなかった。

何であれ、どことなく尋常でないことは確実だった。敦子は立ち止まった。

女は、敦子に気付いた。

形は善いが色のすっかり抜けた唇が開いた。

——あぶない。

声は小さくて聞こえなかったが、その時女の唇は慥かにそう動いた。

——危ない？

続けて気配がした。敦子は咄嗟に女に駆け寄り、それを追い越して路地の入口まで戻った。首を出して見ると、敦子が最初に曲がった路地の入口を横に駆け抜けて行く数人の男達の姿が確認出来た。

振り返ると女は敦子を見ていた。どこかすがるような目つきである。敦子は小声で女に、追われているのか——と尋ねた。女は、

——私も追われています。

そう答えた。

硝子の風鈴のような声だった。

——私も？

どう云う意味か。

——私も、とは。

取り敢えず追われていることだけは間違いないようだった。しかし午後とは云え陽はまだ高い。大通りに出れば人目もあるし、人気のない路地裏に隠れているより往来に出た方が寧ろマシな気がした。そう告げると女は首を横に振った。

——見付かれば尾行（つけ）られます。

慥かに——その場で暴行を加えることは賢明ではないし、ならば往来で捕まえる必要もない。つまりは撒（ま）くしかない訳である。しかしいずれ抜けられぬ袋小路に居たのでは立ち往生である。敦子は思案の末、警察を呼んで来るから隠れているよう女に告げた。この場合それが最良の策であろう。非合法かつ危機的な状況下に於て、警察に裁量を委（ゆだ）ねるのは法治国家に於ける良識ある市民の的確な判断である。

しかし女はこう云った。

——それは——危険です。

ここに居ては見つかる、心細い——と云う意味だと、最初敦子は思った。しかしそれは違っていた。

その女は、どうやら警告をしているらしかった。

危険なのは、女ではなく敦子の方なのだと——。

——私が？

突如女が顔を上げた。同時に再び何かが迫り来る気配がした。敦子は咄嗟に横の木戸に手をかけた。鍵はかかっておらず、中は裏庭のようだった。敦子は女の手を引いて中に連れ込み、木戸を閉めた。

閂（かんぬき）を掛ける。

敦子が何か問おうとすると、女は口に人差し指を当てた。暫くすると塀の外側でばたばたと跫(あしおと)だけが行き来するのが知れた。袋小路なのだから、通行人でないことは明らかだった。きっちり一時間、敦子は女と息を潜めてそこに居た。女は、何を根拠にしたものか、もう大丈夫でしょう——と云った。

敦子は何が何だか解らぬまま木戸を開けた。

路地にも大通りにも男達の姿はなかった。

あの男達は——。

女は、言葉少なにこう説明した。

彼等は街頭で敦子の姿を見付けるや否や、血相を変え罵声を発し、一直線に敦子目掛けて駆け出したのだそうだ。しかし敦子が不意に横道に入ってしまったので見失ってしまったと云うことらしい。

敦子は首を傾(かし)げた。

何故自分が狙われなければならないのか。

目的は何だと云うのだ。

男達は酷く怒っていた——と女は云った。

何をされるか判らない——と警告もした。

あの男達は——。

奴等は、そう。
韓流気道会（かんりゅうきどうかい）――だと女は云った。
その名を聞いて敦子は納得した。
ならば身に覚えがあったからだ。
韓流気道会――。
蛙の声が聞こえた。
敦子は我に返った。
ずっと、女の硝子玉の瞳に見入っていたらしい。
魅入られていた、と云うのが正しいのか。
何分か、何秒か、或は一瞬のことなのか。
女は優しい、、、そうな無表情で敦子を見つめている。
――一体この女（ひと）は幾つなのだろう。
齢が判らない。
何を考えているのかも判らない。
素姓も、名前も――。
――この人は誰？
「あの――」

敦子は口を開いた。声が掠(かす)れた。

「――あなたは――」

――誰?

「――あなたは、あの人達――韓流気道会の人達とは、その――どう云う――」

――何故素直に名が尋けないのだ。

女は少しだけ顔の角度を変えた。表情が曇ったように感じられた。

「関係は――ございません。でも――あの人達は、思うに――私を――利用しようとしているのです」

「利用?」

「そうです。再三呼び出しがございました。私は全て断わった。それが――今日、無理矢理に連れ出されて――」

「連れ出され――た?」

「はい。突然四五人で押し入って来て、痛い目に遭いたくなければ柔順(おとな)しくついて来い、と脅されたのです。抵抗は出来ませんでした。あなたを見つけたので三人程が駆け出して、囲みの一角が空いたので振り切って逃げたのです。ですから助けて戴いたのは私の方――とも云えるのです」

「それは――」

どう云う意味だろう。この女は——。

「私は——」

私は先のことが判るのです——と女は云った。

「未来——予知？」

敦子は困惑する。

敦子の常識では予知は不可能である。未来はないものである。だから、予測は出来るが予知は出来ない。過去のデータから導き出された所謂予測は、無限にある選択肢のうちのひとつを取り敢えず選ぶだけである。しかも選択される可能性が高いと云うだけの、謂わば確率の問題に過ぎない。未来が既にあって、それを知るなどと云う因果律の引っ繰り返った話は、敦子には到底信じることは出来ない。

「未来予知ですか」

敦子はもう一度云った。

女はしかし、素っ気ない程にあっさりと自分の言葉を否定した。

「さあ。嘘だと思っています」

「嘘——とは？」

「嘘は——嘘です」

「では——」

「私の云った通りに、誰かが細工をしているんじゃないかと——私は思っています。先のことが知れる道理がありませんでしょう」

「予言を予言者自身が成就させる訳ですか?」

「自分で望む訳ではありません。私が何か云うと、誰かがそれを実現させる——私の望むと望まないとに拘らず、私の言葉は次次に真実になって行くのです。私の意志では——ありません」

「そんな——その、誰かとは——」

それは存じません——と女は云った。

「怖いのです。もう嫌なのです。いいえ、ずっと嫌だったのです。嫌だったのですけれど、寂しかったから——感謝されたり頼られたりすると少し嬉しかった。それに、最初の頃は信じていたんです。私自身が——その能力を——」

「待ってください。あなたは——」

——もしや。

「——華仙姑——処女?」

女は、実に悲しそうに見える角度に顔を傾けた。

「そんな名前では——ありません。でも、人は皆、そう呼びます」

「それで——」

女占い師華仙姑処女は時の人である。

華仙姑は百発百中の予言をするだけでなく、悪運を良運に変える神通力を持っているのだと伝えられる。素姓は疎か齢も、顔すら誰も知らない。何処に住んでいるのかも明かされていない。

それでも人から人へ、口伝てで密やかに噂は広まり、その評判は政財界にまで及んだと云われている。

某政治家が身の振り方を相談したらしい――だとか、某企業は逐一お伺いを立てて経営方針を決めているらしい――だとか云う、真実しやかな風聞がこそこそと流れ出したのは、桜が散って間もなくのことだっただろうか。

初めは冗談めいた街の噂だった筈だ。

しかし、そうした噂はやがて醜聞を巻き込んで自己増殖し始め、黒い疑惑となって喧伝された。

閣僚クラスの大物政治家が女占い師の色仕掛けで骨抜きにされている――その女のひと言で株価が上下する――その女は昭和の妲妃であり、この国を牛耳ろうとしているのだ――無責任な流言は際限なくエスカレイトして行った。

しかし、依然として華仙姑本人は霧の中であり、その存在自体を疑う者もまた多かったのである。

ただ、敦子は辛うじて華仙姑が存在することだけは知っていた。噂が拡大する以前から、善く中る華仙姑なる女占い師に目を付けて調べていた、酔狂な男が居たからである。鳥口守彦と云うカストリ雑誌の編集者である。

鳥口は慥か先月の末に、華仙姑の尻尾を捕まえたのだ——と云っていた。スクープだから詳しくは語れぬと云うことではあったが、鳥口の言葉の断片を繋ぐ限り、華仙姑と云う女は極悪非道の許すまじき偽占い師——だと云うことであるようだった。

——それが。

敦子は女の瞳を見た。

虚ろではある。しかしその虚ろに邪悪が宿っているようには思えなかった。

「——あの」

政財界の人物が相談に訪れると云うのは、本当なのか——と尋こうとしたのだが、敦子には尋けなかった。何だか下司な質問だと思った。

敦子は立ち上がり、少し開いていた窓を閉めた。

天候不順で、春を過ぎてからの方が肌寒いのだ。

どうするのがいいのか判らなかった。

何を、どう尋くべきか。それより自分は、この女の前でどう振る舞ったらいいのか——。

敦子が口を開きかけたその時である。

バン、と大きな音がした。

玄関の方である。続けて勝手口の方からも野蛮な音が響いて来た。敦子は一瞬だけ狼狽した。

すぐに取戻す。

これは——襲撃だ。

「き——気道会が——」

凡てを云い切る前に扉は蹴破られた。

男が三人立っていた。

真ん中の男が一歩前に出る。

「昼間は上手く逃げたなァ。お嬢さん——」

後ろの二人は左右に割れた。

勝手口が破られ、更に二人が侵入して来た。

男達は俊敏な動作で華仙姑の両脇を固めた。

「あれで逃げ遂せたつもりだったのかな？　こんな目立つ女ァ連れてよ、判らねえとでも思ったのか？　あんたもあんただ。随分とナメた真似してくれるじゃねえかよ——華仙姑さんよ」

男は敦子のすぐ傍に立った。

敦子はきつく見返す。

男は睨み付ける。

「気丈だな。いい面構(つらがま)えだ。その可愛らしいお顔だけは――傷付けないでおこうか」

「な――何をするつもりです」

「何をするって？　そりゃこうするんだよ」

男は腕を上げた。

――大丈夫だ。信じ、な、け、れ、ば。

睨み返した途端、手刀が頸の動脈に振り下ろされた。頸の付け根が熱くなって頭がぼっとした。男の顔が二重に見えた次の瞬間、回し蹴りを側頭部に受け敦子の躰は反動で窓枠に激突した。

窓硝子が割れて、窓の外に落ちた。

止(や)めて――と、華仙姑の叫ぶ声がした。こんな時でもあの女(ひと)は表情が変わらないのだろうか――敦子はそんなことを考える。脇腹を蹴りつけられた。声が出ない。痛みは遅れて来る。息が詰まる。

襟首を持たれて乱暴に引き起こされる。止めてぇと云う女の声が押し消される。殺すなよ、と云う声がする。胸元でびりびりと夜着が裂ける音がする。

冷たい夜風が素肌に当たった。

鳩尾(みずおち)に男の拳が打ち込まれた。喉の奥が灼(や)けるように熱くなる。鉄のように苦い液体が、口中に満ちた。

意識が、

敦子は兄の顔を思い浮かべた。

2

半透明な質感の皮膚を持った左右対称の顔をした女は、硝子玉のように澄んでいる癖に矢張り硝子玉のように虚ろな瞳で、ただ凝乎と敦子の顔を注視ていた。綺麗な顔。心配そうな顔。お人形なのに表情があるんだ。心を込めて造ったからきっと魂が入っているんだ。いや——そんなのは迷信。お人形は作り物だもの。そう見えるのは錯覚なんだ。光の加減とか、顔の向きとか、そう云うのに決まってる。

それにしても——。

何故だろう——と敦子は思う。

何故このお人形は自分の部屋にあるのだろう？

欲しいなんてひと言も云ってないのに。

小母様が買ってくれたの。

それとも姉様。

兄様。

嗚呼——。

お兄ちゃん怖いよ。

首に激痛が走った。

ああ、動いてはいけません——。

人形が口を利く。やっぱり。たましいが。

痛い。体中が痛い。

「あ——」

敦子は声を出した。

人形——いや人形じゃない。この女(ひと)は——。

——華仙姑。

「あ——の」

気が付いたのですね——善かった——大丈夫ですか——と、女は硝子の風鈴のような声で云った。

——ここは——上馬のアトリエ。私は。

敦子は再び女の瞳を見る。

硝子玉の中の虚ろ。

敦子は見ることを止めた。

徐徐に記憶は復元された。それと同調するように躰のあちこちに痛みが帰って来た。背中の感触。自分の寝台。敦子は寝かされている。女——華仙姑は枕元に腰を下ろして心配そうに——相変わらず無表情ではあったが——敦子を覗き込んでいる。

「あ——あの男達は」

敦子自身は兎も角、この女は何故無事でここに居るのだろう。連行されずに済んだのだろうか。

「当面は静かだ——と思います。私が起きていますから——もう少し休んだ方がいい。まだ夜明け前ですから——ああ、窓も修繕して戴きましたから、心配は要りません。応急に板を張って貰っただけですけれど——」

「修繕——」

——い、して貰った？

誰に修繕して貰ったと云うのだ。

気道会の連中はどうなったのだろう。

「私は——」

「大丈夫だ、と——云うことでした。骨が折れたりはしていない。打ち身です。痛みも直に治まるそうです。流石に手加減したようだとは仰っていましたけれど——でも、こんな痣になって——酷い——」

女は敦子の髪を撫でた。

「――もう少し――眠った方がいい」

敦子は、瞼を閉じた。

韓流――気道会。

甘く見ていた。

命を落としていたかもしれない。

ひと月程前。敦子は気道会の道場に行っている。

勿論取材のためである。

韓流気道会は、新橋に道場を構える怪しげな古武術の一派である。昨年の夏過ぎから人人の口の端に上り始め、年が明けた頃にはそこここで名前を耳にする程の評判になっていた。

普通の拳法ではない、と云う評判である。

手を触れずに相手を倒す――と云うのだ。

敦子には信じられなかった。

念だか気だか知らないけれど、兎も角物理的質量を持たないモノが物理的な作用を及ぼすと云うのは理に適っていない。縦んばそれが物理的作用を及ぼすエネルギイなのだとしても、そんな破壊的な力が人体から発せられると云うのも釈然としない。子供が考えたって理に適っていないことは明白である。

しかし、巷で語られる風聞の類はいずれも丸呑みでそれを信用していたし、世に出回っている気道会関係の記事にも懐疑的な見識は見当たらなかった。それも、要するに識者はそんなモノを相手にしないと云うだけのことなのだが、その時敦子はそう思わなかった。いずれ敦子のような人間にとって、理に適わぬモノが堂堂と罷り通るが如き状況が居心地の良いものであろう筈がなかった。

だから——先ず敦子は調べた。

中国式古武術と称してはいるものの気道会は伝統流派の流れを汲むものではないようで、出自由来の程は甚だ怪しいものだった。会長の韓大人と名乗る男の素姓もまるで辿れなかった。日本人であることだけは間違いなさそうだったが、経歴も本名も判らなかった。探っても手繰っても、杳として外堀は埋まらなかった。

そして——敦子は編集長と相談のうえ、気道会に対して正式に取材を申し込んだのだった。

欺瞞を暴いて糾弾しようなどと考えていた訳ではない。敦子は、純粋に知りたかっただけだ。だからその日、敦子は出来るだけ真摯な姿勢で取材に当たった。最初から疑ってかかったのでは公正な判断は下せないからだ。稽古を丹念に見学し、師範代にも談話を貰った。だが——納得は出来なかった。論理を希求する敦子の琴線に触れるものは——何もなかったのである。

慥かに――。

師範代が頭上に手を翳すと、立っている弟子はばたりと倒れた。師範代が掌を向ければ、大勢の弟子が面白いように後方に飛ばされた。

師範代は、目に見えぬ波動〝気〟の作用――と説明した。

体内を循環する未知のエネルギイを鍛錬によって自在に操れるようにし、それを掌から放出する――のだそうである。

何かがおかしいと――そう思った。

その〝気〟と云うエネルギイが、真実あるのかないのか――と云う根本的な問題は勿論あるのだが、それはそれとして、敦子はもっと瑣末な部分に不具合を感じたのである。

そう――。

弟子達の派手なリアクションに対して、師範代の動きは如何にも小さ過ぎたのだ。

少なくとも敦子はそう感じた。

百歩譲って未知のエネルギイの存在を認めたとしても、師範代の身体に弟子に与えたのと同じだけの衝撃――物理的作用が働いていないのだとすると、その場合それは、物体の運動に関する根本的な法則――ニュートンの運動三法則――に反する運動だ、と云うことになりはしないか。

運動の三法則とは、一般には次の三つとされる。

先ず、静止、または一定の直線運動をしている物体は、力の作用が加わらない限りその状態を保持すると云う慣性の法則。次に物体の運動量はその物体に作用する力の向きに起こり、その力の大きさに比例すると云う、所謂ニュートンの運動方程式。そして、二つの物体が相互に力を及ぼし合う場合、その力は常に同じ大きさであり、向きは逆向きであると云う作用反作用の法則である。

この場合――。

飛ばされる直前、弟子は明らかに静止している。

慣性の法則に従うなら、押されたり、物が当たったりしない限り弟子の躰は動かない筈である。勿論自分で動くと云うのは論外である。その弟子が撥ね飛ばされるように移動するのであるから、弟子が自発的に運動したのでないのなら、当然弟子の躰には外から力の作用があった、と云うことになる。

気が当たったのだ――と師範代は説明する。

それはいいだろう。気とは未知の波動なのだそうだが、何であれ、取り敢えず弟子を飛ばすだけの力が師範代の掌から発射されたのだ――とする。

そうすると。

作用反作用の法則に従うなら、放出した側にも同じ大きさの力が働いていなくてはならないことになる。

つまり、力を発射した反動が師範代の腕なり腰なりに作用していなければ嘘である。もし道場の床が氷で、師範代がスケート靴でも履いていたなら、気を発した師範代は気を発射した瞬間に弟子の飛ぶのと反対方向に後退する筈である。

それだけの反動を師範代は堪えていることになる訳で、そうした筋肉の緊張や体勢の変化は——敦子が見た限りは——確認出来なかったのである。

だから不自然に感じたのだ。

法則とは一定の条件下で普遍的、必然的に成立する関係のことを云う。それが成立しないとなると、道場の中が特異な条件下にあると云うことになる。

そんなことは考えられない。

そうした見方を以て観察すると、弟子達の動きも不自然ではあった。

動作は派手だが、押される力に対して抵抗するような運動はしていない。力に対して堪えようとか、撥ね返してやろうと云うような動きは、敦子には一切確認出来なかった。膝の屈伸の具合、飛ばされる直前の上半身の角度、どこを取っても自発的に飛んでいるとしか——敦子には思えなかった。

だが。一方で敦子は、弟子達が嘘を吐いているとも思えなかったのだ。

最初は何も感じません——と生徒のひとりは語った。しかし、鍛錬を続けて行くと体内に気が通っているのが解るようになる——のだと云う。

そのうち、その気が練れてくる——のだそうで、そうすると、気を発すると云うことも解るようになって来るし、相手の発した気も受け止められるようになるらしい。そこで漸く気が当たると云う感覚が実感され始める——のだそうである。

そうなると、飛ぶ。

敦子は考えた。

飛ぶ理由——。

外からの力が加わっていない以上、弟子達が己の筋肉で飛んでいることは間違いない。しかし意識して後ろに跳ねている訳でもないようである。少なくとも演技ではない。

敦子がそう思った理由は、飛ばされるタイミングの良さにある。演技なら上手下手に個人差が出る筈である。しかし弟子達は一様に上手く飛ばされる。意識的な行動ではないのだ。

ならば——これは本能的な動作だとは考えられないだろうか。あの痙攣的な反応は、所謂反射運動の一種ではないのか。つまり——。

恰も何かが当たって飛ばされているように見えるあの動きは、寧ろ当たる筈の何かを避けようとする動作なのではあるまいか。例えば殴られそうになった時、人は大抵挙げられた手と反対の方向に反射的に顔を背ける。それと同じことである。

これは、何かが来て当たる——と思い込んでいればこその反応である。だから先ず気の有効性を信じることが先決なのだ。

ただ、こればかりは徒に信用しろと云われても無理な話ではある。しかし入門希望者ならば最初からある程度そうした考え方に同調している筈だし、加えて同門の先輩達もまた信じている訳で、彼等も本当に飛ばされると証言するのだから、そうなると疑う気持ちは益々薄れるだろう。弟子達は、知らず知らずのうちに気は作用すると云う暗示に掛けられているのだ。ああ気が出る、当たる——と思えば無意識のうちに躰が反応すると云う仕組みである。

それとも——弟子達は幾度か痛い目に遭わされているのかもしれない。その時の打撃に対する反応が、反復練習するうちにひとつの〝型〟となって肉体——意識下に記憶されている可能性もある。

いずれ意識的な反応ではない。だからこそ彼等は本気で信じてしまうのではないか。

敦子は実際に武道をやっている知人に会い、その考えを述べた。すると、そうしたことは他の武道にもあるのだ——とその知人は答えた。

実戦的な武道の場合、何も知らない初心者に師匠は先ず強烈な一打を与えるのだそうだ。弟子が師匠に勝てないのは、その最初の一撃があるからなのだと云う。大方は虚を突くのだそうで、ハイ右手を出して、と云った直後に左を攻撃したりする。

騙し討ちに近い。しかしそれが型の基本となる。こう打って来ればこう打ち返す、それが武道の型である。師匠は弟子より多くの型を習得している訳であるから、型通りにやろうとすればする程、次次に弟子は虚を突かれる羽目になる。

だから、型を知らなければ意外と勝てるのだそうだ。ハイ右手を出してと云われた時にその右手で相手を打ち据えたなら形勢は逆転する。だが、習おうと思っている者は——普通なら——そんなことは絶対にしないから、大抵はやられることになる。

そして、その最初の打撃(ファーストインパクト)は、師弟関係を一瞬にして形成するのだ。何かの拍子(ひょうし)に最初のそれを上回る二回目の打撃(セカンドインパクト)が訪れない限り、それ以降、弟子は師匠には永遠に勝てないことになる。

だからどの流派でも——一般的には——どれだけ強くなろうとも、弟子が師匠を打ち負かしてしまうことはないのだと云う。徐徐に段数が上がって、師匠から免許皆伝のお墨付きを戴いて、それで上がりである。縦(よ)しんば技術的に師匠を抜くような状況が訪れたとしても、直接師匠を破ったりはしない。師匠に勝ってもその師匠には勝てないし、流派の開祖には絶対に勝てない。それは、そう云う仕組みになっているのだそうである。

それも、凡ては初めの一撃故——なのだそうである。宗教で云う劇的な回心に近いものだろう。つまりこれは一種の暗示効果でもある。洗脳と云ってもいい。弟子が師匠を負かして新たな流派を起こしたりするのは、洗脳が解けた場合である。

気道会の場合も同じことだろう。

敦子はそう結論した。

つまり。

気は目に見えぬ波動でも未知のエネルギイでもない。継続的なイメエジトレーニングと型の反復練習とで得られる自己暗示によって、ある一定の状況や情報に対して無意識に肉体的な反応が引き起こされる——それが気の正体である。

これは、謂わば偽薬のようなものである。

ならば。

偽薬と云うのは実際に効果がある訳だから、それもまた一概に嘘だまやかしだとは云い切れない、と云うことにもなる。サクラが八百長の演技をしているのとは違うのだ。弟子達は巫山戯ている訳では決してない。仮令未知の波動が出ていなくても、触れずに人は飛ぶのであるから——。

正直に記事を書いた。

記事が載ったのは今月号である。

発売は四日前だった。

早速抗議の電話が入った。

誹謗中傷著しく真に不快、早速掲載誌を回収し次号にて訂正及び陳謝の記事を掲載すべし——。

編集長は突っ撥ねた。

掲載に誹謗の意図はなく、記事に中傷的要素はない——と云う判断である。

真実敦子は会を愚弄するような書き方をした憶えはない。寧ろ好意的に書いたつもりでさえいた。批判もしていない。嘘だまやかしだと書き立てた訳でもない。ただ、師範代の説明する気道法なるものは、現在の物理科学の理論で説明し得るものではない、と書いたに過ぎない。

予断や偏見を捨てて、出来るだけ公正な立場で書いたつもりだった。しかし彼等は敦子の下した結論を侮辱と取ったようだった。

敦子は少し後悔した。信じている者がいて、信じることによって救われているのなら、仮令嘘でも暴くべきではないのだと――以前兄が云っていた。

嘘だと解っていてもそれを嘘と思わぬ約束――暴かないと云う契約の上に成立する救済こそが隠秘(オカルト)なのであり、だから一様に暴き立てることが必ずしも良い結果を生むとは限らないのだ――と、兄は云った。それは宗教や迷信の話だと思っていた。しかしどうやら違っていたようである。それは一般論としても有効なのかもしれなかった。

しかし。敦子は間違っているものは矢張り間違っているのだと云う、強い信念も捨て切れないのだ。骨の髄まで近代主義的な、つまらない自分がそこにいる。崇高な論理の前に全ての謎は平伏すべきなのだと、敦子はどこかで思っている。

啓蒙主義的で――本当に嫌になる。

編集長の話に依ると、電話をかけて来たのは会長や師範代ではなかったそうである。

純粋に信じ込んでいる一般の会員だったのだろう。

電話の声は執拗に、記事を書いたのは誰だ、取材に来た娘か——と問うたそうである。

編集長は回答を拒否した。記事掲載の可否を決定するのは編集長である自分の権限であり、掲載された記事に対する責任は全て自分が負うのだから、その質問に答える義務はないと、云ったのだそうだ。勿論敦子を庇って（かばって）の発言なのだろうが、誰が書いたかは考えるまでもなく明白なことである。電話の声は、あの小娘にもう一度来いと伝えろ、今度は吹き飛ばしてやる——と罵った（ののしった）そうである。

——自分が飛ばされれば信じるだろうか。

信じないだろうと、その時敦子は思った。

仮令運動法則を無視するが如き体験をしても自分は信じないだろうと、敦子はそう思ったのだ。

躰は飛んでも論理は飛ぶまい。その場合敦子は、自然物理学の見解と合致した結論——敦子が納得出来る理論が見付かるまで思考を重ねるに違いない。

反対に、体験など一切せずとも、納得出来る理屈が得られたならば敦子は即刻信じるに違いない。

敦子と云うのはそう云う女である。

——でも。

敦子は負けた。

あの時。敦子は慥かに毅然としていた。

本来暴漢に首根っこを攫まれて、怖くない訳がない。それでも敦子が確乎りと立っていられたのは、そして睨み返すだけの余裕を持てたのは、敦子の頭上に浮いている論理だとか倫理だとかのお蔭なのである。敦子が強かった訳ではない。

どんな場合でも、暴力行為とは愚かしいものである。愚かしいものは賢明なるものに勝てはしないのだと——敦子はきっと、心の隅でそう思っている。

それに敦子は、決して間違ったことはしてはいない。ならば正しき者が邪悪なる者に屈服する必要はないのだと——そうも思っているに違いない。世の中はそんなものではないのだと、十二分に承知してい乍らも、それでも尚敦子は、そうした考え方を超克することが出来ないのである。

——これも一種の暗示効果か。

敦子は多分、いつの頃にか、論理とか正論とか云う非経験的概念——ア・プリオリなるものに〃最初の強い一撃〃を受けたのだろうと思う。経験的なるもの感覚的なるものは敦子の中では常に下位なる概念としてしかなく、ならば上位なるそれに打ち勝つことは生涯出来ないのだろう。

昨夜だって——。

敦子は、気による物理的作用は自己暗示効果によって齎されるのだと確信していた。ならば敦子に肉体的な打撃は齎されない筈である。道場でも彼等は決して相手の躰に接触せずに稽古をしていたのだ。

とんだ勘違いだった。

拳は容赦なく肉体に喰い込んだ。最初の衝撃は予想以上に大きかった。

考えてみれば、これは当たり前のことなのだ。

——馬鹿じゃないだろうか。

拳を振り上げて殴らない訳がないじゃないか。

敦子は少し投げ遣りな気分になって、眠った。

木の葉になったような夢を見た。

頸の辺りがひんやりとして敦子は覚醒した。

目を開けると枕元にはにこにこした小男が居た。小男は白衣を纏い、丸い眼鏡をかけている。敦子の顔を見て、ああ如何ですお加減は、痛みは和らぎましたかと、その小男はやけに愛想良く云った。

「どなた——ですか」

「わたくし、三軒茶屋の条山房と申します漢方薬局で処方を致しております宮田、と申します」

「漢方——？」

ピンと来なかった。まだ少し朦朧としているのだろうか。女は、華仙姑はどうしたのだろう。

「一応手当てはさせて戴きました。幸い処置が早かったので大事には至りませんでした。頸の内出血が心配でしたが、具合は宜しいようでございます。とは申しましても、わたくし共は免状を持った、所謂医者ではございませんから、御不審に思われるようでしたら一般の外科に通院されるが良かろうかと」

「ま、待ってください」

頸が回らなかった。

「ああ、頸はあまり動かさない方が好いのです。今膏薬を取り替えましたから、今日一日安静になさって戴ければ明日には歩けるようになる筈です」

「その——すいません。私、事情が——」

敦子さん——と風鈴の鳴るような声がした。

目だけを声の方に向けると、盆を持った女が立っていた。

「御免なさい。私、黙ってお勝手お借りしました。ご飯を炊いたのですが——」

「ああ」

女は宮田に礼をした。

「そうそう、こちらに——助けて戴いたのです」

「助けて？　じゃあ気道会を——それでは——でも——」

相手は屈強な無頼の武闘家である。しかも、少なくとも五人は居た筈だ。こんな小柄な男が、果たして勝てるものだろうか。宮田は一層に笑った。

「わたくしじゃあないのですよ。わたくしは武道は嗜みません。専ら練丹専門です。お助けしましたのはわたくしどもの師、通玄先生でございます」

「通玄——先生？」

「そうです。我が師は多くの中国拳法を修めておられるので——勿論内丹のひとつの形としてでございますけれども——ああ、健康法と云うような意味です。先生は偶偶そこの道を通られましてこちらの方の悲鳴をお聞きになったと申されておりましたが」

何が起きたのか解りませんでした——女はそう云った。

「私は、敦子さんを助けなければ、あのままでは死んでしまうと思って、何とか窓のところまで行って、それで大声を出して、それから覆い被さったんです。そしたらそちらの——」

視線の先は勝手口だった。

「——そこから何か小さな——失礼なんですけれどそう思いました。小さなモノが——」

激しい動きではなかったので、本当に何がどうなったのか解らなかったのだそうだ。舞いを見たが如き一瞬の空白の後、五人の男達は床で踠いていたのだと云う。宮田は云った。

「先生のお話ですと、暴漢の殆どは武道を齧った程度の、単なる狼藉者だったとか。ですから打つ加減も善く知らないのではないかと——心配して」

「待ってください、それじゃあ——」

おや、と宮田は目を丸くした。

「もしや——武道家に技をかけられたとお思いでしたか？　なる程、武道家なら礼節を弁えている筈だと、油断されましたな。しかしあなたを襲ったのはただの卑劣な無頼漢ですよ。その何とやらとか云う道場の門下生ではあるのでしょうけれども」

「では——気——」

気ィ——と宮田が裏返った声を出した。

「気道の法——とか」

宮田は笑った。

「まあ気と云えば皆気です。あなたが竦んだのなら弱気の気、立ち向かったなら強気の気。御婦人を殴り付けるのは狂気の気。そんな奴の気が知れない」

「そう——云う気じゃ——」

「森羅万象、凡百ものごとの諸相は気の顕れに過ぎません。拳の当たる当たらぬに拘らず、あなたの気は暴漢の気によって禁じられ、乱され、断たれた。だからこそあなたは傷付いたのです」

「はあ――」

「まあ、ひとりだけ武道の心得がありそうな者が居たそうですが、まあそれ程の腕前でもなかったのだそうですよ。先生は暴漢を追い出し、同行しておりました弟子にお二人を任せて、急いで条山房にお戻りになりました。わたくしどもは報せを聞きまして早速こちらに参りました次第で――」

「では――もしかしてその窓も――」

窓は薄板で丁寧に補修してあった。硝子が割れただけでは済まず、桟も破損していたようである。

「まあ窓が閉まらないと云うのも物騒でございますから、了解も得ぬままに――お見苦しい繕い方で申し訳ございません。扉も一応は修繕致しました」

「それは――どうも――」

有り難うございます――と敦子は頭を下げようとして止められた。まあ、物騒でございますなあ、と宮田は平和な声を出した。

「警察にお報せになった方が良ォございましょう。御婦人の独住居は不用心でいけません。それから、もし宜しければ――」

「はあ」

「続けて療治に参りますけれど？」

「ええ——」

信用して良いものか。敦子に判断材料はない。

これだけ親切にして貰っていると云うのに。

宮田は取り敢えず明日——と切り上げ、

「早く元気におなりください」

と云って、深く礼をし、部屋を出て行った。

女——華仙姑は有り難うございました——と礼をしてからその後ろ姿を無表情に眺め、それから敦子の方に向き直って、言葉少なに食事を勧めた。食欲はあったから敦子は素直に頷いた。

有り合わせで作ったとは思えない朝食に敦子は少少驚いた。女は勝手に台所を使ったことや食材を探したことを幾度も詫びた。敦子も料理は嫌いではないから、ある程度の食材は常時買い置きしておくのだが、忙しくて腐らせてしまうことも多く、使って貰って寧ろ嬉しいと答えた。それは本心だった。

「お洋服も——勝手にお借りしてしまいました」

殆ど泥棒です——と女は再度詫びた。

慥かに女は敦子の洋服を着ていた。それに、今の今まで気がつかなかったのだが、敦子の夜着も替えられていた。着替えさせてくれたのだろう。

女は小柄だし、敦子の服を着ているとやけに若く見えた。長い真っ直ぐな髪の毛は肩の辺りで緩やかに束ねられ、まるで巫女のようでもある。

食事をすると少し落ち着いた。

——編集部に連絡を入れなくては。

先ずそう思った。しかし気道会の襲撃を受けたことを正直にそのまま伝えたりしたら、あの編集長ならすっ飛んでここに来るだろう。そうすると——。

敦子は女を見る。

——この女は華仙姑なんだ。

改めてそう思う。ならば編集長に会わせる訳にも行くまい。正体を偽ることも憚られる。どうせ嘘を吐くのなら最初から吐く方がいいと敦子は思った。

電話はない。隣家で借りるしかない。敦子は思案の末、女に頼んだ。風邪を拗らせ高熱のうえ声が出ないと、虚偽の連絡を入れて貰った。

遡って昨日の理由なき行動も、悪性の感冒の所為にされてしまったらしかった。

——兄貴。

兄には報せるべきだろうか。迷った挙げ句、敦子は報せるのを止めた。兄は鳥口と通じている。半月前鳥口は憤っていた。絶対に許せないと息巻いていた。普段声高に主張することの少ない彼にしては、珍しい反応だったことを憶えている。

その怒りの対象が、すぐそこに居る。

敦子は女を——華仙姑を見た。

女は、敦子の書き物机の前の椅子に浅く腰掛け、机上で組んだ自が指先を俯き加減に見詰めていた。

硝子玉の、虚ろな瞳は見えなかった。

敦子はこの期に及んで酷く戸惑った。

その動揺は部屋の空気を伝わり、女に届いたらしかった。女は、その表情の変わらぬ顔を敦子に向けた。そして云った。

「色色と——失礼なことを致しました」

「私こそすっかりお世話になって——」

女は伏し目がちになり、私——ここに居ても御迷惑ではありませんか——と呟くように云った。

「迷惑なんて、そんな——でも、ここは——」

ここは危険です——と敦子は云った。

この家は気道会に割れている。

「私の住み処も——知られています」

女はそう云う。それもそうなのだろう。

「どこか、身を寄せても安全な場所だとかは――」

「私は――ひとりです」

「その――例えば相談者の方の処とか」

尋き難い。

女は、私はずっとひとり切りなんです――と、もう一度云った。まるで信者のような狂信的な取り巻きが大勢居ると云う噂だった。大物政治家がパトロンだと云う噂もあった。財界にも影響力があると云う噂さえあった。みんな噂である。

つまり女は、そもそも行く場所がないのである。

矢張り、暫く兄に報せるのは止そうと思った。

体勢を変えると頸の辺りがずっとした。

薬が効いて来たのだろうか。

敦子は少し眠った。

とても寂しい夢を見た。

寂しくて、これが寂しい気持ちなのかと噛み締めて、何だか耐えられなくなって敦子は眼を開けた。

何だか――懐かしい人が居た。

錯覚である。

昨日まで他人だった女が懐かしい人である訳はない。見慣れた所為か。それでも寂しさは幾分紛れた。女は、先程と同じ姿勢で椅子に孤座(すわ)り、まだ机の上を眺めている。もしかすると意識が途切れていた時間は、ほんの数分だったのかもしれない。女は敦子の視線に気付いたようだった。僅か顔を上げて、変わった動物ですね――と云った。

「え？」

何を云っているのか解らなかった。

「ああ、御免なさい。見るつもりはなかったのですけれど、置いてあったもので――つい」

「置いて？」

この絵です――と云って、女は書き物机の上のキャビネの印画紙を示した。

「ああ――」

それは兄から借りた江戸時代の本の一頁を複写したものだった。描かれているのは、動物ではない。

「それは――妖怪(ばけもの)です」

「ようかい？」

お化けです――と敦子は云った。

「河童とか天狗とか、その類のものです。そんな変な動物は現実には居ません――」

すっかり忘れていた。

勿論、『稀譚月報』に掲載するために複写したものである。次号から掲載予定の多々良勝五郎と云う在野の民俗学者の連載頁に使用するつもりだったのだ。一昨日出来上がって来て、仕上がりを確認したまま卓上に出し放しにしていたものである。

「お化け――なんですか――」

と、女は意外そうに云った。慥かに、妖怪変化と呼ぶよりも怪物と呼んだ方が相応しいような絵だったと思う。神秘性とか怪奇性とか、そうした要素は全くなかったように記憶している。

狛犬のような顔に、猪豚のような耳。

獅子舞の、獅子頭の如くに裂けた口。

胴体は巨きな犀か河馬のようでもある。

その、鈍重な全体像の割に前足は長い。

前足の先には、鋭い鉤爪が一本だけついている。

その未知の獣が、林の陰から半身を晒している。

そんな絵である。

「わいらと云うんだそうです。絶滅した妖怪なんだそうですから、御存知なくて当然です」

「そうしたものも――絶滅するのですか？」

絶滅――するのだそうだ。

その怪物は、何枚かの絵と、そしてその絵に記された名称以外、凡ての情報が失われてしまったのだと――多々良は説明した。

妖怪変化と云うものは――敦子は断言出来る程詳しくはないのだが――象やジラフと違って、実体があるものではないだろう。しかし実体がないからないのかと云うとそんなことはないらしい。

例えば――北の海には一角と云う名の、有角の海獣が棲むと云う。敦子は本物の一角を見たことがない。しかし、それでも敦子は一角の生態や形態を知っている。記録を読み、絵を見ているからである。

しかし、実はこの一角が架空の動物で、実在しないものだったとしたらどうなるだろう。その場合、敦子には確認のしようがない。だから仮令実在しなくとも、敦子にとって一角と云う海獣は実在するのと変わりのないモノである。

妖怪は皆、それと同じだ。

だから実在するか否かは全く問題ではない。知っている者にとっては、それは居るのと変わりない。

しかし――例えば、記録がなかったら。

絵がなかったら。誰も知らなかったら。

その場合はどうなるだろう。

一角の場合は実在する訳だから、もしも誰ひとりその存在を知らなかったとしても、その事実はその存在自体を脅かすようなものではない。

どうあれ一角は実際に北の海に居るのである。

いずれ発見されればそれまでのことでもある。

しかし、妖怪の場合は違う。その存在を知る者がひとりもいなくなれば、妖怪は消滅してしまうのである。

敦子の思うに、だから妖怪とは情報である。

情報が失われれば、存在自体が損なわれて行く。だからこそ、古人はあれ程まで執拗に妖怪談を書き記し、あれ程までに繰り返し妖怪画を描き付けたのだろう。それらは妖怪と云う生き物を生かしておくための、遺伝子のようなものなのだ。

そのわいらと云う妖怪は、辛うじて形と名前だけが残った。

名前だけでは生きた妖怪にはならないのだ。遺伝子情報の殆どが欠損している。化石が残っているようなものである。

だから――。

わいらは絶滅したのだ――と敦子は説明した。

女は何故か酷く怯えたように、その写真を見た。

「名前と――形だけ」

「そうなんです。河童とか狸とか、そう云うお化け――妖怪は誰でも、まあ知ってますでしょう？　つまり、テキスト情報以外の生きた情報がある訳です。それらは記録ではなくて記憶に住んでいる。つまり、まだ生きている訳です――どうか――しましたか？」

女はすっかり敦子から顔を背けていた。項垂れているので、長い髪の毛が覆い被さり、女の顔をすっかり隠してしまっている。

「忘れられた――妖怪――」

女は、独り言のように云った。

「名前だけ。記録も――記憶もないのですか」

「ええ――それが何か？」

女は吹っ切るように髪を掻き上げた。

敦子の予想に反して、女の顔は少し笑っているように見えた。気の所為だろう。

女はそしてこう云った。

「何だか――私みたいだなと思ったものですから」

「どう云う意味――でしょうか」

女は答えなかった。

――私みたいだ？

華仙姑と云う名前しかない――と云う意味か。

敦子は考える。敦子がこの女に拒絶感を持たないのは何故なのだろうと要らぬ理屈を考える。敦子はどう云う訳か最初から彼女を受け入れている。鳥口が極悪非道と罵った女に、半ば身を任せている。

「あなたは——その」

敦子はどうしても的確な質問を思い付けない。

察したのだろう。女は云った。

「敦子さんも——当然お聞きになっているのでしょうね。ええ——私自身、自分の悪い噂が立っていることは十分承知しています。しかし、そのどこまでが真実でどこからが尾鰭なのか、判断出来ないんです。最初から占いなどしているつもりはありませんし、相談に来る人のことも善く知りませんし——」

嘘です——と、昨日はそう云っていた。

予言が中るのではなく、誰かが作為的に予言を成就させているのだと、そうも云っていた。

——誰かが作為的に。

「少し——伺ってもいいですか」

女は頷く。

「あなたは——いつから——占い師をしているのですか?」

雑誌のインタヴューみたいだと思った。

やや間をおいて女は答えた。

「今も——申しました通り、私は開業している訳ではありません。看板も出していませんし、宣伝もしていません。ただ成り行きと云うか——どう説明していいのか——善く判りません。でも、現在は宅を訪れる人人から戴くお礼や何かを食の方便としています。それは事実ですけれど——」

「相談者はあなたが広告も、宣伝も、何もしなくても来るのですね？」

「はい。どこで聞かれて来るのか、私に相談したいと仰る方が訪ねていらっしゃいます。私はお会いしてただ語る。後日、お礼が届きます。感謝もされます。ですから私は、相談者の方がどこの、どう云う身分の方なのかも実際善くは知りません。何度か来られた方でも、こちらからは質問も、連絡も一切致しませんから——」

「待ってください」

「何で——しょうか」

「今のお話をお聞きする限り、あなたは依頼人なり相談者のことを——善く知らないのですね？」

「はあ。知りません」

敦子は再び困惑した。

占いの基本は情報収集である。相談者の情報を、如何にして多く得られるかが決め手となる。事前調査、自己申告の要求、面談時の観察、誘導尋問と、考え得る限りのツテを使って占い師は相談者の個人情報を集める。そうでなくては的確な回答は出せないからだ。

これは、占いがインチキだと云うことではない。それこそが正しい占いなのだと、敦子は兄に教わった。神秘的な所謂〝秘密の暴露〟は、個人の要求に的確に答えること——懊悩を除去することこそ占いの本来であり、効率良くそれを行うためのテクニックでしかないのだそうである。悩みを取り去るために騙して貰う訳で、騙されたと解っては効き目もない。バレる占い師は腕が悪いのだ。

しかし——。

華仙姑処女は相手のことを知らないのだと云う。

占っているつもりもないと云う。仮令本人の云う通り、彼女の言葉を現実のものとするための事後工作が行われているのだとしても——何のためにそんなことをしなければならないのかまるで解らないのだけれど——そもそもの御託宣が的外れなのでは、成就のしようもないではないか。

そして敦子は著しく困惑した。

それでは——理屈が通らない。

「では——あなたはいったい、何を仰るんです？」

「ええ。それが——自分でも善く解らないのです」

「善く解らない——とは？」

「いらっしゃる方は——最初は当然初対面ですし、お会いするまで、何を話していいのか全然解らないんです。ところが——」

「ところが？」

「会った途端、もう、話すことは決まっています」

「それは——善く——意味が解らないのですが？」

「ええ。ですから、例えばその就職は止めた方がいいとか、なくした指輪は居間の箪笥(たんす)の裏ですとか、そう云うことを——云ってしまうのです」

「云ってしまう——？」

それは。

「云ったことは皆、真実になります。でも、昨日も申しましたけれど、未来のことが解る道理はありません。私はそう思います。だから私の語った口から出任(でまか)せを、きっと誰かがその通りに——」

それは極めて常識的な判断だと思う。敦子も予知は不可能だと云う立場にはある訳で、もしも予言が成就したのなら、それは偶然か、または人為的な事後工作があったと考えるよりない。

だが——。

「口から出任せ——なのですか」

「さあ——そう、としか思えません。難しい取り引きのことなんか尋かれても私は解りませんし——それなのに——そう、少なくとも今のように、考え乍ら話していることは——ございませんから」

慥かに、今の女の話し振りはと云えば、逐一言葉を選んでは閊え、まるで要領を得ない。

ただ——予言の内容が真実いい加減なものなのだとしたら、第三者が事後工作までして成就させる意味は、一層なくなってしまうようにも思う。

兎に角——現況は諒解した。

しかし——。

「何か——そう、契機のようなものはなかったのですか。今の、そうした生活に至る——」

理由がない訳はないだろう。

女はああ、と短く云って、その、と口籠った。

——この女は。

多分、こうした会話が得手ではないのだろう。ならば本当に占い師なのだろうかと、敦子は今更乍ら疑惑を抱く。それが話し下手で務まる仕事とは、敦子には到底思えない。

やがて女は、随分昔のことです——と云った。

「私は——そう、十五年ばかり前に東京に出て来たんです。身寄りもなく、身許の保証もなく、勿論お金も全然なくて、誰ひとり知り合いもいませんでしたし、本当に、文字通り路頭に迷っていました。十五六の小娘がこの東京で、何の後ろ盾もなく暮らして行くのは——まあ難しいことなのでしょう。でも、これが東京だから餓死せずに済んだんだ——とも思います——」

仕事は探せばありましたし、田舎じゃこうは行かないです——と女は云った。

女給、女工、女中——生きて行くために、女が出来るありとあらゆる職業に就いたが、躰を売るのだけは嫌だった——と、女は語った。

「私は結局、親切な方の周旋で、築地(つきじ)の、ある高級料亭に住込で勤められることになったんです。それが——そう、開戦の前の年のことです。下足番とかお掃除から始めて、そのうちに洗い場に回されて、二年程で仲居にして貰ったんです。仲居の格好をさせて貰った時は豪(えら)く嬉しかった憶えがあります」

開戦の前年から数えて二年後と云うことは、昭和十七年に女は仲居になったことになる。

それにしても、話に嘘がないのなら、女は既に三十歳を越している勘定になる。そう云われて見ればそう見えないこともない。つまり見ようによっては幾つにも見えると云うことである。しかし十代だと断言されればそう見えないこともない。

——人形のようなものか。

多分そうだろう。

最初に女の能力に気付いたのは、料亭の馴染み客だったのだと云う。云うことが云うことがぴたりと中る、下手な高嶋易者より善く中ると、一寸した評判になったのだそうだ。

「慥か——陸軍の関係者の方だったと思います。役人だったのかもしれませんけれど——善く判りません。その人は大層面白がって、私は色色な人に引き合わされました——」

戦時中に高級料亭で遊べる身分の男——しかも軍部の人間——その知人達——つまり、華仙姑処女はその頃から既に大物を相手にしていた——と云うことなのだろう。ならば。

「その時あなたは何を占った——いいえ、どんなことを仰ったのです？」

「——何を云ったのか善く憶えていないのです。憶えていても、何故そんなことを云ったのかが解らない。でも随分喜んでくれて——沢山チップをくださいました」

「憶えていない？」

ええ——女はいっそう下を向いた。

「難しいことは——尋かれても解らないんです。私は山で育ってろくに教育も受けていませんから。でも、その時も——会話は成立していたように思います。だから私は、自分で話していることの意味が、自分で理解出来ていなかったんです。理解出来ていないことを憶えている訳が——ありません」

「それって——」

――何かが――憑依した？　否。違う。解離性――同一性――障碍（しょうがい）か。

――多重人格？

そうとしか――否、これだけの情報で判断する訳には行くまい。敦子は困惑する。

慥（たし）かに似てはいる。しかしそんな都合のいい人格障碍はないようにも思う。例えば人格が交替した時だけ占い師になる、と云う症例ならあるのかもしれない。

だが彼女の場合は――。

――地続きなのか。

彼女の場合、どうやら常に人格は一定しているらしい。多重人格障碍の場合、人格交替時の記憶は失われることが多い。彼女も憶えていないとは云っているが、人格交替時の記憶がない――のではなく、その時語った内容を忘れた――と云うことらしい。

「それって――」

再び敦子は考える。

多重人格障碍に限ったものではないが、脳や神経の障碍が限定された能力のみを異常に高めてしまうと云う症例は、少なからずある。脳の理性を司（つかさど）る部分が正常に機能しなくなるために、本能的な能力の抑制が出来なくなってしまうためではないかと考えられている。

例えば記憶力。必要以上に瑣末な事柄の記憶を正確に持ち続けるような症例はある。

例えば聴覚、視覚、嗅覚、味覚。触覚。五感が鋭敏になるケエスもまた然りである。

そして集中力——。

所謂感覚が研ぎ澄まされたような状態と云うのは、薬物の投与や特殊な環境などを要因として割と容易に齎される。

これを統括すると——。

それは高い観察力に結び付く。

ならば、それが華仙姑の占いの情報源になっている可能性はあるのかもしれない。

事前の情報収集を一切放棄したとしても、その場で相手からかなりの量の情報は摂取出来てしまう。しかもそれは無意識の領域で行われる仕事なのであるから、彼女自身には相手を観察していると云う認識はない。そうした情報は、謂わば一種の直感として認識される筈である。

——でも。

どこか形が合わないような気がする。

結局敦子は何も判断出来ない。敦子が言葉を探しているうちに、女はぽつりと云った。

「現在の私は——その頃の私のそのままの——延長なんです」

「延長——と云いますと？」

「ですから同じことをしています。何ひとつ変わりはありません。未だに私は——訪ねて来る人に自分の意思と無関係なことをただ語って——」

——泣いているのだろうか。

女の泣き顔を敦子は想像出来ない。

女は語った。

銃後、そして敗戦を迎えても尚、霊感仲居の許に次次と訪れる正体不明の相談者は跡を絶たず、女は徐徐に疲弊して行ったのだそうだ。ただ金だけは貯まったのだと、女は語った。

そして女は料亭を辞めた。

二年程前のことだそうだ。

何か志があった訳ではないと云う。嫌になって逃げ出したと云うのが、本当のところらしい。女は有楽町の外れに小さな家を買って、隠遁生活を始めた。

しかし。

「ひと月と——保ちませんでした。相談があるんだと云って男がやって来た。その後、日に日に来る人は増えて、私は結局——未だに誰の頼みも断わることが出来ません」

女は顔を上げた。

表情は矢張り同じだった。

「私はもう嫌なんです」

女は悲しげな声で云う。

来る日も来る日も他人の話を聞いて、他人のことばかり話して——この女は十何年、そうして生きて来たのだろう。話すのが下手なのも当然だ。この女は、自分のことなど話したことがないのだ。

――私も同じだ。

「あの――」

余計なことを話させてしまいましたか――と敦子は尋いた。女は無言で頭を振った。そして、敦子の名を呼んだ。

「私は――これからいったいどうしたら良いのでしょう。気道会は――私にいったい何をさせようとしているのでしょうか」

「それは」

「私、ある人に聞いたんです。気道会と云うのは、表向きは武道の道場なのですが、実体はどうやら政治結社らしいのです」

「そう――なのですか」

知らなかった。

敦子は取材をするに当たって気道会に就いて念入りな調査をしたのである。でもそのような事実は一切出て来なかった。だからそれは、多分事情通でなくては判りようのないことなのだろう。それを知っていたある人と云うのは、そうしたこと――政界の裏の事情――に通じた人間、つまり華仙姑の客だったのだろう。

無自覚なだけで、この女——華仙姑は、矢張り政財界にかなりの影響力を持っているのではないか。

怖いのです——と、女は云った。

「私が何か云う度、その言葉は次次に真実になってしまう。私の口からは、どうやら未来の出来事が漏れて出て来る。でも、私の語るその言葉は私自身の言葉ではないのです。もしも私のこの口から、とても嫌な言葉が発せられたら——幾ら私がそれを厭うても、それでもそれは実現してしまうのでしょう。私の唇が、己の意志とは無関係に悲惨な将来を語り始めたなら、それが耳を覆いたくなるようなものであったとしても、それもまた現実のものとなってしまうのでしょう。私は、そんな真実にはもう責任が持てません。私はだからもう、何も云いたくないのです」

怖いのです、もう嫌なのですと、女は静かに激昂した。いつまでも変わらぬ表情は、悲壮な内面をより効果的に表現しているように思えた。

そして敦子は考えが纏まらず、ただおろおろとしている愚かしい自分を恥じた。

愚なるは即ち劣である。だから愚昧なる謎に理性の矛先を向け、不明と云う名の闇を果敢なる叡智の光にて払拭しなければいけないのだ。敦子はそう云う女なのだ。そうしなければ生きて行けない人間なのだ。

——不明なる命題は何だ。

先ず──。

予言は何に由来するものなのか。

そして──。

その予言は何故成就するのか。

凡ての謎はこの二点に収斂するだろう。

それに対する暫定的な解答はこうである。

先ず──。

予言は凡て口先の出鱈目である。

そして──。

第三者が事後工作をしている。

だが──。

この解答には幾つかの齟齬がある。

先ず──。

出鱈目にしては発言が特殊過ぎる。

そして──。

事後工作をする目的が解らない。

──そう。

何処を取っても不可能な事柄など何もないのだ。寧ろ不完全だったり、無目的だったり無意味だったり、単に据わりの悪い出来事が重なり連なっているに過ぎない。だから、女の話した内容には、酷く居心地の悪い後味がある。だからそれらを補って尚整合性のある、一番安直な結論は、この女が――。

もしかしたら。

――この女は本当に。

敦子は夢夢と麻薬のように甘美な神秘の扉を開けかけて、慌ててそれを閉めた。本物だろうとそうでなかろうと、占い師華仙姑処女が色色な意味で実に特異な位置に居ることだけは事実なのだし、ならば矢張りこの女は、気道会などには決して渡してはならぬ人なのだろう。

女の頰に雫が零れた。

「御免なさい――こんな話をしたのは――」

女は指で涙を拭った。

「私は、酷く大切なものを――失ってしまったのです。今の私には、何かが欠けている」

「何かが――欠けている？」

欠けている。

わいらの絵。

失われた記録。

失われた――記憶？

――そうだ、記憶だ。

女は上京して華仙姑になる前のことを全く語っていない。居心地が悪いのはきっとその所為だ。

女に欠けているのは――過去なのではないのか。

経験的なるものを退け、非経験的なるものに縛られて生きる敦子の生が、まるで幽霊のように心許ないのに似て、過去が根刮ぎ欠落した現在と云うのは矢張り遣り切れないものなのではないのか。

そしてその、失われた過去にこそ凡ての禍根があるのだと仮定すれば。その目的も意味も悉皆そこに呑み込まれてしまっているのだとしたら。

「あなたは――もしかすると記憶を――東京に来る以前の過去の記憶を、失っているのではありませんか？」

敦子がそう問うと女は、そんなことはございません――と云って、束ねた髪を項から掻き上げるようにして肩から胸の前に垂らした。

「私は過去を確乎り持っています。失った記憶などはございません」

「それでは」

「私には——そう、過去を語れない理由があるだけなのです。私の昔は、在在と私の中にある。ただ、それは絶対に語れないものだと云うだけです」

「語れない？」

「はい。私はただ、その生生しい記憶に目を背け、蓋をして、逃避して生きているのです。逃避に逃避を重ねて築き上げたものから、今また逃げ出そうとしている。私は——卑怯者です」

——それは私。逃避しているのは私。

敦子は、女を容認する己の心根を漸く理解した。

この女は自分と同じなのである。

現実から眼を背けている。

——ならば。

「私には、華仙姑とか云う、私には馴染みのない名前があります。でも。私はそんな名前じゃない。もう誰もその名で呼んではくれないけれど、私にはちゃんと名前がある。私はその名前を忘れてはいません。もう何年も呼ばれていませんが、その名前だけが、私と過去を繫ぐ唯一の証しなのです。私が華仙姑などと云う実体のないモノではないのだと云う、たったひとつの拠り所なのです。だから——」

——私みたいだな——か。

「あなたは――何と云う名前なのですか」

「私は」

女は初めて表情を崩した。

「私は佐伯布由（さえきふゆ）と申します」

そうして女はそう云った。

3

半透明な質感の皮膚を持った左右対称の顔をした女は、硝子玉(ガラス)のように澄んでいる癖に矢張り硝子玉のように虚ろな瞳を確認出来ない程の速度で少しずつ動かして卓上の熱く紅い液体の表面を見回した。

何の変哲もない午後の陽差しが、何等変化することのない日常の情景を、いつもと同じように温温(ぬくぬく)とそして冴冴(さえざえ)と際立たせていた。

視線を女から外す。

大きな机。

大きな椅子。

そこに深深と、だらしのない姿勢で腰を掛けている男は、多分女の位置から望めば真っ黒い景影(シルエット)でしかあるまい。室内の光量は塵のひとつまで捉えられる程にたっぷりとある。しかし男は、その光源たる大きな窓を背にしているのだ。

なる程暗闇(やみ)と陰影(かげ)は違うのだ――と中禅寺敦子は思った。

影は光によって造られるのだ。明るければ明るい程、陰も、影も黒く濃く映える。黒黒としたそれは、黒ければ黒い程、そこに眩い烈輝のあることの証明となる。光罔きところに影はなく、然らば影は光の別名でしかない。

ならば闇とは何だろう——と敦子は考える。

暗きは光の少なきこと。闇とは光の罔いことである。光が少なくなればこの世界は薄れ、万物の存在は悉く儚きものとなる。光が罔くなれば、最早この世界は存在そのものが怪しくなる。

ならば闇とは虚無である。だから真の闇と云うものはこの世界にはあり得ない。夜とて所詮は地球の陰であり、影でしかない。もしも闇があるのだとすれば、それは、例えば——。

敦子は再び女の瞳を見る。

硝子玉の中の虚ろ。

敦子は見ることを止めた。

形容し難い緊張を伴った沈黙。

予想していなかった。

無茶苦茶になるのだろうな——とは思った。誰かが怒り出すか笑い出すか、呆れるか、いずれ予想もつかない大騒ぎになる——そう云う展開ならば容易に予想出来たと云うのに。

——いつもそうなのだ。

いつだって支離滅裂なのだ。この——。

敦子は再び男を見る。

——榎木津礼二郎。

職業探偵である。だが——色色な意味で——並の探偵ではない。

榎木津と来たら、他人の話は聞かないし、話したいことだけは一方的に話すし、退屈になれば寝てしまうし、まるで幼児の如き反応しかしない。大体榎木津は探偵の癖に依頼人の話を聞くのが世の中で三番目に嫌いなのだと云うのである。因に嫌いな一番目は竈馬で二番目は水気のない菓子だそうである。

今日だって、訪れた時はいつもと変わらなかったのだ。敦子の顔を見るなり、獣とも赤ん坊ともつかぬ奇声を上げ、榎木津は駆け寄って、

——怪我だな！　ケガッ。これは怪我だッ！

と、叫び、続けて敦子の無謀を窘めて、用心がなってないと云って散散説教を垂れたのだった。

——敦っちゃん君はなンて愚かなんだこんなに可愛いのに！

——可愛いものが可愛くあろうと努力しないで何処の誰がそれをする！

愚か。

愚かだ。

榎木津に隠し事は出来ないのだ。

ここまでは善くある展開だった。

しかし。

敦子が某かの説明を加えようとした矢先、榎木津は、何だその変な男は——と云い、そして女——布由を見て、そのまま沈黙してしまったのである。

以来、椅子に沈んだまま探偵は動かない。

敦子は契機を探す。多分この場は、敦子が口火を切らなければ何も始まらないのだ。

「敦子さん、珍しいですなあ——」

しかし契機を作ったのは安和寅吉だった。

「——去年の師走にいらっしゃった切りでしょう。ほら、小説家の先生と。あの人も最近顔出しませんなあ。ええと、あれは——」

寅吉は台所から首を突き出し、そうそう逗子の事件でしたっけ——と、場違いに明るい声を出してすたすたと近付き、綺麗に剝いた林檎を載せた大きな皿を洋卓の上に置いた。榎木津の身の回りの世話をしている青年である。

「——ほらあの、金色髑髏事件。今となっちゃあ何だか随分昔のことみたいな感じですがね、まだ半年経っちゃいないンですからね。あン時、逗子でうちの先生がひいた風邪が私に移って、そりゃあもう今年の正月と来たら——あ、林檎どうぞ」

「ああ――」

寅吉は野次馬な動作で敦子の頸を見て、あらら本当にお怪我してたんですねぇと云った。

頸には膏薬とガーゼが絆創膏で留めてある。顔にも痣や傷が残っている。今頃気づく方がどうかしている。おやまあ、善く見ると大怪我じゃないですかい、一体何があったんですと寅吉は問うた。適当に胡魔化した。それより――。

――どうしたのだろう。

普段の榎木津ならば、この野次馬な助手の饒舌を間髪を容れずに粉砕阻止している筈である。

探偵は黙していた。

寅吉は取り敢えずと云う感じで布由に会釈し、にこにこし乍ら応接セットの向い側に落ち着いた。色は白いが濃い顔をしている。

「ところで今日は？　あの、こちらの女性は？」

「ええ――」

説明は難しい。

だからこそ敦子は榎木津を選択したのである。

「それが――」

敦子は榎木津が気になって仕様がない。

この場合多く奇矯な探偵は眠っていたりするのだが、しかし今日に限っては——どうも起きているらしかった。

敦子は探偵の色素の薄い瞳を確認しようと、少しだけ首を傾けてみたが、矢張り影に紛れて見えはしなかった。

榎木津礼二郎——。

世間の、彼に対する評価は白地に二分している。

奇人。非常識。馬鹿者。役立たず——。

稀有なる才人、俊英、敏腕——。

それはいずれも正しい。

繰り返すが、榎木津の言動は大体に於て非常識だし、エキセントリックである。反面、榎木津が月並みな言葉で云えば才色兼備——頭脳明晰で、容姿端麗——であることも間違いない事実である。

それは矛盾するものではない。

敦子の思うに、榎木津はどこかが少少、一般より頭抜けているのだ。だからどうしても既成の枠に収まり切らない。食み出した部分は当然、枠の中では役に立たないことになる。不幸なことに、一定の度合いを越してしまえば、優れていることも劣っていることと同義となってしまうものらしい。

ならば榎木津の非常識は正しくは超常識と呼ぶべきなのだろうし、榎木津が役に立たないのも彼を役に立てることの出来ない世間が劣っているのだ、と云うことになるのだろうか。敦子の兄を含む榎木津の友人達の殆どは彼のことを馬鹿呼ばわりする。しかし凡てを承知したうえで云われるそれは決して悪口ではない。榎木津にとって馬鹿は寧ろ褒め言葉なのだと、敦子は理解している。

いずれにしろ、人格的に榎木津は奇人の部類に分類される人間ではある。だから榎木津に対する批判の殆どは、批判者が理解出来ない部分に対する理不尽な攻撃なのである。そして残りは全て嫉妬羨望から来るそれである。

榎木津一族は旧華族の家柄であり、加えて父親は財閥の長でもある。本人も、どうあれ高学歴には違いない。成金貴族の御曹司――平らに云えば榎木津はそうした身分の人間でもあるのだ。おまけに眉目秀麗と来れば――正に凡夫垂涎の位置と云えよう。

但し、榎木津は実際にはそうした奇跡的な境遇に甘んじている訳ではない。榎木津の父と云う人は世襲を潔しとせず、成人を養う謂れはないと息子達を半ば放逐してしまった――らしいのである。

それにしたって――と世間は云う。

慥かに探偵などと云うイカレた生業を選ばずとも、道は幾らでもあった筈なのだ。関連企業とて沢山あったのだろうし、事業を興す元手となるくらいの持ち金もあったのだ。

事実同じ境遇である筈の榎木津の兄は、今やジャズクラブやホテルのオーナーとして手広くやっていると聞く。これを世間では弟の方には商才がなかったのだ――と評するが、敦子はそうは思わない。榎木津は商売も上手な筈なのだ。ただ、単に興味がないだけなのだ。その証拠に、榎木津は例えば絵を描かせれば画家並の作品を物すし、楽器を弾かせればあっと云うまに楽人並に上達する。運動競技なども教わることなくすぐに呑み込む。ただ興味がないモノに就いては幾度反復しようと全く反応しない。榎木津は他人の名前など、百万遍聞いても憶えない。社会人としての適性には欠ける。才能だとか学力だとか容貌だとか財力だとか、通常凡人には手に入れたくとも手に入れることの叶わぬ類のモノを全て手に入れている癖に、それを惜しげもなく、湯水のように無駄遣いしているのが、榎木津礼二郎なのだ。

そうした行為は、概ね世間の枠の中では苦労知らず世間知らず故の愚行――と評価されるのだろう。どうであろうと榎木津は名門の出なのだし、裕福な家庭で育ったことも事実なのだ。好き放題勝手放題に暮していて生計が立っているのだって生前分与されたと云う父親の財産があったお蔭ではあるのだろうから、色眼鏡で見られることは已むを得まい。

榎木津はやれば何でも出来る境遇であり乍ら、そしてやれば何でも出来る実力を持ち乍ら、結局何もしない。否、していないと思われても仕方のない生き方をしている。その事実に変わりはない。

何しろ、榎木津の選んだ職業は——探偵なのだ。

その身分を誇示するかのように、榎木津の机の上には『探偵』と記した三角錐が載っている。今は逆光で、ただの三角にしか見えない。

寅吉が何故か照れるように云った。

「今日はですね、その、これから客が来るです」

「お客様？」

「探偵の依頼人ですよ。またまたお父上の御紹介ですがね。『武蔵野連続バラバラ事件』と『連続目潰し魔・連続絞殺魔事件』で、うちの先生も一躍有名になッちまいましてね。いやいや——」

寅吉は手を振った。

「——世間的には全く無名なンですが、政財界では何故か有名。くくッ」

野次馬な助手は鼻を鳴らして笑う。

「何しろその二件だか三件だかは依頼人が超一流でしょ？　それだけでもう、宣伝効果は抜群ですよ。チラシに勝る縁故、ラジオに勝る人の口ですね」

「それじゃあ——」

お邪魔でしたか、と敦子が尋くと、寅吉は再び鼻を鳴らして笑い、とんでもないです、ほら——と探偵を眼で示した。

「最近はあの感じですな。あの方が口を利くと客は二分で帰りますから。最近じゃ専ら益田君が探偵です。客が帰ってからあの人はこう、云ってはいかんことを云うんですね。後は益田が処理する——と。あの方は座ったまま、こうオートマチズムに解決する訳ですわ」

「ああ——」

益田と云うのは敦子も知る元刑事で、自称榎木津の弟子だそうである。

——それにしても。

静か過ぎると敦子は思った。

「今日の客は何でもほら、前の事件の——ええと、織作家。その織作さんの縁続きの方だとか」

「織作家——ですか」

房総の素封家、織作一族に纏わる陰惨な事件が幕を引いたのはつい先日のことである。敦子の兄や榎木津を始めとして、多くの知人が巻き込まれた大掛かりな事件だった。その顚末は酸鼻を極め、間接的な被害まで含めると内外に大量の犠牲者を出した。

大事件である。

「あの家はそう、先日御隠居様が亡くなって、慥か——ひとりを残して絶えた筈じゃ——」

「まあ、今日いらっしゃるのはその、先先代の婿養子の御実家の方とか云うんですわ」

「先先代と云うと——慥か京都——丹後か。羽田家でしたか」

成り行き上——雑誌記者である敦子はその事件の渦中に織作家の家系などを調べさせられたのだ。

「そうそう。流石(さすが)は敦子さん。その羽田です」

寅吉は男にしてはやけに紅い唇の端を吊り上げて笑顔を作った。そして尻のポケットからメモを取り出して覗き込み、こう云った。

「ええと——羽田製鐵(せいてつ)の取締役顧問、羽田隆三(りゅうぞう)さんの——多分使いの人が来るでしょうな。この人は偉いんでしょ？」

「偉い——ですよ。慥(たし)か羽田製鐵の創立者の三男です。織作伊兵衛(いへえ)さんの弟さんになるのかな——でも寅吉さん、いいんですかそんな、私になんかぺらぺらと——」

寅吉は、おお守秘義務——と云った。

それでも探偵は何も云わなかった。

「そうそう、それより敦子さん、こちらの」

「ああ——」

布由は紅茶からゆっくりと視線を上げて、多分寅吉越しに榎木津を見た。寅吉は布由のその視線が自分に注がれているものと勘違いしたらしく、身を引き締めてもう一度会釈をした。

「佐伯布由と云います」

布由はそう名乗った。

布由が——布由と名乗った日。

敦子は相当に混乱した。それから丸一日、敦子は考えに考えた。論を立て、様様な結論を導き出し、それを幾度も否定した。それを繰り返した。

判らなかった。華仙姑の謎は勿論、そもそも何が判らないのかも善く判らなかったし、自分がどうするべきなのかも、布由にどうさせるのが最良の選択なのかも——まるで判らなかった。

何度も兄に相談しようと思った。

そして同じ数だけ、布由の神秘的な能力を肯定しようと云う、不埒な気になった。その度に敦子は痛む頸を振り、不明なる闇の誘惑を打ち消した。

そして詰まるところ、敦子は布由をここに連れて来る決心をしたのである。

その理由は——。

敦子は然りげなく影になった男を見る。

探偵は九分九厘依頼人を見ている。

凝視している。

——何か視えるの？

榎木津は、視える人でもある。

何が視えるのか、敦子は結論を出していない。

榎木津に視えるのは他人の記憶——であるとするのが、多分妥当なのだろう。それはそう思う。一概には信じられないことであるし、信じたところで理屈が通るものでもあるまい。それに就いて敦子は、兄に説明を求めたことがある。

その時兄は記憶と云うものが、そもそも脳にのみ蓄積されていることを疑うならば——と云う前提の下に説明を加えた。兄の説明は自然科学の範疇(はんちゅう)に収まり切るものでは到底なく、だから科学的な説明とは凡(およ)そ縁遠い解説ではあったが、それでも敦子は、取り敢えずその仮説で納得したことを憶えている。

記憶の原形とは物質の時間的な質量である——と兄は仮定した。便宜的に物質的記憶などと呼んでいたが、それは即ち時間自体と云う意味か。

要約するなら、記憶とは物質の時間的経過そのものである——と云うのが兄の主旨である。過去は存在そのものに遍(あまね)く刻まれると云うことだろう。

するとその時間的経過を本来非可逆である時間を遡って平面上に並べるのが脳の役割と云うことになる。平面上に並べると云うのは、つまり意識する認識すると云うことである。人は、通常己の肉体に刻まれた時間を先ず認識する。つまり短期的な認識行為が現在進行形の〝知覚〟であり、長期的なそれが一般的には〝記憶〟と呼ばれる——と云うことになるだろう。

知覚の殆どは眼、耳、鼻と云う受容器官の物理的変化によって齎される。しかし榎木津は視力が著しく弱い。彼は幼い頃から眼が悪かったのに加え、戦争中に角膜に損傷を負っているのだ。つまり、眼から齎される信号が微弱なのである。視覚的な認識に於ては、他から齎されるそれが勝ってしまう――故に榎木津には視える――と云う理屈である。

自分の肉体以外から齎される物質の時間的経過をテレヴィジョンの如く受信し、認識してしまうと云う訳である。但しそれは、榎木津本人の現在進行形の知覚認識と同時に並べられる訳であるから、これは電話が混線しているようなものなのだろう。

しかし――視力障碍を持つ者は世に数多く居るにも拘らず、その殆どは榎木津のように他人の記憶が視えたりはしない。幻像が見える場合もないではないが、それは矢張り己の記憶が生み出すモノである。まるで違う。

その問いに兄はそれは損傷する部位や先天的な素養に因るのだ――と、答えた。そうでなくては世の中は大変なことになっている筈である。

ただ――兄は詭弁家である。どこまで本気なのかは、妹の敦子にもまるで解らない。そもそも前提となる記憶の定義自体が実証科学で捕え得る範疇にはない。兄の用意した枠はひと回り大きいのだ。

――でも。

科学的説明たり得ていないからと云って、信用に値しないと云うものではないだろう。

　事実、時間と云うものに就いての科学的な定義は、実に沢山なされてはいるのだが、それはいずれ時間と云う概念を説明しているだけのことであり、自然科学は時間とは何なのかと云う抜本的な問題に就いて未だ何も云い得ていないのだ。だから榎木津の能力を自然科学の範囲内できっちり説明しようとするならば、必ず論理は破綻する。破綻しなくても荒唐無稽なものになる。その場合敦子は絶対に納得しなかっただろう。

　敦子は論理の僕なのであって、科学の信奉者ではない。霊魂や超自然を肚の底から信じることがどうしても出来ないのは、科学的でないからではなく、煎じ詰めれば論理的でなくなるからだ。仮令どんなに科学から逸脱しようとも、それが論理的整合性を持った説明ならば敦子は信じてしまうだろう。

　敦子はそう云う女なのだ。

　だからこそ、兄はそうした敦子の性質を鑑みて、わざと自然科学の体系の外側を持ち出して説明したようにも思う。兄とは、そう云う人間である。

　――だから。

　本来そんなことはどうでもいいことなのかもしれない。

　どうあれ、榎木津に何かが見えることは確実なのである。先ずそれを受け入れろと兄は云っていたのだろう。

大袈裟な仮説を持ち出すまでもなく、人の視覚は眼球や視神経のみで生み出されるものでないことは明白である。例えばテレヴィジョンなどの場合、仮令受信した電波が微弱なものであっても、その信号を増幅さえすればある程度鮮明な画像が獲得出来るのだと云う。榎木津の脳髄がそれと同じような特殊な働きで受容器官の損傷を補っていたとするならば、何か余計なものも雑じることがあるか——と、それは敦子辺りでもそう思ってしまう。

現在とは、ほんの僅かな過去である。

人間は、僅かな過去を〝今〟と錯覚して見聞きしているのである。その僅かな過去が大いなる過去に変わったとしても、そう不思議なことはないのではないか。それに、そもそも人の身体は閉じてなどいない。微小なところでは開かれているのだ。ならば他人の過去も雑じるかと、頭の堅固い敦子でも、思って思えぬこともない。

——でも。

敦子は榎木津の視ている世界がどんなものなのか具体的に想像することが出来ない。想像すると気が狂いそうになる。他人の記憶であれ何であれ、目の前にないものが見える暮しとは如何なるものなのだろうか。そんな人生を矢張り敦子は想像出来ない。

敦子は考える。

先の仮説を採用するなら、榎木津が受信してしまう過去は、謂わば無限にあることになる。その場合情報の取捨選択は榎木津の脳が行っていると考えるよりない。

自分のものでない以上、それはそうそう統御出来るものではあるまい。夥（おびただ）しい混沌の画像の中から榎木津は何かを選び取って——見るのだろう。それは勿論意識的になされることではあるまい。脳の働きは意識の上位にある。己の脳を己の意識が操縦できる道理はないのだ。一方榎木津は視力が悪いとは云うものの、現実を見ていない訳ではない。つまり榎木津の脳は、通常の数倍の情報を処理していることになる。

簡単なことではないだろう。

敦子は、三度榎木津を見た。

探偵はどうやらそっぽを向いている。

敦子は次に横に座っている女を見る。

布由は再び紅茶の表面を眺めている。

敦子はその両者を見比べる。

——見たくないのか。

見たくないのだろう。

記憶——過去——秘密。

見たくなくても視えてしまう。

それが榎木津の探偵法なのだ。だから榎木津は事情も聞かなければ捜査も推理もしない。

常に、榎木津にあるのは結果だけなのである。

でも――。

榎木津は他人の心が読める訳ではない。彼に見えるのは過去の情景だけなのだ。体験していない過去などが、幾ら見えたところで、それが何なのか見ている者には判ろう筈もない。

しかし解らなくては、脳は認識出来ない。

榎木津が齎す混乱も、全てはそこに起因しているのだろうと敦子は考える。

例えば――榎木津に白い、四角いものが見えたと仮定する。そして、実際にそれを見ている――経験している本人は、それが何だか解らなかったのだとする。それでも榎木津の基準でそれが豆腐だったなら、榎木津はそれを豆腐だと判断するだろう。だから榎木津は豆腐だと発言する。

この場合相手には豆腐を見た記憶などない。これは、相手が煉瓦だと認識していようと半餅だと認識していようと同じことである。榎木津は相手の意志は疎か認識の基準も無視である。そうしなければあの男は立ち行かないのではないか。

但し――実際に調べてみて、真実それが豆腐である場合もあり得る訳である。体験者の判断が間違っていて、榎木津の判断が正しかった場合、相手は最早それを心霊術と理解する以外にない。

榎木津にとって探偵は職業ではない。この世界で榎木津が座っていられるのは、探偵の椅子だけなのである。だから敦子は布由をここに連れて来た。

——榎木津なら。

もしも——不自然な成就まで含めた彼女の予言の能力に何等かの仕掛(トリック)があるのであれば、榎木津はひと目で看破してくれる筈である。もしかしたら布由が堅く口を閉ざす〝語れない理由のある過去〟に就いても何か判るかもしれない。

尤(もっと)も、何も判らないと云う場合もあろう、とは思う。榎木津には何か見えたのだとしても、それがこちらに伝わらない可能性もある。更には、それが判ったところで何の解決にも繋がらないと云う可能性も十分にあるのだ。

敦子は探偵の色素の薄い瞳を確認しようともう一度首を傾けてみたが、矢張(やは)り影に紛れて見えはしなかった。

突如(いきなり)。

「お前は——」

榎木津探偵は、珍しく低めの声を発した。

「お前は誰だ」

、、

どきりとした。

そんな言葉はこの男の言葉ではない。

そう思った。そして敦子は、たったそれだけのことで何故か酷く不安になってしまい、逆光で黒く塗られた探偵を注視した。

探偵は立ち上がった。

そして全体に影を纏ったまま席を離れて、無言のまま敦子達の前に立った。

「え──榎木津さん──」

榎木津は敦子の問い掛けを無視して、布由の顔を凝乎と睨み付けるようにした。希臘彫刻の如き端正な顔立ちである。敦子は面と向かって間近で見たことがない。何故か気恥ずかしくなるからだ。

榎木津は、色素の薄い、鳶色の瞳の大きな眼を半眼にして、布由の顔を見詰めている。布由は無表情の面の、硝子玉のように澄んでいる癖に硝子玉のように虚ろな瞳でその顔を見返している。

敦子は何故か居た堪れなくなる。

「え──の」

「僕に隠し事は出来ないぞ」

榎木津はそう云った。

そしてそのまま、何の説明もなしに榎木津は躰の向きを変え、すたすたと自分の部屋の方に向かって歩き出した。布由は動かない。敦子は言葉がない。

結局榎木津は一度も後ろを振り向かぬまま真っ直ぐ自分の部屋に入り、戸まで閉めてしまった。

ああ——と寅吉が声を上げた。

「本当にもう。申し訳ありませんねえ。延(のべ)つあの調子でしょう。謝る私の身にもなって欲しいですわ。その、間もなく益田君が来ますから——」

敦子は取り成す寅吉を丁寧に止めた。

益田を過小評価している訳ではない。

敦子は調査や探索を頼みたい訳ではないのだ。

敦子は寅吉に礼を云い、布由を促して探偵の事務所を出た。カランと鐘が鳴った。

外は肌寒かった。

「御免なさい。吃驚(びっくり)したでしょう。ああ云う人なんです。何だか無理矢理連れて来て——こんな失礼な結果で——申し訳ありません」

「気にしていません。でも——」

布由は遠くを見た。

そして、あの人には——隠し事が出来ないのですね——と云った。

「え？　それは」

——どう云う意味なのだろう。

慥(たし)かに布由は隠し事をしている。しかし榎木津にそんなことは判るまい。ならば榎木津の云う隠し事とは布由の〝語れない過去〟のことではあるまい。

──お前は誰だ。

榎木津はそうも云っていた。布由に名を問うたのではないだろう。そして何故敦子はあの時──。

──どきりとしたのだろう。

正直に云うなら、榎木津のような人間は敦子のような女にとっては厄介な存在である。非論理的な訳ではなく、超論理的なのだから始末に悪い。このふたつは似て非なるものである。榎木津は、それは目茶苦茶飛躍はするのだけれど、決して方向を間違うことはない。過程が省略されているだけで寧ろ高みに届いているのだ。

不思議な男──だと思う。

男。そう、榎木津は男だ。

思えば敦子は、過去に榎木津を男だと意識したことがないように思う。それは敦子が榎木津を女性的だと思っている──と云うことではない。勿論中性的だとか両性的だとか感じている訳でもない。端正な風貌は慥かに性差を越えて美しくはあるのだが、多分そう云うことではない。

榎木津は、考えようによってはどんな男よりも、女から遠い。そして多分、男からも遠いのだ。

ジェンダーの呪縛が効かないと云うことか。

そう云う風に云い切ってしまうと、それは少少違うようにも思えて来る。榎木津の言動は捉えようによっては酷く差別的でもあり、生物学的な見地を排除するなら矢張り男性的ではあるのかもしれない。

榎木津は――そう、榎木津はいつも、単に榎木津だと云うだけなのだろう。

――自由なのかな。

否。そうじゃない。

――不自由なのか。

善く解らない。

敦子は雑然とした町並みを眺める。

布由は云った。

「あの人は――きっと見抜いたのでしょう」

「え？」

「私は――許されない過去を持っているのです」

布由は立ち止まった。

敦子も止まる。

「私は――十五の時に」

「布由さん――あなた」

「両親兄弟、家族全員——いや、村人全員を殺害して郷里を出奔した女なのです」

セルロイドの人形のような女は、観念したかのように立ち竦んでそう云った。

善く意味が通じなかった。

敦子はただその硝子の瞳を凝視した。

「敦子さんは——今の場所に私を連れて行く前に、慥か、こう仰いましたでしょう。その人は〝過去を見る眼〟を持っていると。それを聞いた時、私は半ば観念しました。十五年もの間、私はずっとそれを見ないようにして来たのだけれど、それをあの方は——きっと見てしまったのです。だから」

「待ってください。そんなこと——」

——信じられない。

本当です——と布由は云った。

「私は——自分の過去に眼を瞑っていました。それも決して許されない過去にです。私は今、きっとその罰を受けているんです。忌まわしい来方を見ないようにして生きて来た、その報いとして与えられたのが——先を知る力——私の忌まわしい能力なのでしょう。でも見ず知らずの他人の未来を背負わされるなんて、私はもう——耐えられないのです。もう嫌なんです。だから——」

「そんな馬鹿な理屈はないです！」

敦子は叫んだ。

「布由さん。それではあなたは、自分の予知能力を認めるのですか？　先のことが判る道理はないと、あなたはそう仰ったじゃないですか！」

「過去を見ることが出来るなら——未来を語ることもまた出来るのではないのですか」

「それは違います。そんなのは理に適わない！」

「そうでなくても理に適ってなどいないんです」

——そうなんだ。

敦子はいきなり脱力した。

敦子は非経験的な論理から導き出した正論を翳すだけの人間なのだ。そんな脆弱な小理屈は、経験的に学習された不合理を粉砕するだけの威力など持ち得ないのである。

布由がゆらりと揺れた。

「色色と——有り難うございました。敦子さん、あなたに会えて善かった——」

「布由さん」

「もう関わらないでください。私は、あなたのように真っ直ぐな人と関わりを持てるような人間ではないのです。私は人殺しなんです。関わると不幸になります——」

布由はそう云い乍ら後退した。

「馬鹿なこと考えないで！　あなたがどんな人間だって——」

「生きていたって——利用されるだけ」

布由の姿がすっと消えた。

横径に入ったのだ。敦子は瞬間たじろいだが、すぐにその後を追った。

家と家の隙間、人ひとり通れるか通れないかの狭い路地である。塵芥が溜まった、汚い径である。

布由は死ぬつもりなのだろう。家族を殺した？　村人を殺した？　そんなことは関係ない。仮令それが本当であろうとも、それで死ぬなんて、そんなのは駄目だ。駄目だ駄目だ。

路地を抜ける。

——どっちだ。

人影が視界の端を過った。敦子は考えることなく迷わずに追った。裏道を駆けて再び路地に入る。躰を横にしなければ通れない。

関わると不幸になると布由は云った。でもそれは逆だ。敦子がこんなつまらない女でなかったら、こんなことにはならなかっただろう。所詮正論で人は救えない。そんなことは解っている。好奇心で行動することは不謹慎である。それも解っている。でも敦子にはそれしかないんだ。それだけのつまらない女なんだ。

それでも——。

路地を抜ける。

そこは空き地だった。針金と杭で囲われた更地である。雑草が生い茂りがらくたが放置されている。

「布由さん！」

空き地の真ん中で、布由は男達に囲まれていた。

――気道会。

尾行られていたのだ。

「布由さん！」

敦子はもう一度叫んだ。

男のひとりが振り向いた。

見覚えのある顔だった。

「おや。君は慥か『稀譚月報』の中禅寺君だったなあ。追って来たのかな。懲りない娘だ。この前はうちの若いのが随分と世話になったようだが――」

「あなたは――慥か師範代の」

「そう。君が誹謗した韓流気道会の岩井です。あの愉快な記事はうちの会長もお読みになりましたよ。腹を抱えてお笑いになった――そして」

岩井は布由に背を向け、敦子の方に向き直った。

「――殺せ、と仰った。いいですか？　こ、ろ、せ、ですよ。だから君が今生きているのは、私が取り成したお蔭なんだ。殺すことはないでしょう、精神再起不能が妥当じゃアないですか——とね——」

「敦子さん早く逃げて！　私は大丈夫だから」

布由が鉄切り声を上げた。

——泣いている。

布由の顔が泣いている。

「その人を放して。何であれ、嫌がる者を拉致監禁することは犯罪です！」

——この期に及んで正論を吐くのか。

「中禅寺君。君は状況判断と云うものが出来ないのかなあ。この前と違ってね、呼べど叫べど、こんな場所に助けは来ないよ。いいのかな？」

岩井は滑るような動作で手を胸の前に翳した。

——気なんか。気なんか気なんか。

岩井の眼が凶暴な色を帯びた。

筋肉の緊張が衣服の上からも確認出来た。

ハッと気合いを入れる。

——怖い。

敦子は飛んだ。

自らの恐怖心が敦子を飛ばしたのだ。建物に当たる。それを合図にして岩井の背後の男達が走り寄って来た。殺せ——と岩井の声がした。

——兄さん。

敦子は眼を閉じた。

禍禍しい邪気が、凄い勢いで迫る。

鈍い音がした。何度も、何度も聞こえた。

呻き声。罵声。大きな音。

そして——。

笑い声がした。

「わはははははッ。何だ貴様ッ——」岩井が怒鳴った。

「わはははははッ。僕を知らないとは何と云う馬鹿。僕のことなら猿でも知っている！　お前はきっと猿以下だな！　よし。貴様は今日からサルイカと名乗れ！　諒解ったかこのサルイカ！」

——え、

「榎木津——さん」

路地の出口に仁王立ちになっているのは、探偵その人だった。足元には男が三人昏倒していた。

「そうだ！　僕だ！　さあマスヤマ、路地に挟まって苦しんでないで早く可愛い敦っちゃんを救え！　いいか敦っちゃん、探偵とはこうして働くものなのだ！　善く見るように」

榎木津はそう云うや否や、倒れている男を蹴り上げた。そして疾風のように空き地の中央に躍り込むと、群がって来た別の三人を瞬く間に蹴り倒した。

「わはははは。弱いじゃないかッ」

「貴ッ様——」

岩井が身構えた。

雑魚は兎も角、岩井は曲がりなりにも道場の師範代である。一方榎木津が拳法をやっていたなどと云う話は一度も聞かない。敦子は固唾を呑んだ。

岩井は躰を低く構えて、探偵との間合いをじりじりと詰めた。榎木津は半ば馬鹿にしたような笑みを浮かべ、脱力してその様子を見ている。ハアッ、と岩井は息を吸い込む。腕が緩緩と上がる。

榎木津はまるで蠅でも追うように、平然と岩井の頰をぶった。ぱん、と気の抜けた音がした。

刹那、岩井は餌が目の前で消えてしまった空腹の野良犬のような顔をした。

そしてそのまま、敦子の視界から消えた。

榎木津の回し蹴りが側頭部に決まったのである。

倒れたその脇腹を榎木津は思い切り蹴飛ばした。

それから襟首を持って引き摺り上げて、鳩尾(みずおち)に拳を打ち込んだ。それから敦子の方を向いて、

「これが敦っちゃんの分ね」

と云った。

「それからこれが、僕を知らなかった罰だ！」

鉄拳を左頬に喰らい、岩井は本当に——飛んだ。

飛ぶ程強く殴られたのだ。とても理に適っていた。

「思い知ったかこの間抜け。来ると思ったところに来ないのが闘いの基本じゃないか。来ると思ったところに来るのはお笑いの基本だ！　喧嘩は卑怯な方が勝つのだ。成文化した卑怯こそ武道だ！」

榎木津が肩越しに睨み付けたので布由の両肩を摑んでいた二人が離れた。榎木津はつかつかと軽やかに歩み寄り、その二人を次次殴り倒した。

「馬鹿が。今云ったじゃないか。真逆(まさか)もうやるまいと思った時にやられるのだ。善く憶えておけ！　さあそこの人、行きましょう」

榎木津は布由の手を取った。

「どこへ——」

「どこでもいいのです。それともあなたはこの空き地にこのままずっと住むとでも云うのですか？　別に止めはしないが雨が降ったら濡れる」

あ、敦子さぁん――と情けない声を出し、路地から漸く蜘蛛の巣だらけの益田が出て来た。

「大丈夫ですか敦子さん！　立てますか？　一応僕も助けに来たんですけど――」

敦子は立てます――と云った。腰が抜けていただけである。敦子は結局自分で後ろに飛んだだけで、一撃も受けていないのだ。益田は敦子の方に手を差し延べてから布由を見て、あ、あの方が華仙姑処女さんですね――と云った。

「益田さんどうして――それを？」

「榎木津さんから聞きましたけど」

「どうして――榎木津さんが――」

そう云えばさっきの――。

岩井に対する攻撃の順序も、敦子が暴漢から受けたそれと同じだったように思う。

矢張り――。

問う前に榎木津は、簡単なことだ！　と云った。

「敦っちゃんの疵や動き方を見ればどんな叩かれかたをしたのかは一目瞭然だ！　それからこの人だって僕はマスヤマに写真を貰ったんだ！」

「益やまさ——いや、益田さんに？」

益田は榎木津にマスヤマと呼ばれている。

益田は頭を掻いた。

「一昨日華仙姑失踪と報せが入って——捜してたんですね。実は鳥口君に調査協力を頼まれてまして。彼、調べてるうちにどうも華仙姑処女は誰かに操られているのじゃないかと疑い始めたんすね」

「操られてる？」

「はい。鳥口君はそちらの女性と、一度は直接会っているのです。十日程前ですが、セールスを装って潜入した。それで確信したそうです」

「何を——です？」

「はい。本人目の前にして云うのも何ですが、華仙姑宅に毎日のように出入りしている男がひとりいるんだそうです。これが相談者の斡旋もしているらしい。しかしどうも、華仙姑本人はそんな男のことは知らないらしい——知りませんね？」

布由は事情が呑み込めないらしく、硝子玉の眼を円くして榎木津を見ていたが、やがて気づいて、ええ——と云った。益田は続けて尋いた。

「十日ばかり前に、こう、眼と眼の間隔が詰まった調子のいい男が行きましたでしょ？」

「え？　ああ、ナイロン歯ブラシの」

「そう押し売り。その男が薬売りのことを尋きませんでしたか？　ブレた写真を見せて」

「ああ——六年前にお金を貸したとか」

「その男をあなたは知りませんでしたね？」

布由は首を少し傾けて、

「昔の知り合いに善く似ていましたが——その人は十五年も前に——亡くなっていますから」

「その昔の知り合いと云うのは、尾国誠一（おぐにせいいち）さんでしょ？」

「ど——どうしてそれを」

布由は蒼白になった。

「尾国さんは生きています。しかもこの十年、頻繁にあなたのところに出入りしています」

「そんな——馬鹿な——私は」

「憶えてない筈ですよ。何故なら尾国と云う男は、凄腕の催眠術使いなんです」

「催眠術？」

それでは——。

布由の予言は。

「そう。敦子さんなら解りますよね。僕は知らなかったから結構吃驚（びっくり）しましたが。催眠術に、後催眠と云うのがありますよね？」

──そうか──後催眠なのか。

「でも、そんなに鮮やかに──出来るものですか」

出来るんですよ──と益田は云った。

「相談者を見付けて来るのもその尾国。だからその相談者の調査は綿密に出来ていて、尾国はその情報に基づいて、都合のいい予言を考えるんです。それをこの女性に教え込む──勿論催眠状態にして、ですよ。それで、これこれこの契機で喋るのだ、と仕込んでおいて催眠中の記憶は消しちゃう。相談者の顔写真でも見せるんですかね。で、予言をさせる。後は予言通りのことが起きるように工作する。その際も催眠術を使うようです」

「何のためにそんな手の込んだこと──」

「そりゃあ色色都合いいです。大物の弱みを握る、斡旋料を掠める、いや、相手が信じ込んでしまえば予言でコントロール出来ますからね。下手すりゃ国の行く末を左右する──なんて大袈裟なことだって可能です」

「尾国さんが──生きている？」

布由の半透明の皮膚から血の気が引いて行く。

「嘘です──そんな──馬鹿なこと──」

布由は口に手を当てた。

そして、そんな馬鹿なと繰り返した。

「そう。馬鹿なことですよ。しかし尾国が生きているのは真実です、証人も大勢居る」

布由は憔悴した顔を益田に向けた。

「華仙姑さん——本名は知りませんが、あなたは、死んだと思っていた男と毎日会ってたんです。これはそれだけでもうどうにかなっちゃいそうですが、その上、あなたは十何年間に亙って催眠術掛けられっ放しだったんです。こりゃ保ちませんよ。場合によっちゃ分裂症状や抑鬱症状を引き起こし兼ねないって話だそうじゃないですか」

事実不安定にはなっていたのだ。

危険な状態だった訳である。

「鳥口君はこりゃ怪訝しいと、折角の特ダネの公表を控えて、再調査を開始した。下手に公表すると、黒幕を取り逃がしてしまう可能性がある訳ですよ。世間の目がこの方に集中しますでしょう——」

それはそうだろう。非難も中傷も布由ひとりに向けられる。あの状態でそんな目に遭っていたら、本当に布由の精神は崩壊していたかもしれない。この場合は鳥口の見識に感謝せねばなるまい。

それにですね——と益田は続けた。

「この人幾ら責めても何も出ないんですね。無意識領域に指図されてる訳で、憶えはない訳ですから。巧妙ですよ。人を欺かんとなさば先ず味方とは云いますが——」

酷い話です――と益田は結んだ。

敦子は布由に近付いた。布由は敦子の顔を見るとふらりと一度揺れて、すがるように敦子の肩にその無表情だった顔を当てた。

「敦子さん――」

「もう――大丈夫です。これでもう――」

不明と云う名の謎は――。

布由は泣いているようだった。肩口に涙が沁みて来るのが判った。

「益田さん――どうも有り難うございました。それから――」

敦子が見ると、榎木津は倒れている気道会の連中の手足を拾ったらしい針金でぎゅうぎゅうに結んで、杭に括り付けていた。

「いい気味だ。これで絶対自分では取れないぞ。面白いだろう。呼べど叫べどこんなところに助けは来ないぞ。あ、気が付いたなこいつ」

榎木津は首を上げた男の後頭部を思い切りぽかりと叩いた。

悲鳴を上げる隙さえなかった。

「暴力と云うのは実に頭が悪い。何も考えなくていいから楽だ！　しかし、手が痛くなるしお腹も空くから損だ。さあ、君達はいつまで立ち話をしているのだ。マスヤマ、お前が喋るから帰れないんだぞ。それからそこの女の人――」

榎木津は立ち上がり序に二三人の頭を蹴飛ばして、肩で風でも切るように布由の前に立つと、先程事務所でしていたようにその顔を注視た。

「あんた、まだ騙されてるな」

「え？」

「だから、何だか知らないが僕は騙せない。それは家族か？　だったらそれは欠けていないぞ。その変なものは何だ！　判ったクラゲだな」

「海月って――あ」

布由は、短く叫ぶとその硝子玉の瞳が零れる程に眼を見開いた。

私は両親兄弟家族全員いいえ村人全員を――。

殺して――。

「榎木津さん！　それは、それは何です！」

何が見えたんです――と敦子は尋いた。

榎木津は颯爽と路地の出口に立ち、敦っちゃん、と敦子を呼んで、

「――京極の馬鹿が心配しているぞ」

と云った。

敦子は漸く涙が出ていることに気付いた。

＊

六度目の夜が来た。

疲れ果てている筈なのに、不思議に私は、それ程疲労感を覚えていない。

今日あったことは昨日あったことと同じだし、昨日あったことは一昨日あったことと同じだ。だから私は明日の己の姿も容易に想像出来るし、それは多分概ね合っている。どうせ今日と同じに決まっているのだ。ならば明日など来なくても良さそうなものなのだが、どうしたって夜は明けるから、どれだけ抵抗しようとも、同じ一日が再び始まるのだろう。永遠に、何度でも。

そんな気がする。

もう、違った朝など私には想像出来ない。

そうして考えてみれば、疲弊した私の人生にとって朝などと云うものは――例えばこのような特殊な環境でなかったとしても――いつだってそう代わり映えしないものだったような気がして来る。目が覚めるといつもどことなく不安で、不安を掻き消すために出来るだけ昨日と同じように振る舞って、ただ何事も起きぬように願い、そして再び明日が来ることに怯え、震えて眠る。

悲しいこと、辛いこと、嬉しいこと、楽しいこと厭なこと――喜怒哀楽の格差など微微たるものである。幾ら悲しくたって腹は減るし、喰わねば死ぬ。死ぬ程辛い悲しいと云い乍ら飯を喰う姿は滑稽だが、それが人と云うものである。逆様に、幾ら楽しくたって転べば痛いし、どれだけ金を持っていたところで一度に十杯も二十杯も飯が喰える訳ではない。

結局起きて動いて寝るだけが人生である。何処に居ようと何をしようと、或は何もしなくても、何も変わりはしない。私などと云うものは居ようと居まいと、陽は昇り、陽は沈み、誰も、誰ひとり困ることなどないではないか。

否――。

妻を想った。

妻は何を想っているだろう。

困っているか。多分迷惑していることだろう。

――しかし。

何処かに忘れ物でもして来たような気分になる。

連日、取調官は執拗に妻のことを語った。

女房のことも考えろ――。

女房は泣いているぞ――。

悲しんでいるんだぞ――。

だから早く楽になれ――。

そうした言葉に対する私の答えは、凡て何処かで聞いたようなものだった。勿論それは私の本心である。本心ではあるがまるで紋切り型で、だから多分それは過去に見聞きした何かに由来している。

寂しい。

愛している。

許してくれ。

会いたい。

そんな言葉は、私の言葉ではない。

昔、誰かが何処かで云った言葉だ。

私個人などと云うものは最初からないに等しい。

私は結局、過去の寄せ集めでしかない。

だから要らないものである。

朝など来なければいいのに。

私は堅い床で寝返りを打つ。

肩が、背が痛い。拳で打たれた顎が疼く。

生きて——いるからだ。肉体的な痛みこそ、今の私に残された最後の生の証しなのだ。

痛ェと感じるうちは大丈夫だ——。

躰が生きたがっている証拠よ——。

——木場。

ふたり切りで敗走した夜——。

前線で聞いた、戦友の言葉だ。

そして私は、微かに友人の顔を思い出した。

＊

塗仏の宴◎宴の支度

しょうけら

◎せうけら

ここにも中世陰陽家の説行はれて庚申を守ることはやりしに（中略）されば民間にもいたく流布して今も路傍に多く祭れり。「拾芥抄」に庚申夜誦㆓彭候子、彭常子、命兒子㆒、悉入㆓幽冥之中㆒、去㆓離我身㆒、注に今按、毎㆓庚申㆒向㆑寢而呼㆓其名㆒、三尸永去、万福自來と有り。此誦文もと何に出たる歟、三彭の名も異なり、この誦は庚申を守るにあらで寢るが爲なりとみゆ、其説もまた相違せり、今俗彭申の夜の誦歌に、

しゝむしはいねやさりねや我がとこを
　ねぬそねたるそねたるそねぬそ。

此のしゝむしを或はしやうけらはとも云り。

――嬉遊笑覧（きゆうしようらん）・巻七
喜多村信節／文政十三年

1

人一倍記憶力はいいのです、とその女は云った。

それがどうしたのだろう、と木場修太郎は思う。

木場はまるで気が入らない。上の空とまでは云わぬが、耳から入った言葉は悉く、その間をおかずに何処かへ抜けてしまう。止まる時間が少ないから言葉の意味が汲めない。女が熱弁を揮えば揮う程、木場は何だかどうでも善くなる。本気なのか演技なのかも判らぬ。それを考える気力もない。

謂わば暇潰しに入った名画座で、何度も観た旧い写真を眺めているようなものである。銀幕の中の女が泣こうが喚こうが剰え殺されようが、観客である木場にはどうすることも出来ぬ。銀幕の中でどれ程大変なことが起きていようと、正直言ってどうでもいい。網膜には、慥かに何かを訴える姿が映っているが、頭の中は空である。

その時木場が考えていたことはと云えば、精精目の前にぞんざいに出されている豆腐殻で拵えた寿司もどきの上に載っている、鯨のベーコンのことくらいだったのである。

あの、巨きな鯨の、いったいどの部分が切り取られて、こんな貧相なモノに化けてしまったのか、その辺りがどうにも気になって仕方がなかったのである。

絶対間違いないんです——。

女は少し興奮気味に云った。

——鬱陶しい。

横で頬杖を突いていた酒場の女主人が、気怠い声を出した。

「遣る気が——殆ど感じられない」

猫が甘えるような捉えどころのない声である。

当にその通りだったから、何も答えなかった。

「ナニさ。まったく仕方がない下駄刑事ね——」

女主人——猫目のお潤は、大きな眼を細めて木場を睨んだ。

そして、この意気地なし——と小馬鹿にするように云った。それまで熱心に語っていた女は、そうしたお潤の仕草を見て急に萎れ、つまらなそうに煤けたカウンターに視線を落とした。

何だか少しは悪いような気がしたのだが、ここで仏心を出すから毎度毎度貧乏籤を引くことになるのだと、木場は敢えて冷酷そうに眉根を寄せて、煩瑣エな——と云った。

木場は、東京警視庁の刑事である。

何箇月間も抱え込んでいた大きな事件がこの春に一段落して、それから始末書だの報告書だの、苦手な書き物仕事を何とか熟して、いい加減厭き厭きして、気が付くと足が盛り場に向いていたのだった。そして——ここに来た。

猫目洞——如何にも場末の酒場である。薄暗い。空気も澱んでいる。客もいない。くだらない無駄口を利く酌婦も小賢しい説教を垂れるバーテンもいない。

木場は別に飲めれば何処でも善かったのだが、わざわざ塒と反対方向の池袋くんだりまで出張って来たのは、雑踏に紛れる元気がなかった所為なのかもしれぬ。木場は何だか世間が面倒臭くなった時、この店に来るのである。

——それがどうだ。

来るのではなかったと、木場は少し後悔した。

慥かに。

いや、予想通り——木場が訪れた時、地下の狭い店に客はひとりもいなかった。

その上、馴染みの木場の顔を見るなり女主人は早早に店を閉めてしまったのだった。これもいつものことだった。流行っていないと云うよりも最初から商売する気がないのだ。

あンたを待ってたのよと、女主人は笑みを造って白白しい嘘を吐いた。

寄り付かぬ時には半年だって足を向けぬ、そんな不良の客を待っている訳がない。つまらない世辞を云うな、と木場は一蹴した。

だが。

やがてお潤は木場に留守を任せて店を空け、何も考えずに腰を据えて飲もうと、ひとり手酌で杯を空けていた木場の許に、知人だとか云う女を連れて戻って来たのだった。

相談に乗って上げて、と。

お潤はそう云った。白白しい嘘は世辞の類ではなく、企みごとあっての言葉だったのである。女は覗かれているだとか何だとか、頻りに訴えた。迷惑だった。聞きたくなかった。考えたくなかった。

だから木場は女の顔すらまともに見ずに、ただ欠けた洋杯だの不味そうなつまみだのを見続けているのである。

――調子に乗りやがって。

木場は寿司もどきを口に放り込んだ。

喰ってからこんなもの今時どこで作っているのだろう――と思った。

豆腐殻寿司と云うのは寿司が自由に喰えなかったからこそ生まれた代用食である。豆腐殻は米の代わり、鯨はトロの代わりなのだ。

つまりは米もない魚もないと云う時代だったからこそ喰えたようなもので、水産物の統制が撤廃されて後に、こんな不味いモノを喰う馬鹿も出す馬鹿もいないと思う。

喉に閊えて旨くなかった。

木場は豊島の所轄に勤務していた頃、この鯨寿司を出す闇市の寿司屋を何度も検挙したものである。

トロより手に入り易かったとは云うものの、鯨とて水産品には違いなく、つまりは禁制品であった訳で、天下の往来でおおっぴらに売れるものではなかったのだ。

木場は押収した鯨寿司を失敬して何度も喰った。

勿論公僕として感心出来る行いではあるまい。しかし警察が寿司など押収したところで結局捨ててしまうよりないのだ。実際、売ってはならぬモノを売る訳だから、まあ闇屋は悪い。だがその闇屋から押収した貴重な喰い物を簡単に捨てる警察とは一体何なのだ。

木場はどうにも釈然としなかった。

幾ら違法なモノだからと云って、餓死者が出るような喰うや喰わずの世の中で、その世の中の番犬たる警察が、喰えるモノまで捨ててしまってどうすると云うのだ。捨てるくらいなら喰った方がまだマシだ——とその時はそう思ったのだ。

食う度に喉が閊えて、木場はその度に酷く噎せた。

そして何年か振りに食べてみて、また噎せた。

慌てて洋杯の液体を呷る。そして更に噎せる。

度数が強い上に原料の知れない安い酒である。

それを見て、お潤は洋猫のような顔をくしゃくしゃにした。

「あんたさァ、それでも刑事なの。そんなデカい図体して」

「あのなァ、刑事は町の悩み事相談員じゃねェんだよコラ」

「何さ。警察ってのは庶民の味方なンじゃあなかったの？」

「警察は遵法者の味方よ。俺達ァただ違法者を取り締まるだけよ」

「覗きだって立派な違法じゃないかサ。ナニを威張ってるンだい」

「俺は捜査一課だ。殺人専門じゃねェか——」

釈明である。

木場はただ面倒なだけだった。

「幾ら失敗ったからって、大仏みたいにデカい男がいつまでもウジウジと、みっともないったらありゃあしないよ」

お潤はそう云ってぷい、と顔を背けた。

——しくじった、か。

慥かに。

前回の事件に於て、木場を含む捜査員の行動に、否、本部の捜査方針自体に補い難い不首尾はあったのだ。大捜査網を尻目に被害者は増え続けた。東京警視庁と所轄、国家警察千葉県本部が総力を挙げて捜査に当たったにも拘らず、である。

木場の眼の前でも五人もの人間が命を落とした。

木場自身が致命的な過失を犯した訳ではないまでも、警官である木場の鼻の先でのうのうと殺人が行われたことは事実である。当然、それに就いて木場が責任を感じなかった訳ではない。もっと賢く立ち回っていたなら、ひとりでもふたりでも救えていたか——とも思わぬでもない。

だが、そう考えることもまた思い上がりと云う気もしている。所詮一介の警官風情に出来ることなどあの程度だとも思う。

決して卑下している訳ではないし、責任逃れに現実逃避している訳でもない。それに木場は、結果的に捜査本部本体よりも遥かに真相に肉薄していたのだし、暴走と誹られつつも、限定状況の中で出来る限りのことはしたつもりでいる。それに就いての後悔はない。

しかし——努力だの判断の是非だのは、こうした場合そう問題ではないのだ。

結果だけが意味を持つのだ。

正しい選択をしていようが、真摯に邁進していようが、結果が駄目なら駄目なのだ。間違っていても手を抜いていても上手く行ったならそれで良しである。

慥かに不首尾はあった。多くの人間が死んだ。

だが犯人は検挙したし、事件は終わったのだ。

どうしようもない。だから木場は満足もしていない代わりに落胆もしていない。極めて淡淡としている。お潤の云うようにウジウジしているつもりはない。ただ。

敢えて云うなら——。

木場は、淡淡としている自分が気に入らないでいる。いつもいつも木場を余計な方向に突き動かすあの理解不能の情動が、今は不思議と鎮静化してしまっているのである。自分らしくない。結果的に木場は、未だ事件に対する感想が持てないでいる。この場合、もっと動揺したり、もっと激怒したり、興奮して訳の解らない行動に出ていてもいいとも思う。

その方が自分らしい。

勿論、凡て済んでしまった後に木場などが大騒ぎしたところで死人が生きて帰る訳もないのだが、せめて大騒ぎでもしないと殺された者どもが浮かばれないような気もする。理屈ではない。自分の行動の規範となるのは理屈ではないのだと木場は認識している。そもそも、何人人が死んでも、ハイそうですかでは、まるで——。

——まるで戦争だ。

そう思う。そんなのは厭だし、間違っているように思う。だが。

あれだけ多くの死を目前にしてい乍ら、結局木場は取り立てて感想が持てないでいるのだ。

そうした、一種達観して大人びた様子の自分が、木場は少少気に入らないのだ。それだけである。

しくじって後悔している訳ではないのだ。

木場はただ面倒なだけだった。

そこで木場は、訪れて初めてお潤の顔をまともに見た。

派手な顔。薔薇色の口紅。

多分、睨み付けているようにしか見えまい。木場は自分の容貌が必要以上に相手に威圧感を与えることを善く識っている。

細い眼。厳つい顔。頑健な太い頸。

お潤はつまらなさそうに横を向いた。

「あのう」

勢いをすっかりなくしてしまった女が、力なく云った。

「私、矢っ張り――」

「その――ナンとか云う怪しい子供のところに行くッての？」

横を向いたまま気怠そうにお潤がそう問うと、女は思い詰めたようにええ、と答えた。お潤は小振りの唇に煙草を咥える。

「そうねえ。あたしはそう云うの奨めないけど、まあそれでもこの馬鹿よりは――」

馬鹿とは木場のことである。

お潤は煙草に火を点けてひと喫いし、煙を木場に吹きかけてから、まだ頼りになるかしらね――と結んだ。

「オイその――」

少し気になった。

「――その怪しい子供ってのは何でェ」

何よゥ、関係ないでしょ馬鹿刑事――とお潤は毒突く。おゥ、関係ねえよ――と木場は凄む。凄んだ手前、今更教えてくれとも云えぬから、今度は木場の方がぷいと顔を背ける。そこで女が何か云いかけたのを制して、結局お潤は語った。

「霊感少年よ。うん、でも霊感って云うんじゃないのかしらね。そうねぇ、神童ね。なンッて云ったかなぁ。そう、慥か照魔の術とか使うのよね」

「何だ。ショーマってなぁ」

「魔を照らし出すって云う意味らしいわよ。不正や嘘を見破るのね」

ケッ、便利じゃねえかよ――と木場は吐き捨てるように云った。

霊だの魔だの、そうした手合いが木場は大嫌いなのだ。細かな差異などどうでも良くて、その手のものは木場の中では十把一絡げで却下される。

「警察にひとり欲しいな。否、閣僚にひとりかな」

「そう云う話も――あるようよ」

「何だと？」

木場は勿論冗談で云っている。

瞳だけを天井に向けて女主人は飄飄と答えた。

「内閣はどうだか知らないけどさ。その子はナントか事件の犯人の検挙に貢献したとかしてるンだとかそう云う噂話を聞いたわよ。偽証が看破出来れば、それは便利だものねェ」

「馬鹿野郎。そんなモノ警察が信用するかい。大方鰯盗った野良猫でも見付けたんだろうよ。神童だか霊感少年だか知らねェが、仮令神様だろうが仏様だろうが、司直が御託宣で動いたんじゃ世も末じゃねえか。もし警察が本当にそんな餓鬼の戯言採用したってェんなら、この国はもう終いだぞこの野郎」

だったら——お潤は鼻に掛かった声で云った。

「——この国の終わりも近いってことなんじゃないのぉ」

「どう云う意味でぇ」

「だってサ、あたしの聞いてる話は犯罪捜査に協力とか云う和い話じゃなくッて、犯人検挙に貢献ッて云う強い話よ。検挙ってことはさ、捜査したり逮捕したりする際にその子の意見が容れられたってことじゃない？　なら意見を容れたのは警察ってことじゃない。民間人に検挙は出来ないわよ」

噂だろ、と木場が云うと、火のないところにナンとやらじゃないか——とお潤は答える。

「何でもいいのよ。子供だろうが子犬だろうが、ちっとも動かない漬物石みたいな刑事よりは役に立つんじゃないの？」

「苦呶ェな。もう解ったよ」

解ってないわよ——と云ってから、お潤は苛立たしく煙草を揉み消した。

「いい？ この春子さんはね、あんたの云う、その餓鬼の戯言に頼ろうって、そう云ってるんじゃないよ。それもこれもあんたがそうやって小便してる馬みたいにぼおっと動かないからでしょ」

「俺はお前」

「あんたにお前呼ばわりされる筋合いはないのよ」

「あのな、俺は客だぞコラ」

「お代を戴いた覚えはここ暫くございませんけど。それで客面しないでくれる」

「手酌で飲ませといて偉そうなこと云うんじゃねェよ。来る度に店閉めやがってよ、この前なんか奥でぐうぐう寝てやがったろ。寝てたじゃねエか。おい、刑事騙せると思うなよ。それに手前は、俺にいつだって訳の解らねエモノばっかり喰わせるだろうが。試食とか云われていつも腹ァ毀すんだ俺は。いいかお潤、物事には順序、仕事には役割ってものがあるんだよ。この女性がどこに住んでるのか知らねェが、そう云うことは先ず——」

「くだらないことだけは善く喋るわね。解ってるわよそんなこと。近所の警察が当てにならないからこうしてあんたみたいな鈍感馬鹿に頼ってるんじゃないのよ。そんなことも判らないの？ 誰も好き好んで便所の古下駄みたいな顔の男に相談なんかしやしないよ」

「あの」

女——春子とお潤は呼んだ——が、怖(お)ず怖(お)ずと口を出した。

「もう結構です潤子さん。私」

お潤は仕方がなさそうに一度木場を見てから、力なく、御免ね——と云った。木場に向けて云ったようにも聞こえた。

「——その、今日明日どうなるとか、命に関わるとか云う話でもありませんし。ですから私、藍童子(らんどうじ)様に御相談してお伺いを」

「待てよ——」

つい口が出た。

「——その手の霊感野郎にロクなのはいねェんだ」

何故口を出す。

「だからそんなのと関わるのは止(よ)した方がいいぞ」

そんなことは大きなお世話である。大体木場の知ったことではない。ただ、強く押されれば強く押し返す癖に、引かれるとすぐに引き戻すと云う、困った癖があるだけだ。木場は生来、天邪鬼(あまのじゃく)な質(たち)なのだ。

——違うな。餓鬼なのか、俺は。

そうなのだろう。大人の反応ではない。

お潤が顔を下に向けた。笑っているに違いない。

「何が可笑しいんだよコラ。俺は占いの類が大嫌ェでな。商売柄被害者も大勢知ってるんだよ。関わったっていいこたぁねえんだ。そう云うのはほっといたって向こうから寄って来る。のこのこっちから出向くこたァねえよ。飛んで火に入る何とやらじゃねぇか」

お潤は少女のような顔になり、笑いを呑み込むように、だってあんたさァ——と云った。

「——可笑しいったらありゃしない。でもまあいいわよ。春子ちゃん、それぱっかりはこの馬鹿の云う通りよ。何度も云うように止した方がいいと思うけどなぁ」

春子は気の抜けた声ではあ、と云った。

「私もそう思うんですけど——でも」

「でも？」

「藍童子様は以前に一度——偶偶なんですけど、その、御忠告を戴いて——何と云うか、私の関わっていた、その」

「その？」

「ええ。その、信用は——出来るんじゃないかと」

「ほらそこの刑事。あんたが親身にならないからこうなるンじゃない。この娘は煮え切らないとこあンのよ。このままにしといたら、絶対その子供ンとこ行くよ。関わるといいことないンでしょ？」

「だからどうすりゃいいんだよ」

——結局こうなるじゃねえか。

木場は改めて女の話を聞いた。

女は——三木(みつき)春子と名乗った。

年齢は二十六歳。静岡の方の出身だそうだが、子細(わけ)あって戦後上京し、一昨年から東長崎の縫製工場に勤めていると云う。家族親類はなく、工場の宿舎に一室を宛(あ)てがわれての独り暮らしだそうだ。

春子は、この先再びどこかで会ったとして、果たして思い出せるかどうか不安になる程人相風体に特徴のない女だった。見たところ遊んでいるような様子もなく、服装も至って地味で、こんな女性が何故酒場の女主人などと知り合いなのか木場は若干なり訝(いぶか)しく思ったのだが、上京した理由と共に女主人との関係もまた、語られることはなかった。

「執拗(しつこ)いのです」

春子は繰り返しそう発言した。

どうやら相当に執拗いらしい。

春子が執拗いと評するのは、近隣に住む工藤信夫(くどうのぶお)と云う新聞配達員のことであるらしい。

工藤は昨年の秋頃からずっと、執念深く自分の身辺に付き纏(まと)っているのだ——と、春子は語った。要するに云い寄られているのだ。珍しい話ではない。

「その男が——嫌いなのかい」

木場は念の為に尋いてみる。

そこが——肝心、だからだ。

実際この手の話は犬も喰わない痴話喧嘩である場合が多い。他人に好かれて気分の悪い人間はいないのだ。中には迷惑だと云うケエスもままあるのだろうが、それは相手や状況が意に似わぬと云うことなのであって、好かれること自体は忌み嫌うべき事柄ではないからである。

尤も、好意より下心の方が勝っていたり、性的な衝動だけで異性に云い寄ると云うような恥知らずだって世の中には多くいる訳で、そう云う場合は好意を装った性的嫌がらせに過ぎない訳だが、そんな論外の求愛でさえ、強ち満更でもないと云うケエスがあるにはあるのだ。

そう云う場合は往往にして嫌だと云うポオズだけ執っていたりするから余計にややこしい。木場などは戸惑うばかりである。

勿論、女であれ男であれ人格を無視されて性的な興味の対象にだけされて嬉しい訳はない。それでも満更でもないと云う場合があるのは、好色だ淫蕩だと云うことではなくて、寧ろ差別的な気持ちが刺激される所為ではないのかと木場は考えている。

尤も。

云い寄ったこともなければ云い寄られたこともない木場は、勿論断ずることなどは出来ない。出来ないのだが、好きだ好きだと相手に云うのは、何でも云うことを聞きますから子分にしてくださいと云うようなものではないのだろうか。もしそうならば。云い寄られた方は云い寄って来た者に対して優越感を感じるのではないか。相手は無条件の恭順を申し出て来ているのである。支配欲が少しでもあれば、また自尊心が少しでも強ければ――仮令下心が透けていたとしたって――悪い気はしないのではあるまいか。

また、その逆もあるのかもしれぬ。云い寄られた方が被虐的な性質を持っているような場合は、別な意味で違う感想を持つだろう。

いずれにしろ、嫌よ厭よも好きのうち――などと云う巫山戯た男の論理が罷り通るのも、そうしたややこしいケエスがあるからなのであろうと、木場はそう思う。

凡ては色恋沙汰の苦手な木場の、単なる思い込みなのかもしれないが。

ただ――ひとつだけ木場が知っている確実なことは、結局そうしたことは当人同士で解決する以外にない、と云うことである。迷惑だ厭だ困っていると散散口では云い乍ら、蓋を開ければ困るどころか相思相愛――と云う事例を木場は幾つも知っているのである。その場合、乞われて口を挟んだ第三者はとんだ道化者になってしまう。

要らぬお節介は性に合わぬ。だから木場は、本当に迷惑しているのかどうかを確認したのだ。

本当に、虫酸が走る程嫌いなのかい——と、木場は再び尋いた。

すぐに返答はなかった。

暫く間を置いて、春子は、別に——嫌い——と云う訳では——ございません——と、切れ切れに答えた。案の定である。

「それならお前さん、もっとその男の——」

「それが」

木場が説教を垂れ始める前に、何を察したものか春子は早早に次の言葉を遮った。

「それが、ですから、終日監視を」

「監視？」

「執拗く付き纏うだけだったら、その、良かったんです。いいえ、良かったと云うことはなくって、私の方はその気はありませんでしたし、本当に、本当に何とも思っていなかったんです。ですから、迷惑と云うより、少しその、怖かったもので——私、お正月に工場長さんにお願いしまして、その、付き纏うのを止めるように云って貰って」

「で？」

「一応、アパートの周りを徘徊いたり、工場の裏門で仕事が終わるのを待ち伏せたり、夜に窓の外に立っていたりするのは——」

「そんなことまでしてたのか？　そりゃあ——まあ難儀な野郎だ。それで？」

「ええ。工場長さんは親身な方で、町内会の役員まで務める方ですから、割と発言力もあって、ご相談すると、解った任せろと仰ってくれて——直接云うと角が立つからと、工藤さんの住み込んでいる新聞屋さんの御主人に云ってくれたんですね。迷惑だからって。そうしましたら、そう云う変なことは」

「収まったのか？」

「はい」

「ならいいじゃねぇか。もう実害はねえんだから。勝手に想ってるだけでもいけねぇってのは幾ら何でも行き過ぎだろうぜ」

木場がそう云うと、あんたって片想い専門だもんねェ——と、お潤が揶揄するように云った。

木場はきつく睨んだが、まるで効果はなかった。

「ホントにさっきは聞いてなかったのね。いい、春子ちゃんはね、その後のことをさっきから話しているの。それだけの話じゃ犯罪でも何でもないじゃない。そんなこと刑事に相談する訳ないでしょ」

それもそうなのだ。

覗かれる——とか云う話だったか。

——覗かれている、か。

「おい。真逆四六時中誰かが窃視ているとか、そう云う話じゃあねえだろうな、おい――」

二十四時間誰かが自分を注視ている――と、先日検挙した連続殺人犯は訴えた。勿論妄想だった。そんなことがある訳がない。

ただ、その犯人の場合は特殊な症例であったにしろ、そうした妄想自体は一般にも割と簡単に生じ得ることを木場は知っている。精神神経科医だった友人に詳細な解説を受けたからである。強迫神経症。神経分裂症。何も特別な病気ではない。そうだと云うなら、木場も含めて皆そうなのである。聞けばそれは程度の問題であるらしい。

しかし。木場は占いや霊感と同様に、精神分析や心理学も大嫌いなのである。木場にとってはいずれも憑拠となる理屈が異なっているだけに過ぎず、つまり両者は同質のものである。そんなことを云うと一緒にするなと医者は怒るのだろうが、それは占い師側だって同じことを云うだろう。卜占は理に適わぬとは云え大昔から巷間に根付いている。一方で神経医学は理に適っているとは云え発展途上の学問に過ぎない。市民権のあるなしで云えば占いの方が優位である可能性すらある。

木場が厭な予感を如実に顔に出すと、お潤は直様それを読み取ったらしく、木場が文句を云う前に牽制して来た。

「あんたまたロクでもないこと考えているんでしょう。頭が悪いんだから考えるだけ無駄だって、いい加減に気付いたらどう？」

もう揶揄うどころか罵倒に近い。

「いちいち癪に障る女だな手前も。頭悪くて悪かったなオイ。だから刑事やってるってことぐれェ解らねェのか。それにこれは俺の頭だ。考えようが考えまいが手前に指図される筋合いじゃやねぇだろう」

「あのね、あんたのその四角な頭ン中なんて、あたしは疾うにお見通しなのよ。聞いてるんだもの降旗ちゃんから。どうせこの間の目潰し魔のこと考えてるんでしょ？　この娘が強迫神経症だとか自意識過剰だとか、そう思ってるんでしょうに——」

全く以て読まれている。お潤の方が一枚上手だ。

降旗と云うのは木場にいろいろと吹き込んだ張本人——元精神科医——の名である。木場は失念していたが、そう云えば降旗も矢張りこの猫目洞の常連なのである。

「——でもね、そう云うんじゃないのよ」

お潤はそう云って口を尖らせた。

木場はどうしても納得が行かぬ。

「そう云うんじゃねエって、だからどう違うんだ。その人はさっき慥か、終日監視されてるって云ったんじゃねぇか？　ずっと覗かれてるってぇ話なんだろ？　視られてるような気がするんだろうよ？　同じじゃねえかよ」

「そうじゃや——」

春子が発言した。

「——そうじゃないのです。私、視られている気は全然しないんです。いいえ。視られている筈がないんです。だから、だからこそ恐ろしくて——」

「そりゃあ一体——」

——どう云うことだ？

木場は牝猫めいたお潤の顔から、凡庸な春子の顔へと視線を渡らせた。照明が微昏い所為で眼鼻立ちの印象は一層に薄い。

「工藤さんは、その後私の前にぱったりと現れなくなったんです」

「ぱったりか」

「はい。風の便りに依れば何でも深く反省して、朝晩真面目に新聞を配達しているそうで、私もそれは安心したのですけれど、それが、それから一月程して——手紙が届いたのです」

「手紙？　恋文か？」

「恋文——と云えばそうなのですが」

「半端だな。違うのかい？」

「ええ。私の——その、日常生活のことが——こと細かに」

「何？」

その手紙には細かい字でびっしりと文が綴られていたのだそうである。

前略春子君／

何故小生を遠ざける／何故にあんな酷い真似をした／君は、何故自分の気持ちに正直にならぬ／君の気持ちが承知している／小生は雇主の前で大変な恥をかかされた／小生はそれでも君のことを許そうと思う／あれが、君の本心なんかじゃないことを／小生は知っているからだ／知っていることは、それだけじゃないんだ／小生は君のことなら何でも存じ上げている／嘘や、まやかしではないことを証明しよう／例えばあの日／あの日／

君は――。

「その先には――私のとある一日の行動が克明に綴られておりました。それはもう、微に入り細を穿って、びっしりと、綿密に書き込まれていたのです」

「それは――」

「はい。中っていました」

「まぐれ――ってこたあねェのかい」

当て推量でもそう外れない――と云う気はする。工場の始業時間や終業時間は決まっているのだろうし、工藤と云う男はそれまでの間春子に執念深く付き纏っていたと云うのだから、それ以外の――例えば食事の時間や就寝時間も把握していたのではないのか。

もしそうだったなら、余程特別なことでもない限り、町工場の女工の一日など想像に難くないのではないだろうか。木場がそう云うと、春子は少しだけ表情を曇らせた。

「そうだといいんですけど――いいえ。私も最初はそう思ったのです。いえ、寧ろそう思おうと努力したんです。でも――」

「違うって云うのか」

「はあ。その、例えば――」

春子は下を向いた。

云い悪いのよ鈍感ね――とお潤は木場を窘めた。

「ほら、例えば肌着の色だとか、いろいろあるでしょうが」

「ああ――」

「ああじゃないわよ。春子ちゃんはね、冷え性だし、あまり胃腸が強くないのよ。だからその――いいわね？　云っても」

「ええ。恥かしがるような齢じゃありませんし」

「そうね。この男は色気ないから。喰い気だけだから。あのね、この娘、毛糸の下穿きとか腹巻きとか莫大小の靴下だとか、そう云うのをさ。ほら、寒い時期はさ」

「いいよ判ったから。鈍感でなきゃこんなガサツな商売は出来ねェんだよ。だが――そんなモノまで、その、工藤か、そいつは――」

「ええ。春前の時候ですから気温もまちまちで。着けたり着けなかったり、その時時だったのですが、その――例えば色まで――」

何だか生生しい話になって来たので、木場は春子の顔から目を逸らした。

飴色に煤けた壁を視たまま、木場は尋ねる。

「それは——その、合ってたのかい？」

合っていました——と春子は答えた。

思い違いと云うことはないのだろうか。

そもそも幾日も前の下穿きの色のことなど、いちいち憶えているものだろうか。木場は先ず、そこから疑ってしまう。

木場辺りは昨日自分が何を着ていたかも善く憶えていない。どれも皆同じような服ばかりだからである。木場は基準になるまいが、それでも己が一般から大きく外れていると云う認識は木場にはない。女性の肌着の色数など木場には想像も出来ぬが、それにしたってそう多いこともあるまい。精精二色か三色だろう。その程度ならば、もし違っていても断定されれば中っているような気になるのではないか。

人一倍記憶力がいいのです——。

——なる程、そこに繋がるのか。

木場は顎を掻いた。

鬼魅の悪い話ではある。

「と——云うことはだな、覗いていた訳だ。あんたの——部屋を」

「部屋と云うか——その、食事なんかは工員が揃って工場の食堂で戴くようになっているのですが——そこで私が何を食べたかも」

「それも中ってたってのか？」

「ええ。献立は決まっているのですが、選べるんです。そう種類こそないのですけれど、どれを選ぶかは——私、別に決めていないのです。それも——」

つまり、工藤と云う男は部屋を覗いたと云うよりも——ずっと、春子にぴったりと付いて回っていたと云うことになるのか。

四六時中、まる一日付き纏われては、それだけで堪るまい。そのうえ部屋に入ってからも覗かれたのでは、慥かにおかしくもなる。

「それで——監視なァ」

組織的な監視下におかれる軍隊生活にだって、独りになる時間はある。独房の囚人だって、二十四時間見張られている訳ではない。そもそも覗き見されても一向に差し支えない野卑な暮らし振りの木場だって、独りのところを視られるのは嫌である。そんなに若くないとは云うものの、春子とて未婚の女性なのだから、それは相当に嫌なことなのだろう。

それも、ただ視ているだけではないのである。

覗いた内容を書面で報告して来るとは——。

——どう云う肚積もりなんだ？

「全く話が遠い男ね。初めからそう云ってるじゃない」

お潤が憎げにそう云った。それはそうなのだろうが、聞いていなかったのだから仕方がない。情報が欠落していては解るものも解らない。欠落部分を先入観で埋めたりすると物語は簡単に反転する。

散散書き散らした後、手紙はこう結ばれていた。

小生はお見通しです／呉ぐれも御用心を――。

陰湿だ。

否。そう云う問題ではないのか。

「私、それはもう怖かったですけれど、答えようがなくて。誰かに相談しようにも何処かから視られているように思うと、それも出来なくって。そのうち一週間経って――また手紙が来ました」

「内容は？」

「その七日の間に私が執った行動が」

「それでそりゃみんな」

「全部中っていました」

「全部って――後から来た分にも最初の手紙と同じように、その――何でもかんでも克明に、その――詳しく書いてあったのかい」

「ええ。便箋一枚に一日分が小さな字でびっしりと——それが七枚——」

「朝から晩までか？」

「起床から就寝まで」

「それじゃあその工藤って男は、一日中、いいや、一週間びっしり、あんたの傍にへばり付いてまんじりともせずに——？」

執念深い刑事だって単独でそんなベタの張り込みはしない。

「それでお前さん、どうした」

「それで——どうしようもないです。工場長さんにもそれとなく相談しましたが、内容が内容ですから恥ずかしい気がして手紙は見せられなくって——」

私生活(プライヴエート)が綴られているなら無理もないだろう。

「結局は有耶無耶(うやむや)になってしまって。同僚も誰ひとり真に受けてくれなくって。そうしているうちに——また」

「また来たのか」

「はい。手紙はその後も、一週間おきに」

「一週間おき？　おきってことは継続して届いたってェことか？」

そうなると、もう常軌を逸しているとしか云いようがない。

「それはずっと——真逆(まさか)、今も届いてるのか？」

「一応——先週分までは——届いています」

「そりゃあ——うん——そうだな」

何だか解らないが、豪く難儀な話ではある。

木場は顎の不精髭を摩った。その仕草を目聡く見付けてお潤が透かさず口を挟んだ。

「ほらごらん。一筋縄じゃ行かない事件でしょう。だから最初っから身を入れて聞いてりゃ善かったでしょうに」

「別に善かァねえんだよ。それよりよ、今のところその手紙は何通になった？」

「二月から続いてですから、そう、もう彼此七週間分は溜まりましたでしょうか」

七週間——四十九日分。ふた月近い。

「じゃあ工藤って野郎は、そんなに長ぇ間、ずっと続けて——監視を？」

「そこなんです——」

春子はカウンターの上で両手の指を絡ませた。

「——先程も申しましたが——私、その——視られている様子はないと思うんです」

「だって——視てなくちゃ判らねェだろうが」

「そう——なんですけど」

「けど——じゃあねぇだろうよ。そんな細けェことまで書いて来るんだ。かなり具に視てるぞそれは。なら建物のどっかに潜んでるってことだろう」

「そんな気配は——ないですけれど」

「そうだな、例えば、あんたの部屋の隣室は空き部屋じゃねェのか？」

被疑者がアパート住まいだったりする場合、隣室を借りて張り込むことはままある。

「はあ。私のアパートは工場の宿舎で、両隣は私と同じくらいの年齢の女性が使っていますから、工藤さんが潜んでいると云うのは一寸——」

「天井裏だってあるだろ。床下だとか」

木場がそう云うとお潤が横から顔を突き出して投げ遣りに云った。

「それじゃ忍術使いじゃないのよ。講談でもあるまいに、もう一寸本職らしい気の利いた意見を云いなよ。それじゃその辺の子供と同じよ」

「だってお前、床下天井裏ってのは忍び込みの定番だぞ。他にどっから這入るよ、おい」

「あの、私の部屋は一階なんですが、床下はないです。二階屋のアパートですから、天井裏も無理だと思います。上の部屋にも同僚が——」

「建物の筋向かいは」

「工場です」

「それじゃあ工場に潜り込んで、双眼鏡や望遠鏡で視てるとかな」

「それは——手紙が来るようになってから私も用心して、窓にも布や新聞を貼ったり、戸締まりも厳重にしていますし、工場と云ってもバラックみたいなもので、隠れる処なんか」

「でもなあ。隙間ってのはどっかにあるぜ」

「馬鹿なこと云ってるわよこの刑事。いい？　その工藤と云う男がもし、もしよ。あんたの云うように石川五右衛門よろしくどっかに潜んで、この春子ちゃんを一日中監視してたとしなさいな。それはそれでいいけどサ。その場合、工藤自身はどうやって暮らすのよ。どこで寝るのよ。食事はどうするの？　お風呂は？」

「知るか。この人が寝たら寝るんだろ。起きたら起きるのよ。飯なんかはどこでだって喰えらァ。風呂なんか入らなくたって人間は死なねえんだよ」

「ふた月も？」

「前線にゃ風呂なんかなかったぞ」

「仕事は？　勤めはどうするのよ」

「馬鹿。仕事なんかしてたら、幾ら何だってそんな偏執狂みたいなことが出来るか」

「してたんです」

「してた？」

「はい。工藤さんはちゃんと新聞配達を続けていたようなんです。意見した手前、工場長さんも気になったらしくって、ちょくちょく新聞屋さんを覗いて様子を窺っていたのだそうです。工藤さん、折り込みチラシを挟み込んだり部数を勘定したり、それは真面目に働いていたそうです。ですから――工藤さんは私を一日中は監視出来ないんです」

「そりゃあお前」

——無茶だろう。

それでは不可能である。

「誰かが工藤の名を騙ってやってるんじゃねェのか？」

「そうなんです。私もそれは疑ってみたんです。でも、じゃあ誰だと云われても身に覚えもありませんし。何の証拠もございませんし。大体、先程も申しましたが、仮令工藤さんじゃなかったとしたって、覗ける環境じゃないんです」

「同僚は——」

疑えぬことはない。女同士と雖も信用は出来ぬ。

聞けばこの春子と云う女は山出しの世間知らずのようだし、都会で暮らすには不向きな質なのかもしれない。職場でだってどんな軋轢があるか知れたものではない。

「——同宿の同僚なら監視も出来るぜ」

「それは——考えてもみませんでしたけれど」

春子は黙った。

その線はある。

それ以外に考えられないようにも思う。

結局木場も黙ったので、酒場にはやや気拙い沈黙が行き渡った。

どうもバツが悪い。木場は伸びて来た口髭を親指の腹で摩る。やがて、どうなのよ、何かいい考えはないの——と、お潤が急かした。

「あのな、馬鹿だから考えるだけ無駄だとか云ったのは手前だろうがこのスベタ。俺の四角な頭ン中なんぞお見通しなんだろ？　なら手前が代わりに喋りゃあいいじゃねえか」

「怒ってるの？」

お潤は眼を丸くすると、正面から覗き込むようにして木場を見た。表情がころころと猫の眼のように変わる。店の名の由縁である。木場は豆腐殻寿司の載っていた皿に視線を落とす。

「お——怒ってるんじゃねえよ。兎に角手前の云う通り、俺は考えるのが苦手なんだよ。俺はな、足で歩いて眼で見て手で触って捜査する質なんだ。襤褸靴の底が減ってしょうがねえ口よ」

お潤は脱力した両手をだらしなく広げた。

「古臭ア。流行らないよ、今時」

「捜査に流行りも廃りもねェよ。兎も角現場に行くなり聞き込みするなりしねえと、この場じゃ何も断定出来ねぇぜ。所轄——いや、交番かどっかへは行ったのか？」

「顔を隠して——こっそり行きました」

「そしたら？」

「笑われました。ええと、工場は交番の近くだから本官も善く巡回しているが、そんな怪しい男は終ぞ見掛けない――って。手紙も見せたんですけど、気にするな、殺されやしないよ、とか」

「駄目だな」

駄目は駄目なのだが、まあそれが普通の応対なのかもしれない。木場が当番でも同じような反応をしたに違いない。

「一回で話聞くだけあんたよりマシじゃない」

「いちいち茶茶を入れるなよ小煩え女だな。兎に角一回現場を見ねえとなあ。この場合の現場は――そう、お前さんの部屋の見聞だな」

「行く？」

「黙れって。その、工藤と云う男だがな。どんな男だい？」

そう問われて春子は、その凡庸な顔を曇らせた。眉根を寄せるとやや特徴的な顔になる。もしかすると没個性的なのは表情が消えている所為で、もし笑ったりしたなら、また違った印象の顔立ちになるのかもしれない。暫く考えて、春子は顔の前に手を翳した。

「はあ、色が黒くって顔がこう、鼻とかが」

考えた末の――手振りである。

鼻が潰れたような仕草だった。

「顔じゃなくてよ。性質よ」

「善く知りません。粘着質な感じです」

「そりゃ粘着してるこたァ間違いねェようだけどもよ。知らねえったって向こうはあんたを見初めたンだろうが。どこで知り合った？」

はあ——と春子は気のない返事をする。

息と共に緊張も抜けたものか、急に切迫した雰囲気が失われる。

はあ——の先が中中出て来なかった。

「云い難いのか？」

「それが、長寿延命講で」

「チョウジュエンメイ何だって？」

木場には何を云っているのか解らなかった。

「長生きの長寿。生き永らえるの延命に、鼠講の講です」

「何だそれは？　宗教か？」

「宗教じゃないです。その、庚申講って御存知ありませんか？」

「コーシンコーだぁ？　頼母子講みてえなものか」

庚申よ庚申、とお潤が云った。

「知らない？　あんたン家石屋でしょ」

「庚申？　ああ、あの道端に立ってる石地蔵か」

木場の知識ではそれは石仏のようなものの筈だ。小石川にある木場の実家の傍にも、慥か立っている。ただ実家にはここ一年ばかりまともに帰っていないから、未だにあるかどうかは判らないが。

あれはお地蔵さんじゃないわよ——と、お潤が口を尖らせた。

「庚申塔なら猿とかでしょう。あれって見ざる云わざる聞かざるよ」

「猿？　そうだったかな。いや、ありゃ猿じゃねえぞ。いい加減なこと云うなよお潤。猿にしちゃ腕が多かったように思うぞ」

「お地蔵さんだって手は二本よ」

「猿で偉ェのは孫悟空くらいだろうが」

木場が尚も無意味な口論を続けようとするのを春子が阻んだ。

「三猿も——その、四本腕の神様の絵も祀ります」

「祀る？　その長寿延命講でか？　じゃあ矢っ張り宗教なのか」

「ですから宗教と云うより——その、講習会と云うか、いいえ、そう云うのとも違うんですけど——健康法を伝授されたり、お薬を戴いたり、お話を聞いたりする——ですから、その昔あった庚申講のような」

「待て——」

そこで木場は唐突に古い記憶を取戻した。

その記憶はご丁寧に抹香臭い香りまで伴っていた。そう云う黴の生えた記憶である。いや、記憶と云うより想い出の残滓のようなものである。

「――庚申講。庚申講な。そうか、思い出したぞ。餓鬼の頃やってたぜ。祖母さんがおっ死んでからこっちはやってねえように思うがな。なら相当昔のことだぜ。夜によ、近所の連中がお堂に集まってな、酒飲んで騒いで、そう云やァあれが庚申待ちの講だとか云ってたぜ」

それです――と春子は云った。

「――庚申の日と云うのが六十日に一度あるんですね。それで、その日は眠らずに起きていなければならないんです。それで昔から近隣の人が集まって、互いに眠らないように監視し乍ら夜を明かすって云う習慣があって――善く知らないんですけど――それが庚申講なんです」

「何だって寝ちゃいけねえんだ？」

「悪い虫が躰から抜けるんだとか」

「それじゃあ寧ろいいじゃねえか」

「善くないんです。その虫はその人が寝ると躰を抜けて寿命を縮めるんです。だから起きてなくちゃならないんだそうです。起きていると、その虫は悪さが出来ないらしくって――何だか上手く説明できませんね。そう云うの苦手で」

「まあ本当に善く解らねェけどな。その、長寿延命講ってのがそれだって云うのかい？　それも夜寝ねェで騒ぐのか？」

今時そんな子供騙しの理由で徹夜までするものだろうか。

「でも——徹夜なんかしちゃ延命どころか短命講になっちまうぞ。善くは解らねェが、長生きにゃ寝るのが一番だろう」

春子はもう一度はあ、と溜め息とも返事ともつかぬ音を発した。

「今云いましたように、その、ただ起きているのじゃなくて、その、行事の通玄先生と云う人が健康診断をしてくれるんです。それで、あなたは次の庚申の日までこう過ごすと善いとか、これをしては駄目だとか云われて——」

「生活習慣の改善指導のようなものかい？」

「まあ——そう云ったものです。それから、その後に色んな健康法を伝授されて、そしてそれぞれに合ったお薬を調合して下さって——」

「そのナントか先生と云うのは医者なのか？」

「漢方薬の調剤師なんだそうです」

何だか胡散臭い話である。

「それは金を取るのかい」

「参加料と、お薬代を取られます」

「そりゃあ——詐欺じゃねえのか？　薬代が馬鹿に高えとか」

宗教でも霊感でもないようだが、どこか怪しいように思う。刑事としての勘か、或はそうしたものを忌み嫌う木場の性質故か。

春子は、幾度か頷いた。

「そうなんです。高いんです。それで——ええ、多分、詐欺なんです」

「はあ？　解っててお前さん——」

「もう止めました。私、潤子さんが云った通りで、長年胃病を患っているんです。父も母も胃腸の病で亡くなりましたし、兄は肺病でしたけれど、その、短命の家系なんですね。ですから健康な体に凄く憧れていて、それでつい、参加してしまったんです」

「で——つまり効果がなかったんだな」

「効果はありました。何しろぴたりと中るんです」

「中る？」

——また中る話だ。

「はい。その——ですね。庚申の日から次の庚申の日までの間、先生からの生活指導があるんですが、それが凄く細かな指示なんですね。お芋は何月何日まで食べるなとか、朝は何時に起きろとか、焼き魚はいいけれど煮付けは駄目だとか、それから易みたいなものもやるので——」

「エキ？　八卦見か？」

「この方角には行くなとか、赤いものを身に着けろとか。そんなこと、つい忘れてしまいますから中中守れるものではないんですけれど、守らなかった場合、次の庚申の夜に診察して戴いた時に何を守らなかったか一目で解ってしまうんです。これを守らなかったからここが悪くなったと、それがぴたりと」

「中ってるってぇのか？　そりゃあ名医だな」

「そうなんです。でも、処方して戴くお薬は法外に高額で。ただそれも、云い付けを守らなかったからこその値段ではあるんです。守っていれば肉体も健康になって、薬も要らないんですね」

「その薬ってのは効くのかい？」

「はあ。ですから、云い付けを守って薬を飲んでいれば――それは確実に効果があるんです。何しろ高い薬ですから。当然持病も癒えて、体力もつくし、健康にはなるんです。それに躰の中の、その――虫が衰えて、それで長生きが出来るって」

「ほう。俺は学がねぇから勿論医学にも昏ェんだがな、寄生虫が弱れば宿主ってぇのは長く生きるもんなのかな。まあ腹の中に虫ィ飼ってるよりはそんなものいねえ方がいいンだろうが――でもなあ。終戦間際なら兎も角、最近じゃ回虫や蟯虫なんかも減って来てはいるんだろ」

「そう云う虫じゃないんです。しし虫と云って、そうですねえ。形は判らないんですが、寿命を縮める悪さをする虫なんだそうで」

「矢っ張り——胡散臭エな。そう思うだろ？」

木場は顔も見ずにお潤に同意を求めた。

「だから。この娘は辞めたんだって云ってるでしょうに。そうなんでしょ？　春子ちゃん」

「ええ。今年は——お正月に初庚申があって、それで今月の十日に二回目の庚申があって、それには参加したんですね。でも、それでもう、止しました。今後は行きません」

工藤が居たからか——木場はそう尋いた。

「それもありますけど——工藤さんは去年の終庚申の時に初めて参加したんですが、最初からそう熱心な風じゃなかったです。その、何と云うか、動機が不純みたいで」

「なる程な」

つまり、良く云えば出会いを求めていたのだろうし、悪く云えば女を引っ掛けようと目論んでいたのだろう。そこで工藤は春子を見初めた訳だ。眼鏡ならぬ色眼鏡に適ったと云うところだろうか。

「去年の終庚申は十一月だったんですけど、その時に声を掛けられて——それから付き纏いが始まったんです。初庚申は明けて一月九日で、その時もかなり執拗かったもので、それで私——」

「雇い主に相談した訳か。そしたら妙な手紙が来始めた、と──おい、待てよ。その、最後の庚申は三月十日だろ。じゃあお前さん、つい半月前にも、その集まりで工藤と会ってるのか？」

春子は小声ではい──と云った。

「だってよ、その時はもう妙な手紙は来始めてたんだろう？ それでお前さん、善く行ったもんだなおい。怖いとか思わなかったのか？」

「それは怖かったです。でも──」

飛んで火に入るような女だな──と、木場は思った。地味で慎重な性格かと思いきや、意外と一本抜けている。何しろ己に付き纏う変態が同席する会場にのこのこ出向くくらいなのだから──。

否、人なんて皆そんなものか──木場はそう思い直す。それ相応の理由があったのかもしれぬ。

「健康や長生きには代えられねえ、ってことか？」

春子は、その時はそうでした──と蚊の鳴くような声で答えた。

「神経がやられてしまって、胃が痛くって、薬だけでも貰おうと思ったんです。真逆大勢の前で手荒なこともしないだろうとも考えました。でも、工藤さんは私を見ても表情ひとつ変えないんです。それが余計に怖かったんですが」

「何も云って来なかったのか？」

「ただこっちを見ているだけでした」

「やな野郎だな。しかしそれならその時に取っ捕まえて、云ってやりゃあ善かったんだよ。いい加減に変態みたいな真似は止せ――ッてな。大概それで止むぜ。手紙が差出人に工藤の名を騙っただけの別人の仕業だったなら、それもその時に判るだろうし」

そんなことが出来てたなら苦労はないのよ――とお潤が云った。

それもそうだろう――そう思ったから木場は反論をしなかった。

「で、そんな危険を承知で出掛ける程に、健康長寿にご執心だったお前さんが、何だってその延命講だかを辞めたんだ？」

「それが――」

どうやら辞めた理由は酷く云い難いことであるらしい。

春子は幾度か頰に掌を当てた。

「――それが、藍童子様の」

「心霊小僧の託宣かぁ」

そこに繫がるのか。

「延命講は深夜を過ぎると男女別別の部屋に分けられて、夜明けまで続くんですが、朝になって帰ろうとすると門のところに工藤さんが立っていた。出るのを躊躇っていると――」

春子は両手を頰に当てて申し訳なさそうに云った。

「そこに——黒塗りの自家用車がすっと来て、工藤さんの真ン前に止まったんです。で、中から——藍童子様が」

「出て来たのか？」

何だか出来過ぎと思うのは木場の聞き方が穿っている所為か。

「藍童子様は工藤さんに何か話し掛けられて、そしたら工藤さん、ちらと私を見て、すたすた行っちゃったんです。私がぽかんとしていると、藍童子様が近寄って来て、あの人は邪な人だ——って仰って」

「それが、ええと何だ、照魔の術か？」

「はい。それで、この集まりも正しいものではないよ、と」

「けッ」

木場は大いに鼻白んだ。

霊感には霊感返し、と云う感じである。

「正しいものじゃねえ——か。善く云うな」

正しいとか正しくないとか臆面もなく断言出来る奴は大抵信用出来ない。そんなことは、厳密には誰にも決められぬことである。天下御免の法律だって精精目安に過ぎないのだ。時には間違っていると判断されることもある。

「でも――私だって別に丸呑みにした訳じゃないんです。だってその時は、藍童子様のことなんかこれっぽっちも知りませんでしたから。幾ら田舎者でも初対面の子供の話をいきなり信じやしません。あの方が工藤さんを追っ払ってくれていなければ相手にもしなかったと思います」

それはまあ当然のことである。

「でも、聞いてみると理に適っているんです。凡ては薬を売り付けるための企みごとだと云うんです。それは私も薄薄感じていたものですから」

「企みごとって――だってそりゃお前さん達だって承知で」

「承知と云えばそうなんですが、考えてみると私、最初の頃、薬は二の次だったんです。参加すればそれだけで健康になると、初めのうちはそう思っていたんです。いいえ。皆そうだと思います。それがいつの間にか――ほんの数回参加するだけで薬が目当てになっているんです。効き目があるからではあるんですが――」

「しかしなあ」

それだって別に不都合はないと思う。

「ええ――そうなんです。だから皆、自主的に通っている訳で、詐欺と云うのとは多分少し違うんですけれど――でも、例えば幾ら高価でも、その場で処方されたものを、高いから要らない――とは云えませんでしょう？　誰だって飲まなきゃ健康を損なうと云われれば」

「買うか」

「買います。しかし、善く考えてみると、通っている者は誰も、それは健康体でこそないのですが、死病に取り憑かれている訳でもなく、精精持病がある程度なんです。持病のひとつやふたつは誰でも持っていますから、考えてみれば普通の身体ではあるんです。それが、今より健康になろう、もっと長生きをしようと、先を争って薬を買う。これは少し変じゃないでしょうか」

そう云われれば慥かに変なのかもしれない。薬と云うのは普通、病に罹った者が飲む。悪くなった部分を治す為に使う。しかし延命講の場合は、薬を飲まずとも死ぬ訳ではない。飲まなくたってそれまでの健康は保持出来るのだ。今より良くするためにそれは使われる。ならば——。

「そりゃあ——必要に迫られて買うモンじゃねぇ訳だから、云ってみれば贅沢品のようなモノってことか」

お潤が云った。

「それはでも、普通そうなのよ。近代西洋医学は対症療法だけど、漢方は体質改善が基本でしょう。だから今の医学はどこかが悪くなって初めて機能するけど、漢方の場合は予め悪くならないように処方する訳だから。根本的な発想に差があるンでしょ」

酒場の主人の癖につまらないところに学がある。

春子はお潤の言葉を聞いて暫く考え、

「そうは云っても、ただ長生きするからとだけ云われて、普通そんな高価な薬は買いませんでしょう。このご時世、誰だって余裕がある訳じゃないですから。そこが藍童子様の仰る企みごとなんです」

と云った。

買わずにいられなくなる状況を作り出す——と云うことか。

春子の云うように、今のご時世健康な者はいない。誰だって、どこかしら、僅かなりとも具合が悪い。それで普通だ。長寿延命講はその僅かな患部を狙うのだ。その、一寸した傷を癒しましょう——と。

これは引っ掛かる。

大したことではないからだ。皆、少少健やかになりたいだけなのだ。だが、その些細な願望がいつの間にか掏り替えられる。助言通りに精進せぬと悪くなる。今よりどんどん悪くなる——。

遠回しだし物腰も柔らかいが、脅迫である。そして、長寿延命講は同時にこう囁くのだ。云うことを聞いていればどんどん良くなるぞ、まだまだ楽になるぞ、もっともっと長生きが出来るぞ——。

そして皆、自ら望み、我先にと群がり、私財を抛ち薬を買う。買い続ける。

誰だって長生きはしたいからだ。

──仕方がねェか。

生きるか死ぬかと云う辛い時代を潜り抜けて、やっと世の中が落ち着いて来たばかりである。ここで死にたくはないだろう。戦時中はただ命を落とさぬようにと、誰しもがそれだけに必死になっていた。戦争が終わり復興も一段落して、漸く死なぬことではなく、生きることを考える余裕が出て来たところなのだ。

とは云え、不景気であることに変わりはない。いきなり長生きの薬です──とだけ謳っても誰も買わぬだろう。背に腹は代えられぬのだ。米を買う金で薬は買えぬ。飯が喰えなければどんなに健康になっても仕方がない。時に餓えは病よりも深刻なのである。銃後を生きた者も戦火を潜った者も、それは十分承知しているだろう。だから、庶民の財布の口の紐は固い。その紐を緩めさせるには、色色と仕掛けが要るだろう。

強制は無効だ。懐柔も無効だ。

勧誘も喧伝も意味がない。

でも、これなら買う。

強制もせず懐柔もせず、勧誘も喧伝もしない。売り手は買ってくれとはひと言も云わないのである。効き目があるとも云わないのだろう。ただ、云う通りにしないと不具合が発生するのだ。指示に従わねば──健康は損なわれる。

指示通りにするなら、それはない。

――信じるか。

信じるだろう。信じれば、買う。

一度信用してしまえば財布の口は開く。多少無理をしてでも金は捻出される。

それは自らの体験に添った自らの判断なのだ。客は売り手ではなく自分を信用するのだ。

無自覚のまま強制され、無自覚のまま懐柔されて――購買意欲は自発的に涌くのである。

木場は納得した。春子は続けた。

「更に上手く出来ているのは、先程も云いましたように、いろいろと細かく指示された通りには誰も暮らせない――と云うところなんです。如何せん六十日は長いんです。だから行く度にどこか悪くなっている。それは約束を守れない自分の所為で、だから余計に」

「相手は親切ごかして云うんだろうしな」

「それに六十日分の薬は量も多いんです」

「大量に、一括買いすることになるのか」

「はい。ですから私のお給金なんかではとても足りなくって。それでも父の残した遺産が少しばかりあったので――」

「財産？」

財産があったのか。

「財産があンのにお前さん、工場で働いてるのか」

「財産と云っても土地ですから」

売ったりするのもそこそこ大変で——と春子は云った。

「土地かよ」

「ええ。別に何の役にも立たない田舎の土地なんですが——でも、最近法律が変わって、何でも税金を沢山取られると云うので——少し処分したのですけれど——私、もう、そちらに手を付ける寸前でした。幸い良い時期に藍童子様の忠告があったもので、結局そこまではしなかったのですが」

「それでお前さん、その餓鬼に感謝してるって訳か。まあ、工藤も追っ払ってくれた訳だしな。だがよ——繰り返すけどな、その手の連中は何奴も此奴も皆一緒だぜ。みんな同じ穴の貉だ。片方が悪い奴で、もう片方がその悪事を暴露したからって、暴露した方は悪くねえってことにはならねェんだよ。いいか、大抵そう云うのに騙される被害者は、何度も何度も続けて引っ掛かるもんだ」

「何度も——何度も？」

「そうよ。信じてたモノが信じられなくなるってェと、その穴を埋めるように別のモノを信じるのよ。また騙す手合いは次から次へと出て来るんだ。だからどこまで行っても騙される仕組みだな。俺の見たところ——あんたもそうだぜ」

春子は三度はあ――と気の抜けた返事をした。

解ったのかどうなのか、甚だ心許ない反応だ。

どうすんのよォ――と、お潤が鼻に掛かった声を出す。

「見放すの？　そんな偉そうな忠告だけしてさァ。大体あんた達官憲が確乎りしてないから国民は変なもの信じるんじゃないの？　まあ国体を無理矢理信じさせられて大損したばっかりだから、それも仕方がないけどサ。警察が当てにならないんだから、この娘だって、あんたが駄目なら心霊少年しか頼る先はないンだよ」

「煩瑣ェな黙れよ」

そして木場は物凄く凶暴な面相になった。

2

人一倍記憶力がいいと——京極堂はそこで言葉を切り、面白くなさそうな表情で木場の方を向いた。

「——その女性は云ったのですね？」

おおよ——と木場は愚直な返事をする。所詮木場にはこの偏屈な男が何を考えているのかなど解りはしない。二の句が継げずに黙っていると、痩せぎすの古書肆は太い竹と竹の隙間から、少しばかり疲れた視線を寄越した。

木場は腕を組む。

「なんでェ。それがどうしたってんだ」

尋いても無駄だと云うことも木場は承知である。どうせ情報量が足りないだの不確定要素が多過ぎるだの、だから断定は出来ないだのと、煙に巻かれて終いなのである。それでもこの場合は尋くのが正しい。それが木場の立場であり木場の役目である。

案の定答えはなかった。

木場は無言で屈むと、地面に並んでいた竹の束を持った。ひ弱な友人が伐り倒したものである。暖簾を吊るのに使うのだと京極堂は説明した。

「縁側に運びゃあいいんだな」

「ああ——そうだね。まあここでは何だから——旦那、時間は？」

「今日は非番だからな。お前さんこそ古本屋は？」

今日は開けない——と云って、和服の古書肆は矢張り地面に置いてあった手鉈を摑むと、懐から布を出してぐるぐると巻いた。

「午後鳥口君が来ることになっている。それまでにやっておくことと云えば、その竹を具合のいい長さに切断することだけですよ」

朝一番の刑事に午後一番の事件記者じゃあ、商売あがったりだなおい——と木場が揶うと、京極堂は鼻で笑って、まったく本を読む暇もないですよ——と云った。商売をする気は元よりないらしい。

「怪我はいいのかい」

木場はぼつりと尋く。十日ばかり前、この京極堂こと中禅寺秋彦は、木場と共にあの悽惨な事件の幕引の場に立ち会い、惨劇に巻き込まれて額を割っているのだ。のみならず証人として幾度も事情聴取をされている筈だから、本当に暫く店は開けていない筈である。

京極堂はただ再び笑って、

「生憎女房は不在なんだが、僕の淹れた不味い茶でも振る舞いましょう」

と云った。

貧相な竹藪を抜けると、すぐそこが京極堂の住居である。裏木戸を開けて手入れの行き届いた中庭を過ぎ、縁側に竹の束を置く。主は寒いから座敷に上がれと勧めたが、木場は縁側が良いと答えた。

一月二月は温かだったのに、三月を過ぎてからはやけに風が冷たい。木場は外套の襟を立てる。痩せ我慢は自分に似合っている。

暫くそうしていると、熱い茶が出た。珍しく出がらしではない。主の弁通り、この家では細君がいない時は大抵色の付いていない湯のような茶が出るのだ。朝が早かった所為か。

「寒いな」

「なら中に入ればいい」

「いいんだよここで」

面を突き合わせるのが憚られる——それが木場の本音だ。多分、京極堂は木場などよりも遥かに強く先の事件を引き摺っているに違いないと——木場はそう思うからである。

何故そう感じるのか、実のところ木場も善くは解らなかった。

ただ、何の感想も持てずに浮浮としている木場などよりもずっと瞭然とした感想をこの男は持っているように思えてならなかった。

木場は己の肩越しに友人の様子を窺った。

和服の古書肆は伐った竹を吟味していた。

京極堂は常態でも表情が読み取り難い程不機嫌な顔つきだから、一見して動じているようには見受けられない。それもその筈で、京極堂は事件の直接的な関係者ではないのだ。謂わば乞われて腰を上げた格好なのだし、その際に何か過失を犯した訳でもない。それは適切且つ最善の動きだったと木場は認識している。加えて、民間人である以上、木場のように責任を感じなければならない立場でもない。何よりこの男が関わらなければ事件自体が終わらなかった可能性もある訳で、終わらなければ更に被害者が増えていた可能性も、ない訳ではないのだ。そう云う意味では悔いることなど何もない筈である。

——否。そうじゃあねえ。

いずれにしろ被害者の数は変わらなかったのだ。それは十日かかるものが一日で済んだと云うだけのことだったのかもしれぬ。ならば、先を急いた故に生じた歪みこそが一夜にして複数の命を奪ったのだと云う考え方も出来る。

後ろで竹を観ている友人は、そこを悔いているのかもしれぬ。如何であれ、本来終わる筈のなかったあの事件を無理矢理に終熄させたのは、誰あろうこの男なのだから。

再び顔を見る。特に変わった様子はない。

——それでも矢っ張り。

この男は悔いているのだと、木場は思う。

悔いていて欲しいと云う、それは木場の願望なのかもしれないが。

「庚申――だったかな」

愛想のない主人は徐に云った。

木場は片方の靴を脱ぎ、足を膝の上に載せて、躰を捻った。

「おう。そう云うこたァお前さんに尋くのが早エと思ってな。例によって面白くもねえ御託を聞きに来たてエ訳よ。そりゃ宗教か？」

「宗教じゃないな。習慣かな」

「だが何か拝むんだろう」

「拝む？」

「猿とか手の多い仏さんとかよ」

「ああ。三猿に青面金剛ですね。あれは拝むのじゃなくて祀っているのです。本尊と云うより――そうだなあ、記念碑とか供養塔のようなものですよ。決められた回数だけきちんと講を続けられたら、記念に寄合の場所に祀るんですね」

「それでも宗教じゃねえのか」

「宗教じゃあない。別に教義もないし開祖も決まった本尊もない」

「今祀るって云ったじゃねエか」

「だから——そうだな、旦那だって正月には神棚にお神酒と燈明くらいあげるでしょう。それは信仰なんですか」

「信仰って云やァ信仰だがな。何ンかを信じてる訳でもねぇやな。ま、縁起担ぎって云うかよ、まあ習慣だな——ん？　そうか。なる程な。じゃあ年中行事みてェなもんか？」

「まあそうなりますかね。日待ち月待ちと云って、似たような習俗は昔からある。庚申待ちと限定しても平安時代ぐらいまでは遡れるでしょう。『續日本後紀』や『西宮記』などに宮中の庚申御遊の様子が記されている」

ふうん、と木場は生返事をする。どうせ善く解らない。

「まあいいや。つまり正月と一緒で深ェ意味はねエってことか」

意味がないってこともないんだが——京極堂はそう云い乍ら木場の傍らに近寄り、真横に座った。

「習俗やしきたりと云うものは無意味に出来るものじゃない」

「夜明しで酒飲んで騒ぐのに憂さ晴らし以外の意味があるとは思えねえがな。だがよ、鬱憤晴らしだとしたら、ご近所が雁首揃えて定期的にやるよりも、各各鬱憤が溜まった時にしねえとよ」

木場がそう云うと京極堂は笑った。

木場も僅かに笑う。

「そもそも何で庚申なんだ？　庚申ってのは丙午なんかと一緒の、あの暦のナニだろ」

大雑把な尋き方ではある。それでも友人には通じたらしかった。

「十干十二支ですね」

「ネズミやらトラの十二支か？」

「所謂干支です。甲乙丙丁戊己庚辛壬癸の十干と子丑寅卯辰巳午未申酉戌亥の十二支との組み合わせで六十通りになる。日にも年にも当て嵌めるので、庚申は六十日ごと、また六十年ごとに訪れることになる。旦那の好きな戊辰戦争だとか壬申の乱だとかのボシンだのジンシンだのも皆そうですね。ただ丙午の場合は、ヘイゴとは読みません。これはヒノエ・ウマと読む。十干は、木火土金水の五行に陰陽——兄と弟の組み合わせを対応させるんですね。丙は火の兄に相当するからヒノエと読むんです。それに倣えば庚は金の兄ですから、庚申は、庚申の日となります」

「それで——猿なのか？」

「まあね。それだけじゃないですが。庚申講の根源は比叡山の守護たる日吉大社なんです。日吉山王七社の神使は猿だし、三猴自体が天台宗開祖最澄の創作だと云う巷説もある。また、庚申塔は道祖神とも混同される。道祖神は塞の神、これは記紀神話に対応させると猿田彦になると云われる。それから猿は帝釈天の神使でもありますし」

「帝釈天って、柴又のか？　関係ねェだろそりゃ」

「関係なくはないですよ。柴又の帝釈天は、その昔庚申詣で賑った寺ですからね。何しろ行方不明だったご本尊の帝釈天が庚申の年、庚申の日に発見された——などと云う眉唾物の伝承まであるくらいですから。まあ、これも庚申信仰が江戸で大流行したのに肖ったものなのでしょうが」

「流行ったのかい」

「流行ったんです。そもそも帝釈天は仏教では仏法を加護する十二天の一人ですが、実は天帝にも比定されるんですね。それで——」

「解らねえな。テンテーってのは何だ」

「平たく云えば中国の神様ですね。北斗の紫微宮にいらっしゃる、神様の中でも一番偉い神様だ、とでもしておきましょうか」

「おいおい。どこに居たって構わねェがな。その天帝とやらがどう関わるんだ？　所詮お隣の神様じゃアねェか」

「中国で一番偉いってことは宇宙で一番偉いってことなんですよ。だから天帝は一応——宇宙の創造神でもある」

木場はああ、と云った。中華思想とか云う考え方は木場も知っている。そもそも中国と云うのは世界の真ん中の国と云う意味なのだと、誰かが云っていた。尤もそれ以上詳しくは知らない。

「しかし――待てよ。おい。帝釈天ってなァ、じゃあ宇宙一偉い神様なのか？　あの柴又のあれが？」

あれが宇宙一豪い神様とは思えない。

そうじゃないんですけどね――と云って、京極堂は苦笑いをした。

「仏教の――そうだな、仏様の序列に加えると、その途端にうんと位が下がっちゃうんですよ」

「何でだよ」

事情聴取より執拗いなあ――と京極堂は嘆いた。

「そうですねぇ――例えば天帝が幾ら偉くっても、基督教徒にしてみれば何の効力もない訳でしょう。基督教では神はたったひとりしか居ないんですから序列はない。だから嘘だまやかしだ、さもなきゃ悪魔だと云うことになる。一方仏教ってのは取り敢えず何でも取り込んでしまう訳で、その辺の偉い奴は皆眷族にしてしまう。勿論相手には何の了解もなしになんですが。天帝も例外ではない。すると仏様は一番偉い奴よりもっと偉いことになる訳だから、物凄く偉いってことになる訳でしょう」

「まあ、何となく解ったぜ。戦でよ、敵を殲滅するか、属国にするかってことだな。軍門に降ってしまえば大将と雖も一家臣だからな」

少し違っていたかもしれない。

「まあいいやな。そんなことより、その天帝がどうしたって云うんだ。庚申で祀るのはそのサルとよ、しょ、しょ――」

「青面金剛」

「なんだろ」

「そうですね。ううん。解り難いだろうなあ。庚申と云うのは正体がないのでね。さっきも云った通り本尊もなければ教義もない。習俗だけが長く続いていて、ある時期爆発的に流行して、すぐに止んでしまった。ですから、酷く説明し難いところがある。柳田國男も結局投げたようなものだし」

「投げたのか？　そのナントか國男は」

「いいえ。主張を通すだけの論理が構築出来なかったんです。翁は庚申を二十三夜の石塔信仰と結び付けて論じ、村を中心にした習俗と規定した上で、信仰の対象は作神である――と想定した。これは間違っているとは云いませんが見当外れではある」

「どっちだよ」

「そうも云えると云う程度ですよ。一方折口信夫は道祖神から遊行する神の姿を導き出したんですが」

「誰だか知らねえが間違いか」

間違いとは云いませんよと京極堂は困ったように答えた。

「ただ庚申と云うのは、旧来の民俗学の方法論ではどうにも補完し難い性質がありましてね。それと云うのも、庚申待ちと云ってもそこここで全くやり方が違う訳で」

「やり方が違うって——寝ないでいるだけだろ？」

「そうそう。そう云う大雑把な括り方で測れば同一なんです。しかし細かいところを具に見て行くとディテールがまるで違っている。講の進め方や禁忌、呪文、呪具供え物まで皆まちまちだし、祀っているモノ自体、傾向こそあれバラバラで明確ではない。それに三宝荒神だの岐神だのと云った類似の信仰が多くあって、事実それらは似ているだけでなく混同され、同一視もされている。そうした細かな部分を採集し、積み上げて分類整理し、系統立てて推論を導き出すのが民俗学ですから」

「だから？」

「底抜けの柄杓で水を汲むようなもので、汲めども汲めども終わりがないから分類のしようがない」

「ねえのか」

木場がそう問うと京極堂は訝しげに顔を向けた。

「やけに真面目に聞きますね」

「俺はいつだって真面目じゃねえか」

そうでしたね——と云って古書肆は茶を啜る。

「駄目じゃないんですよ。情報処理が追い付かないだけなんだ。しかし民俗学者は多くロマンチストだから往往にして欠落部分を思い入れで埋めようとする。卓越した着想と云うヤツは時に論理の飛躍を要求するものですが、思い入れと思い付きは似て非なるものですからね。しかし、当人には区別がつかない。どんな場合も、思いもよらぬ結論と云うのは信じられるが思い通りの結論と云うのは怪しいものです」

「その思い入れってのは犯罪捜査で云う予断のようなものか」

己の言葉で咀嚼しなければ木場にはさっぱり理解できない。京極堂は、旦那の云う予断は通常のそれとはやや違うような気がしますがね——と云って、湯飲みを茶托に戻した。

「こうなって欲しい、とかこうなるべきだ、と云うのが思い入れです。旦那の云う予断は、精精こうかもしれない、でしょう。それは思い付きだ」

「なる程な」

「柳田翁の『二十三夜塔』は優れた論文なんですが——ただ翁は庚申待ちを我が国固有の習俗と見たんですね。その点に関して云えば折口先生も大差ない。大陸の風習が輸入されたとは考えたくなかったような節がある。思い入れが募ると眼が曇るのです。事実庚申待ちは江戸や畿内など、所謂都市部で派手に流行しているにも拘らず——そうした記録が多くの文献に散見しているのにも拘らずです——村社会固有の民俗神としてしまうようなことを平気でしてしまう訳です。出発点を間違うと情報の集積行為自体が失効する」

「初動捜査の失敗と云うヤツか」

「そうです」

「庚申待ちは国産じゃあねえってことか」

「――そうですね。これは国産ではない」

「それで天帝様なんだな。まあ面倒臭エこたあ聞いても解りゃあしねえがな。でよ、その虫か？　シシ虫ってのがな」

慥か腹の中の虫はシシ虫と云うと、そう春子は云っていた。

京極堂は、ああ、と声を出して、それを知っているのなら話が早い――と続けた。

「早エか」

「早いですね。それが庚申の元だと云ってもいいくらいですから。しし虫と云うのはどう云う字を当てるのか僕も知らないのですが、これは一名シヤ虫とかショキラとかショウケラとも云う」

「それは日本語なのか？」

舶来の菓子の如き名である。

「ショウケラは、精霊流しの精の字に虫螻蛄の螻蛄と云う字を当てて『精螻蛄』と表記する場合があります。また、青い鬼に『ら』を送って『青鬼ら』とする場合もある。しかし大抵は平仮名で書き表します。こうしたものは大方当て字でしょうね」

「書き表すって——何かに書いてあるのか」

「書いてありますよ。全国各地の庚申塚を持つ寺だの、庚申堂だのに伝わってる『庚申縁起』なんかにね。またこれらは呪文として口碑でも伝わっていますし」

「呪文たア何でェ。何か経典でもあるのか」

「まじないですよ。庚申の夜に戒めを破る時のね」

「いましめを破る？」

「そうです。つまり徹夜しないでさっさと寝る時に誦えるのです。藤原清輔の著した『袋草子』には、庚申待ちをしないで寝る時は、しや虫は、いねやさりねやわかとこを、ねたれそねぬそねぬそねたるぞ——と誦えるのだと記してある」

「何だと？」

何を云っているのか聴き取れなかった。殆ど早口言葉である。京極堂は明瞭な口跡で再度呪文を誦えてくれたが、結局意味は判らなかった。

「まあ文字で読んだ方が判り易いんでしょうね。尤も『嬉遊笑覧』で喜多村信節は、『袋草子』でしや虫と云うのはしし虫が正しいのだと述べ、これはまたしょうけら、とも云うと書き添えています。ただ他の文献を見ても正誤の判断は難しい」

「何でもいいや。そりゃどんな虫だ」

「こんな虫ですよ」

京極堂はすうと立ち上がり、座敷の床の間に積んである和綴の本を持って来て大きく開き、木場に示した。

絵が描いてある。

瓦屋根である。蔵か、商家か。

兎に角、甍の上、屋根の上である。

建物の向こうには松の木が覗いている。

屋根には天窓のような開口部がある。

そこに、異形の者が張りついている。

全身真っ黒である。筋肉に沿うように白い筋が這っており、どこか皮を剝いだ人体のようでもある。

肩口には鱗のような模様も見える。

白い髪は逆立ち、耳まで裂けた口からは、鋭い牙が覗いている。おまけに目玉も剝いている。魚類のような真ん丸の眼である。前足の指は三本で、鷹の爪のような鉤爪が生えている。

怪物は天窓に取り付き、凝乎と中の様子を窺っている。覗いていると云うよりも、監視しているような印象だった。

——監視か。

これが――視ているのか。

木場は首筋に手を遣った。

「こりゃ虫じゃねえよ。鬼じゃねえか」

「鬼ですね。しかし――虫なんですよ」

「どこが虫なんだ。こりゃお前さん得意の妖怪じゃねえかよ」

どう見ても昆虫にも寄生虫にも見えなかった。

「そうですねえ。慥かにこれは虫じゃあない。しかし、そこが今回のツボでもある。この本の作者石燕は、何故こんな姿を描き記したのか――と云うのがまあ今回のつまらない僕の長広舌ですよ」

京極堂はそこで暫く黙った。

冷たい風が渡って、竹藪がさわさわと騒いだ。

――何か見抜いていやがる。

友人は自分の齎した僅かな情報から、何かに思い至ったのだろうと木場は確信した。だがこの時点でそれが何かを質すことは無駄なのである。

木場は内ポケットから潰れた煙草を引っ張り出した。空だった。握り潰す。頃合い良く横からすっと紙巻が一本差し出された。

「旦那は閻魔大王を御存知ですね」

知ってるぜ——咥えつつ答える。

「では閻魔の仕事は御存知ですか」

京極堂は火燧を擦って自分の煙草に火を点け、それから無言で木場の顔に向け小さな炎を近づけた。

吸い付けるとパチパチと音がした。木場は辛い煙を深く吸い込み、上を向いて吐き出す。

「そりゃあ——死人の罪を裁く訳だろ。生前悪いことをした奴ァ地獄行き。善人は極楽へハイどうぞ、ってな。そのくらいはお前、近所の洟垂れだって知ってらァ」

「そうですね。この虫はその閻魔のお仲間です」

「虫がか」

「そうです。善行悪行によって人を裁くのは閻魔だけではないんです。閻魔は元元印度の冥王ですが、例えば、陰陽道では生死を司るのは泰山府君です。『和漢三才圖會』彼岸の項には閻魔の他に帝釈、大将軍、行役、司命、司禄など、生死を司る八柱の神の名が連ねられています。後に閻魔や泰山府君は仏教に取り込まれて十王となり、冥界に降ったため死後に裁定を下すモノとなる訳ですが、それ以外の裁定者はあの世のモノではないですから、生きているうちにそれを下す。と云うより——」

京極堂はそこで煙草盆を引き寄せた。

「——人の行いに因って寿命を決める訳ですね」

「悪党は寿命が縮む訳かい。そりゃ警察要らずだなあ。善人だけが長生きするなら、世の中いいことだらけじゃねェか。それにしちゃあ憂き世に幅を利かせてる悪漢は数知れねえゾ。死刑囚だって刑が執行されなきゃ長く生きてるぜ」

「冤罪かもしれませんがね」

「ケッ。まるで誰かさんみてえな知った口利くじゃねェか。しかし、まあそうなのかもしれねえなァ。本当に有罪だったらさっさと執行するのかもしれねェしな」

「そう云う問題じゃないですよ。人が人を裁くには限界があるんです。今のところ死刑は合法的な行為ですから社会通念上は余り問題視されませんけれども、殺人は殺人でしょう。そのうち廃止を求める声が出ますよ」

「出るかな」

「出ますね。社会に適合しない人間だからと云ってただ排除するのは短絡的ですし、況てや生命を奪うと云うのは如何なものか――そう云う考え方はあるでしょう。そうした行いに対する処罰は、だから人間以外のモノが齎してしてくれると考えた方が余程健全なのです」

「齎してくれねェから警察が要るんだよ。天の裁きなんかは待ってられねえんだ」

「社会正義だって当てにはならないでしょうに。まあ――それはそれとして、兎にも角にも、悪事に対して正当且つ超然的裁定を下す超越者と云うものを権力者も民衆も欲したんです。それが――生死を司る、司命神司禄神です」

「そりゃあまあ解るぜ」

善からぬことを仕出かした時、仮令誰も見ていなくても背徳い気持ちになることがあるのは、意識しないまでも木場がそうした超越者をどこかで想定している所為なのだろう。

「で、この鬼——いや、この虫も？」

「そう。この虫もまた、寿命を司る神の眷族なのです。中国では、人の体内に巣食う虫を三尸九虫と呼びます。九虫の方は回虫に蟯虫と云った所謂我我が知っている寄生虫ですね。しかし三尸の方は一寸違っている。これは三と云うくらいですから、上尸、中尸、下尸の三匹がおり、それぞれ頭、腹、足に棲んでいると云う。これが旦那の云うしし虫、ここに描かれたしょうけらなんですね」

腹は解るが、頭や足に虫が涌くと云う発想は木場にはなかった。

「そりゃあ、その、まあ云い伝えなんだろうがな。実際に対応する虫はいるのか？」

頭に虫が涌くのはどことなく嫌である。京極堂は苦笑する。

「多分——蛆虫だとか屍肉を喰う虫からの発想でしょう。あれは頭だろうが足だろうが涌くでしょう」

「ああそうか。死んだ——後かい」

「それはそうなんですが——そうでもない。蛆だって勿論卵から孵る訳ですが、昔の人はそう思わなかったんですね。自然に涌くと思った」

「まあ——蛆なんかは涌くって感じだな」

「つまり最初から躰の中に居ると考えたのでしょう。因に上尸は名を彭倨と云い、面皺を畳み、眼病、歯周病を齎す。中尸は名を彭質と云い、内臓を冒し短気健忘を齎して、悪夢、不安を呼び、人を悪事に誘う。下尸は名を彭矯と云い、感情を乱し精を悩ますと云う」

「ロクな虫じゃねえな——」

そんなモノが体内にいては堪ったものではない。

しかし考えてみれば、そんな虫などいなくとも、人は皆、老い、患い、苦しみ、悩み、悪事を働く。いてもいなくても変わらない。

「——ロクなもんじゃねえや」

木場は繰り返した。虫を出しただけでそれらがなくなるのなら、どんなに良いか知れたものではない。京極堂は続ける。

「まあ——居るだけでも大変に困る虫ではありますが——中国の古書である『抱朴子・内篇巻六微旨』に次のような記述があります。作者の葛洪は、先ず『易内戒』『赤松子經』『河圖記命符』を引き、罪の軽重に従って命数を奪う神がいる——とした後でこう続けます。体内の三尸は形がなく、謂わば鬼神のようなモノである。中国では鬼とは霊魂を指しますから、この場合は霊のようなモノ、と云う意味です。で、この虫は宿り主を早く死なせたいと思っている——」

「何でだ」

「宿主が死ぬと、三戸は幽霊になって抜け出し、葬式の供え物を喰うことが出来るからだそうです」

「幾ら腹の虫だからってよ、随分と喰い意地が張ってるじゃねえか」

「まったくです――まあ、しかし三戸と云う虫は、幾ら食欲旺盛でも宿主を喰い殺すような物騒な手段を持っていなかったのでしょうね」

「じゃあどうする？　毒でも出してじわじわと弱らせるのかよ」

「そうじゃない。三戸は庚申の日にこっそり天に昇り、司命神にご注進をする。我が宿主はこんな悪事を働きました、こんな酷いことをしました――と」

「ははあ」

寝ると虫が抜ける、虫が抜けると寿命が縮む――そう春子は云っていた。そう云うことだったのかと木場は膝を打った。

「大罪は紀を奪い小罪は算を奪う――とある。紀とは三百日、算とは三日のことです。罪状は細かく分かれていて、百箇条にも及ぶと云います」

そこで京極堂は片眉を上げてにやりと笑い、

「ところで旦那、長生きはしたいですか」

と問うた。

木場は——鼻に皺を寄せた。

「ケッ。ま、死にてェたあ思わねえからな。折角生きて戻ったんだしよ。そこそこ生きてやるぜ。お前さんはどうなんだ？」

「僕も当面は死にたくないですね。まだ読みたい本が沢山ある。そう云う意味では、僕も生き意地が汚いですよ。先程旦那は行いの善悪で寿命が決まるならこの世は善人だらけになるとか云っていたが、まあ、長く生きたいと願う気持ちは悪人も一緒でしてね。此の世にたっぷり未練があるのは善人より悪人、貧乏人より富める者なんでしょうし、悪い奴程生きたがるものですよ。そもそも欲と悪とは仲が好いものですからね、物欲色欲金銭欲、そうしたものが欲ならば、生きたいと願うもまた欲です。欲深い者は長寿延命も人一倍欲するものでしょう。そこでね」

「——不老不死をね」

京極堂は懐から手を出して顎を掻いた。

「不老不死？」

「そう。老いたくない死にたくないってのを本気で願うのは、まあ徐福(じょふく)を例に採るまでもなく、多く権力者です。いつの世も満たされた者は最後にはそれを願うことになっている。不老不死に対する憧憬は特に中国の民間信仰である道教——広義の道教ですが——に、色濃く見て取ることが出来ます」

「ドウキョウ？　道に教えると書く道教か」

「そうです。その道教には実に様様な秘法がある。人人は秘薬を練ったり修行を積んだりして神仙になろうとした。不老不死の肉体を手に入れようとした訳ですね。まあ閨房指南から食事療法まで、それはありとあらゆることをして長生を願った訳です。そんなことをしている人達が、三尸を放っておく訳がないでしょう」

「そりゃそうだな。お前さんの云う通り、他人よりも一分一秒長生きしようなんてなァ不遜な想いだ。それがそのナントかに知れちゃア、延びた寿命も縮んじまうだろ」

「まったくその通りですね。そこで道教では、三尸封じの秘法をあれこれと考えなくてはならなくなった訳です。『老君三屍經纂』や『紫微宮降太上去三尸法』などの道教経典には、三尸を駆除するあれこれが事細かに記されています。しかし、どうやら三尸九虫と云うのは不滅のものらしく、中中どうして服薬や穀断ちでは効果がないらしい」

虫下しじゃあ出ねえか——と木場が嘯くと、京極堂は大いに笑った。

「まあ出ないんですがね。兎に角、そこで究極の三尸対処法として寝ないと云う方法が提示された訳です。起きて見張っていれば、三尸は躰から抜けられない」

「それで起きている訳か？　じゃあ起きてる理由ってのは——」

騒ぐためではないらしい。

「そうなんです。徹夜するそもそもの理由は、人が虫を監視するためだったんです。夜を徹して虫を見張るのが、儀式の本来だった。ここで着目したいのは、『抱朴子』にもその他の経典にも、庚申の二文字が明記してあると云うことですね。三尸が庚申の夜に躰を抜けると云う伝承が中国にあったことは明白です。つまり、これが日本の庚申待ちの本来であることはまず間違いないんです」

「だから伝来だ、と云うんだな」

「そうです。三尸説を取り入れて、初めて庚申の日と特定される理由付けが出来るんです。中国では守庚申と云うんですが、庚申の日は天帝が門を開き諸鬼神より衆生の罪科を聴聞する日なんだとか、庚も申も金の日なので天帝がその日に決断を下すのだとか云う伝承がある訳ですね。そこに三尸説を組み合わせて、初めて庚申の夜を不眠で明かす行と云う儀式の本性が見えて来る。そうした考え方は少なくとも作神や遊行神なら、わざわざ庚申と日を決めて祀る意味がない。陰陽五行抜きには語れない。少なくとも仏家社家のそれではない。庚申の行事は三尸に由来するものと見るべきでしょうね」

なるほどなあ——と、木場はまるで吐息でも吐くように云った。木場にとってはどうでもいいことばかりだが、目の前の男にとってはそうしたことこそ重要なことなのだろう。

「それで——帝釈天なのかい。その虫がタレコミに行く先は、その天帝とか云う神様でもある訳だな」

「司命神より天帝の方が通りがいいですからね」

「伝来説を採らなければ帝釈天が出て来る理由も説明出来ねえと云うことだな」

「それもそうですね。帝釈天の使いが猿で、それと庚申の申を結び付けたのだ——と云う説明は、だから本末転倒なんだと思う。何故帝釈天の使いが猿でなくてはならなかったのかを考えるべきなんです。似ているから同じだとか、同じ要素があるから習合したとか云う大雑把な捉え方は宜しくない。同一視されるなら同一視されるだけの根拠がある筈なんです。柳田翁も折口先生も庚申に関して云えばとば口で引き返してしまったんです。作神や遊行神にしても、慥かに日本型庚申信仰を構成するのに必要不可欠な要素ではあった筈です。しかしだからと云ってそれは庚申信仰そのものではない。そうしたものは古くから日本にあるのだから、庚申信仰もまた日本古来のものであると断ずるのは多分に恣意的な解釈と云わざるを得ない」

「本末転倒——な」

犯人を捕まえてから動機を考えるようなものか。

否。別件逮捕に近いのかもしれない。捕まえたのが真実ホンボシであったとしても、捕まえた理由は本件と関わりない瑣末な理由に過ぎないと云うケエスだ。殺人罪が立件出来るまでは、幾ら怪しくても被疑者は殺人犯ではない。不法侵入罪では精精罰金刑だ。

そこで放免してしまったら、仮令クロでも殺人の罪は裁けない。

木場に云わせれば、そのナントか云う学者は、折角殺人犯を捕まえておいて軽刑で放免するようなことをしている訳である。慥かに犯しているなら軽犯罪でも罰するべきだが、それで殺人を見逃してしまったのでは身も蓋もない。

木場が率直に思ったことを率直に述べると、京極堂は暫く顎を摩って、旦那の思考回路は別誂えですねえ——と云った。

それはこっちの台詞だと、木場は思った。

「しかしですね、この三尸説は、慥かにそのままの形で巷間に浸透していた訳ではないし、庚申待ちを行っていた人人がそうした道教的な儀式の流れを汲む行事を執り行っているのだと云う認識を持っていたかどうかすら、これは定かではない。民俗学者が山村で採集した民俗語彙の中に三尸なんてものは出て来ない訳です。だから学者は納得しない。民俗学の基本は現地に行き、目で見て話を聞いて採集すると云うフィールドワークですからね」

「現場に行って、見て聞いて——か」

まるで木場のことである。

「そう——現場で実際に採集されるのは善く知った仏尊や神祇の名で、それは本来あった民間信仰に後から被せられたものである——と、この辺までは看破するんです。そしてそれは事実ではある。仏教は所詮外来宗教ですし、神道が体系的に整ったのだって近年のことだ。しかし——」

「しかし何だよ」

「そのヴェールの下に隠れている真実の姿を探る時、学者はそこに日本古来の信仰——祖霊信仰やマレビト信仰なんかを幻視してしまうんです。これは形としては綺麗だが、現実はそう単純なものではない。そんなに整然と収束する現実なんて、そうはないんです」

「そう云うもんかな。そりゃそうなんだろ。だが刑事の立場から云わせて貰えばよ、証拠が出ねェんじゃ逮捕したって書類送検までは持ってけねえぜ」

「証拠はあるんですよ。慥かに三戸説が古い時代に日本に伝来したと証明するような証拠自体はないのですが。それでも『庚申經』と呼ばれる経典もどきの書き付けが、先程の道教経典を下敷きにしていることは明らかですし、各地に伝わる『庚申縁起』にも、例えば彭侯子、彭常子、命児子云云と云った呪文や、三戸九虫が害をなすと云った記述までも見られる訳ですから」

「それだけ証拠があっても学者連中は首を縦に振らねェのか？」

「振りませんね。さっき云ったように民俗学の基本はフィールドワークなんです。文献偏重主義の歴史学者も困ったものだが、実地見聞偏重と云うのも困ったものですよ」

「文献に残ってっても信じねェのかい」

「記録と記憶のいずれを信じるかですよ」

「記録と記憶？　書いてあることと憶えてることが違うと云うことか」

慥かに物証の示す事実と目撃証言が喰い違うようなことはままあるものである。ただ証言の場合は勘違いや見間違いと云うことがあり得るが、一方で物証は動かせぬもののようにも思う。

そう云うと中禅寺は、この場合の物証は寧ろ記憶の方なんですと答えた。

「民俗の行事やしきたりは記憶によって受け継がれて来ている訳で、これはどうであれ動かせない物証なんです。そう云う意味では記録は確実な物証にはなり得ません」

「ならねえか。信用出来ないってことか」

「信用しないのではなく、有効じゃないと云った方がいいかもしれませんね。まず、それらの文献は都市部に集中している上に、制作年代がずっと下ってしまうんですね。農村部に古くから伝えられる習俗そのものとは考えられない。それに、記録と云うのはどのような形であれ、記録者の主観が必ず反映しているものです。しかも、今と違って書いた人間の階層がある程度特定出来てしまう。そうしたものを書き記せる人種は、謂わば文化程度の高い宗教的素養を持った知識人の筈ですから、外来の三戸説を知っていてもおかしくない訳です。ならば意味の解らない民間の習俗に対し、理由の後付けも簡単に出来るだろうと」

「つまり——元元関係ねぇモノを後から引っ張って来てこじつけたって云うのか？」

「こじつけている可能性も否定出来ない種類の証拠と考えられる——と云うことです。そうした可能性がある以上は証拠として採用し兼ねると、そう云うことですね。勿論、それは民俗学の立場では、と云う括弧付きの話なんですが」

「なる程な。書いた奴は賢くて事情通ってことか。つまり動機やら理由を後から考えて付け加えることも出来る訳だ。証拠の捏造可能ってことだ。そりゃあ裁判じゃ採用されねェな」

「そうですね。しかしそこが落とし穴でもある」

「落とし穴ってなァなんだ」

「どんでん返しは一回とは限らない――と云う意味ですよ」

「どんでん返し？」

「そうです。例えば何か訳の解らない習俗があったとする。表向きは仏教の儀式のような形を採っているが、実はそうではなかった――と、これが民俗学者の功績ですよ。じゃあ何なのか。それから先が問題ですね。ここで謎が呈示されたことになる訳ですから。探って行くと何やら道教めいた証拠が挙がる。しかも整合性がある。これに違いない――と、これが第一の解決です。だが、どうにも現場の雰囲気に似つかわしくないと学者は疑う。そこで証拠自体が捏造である可能性を見出す。結果第一の解決をひっくり返して、これは日本古来の習俗なんだと解答を出す。これがどんでん返し――第二の解決です。しかしですね」

「――解ったぜ」

真相を隠蔽するために、わざと真相を導くような証拠を捏造する――そう云う事件だと思えばいいのである。その場合、捏造されたことが発覚した時点で証拠は証拠能力を失い、同時に真相自体も覆い隠されてしまうことになる。

「まるで探偵小説だな」

木場がそう云うと、京極堂は無感動に、絵空事程現実的(リアル)なものですよ――と云った。

「真実、庚申縁起などは後世の作ではあるのでしょう。それらは極めて意図的に書かれており、習俗をそのまま書き留めた記録とは云い難い性格のものであることも認めざるを得ません。だからと云って、それは三尸説そのものを退ける根拠ともならない」

「しかし裏が取れねェんじゃよ」

「裏は取れますよ。何しろ知識人の言葉で語られない三尸虫が、全国各地に堂堂と伝えられているんですから」

「待てよ。民間にはそれらしい名前は伝わってねえんじゃなかったのか？　慥(たし)かお前さんそう云ってただろ。だから学者は信じねェとか――」

「民俗学者はそれらをちゃんと採集しているにも拘らず、原義を見失っているので理解出来ずにいるのです。そもそも伝えている民俗社会自体からして意味を知らないのですからこれは無理もない。それが何なのか、何故そう呼ぶのか、誰も知らずに使っている――」

「何だ？」

「だからこれですよ」

京極堂は縁側に出し放しにしてあった本を指した。

「そうか。シシ虫か。そう云やあお前さん、最初からそう云ってたんだっけな――」

そもそも——それこそが話の出発点だったのである。話が脱線した訳でもないのだが、木場など半ば忘れかけている。慥か、シシ虫が元で三尸虫が登場し、挙げ句道教が出て来たのだ。

「——シシ虫が——三尸虫なんだな?」

しかし木場には巧く整理がつかない。

「そうです。巷間に伝わる庚申伝には、先程僕が誦えたような庚申の呪文が多く記されています。また、書き記されていなくとも、各地に呪文だけは伝わっていたりする。それらの呪文は、勿論大同小異で同一のものでこそないのですが、しし虫よ、精螻蛄よ、などの意味の解らぬモノに対する呼び掛けから始まる例が多く、また、寝たるぞ寝ぬぞ寝ぬぞ寝たるぞ、で終わるものが多い。だからこれは複雑で雑多な庚申信仰の唯一の共通項であると見ることも出来る訳です。でも、例えば庚申待ちが作神を祀る行事であるのなら——なぜ早寝をするからと云って、選りに選って虫に寝るとか寝ないとか語り掛けるような、そんな訳の解らない呪文を誦えなくてはならないのですか? しかもその日に限って誦えるのですから余計に解らない。青面金剛を祀っていようと不動明王を祀っていようと、徹夜をしない時はどこでも似たような呪文を誦えるんです。それ以外の部分は兎も角、そこだけは作神では通らないんです。そして通らない部分だけが共通項として拾える訳です。三尸説を採用しない限り、それは全く説明出来なくなってしまう」

「あの早口言葉みてえなのが中国産の名残なのか」

「そうだと思います。しし虫とは何なのか精螻蛄とは何なのか、誰も明瞭には知らない。誦えている者からして解っていない。でも庚申伝の中には、しょうきらや云云——と云う呪文を載せた後、しょうきらとは虫のこと也、一説に三尸のことと云う——と明記してあるものまで存在するんです」

「そりゃあそのまんまだな」

「それでも文献は信じない——と云われてしまえば証拠にはなりませんがね。でも、これと、初めに云った『嬉遊笑覧』の但し書きとを併せて考えれば、しし虫、精螻蛄、三尸は同一のものと云う認識が、少なくとも江戸時代都市部にはあったのだ、と云うことになる。中国の文献でも三尸の名や形はまちまちです。いずれにしろ呼び名が地方色を帯び、原形が損なわれ、原義すら失われてしまう程の昔から、三尸説は人口に膾炙していたことは間違いない」

「なる程な」

「しし虫、精螻蛄、これではもう面影を留めていない。道教色も褪せ、最早微塵も感じられない。それでもこれは三尸ですよ。三尸は日本的な名称に変更されて、意味不明の呪文として残ったんです」

「虫なあ」

木場は本に目を遣る。

どう見ても虫には見えない。

「ややこしいもんだな。こりゃ、まあ素人考えだがな。道教だか何だか知らねェが、その、三尸の虫が天帝に直訴するようなややこしい話がよ、そんな山の中の村村にまで行き渡るもんかな。爺ちゃん婆ちゃんにゃ難しくねぇか。坊さんとか先生とか、町の知識階級なら兎も角よ。学者連中が信用しねェ気持ちも解る気がするぜ」

「先程も云いましたでしょう。長生きしたいと先ず思うのは、我が国でもご多分に洩れず裕福な権力者達なのです。だから三尸説が最初に輸入され流行したのは農村部ではなく都、それも宮中でしょうね」

「それなら解るがな」

「初めは貴族達のお遊びだったと——これも云いましたね。貴族達は外来の知識を豪く好みましたし、知識人を介してそれらを精力的に吸収していた訳ですからね。道教の健康法なんかは大層喜ばれたに違いないんです」

「それが下下に浸透して定着した——いや、そうじゃねェのか。下下に広まって、古くからの似た習わしと混じったってのか？」

「そうした見方も——ある」

「他にどんな見方がある？」

「幾ら上流社会で流行したからと云って、庶民がそれを猿真似したと云うのは短絡だと思う。そんなモノは根付きませんよ。今しがた旦那が云った通り、難解な小理屈は村社会には馴染まない。宮中で流行したからと云って簡単に農村部に広まるとは思えません。何者かが意図的に広めでもしない限りはね。それまでだって、それこそ柳田翁が云うような伝統的な不眠の風習はあった訳だし――」

「混じったんじゃねえか？　似ていた訳だろ？」

「そう云う学者もいますがね。似たようなものだから混じる――と云うのも、どうも論拠に乏しいと思うんですが」

「そうかな」

そうですよ――と、京極堂は少し強い口調で云った。

「人はそんなに馬鹿じゃない。普通、荒神と庚申の語呂が似ているからと云って間違えたりはしないでしょう。名前が似ているからいつの間にか混同された――なんておかしいですよ。そんなの医者と石屋を取り違えるようなもので、これは大笑いです。でも笑い話で済んでいるうちはまだいいんですが、石屋に瀕死の病人連れて行っちゃ洒落では済ませられませんよ。況てや自分達の信仰しているモノを取り違えたりはしない。僕はそう思いますがね」

「じゃあ」

いったい何が正しいと云うのか。

「そうですね。例えば荒神信仰を挙げて考えてみましょう。三宝荒神と云う神様は修験道と日蓮宗、天台宗が主に祭祀した神で、本地仏は大聖歓喜天だとか文殊菩薩だとか不動明王だとか、定かではありません。民俗神としての性格も、作神であり火伏せの神でありお産の神であり——と、まちまちです。しかしそうしたことと無関係に、信仰対象としての荒神は多く竈の神とされることが多い。なぜ竈神になってしまったかと云うことに就いての考察は取り敢えずおいておくこととしましょう。で、庚申信仰に目を転じると、庚申待ちの本尊に竈神を祀るケエスが頻繁にある。竈神イクォール荒神であり、荒神と庚申の音が類似しているから習合したのだ——と云うような論旨は論外なんですが、竈神信仰が庚申信仰に先んじてあったと考えると、これなんかも庚申国産説を支持し、三尸説を退ける理由になりがちではある。でもそれが実は、まるで逆様だ」

「逆様？」

「そうです。竈神が本尊になる理由はちゃんと別にあって、それは三尸説を退けるどころか裏付けるような理由なのです」

「裏付けるのかい」

「先に述べた『抱朴子』には司命神にご注進に及ぶモノは三尸だけではないと云うことが記されています。曰く、竈神も同じく天に昇り罪業を報告するのである——と云う」

「竈の神さんが天に昇るのか？」

「こちらは晦日に天に昇るのだそうです。つまり竈神と云う神様は本来〝告げ口をするモノ〟のひとつだった訳で、三戸と同様の性質を持っていたんですね。大晦日に夜明しをする習慣は今でも残っていますが、この習慣だってその昔は竈神が告げ口に行かぬように見張ると云う意味も持っていた筈です。そうしてみると、庚申に竈神が関わってくる理由は、単に日にちの統合であったと考えることが出来る」

「同じようなことを何度もやらねェで一日に纏めたってことか？」

「晦日ごとと庚申ごとでは回数が多過ぎますからね。それに大晦日の場合、正月様を迎えると云う意識の方が勝ってしまった。そうした統合は他にもある。中国では守庚申の他に守甲寅もあったらしいが、本邦では統合された。大黒天を祀る甲子待ちも一緒にされました」

「するってえとその荒神様が混じって来るのは、名前が似てるからじゃなくて、寧ろ三戸と同じことをする竈神と一緒くたにされちまったからこそ混じったってことか？　これも本末転倒か」

京極堂は、そう、本末転倒なんですよ――徹底的に――と云った。

「今旦那が云ったことは、まあある意味で正しいんですが――そうなると次は、先程棚に上げた、何故荒神と竈神が同一視されたのか、と云う問題に突き当たってしまう。そこでもう一度、本末を転倒させなくてはならなくなるんです」

「どう云うことだ？」

「荒神は、元元庚申尊となり得る性質を持ったモノでもあったのだ――と、僕は考えている。だからこそ、同じく庚申尊である竈神と同一視されたのではないかと」

「はあ？」

「先程も云いましたように、荒神と云う単体の神はどうやら居ないようなんです。それは多分総称として捉えるべきものなのだと僕は考える。荒神とは、その名から推し量れば荒ぶる神なのでしょう。しかしその性質はまちまちで、これはまちまち過ぎる。荒神と云う多種多様な属性を備え持った便利な神様がひとり居て、時と場合に応じてその都度その都度いろいろなご利益を与えてくれる――とは到底思えない。だからある一定の基準を満たすいろいろな神様を、総じて荒神と呼んだのではないかと僕は考える。山の荒神、畑の荒神、道の荒神、家の荒神、勿論――竈の荒神と云うのもある――」

「そりゃあ竈神とは別モノなのか？」

「別なんです。天帝にご注進に及ぶ竈神は明らかに道教――中国にその源がある。しかし、竈の荒神は源流が違う。荒神と竈神を併祀している場所もありますから、これは別のものなんです」

「その竈の荒神も庚申に関わるのかい。別な理由でか？」

「そうですね。先に云った通り、荒神信仰の背景には修験道や日蓮宗がある訳ですが、一方で荒神祓いは盲僧――天台系の琵琶法師の役割でもある」

「神様を祓うのか？」

「荒ぶる神の荒魂を鎮めるんです。これは民間宗教者の仕事だ。そうしてみると教団は民間信仰の上に乗っかっただけと云う感が否めない。そもそも荒神なんて神は仏説には登場しないんですね。では荒神とはどう云う神なのか。これも鬣乱神であるとか大日尊だとか、諸説ある訳ですが、一説には奥津彦、奥津姫、陰陽道の歳神の三神を併せたモノとも、仏法僧の三宝を護持する三面六臂の神だとも云う」

「腕が多いのか」

「多いのです。まあ腕の多い神仏は沢山いる訳ですが、荒ぶる神となると天部雑尊——印度産の神をどうしても思い出してしまう。しかし具に資料文献を探しても決め手はない。ただ、天台宗が行う回峯行と云う修行の中で誦える真言の中にその名はあるのですが——。そこで話を少少逸らします。旦那は角大師と云う名前を御存知ありませんか？」

「ツノ大師？　聖徳太子くらいしか知らねえがな」

「そうですか。旧暦の十一月二十三夜に来ると云う恐ろしい姿の神様です。京都あたりでは元三大師とも云う」

「ガンサン？　聞いたことねえなあ」

「比叡山延暦寺中興の恩人、良源こと慈恵大師の別名です。正月三日に亡くなられたから元三」

「つまらねえな。詰めるんじゃねえって」

　京極堂は笑った。

「その坊主が角大師なのか？」

「そうです。良源はおみくじの元祖としても知られているし、応和の宗論などで南都法相宗と論争して次次論破したことなどでも有名な理論家の高僧ですが、この良源がある日、厄神に襲われた。しかしそこは高僧、自が形相を夜叉へと変え、厄神を追い払ったんですね。そこでその翌日、良源は弟子を集め、鏡の前で禅定して、鏡に映った自が姿を描き写せと命じた。鏡には角を生やした真っ黒い怪物が映っていたと云います。そうして描かれた絵を見て良源は、我が影像を置かん所には必ず邪魅災難を祓わん――と云ったんだそうです。それで、死して後に角を生やした降魔の姿として護符に刷られることになったんですが――」

「一寸待ってください――と云って京極堂は立ち上がり、書架の中程に設けられた抽匣を開けて、ごそごそと紙を選り分け、一枚のお札を取り出すと、ああこれだ――と云った。

　何か黒い模様が刷られている和紙のようだった。

「これが角大師の護符です。これは全国の天台系寺院で今でも配られているものです。東日本では鬼守りの名目で、門口に大いに貼られた。見たことはありませんか？」

「こら。お前さん家にゃあ、常時全国の社寺のお札が揃ってるのか？　何なんだこの家はよ。手前はいってえ何者だ。うん？　何だ、こりゃあ。ああ、見たことがあるな」

全身真っ黒の痩せた裸体の男の版画である。眼を真ん丸に剝いて座っている。頭には山羊のような二本の角が生えている。

「だがなあ。こりゃどう見ても有り難いお札って感じじゃねェよなあ。何だか西洋の悪魔みてェな形じゃねェか。忌まわしいぞ」

「似てませんか」

「何に？」

「これですよ――」

京極堂は縁側に開かれている本を指差した。

精螻蛄が天井から覗いている。

「これって――精螻蛄か？　ああ、似てるって云やあ似てるな。角があるかねえかってところだな。おい。だってお前、これは三戸の虫だと云ったじゃねェか。何でこの角坊主と一緒になるんだこら」

「でも似てはいるでしょう。最初に云ったと思いますが、何故精螻蛄はこんな姿に描かれたのか――それが今回の僕の話の主旨になると」

「それで？　これか？」

「でも、まあ似てると云うだけじゃ何の説明にもならないんですがね。ただ、この角大師の姿は、一説に比叡山の山神の姿であるとも云う」

「山の神か」

「それでは比叡山の山の神とは何なのか。比叡山の守護神社は、神仏習合の天台神道たる山王一実神道の日吉大社に他ならない。つまり、比叡山の山神とは即ち日吉大社の祭神である山王権現と云うことになる——」

「日吉大社ってえのは慥か——」

「はい。これも初っ端に云いましたが、日吉大社こそ全国庚申講の元締めなんです」

「おう。そう云ってたっけな」

「それではこの日吉大社に祀られている山王権現とは何者なのか。日吉大社の前身である小比叡社の祭神は大山咋神と云うのが定説です。この大山咋神と云う神は『古事記』に依れば大年神の子であると云う。そして同じく大年神の子として併記されている兄神、姉神が奥津日子神と奥津比売命です。一説によれば、奥津彦に奥津姫、それに父神の大年神を併せれば——荒神になる」

「うん？　するってえと、日吉神社の祭神の、兄、姉、父を併せたのが——荒神ってことか？」

「そうなりますね。無関係とは思えないでしょう。しかもそれだけじゃあないのです。大山咋神の姉神である奥津比売命は、『古事記』に曰く、亦の名を大戸比売神、此は諸人の以ち拜く竈神ぞ——」

「竈神なのか」

「そうです。竈神なんです。却説、そこで先程話しかけた天台の回峯行に戻るのですが」

「ああ？　ああ何か云ってたっけな」

「はい。回峯行と云うのは山内の各霊所で祈り乍ら一日で叡山中を隈なく廻り、それを千日間続けると云う荒行なんですが、叡山の奥の院たる慈恵大師の御廟前では、九頭龍印を結び、仏法僧大荒神魔訶迦羅耶莎訶と云う真言を誦えるのですね」

「お経か。荒神って言葉が入ってるな」

「入っています。このマカキャラと云うのは、大黒天の真言です」

「大黒様か？　あの袋持った七福神の？」

「そうです。荒神の後に大黒天の名が続いている。と、云うより、大荒神こそ大黒天だとこの呪文は告げている。そしてその文句は、比叡山の山神の姿に変化した慈恵大師に手向けられている」

「さっぱり解らねえ」

「大黒天と云う神様は、我が国では大国主命と習合したりしたため、容貌も性格もすっかり変わってしまいましたが、元元は莫訶哥羅と云う名の印度の戦闘神です。人の生血を啜り人肉を喫う、夜叉の総大将である死に神なんです。更に付け加えるなら、『大日經』や『仁王經』で説かれる大黒天は閻魔と同体であり、冥界の神である——とされている」

「閻魔——か」

「三尸の同類、寿命を司る神のひとりなんです。更に中国に渡った段階で大黒天にはある性質が付与される。義浄の記した『南海寄帰内法傳』の記述を見ると、大黒の黒は厨房に祀られ常に油で磨かれて真っ黒になることに由来すると云う。事実中国の寺院の厨房には大黒天が多く祀られている。我が国でもそれは同様です。仏教では、大黒天は厨房の守護神とされた。大黒様は糧食の守護神として台所に祀られるものなんです。竈神の横に並べて——」

「荒神ってのは大黒様なのか！」

「そうじゃない。日本の民間信仰の対象である大黒様は、あくまで福神なんです。姿形も性格も福福しく和やかになってしまった。大黒頭巾を被り、袋を担ぎ、打出の小槌を持って、米俵の上に立っているのが我が国の大黒様なんですよ。これはもう、何処から見ても福の神です。もう荒ぶる神ではないんです。だからこそ、元の荒ぶる姿でご登場になった場合、人はそれを大黒様とは思わなかったのです。違う名で呼んだ。同じような例は他にもあり、それら憤怒相の恐ろしい神は一概に荒神と呼ばれたのでしょう」

「なるほどな。荒神も竈神も、それぞれ別個の理由がちゃんとあって庚申に関わっているって訳か。何となく似てるからって混同されて、名前が似てるからって一緒くたにされたと云うようないい加減な話じゃァねェんだな——」

——本末転倒。

「──寧ろ庚申を介して混同されたってことか」

「そうかもしれませんね。大黒天と云うのは日本の神の名で呼べば大国主──大己貴命となりますが、この大己貴の和魂である大物主を先程の大山咋と合祀したのが大比叡社、今の日吉大社の大宮なんです。開祖である最澄を初め、何故か天台宗は大黒天と縁が深い。延暦寺には三面大黒天が祀られています。これは『叡嶽要記』に載っている、まあ有名な話なんですが、最澄が比叡山に入山した時、目の前に大黒天が現れた。そして我この山の守護たらん──と申された。最澄はその言葉を聞き、自分には三千の衆徒がいるので、日に千人しか扶持できぬ大黒天では困る──と返した。すると大黒天は忽ちに三面六臂の姿に変じ、三千を護ると申されたと云う──これが三面大黒の縁起なのですが、この逸話で着目すべきは、比叡の山の守護神が大黒天だと述べているところですね。ならばこのお札に描かれた角大師も大黒天であると云うことになる」

「慥かにこりゃ黒いがなあ。大黒さんに角はねェ」

「中国では、大黒天像は牛に座っているんです。俳諧でこんなのがある。元三の心を守れなほ今年の丑の角大師──鬼の角は牛の角ですからね。この黒い、禍禍しい姿は、本来の死に神である大黒天の姿なんだと僕は思います。旦那の云う通り、有り難い形ではない。夜叉の本性で荼吉尼天をも調伏した悪魔の姿です」

鬼除けには鬼より怖い鬼を──。

そう云うことだろう。刑事が犯罪者よりも怖い顔をしているのと同じだ。

「この、元三大師こと良源と云う人は、死して後その姿を借りてしまう程ですから、殊の外山王権現の信仰に力を入れた人でもある。山王の神使は猿ですが、古くは猿そのものを崇拝していたような節もあるんですね。庚申の三猴——見ざる云わざる聞かざる——を最澄の作としたのも、理論家であり詭弁家でもあった良源なのではないかと思います」

「それも良源か」

「聞けば三猴自体は海外にも見られるのだそうで、ならば最澄の作である筈がないのです。良源は、天台止観の三諦——不見不聞不言に当てて理論構築をし、開祖最澄の作と仕立てたのでしょうね。だから庚申尊に三猴の絵が描かれるのは、申と猿の語呂合わせなんかじゃないんです。意図的なものだ。猿だから山王、猿だから帝釈天と云うのは——」

「本末転倒か」

「そうです」

何から何まで本末転倒だ。結果と思われていたものが原因で、原因だと思われていたものが結局は結果になっている。

「だがなあ。お前さんの話はまあ解ったがよ——」

木場は絵に視線を落とす。

「——この精螻蛄ってのは、じゃあ元三大師で比叡山の山の神で、大黒天で、それで三戸の虫でもあるってのか？　これが——」

どう見ても不気味な鬼である。

「——まあよう。大黒天が閻魔で、閻魔と三尸が同類で——ってェのは解らねェでもないけどよ。それからその天台宗か？　それが庚申信仰と浅からず関わってることもまあ、解るんだがな」

まあ、そこですよね、問題は——と京極堂は云った。真面目に聞いていたから木場は素直に頷くが、考えてみればそんなことは問題になるようなことではないようにも思う。

「天台では延暦寺に祀っている三面大黒天の左右ふたつの顔を、それぞれ弁財天と毘沙門天に当てて説明するのですが——まあ延暦寺は都の鬼門を守護する訳で、同じく須弥山の北方守護を担う毘沙門天を持って来たい気持ちは解りますが——それにしてもこれはどうもこじつけとしか思えないんです。大黒天は元来三面多臂の姿をしているのですから、これは本来の荒神の姿に戻ったと云うことでしょう」

「そうそう。慥か手も多いんだろ？」

「多いです。四臂、六臂、八臂と様様です。通常、大黒天は先程云ったように烏帽子に直垂と云う和風の姿で描かれますが、曼荼羅の上に描かれる大黒天は本来の姿に近いものとして表現されます。その場合は三面六臂で髪を逆立て、正面の顔は憤怒相で眼は三つ、象の生皮を広げ、剣を戴き、山羊の角と、裸女の、髪の毛を摑んでぶら下げています」

「とんでもねえ姿じゃねえか。角大師より精螻蛄より酷ェ」

鬼より恐い。

——待てよ。

その姿は見覚えがある。

「おい。その格好はええと」

名前が解らない。

京極堂は察している。

「青面金剛——庚申講の本尊としては最も有名な神様——を思い出したのでしょうね。実に善く似ています。顔の数が違いますが」

「そうだよ。お前さんぺらぺらと善く喋ったが、その小便小僧とか云う神さんのことは何にも云ってねェじゃねえか——」

名前は知らないが、手の多い神像のことは木場だって知っていたのである。ならばきっと有名な神様に違いないではないか。ならば。

「その、青面何とか云う神様の立場はどうなってるんだ？」

木場が問うと、京極堂はいとも簡単に答えた。

「青面金剛なんて仏様はいないんですよ、残念乍ら」

「いねえ？」

「いないんです。青面金剛は『青色大金剛夜叉辟鬼魔法』修法の本尊とされますが、精精そんなもので、後は帝釈天の家来であるとか、毘沙門天の眷族だとか——それこそ庚申の本尊だとか云う記述がある程度です」

「それじゃあそれこそ本末転倒じゃねェか。庚申の本尊は何だろうと調べて、答えが庚申の本尊なりじゃ——」

調べただけ馬鹿である。

「ええ。金剛と云うのは執金剛力士などの金剛でしょうね。金剛夜叉だの金剛童子だの金剛のつく仏尊は多いですが、金剛と付く場合は金剛杵と云う武器を持つ仏尊の意で、大抵戦闘的な面構えになってますからね。その場合は顔だって青黒い訳で、そうした金剛系の仏尊は皆、青面金剛と云って云えないことはないんです」

「つったって形があるだろうが。服だとか、持ち物だとかよ」

「ええ、勿論。青面金剛は各地の庚申堂に祀られている掛け軸なんかに姿絵が描かれているし、庚申塔にもその姿は刻まれていますからね。仏典で青面金剛に触れているのは『陀羅尼集經』くらいなんですが、庚申尊としての姿は概ねその記述に添っているようです。一面四臂、或は六臂、八臂で、剣などの武器を携え、それに裸女の髪の毛を片手に持ってぶら下げて——」

「おい。それは大黒様と同じだ」

京極堂は眼だけで笑った。

「同じ――ですね。顔の数を除けば瓜二つと云ってもいい。さて、この青面金剛のぶら下げている裸女は――果たして何か」

勿体を付けるんじゃねえや――と木場はぞんざいに云った。

では申しましょう――と京極堂は澄ました顔で答えた。

「ある地方では――まあ全国的に見られるものではないんですけれど――庚申尊として半裸の女性像を祀っている所があるんです。これはショケラと呼ばれるらしい。だから――青面金剛のぶら下げている女は、ショケラなんですね」

「は？」

「ショケラですよ。先程云いましたでしょう。ショケラ、精螻蛄は三尸虫の和名なんです」

「そりゃ解ったけどよ」

「だって三尸虫を退治するのが青面金剛なんですから、三尸をぶら下げてたって別におかしくはない。道教の文献を繙けば、一説に三尸は小さな人の形をしているとも云う」

「待ってくれ――」

混乱した。

大黒天の原形――荒神と青面金剛は非常に善く似ており、共に庚申尊である。庚申尊は三尸――精螻蛄を退治する。精螻蛄は角大師と通じ、角大師は大黒天の原形であるらしい。

と——云うことは。

「——自分で自分を退治してるじゃねえか！」

「そうなんです。善く気が付きましたね」

「馬鹿にするなよ。手前、煙に巻いて楽しんでやがるな」

そうじゃないですよ——と云って京極堂は再び煙草を勧めた。それから、

「いずれその捻じれが庚申信仰の正体を解らないものにしてしまったんですね」

と云った。

「捻れ？」

捻れですと再度云ってから、中禅寺は時に旦那——と改まって尋いた。

「庚申の晩に懐妊した場合、出来たその子は泥棒になる——と云う云い伝えがあるのを御存知ですか」

庚申の晩だったかどうだったかは忘れたが、そんな話は聞いたことがあった。慥か石川五右衛門がそうだとか——講談か時代劇写真か何かで聞いたのだと思う。

そう云った。

「それは『釜淵雙級巴』ですね。でも、その通りです。要するに庚申の晩に男女が同衾することを戒めるための俗説だったんですが、遡って五右衛門の受胎日になっちゃったんですね。庚申はせざるを入れて四猿なり——なんて川柳まである」

「品のねェ川柳だな」

「川柳は品のないものですよ。まあ、こうした習俗は明らかに庚申の晩に寝てはならぬ、と云う三尸説に由来はしています。してはいますが、もう本来の儀式とは乖離している。これも一説には道教の閨房術に由来するとも云うのですが、本来の守庚申に性交を禁じるような禁忌はありません。元元の三尸説を思い出してください。眠ると虫が躰を抜けて天に昇るから、抜けないように起きている——でしょう？」

「起きてて虫を監視するんだとか——慥かそう云ってたよな？」

「そうです。しかし。このように——」

京極堂は指で指し示す。

「——精螻蛄は視ている」

そうだ。精螻蛄は視ている。

鬼は天井から凝乎と注視している。

「真実精螻蛄が三尸虫なら、この絵はおかしい。躰を抜けたのなら真っ直ぐ天帝の元にご注進に及べばいいんです。それなのに精螻蛄はこのように目玉を剝いて凝乎と視ている。何を視ているのか——そうです。これは人人が眠らないでいるかどうか監視しているんです」

「ほ——本末転倒だ」

「正に本末転倒。この絵はきっと、本末転倒した庚申信仰を揶揄しているんです」

「揶揄？　揶って（からか）る――いや」

風刺していると云うような意味だろう。

「三尸説が輸入された時期はかなり古いんだと僕は思う。室町以前、奈良期まで遡れるかもしれない。だから江戸期、三尸説が知識階層に浸透していたことはほぼ確実で、それは慥かに三尸の文献が証明しています。しかし、庶民の中の庚申信仰はどうだったか。それは慥かに三尸説に基づいてはいる。基づいていることはいるが、まるで様相が変わっていた。寝ると悪いことが起きる――それは慥かにそうなんですよ。しかし寝ると鬼が来るとか、虫が悪事を働くとか、これはまるで逆です。悪事を働くのは人間の方だった筈で、虫はそれを告げ口するだけだった。それが、同衾を禁ずるのみならず、式次第ばかりが複雑に増え、それを守れば願いが叶うと云う、現世利益中心の行事に変質してしまう。それで庶民は徹夜で騒ぎ、ただ願を掛ける。訳の解らない信仰ですよこれは――」

「その馬鹿さ加減を揶ったのか？」

「そうじゃない。これは庶民の講組織を利用して勢力拡大を図った天台宗を揶揄しているのでしょう」

「比叡山の？」

「はい――庚申を広めたのは――天台宗です」

「そう――なのか？」

「これは計画的なものですよ。意図的に流行らせたのです。雑多で纏まりのない庚申行事の、表面上無関係な事象を繋ぐのは天台宗だけなんです。庚申堂の殆どは天台系です。庚申の縁起を書いたのも多分天台僧です。山王一実神道の縁起と、庚申縁起はディテールが非常に善く似ている」

「それで元三大師——だと？」

「ええ。角大師は元三大師と離れて別の形でも信仰されています。大師講と云う講も盛んです。大師信仰と云うとどうしても弘法大師を思い出しますが、大師講の場合はどうもそうではないらしい」

「違うのか？」

「弘法大師の場合もある。でも、例えば職人達の行う大師講は太子講と字も変えて、聖徳太子を本尊としますし、真言宗とは切れている」

「聖徳太子？」

「そうです。まあダイシ講とタイシ講はそもそも別物だったのかもしれませんがね。いや、聖徳太子ならまだ良い方なんです。角大師の他に、大師講で本尊として祀られるのは片足子沢山の客人神だったりするし、その上その一本の足には指がなかったりもする。終いにはタイシさんは女だとまで云う。痩せた裸女だったりもします」

「裸女って——女か？　大師が？」

「はい。裸女である場合、お大師さんは子沢山で苦労した寡婦なのだ——と云われるのです。何故子沢山の半裸の女性が大師と呼ばれるのか——興味のあるところです。それに裸女となると、大黒天や青面金剛がぶら下げているショケラとの関わりを考えずにはいられません。螻蛄と云うのは古くは虫全般を指す言葉だったようですし、和歌山辺りでは、螻蛄は仏の使者だと云われる。更に『捜神記』には螻蛄を長命の神として祀る話が載っていますから、螻蛄方面からのアプローチも有効なのかもしれない」

「螻蛄が——な」

「いずれにしろ大師講で有効なのはタイシと云う名だけです。このタイシとは本来道教の神、中檀元帥だった可能性がある。中檀元帥は哪吒太子の名で古くから一般に浸透し『西遊記』でも活躍する人気者ですが、隻足であると云う伝説もあり、これは一本足の来訪神の伝説と符合する。僕は——青面金剛は先ず、童子の姿で現れる。そして青面金剛となる以前は、庚申縁起の中で、青面金剛もまたこの哪吒太子ではなかったかと考えています。青光太子とまで呼ばれるんです。哪吒太子もまた多く童子形で表され、それでいて戦闘中の姿は三面六臂で描かれることが多い。民間では悪龍退治で広く信仰されていますし、『封神演義』では托塔天王の子ともされる」

「托塔天王ってのは？」

「哪吒太子の父とされる托塔天王は仏教では毘沙門天に対応する神なんです」

「毘沙門天って云やあ、さっきの——三面大黒の顔のひとつじゃなかったか？」

「そうですね。先程も云った通り、毘沙門天は一名を多聞天、須弥山の北方を守護する四天王のひとりです。北方守護を担う天台宗では重要視される神様ですね。また、毘沙門天は夜叉の長ともされ、これは大黒天の属性とも重なります。その辺の事情から延暦寺の三面大黒の顔のひとつとされたことは間違いないでしょう。更に、毘沙門天の護る須弥山の中央には、あの帝釈天——天帝が坐すのです」

錯綜している。

「しかしまた、何だってそんなものが——」

幾ら人気者だと説かれても、木場には一向に馴染みのない名前である。

「哪吒太子は中国では有名な神様です。僕の友人の多々良君は、今この哪吒太子に関わる実に興味深い研究をしているのですが——それは置いておくとして、彼の考察するところに依れば、この神はかなり古い時期に日本に入って来ている。無視出来ない存在です」

「誰が持ち込んだんだ？　それもその天台宗か？」

「比叡天台の本山たる中国天台山は、道教が非常に盛んな地なんです。開祖最澄を筆頭に、叡山の僧が道教を学び、度々本邦に持ち込んだことは間違いない。江戸に庚申が大流行するのも、徳川幕府と天台宗が癒着していたことを思えば何の不思議もない」

「ああ——天海僧正か」

「そうです。庶民は結局現世利益で釣るしかないです。本来個人的な健康法、長命法だった筈の庚申待ちが、いつの間にか、実に巧妙に、ある信仰に形を変えさせられている。誰も気づかない。視ている筈の者が、知らないうちに視られている――」

「視ているのは天台宗だ――と云うことか」

「誰も気付きませんがね。自然に根付いているのだから大成功ですよ。流行り神と伝統宗教は一見無関係なようですが、稲荷社と真言宗、白山神社と曹洞宗と、対応関係を見出すことは容易い。珍しいことではないのです。表向きは何の効力もないようですが、これが効くんですね。遠回しではあるが一種の情報操作が可能になる訳ですから」

「なる程なあ」

木場は長寿延命講のことを考えている。

いつの間にか――薬が目当てに――。

春子はそう云った。

何が――。

――何がヒントだ。

京極堂はただ長長と喋っていたのではないように思う。長い演説の途中で何か謎を掛けたに違いないのだ。この男は何か見抜いている。短い付き合いではないから、そのくらいは木場にも解る。

ただ、情報が足りないのか確定出来ない要素が多いのか知らないが、そう云う場合この偏屈な友人の口は絶対に開かないのだ。慎重なのかもしれないし狡いのかもしれないし、それはどちらも同じことなのかもしれないのだが――。

そして、そう云う時にこの回り苦吸い男は、迂遠な謎を掛けるのだ。

――人一倍記憶力はいい――だったか。

――そして。

視ている筈の者が知らないうちに視られている。

どんでん返しは一度とは限らない。

本末転倒――。

「解らねェ」

「解りませんか」

「いや。お前さんの講釈は解ったよ」

京極堂は竹藪を眺めて、美味そうに煙草の煙を吐き出すと、

「外れを捜すんですよ」

と云った。

「ハズレ？　何のことだ？」

はずれ、間違い、事実と記述の差異ですよ、と云って、古書肆は煙草盆で煙草を消した。

「まあ、僕と旦那は遣り方が違う。先ずフィールドワークをしてみるのもいいでしょう。本当に、その部屋は覗けないのかどうか――」

「何だ。庚申の話じゃねぇのか」

その話はもう話し疲れましたよ――と、京極堂は能弁家らしからぬことを云って、精螻蛄の載る本を閉じた。

「覗き孔でもあれば話は早いのでしょう？」

「それはねえと云いたいんだな」

慥か現場偏重も困るとか云っていた。木場が渋面を作って睨むと京極堂はそんなことは解らないでしょう――と誤魔化した。

「解るんだよ。覗ける孔があったって覗く時間がねェんだからな。工藤って男にはよ――」

「不在証明がある訳だ」

「そうよ。だから俺は寧ろ、長寿延命講が臭エと踏んだんだよ。だからお前さんによ――」

「勿論そっちも見て来たがいいでしょうね。その、通玄先生とか云う巫山戯た名前の調剤師は、僕の見たところ割と悪吸い。診察と称する個人面談がどのくらいの長さ行われ、その間にいったい何をするのか――それはその女性に善く聴いてみることです」

京極堂は腰を浮かす。

「おい。待てよ。そのハズレってのは何なんだよ」

「ああ。聞けばその工藤と云う男の手紙はかなり詳細に書いてあるそうですが、書いてないことはないのか——と、そう云う意味です」

「そりゃ——ねえんじゃねェかな——」

何しろ下穿きの色まで——なのだ。

そう告げると京極堂は、下穿きは黙ってたって穿くでしょうからね——と云った。そして暫く考え、

「そうだな。それじゃあ、その工藤の手紙を読んだと云う記述が、工藤の手紙にあるかどうか尋いてみるんですね」

と云った。

「何だよそれは？」

「ですからその通りの意味です。覗いていようがいまいが、全部書いてあるなら当然春子さんが自分の手紙を受け取って読む件も記されている筈でしょう」

「まあそ——りゃそうだろうな」

「もしその記述がなければ、その時は工藤を任意出頭させるんですね。窃盗容疑だと云えば多分温順しく従うでしょう。旦那が恐い顔でも見せればすぐに落ちますよ。粘着質でもきっと気の弱い男でしょうから」

何なんだよそれは——木場はもう一度潰れた声を出した。

「書いてあったらどうするんだ」

「あったら？　そうですねえ。もしあったとしたら外れている筈だ。春子さんが手紙を読んだ時間か、場所か、そのどちらか、或は両方とも外れている筈です。まあ万が一――一回くらいは合ってるかもしれないですが」

京極堂はそそくさと立ち上がり、すっかり冷えてしまったなあ、などとぼやき乍ら、床の間に本を戻した。

「おい、もう一寸親切に云えねえかよ。どう云うことだ！」

木場は躰を大きく回して怒鳴る。

「ですから、この世には不思議なことなど何もないと――そう云うことですよ旦那」

京極堂は振り向きもせずにそう云った。

そして木場は物凄く凶暴な顔になった。

3

人一倍記憶力はいい、だったか――と木場は呟いた。それから天井をぐるりと観て、湿気で変色した壁から色の抜けた窓帷(カーテン)伝いに女の顔へと視線を動かした。

「――そう云ってたっけな。お前さん」

春子は戸惑いを隠せない様子で、作業服の端を握り締め、そんなこと云いましたでしょうか――と答えた。云ったじゃねえか――と木場は返す。ほんの少し春子はたじろぐ。

「そう云うからには根拠があるンだろ？」

「根拠――って、そんな――撤回します」

別に責めてる訳じゃねぇんだよ――と云い乍(なが)ら、木場は春子に背を向け己の面を撫で回した。顔が恐いのだろう。

――結局――迷惑がられてるじゃねえか――。

来るのではなかったと、木場はまた後悔する。

ぶっきらぼうに云う。

「迷惑だったかな。いきなり押し掛けてよ」

謝罪と云うよりも拗ねているようなものだ。

木場は春子の勤める工場を訪れる際、身分を詐称している。強面の刑事がずかずか乗り込んだのでは世間体が悪かろうと考えた挙げ句の嘘である。遠縁の親類と名乗ったのだが、そんな子供騙しの嘘は自ら露呈るもので、工場の者は誰ひとり木場を春子の親類だとは思わなかったようだった。春子に身寄りがないことは周知の事実だった訳だし、容貌魁偉の木場はどう見たって凡庸な顔立ちの春子の親類には見えぬ。刑事になるために生まれて来たが如き面なのである。刑事以外と云うのなら間違いなく破落戸にしか見えぬ。

――だから。

工場長を始め女工達の多くは好奇の視線を寄越したのであろう。

木場が思うに――山出しの田舎娘である春子が、女を食い物にするちんぴらにでも引っ掛かって善くない目に遭っているのだろうと――彼女達は強面の訪問者を見て、そんな構図を思い描いたのに違いないのである。他に考えようがないではないか。だったら、もしや率直に身分を明かした方が春子にとっては善かったのかもしれぬ。事実、木場にも春子にも疚しいことなどないのだし。

「迷惑か」

「いいえ――来て戴いて――」

語尾が曖昧に溶ける。有り難うだとか嬉しいだとか、そう云う類のことばではあったようだが、定かではない。

木場は、もう一度部屋を見渡す。

春子の部屋は、質素を通り越して殺風景だった。

正直云って木場は驚いた。調度が殆どないのだ。

木場の下宿の方がまだ物が多い。

——比較の対象にゃならねえか。

それはならないだろう。

木場はその外見に似わず、新聞の切り抜きだの雑誌の記事だのをちまちまとスクラップしていたり、くだらない小物を無意識に蒐集していたりもするような男だから、他の男所帯に比べれば細細とした、謂わば無駄な家財を沢山溜め込んでいる筈なのである。但し——木場は、これも外見に似わず整理は下手だが整頓は得意と云う几帳面な男でもあって、だから所謂、蛆が涌くような乱雑な暮らし振りでないことも慥かである。慥かではあるのだが、所詮野郎の部屋ではある訳だから、木場の部屋とて装飾に乏しい殺風景な男の部屋には違いないのだ。女性の部屋とは比べ物にならないと思う。

だが。

春子の部屋は——整頓しようにも片付ける物すらなかった。

小さな茶簞笥がひと竿。卓袱台が一脚——それだけだった。

座布団もない。

ただ、茶簞笥の上に妙な形の壺が置いてある。何もないからやけに目立つ。注意して見れば小振りの花瓶なのだった。花はない。

質素にも程がある——と、木場は思う。慥かに工賃は雀の涙程なのだろうが、聞けば遺産だか蓄えだかがあるとか云う話だし、ならば金に困っての貧乏暮らしではない。

「花ぐれえ飾れよ」

女だろうが——と続けるつもりだったがそれは止した。別に女だからと云って花を飾らねばならぬ理由などないからだ。女だろうが男だろうが、要するに、ものには度合いと云うものがあると、木場はそれが云いたかっただけだ。この殺風景は度を越している。

はあ、と例によって気の抜けた返事が返った。

「そうですね。本当にそうです。私、本当にお花が好きで」

「なら飾りゃいいじゃねえか。花一輪買えねえ訳でもねェだろう」

「はあ。それはそうです。いいえ、飾っていたんです。つい一週間前までは——でも——」

「でも何だよ」

「捨てました」

「枯れたのか」

「いいえ――その――」

木場は返事を待たずに壁の隅を調べ始める。孔はないか。

「――買って来て二日目に捨ててしまって」

薄汚れた京壁には孔はおろか疵ひとつない。ただ煤けて、染みが付いているだけだ。古いのだ。空襲で焼けなかった建物なのだろう。

柱も観る。

こちらも瑕はない。ただ艶艶と摩滅している。

「おい」

呼ぶ。返事はない。振り返る。

春子は放心したように木場の背中を注視ている。

「――何だよ」

「私――どうして捨てちゃったんでしょう。花」

「知らねエよそンなこたア。それより手紙は来たのか？」

「はあ。多分明日くらいには――きっと」

「ふうん」

壁や天井に不審な点はなかった。

木場は畳に目を遣る。

埃っぽいのは掃除が行き届いていないからではなくて、陽当たりも風通しも悪い所為であ る。どうやら手紙が届き始めてから——或はそれ以前からなのか——春子は全く窓を開けていないようだった。

窓を観る。

果たしてこれが窓帷と呼べるのかどうか疑わしくなる程の、余りにも飾り気のない無地の布がだらりと垂れ下がっている。木場は窓辺に歩み寄り、その布を乱暴に左右に引いた。

窓硝子には黄ばんだ新聞紙が隙間なく貼り付けてあった。透過光で部屋まで黄ばんで見える。

陽に透けて裏返しの活字が映り込み、訳の解らない模様を作っている。糊が染みになって、そこだけ黒く滲んでいる。

外は見えない。

「開けるぜ」

中中開かなかった。

窓枠同士が、封印でもするように紙で目張りしてあるのだ。

「何だ。用心深ェにも限度ってものがあるぞ」

「窓は——開けない方がいいと云われていたので」

「誰に。工場長か」

木場は爪で紙を少し剝がし、端を抓(つま)んで破いた。中中巧く剝がれなかった。乾燥している所為(せい)か、紙はぱりぱりとして腰がない。

「それとも同僚にかい」

「通玄先生に──です」

「ああ」

木場は作業を止めて振り返る。

「そうか」

春子はまだ戸を背にして突っ立っていた。

「あんた、その先生の云い付けと云うか──何でも──慥(たし)か、西北西は方角が悪いんだとか云われたんですね。その方角に開口部があると、そこから気が発散してしまうから出来るだけ塞(ふさ)げと云われて、戻ってみたら窓が西北西で──」

「はあ。云い付けと云うか──何でも──慥か、西北西は方角が悪いんだとか云われたんですね。その方角に開口部があると、そこから気が発散してしまうから出来るだけ塞げと云われて、戻ってみたら窓が西北西で──」

破いちまったぜ──と、木場が云うと、春子は、いいんです、そんなのは信じてないですから──と即座に答えた。

「信じてねえってお前さん、こんなに厳重に──ああ、今はもう信じてねエって、そう云うことかい。辞めたんだったな」

「いいえ。そんなこと最初から信じてないです」

「じゃあこの目張りゃあ何だ」

「え？　ああ、ですからまるっきり信じてないってこともないんですけど——そう、半信半疑でしたから——違いますね。矢張り信じてなかったかしら」

「どっちなんだよ」

善く解りません——と小声で云って春子は下を向いた。

「迷信みたいなものって——どうなんでしょう。皆信じてるんでしょうか。朝爪を切ると悪いことがあるとか、夜口笛を吹くと鬼が来るとか——鬼なんか来る訳ないですから信じちゃいません。でも、それでも夜には口笛を吹かないです。何か、鬼魅が悪いと云うより背徳い気がするんです。約束を破ったみたいな罪悪感が——」

「解るよ。そう云うのは信じてるうちに入るのかってェことだろ。俺は入らねえと思うぜ」

だが、左右されてはいる。

明らかに迷信が行動を抑制している。

——神様、いや、監視者の視線が気になるのか。

行いに因って寿命を定める司命神。

体内で人を監視する三尸虫。

人の運命を操る超越者。

視ているのは誰だ。

「——まあ、嘘と解っていてもよ、云われりゃ気になるわな。それが人情ってものよ。お前さん、それで塞いだんだな。こんなに厳重によ——」

木場は作業を再開する。時間が経っている所為か中中紙は剝がれなかった。爪に紙の屑が詰まってしまい、木場は不快になる。八分方剝がれたところで木場の忍耐は限界を迎え、後は焼け糞で、木場は力任せに窓を開いた。

めりめりと音がして引き戸は半分程開いた。

汚いバラックが見えた。

窓に面しているのは壁ばかりである。

障害物も何もない。隠れる場所などない。屋根に登っても地に這い蹲っても丸見えだ。仮令春子が気付かなくても、往来を通る者が怪しまぬ訳はない。

それに、何より工場は意外に遠い。この位置関係では双眼鏡などを使ったところで室内の様子が具に窺える筈もない。

「そこに」

気が付くと春子が横に立っている。

「そこに工藤さんは立っていました。あの、工場の裏門のところに新聞配達の自転車を立てかけて、それで、ここのどぶ板の上に乗っかって、もう窓硝子に顔が付く程——」

「いつの話だ」

「去年の暮れ頃です。私、声を上げてしまって。夕方でしたし」

「そしたら？」

「何も。ただ——黙って裡を見てるんです。私、恐くッて恐くッて、隣のひろみさんの部屋に——同僚の女性です——逃げ込んで、それで何人かで連れ立って戻って来たらもういませんでした」

「何度もあったのか」

「覗かれたのは——そう、五回くらいでしょうか。窓帷を開けるとすぐそこに顔があったりして——それは肝を冷やしました。そんな時は——今刑事さんの剝がした目張りを貼っていて良かった、と思ったものです。そう云うこともあって、まあ方角占いなんかは信じてはいなかったんですが、それで、剝がしもしないでいたんです」

「変態除けかい。目張りしてりゃあ賊は侵入って来ねえって云うのか？　こんなモンはお前ただの紙じゃねェか。何の用心になるよ。屁の突っ張りにもなりゃしねェぜ。蚊や蠅じゃアねエんだからよ。だったら序でに蠅取紙も下げておけって」

「でも——すぐには開かないでしょう」

「開くよ。硝子だって割れるし桟だって壊せるぞ。ド頑丈な鍵が付いてたって、入る奴は入るんだ。簡単なこったぜ」

「でも、工藤さんは——這入っては来ませんでしたし——」

工藤が入って来なかったのは、窓に目張りがされていた所為ではないだろう。

春子の云い分を聞く限り、工藤は窓枠に手すら掛けていないようである。それでは開くかどうかも解らない。ならば仮令目張りなどされていなくとも、剰え窓が開いていたとしたって、工藤は入って来はしなかっただろう。多分、侵入することが目的ではないのだ。そこに立っていること自体が愉しかったのだとしか思えない。

「兎に角よ、工藤はまあ、特別だったと思えよ。でもそうでない奴は世間にゃ五万と居るンだよ。だからよ、こんなモンで安心するなァ却って危険なんだと、それだけは覚えときな。警察からのお報せだ。ん？　おいおい。そもそも他にもちゃんとした鍵が付いてるじゃねえか。おい」

善く見ると粗末な捩込み式の鍵が付いていた。

そちらは掛けられていなかったようだ。

まったく——どこか抜けている。

「で——工場長が怒鳴り込んでから後は、来なくなったのか？」

「はい。ただ寒い時期ですから窓を開けることもなくって——だからその目張りもそのままになっていて——その」

「あのなぁ、寒くても日に一度くらいは窓を開けろよ。で、閉めたら施錠。窓ってェのはそう云うもんで、そう云う風に出来てるんだからそう云う風に使えよ」

こんなところで女相手に何を説教しているのだろう——木場は何だか情けなくなる。ただ、瞭然しない奴を見るとつい世話を焼いてしまう癖が付いている。木場は仕切り直すように窓を全開にした。

「少し開けておけ。気だか運だか知らねェけどよ。逃げるもんは逃がせよ。溜めるなァ善くねえぞ——」

反対に悪気悪運が吹き溜ると云うこともあるかもしれぬ。

「で——新聞貼ったのは手紙が来てからか？」

「はあ、二通目が届いた後です」

「なる程な」

この条件では窓からの窃視は不可能だろう。

続いて木場は押入れに手を掛けた。掛けてから、やや躊躇う。

「開けても——」

「結構です」

桟の外れかけた襖は、ささくれた敷居を滑って訳なく開いた。

鼠色の薄い蒲団がひと組。行李がひとつ。畳んだ衣類。すかすかに開いている。木場は頭を突っ込んで、先ず天井を観た。

黴の臭いがした。

「ここは——開かねェよな」

押入れの天板は外れ易いものである。しかしここの天井は妙に頑丈だった。何度か叩く。細かい埃が顔面に降り掛かる。眼を細め、思い切り顔を背けると、畳んだ衣類が視野に飛び込んで来た。

木場は慌てて頭を抜く。

畳んであったのは肌着だったのだ。

「こ、ここは、ここはお前」

「何か——ありましたか？」

春子は不審そうに木場を見る。

「何かって——」

木場は目を逸らす。そして、少しは羞らえ、女だろうが——と、肚の中で思う。どうもこの春子と云う女には、決定的に鈍感な箇所がある。

「ここは——何でもねェじゃねェかよ」

はあ、と云う気の抜けた返事。もう慣れてしまって肚も立たない。

——覗けない。

この部屋は覗けない。

木場は押入れを閉めて腰を下ろした。

「お前さんの云う通りだった。ここなら覗かれる心配(しんぺえ)はねェ」

「はあ」

「工場や食堂の方もさっき見て来たんだがな。人知れず、こっそり監視するようなこたァ出来ねェだろうよ。まず無理だろうな」

「はあ」

この場合はハアくらいしか云うことはあるまい。春子は最初から覗かれてはいないと主張している。覗かれていないのに監視されている――否、監視されているが如く個人情報が洩れていると、春子は訴えているのである。

視ている筈の者が知らぬうちに視られている。

それは精螻蛄だ。

否――正確に云うならそれは少し違う。覗いている絵が描かれてはいるが、本来視るのはこちら側だと云うことなのだから、視られているように思っているが本来は視ているのだと云うのが正しい。

視られている――実は視ている――。

その捻(ね)じれが正体を隠す。

――関係ないか。

「手紙を見せてくれるか」

「手紙——ですか」

「迷惑か」

春子は下を向く。

春子の申告通り、そこに微細な日常が記されているのだとしたら、それは恥ずかしいことも書いてあるのだろう。事実春子は、それを他人に見せることを憚り、結果信用して貰えなかったのだ、と云っていたのではなかったか。

——だが。

下着を仕舞ってある押入れを無防備に開け、そこを男に覗かれて、それでも平気でいる癖に——果たして今更恥ずかしがることがあるのだろうか——と云う気もする。

「嫌なのか」

「読まれるのは——嫌です」

「読まねえよ。観るだけだ」

同じことである。

封筒だけでも見せろと詰め寄ると、春子は不承不承と云う態度で茶簞笥の小抽匣を開け、封筒の束を出した。出したはいいが、いつまで経っても渡さないので、業を煮やした木場が手を出すと、春子は再び表情を曇らせてから、緩慢にそれを差し出した。

味も素っ気もない茶封筒である。荷造り用の紐で確乎りと括ってある。

解こうとすると、あ、と春子の声がした。顔を上げると手を出し掛けている。余程読まれるのが嫌なのだ。解くのを止めて、枚数だけ勘定する。きっちり七通。宛て名の字は小さく、お世辞にも上手とは云えない。裏返す。差出人は工藤信夫。署名はしてあるが住所はなかった。

木場は暫く裏返したり回したりし乍ら封筒を眺めてみたが、結局どうすることも出来ずにただ春子に返した。中が見られないのでは詮方ない。春子は受け取るや否や、すぐ元の場所にそれを納めた。

余程嫌なのだ。肌着を見られるよりも数段恥ずかしいこと——でも書かれているのだろうか。

——そんなことがあるか。

慥かに何を恥ずかしがるかは人それぞれである。木場とてスクラップブックを見られる方が猿股を見られるより格段に恥ずかしい。しかし。

この質素な暮らし振りに隠すことなどあるか。

否——何ごとも見かけで判断してはなるまい。

——男か。

例えば春子に男がいたら。

「あんたその、何て云うのかな。ええと」

「そんな──人は──いません」

鈍感だと思っていれば、察しがいいところは妙に察しがいい。

そんな人ってのはどんな人だよ──と、木場は乱暴に云った。

「──まだ何も云ってねェじゃねェかよ」

「はァ」

何だか畏(かしこ)まってしまって、木場はまるで格好がつかない。

「じゃあ何で中身を見せねェんだよ。何が恥ずかしいんだ？　今更恥ずかしがる齢じゃねえとか、この間も云ってただろう」

「ええ。そのぅ」

「明瞭(はっきり)しろよ。読まれちゃ拙(まず)い訳でもあるのかよ。包み隠さず云ってくれなくっちゃ協力ができねェじゃねェか」

何と押し付けがましい云い分だろう。

強く頼まれた訳でもないのに、木場はいつの間にか親身になっている。実際余計なお世話と云われても致し方ない。

あんなに面倒だったのに。

春子は暫く窓の外を見ていた。

そして木場の方を向かぬまま言葉を発した。

「想像が——その」

「想像？」

「想像が鄙俗しくって」

「解らねェよ」

「工藤さんの想像——と云うか感想と云うかが——とても、何と云うか、鄙俗しいんです」

「感想ってのは何だ」

「私の行動に対して、いちいち解説が施してあるんです」

「解説？」

「はあ。例えば私が何故赤い毛糸の下穿きを——」

「おい。他の喩えにしろ」

春子は漸く何かに気が付いて少少顔を赤らめた。

「ええと——何故赤い服を着たかと云うことを——その、心の動きって云うんですか？　それをあれこれと想像して、綿密に——」

「書いてるってのか？　だってお前さん、そんなことは——」

書きようがないだろう——と木場は思う。女が服を選ぶ理由など木場には想像出来ないからである。木場の場合、服を着る基準は唯ひとつである。一番近くにあるもの、或は一番上に出ているものだ。

だから女だろうが男だろうが、そもそも着る服を選ぶと云う感覚が木場には善く理解出来ない。開襟襯衣(かいきんシャツ)など皆同じなのだし、股袴(ズボン)だって背広だって同じような色だし、靴は一足を履き潰すまで履くから選びようがないのである。

――それは、俺だけか。

「どんな理由だ？」

「鄙俗しい理由です」

どうも解らない。衣類を選択することと、鄙俗しいと云う言葉が結び付かない。そう告げると春子は暫く首を傾げて視線を漂わせてから、茶箪笥の上の花瓶に視線を止めて、

「そう、あの花――」

と云った。

他に目に付くものがないのだから、それも自然の成り行きだろう。

「――あの花を私が何故捨てたのか――」

「花を捨てたことも書いてあったのか？」

「ええ。捨てたのが丁度一週間前ですから、この前の手紙の最後の辺りには書いてあります。朝起きて花の水を替えようとするが、無性に花が嫌になり、まだ幾日も保つ花を捨ててしまう――と」

「そうだったのか？」

「それはそうだったんです。でも工藤さんは、私が花を捨てたのは、私が——禁欲を自分に強いている所為だ——と」

「キンヨク？」

「ええ。花は——その——性の象徴なんだとかで、私は——実は抑え難い性の衝動を持っているにも拘らず、それを押し殺しているから、淫らに咲き誇った花弁を見て、ええ——何と云うか」

もごもごと語尾が濁る。

「何だ？　発情したとでも云うのか？」

春子は答えず、ただ下を向いて、

「だから捨てたんだって——」

と云った。

木場は友人の降旗を思い出した。有能な精神神経科の医師だった降旗は、精神分析とか云うものを学び、そして挫折した男である。木場は何度聞いても善く解らないのだが、人の行動や意識は、分析していけばそう云う性の衝動だの抑圧だのと云うものに還元されてしまうのだと、降旗は云っていたように思う。

木場の受け取り方に問題があるのかもしれないが、少なくとも歩くのも座るのも皆、性の話になってしまうような印象を木場は持ったものである。

「なる程な。解ったぜ。寝るのも起きるのも全部お前さんが淫婦だからだと——そんな書き方がしてある訳だな？」

「はあ。手紙は大抵、淫乱は恥ずべきことじゃないのだから、もっと自分に正直に生きろ——と、結ばれています」

「けッ」

何と云う下司な男だろう。発情しているのは工藤の方である。

「しかしよ、別に何を書かれていようとお前さんが恥ずかしがることじゃねェじゃねェか。変なこと書かれてるんだから怒るのは解るがよ。他人にも見せたくねェってのは得心が行かねェな」

「はあ」

「はあって、そんな精神分析もどきはよう、何もかも工藤のでっち上げ、真っ赤な嘘ッ八だろ？　中ってる訳ねェじゃねェかよ！」

「はあ」

「はあって——中ってるのか？」

春子は自信がなさそうに下を向き、口籠った。

木場は困惑する。

春子は下を向いたまま云った。

「私——そんな理由で行動してないです。そんなことないって、そう思います。でも、強くそうだと云われれば——別に考えてないですから、そうなのかもしれないと、ふっと思うことだってあります」

「そりゃあお前」

「でも——」

春子は木場の言葉を遮(さえぎ)る。

「——私の執った行動の方は、全部中っているんですよ。だったら——」

「それは覗いて——」

覗けはしないのだ。

「——それはお前、工藤の想像——」

と、云うことになるのか。幾ら的中していたとしても、状況的に覗けないのだから想像で書いたとしか考えられない。

「——偶偶(たまたま)だろうよ」

尻窄(しりすぼ)みな言説だと思う。

春子はそうなんです——と力なく云った。

「想像が的中したのか、千里眼か天眼通か知りませんけれど、工藤さんは何等かの手段で私の日常を知ったのでしょう?」

「まあ察知されはしたんだろうな」

「そしてその鄙俗しい解説は、その察知された日常に施されていた訳ですから、もしかしたら私自身自覚がなくても、それも——その」

「まあな——」

中っていると云えば中っている——そうしたものは大概そう云うことになっている。自分のことである筈なのに、絶対に違うと云い切ることは誰にも出来ない、そう云う仕掛けになっているのだ。

「私、違う違うと考えているうちに、反対にどうしても違うんだとは思えなくなって——自信がなくなってしまって——それに、この手紙を誰かに見せたとして、書いてあることは真実ですって説明する訳ですから——その」

「ああ。お前さんが真実淫乱な女だと——読んだ奴はそう思うかもしれないと、そう云うことか」

その可能性はある。

事実関係だけは的中している訳だし、真実らしい解説になっていれば余計に否定し難いだろう。読む方に性的な偏見があれば尚更難しい。そして世の中の男は、木場も含めて性的偏見に満ち満ちているのだ。

口では何と云おうとも、知れたものではない。

「本人である私が断言出来ないのですから――上手く説明も出来ませんし。でも刑事さん、私――」

「ああ。まあいいやな。お前さんはそう云う女じゃねえよ」

もの凄く強引な気休めだ。

そうでしょうか――と云って、春子は不安げに、再び花瓶を眺めた。それから再び、そうなんでしょうか――と云った。

「何だよ」

「私、何故あの花捨てたんでしょう」

「そりゃあ――」

さっきはそんなことは知らないと撥ね付けた。

「――別に理由はねェんじゃねェのか――」

そう云うことに、いちいち理由と云うものはあるのだろうか。木場は考えるより先に躰が動く質である。行動する際にどうのこうのと理由を付けることはしない。

「――ねェんだよ。理由なんて」

「そうですよね。そうも思うんですけれど――でも私、食堂で献立を選ぶ時ですら――もう、何が何だか判らなくなってしまって」

「ああ。それも――手紙に書いてあるんだったな」

焼き魚を選べば好色だからだ、煮付けを選べば淫蕩だからだと決め付けられ、そう云われ続ければ、選ぶ基準から考えざるを得なくなるだろう。そんなことを考えていたら何も選べなくなる。

「例えば、どちらでもいいってことがあって、そのどちらかを選ぶ時って、いったい何に因って選んでいるんでしょうか。蜜柑と林檎があって、どちらか食べろと云われて、蜜柑を選ぶ理由とは――」

「だからそんなものに理由はねェよ。好きだからだろ」

「蜜柑も林檎も好きです。違うものですから比べようもないです」

「だからその時によ。選んだ時にはその、蜜柑がよ――」

説明になっていない。

「そこで蜜柑を選ばせたのは、本当に私の意志なんでしょうか」

「自分で選んだんならお前さんの意志に決まってるじゃねェか」

春子はハァ、と一層気の抜けた返事をした。

木場でさえ少少混乱しているくらいだから、春子などはすっかり自信をなくしているのだろう。

――蜜柑と林檎か。

どっちだっていいじゃないか。

目くじらを立てるような問題ではない。

だが。それを云うなら最初から、気にするような事件ではないのかもしれない。鬼魅(きみ)の悪い手紙が届くだけで、それ以外の実害はないのである。もし工藤が窃視行為を行っていなかったなら——どれ程手紙の内容が事実と符合していようと、それが想像で書かれたものだったなら——逮捕はおろか強い文句も云えないではないか。

——寧ろ、ただとっちめる方が早エか。

その方が効果もあるだろう。

旦那が恐い顔を見せればすぐに落ちますよ——。

京極堂もそう云っていた。

窃盗容疑だと云えば——。

窃盗——窃盗と云ったか。

外れを捜すんですよ——。

ハズレ。間違い。事実と記述の差異——。

「おい。そうだ——あのな、工藤のよ、二通目の手紙にな——」

木場が突如(いきなり)大声を出したので春子は驚いて怯(びく)りと肩を竦(すく)めた。

「二通目の手紙に、最初の手紙のことは書いてあったのか？」

「はあ？」

眼が円くなる。

尋き方が悪かったようだ。

理解出来ていない。

「お前さんが貰った二通目の手紙には、最初の手紙が届いた日の様子も書いてあるんだろ？　だったらその最初の手紙をお前さんが読んだことも書いてある筈じゃねえのか？」

多分、京極堂の云っていたのはそう云うことだ。

それにしても——窃盗とはどう云うことだろう。

春子は首を斜めに傾けて、書いては——ありましたが——と、歯切れの悪い答え方をした。

「合ってたか？」

「え？　合ってたって云うか——いいえ、その、書き出しのところに、この前の手紙は読んで戴けましたか——と、書いてありましたから」

——なる程。

「そりゃおかしいじゃねぇか。工藤が何もかもお見通しなら、その日に手紙が届いて、それをお前さんが読んで、吃驚したことだって当然知ってる筈だよな？　それを、書くに事欠いて、読んで戴けましたか——ってのは何だ？　尋いてるじゃねえか」

そうです——よね——と云い乍ら春子は慌てて茶箪笥から封筒を出す。

もたもたと不器用に荷造り紐の結び目を解く。だが上手く解けないらしく、結局二通目の封筒は折り曲げられて取り出された。中から手紙を抜く。茶色の藁半紙のような色の便箋である。いや、本当にただの藁半紙なのかもしれない。

「ええと――前略、この間の手紙は読んで戴けましたか、きっと君は驚いたと思う、君の強張った顔が目に浮かぶようです――」

春子は顔を上げて木場を見た。

「――と、云う書き出しですけれど――慥かに変です。そうですね。刑事さんの云う通りです。目に浮かぶっ、てことは――」

「少なくとも――見ちゃいねェってことだろ。工藤は手紙を受け取ったお前さんの動向を知らなかったんだよ。どうだ？　最初の手紙が来た日、お前さん何時にその手紙を受け取り、何分後に何処で開封した？　記憶力がいいなら憶えてるだろ」

「はあ。そう――ですね。郵便受けは共同ですから仕事が終わってから誰かが開けて、郵便物を配るんです。あの日は――そう。浜子さんが――この二階の人ですけど――浜子さんが何か珍しそうに持って来たんです。田舎のある人は手紙も来ますけど、私みたいな女には来たことがないもので、珍しかったのでしょう。暫く様子を覗いて、誰から誰からとか云っていましたから。それが、夕食の後でしたから午後七時くらいです。この部屋で受け取って、すぐに開封しました」

「そこんとこの記述を確認してみろよ」

春子は藁半紙を捲って二枚目を見る。

「ええと——君はそのまま真っ直ぐ部屋に戻った、それは君が——ああ。すいません——」

矢張りかなり破廉恥な、卑猥な記述がなされているのだ。春子は字を追うだけで顔が紅潮している。

工藤と云う奴は——。

——返す返すも下種な野郎だ。

「——ええと、その後、君は用意を整え七時丁度に銭湯に出掛け？　変です。持った物は、桶と糸瓜と梅の柄の手拭い、着替えの下穿き、色は——ええ。この辺は合ってたんです。でも——」

「でも何だ」

「書いてありません。手紙のことは何も書いてないです。慥かに浜子さんが来た時、私はお風呂の用意を済ませていました。でも、手紙が来たので——」

「すぐには行かなかった——のか」

「八時でした。手紙のショックが大きくて——」

「おい。念の為にな、他の手紙も見てみろよ。多分お前さんが手紙を読む件だけは、一行も書かれてねえぞ」

春子は次次と封筒を開け、何枚もの藁半紙を出して、慌ただしく文面を確認した。そして、ない、載ってない、本当に――本当に何も――何も書かれていません――と、大袈裟に云った。

「これはどう云うことなんです？」

「それはな、その手紙に書かれていることが事実じゃあねえと云うことだよ」

「でも――」

「事実とほぼ同じことが書かれているだけだ」

木場は立ち上がった。

「実際問題そこにゃあ事実と違うのに事実そっくりのことが書いてあるんだろう。でも明らかに違っているところがあるんだから、それで事実と断じるてェのは、似ているから同じモノだと云うのと同じことじゃねえか。つまり工藤は覗いちゃいねェ。それに神通力の類で事実を察知した訳でもねェんだ」

――だが。

だったらどうした――と云うのだ。

どうやってしょっぴけと云うのだ。

窓の外を見る。窓の外も殺風景だ。

開けても開けなくても大差はない。

木場が剝がした目張りの跡が汚らしい。

爪先に紙が詰まっている。

厭だ。

——待てよ。

工藤が記したのは手紙が届かない春子の人生だ。しかし工藤自身によって手紙が届けられたために、その人生は変わってしまったのだ。だが——もし、手紙が届かなければ、それは完全に中っていた可能性も高い。つまり——工藤が書き記したのは、春子のあるべき人生だったのではないか。工藤はそれを予め知っていたのではないのか。

いや、春子の行動が予め——。

——なる程。本末転倒か。

本末転倒だ。

「おい！」

木場は一層大声を出した。

「お前さん慥(たし)か——その先生様の指示を受けてたんじゃァなかったっけか？　そこの窓を塞いだなァ、その指示に従ったんだったよな？」

春子はきょとんとして眼を円くした。

表情が付くと凡庸さが薄れる。

木場は窓を指差す。

「それだよそれ。お前さん慥か、こと細かに指示を受けると云ってなかったか？」

「はあ」

「あれを喰っちゃ駄目だこれを喰っちゃ駄目だと、そう云われてたんだろ？　煮付けを喰うのも焼き魚を喰うのも、指示されてたことじゃなかったかよ。おい！」

「はあ」

「そうじゃねえか。慥か、占いで赤い服着ろとか茶色い服着るなとか、そう云うことまで云われてたんだろ！」

「はあ」

はあじゃねえよ――と、木場は胡坐をかく足を組み替えた。

「そうだよ。そうじゃねェか」

「何がそう、なんでしょう？」

「だってお前、それしか考えられねェよ。何で気がつかなかったのかな。長寿延命講だよ。工藤も参加してたんだろ？」

「してましたが」

「じゃあそうだよ。工藤はお前さんがその先生から受けた指示を聞いていたんだよ。盗み聞きだ。聞けるンだろ？」

「さあ——診察は個室ですが」

「個室ったって壁に耳当てりゃ何か聞こえるだろ。そうだよ。神通力でもなければ覗きでもねェ。そりゃあ——」

まず間違いないだろう。春子は長寿延命講の行事から六十日間の微細な生活指導を受けているのだ。もし工藤と云う男がその内容を知っていたのだとすれば——工藤は、余人に知れぬ筈の春子の生活上の判断基準を知っていたことになる。ならばそれをそのまま綴ったただけで、工藤は覗くまでもなく、多くの秘密を云い中ることが出来ることになる。

そして春子が長寿延命講の教えに添って生活している限り、それは概ね中る。更に、執拗く付き纏っていた時期に収集した春子の生活様式や癖などを加味して修飾すれば、春子の一日をなぞることなど簡単に出来るのではないか。

木場は、やや興奮気味に推測を語った。

間違っている筈はない。他に答えはあるまい。

偏屈な友人の云う通り、この世に不思議がないのなら、覗きもせずに凡てを知ることなど不可能なことなのだから。

春子は興奮気味の木場を尻目に、豪く淡淡とした態度で聞いた。そして木場が話し終えるのを待ってから、それは違います——と、実に素っ気なく云った。

「何が。何が違うんだ？」

違う訳がない。

「私――その――何と云うか」

「何だよ」

「云いませんでしたか？」

「記憶力がいいか？」

「そうじゃなくって――まあ、それもそうなんですけど」

「早く云えよ」

「私、通玄先生の云い付けを守ってないんです」

「辞めたからだろ」

「そうじゃなくて。通っている時からです。私、まるで守っていませんでした。私だけじゃないんですけど、その、六十日間は長過ぎて」

「あん？」

「ですから、先生の細かい指示を完全に守っている患者なんてひとりもいないんです。だから皆、薬を買って自分の不摂生を補うんです。云いませんでしたか？」

そう云っていた。

「それじゃあお前さんも？」

「はい。その、お花ですが」

「花――ああ、花な」

「それも――実は通玄先生が、幾幾日に花を買って部屋の北東側に飾れと云う指導をされていて、それで買ったんです。もう通うつもりはありませんでしたけれど、その指示は覚えていて、そう云われればその、何となく買った方がいいようにも思って――まあ、お花が欲しかったのもあるんですけれど――」

「で？」

「ですから、慥かに花を買えと云う指示はあったのです。しかし捨てろと云う指示はなかったです。先生は、花はずっと飾れ、買った日以降花は絶やすなと、そう仰った――それなのに」

「それなのに？」

「そう。それなのに私はお花を捨ててしまった。捨てたのは私の勝手なんです。だから私は云い付けを守らなかったんです。なのに」

「ああ」

でも、捨てたことを――工藤は知っていたのだ。

先程の春子の口振りだと、捨てた日にちや時刻まで大方合っていたようである。それが長寿延命講の指示でなかったのなら、それはどうやったって工藤の与り知らぬ筈のことだ。

――駄目だ。

木場は腕を組んだ。

何かが違う。でも答えはその辺にしかないように思う。大きな誤差はないのだ。ただ何処かが捻じれているのだ。

その捻じれが正体を解らないものに——。

それは庚申だ。

木場は一度頭を空にした。

「そのな。じゃあ——そうだ。長寿延命講に就いてもう少し詳しく教えてくれねェか——」

それに就いては詳しく尋けと——京極堂も云っていた。あんな理屈屋の云う通りにするのは癪に障らないでもないのだが、何かあるのなら矢張りそこにあるような気がした。

「——そりゃあその、どのくらいの規模の団体なんだ？」

「そうですねえ——男性が十五人の、女性が二十人くらいでしょうか。減ったり増えたりしますから、今の人数は判り兼ねます——」

「それは信者——否、患者の数だろ。そうじゃなくてよ。その通玄先生か？　真逆ひとりでやってる訳じゃねえだろう」

「はあ。助手の方が七八人はいらっしゃるようですが——何か関係あるのでしょうか」

「あるかないかを吟味しようってんだよ。で、庚申の夜に患者はそこに行くのか。病院みたいなところなのか？」

「病院——と云うか」

道場のようなところだと春子は云った。板張りの広い部屋なのだそうだ。そこに体重計だとか身長計が置いてあるらしい。

そこは講堂と呼ばれているらしい。

別の部屋は矢張り板張りで、大きな棚が並んでいると云う。

そこには薬草が大量に分類されているのだそうである。

他には、鬼魅の悪い標本だとかが置いてあって、変な字が書いてある人体図なんかが貼ってあったり——と、春子は顔を顰めて云った。

「それから、薬を調合する部屋があって、そこでは先生のお弟子さんがいつも何か擂り潰したり雑ぜ合わせたりしています。それから診察用の部屋があります。そこは、ええ。町のお医者さんの診察室と同じような感じの部屋です。机があって、椅子と、脱衣用の籠と横になる寝台と、それから——」

「そう云う細けェことはいいよ」

「ああ。その他には修身房と云うのがあるんです」

「修身ってのはあの学校で習う修身か?」

「はあ。そこは男女別別なのでふた部屋あるんだと思います」

「で、何をする」

「庚申の日の午後四時に講は始まります。時間までに長寿延命講の参加者は三軒茶屋にある通玄先生の診療所——条山房に集合します。最初は全員が講堂に集まって、先生のお話を聞きます」

「講義か」

「そう云う難しいものではないです」

雑談を交えた健康四方山話——と春子は云った。

正座する訳でも並んで座る訳でもなく、各各自由な格好で車座になって先生を囲み、ざっくばらんに話をするのだそうである。

「二時間くらいはそうしてお話をして——だからそれは親睦を深める意味でやるんだと思うんですが、その後、先生が健康体操のようなものの指導をします。印度の柔軟体操だとか、中国の拳法の動きだとかです。指導のお弟子さんがついてくれて、暫くそれをやって——その間にひとりずつ呼ばれて、個室で診察をして貰います」

「なる程な。診察は？」

「ひとり十分くらいのものですが——参加者は三十人以上いますから、それでも深夜までかかります」

三十五人として六時間弱。六時から始めても十一時半は過ぎる。

「診察ってのは？」

「はあ。普通のお医者さんと変わりません。ただ、ああ、あなたは云い付けを守らず何回魚を食べたね——とか、着てはいけないと云ったのに白い着物を着たね——とか、すぐに判ってしまうんです」

「何故だ」

魚を喰ったか喰わなかったかが何故判るのだ。

況や、服を着たかどうかなど余計に判るまい。

木場には納得が行かない。

「凡て躰に兆候が現れるのだそうです。人間の躰は鏡のようなもので、生活態度から心の動きまで、その凡てが映し出される——と先生は善く仰います。だから、一見どうでもいいような些細なことが小さな障碍になってあちこちに出るんだとか」

「障碍なァ。例えば？」

「はあ。肩凝り。眼の翳み。吹き出物。下痢」

「それが？魚を喰うと？」

「別にそれに限ったことではなくて、それは一例です。でもこうしろと云われて、そうしないとどこか悪くなって、それが中れば」

中る、と云うのがどうも木場には解らない。

「躰の悪いところ——ってのも中るんだな？」

「中ります」

まあ——もしかしたら——それは医者なら判ることなのかもしれない。医学の心得があれば問診程度でもある程度は判る筈だ。しかし。

云い付けを守ったか守らなかったかが判る、と云う点は矢張り解せない。

喰ったものはさておいて、毒が塗ってあるとか云う以外、体調で着ていたものまで判る訳がない。どんな仕掛けになっているのか——或は本当に、そうしたものは身体の好不調と関連しているのか。

「で、それからどうする？」

「はあ。先生から、次の庚申までの過ごし方を一寸だけ聞かされて——それから先生は、その時、躰で悪くなってるところを治すお薬の処方を書いてくださいます。何が書いてあるのかは善く判りませんが、その紙を別室のお弟子さんに渡すと、処方通り調剤して戴けるんです」

「それが高ェのか」

「高いです。ただ、それは云い付けを守ってさえいれば買わずに済むんです」

「それで？　その細けェ生活指導ってのは？」

「それもその処方箋に書いてあるらしいです」

「らしいってのは何だ？」

「はあ。その後、修身の部屋に行くんですが、そこで静かに朝まで過ごすんですね。その朝を待つまでの間に、お弟子さんが出来た薬を持って来てくれるんですが、その際、ひとりずつに先生からの細かな生活注意事項を伝えてくれるんです」

「何かに書いてくれるのか？」

「口頭です」

「口頭じゃ忘れねェか？」

「忘れます。だから皆、守れないンです」

「帳面か何かに書いておきゃァどうだ？」

「修身部屋には、モノを持って這入ってはいけないことになっているんです。服装も簡素に、動き易い薄着でなくてはならないのですね。筆や鉛筆なんかは持ち込めないです」

「でも大事なことなんだろ？」

「だからこそ忘れないように、確乎り聞けと云うことのようです。でも日付けや時間までは覚えていられないでしょう普通。だからもう皆、講が終わった途端に手帳を出して書き付けていました。忘れないうちに書いておこうと思うのでしょうね。それでも守れないようですけど——」

「お前さんもそうしたのか」

春子は初めて笑った。

「しません。私は——」

——人一倍記憶力がいいのです——だ。

「憶えてるのか？」

「憶えてます。でも」

「でも守れねェのか。何でだ？」

それは私が尋きたいです、と春子は云った。

「知っていて——それで正反対の選択すると云うのも解りません。それは私にも判らないんです。蜜柑と林檎どちらを取るか、それに理由がないのなら、ここに生けてあった花を捨てた理由もないのでしょうし、ならば理由なく私は云い付けを破っているんです。だからこそ余計気になって。花は——何故捨てたのでしょうか。何故なのでしょう」

「そりゃあお前、ううん」

一度目は突っ撥ねて考えもせず、二度目は理由などないと云い切ったものの、三度目には矢張り答えられなかった。

「まあそれはいいよ。約束ってのは破りたくなるんだよ。だがな」

もし——。

工藤の手紙がその生活指導に基づいて書かれたものなのだとするなら。ならば工藤は窃視ならぬ盗聴をしていたことになる。でも。

個人個人に口頭で伝えられるそれを盗聴し、記憶して書き記すのは難しかろう。難しいと云うよりあまり現実的な話ではない。本人だって忘れるような煩雑な指示が出るのだ。メモ書きでもあれば話は別だが、春子は書き付けもしないと云うから、いずれ細かく知ることは無理である。それを知ったところで。

そもそも云い付けを破るのは患者の自由意思であり、その結果の行動までは予測出来まいし、ならば、どうしたって春子の日常など知りようがないことなのだ。

だからそんな指示は知っても――。

――無駄――なのか。

「それでよ。延命講ってのは――それだけのものなのか？」

未練がましいようだが、見落としがあるようにも思う。怪しいと云うならベタベタに怪しい訳で、あとは糸口だけ――と云う気もしないではない。

それだけ――ですけど――と春子は云った。

「何か不審な点とかよ、云い忘れたこととかはねェか？　瑣末(さまつ)なことでもいいんだ。教えてくれ」

そうですねえ――と春子は額に指を当てて考え、やがて嗚呼、と声を発した。

「――仮眠室で仮眠をします。何人かずつ交代で、一時間だけ」

「仮眠だと？　寝るのか？」

「寝ます。徹夜は中中出来ません。次の日一日寝ていられるならいいのでしょうが、翌日は仕事があると云う人が殆どですから。兎も角無理はしないと云うのが決まりでしたし。大体そんなことで仕事を休む訳にも行きませんでしょう。江戸時代じゃないんですから」

江戸時代にだって休めぬ仕事はあっただろうが。

「そうかい。寝るのかい。まあいいや。じゃあよ、仮眠室ってのはナニか、旅館みてェにその、蒲団でも敷いてある訳か？」

「そんな。蒲団なんか敷けません。小部屋が畳半畳くらいの広さに壁で幾つもに仕切ってあって、その中に机があって――」

「机？」

「その机に突っ伏して眠ります。お弟子さんがひとり向い側に端座って一時間見張っていてくれるんです。しし虫が出ないように」

「見張る？」

「眠ると虫が抜けて――」

「おうよ。その話はいいんだ。詳しく知ってるからな。そうかい。じゃあよ、寝る時にゃ何か呪文を誦えるんじゃねえか？」

しし虫や――精螻蛄や――。

早口言葉の、道教の名残だ。

「呪文——ああ、はい。中国語のようなものを」

本場の呪文か。

「細かい字がびっしりと書いてあるお経の本のようなものを渡されて、それを読むんです。意味は解りませんが、読み方はお弟子さんが教えてくれます。それを読んでいるうちに段段眠くなって、大抵は頭の処だけ読んだだけで寝てしまうんですが」

「お経？　どんな」

「ええと——ほうこうし、い、ほうじょうし、い、みょうじし、い、きょりがしん——でしたか」

「憶えてるのかい！」

「何度も読みましたから」

春子は文字も大体憶えていると云い、書きましょうか——とも云った。書かれたところで木場には読めそうもないので止めて貰ったが、人一倍記憶力がいいと云うのは、どうやら本当らしい。

それに、今の文句は木場にも聞き憶えがあった。京極堂がちらりと云っていたものと同じだったように思う。シシ虫がどうしたとか云う和風の呪文ではないから、多分中国産の方だろう。矢張り長寿延命講は現代に生き残った庚申講なのだ。否、生き残ったと云うのとも違うのかもしれない。そこここに大陸的な香りを感じさせるから、本場の庚申待ち行事——中国では守庚申と云うのだったか——が、再度入国して来たものなのかもしれない。

「その呪文はよ、庚申の夜に眠っちまっても虫が抜けねえように誦える呪文なんだそうだぜ。だがそれを誦えといて、その上更に見張るのか？　用心深ェことだな」

春子はなんとも鈍く反応してから、

「虫が抜けるとか、誰も本気で思っちゃいないです、きっと。お弟子さん達だってそうだと思います。だから見張ると云うより――まあ一時間経ったら起こすため――なんでしょうけど」

と云った。

それならべったり付いていなくとも、一時間後に起こしに来れば済むことだろう、と木場は思った。深夜から夜明けまで、高高五六時間の中で三十五人が代わる代わる寝るのであるから、当然一度に四五人は寝る勘定になる。ひとりにひとり付いていたのでは人手がかかってしまう。凡てを七八人の弟子で賄う（まかなう）のだったら、普通ならもう少し効率良く作業させると思う。

何だか少し変だった。

しかし。

――解らねえ。

工藤の手紙と通玄先生が出した六十日間の生活指導との間に、何等かの因果関係があることはまず間違いないように思う。

同じ人間を挟んで、一方では六十日間にも亙る綿密な行動予定が提示されており、また一方では延延七週間に亙り過去の微細な行動記録が記されているのだ。無関係と思えと云う方がどうかしている。

どんでん返しは一度じゃない――。

もう一回返せばいいのか。

「工藤の家はどこだ」

「新聞屋さんですが」

「だからその新聞屋はどこにあるんだ」

木場はもう部屋から出ようとしている。

「どうするんです刑事さん」

どうするのだろう。

「どうするって、行くんだよ」

「行って――どうするのです」

本当にどうすると云うのだ。

――何故俺はこんなに逸ってるンだ。

木場をつき動かす理解不能の情動の正体は何だ。

「行って――会やァ解るだろ。場所を教えてくれ」

木場は戸を開ける。

作業着姿の女工員が三四人、廊下に溜っていた。

慌てている。中の様子を窺っていたのだろう。

木場は思い切り恐い顔で睨み付けた。

そして、わざと大きな濁声を出した。

「工藤はな、軽犯罪を犯している疑いがあるんだ」

それは——一介の古書肆が云っているだけのことだ。確証は疎か、罪状すら明らかではない。ならば警官が軽軽しく口にしていい言葉ではあるまい。それでも。

軽犯罪って何です——と、背後から気の抜けた声がする。

「東京警視庁の刑事がそう云ってるんだからそうなんだよ！　俺は公務で来てるんだぞ。捜査しているんだから協力しろ。お前さん被害者だろうが！」

女どもがわさわさと騒いだ。

木場はぎしぎしと跫を立てて女どもに近寄り、騒めきが収まった寸隙を突くように警察手帳をぬっと出して、

「捜査に協力して貰いたい！」

と怒鳴った。

「刑事さん——」

春子が眼を円く剝いて部屋から出て来る。吃驚(びっくり)した顔がすっかり板に付いてしまったようである。この方がぼおっとしているよりずっと活き活き(いい)して見える。

「私が、私が案内します」

木場は無言で振り向く。

「そうか。ご苦労だが宜しく頼むぜ」

それから女達を顧みる。

「工場長に宜しくな。俺は警視庁の木場だ。何かあったら報せろ」

もう一度帳面をひらひらさせてから木場は踵(きびす)を返し、大股で廊下を進み、後ろを見ずに宿舎を出た。背後では春子が同僚達に何度か頭を下げているようだった。門に差し掛かる頃、春子が駆けて来た。軽軽しく謝るンじゃねえ——と、木場は低い声で呟いた。

春子には聞こえなかったようだった。

早春の風は身を切る程に冷たかったが、木場の頭を冷やすまでには至らなかった。鼻息が白い。水先案内である筈の春子は、何故か少し遅れて、とことこと木場に付いて来る。後背に視線を感じる。そして木場は風除けになったが如き感想を持つ。事実防壁のような体付きであるから、春子に寒風は当たっていないだろう。

——いったい。

この少しばかり鈍感な女は、暴走を始めた闖入者(ちんにゅうしゃ)のことをどう思っているのか。

木場は善く解らなくなっている。あれ程面倒だったにも拘らず、今の、この逸る気持ちは何なのだ。自分は誰のためにこんなことをしているのか。春子のためか。それは違う。少なくとも木場はそんなお人好しではない。そもそも木場はどう云う立場で本件に臨んでいるのか。警官としてか——それはどうだろう。果たして本件に犯罪性はあるのか——それすらも怪しい。しかし反面、木場が警察官でなかったならこんな行動は取りたくたって取れるものではない。ならば木場は、果たして自分の意志で行動していると云えるのか。木場の行動を決定しているのは、木場の置かれた環境や条件そのもののなのではないのだろうか。そこに木場の意志などあるのか。

そもそも意志とは何だ。何処にある。

人に、本当の意味での自由意思などあるのか。

凡てのものごとは、決めるのではなく、決められる——のではないのか。

もしそうなのだとしたら。

決定するのは誰だ。

何者だ。

ならば覗く必要などないではないか。

人は皆操り人形のように動くだけだ。

一挙手一投足、悉くが知られている。

そうなら。

——本末転倒か。

木場は愚かな妄念を振り落とした。

馬鹿が考えるとろくなことがない。

ただ歩けばいいのだ。

五分ばかり歩いた。殆ど無言の道行きの後、紛乱した町並みに紛れた看板が現れた。工藤の勤める新聞販売店——大木新聞販売所である。店の前に人が集っている。

「何だ——」

様子が変だった。

木場は駆け寄り、人垣を掻き分けた。

擦れた金文字で『大木新聞販賣處』と記された硝子戸の前に、幾分憔悴した中年男が前掛けの前で両手を組み合わせ、申し訳なさそうに項垂れて立っていた。店の主人だろう。その横には怯えているような泣いているような不思議な表情をした小僧が三人並んでいて、いずれも同じように狼狽の色を浮かべている。

更に分け入ろうとすると抵抗を感じた。

春子が外套の背を摑んでいるのだ。

「何だよ」

「何だか恐くて」

「ふん」

どやどやと辺りが響動いて、中から制服の警官が数名出て来た。続いて青黒い顔色の、弛緩した男が衆人の目前に引き出された。

「工藤さん――」

「何だと？」

「工藤さんです」

男は気怠そうに面を上げた。濁った眼が春子を確認したようだ。

鼻の潰れた、狛犬のような顔相の、如何にも冴えない男だった。

――ん。

工藤の肩口に見覚えのある顔が覗いた。

柔若けている。

――あれは。

「おい！　岩川。お前、岩川じゃねェか」

木場は人垣を力任せに左右に開き前に出た。呼ばれて刑事は顔を上げ、今度は満面に笑みを浮かべて木場を見た。

見知った顔だ。

「ああ？　どうしたんですか。あんた木場さんじゃないか。いやいや、東京警視庁の鬼刑事殿が何だってこんな処にいるんです？」

「そりゃこっちの台詞だ。おい岩川、その男は工藤信夫か！」

そうですよぉ——と岩川は語尾を上げて云った。

岩川真司は木場の所轄時代の同僚である。

今は目黒署に勤務している筈だ。刑事としての経験は浅いが木場より齢は上で、妙に馴れ馴れしい厭な同僚だった。付和雷同で権威主義的で卑屈で、木場はどうしても好きになれなかった。

「真逆木場さん、この男を？」

「う——まあな。何の容疑だ」

「窃盗容疑です」

「窃盗——な、何を盗んだ」

「はい。さる漢方薬局から——書類を——ね」

「漢方？　そりゃ長寿延命講か！」

岩川は眼を細め、薄笑いを浮かべ乍ら近寄って来て、やや俯き加減に木場を見ると、手の甲で木場の肩口をぺん、と叩いた。

「何だぁ。油断ならないなァ。木場さん」

「何だよ。この野郎」

いったいどうなっているのだ。

岩川はもう一度、手の甲で木場を叩いた。

「またまた。今回は戴きですよ。何しろ証拠が出ましたからね」

岩川はしたり顔で内ポケットから布で包んだ四角いものを出した。布を捲ると、茶封筒が覗いた。

「後はこの――」

「おい。一寸見せろ」

木場は奪い取る。

何をするんだ――と岩川は怒鳴った。

――三木春子様。

「おい。こりゃ八通目の手紙だぞ！」

封はされていない。開ける。中には畳んだ藁半紙が入っている。

「おい見ろよ！　おかしいじゃねえか。手紙は明日届く筈なんだろ？　つまりお前さんの今日の就寝までの行動が記されている筈なんじゃねえのか！　それなのに、こりゃあ――もう書き上がってるぞ！　今日の分がもう書いてあるってのは変だろ。おい、岩川、詳しく話せ！」

「何するんだよ。まったく本庁勤めだからって、そんな横暴が通ると思うのか！　さあ、返してください！　さあ！」

「返すよ。別に手柄立ててェ訳じゃねえんだよ。いいか岩川。この人は、その手紙の——この宛て名のよ、ご本人だ」

木場は後ろに引っ付いていた春子を引き出した。

「あなた、三木——春子さん？　はあ。これは手間が省けた。今お伺いしようと思っていたところですよ。はあ、手回しがいいと云うか——」

岩川はそこで言葉を切り、粘りある視線で木場を眺めた。

「いいって。岩川、繰り返すが俺は手柄が立ててェ訳じゃねェんだよ。お前さんの縄張り荒らすつもりもねェ。この人も渡すよ。だからそんな怨みがましい三白眼で見るンじゃねェって。大体俺ァ今日公務で来てるんじゃねェんだ。だからよ、俺を信用して少し事情を話してくれ。捜査協力は惜しまねェぜ」

岩川はにたりと笑った。

「はあ。どう云う事情か知りませんがね。まあ子細ありなんでしょうな。ま、いいでしょう。実は、うちの管轄から被害届が出てましてね。その、長寿延命講の——」

「被害届？」

はい——と岩川は大袈裟に答えた。

「高額のいんちき薬品を売り付けられたと云うんですがね。まあ、幾ら効かない薬でも、買う方も納得して買っている訳ですし、厭なら買わなきゃいい訳で。薬だって一概に効かない訳じゃないです。病は気からと云いますし。調べてみると効いてるって患者も多く、感謝してますなんて者も多いんですな。どれだけ値段が高くってもこの場合詐欺性はあるのか、こりゃ微妙なところでしょう？　慥かに胡散臭い連中なんだが、中中尻尾を出さんのです。被害者は催眠術を掛けられたとか云うんだが、催眠術と云うのはねえ。どうか」

「催眠術だと？」

「そうそう。魔法掛けられたみたいに薬を買っちまうなんてねえ」

「そんな——」

木場は春子を見た。春子は工藤を見ている。

「でね、捜査は難航していたんですが——そこに有力な情報提供がありましてな」

「情報提供？」

「はい。長寿延命講の詐欺性を証明するある書類をこの——工藤信夫がこっそり盗み出して隠匿している、と云う情報ですな」

「それで窃盗罪なのか」

「そうですよ。捜したら出て来た。これですよ」

岩川は手にした紙の束を示した。

「それは――」

春子が乗り出す。

「見覚えがありますか三木さん。この紙です」

「はい。仮眠する時の、呪文の――」

「何だとぉ」

木場は岩川から今度は書類を奪い取った。

彭候子、彭常子、命児子、去離我身、
彭候子、彭常子、命児子、去離我身、
彭候子、彭常子、命児子、去離我身、
彭候子、彭常子、命児子、去離我身、

「こ――こんなものが――何の証拠になるってンだよ！　おい、何だってこんなものを盗んだんだよこの男はッ！」

木場は紙を捲った。

一月十日大安定刻起床後スグニ厠ヘハ行カズ床モ上ゲズ下穿キハ寒キ暑キニ拘ラズ毛織ノ赤キモノヲバ穿キ腹巻キノ類ヲ身ニ着ケ顔ヲ洗ヒテ後ニ一度屋外ニ出デテ背伸ビ運動ナドヲシ朝食ハ食欲ノ有ル無シニ拘ラズ食ベズ茶ノミ二杯ヲ飲ミテ定刻ヨリ早クニ工場ニ向カフベシ工場ニ入リタル後ハ

「な、何だこれはッ!」

捲る。

また捲る。また捲る。捲る捲る捲る。

三月二十日先勝定刻起床ノ後着替へ等致ス前ニ二日前ニ買ヒ求メタル花ノ水替ヘヲ致サントスルモ其際一度躊躇ヒテ止メ後ニ再ビ立チテ花瓶ノ花ヲバ取リテ打チ捨テルベシ。其後ニ洗顔シ暑キ寒キ
——こんな。

「おいッ! あんた。これを見ろ!」

木場は春子に紙を無理矢理渡した。

——こんな、こんな馬鹿なことが。

「こんな馬鹿なことがあるか! 岩川ッ。どうなってるんだッ!」

木場は岩川の胸倉を摑んだ。

「な、何を興奮してるんですか。いや、じ、実は私も善く解らないんですがね。こいつ、乗り込んで行って一寸脅かしたらすぐに窃盗の事実を認めちゃいましてね。すいません盗みましたと。で、家捜ししたら予言通りにその書類とこの手紙が」

——予言?

幾度か揺する。

「馬鹿野郎。呑気（のんき）なこと云ってるんじゃねェよ。その書類は何だ。予言か？　この女の、これから先の行動を云い中（あ）てるのか？　それともそれはただ出鱈目（でたらめ）に書かれていて、この春子って女の記憶の方がイカレちまったってことか？　そこに書かれてる通りの人生を歩んだような気になる催眠術でも掛けられちまったって云うのかよ！　そうじゃねェなら。そうじゃねェんなら——」

この紙に書かれた通りに春子は生活していたことになる。

春子の自由意思はなかったと云うことか。

正に本末転倒ではないか。

そんな——。

「何を訳の解らないこと云ってるんですか木場さんッ。離してくださいッ。あのですね、その紙はええと、長寿延命講の——」

その時、人垣が割れた。

澄んだ、清らかな声が響いた。

「そうです。その人は、そこに書いてある通りに暮らしていた」

声の方を見る。

円（つぶら）な瞳のあどけない顔が笑っていた。

「ら——藍童子様」

「何だとォ」

少年である。まだ十四か十五だろう。詰め襟の不思議な色合いの服を着ている。その年頃の少年にしては珍しい、刈り込んでいない素直な髪の毛が、さらさらと風に戦いでいる。その、髪を靡かせている風が冷たい所為か、頬がやや桜色に染まっていて、それが余計に少年を清らかなモノとして印象付けている。

少年はにこやかに笑い乍ら木場の前に出た。

「貴方は真っ直ぐな人です」

「何をォ？」

岩川が卑屈に躰を捩らせ、ふたりの間に割って入った。

「これはどうも、こんなところまでご足労戴くとは恐縮ですなあ。木場さん木場さん。こちらが今回の情報提供者である、藍童子こと彩賀笙さんです。最近では惜しみなく警察に捜査協力して戴いている。百発百中ですな。いやあ、またまた大中りです」

「おい、岩川お前――」

「貴方は――」

木場の潰れた濁声は、美しい少年の声音に何なく阻まれた。

「――この方のために力をお貸しになろうとしているのですね。貴女は――あの時の女だ」

春子は固まっている。

「長寿延命講のからくりをお話ししましょう。あの集まりは邪なものです。法外な生薬を売り付けるために貴女達を惑わしているのです。貴女は、あの集まりを何でお知りになりましたか？」

「はあ——誘われたのですが——知人に」

「貴女は財産をお持ちですね？」

「え？　はあ、まあ」

そうでしょう——と頷いて、藍童子は滑らかに語り出した。まるで正法を語るべく未開の地に降り立った伝道師の如き立ち居振る舞いだった。

「長寿延命講の会員はどなたも資産家です。この工藤さんも、実はお父様が大層な金満家で、新聞配達員は社会勉強として無理矢理させられているのだそうです。さて、長寿延命講の巧妙なところは、決して強要はしない——と云うことです。貴女も、何ひとつ強要されてはいませんね？」

「はあ」

藍童子は笑みを湛える。

春子はきょとんとする。

「しかしそれは上辺のことです」

「上辺——ですか？」

「貴女は、実は今日着ていらっしゃる服の選び方から、箸の上げ下しに至るまで、完全にあの張果(ちょうか)――いや、通玄先生の思い通りに動いているのです」

「どう云う――ことだ」

「そうですね。俄(にわ)かには信じられないでしょうね。では――いいですか？　貴女が体調を崩す理由は、通玄先生の云い付けを守れないから――そうですよね？」

「はあ。そうだそうです」

「守りさえすればお薬など要らないと、彼は云うのでしょう。しかし、どうしても守れないのですね。守れないから体調は悪くなって結局お薬を買うのですね。凡てご自分の所為(せい)なのですから、文句が云えよう筈もない。でも、では何故守れないのでしょう。期間が長いから？　それとも指示が細か過ぎるからですか？　厳し過ぎる？」

「どれも――です」

「いいえ。どれも違います。貴女達は――云い付けを守れないようプログラムされてしまったんです」

藍童子は優しく微笑んだ。

木場はその顔からうんと遠くに目を逸(そ)らし、無意味に虚勢を張る。

「何だそりゃあよ！　意味が解らねェよ」

お解りになりませんか――と、少年は丁寧に答えた。

「通玄先生は、何月何日に赤い服を着ろと云う指示を出しておいて一方では何月何日には赤い服は着ないと暗示を掛けたんです」

「暗示だと？　おいコラそんなもの——」

——そんなもの。

「それがその書類なんですよ。徹夜して、睡魔が極限に達したところで狭い部屋に押し込められ、訳の解らない呪文を誦えさせられる——一見宗教儀式のようですけれど、この仮眠こそが、それから後の貴女達の行動をこと細かに誘導する後催眠の罠なんです」

「後催眠——って」

木場は、半ば放心している春子から紙の束を取り上げた。

彭候子、彭常子、命児子、去離我身。

「こ——こんなもの一度読んだだけで憶える訳がねえ。それに憶えてたってその通りに行動する訳がねえ！　そんなことは——」

春子は憶えていた。その通りに行動もしていたじゃないか。

藍童子はあどけない顔で続ける。

「人間の記憶力と云うのは中中馬鹿に出来ないんですよ。その程度の情報は簡単に憶えられちゃうんです。ただ、思い出すことが出来ないだけです。意識の表層には、その記憶は上って来ないんですけど」

「じゃあ」

「でも——それは意識の底の方に確乎り(しっか)と記憶されているんです。そして何か物事を決める時、その、普段意識されていない記憶が、左だ、右だって頭の奥で囁(ささや)くんですよ。だからこそ——こちらの方はそこに書かれていた通りに行動されたのですね」

「自分の意志じゃアねぇって云うのか」

藍童子は屈託(くったく)のない笑顔を浮かべた。

「刑事さん。どっちでもいいことって、生活の中では沢山ありますよね？　右でも左でも、どちらを選択しても良いと云う場合、右にするか左にするか決める理由って、いったい何なのでしょう？　何か理屈を付けてどちらか決めたとして、それは果たして貴方の意志なのでしょうか？」

「それは——お前」

「環境。条件。体調。前例。確率。誰か他の人の意志——判断の基準は沢山あるんです。でもそうした基準が変われば、当然その判断自体も変わる訳で、それなら決めているのは貴方ではなく、基準の方なんだ——と云うことも出来るんじゃないですか？」

それはそうだ。

木場もそんな妄想を抱いていたのだ。

「そうです。貴方個人なんて、実はないんです」

「俺個人が――ねえだと？」

「そう。貴方は、いいえ――」

貴女も、

貴方も貴方も、

少年は次次と指を差す。

「人と云うのは凡て」

そして藍童子は靭(しなやか)な指先を木場に向けて、止めた。

「いろんなモノの寄せ集めに過ぎないんです。でも人間は、そのいろんなモノの上に自分って云う冠だけ被せて、それで全部が自分だって、勘違いして生きているんです」

「勘違いだと？」

自分は全部自分だと思うのは。

――勘違いか。

物凄い勘違いですよと少年は云った。

「だから――誰もがこんな紙切れに左右されることはないんだと、そう思っているんですね。少なくとも自分だけは違うと思ってる。自分だけは、誰が何と云おうと自分なんだと思ってる。そう思わなきゃ自分が誰だか解らなくなるからです。でも本当は」

――本当は。

「僕等は誰かの作ったレールの上を走らされているだけなんです。通玄先生は、そのレールに細工をしたんです。何と下劣な犯罪者でしょう！」

木場は、ただ黙るしかない。

「宜しいですか。もし、右だ左だと云う判断が予め他の誰かによって決められていたとしたらどうです？　貴方はその判断を知っている。知っているけれども意識はしていない。無意識に知っている。それでも貴方は右か左かどっちでもいいと云う時、その、無意識の記憶が意識に影響を与えるのです。それでも貴方はそれは自分の意志だと思ってしまう筈です。これは自分の判断だ、自分が決めたことだと思い込んでしまうんです。卑劣な通玄先生はその無意識の部分に細工をしたんです」

「おい――じゃあ」

工藤はそのからくりを知ったのだ。そしてその、春子の無意識を操る日程表(スケジュール)を盗み出して、淫らな手紙に書き写したのだろう。

だから。

工藤は八通目の手紙に未だ起きていない今晩の出来事まで書き綴ることが出来たのである。日程表をなぞることは、春子の未来を先取りすることなのである。反対に已の手紙が配達されたと云う過去の事実を工藤は書くことが出来なかった。それは予定外の出来事であり、日程表には記されていなかったからである。

春子は覗かれていたのではない。
春子の方が――覗いていたのだ。
自分の未来が書かれた紙を――。
木場はこっそり春子の様子を窺う。
凡庸だ。表情が消えている。
――花は何故捨てたのか。何故なのでしょう。
それは花を捨てろと書いてあったからなのだ。
――ば。
馬鹿野郎――木場は心中で激しくそう思った。
誰に対する罵声なのかは判らなかった。
騙された春子か。
騙した延命講か。
それとも工藤か。
木場自身か――。
――みんな馬鹿野郎だ。
馬鹿野郎の木偶の坊だ。
藍童子は少しばかり眼を細め、木場を見詰めたまま云った。

「さあ岩川刑事。この工藤さんはきっと長寿延命講の秘密を知っている筈です。この人はきっと素直に自供してくれるでしょう。これで——あの邪な漢方医を摘発出来ますね。さあ、貴女も——証言してくださいますね？」

藍童子は白い指で春子の手を取ると、優しく木場の許から離し、岩川の方に送った。

木場は何故か手を伸ばしたのだが、もう春子には届かなかった。それから少年は丁寧に木場に一礼した。

木場は——。

物凄く凶暴な面相になった。

＊

もう壊滅的に私は壊れていた。

今や、私と云う一人称を使えるだけの私は、私の中に残ってはいない。私はとろとろに溶けて毛穴から滲み出て、排水溝から流れて行ってしまった。

今頃は汚水と雑じって何処までが自分か解らなくなっていることだろう。それはそれで幸福である。

自分が液体だったらなと思う。

水で稀釈されれば透明度は高くなるし。熱を加えれば蒸発するし。いや、常温で揮発する液体がいいな。蓋が緩んでいると徐徐に減って行く。それは浮き浮きした気分だと思う。

益々以て幸福である。

殴られた。

例えば真性被虐趣味者が地獄に堕ちたとする。

その場合、彼は一体苦しいのだろうか。責められれば責められる程幸福感を抱く性癖の男なら、阿鼻叫喚の責め苦にも随喜の涙を流すことだろう。無間地獄で幾度も幾度も絶頂感を味わうに違いない。

閻魔王も形なしだ。

また殴られた。

気の狂れた話ばかりすると云って係官は怒るけれど、何も話すことなんかないです。主義も主張もありません。こうして空気を吸わせて戴いて居りますだけで幸福で御座居ます。こんなぐにゃぐにゃの、魚共に骨を抜かれた海月みたいなものは、塵芥箱にでも入れてください。捨ててください。

もう一度殴られた。

何を云っているのか理解出来ないんだから。

答えようもないんだけれど。

どかん。

机が倒れた。

係官が怒って立ちはだかっている。

畏ろしい恐ろしい兇ろしい。

少しだけ怖い。

胸倉を摑んで引き摺られる。

痛いいたいイタイ。

痛みはある。

まだ——生きている。

痛みこそ根源的な感情か。

殺されるかもしれないから。でも。

死ぬのもそんなに悪くないように思う。

腹を蹴られ、背中を蹴られた。

もういいだろう止めろ。

こんな奴こんな奴。

そうです。汚い褻(けが)らわしい穢(けが)れた猿です。

そこで目が醒(さ)めた。

私は暗い部屋で膝を抱えて端座(すわ)ったまま、酷く浅い眠りを、ほんの一瞬貪ったのだった。

夢の中の私は、自我が流れ出てしまった空っぽの容物(いれもの)だった。

——それが真実か？

そうなら、今こうして考えている私が、さっきの私が見ている夢なのか。私は私の態度に逆上した係官に蹴られながら、千切(ちぎ)れた意識の断片として、暗い部屋に端座っている私の夢を見ているのか。

——同じことなんだ。

そう。

これもまた覚醒によって終止符を打たれるべき夢なのかもしれない。目が覚めたら。

妻が居て、食事の用意が出来ていて。

友人が居て。笑って。

なんて愉しいことだ。

何だか馬鹿な夢を見たぜ留置場に入れられて日夜拷問や尋問を受けるんだ笑わせるじゃないかこの僕が人を殺したって云うんだぜその係官はだから云ってやったのさ僕が人を殺す訳はないじゃないか僕はちゃんと見ていたんだから逃げて行った僕が犯人だよそうさ僕が犯人だ。

――僕が、犯人だ。

そこで目が覚めた。

係官が大きな急須(きゅうす)から冷めた茶を注いでいる。係官は、どうやら新しい男に代わったようだ。同一人物にも見えるのだけれど。私はもう壊れている。

＊

塗仏の宴◎宴の支度

おとろし

◎おとろし

かけまくも
おとろしき
空には大梵天王(だいぼんてんおう)、帝釈天主(たいしゃくてんしゅ)、
地には日本の鎮守(ちんじゅ)、八幡大菩薩(はちまんだいぼさつ)

——阿蘇家文書(あそけもんじょ)

1

鏡に向かって洗い髪を櫛る度に、髪を切ろうかと思う。何年も何年もずっとそう思っている。

湿った髪を持ち上げ頭の後ろで束ねてみる。

ぞっとした。

死んだ妹に——善く似ていた。

手を離して頭を振る。雫を飛ばして髪の毛は揺れ乱れて広がる。やり直しだ。水銀の薄膜の表面についた、細かな水滴を拭う。

——似てなどいない。

生きているうちは似ていると思ったことなどただの一度もない。凛として毅然として理路整然として妹はいつだって胸を張って生きていた。自分とは全然違う生き物だった。ひとつも似ていない。

そして気が付く。髪が切れなかった理由である。

——妹が短髪だったからだ。

和服を着るのも妹が洋装を好んだ所為で、背を丸めていたのも妹の背筋が伸びていたからだ。

どろどろと伸びた髪を、毎日毎日まるで身嗜みを整えるための儀式であるかのように綺麗に結い上げて、幾重にも衣を纏って帯で括り、白く塗り紅を注す。それで漸く己と云う婦は出来上がる——。

装いは文化だと云う。ならばこの煩雑な身支度は矢張り女が婦になる儀式なのだろう。文化的性差は雄雌の別とは違う。殊更何かを誇示したり何かを糊塗したりして、人は己の性を主張する。埋没させせたり突出させせたり差別したりして、漸く人は社会的属性を獲得し、漢か婦になるのだ。そうでもしなければ、きっと男女の区別などつかなくなってしまうのだろう。人はそのために装うのだ。

すると婦の本性とやらは、女を包み込む衣服の方に宿っていると云うことか。

それでは——。

——今、鏡に映っている裸の女は何者だ。

織作茜はそんなことを考えていた。

右の乳房を摑む。

肉体に刻まれた女は脱ぎ捨てることが出来ぬ。

女だから。男だから。個人の属性を性別に帰属させることは賢明なことではない――と、善く妹は云っていた。妹は、女性の地位向上権利拡張に関する運動を積極的に行っていたのだ。

その理屈は茜にも善く解る。

茜も女性である前に人間であり、婦一般である前に茜と云う個人である。個人の人格を独立したものとして尊重するなら、人格の中には当然、所謂女性性も所謂男性性もあるのだから、生物学的な性別にのみ囚われて、そのどちらかを封殺してしまうことは正しいこととは思えない。女だから。男だから。この言葉が個人から個人的尊厳を剝奪する差別用語であることは間違いない。でも。

女だから――と叫んで妹は女の権利を主張していたのだし、男だから――と吠えて男根主義を糾弾し続けていたのではなかったか。

否――レヴェルの混乱がある。

己の肉の感触を頼りに茜は考える。

妹の発言は、妹の主義主張と矛盾するものではない。

観念的――文化的性差と肉体的――生理的性差を同一視してはいけない。聡明な妹はきちんと言葉の使い分けをしていたと思う。ただ。

茜は考える。

理屈は解るが、それでも同意出来ない何かが茜の中には潜んでいる。その正体は、単に妹に対するコムプレックスが生み出す理由なき敵愾心なのかもしれないのだが、そうでないのかもしれなかった。

——個人とは何だろう。

それは妹が死んでから善く思う。

主張するべき自己とは、尊重されるべき個性とは何なのだ。そもそも人格とは何なのだろう。それはそれ程特権的なものなのだろうか。私は私ですと胸を張って云える程、拠って立つものがあるとは、今の茜には到底思えない。

善く考えてみれば、個人主義などもう古い思想でしかないのかもしれなかった。個人としての自覚だの人権の獲得だのと、恰も忘れていた当たり前のことを思い出したが如く叫んだ時代と云うのは、もう何百年も前のことではなかったのか。

それでも茜は、それが近代的な在り方だと疑いはしなかった。だから今までもずっと個を貫いて生きて来たつもりでいた。凡ては妄想に過ぎなかったのかと、今は思う。

茜は思い出す。

妹の開いていた女性運動の勉強会で、誰かが云っていたことである。

子供を産むのは女だ——産むか産まぬかは女が、産む個人が決めるべきなのだ——と。茜はそれを聞いた時にも同じような違和感を持ったのだった。

胎児と云うのは身中の他者である。ならば女が子供を産むのか、子供が女から生まれるのか、判断は難しい。否、どちらかに決めることは出来まい。

女にとって出産とは、個人の意志の下に行われる行為でもあるけれど、個人の意志を無視した生理現象でもあるのだ。だから子供を産むことは女の役割と云う考え方は、そもそも間違っていると茜は考える。それを役割と見做すと云うことは、精神は身体から乖離したものであると、暗黙のうちに認めていると云うことだからである。

人は生まれ乍らに、女なら女と云う器に盛られている――その器に囚われるが故に自由なる精神活動が行われないのは理不尽である――と、そうした主張は解らないでもない。しかし女と云うものは所詮子供を産むための器そのものに過ぎないのだと、今の茜はそう思う。子供を産む躰と〝女〟というモノは最初から同義なのである。その器の中には、実は何も盛られていない。器それ自体が己なのだと、器自身は思いたくないと云う、ただそれだけである。この胸の隆起も、柔らかな皮膚も、身体の意匠そのものが、そのために、そうなるために出来ている。

観念的な〝個〟と云うモノを躰と切り離して夢想した時だけ、身体と云う器は本質でなくなるのだ。その時身体は、最早衣服と同じ役割しか果たさぬことになる。だから、根源的な部分から個人主義を貫こうとするならば、その先に待っているのは肉体的性差をも文化的性差として捉え直さなければ立ち行かなくなると云う、行き止まりの現実である。

肉体に刻まれた女は脱ぎ捨てることができぬ。

詰まるところ、この乳房を切り落とし性器を縫い合わせて、身体自体を改編してしまわねば、その呪縛からは逃れられぬと云うことになってしまう。

それは男にしても同じことである。

それで幸福が得られるのなら、勿論構わないとは思うのだが。

――幸福。

幸福とは何だろう。

茜は若い頃薬学を学んだ。

その際に教授から聞いたことがある。

人の喜怒哀楽は、凡て脳内に於ける物質の分泌加減に依るものなのだと云う。崇高なる母性でさえ、あるホルモンの分泌に依って齎されるものらしい。そのホルモンが出なくなったら、禽獣と雖も子を育てることを止め、我が子を慈しまなくなるのだそうだ。生物にとっては子育てもまた生理現象に過ぎないのだ。人に限ってのみ、そうでないなどと云い立てるのは驕った考えなのだろう。ならば――。

愛とは何だろう。

愛とは不可侵の形而上学的な真理などではない。

物理的に還元出来る、形而下の生理現象である。

それで――いい。それでも愛がなくなる訳ではない。不必要に過剰な幻想が消えるだけである。否、それこそが愛と知るべきなのだろう。

人は生物として、そう云う風に出来ているのだ。人の身体は統御不能の自然である。意志は自然の統治下にある。それならば先ず己の躰を知ることが、個を見極めると云うことになるのだろう。

――このからだが私だ。

自分探しなど糞食らえである。

精神と肉体は不可分なものなのだ。肉体的経験を積み重ねることが、即ち生きることである。非経験的なる観念を、先天的な真理と見做すことは幸福の獲得には繋がらない。肥大した観念は身体を苛めるだけなのだ。観念的な〝個〟と云う幻想をただ追い掛けて――。

結果、茜は襤褸襤褸になってしまった。

考えずとも幸せはここにあり、

求めずとも居場所はここにあった。

――このからだこそが私の居場所だ。

妹が逝って、母が逝って、家族が誰ひとり居なくなって、茜はそうしたことに漸く気が付いた。

――妹なら何と云うだろう。

それこそ思索を放棄した愚劣な個人主義ではないか——と嗤うだろうか。そんなことでは社会構造は変わらない——と一喝されるだろうか。そんな解り切ったこと何を今更——と、見下されるだろうか。

聡明な妹はそのくらい百も承知で、更にその先を見通していたのかもしれない。きっとそうなのだろうと茜は思う。

妹と話してみたかった。

もう、叶わないけれど。

茜は生前の妹とまともに議論したことなど、一度たりともなかった。妹だけではない。茜はだれとも言葉を闘わせずに生きて来たのだ。

ただ、ひとりの男を除いて——。

後悔はしない。そう決めたのだ。

織作茜は、鏡に映った己の裸体を誇り高く見つめた。そして髪を結い上げることを止め、多分生まれて初めて——妹の洋服を身に纏った。

象徴的な意味合いで着たのではない。ただ、仕切りなおしたような気分にはなった。家族が亡くなってしまってからと云うもの茜の時間はだらだらと長くなったり、急に短くなったりしていたし、悲しんで泣いているうちは止まっていたりもしたのだが、漸く平常の速度に戻ったような感覚はあった。

長い髪は後ろで一本に束ねた。

化粧も止めた。

——飾る必要はない。

襟刳の開いた黒い襯衣に黒い服筒を穿いて、茜は部屋を出た。この馬鹿馬鹿しく広い屋敷に客を迎え入れるのも、今日で終いになる予定だった。

——最後の客に相応しい男ではない。

既に四五度は会っているのだが、茜はどうしても好きになれぬ。それでも茶の支度くらいはした。

風が硝子戸を震わせて酷く嫌な音を鳴らす。

春が過ぎてからずっと天候が乱れている。

やがて、仰仰しいお供を引き連れて、その老人はやって来た。従者の殆どは屋外で待っているのだから、全く以て無駄なことだと思う。

老人は名を羽田隆三と云う。

世間的な地位はかなり高いのだけれども、茜にはあまり関係がない。

老人は茜の姿を見るなり、皺に埋もれた眼を屢叩き、鉤鼻をひくひくとさせた。

「どないしたんや。一体——」

視線が胸許から腰に移動するのが判る。

どうも致しませんけれど――と茜が答えると、老人は聞こえない振りをして、そそる女やな――と、下卑たことを云った。この老人は都合が悪くなると耳の遠い振りをする。

「洋装もするのかな」

「妹の服です」

「さよか。それで寸法があっておらんのやな。躰の線が善く判って老人には目の毒や」

茜は答えなかった。

老人は勝手にあがり込んで、案内もしないのに廊下の奥に消えた。秘書が慌てて会釈をし、後に続いた。玄関の外から門の外まで、何人もの付き人が並んで立っている。茜は一瞥をくれて老人の後から応接用の大広間へと向かった。茜が部屋に入った時、老人は既に部屋の真ん中に設えてある椅子に孤座っていた。只今お茶でも――と云うと、いいからまあ孤座れ――と云われた。

「縁談を断わったそうやな」

「はい」

「まあ亭主が死んで日も経たんよってに仕方ないと云えば仕方がないが、あんたもあんな阿呆なンぞに未練が残っとる訳でもおまへんやろ」

「未練はあります。馬鹿でも夫です」

ふんッ――と老人は鼻を鳴らした。

「殊勝な心掛けやな。しかし、いずれ断わったのは賢明な判断やわ。縁談の相手、あの若造は経営能力がない。あれが真ン中で舵取り始めよったら、幾ら大けな財閥でもすぐに傾くわな」

「お言葉ですが——興味がございません。他人様を悪く云う趣味もございません」

「豪う明瞭モノを喋る女やな。聞いておったのとは大違いやで。諾諾と男に従う謙虚な女やと——儂はそれこそ皆から聞かされておったがな」

従う夫を失ったのです——と云った。

とんだじゃじゃ馬やったか——と老人は笑った。

「まあええ。それより——」

老人は皺の寄った頸を伸ばして、高い天井を見上げ、瀟洒な造りの古めかしい部屋を見回した。

「——この屋敷やがな。本当に手放す気ィか？」

「お買い上げ戴くことを前提にしてこうして何度も会って戴いております。本日正式な御契約——と云う段取りではございませんでしたでしょうか？」

「こうして何度も——か。儂と会うのが嫌やとでも云うような口調やな。会う度に邪険になるようや」

「そんな——」

それは事実だ。

早春に起きたある事件で、茜は家族の全てを失った。生き残ったのは茜ひとりだった。因習や束縛からは逃れたかったけれど、待っていたのは絶対的な孤独だった。そしてその結末は、織作と云う旧家の家名と全財産を茜一人が相続すると云う、重たい事実をも齎した。

事後処理は大変な作業だった。

桜が満開になって、茜は住み慣れた屋敷を含む、凡ての不動産を手放す決意をした。安い買い物ではないから中中買い手は付くまいと予測していたのだが、そんな心配は全く要らなかった。

どこで聞いたのか――買い手はすぐに決まった。

茜の前に現れた皺くちゃの老人は、売りたいものがあるんやったら全部云い値で儂が買うたる――と豪語した。

それが羽田隆三だった。

老人は、自分は織作伊兵衛――茜の祖父――の実弟だと語った。

慥かに祖父は入り婿で、実家の姓は羽田と云うと、それは茜も聞いていた。だが祖父が亡くなったのは随分と昔のことだったし、以降家同士の交流は一切なかった訳で、老人の言葉が信用出来るものなのかどうか茜は正直云って困惑した。

しかし。

調査するまでもなく、老人の身許が怪しいものではないことはすぐに知れた。

羽田隆三は、製鉄会社の取締役顧問と云う重職にある男だったのだ。

老人が顧問を務める羽田製鐵は、老人の父——それは茜の祖父の父でもある訳だが——羽田桝太郎が創立した鉄鋼企業である。

創業は明治三十六年のことだと云う。

近代製鉄業の隆盛の起点は官営八幡製鉄所が操業を開始した明治三十四年に求められるのだそうで、現在ある民間の鉄鋼企業はいずれもその直後——明治末期に集中的に創業している。羽田製鐵もそのひとつに数えられると云うことになる。

一方で、茜の祖父伊兵衛が織作家に婿入りしたのも明治三十四年のことなのだと云う。

羽田家と織作家の間にどのような因縁があったのか、茜以外の一族が死に絶えてしまった今となっては知りようもないことではあるのだが——当時紡織機生産で既に財を成していた織作が羽田製鐵創業の際に何等かの援助をしたであろうことも想像に難くはない。

どうであれ製鉄業は云うまでもなく日本の基幹産業のひとつではある。戦後の経済復興策として、石炭、電力とともに再重要視されたのも鉄鋼だった。

その所為か、敗戦の煽りを受けて一時的に生産量は減衰したものの、鉄鋼業の立ち直りはどの業種より早かった。朝鮮動乱の特需景気に乗じて、いち早く戦前を上回る勢いまで回復したのだと聞く。

三年前の昭和二十五年、半官半民のトラスト日本製鉄が解体分割され、翌二十六年より巨額の資金を投入した鉄鋼業の設備合理化計画も実施された。それまで平炉メーカーだった羽田製鐵はそれを契機に高炉メーカーへと転身、今や飛ぶ鳥を落とす勢いである。

矢鱈と景気がいいのだ。

突如涌いて出た左団扇の遠い親類は、茜から土地家屋の一切を好条件で買い取ると宣言したのだった。

しかし——商談は中中纏まらなかった。

老獪で多忙な資産家は会う度にのらりくらりと矛先を躱し、ビジネスライクな会話に至る前に短かな謁見時間は必ず時間切れとなった。

だから、茜はただ好色な老人の視線を浴びるために面会しているようなものだった。毎度金主の御機嫌を伺っているだけなのだ。

「お買いになるおつもりがおありなのでしょうか。もし買って戴けないのでしたら仰ってください。然るべき筋を通じて早急に別の買い手を捜して貰いますので」

急ぐことはあるまいに——と老人は云う。

「こないな屋敷売らずとも一生を三四回生きられる程銭を持っておるのやろうが」

「お金の問題ではないのです」

ここは——惨劇の起きた場所なのだ。

「まあええやろ。買わんとは云うてないて。それよりどないだ——あんた、儂の囲いモンになるちゅうのは」

「またそのような御冗談を」

「全然冗談じゃないわい。儂はな、あんた程の女なら幾ら貢いでもええ思うとる。大叔父云うても儂は兄貴と異母兄弟や。血縁は薄いがな。あんたにその気があるのやったら何なりと云うてくれ。喜の字の祝いも近いが、そっちの方はまだ現役やしな」

どこまでが本気なのか計り知れない。老人は歯のない口を開けて呵呵大笑した。

茜はお茶をお持ちしますと云って席を立った。

背中で老人はまだ笑っていた。

わざと悠寛支度をして戻った。流石に下品な笑いは治まっていた。

「それより茜はん——」

口調も改まっている。

もしや商談かと茜が顔を向けると、それもどうやら違うようだった。

「——あのな、あんた知らんか。この近所に川崎製鐵が溶鉱炉造っておるやろ?」

「千葉製鉄所——ですか?」

それなら同じ千葉でも千葉市の方である。ここはそう近くない。しかし老人は満足そうに、そうそうと首を縦に振った。

「あれは最新式や。流れ作業でな、こう、コストも二割から三割も安い。もうすぐ一号炉の初期工事が完了する云う話やから、来月下旬には火入れして操業開始やな。うちとこかてぼやぼやしてられへんがな。でな、今の社長が——」

老人は紅茶を一口啜った。

「——これはボンクラやがな。そのボンクラ社長めが、功を焦りよって経営コンサルタントたら云う胡散臭い男を雇いくさった訳だ。阿呆やがな。黙って儂の云うこと聞いとればなんぼでも上手く行くもんを、無駄金遣いよって——そうや。あんたとこもアレやろ、お父上が御存命のうちは安心やったやろ。こう云っちゃ悪いが、死んだあんたの亭主は無能だったそうやないか」

亡夫のことはそれ程鮮明に憶えていない。

凡庸な人ではありましたと答えた。本当のことである。老人は凡庸か、それは都合のええ言葉じゃなあと云って笑った。

「褒めとるんか貶しとるんか判らへんやないか。こらええわ。そうや——今、あんたとこ会社はどないなってん?」

「一族は死に絶えましたが会社はございます。社員も大勢おりますので倒産す訳にはまいりません。暫定的に柴田グループから新社長を迎え、経営をお願い致しました。元元柴田傘下ではありましたから、役員の多くは賛同してくれて——」

「さよか。でもそら勿体無いわ。美味しいとこ皆あのガキに盗られてしもたんでは、兄貴も先代も草葉の蔭で臍噛んでることやろ」

「そうでしょうか」

「そらそうや。己の会社や、血縁に譲りたいやろ。そやなァ——そや、あんたが嗣げばええんのとちゃうか？　儂が後ろ盾になっちゃるで。あんた社長になりなはれ。儲かるで。紡織機械はまだまだ伸びるで。これからは設備の近代化が最優先やろ？　新型開発してガンガン売り込みゃええがな。輸出もええで。特需にしがみついて喜んどるよな経済なんぞ間違っとるがな。こらええがな。どや？」

「コンサルタントはどう致しました？」

老人は苦笑いをした。

「ま、考えといてや。そん時は相談乗るよって。でな、このコンサルタントちゅうのが、まあそこそこ仕事は出来る。経営の合理化ちゅう頭は持ちよる。成績は上げた。しかしこれがな、風水使いよる」

「風水——ですか」

「ほれ、こないだ漸く中国から居留民が引き揚げて来たやろ。興安丸」

慥か三月下旬のことだったと思う。棚上げになっていた中国居留民の乗った引き揚げ船が戦後初めて舞鶴に入港したのだ。

「――そないなこともあって最近流行やろ？　中国は。人民共和国になってからこっち注目されとる。それであのボンクラ社長もその気になったんやな。風水ゆうたら中国の占いやで。占いで商売が出来るかい。飽きずに売るから商売になるんや。洒落やない。ほんまのこっちゃ。このガキがな、一寸成績上げたんで気ィ良うして、ボンクラ社長に伊豆の土地を買え云うて来た。あないなとこに工場建てられる訳がない。そう云うたらな、工場やない、本社社屋や云う。阿呆抜かせ、儂ンとこ会社は丹後じゃ云うたらな、土地柄がええ、運が向いて来る云いよる」

「それが――」

どうしたと云うのだろうか。そんな話を聞かされなければならぬ覚えは茜には全くない。

それでな――と云って老人は秘書の方を見た。

事務的な口調で秘書は云った。

「経営コンサルタント『太斗風水塾』の南雲正司氏に就いて当方で調査致しましたところ、氏より提供された経歴の凡てが虚偽の申告であり、記されている本籍その他凡てが架空のものと判明致しました」

「まあ、そう云う訳やから、経歴詐称で解雇しても一向構わんのや。占い師なんぞ皆いんちきや。詐欺やな。同じ詐欺なら、今騒がれとる華仙姑とか云う女くらい大きい仕事せんとな。しかしな、こう見えても儂は一筋縄では行かん」

それは茜も承知している。

老人は秘書に葉巻を要求した。甘い香りが部屋の一角に立ち籠めた。

「どや。あんたどう思う？」

「私はそうしたことは――」

「経歴詐称して会社に潜り込む。適当なことを云って小銭をせしめる。ここまでは解るんや。それは解るが、何故土地なんぞ買わせる？」

興味はなかったから適当なことを云った。

「さあ――例えば――その土地の持ち主と通じているとか。売却金の一部を報酬として受け取る算段になっているとか？」

「それは儂も考えた。しかしどうやらそうやないらしい。社長の話やと、土地の持ち主は売らん云うてるらしいわ。ま――そこであんたに相談がある訳やな。聞いてくれんか？」

「何を――するのです？」

「噂には聞いておる。あんたのとこの事件を扱った探偵を紹介してくれへんやろか」

「探偵？　ああ――」

多分榎木津のことを云っているのである。

探偵榎木津礼二郎は――織作家で起きた事件にも少なからず関わっていたし、織作と関わりの深い柴田家で起きた事件も一応解決している。

ただ榎木津本人は至って変人らしく、気に入らない依頼は凡て断わってしまうのだ——と茜は聞いている。

「何でもその男に依頼するのンは豪う難儀なことなんやろ？　それに巷の噂やと、その探偵とやらは榎木津グループの総帥の御曹司だそうやないか。榎木津云うたら、貿易で巨万の財を成した元華族の傑物やろ。そらほんまのことなんかいな？」

本当です——と茜は云った。

「会うたことはあるか？」

「——ございます」

「紹介しては貰えんかな」

「さあ——」

そう急に云われても躊躇してしまう。

隆三が一筋縄で行かない男なら、榎木津と云う男は幾筋縄があろうとどうもならない男のようだからである。

尤もこれは茜自身の感想ではない。榎木津の周囲から断片的に漏れ聞こえる情報を元にした判断である。茜は、惨劇の夜に二言三言言葉を交わした程度で、榎木津とは殆ど接触していないのである。だからと云う訳ではないのだが、茜は正直云って榎木津と云う人物が理解出来ない。理解しようと云う気にならない。厭うている訳ではない。

それは、謂わば斥力のような力なのだろうと思う。榎木津は多分、茜のような人間に全く興味を持っていない。憶えてすらいないかもしれない。だから、茜も考えないようにしているのである。だから興味が涌かぬ。だから解らない。

親しくさせて戴いている訳ではございませんと答えた。

「私には――連絡方法なども判り兼ねますが――御前がどうしてもお望みなのでしたら、柴田様から榎木津様のお父上に話を通して戴くのが最善策かと存じます。柴田財閥顧問弁護団は榎木津様とパイプをお持ちのようでございますし――柴田様の方には私が仲介させて戴きますが」

それでええ――と、老人は云った。

「あの柴田のガキ仲立ちにするのは、まあ癪に障らんでもないがな。それよりあんたはええのか？　柴田とは、その――」

「関係ありません。御心配なく。それより――」

まあそう急いてもしゃあないやろ――と老人は再び云って、茜の淹れた紅茶を飲み干した。そして、

「それよりあんたこれからどうする気ィや」

と尋いた。

「どうすると――は？」

「この家儂に売ったらば、あんた行くところないんとちゃうか？　まあ銭は捨てる程あるんだろうが、たァだ遊んで暮らす気ィなんか？　儂はここ買うたらすぐに壊すで。買うた以上は無駄にはせん」

「それは——勿論御前の御自由にして戴いて結構でございます。私はこんな屋敷に——」

ここで——家族は死んだのだ。

「——善い思い出はございませんから。ただ、私の方の条件はたったひとつ——」

「諒解っとる。庭の墓やろ。改葬の方は今当たっておるから心配せんでもええ。ただその、あんたとこは宗派がややこしくて敵わんわ。それでなくとも先代やら妹さん達は耶蘇教だったんやろ？　それから一緒に祀りたい云うてた木像があったやろ。あれが拙いわ。あれあんた、日本の神さんの像やろが。せやから——まあ御霊は兎も角、像の方は難しいかもしれんな。寺も教会もいい顔せえへん——」

「矢張り——そうですか——」

代代庭に祀られている先祖の御霊。

織作家に伝わる二体の木像。

そして、家族の亡骸。

死人に興味はないし、過去に未練はない。ずっとそうだったし今でもそうなのだが、今の茜は何故か死者達を見捨てておけぬ気分である。過去を蔑ろにしておけぬ心持ちである。

理屈では割り切れぬ。だから何処かに霊廟を建てて、敷地内に葬られている凡ての御霊を祀ろうと考えたのだった。

茜は墓の方を気にした。

大広間からは見えない。

老人は茜の頬に視線を寄越して云った。

「なんや、煮え切らん顔やな。買う云うとるんやから買うわ。だから案ずるんやないて。ただな——」

「ただ？」

矢張り条件があるのだろう。

老人は咳払いをした。

「おう、それより先ずさっきの質問に答えてくれ。あんた身の振り方は決めておるのか？」

茜は——。

そのことに就いても、勿論真剣に考えてはいた。しかし決めてはいなかった。否、決められなかったのである。働こうとは思っている。しかし経済的に追い込まれている訳でもない者が、自己満足的に社会参加をしたところでそれは果して自立と呼べるのだろうか。だいいち自分に何が出来るのだろう。

正直に答えた。

老人は刻まれた皺を更に深くして大いに喜んだ。

「さよか。そらええわ。なあ津村、聞いたか。そら好都合やろ。ええか茜はん。善く聞きなはれ。そやったらあんた——儂の仕事を手伝わへんか。どや。悪いようにはせんで」

——何を。

何を云い出すのだ？

「仕事——でございますか。しかし——私は」

老人は再び咳払いをした。

「鉄鋼の方やないで。徐福の方や」

「徐福？　何です？」

「だから『徐福研究会』やがな——」

徐福と云えば——秦の始皇帝の命で不老不死の仙薬を求めて大海に乗り出したと云う、太古中国の方士のことではなかっただろうか。

そのくらいしか茜は知らない。

「——この間も仰山話したやろ？　したがな」

善く憶えていなかった。興味がない。

老人はくしゃくしゃに顔を歪めた。

「何だ、忘れてしまいよったんか。年寄りの繰り言と上の空で聞いておったんやな？」

その通りだった。

茜は笑みを浮かべて取り繕う。

「勿論です。御前のお言葉は聞かぬように、忘れるように致しておりますから——余人ならいざ知らず羽田隆三程の大物ともなれば一言一句一挙手一投足が企業の盛衰を左右致しましょう。私の如き部外者が、口出し出来ることでもございますまい。ならば関わりなきことには不見不言不聞が作法かと」

老人はぽんと手を叩いた。

「せざるを入れて四猴哉——やな。なんや操が堅い割に弁の立つ女やないか。そやかてあんたのような別嬪が、何もエテ公の誓いをせんでもええがな。兄貴の孫やろ。織作の娘やろ。それで美人や。信用しとるがな。なあ津村」

「御意に」

秘書は礼をした。

「なあに、まぁええがな。あんたのためなら何度でも話すわ。ええか、も一度話すから今度は憶えよ。『徐福研究会』はな、儂が私財を投じて設立した民間の研究団体や。結構会員はおるんやで。郷土史家だの民俗学者だの、在野の学者を中心にして凡そ五十人はおるかな。各地に伝わる徐福渡来伝説の比較研究やら——何じゃその顔は？」

別に表情を変えた覚えはない。

「ははあ。儂みたいな強突張が儲け話にならん文化事業に銭出すンは怪訝しいと、そう思とる訳やな。まあ当然やろ。だがこれは欲得ずくやないで」

慥かにそう思わなかった訳ではないが、顔に出したつもりもない。要するにこれは茜がどんな顔をしようと、どう思っていようと無関係な、マクラとかツカミの類なのだ。話の展開上必要なフリだった訳である。案の定老人は勝手に続きを語り出した。

「作ったのは戦後やがな、もう今年で五年になるかいな。それなりに成果が出ておる」

老人は秘書を見た。秘書は顔を寄せる。老人の指示を受けて秘書は鞄から小冊子を出し、つかつかと跫を立てて近寄って来て、茜にそれを渡した。

「見てみ」

老人が顎をしゃくる。眼を落とす。表紙には『徐福研究第八号』と記されていた。頁を開く。真面目な研究報告が並んでいる。茜が見ても至ってまともなものである。

「これは――」

「ほら見ろ。今度こそ、儂のような強突張が儲け話でもない文化事業に銭を出すのは怪訝しい思いよったな――」

図星である。真に老獪――と云うよりない。

「――まあ、それもしゃあないわ。儂がこんなことしとんのには、まあ理由がある。寝惚けてしとる訳やない。悪巧みもないわ。そこンところを先ず理解してくれや」

茜は答えなかったが、老人は理由を語り始めた。

「儂の家——羽田の本家は、今は京都の真ン中にある。元は秦の字ィ使うとったらしいが、紛らわしいので変えたちゅうて聞いとる。秦氏は日本中に居るよってな。京都にも仰山居るで。でな、儂とこは元を辿れば、丹後の出ぇなんやな」

「本社も丹後半島——でしたか」

「せやな。まあ記録が曖昧で明確とは解らんのやけど、儂の思うに、儂等羽田家の発祥の地言うンは丹後半島の先っぽの伊根ゆうとこや。土地の痩せた、寂しいとこや。所番地こそ京都やがな、なぁに、地ィの果てみたいな場所やがな。その伊根の、新井崎ゆうとこにな、徐福さんが来たちゅう云い伝えがあるんやな。神社もあるで。断崖絶壁にな、海向いて建っておる。新井崎神社と云うてな。そこが徐福を祀っとる訳やな。そのお宮さんに何年かに一度、陣幕だのを奉納しておるんだ、羽田の家は」

「それで——発祥の地だと？」

それもある——と老人は頷く。

「聞けば徐福は新井崎に住み着き、丹後に骨を埋めた云う話や。その子孫は秦国から渡来したよって、秦を名乗ったちゅう話も聞いておる。人に聞いた話やが、『義楚六帖』云う中国のな、後周のころの本があってな、それに徐福の子孫は皆秦氏を名乗っとると書いてあるそうや。今も云うた通り、羽田も元は秦なんや。せやから——」

「ああ――」

徐福が先祖――と云うことか。

茜は秦氏の祖先は猶太人だと云う荒唐無稽な説を聞いたことがある。いずれ渡来人であることは間違いないのだろうが、それにしても派手な先祖を色色と持っている氏族ではある。

「あんたの思った通りや茜はん。儂はな、己が徐福の子孫やないかと――半ば本気で思うておった」

正に――思った通りだった訳だが、多分今の発言も、仮令茜がどう思っていようとも予めそう云うつもりだった発言に違いない。

「それは――信じていらっしゃると受け取って宜しいのでしょうか」

知らん、判らんと老人は投げ遣りに答えた。

「まあな、『古語拾遺』なんかに載っておるから、秦氏の来歴はある程度解っておる。第十五代応神天皇の世に弓月の君と云う者がな、百済から百二十県の民を引き連れて渡来し、帰化したちゅうて書いてある訳や。『日本書紀』にも書いてある。一般的にはこの弓月の君が秦氏の先祖とされるな。この先をな、秦の始皇帝まで遡る者も居る訳やが、儂はそりゃどうかと思うな――」

徐福も始皇帝も時代は一緒だ――と茜は思う。

「まあ『新撰姓氏録』なんかにな、この弓月の君こそ融通王――つまり秦の始皇帝の末裔だな。その末裔その人なんやと書いてあったりするから、まあそう云うことになるんやろうがな。ま、この秦一族云うんはな、その名の通り機織りの職人だったんやろうが、他にも色色職能を持っておってな、製鉄なんかも善くしたらしいわ。あんたとこも紡織やろ？　元は一緒かもしれんな」

「さあ」

「でな、その『新撰姓氏録』に拠ればな、秦の民は役に立つからゆうて、全国に分置した云うねん。そら便利やがな。当時にしてみりゃ先端技術者やろ。せやけどあんまり使い勝手が良過ぎてな、各地の豪族どもがいいように使役しよる。こりゃあんまりやがなと、秦氏は訴えた。あれは元元うちとこの職人やないか――云うた訳や。で、第二十一代雄略天皇の御世にな、そう云う訴えがあったもんやから、それもそやなと思うたんやろ。全国に散らばった秦の民を一堂に集めて、秦氏に返した云うんやな。集めた場所が京都の太秦や。太秦云うたら儂とこの本家のすぐ傍やないか。せやからこれはまあ、ほんまのこっちゃな」

太秦の由来は茜も知っていた。

「しかし御前、それが真実なら――徐福発祥説の方は嘘だと云うことになりはしませんか？」

「それやがな」

老人は前に皺首を突き出した。

「それはまあ、ある程度真実なんやろ。しかし秦を名乗る者が、その弓月の君の渡来以前に我が国に全く居なかったのかどうか、これは判らんことやで。ある程度の力を持った氏族やったら兎も角な、ド田舎の隅っこの方に少人数で細細と暮らしとったら、それは判るものやろか――」

「正史に登場しなかっただけだと？」

「儂はこう思う。伊根っちゅうたらあんた、田舎やで。そら辺鄙なとこや。都に近い云うたかて、道が真っ直ぐついとる訳やない。しかも漁村やど。田圃も千枚田云うて、段段の田ァや。蓑笠一枚で隠れてしまいよる小さな田や。火山岩が累累とある訳や。そないな文化果つる地の漁民が、どないして徐福を知る云うねん？　今なら兎も角、大昔やど」

「それでも知っていた、信憑性はあると？」

「大ありじゃ――と、思ったんやな。儂は。大陸から船で出て、こう東支那海辺りでな、対馬海流に乗っかれば、着くやろ、あの辺りに。もう儂は徐福の子孫なんやと信じたわ。ところが――じゃ」

「ところが？」

合いの手を入れて欲しそうな間が開いたので茜は即座に入れた。

老人の機嫌は良くなる。

「徐福が漂着したちゅう云い伝えはな。他の土地にも仰山あったんや。こら興醒めやで。墓まであるわい。しかもひとつやない。北は青森秋田、信州甲州静岡に名古屋、広島山口、四国は土佐、九州は宮崎佐賀鹿児島福岡、それに紀州熊野と――」

「随分と――大勢でいらしたのですこと」

「そう――思うとる」

老人は真顔で答えた。

「徐福はひとりで来たんやない。大勢連れて来たんやな。それが仙薬求めて全国に散ったんやろうと思うわ。ま、それはええわ。そのな、徐福縁故の地の者にはそれぞれ我が地こそ徐福の漂着地なり――と云う思い込みがあるやろ。せやから互いに互いを無視しとる。敵視しとる。これはいかんと儂は思うたんや。それでは真実の姿は見えて来んやろ？」

「ええ――まあ」

「儂は兎に角このままではいかん思うた。そこで徐福に関する総合的な研究をせんと発願し、各地の郷土史家やら在野の研究家やら大学やらに働きかけてな、まあ単なる好事家だの有象無象も居るんやが、それで『徐福研究会』を作ったんや」

「それでは――御前は、歴史の謎を解明しようと云う純粋な学究的態度で――その研究会を？」

思いの他まっとうな理由である。

老人は、今度こそ儂のような強突張が儲け話でもない文化事業に銭を出すんは怪訝しいと思いよったなぁ――と、三度同じことを云った。

「しかしな、茜はん。こりゃ表向きのこっちゃ」

「表向き――と云いますと――？」

表もあれば裏もあるわい――と云って、老人は実に淫蕩な笑みを浮かべた。

「薬や」

「薬――とは？」

「せやから徐福の仙薬やがな」

「不老――不死の？」

「そんなものあるかい。あったかて儂は欲しゅうないわ。こんな爺になってから不老になったかてええことないわ。このまま不死など真っ平御免や。精精もう少しだけ長生きして、ええ女とええことしたいだけやがな。儂はな、始皇帝かてそやったろう思うておる」

老人は己の頬を、まるで皺でも伸ばすかのようにねっとりと撫でた。

「秦の始皇帝と云えば、まあ広大な中国を統一した英雄やな。大陸はスケールが違うわ。豊太閤が大阪城造った時は、そら愚民は驚いたんやろが、敵が造ったんは万里の長城やからな。しかも紀元前や。この始皇帝が諸国の方士に仙薬を作れと大号令かけた訳や――」

「現世の権力を恣にした皇帝が次に永世の生を望むのは解るようにも思いますけれど」

うんうん、と老人は頷く。

「中国人は現実的や。これが埃及の王なんかだと、来世の権力を望んだりしよるからな。死んだ後どうなったかて花も実ィもないわ。中国人はそれを知っておった。だから死にとうないと願うのは無理もない。だが儂が思うに、中国人はもっと現実的やったと思うで」

茜が、どう云う意味でしょう——と問うと、解らんか——と、老人は震えた声を出した。

「英雄色を好む——とか云いますやろ。秦の始皇帝はな、阿房宮に大陸中の美女を集めておったんや。その数三千人や。ええか、三千人やで。それでも足りんと、日本からもわざわざ女を貢ぎ物として貰うとる程や。妾三千人や。こら堪らんわ。一日七八人相手にしたって一巡するのに一年かかるで。一人一時間でも一日八時間。これを一年休みなしや。こら儂でも無理やな——」

現実の話として捉える方がどうかしている。

老人の黄ばんだ目が茜を捉える。

「——儂なんぞ、あんたみたいなええ女やったら、ひとりでええねん。あんたに責められたらな、三千人分の精気使い果たしてしまうわ」

老人は更に粘性の視線を寄越す。鬱陶しかった。

「お試しになられますか——」

一度——云ってみたかった。

老人は皺だらけの眼を剝いた。言葉で犯そうとするなら言葉で返すだけである。案の定好色な言葉は止んだ。

「ま、それはそれ――やな。兎も角皇帝が求めたのは回春剤やったと云うのが儂の想像やな。不老より若返り、不死より強壮、永遠の永華より一瞬の快楽や。その方が現実的やろ」

寧ろ悪魔的と云うのではないか。

不老不死は夢物語なのだろうが、その性欲もまた非現実的である。

それが如何したのかと茜が問うと、老人は鄙俗しい笑みを取戻し、また解っとる癖に、と云った。

「解りません。真逆――回春剤開発？」

「そや。ええか、徐福縁故の地にはそれぞれ仙薬が伝わっておる訳や。儂のところ、丹後伊根ではな、新井蓬つう黒い茎の背ェの高い蓬がそれやとか、九節菖蒲がそれやとか伝わっておる。熊野の新宮やと天台烏薬が仙薬だと云う。烏薬云うたら楠の一種やがね、中国の天台山で採れる烏薬に薬効があるつうんでこう呼ぶんだが、一説には烏が運んで来て死人を生き返らせた霊草のことだとも云う。それは我が国にしか生えておらんのやと、中国では伝わっておるんやとか。ま、土地土地で違とる。儂はそれらを比較検討し、研究しようと考えた。どれも薬効はあるらしいからな。富士山にも珍しい高山薬草があるそうやし、本物もあるかしれん」

「御前、本気で——回春剤を？」

「そら別に不老不死でもええけどな。何でもええやんか。役に立つもんが見付かれば儲かるやろ」

「はあ——」

茜は少し呆れた。

大した道楽老人である。

老人は皺を顫動（せんどう）させた。

「さっきも云うたが、表向きの研究の方はそれなりに成果が出て来ておる。でも裏の方はからきし駄目やな。ま、回春剤の方は副産物やからええのんや。まあ、儂みたいな金の亡者が柄にもないことやりよるよってに、あんたも怪しいと思たやろから、こうして裏も表もなく包み隠さず話しておるんや。儂はな、至極（しごく）真面目にやっておる。営利目的やない、こら文化事業や。その文化事業を手伝うてくれへんかと、こうあんたに頼んどる訳やで。どやろ？」

「何故私が——そんな」

茜は何の資格も持っていない。学芸員でもない。

老人は逡巡する茜を見据えて、

「あんたかて仕事欲しいのと違うんか」

そう云った。

「それは」

「せやろ。このまま埋もれる玉やない」

「そんな」

「顔に書いてあるわ。銭があるからちゅうて、ただぶらぶらする気はない訳やろ？　でもな、働く云うたかて、あんたな、世間様は皆知っとるで織作茜。あの惨劇の生き残り、財閥袖にした悲劇の未亡人やろ。そんなもん誰が雇うかい――」

それは慥かにその通りだと思う。茜を雇い入れる企業などどこにもあるまい。

そもそも女性が働ける職場が然う然うないのだ。

茶汲みだの女工だの、そうした仕事ならあるのだろう。しかし茜がそれを望むのは無理がある。職種を見下している訳では決してない。茜は職業差別的な意識とは無縁な性質である。茜がその手の職業を厭うのではなく、先方が茜を厭うのである。良きにつけ悪しきにつけ、織作茜は世間を騒がせた有名人には違いないのだ。茜が強く望んだところで、まず断られることは間違いない。茜の場合は身の振り方を考える以前に、先ず選択肢からして幾つもないのだ。

「せやから儂の妾になれ云うてるのに、それも嫌や云うやないか。織作紡織機の社長に収まるのも嫌。嫁に行くのも嫌なんやろ。それやったら」

それにしたって――。

「何をするのです？」

「難しいこっちゃない。実はな、今儂は、己の財産を出捐してな、この研究会を運営する財団法人を作ろうと計画しとる。先ず展示室を備えた研究所を建てる訳や。研究所云うてもな、関連文献を集めて、閲覧可能にしてな、それから徐福に関する骨董や美術品の常設展示をする。後は、絵画なんかの特別展示をしてもええ。徐福資料館やな。繰り返すが営利目的やない。文化的なもんやから公的事業やろ」

茜は経済のことは善く解らぬが、いずれ税金対策か何かではあるのだろうと思った。

「寄付したい云う出資希望者は結構おるで。それも大物ばかりや。でな、その計画を手伝うてくれんか云う相談事やな」

「でも私は――」

そうしたことは素人ですから――と茜は云った。

茜は以前夫の秘書の真似事をたった数箇月した以外に、会社に勤めたことすらないのである。

茜の顔色を窺って、老人は大いに笑った。

「儂の目ェが節穴やと思うとるのか。一度三度会えば判るわい。誰の血ィ引いたか知らんが、あんたには才がある。亡くなった妹さんは何やら小難しい運動をして、織作紡織機の重職にまで就きかけた才媛だったそうやないか」

「妹は優秀な人材でした。しかし——妹は妹です。私などはとても——」

「そうは思うてない筈や」

老人の皺に埋もれた眼が茜を射た。

「儂はな、他人の心の奥にずかずか踏み込むンが大好きじゃ。ええか、儂は、あんたも儂と同じ質の人間やと、こう思うておる。そやなかったら信用なんかせえへんで。正直云って、あんたがそう云う人間でなかったら、この商談もなかったことにしようと、最初はそう思うておったんや。しかし、あんたは違うた。云うとくけどな、儂の眼鏡に適う女はそうおらんのやで」

どの眼鏡に適ったのか——と茜は思う。老人はそんな茜の胸の裡を見透かしたのか、実に意味あり気な、品のない笑みを浮かべた。

「そやないて。あんたもっと自惚れてええで。儂は褒めとるんや。あんたはな、どうも特別な女のようや。楚楚とした中に毒がある。女はそうでなくてはあかん。男から精気絞り取って、ぽいと捨てるくらいの器量がなくちゃ、好え女とは云わへんのや。儂はあんたに惚れたんや。どうや。儂の右腕にならんか？」

「私は——経済も経営も存知ませんが」

「必要ないわ。そんなもの儂も知らん」

「就労経験もございません」

「そんな無駄な経験せんでもええ。苦労なんぞするもんやない。他人に使われれば使われただけ人間は小そうなる。偉い奴は最初から偉い。優れたものは生まれ付き優れておるわ。あんたは使われる人間やない。使う側の人間や」

茜は目を伏せた。

「何、最初は小手調べや。儂の云うこと聞いておれば間違いないわ。今研究会を任せておるのは東野云うオッサンやがな。この男は元元、甲府辺りで徐福の研究をしてた在野の学者やな。これは色色モノを知っておる。この男と知り合ったンが研究会を作る契機やったと、云って云えぬこともないわい。真面目やし、儂はずっと信頼しておった。資料館造ったら館長やって貰おうとまで考えとったんや」

どうも——口振りが怪しい。

「今は考えていない——と云う意味でしょうか」

「好え女は察しもええな。その通り。今の儂の言葉は、あのガキをもう信頼してへん——云う意味やがな。そもそも資料館云う発案も東野から出たもんやった。ええ土地がある云うたかな。儂にはちっともええように思われなんだが、そこしかない、と奴は云うんやな。豪く山の中でな、地図見たって国有地としか思えん。どうやら違ってたらしいんやが、買う気にはなれなんだ。場所は——伊豆やったが」

「また伊豆——ですか——」

「また伊豆や」

老人は身を低くした。

「儂はな、茜はん」

「はい――」

「無駄な買い物はせんのや。ここの土地家屋、それからあんたとこの持っとる学校だの寮だの建った山の土地――全部纏めて買う云うとるんや。こら安くはないで。銀座にビルが建つくらいの高い買い物や。使い道はないでもないが、こんな田舎の土地、今すぐ要るものでもないわ」

「はい」

「せやから儂が買うのは土地やない。あんたや。儂はな、織作茜、あんたに金を払う云うておるんやで。あんたが買いたい。妾にならん云うのなら、右腕になってみ。そうや。それが儂がここを買う条件やな」

「それが条件――ですか」

今そう決めた――と老人は云って立ち上がった。

「津村、帰るから支度せい。もう時間がないやろ。予定入ってる筈やな?」

仰せの通りにございます――と云って秘書が礼をした。秘書の頭が上がる前に、もう老人は歩き始めていた。茜は席を立つ。老人は振り向きもせず、片手を上げて、

「いい返事待っておるで。御馳走さんやったな」

と云った。

取り付く島もなかった。

織作茜は小走りで門に出た。そして連なって去って行く黒塗りの車を複雑な心境で見送った。

上空で、風が息を巻いていた。

2

大きな一枚硝子に映った己の姿を見て、矢張り髪を切ろうかと茜は思った。どうにも纏まりがない。

屋敷の売買は恙なく完了し、茜は二十数年住み慣れた安房の地を離れた。聞けば、取り壊し作業は即座に開始されたと云うから、もうあの屋敷はこの世にないのかもしれない。

——洋装でこの長さは格好がつかぬ。

そう思う。梳したところで伸ばし放しの棘髪では見苦しいだけだ。かと云って編んだり縛ったりする齢ではない。いっそ以前のように結い上げたい衝動にも駆られるが、それも妙だろう。洋服に合う髪型ではない。最近では短髪のパーマネントが流行で、和装でも髪を結う女性が減って来ている程なのだ。

悩むくらいなら和服で通していた方が楽である。

しかし一度洋服を着てしまうと茜は何だか和服が着られなくなってしまった。面倒な儀式を続ける気力が失せてしまったのだ。

だから茜は屋敷を出る際に着物を凡て処分した。新しい住まいが決まるまではホテル暮らしのつもりだったから、荷物は最小限にしたかったのである。保管する場所もなかった。

いつまでも妹の服を着ている訳にも行かぬから茜は洋服を何着か新調した。その際に髪も短くしようと思いはしたのだが、結局前髪をほんの一寸切り揃（そろ）え、毛先を整えて貰っただけだった。

——髪は身体（からだ）か。それとも装飾（かざり）か。

茜は——判じ兼ねている。

まるで別人の如き己が、艶艶（つやつや）した硝子の表面からそんな茜を注視（みつめ）ている。

母にも妹にも、似ていると云えば似ている。しかし四角いフレームで縁取られた異空間に立っているのは母でも妹でもなく、紛（まご）うことなき織作茜である。ならば今までの二十数年間の己は夢か。幻か。

硝子戸が開いた。

帽子を被った若い娘が二人、笑い乍（なが）ら連れ立って出て来た。

茜は反射的に顔を背けて除（よ）けた。云い知れぬ、そして感じる必要のない劣等感を感じたのである。背中を丸めて言葉を呑み込んで暮らしていた頃の、昔の自分が一瞬そこにいた。

——これも己だ。

恥じる自分。誇らしい自分。自信を喪失している自分。自信過剰な自分。自虐的な自分。攻撃的な自分。嫉妬する自分。後悔する自分。理性的な自分。感情的な自分。配慮ある自分。卑劣な自分。己の中には幾人もの自分がいる。それらはまるで整合性を持たず、寧ろ矛盾さえしている。しかしどれもが己の真実である。その、多くの自分を、緩やかに統合するものとして個はあるのだ。

だから確固たる個などない。

個は個として主張することなど不可能なのだ。

主張するのは、いつも概念としての個である。

身体に尾を摑まれ概念に首を摑まれて、宙吊りにされた個が痛い痛いと叫ぶだけなのである。

茜は考えることを止めて硝子戸を押した。

待ち合わせているのだ。

多分——あの男自身は来ないのだろうが。

洒落た喫茶室である。

ボーイが寄って来てお一人様でございますかと丁寧に問うた。待ち合わせですと答えて、茜は一通り店内を見渡す。平日の昼間だからか、見通しの良い広めのフロアにも客の姿は疎らだった。

窓辺の席に目が留まった。

男が一人――卓上に紙の山を築き、僅かに空いた隙間に顔を寄せて一心不乱に書き物をしている。その男だけが、顕かに取り澄ました景色から浮いていた。

直感的に――茜は悟った。

だから、居りましたとボーイに告げて、真っ直ぐその男の傍まで進んだ。

真横に立っても男は茜の姿に気付く様子もなく、原稿用紙に几帳面な字を記し続けている。いい加減声を掛けようかと思ったその時、男は不意に顔を上げ、それから首を回して茜を見た。

「あら」

写真で見る菊池寛に似ているが、割と若い。小柄で、善く肥えており、丸い小振りの眼鏡を小さな鼻の上に載せている。黒い背広に蝦茶の胴着、幅の広い襟締にだぶだぶの縞の股袴。万年筆のインキで指先が青く染まっている。男は万年筆の先で茜を指し示し、舌足らずに問うた。

「お――織作、茜さん？」

「そうです。貴方が――」

男は立ち上がった。その拍子に紙の束が崩れて床に落ち、男は慌てて屈み、それを掻き集めて拾った。

「し、失礼。伺っていた印象とあまりに違ってたので気がつきませんでした」

紙の束を抱えたまま男は立ち上がり、再び、失礼しました——と、云った。

「貴方が——中禅寺様の」

「は、はい、まあおかけください」

男は自分の向かいの椅子に置いてあった革の鞄を手繰り寄せて茜の席を開けたが、その際にまた紙が何枚か床に散らばり、結果再び屈んだ。

ボーイが水を載せた盆を持ったまま困ったようにその姿を眺めていたので、茜は水を受け取り、珈琲を注文して席に着いた。男は漸く落ち着いたようだった。

「あ、ぼ、僕は中禅寺君の友人で多々良勝五郎と云います。中禅寺君は急用が出来て来られないので、代わりにご質問に答えるよう頼まれて参りました。ここにいれば織作さんの方が必ず見つけてくれるからと——何故僕が彼の代理だと判りました？」

「中禅寺様は——お忙しいのですか」

「忙しいようですね。ああ、これを」

多々良は胸のポケットを一通り触り、腰を浮かせて尻のポケットも確認して、それから先程の鞄を開け、ごそごそと中を掻き回して漸く一通の手紙を抜き出した。埃を払うようにしてから茜に差し出す。

封筒に封はされておらず、中には三つ折りの紙が一枚入っていた。

本日は急用にて参上すること叶わず／非礼くれぐれもお侘び致します／代理として多々良君を御紹介致します／信頼出来る男に付き御懸念無用／何なりと御質問戴きますよう／織作茜様／中禅寺拝

簡単な文面である。

茜は手紙を封筒に戻し、手提げに仕舞った。

多々良はそう云うことです——と云った。

「あの方はいらっしゃらないだろうとは——思っておりましたから——」

来る訳がない。

「彼は出無精なんです」

「ええ——それよりも、お忙しいと仰せなら、多々良様も——随分とお忙しそうにお見受け致しますけれど——」

この散乱振りは並ではない。

「僕？　ああ。僕はいつもこうです」

「でも——何だか私ごとで御迷惑をお掛けしてしまったようで——こちらこそ申し訳ございません。失礼ですが、多々良様は文筆業をなさっていらっしゃるのですか」

「僕ですか？　まあ、文筆はしてますが。本業は、そう、研究者ですね。この度ひょんなことから『稀譚月報』と云う雑誌に寄稿することになったので、こうして書いている訳です」

「まあ、『稀譚月報』ですの。それでは——真逆、締め切りでございますか？」

「締め切りは過ぎています」

「え？」

「これはその次の号の分です。連載なので」

「ああ——」

卓上に目を投じると、和綴本や革装本、古文書やらガリ版刷りやら、雑多な紙類が渦を巻いている。一番上には鬼魅の悪い怪物の絵が何枚か置かれていた。いずれも同じ怪物が描かれている。

鳥居がある。

鳥居の黒い笠木の上に、その怪物は載っている。

大きな口。大きな眼。鋭い牙。

鬼のようでもあるが角はない。

どろどろと長い豊かな髪の毛が、棚引き、蜷局を巻いて全身——と云うより巨大な顔を覆っている。大量の髪の毛が渦を巻き、その剛毛の隙間からぐいと伸ばされた太い腕は、一方で笠木を掴み、もう一方では鳩らしき鳥を握っている。鋭い爪が小鳥に食い込んで、今にも握り潰さんと云う勢いである。

怪物は鳥居の上で鳩を捕まえて、多分、喰おうとしているのである。

畏ろしい絵だった。

つい見蕩れてしまった。

多々良は茜の様子に気付き、

「ん？　ああ、これは妖怪です」

と云った。

「妖怪？」

「妖怪変化ですよ。化け物、お化けとも云います。怪物でもいいんですがね。この妖怪は、毛一杯と云います。またはおどろおどろとか、おとろしとも云う」

「おそろし？」

「おとろしです。まあ恐ろしい畏ろしいと云う意味もあるのでしょうけれど。でもそではなくとです。まあ、おどろ〱と書いたのを　おとろしと読み間違えたのかもしれないんですがね。実はですね、来月号から『稀譚月報』で毎回毎回、形や名前だけが残っていて意味の失われてしまった絶滅妖怪に就いて書くことになっているのです。この毛一杯もそれです。第二回用の原稿です」

「妖怪の——研究をされているのですか？」

僕は大陸の方が専門です——と多々良は云った。

「大陸の方——ですか？」

「そうです。大陸のお化けを具に調べ、日本のお化けと比較します。するとその変遷具合から、どのようにして、いつの時代に、どんな経路でどんな文化が本邦に渡って来たのかが判る。更に何が我が国の本質なのか、どこが模倣なのかも判る。有益です」

「はあ」

「しかしこの毛一杯は判りません。すっかり失われてしまったようで。鳥居の上に居るので神域を護る妖怪だとか、不信心者の上に落っこちて来るなんて云う者まで居ますが、拠るところを知りませんね。きっと嘘です。創作です。信州劔岳にやまおとろしなる化け物が居たりしたのですが——これも眉唾らしい。折角南アルプスまで行ったのに、です。最近の創作民話だったようなんですがね。まあ民話と云うのは元を辿れば全部創作なんで、文句を云う筋合いのものじゃないですが。卵を産む鶏を求めて行って、卵焼きに出会ったようなものですよ。中禅寺君なんかはこれは多分、毛だらけのお化けなんだろう、と云う」

「毛——髪の毛？」

「そうです。これは鳥山石燕の絵ですが、中禅寺君はこれは髪の毛の妖怪で、石燕は髪と神をかける意味で鳥居を描き入れたのだろうと云う。それは僕もそう思います。石燕以外の絵には鳥居の描き込みはない。その場合、もう名前からして毛一杯ですからね、そのままです。長い乱れた髪を棘髪と云いますでしょう。おどろおどろと云うのはそれだろうと」

「はあ」

「棘棘です。まあ、おどろおどろしいなどと云う表現もあるから、畏ろしいとか不気味と云う意味もある。棘と云うのは字で書けばイバラとも読めるでしょう。トゲトゲですね。こう、棘が生い茂ったところの意味ですね。そこで僕は藪神との関連などを考えた。藪神と云うのは祟り神で、村の隅のほうに祀られてる小神です。これは祟る。畏ろしい」

「はあ――」

「一方でこの鳥居。僕はこの鳥居にも着目した。ここに描かれている鳥居は、笠木が真っ直ぐで木口が斜めに切ってあり、しかも黒く塗られている。島木もあって、貫が丸柱を貫いている。鳥居にも色色ありますが、これは八幡鳥居です」

「そうなのですか」

「八幡鳥居なんです。僕はここに描かれている鳥居が八幡鳥居であると云うことに引っ掛かったんです。それから、この鳩ですね」

「鳩――が？」

「鳩は八幡様の神使なのです。ほら、稲荷神社はお使いが狐でしょう。日吉神社は猿で、八幡神社は鳩なんです、鳩。八幡神と鳩の関係は、山城の石清水八幡宮に起源を求めることが出来ます。あそこは鳩が多いですから。善く神社仏閣の境内で鳩を放し飼いにしていますよね？　あれは皆、この石清水八幡宮に倣ったものです。最近の風習ですね」

「そう——なのですか？」

「そうです。鳩に関する俗信は全国にありますが、八幡様を祀る地区では鳩は禁忌の対象になる。秋田では八幡様の境内では鳩に触ることも禁じられる。岩手では神の使いだから殺してはいけないと云う。信州では病気平癒の祈願として八幡神に一生鳩を食わぬと約束します。岐阜では鳩を苛めると八幡様が怒って耳が腐ると云う。『和漢三才圖會』には、八幡産土の人誤りて之を食す時は即ち唇腫れ悶乱すと記してあります。いいですか、悶乱ですよ、悶乱。相当酷く腫れる訳でしょう、こう、むくむくと」

「はあ」

「このおとろしは、その鳩を鷲摑みにしてますでしょう。しかも信じられないことに八幡鳥居の上で、ですよ。耳が腐るだの唇が腫れるどころの話じゃない罰当りでしょ。さて、これにどんな意味があるのか——八幡信仰での禁忌事項に関わる妖怪なのかなあ。八幡大菩薩と云えば武将に崇められた戦の神ですよね。清和源氏なんかが氏神として奉った」

「ええ——南無八幡大菩薩と」

「そうそう。八幡神は二十九代欽明天皇の頃、豊前宇佐に顕現して祀られたのが最初だと云います。宇佐八幡宮ですね。それがこう、あっと云う間に広がって、今や日本中にある。八幡様はお稲荷さんの次に数が多いのです。八幡稲荷に犬の糞です。しかし数はあるのに、この神様は今ひとつ正体が善く判らない」

「神様の正体――ですか？」

「大自在天とも習合しているし、いち早く神仏混交していて大菩薩の号もある。巴の紋からは水神的神格が知れるし、農耕神だとも、母子神だとも云われる。柳田先生などは、八幡神を鍛冶――つまり製鉄の神として推定しておられる。八幡とも読めますから、渡来系の神である可能性もある」

「製鉄――ですか」

「製鉄ですね。まあ古くは冶金かな。東大寺の大仏鋳造の時などにも工事を助ける神として活躍してます。そしていつの頃からか十五代応神天皇とも習合しますね。八幡神社の大本の宇佐八幡宮の祭神は八幡大菩薩、比売神、大帯比売ですが、大帯比売と云うのは応神天皇の母上の神功皇后のことです。比売神と云うのが何なのかは断定が難しいのですが、全国の八幡神社の殆どが、応神、神功皇后、比売神をセットで祀っていますから――」

「あのう」

これくらい饒舌でなくては中禅寺の友達は務まるまいとは思うが――それにしても話し始めると止まらぬ質らしい。茜の問い掛けを無視して、多々良は丸い眼鏡の奥の矢張り丸い眼を輝かせ、

「ああ、そうだ。そう云えば中禅寺君が面白いことを云っていたなあ――」

と云った。

「中禅寺さんが？」

「そうそう。鳩が八幡神の使いであるとされるのは鳩と幡の類似に因ると——これは『和漢三才圖會』の説なんですが、彼は幡とは秦氏のハタなんじゃないかと云っていましたね」

「秦氏——と云いますとあの」

「そう、渡来人の秦氏。八幡とは渡来人の秦氏を使役する者である——とか」

「秦氏を使役——？」

だから——多々良は何故か強い口調で云った。

「秦氏は優れた技術集団ですからね。紡織製鉄に限らず、彼等の齎した技術は多かったようです。そうすると八幡様の多義的な神格も解る気がしますね。ん？　そうか、秦氏が渡来したのは応神天皇の時代じゃないか。ああ、なンか繋がったなあ——」

多々良はまるで赤子のような笑顔になった。

「このおとろしの絵は、すると、使役者から使役渡来人を奪うと云う意味なのかな。八幡様が応神天皇で——鳩が秦氏——それを握り潰す化け物——」

多々良は、今度は見る間に苦悩の表情になった。そして腕を組み、首を傾げてブツブツ云い始めた。

「背後に居るのは——え？　秦氏を潰す？　いや、おとろし、畏ろしい、髪の毛」

「あの」

「いずれにしろ——おとろし——畏ろしい——かけまくもおとろしき——ん」

「あの、多々良様」

「え？」

「あの、大変面白いのですが、私」

「あ、ああ、申し訳ない。失礼しました。僕は、つい、考えていることをそのまま喋ってしまう質で。今朝からおとろしのことばかり考えていたもので——」

多々良はびっしりと汗をかいて恐縮した。そして書きかけの原稿用紙を畳んで鞄に突っ込むと、畏(かしこ)まって孤座(すわ)り直し手拭いで何度も汗を拭った。

「お、織作さんは何もお尋ねになっていないのに、うっかり喋ってしまった。そのうえ考え込んでしまった。いや面目無い。本当に、申し訳ない」

茜は笑った。

本当に可笑(おか)しかった。

「中禅寺さんとはいつもこう云うお話を？」

「彼と話し始めると、彼は僕の話を止めないので僕も止まりませんし、僕も別に止めないので大変なことになります。飯を喰うのも忘れます。僕は体格がいいから善く喰うと思われていますが、それは大いなる誤解で、僕は三日喰わなくたって平気です。知識欲が食欲を退ける質です」

「あの方も——」

——こんなに愉しく。

この人のように愉しそうに語るのだろうか。

多々良は、中禅寺君は話をし乍ら(ながら)でも善く喰いますね——と云った。

茜はまた笑った。

手紙の通り信用出来る。中禅寺でなくとも——この男なら茜の用は足りそうである。中禅寺が来なかったなら己の用件はきっと一度で済まぬだろうと、茜は若干危惧していたのである。

「改めて——と云うのも変な云い方なのでございますけれど——実は知りたいことがございまして、書面でも済むような、いいえ、調べて戴いたりするのでしたら書面で致しました方が適切なお願いなのかもしれないのですけれど、事情がございまして居所が定まりませんものですから——」

「はい。聞いてます。御自宅を処分されたとか。それでは返事の書きようがないと中禅寺君も云っていました」

「仰せの通りです。この度、代代棲みました家を手放すことに致しました。それに伴って敷地内にございます墓地も別の場所に移すことにしたのでございますが——」

「菩提寺(ぼだいじ)にでも？」

「いいえ。菩提寺はございません。墓地の一角を買い、廟を建てて改葬致します。墓地を管理しているお寺様に永代供養をお願いしました。ただ、その際に少少不都合なことがございまして――」

「不都合とは」

「中禅寺様は善く御存知のことなのですが――」

と――云うより、それは中禅寺自らが解き明かしたことなのだ。

「――私の家、織作家が代代祀っております屋敷神がございます。御神体として木像が二体伝わっているのですが――寺側としてはその神像までは引き取り兼ねると申します。改葬する御霊の宗派が違うことに就いては御納得戴けたのですが」

はあ――と、多々良は口を開けた。

「そこでその神像を、然るべきところに奉納したいと思うのです。考えてみれば神様をお墓に入れて仏事で供養して貰うと云うのも可笑しな話でございましょう。ですからその神を祀っている神社に――」

「その屋敷神は特殊な神様ではないのですね？」

「記紀に載る神様でございます」

「記紀に載る神を――屋敷神に？」

多々良は怪訝な顔をした。

「それはねえ。真逆天孫系じゃないですよね？　それは困りますな。それ、織作さんの家系の祖先神とか云う話ですか？　熊沢天皇や出口王仁三郎じゃないんですから、そう云うのは」

そんな大袈裟な神様ではありません──と茜は云った。

慥かに屋敷神の場合、それは祀る一族の祖先神である場合も多くあるのだろうし、記紀に載る神神の系図の先は皇室に連なる訳だから、これは世が世なら不敬なることとなり兼ねないのだろう。

多々良は眉を歪ませて尋いた。

「何をお祀りで？」

「はい。石長比売命と──木花咲耶毘売命です」

「あら」

多々良は再び口を開けた。

「まあ、それは大変だ。大変ですよ、ぬ──い、いや織作さん。だって、木花咲耶姫は神武天皇の曾祖母神ですよ」

「そう──なのですか」

「習いませんでしたか？　天孫邇邇芸命と木花咲耶姫の間に生まれた山幸彦こと彦火火出見命の御子が鵜葺草葺不合命。その御子が神倭伊波礼毘古命、これが神武天皇──ですよ！」

「はあ、しかし私の家の祖は木花咲耶姫の方ではなくて、石長姫の方なんです」

ああ——と多々良は気の抜けた声を上げた。

「そうですか。まあ、しかしそれは珍しいなあ。そんなのは聞いたことがないです」

「中禅寺さんに依れば、石長姫は機織りを介して織姫や機織り淵伝説に繋がるとか」

「繋がりますよ。ずっと下って四谷怪談のお岩さんにも繋がります。しかし珍しい屋敷神があったものです。それ、神像があるのですか？」

「ええ」

二体の朽ちた神像。

茜はそれだけは手放せず、頼んでホテルまで運んで貰った。

「難しいでしょうか。どの神社にどんな神様がお祀りされているのかなど、どうやって調べていいのか皆目解らないものですから——」

捨ててしまっても善いものではあるのだが。

「難しくないです」

「はあ」

「僕も中禅寺君も知っていますから」

「はあ——」

多々良は云った。

「木花咲耶の方は簡単です。これは本地仏は大日如来ですからね。ええ、全国各地の浅間神社——浅間とも読みますが、そこに祀られています。浅間神社なら何処にでもある」

「浅間——浅間山の浅間ですか？」

「浅間神社は火山の神社で、浅間山にある訳じゃないです。浅草にも駒込にもある。浅間、阿蘇、朝日と、あ・さ系統の名を持つ火山は多いですが、これらは皆、真っ赤な火が噴き出す様を云う言葉です」

茜の印象では全く結び付かない。

「火山と——木花咲耶がどうして」

「こりゃ火中出産でしょうね。木花咲耶姫は御子を産む時産屋に火を放った。業火の中で子を産む訳です。これはまあ、稲積を焼く収穫の儀礼や、そのまま焼き畑農業などを連想させますから、農耕神としての神格が現れたものかもしれませんけれどね。名前からも桜や何かを想像するし、そっちに関連付けたくはなる。それからまあ出産ですから、実際木花咲耶は子安神でもある訳で——でも、でもですね、邇邇芸命に嫁として差し出した時の父神の説明はこうです。姉の石長姫は岩の如き永遠の命を齎し、妹の木花咲耶姫は桜咲く如き栄華を齎す——なんですね。桜ですからね、こうパッと咲いてパッと散る。つまり爆発——噴火なんです。しかも火中出産でしょう。だから火山です」

——変だ。

そう思った。

「でも結局――万世一系、永世の盤石は木花咲耶姫の血統から出たと云うことになるのではないのですか？」

「あら。そう云えばそうですね。そうだなあ――いや、そうじゃないのです。いいですか。石長姫は石ですから、個体そのものが保つ訳ですよ。石は何百年経っても石でしょ。つまり個が永遠に続く訳です――」

――個が永遠に？

「――一方木花咲耶は花ですから、こう咲いて、散って、また咲くのです。つまり子供へ子供へと栄華の順送りをする。そこで、石長姫を選択しなかったから、天皇の寿命は短くなっちゃった訳ですね。不老不死ではなくなっちゃったのです。つまり――そうですね、石長姫は不老不死を、木花咲耶姫は再生を司る神――と云うことになりますか」

「ならばその二つは相反するもの――と、云うことですわね。不老不死に再生は必要ありませんもの。死ぬからこそ、再生出来るのではないですか？」

そうそう――と多々良は短かな首を振った。

「ですから――云い直します。木花咲耶は死と再生の神ですね。つまり破壊と誕生――その辺も火山なんでしょうね。でもなあ――」

多々良は丸い眼を剝いて止まった。

「――あ、考えている場合じゃないのですね。兎に角、木花咲耶姫は浅間神社に祀られているんです。後は――そうですね、酒造の神、酒解子神として、京都の梅宮大社に祀られていますね。これは火中出産を祝った父神の大山祇命が稲から天甜酒を造ったことに由来します。これが穀物で酒を造った最初の記録になるからなんですけど、主祭神は父親の方ですからね。矢張り浅間社でしょうね」

「それは沢山――あるのでしょうか？」

「富士講――御存知ですか？　庚申講とか大黒講みたいに集まって、あの箱庭みたいな富士山造って登ったりする。あれのあるところとか、あと山梨、静岡――伊豆とか。富士山が遥拝出来るところには」

「富士山――ですか」

――伊豆か。

「はい。本家本元と云うならば、ずばり富士山ですよ。駿河国一の宮で、駿河国二十二座唯一の名神大社――富士山本宮浅間社。これが浅間神社のまあ大本ですか。神階も高いです。従三位です。正一位浅間大明神と記した書物もあります。ですからここにお祀りするのが多分一番善いのではありませんか」

「富士山の――何処にあるのですか？」

「奥の宮は――山頂ですね」

多々良はあっさりと云った。

「山頂ですか。登れる——でしょうか」

「女人禁制は昔のことでしょう。今は女性でも登っていい筈ですよ、慥か」

「登れるのでしょうけれど」

簡単ではないだろう。多々良はそこでやけに吃驚したような顔をした。

「あ？　そう云う意味ではないのですか？　違いますよね。はあ、あ、登るの大変か」

そこで碩学の男は体格に似付かわしくない高い声で笑った。

「すいません。慥か本宮は南西の麓にあったと思いますよ。富士宮だったかな」

多々良はそこでまた汗を拭いた。照れ笑いだったようだ。

「失礼。それから——石長姫ですね」

多々良は寝癖が少し付いた髪を掻き回した。

「滋賀の草津に伊砂砂神社と云う神社があって、そこの主祭神が慥か——石長姫だったと思いますね」

本当に憶えているのだ。

茜は少し感心した。多々良は続けた。

「他にもきっとあるんだと思いますけどね。これぱっかりは——織作さん、神社の祭神と云うのは思いの外、当てにならないものなんです」

「当てにならないと申しますと？」

「文字通り当てにならない。名前だけだったりします。経歴詐称と云うのが出来ちゃったでしょ。あれで神様に格が出来てしまったんですね。これはまあ善くあることです。道教の神様なんかは完全に現世の官僚の仕組みになってたりしますから。偉い、偉くないがある。そりゃ神様は偉い方がいいです。だから余り偉くない神を祀っていたところは、虚偽の申告をする。元元の主祭神を脇に除けて、有名な神様を真ん中に立てたり、そう云う細工をする訳です」

「そんなことが——あるのですか」

「昔からあることです。例えば、支配者側にとって都合の悪い神と云うのは居る。そう云うのは消す」

「消す？」

「消すんです。体制に与した神と差し替える。信仰の形態は残して神の名前だけ差し替える。後世の者には解りませんね、こう云う改竄作業が行われた場合は。文献からして捏造されますから。考えてみれば解ることですが、神道が体系化される遥か以前から、田の神も山の神も竈の神も祀られてた訳です。しかし神社の祭神となると、何何の命と、小難しい名前があるでしょう。あれは変です。明治以降は特にそう云う傾向が強くなって。実際訳の解らないものを祀ってたりする訳ですよ、小さな祠は」

「訳の解らないもの——ですか？」

「解らないと云うより相応しくないものですかね。転んで死んだ婆さん祀ってたり、聞いたこともない珍妙な神様祀ってたりする。でも、それでは通らないから、適当——適当ではないんでしょうけど、記紀の神様の名を申告する訳ですよ」

「すると——」

「そう。これは行って確かめなきゃ解らないんですよ。行っても解らないことも多いですが。御神体は見せないのが普通ですし。中禅寺君は完全な書斎派ですから何処へも行きませんが、僕はフィールドワークが中心ですから、どこでも行きます。事実、甲府の山の中に誰も知らない中国の妖怪を御神体にしてた神社がありましたよ。名前も、普通は知らない名前で、形も誰も知らない。僕は知っていたから、ああ中国産だとすぐ解ったけれども、普通何だか解らないですよ。中国ならいい方で、善く善く見ると東南亜細亜の神様だったりしますからね」

「はあ——すると石長姫なんかは」

「云っちゃ悪いですが姉神なのに、妹神に比べるとドンと格が下がってしまいますね。だから、失われてしまったかもしれません。あ——」

多々良は短く叫んだ。

「如何しました？」

「お、思い出しました」

「何をです？」

「そうそう。姉と妹、姉と妹ですよ。織作さん、こんな昔噺知りませんか？　富士山と浅間山は姉妹だったと云うお噺です——」

「姉妹——なんですか？」

「はい。山の神様は女ですから、兄弟じゃないのです。姉妹です。それで、富士山が妹です。この姉妹は離れて暮らしているので、富士山はお姉さんの顔が見たくッて、背伸びをし続けてあんなに背が高くなった——」

妹が——。

背伸び。

「今のは、信州南佐久に伝わる短い昔噺です。富士山は八ケ岳とは殴り合いの喧嘩をしたんだそうですが、浅間山とは仲が良かったんです。これと同じような噺が伊豆半島に伝わっています」

——また伊豆だ。

「下田に——ペリーが来た下田港のある下田です。そこに下田富士と呼ばれる小さな、丘のような山があるんです。これが、矢張り駿河富士の〝姉〟なんだそうです」

「姉——？　富士山は——妹なんですか？」

何故妹なのだ？

「そう、普通は大きい方を年長と見るのが当たり前の感覚ですよね。でも富士山の祭神は先程云った通り木花咲耶姫で、その木花咲耶姫は〝妹〟と云う属性を持っていた訳です。だからそれを祭神とした段階で、富士山には便宜上〝姉〟が必要になってしまったんです。だからあちこちに姉が出来た。こうした云い伝えは、駿河富士の祭神を決めた後に生まれたものですよね。きっと。だから例えば浅間山も、姉と云うなら石長姫の筈なんだけれど、そんな話は伝わっていない。あくまで駿河富士の祭神を拠り所として発生した口碑だからです。ところが――」

多々良は一層愉しそうな顔になった。

「下田富士の場合は石長姫と云う固有名詞が伝わっている――と報告されています。僕は直接行っていませんが、この見解は多くの文献に散見している」

「石長姫の山と――云われているのですか」

そうなんです、それを思い出したんです――と、多々良は興奮気味に云った。

「この場合、信州の伝説と一味違うのは、物語の主役が駿河富士ではなくて下田富士の方だと云うところですね。下田富士こと石長姫の容姿が醜かったことが、物語の発端となるのです」

「それはどう云う――」

「はい石長姫は醜かった。そして妹の木花咲耶姫は美しかった。石長姫は、遠目で見る妹があんまり美しいので、激しく嫉妬をして、顔も見たくないと云って身を屈め、そっぽを向いて、おまけに天城山を屛風代わりに周りに立て巡らせ、姿を隠してしまうんです。妹から見えないように」

「嫉妬――して？」

「そう。嫉妬して。ところが妹の方は気立ての優しい娘だったから、そんな姉が心配だ。そこでひと目でも顔を見ようと、姉様姉様と背伸びをする。下田富士の方は見られたくないからこう、背中を丸めて縮む。結局駿河富士は、天城の高さを越えてあんなにも堂堂と高くなり、下田富士の方は卑屈に小さくなってしまった――と云うお話です」

嫌な――話だ。

「これは記紀神話とは無関係な土着の口碑ですが、一応美醜の設定など、神格の基本線は踏襲しているでしょ。神話では殆ど心理を窺い知ることの出来ない記号のような石長姫が、妙に生生しい」

「え？　すると、その下田富士に？」

「そうです。それから西伊豆は雲見、烏帽子山の雲見浅間神社と云う祠にも同じ伝説があったと記憶していますけど――、まあ、石長姫は伊豆の下田、下田富士と呼ばれるちっぽけな山の天辺の祠に居ます」

――そこだ。

茜はそう思った。

織作家の二体の神像は駿河富士と下田富士に奉納するしかあるまい。それが何より相応しいだろう。姉を想い、結局高みから見下ろす妹と、妹を妬み、結局下から見上げる姉――。

多々良は恥ずかしそうに、少しはお役に立ちましたか――と云った。茜は大変助かりました――と答えた。中禅寺の代役としての多々良は、この場合多分申し分のない人材だったろう。多々良はそれは良かったと云ってから、高い声でキキキと笑った。

何か礼をしたいと申し出たのだが固辞されて、仕方がなく茜はお茶の代金だけを払うことにして退出した。多々良は再びおとろしのことを考え始めたのに違いない。精算中に幾度か振り返って会釈をしたが、大陸が専門の妖怪研究家は心此処に在らずと云った面持ちで、虚空を凝視ては万年筆を走らせるばかりだった。

店を出た。

風が強い。

多々良の話は面白かったし、収穫も大いにあったのだが、茜はそれ程清清しい気持ちではない。四六時中、何か他のこと――例えばお化けの成り立ちでも神社の歴史でも何でもいいのだが――兎に角そうしたことを考えて、その思索の海に没入して生きられたなら、どんなに愉しいだろうと、茜は夢想する。

それは現実逃避なのだろうか。

現実から目を背け、観念の迷宮に逃げ込みたいと云う、逃避願望の顕れに過ぎないのだろうか。

——どれ程の差があると云うのだ。

現実だって観念として認識されるじゃないか。

——それなのに。

茜は腥くも無価値な現実の権化と対峙するべく一路目黒へと向かった。図らずも約束の時間には間に合うようだった。長引けばすっぽかすつもりでいたのに。長引くことを望んでもいたのに。

突風が茜の纏まりのない黒髪を容赦なく乱した。

幅の広い緩やかな坂を下り、人影の疎らな広小路を進む。四つ辻を左に曲がると屋敷が見える——筈である。

屋敷が確認出来た。

道は地図の通りに造られている。

勿論、その感想は本末転倒である。先ず道ありきで地図は作られるのだから、同じなのは自明の理だろう。しかし茜にとっては先ず地図があった訳で、つまり先行した情報提供が実体験を予定調和的追体験へと堕しめてしまった訳である。

実地見聞と思索。現実と観念。経験的なものと非経験的なもの。

肉体と精神が不可分であるのなら、それらもまた不可分なものなのではあるまいか。統御出来ぬ領域を統御したくなる欲求は、統御出来る領域が統御出来なくなる惧れにその根を持っている。だから人は不規則な大地に規則正しく道を刻む。それでも足りずに地図に記す。都市と云うのは具現化された観念である。

だから茜は観念の中に立っている。

しかし、観念と云う天使は実体を得た段階で既にその観念としての純潔を捨てている。だから徐徐に現実の悪魔に蝕まれて行く。否、それは具象化した段階で既に天使の振りをした悪魔そのものである。人はそれを知っている。知っていて繰り返す。何度でも不安になって、何度でも同じ過ちを繰り返す。

そんな鼬ごっこの無限反復の中に、果して幸せはあるのか——と、織作茜は思った。

地図の通りに進んで。

門前に至った。

躊躇う。

扉が勝手に開く。

そこには津村が立っていた。

「ようこそいらっしゃいました。御前がお待ちでございます——」

馬鹿馬鹿しく広い玄関。

目黒にある羽田隆三の別宅である。

メイドがいらっしゃいませと云って深く辞儀をして上履きを勧めた。

きっと空襲で焼けたのだろう。戦後になってから建て替えたものらしく、建物は新築同様だった。

いかれた装飾の部屋には趣味の悪い飾り物が沢山並んでいた。茜の家も旧家だったから骨董の類は見慣れているのだが、そこにあるのは侘でも寂でもなく、かと云って雅でもなく、寧ろ毒だった。

毒毒しい色彩の中央に、皺くちゃの老人が笑っていた。

「よう来なはった。待っておったで」

「この度は――色色とお世話になりました」

「他人行儀やな。叔父姪の仲やないか。本気でそう思うとるんならこっちも本気で世話しようかい。それとも世話してくれる気ィやろか？」

無視するしかない。

老人は眼を細め、ふうんと息を漏らした。

「この間会った時は面喰らったが、洋装もええやないか。なんや花に毒気があるわ。まあ職業婦人になる気ならいつまでも和装云う訳にもいかんやろ」

老人は葉巻を咥えたまま喋るので、紫煙がゆらゆらと揺れた。

「それで決心は付いたんやな」

「決心と申しますと」

「誤魔化したらあかん。資料館の運営や。それが条件やないかい」

「それは――」

まあ悠寛話しまひょ――と笑い乍ら云って、老人は茜に着席を勧めた。それから珈琲がええか紅茶がええか、菓子は食わんかと尋いた。茜が何でも結構ですと云うと、老人は手元の鐘をかんかんと鳴らしてメイドを呼び付け、ごちゃごちゃと云い付けた。

それから急に横に突ッ立っている津村を見て、思い出したように茜に向き直り、珍妙な表情を浮かべて、せやせや先日の話やけどな――と云った。

「何のことでございますか」

「探偵やがな」

「探偵？　ああ」

「あんたに周旋頼んだ探偵やがな」

榎木津のことだろう。茜は忘れていた。

「断わられましたか？　それともまだ連絡が付きませんのでしょうか。柴田会長にはあの後すぐに打診しておきましたが」

「そら平気や。ま、あんたが間に入ってくれたお蔭でな、柴田通じて榎木津元子爵の方には割とすんなり渡りを付けることが出来たんやがな。しッかしあの榎木津幹麿ちゅうおっさんは人を喰った男やど。華族ちゅうのは皆ああなんかな。ええ齢こいて浮き世離れしとる云うか何と云うか、まああ、一応は大物やからな。儂が直直に出向いたんやが。そしたらあんた、応接室で亀を放し飼いにしとったがな。亀やぞ。亀飼うか？　普通。まあそんなことはええんやが、兎に角な、昨日この津村に行って貰うたんや。ええと、薔薇十字探偵社か。そうしたら——」

「どうしたのです」

「すっぽかされた」

「まあ」

茜は笑った。

あの男ならやり兼ねないと思ったのだ。

「天下の羽田隆三の使者をすっぽかすとは、大した度胸やで。まあ大物やとは思うがな。親が親なら子も子だわ。手伝いの丁稚小僧みたいなのが独り居って、おろおろするばかりだったそうやで。せやな？　津村」

横で直立不動に固まっていた秘書は、左様でございます——と答えた。

「そうなんや。だからどれだけ腕がええか知らんが駄目や。使えん。そこで——やな」

老人は咳払いをし、胸のポケットからチーフを抜いて口許を拭って前屈みになった。

「責任を取って貰えんやろか」

「私に——ですか」

どう——責任を取れと云うのだろう。

ひと悶着起きるかもしれぬと予想はしていた。

——それにしても。

真逆茜に探偵の代わりをしろ——と云う訳でもあるまい。そんな馬鹿なことを云い出す玉ではない。茜に探偵が務まる訳がない。多分それをネタにして難癖でも付けるように云い寄って来るに違いない。

茜は眉根を寄せた。

「私にどうしろと」

「だから、だだ捏ねんと約束通り徐福資料館に協力してくれ云うてんねん」

「それが——責任を取ることになるのですか」

なるんや——と老人は明言した。

「事情が変わったんや。インチキ風水師の企み暴くことと徐福資料館建設することは、別の話ではのうなったんや。繋がりよった」

吐き捨てるような口調だった。

「善く呑み込めないのですけれど——そう云えば先日、御前は慥か研究会の運営を任せている方が信用出来なくなったとか——そんなことを仰っていたように記憶していますが、それと関係のあることですか？」

「大ありや」

老人は皺を深くし顔を歪めて渋面を作ったが、すぐに笑顔に戻った。そして、

「あんた、今度は憶えておってくれたんやな」

と嬉しそうに云った。

「あのな、その研究会任せとる東野云うオッサンやがな——そのオッサンが、伊豆に研究所建てたらどないだと、儂に進言しよってな、それで儂も今回の法人化を思い付いたと、そう云う話をしたやろ」

「お聞きしました」

「その土地云うのがな、おい津村」

「はい」

津村は用意してあったらしい大きな紙の帙を持って茜の横に立ち、帙から丸めた紙を抜き出して広げた。それは——地図だった。

「ええか。そこの赤く囲んである場所や。伊豆半島の田方平野、韮山の山ン中や」

老人は顎で示した。

「何にもないやろ？　道もないんじゃ」

憶かに地図の上ではただの山である。

「国有地やと思うとった。ところがな、持ち主は居ったがな。せやから買おうと思えば商談は出来る。しかし立地がええところとは思えん。同じ静岡でも徐福縁故の土地はなんぼでもある訳や。甲州の富士吉田かて近いやろ。せやからどこでもええねん」

「その東野さんがこの場所を推す理由と云うのは何なのですか？　わざわざ御前に進言する程ですから、余程の理由があるのでしょう。真逆何もなしと云う訳ではございませんでしょう？」

「うん。それは先ず、富士が見えることや」

「富士――」

妹の山。

「その辺りでしたら富士の見えぬ場所を捜す方が難しくはありませんか？　それに、そんな理由なら、それこそ甲府でも関東でも、何処でもいいと云うことになります」

あんたの云う通りや――老人は顎を引いた。

「もうひとつの理由は、そこが徐福縁故の土地とは離れとる云うことや。それは解るな？」

「どこか一箇所に近いと、研究所建設の事実自体がその土地の正当性を証明する憑拠となり兼ねない、と云う政治的判断ですか？」

「そう云うこっちゃな。ま、こら単純に利益配分の問題でもある訳や。文化事業云うたかて経済活動の一環に組み込まれておるのに違いはない。建設にしても何にしても地場の産業の利益に何等かの形では関わってしまう訳やろ。何や小洒落たモンが出来よる、よっしゃそれ肴にして観光地化したろと、そう思うのが人情やないか。せやったらうちとこは先行投資しよか、いやうちとこは色々優遇しまっせ、と誘致合戦が起きる。そう云うんは研究会の本意やない。徐福が真実来た場所はここや——と決めようなんて、思とりゃせんのや。決められるもんやない。せやからその考え方は解らんでもない訳やが——」

「解らないと云うお顔です」

「解らん。富士が見える場所——こらええ。徐福が富士に登った云う話は伝わっておる訳やし、富士こそ蓬莱と云う者は居る。尤も儂はこの日本列島そのものが蓬莱なんやと、そう思うとるがな。徐福の求めた蓬莱山はどこそこじゃとは決められんわい。ただ、決められん以上、取り敢えず我が国を象徴する富士の山を選ぼうやないかと、これもまあ解るわい。でもまあ、あんたの云う通りや。どこでもええねん。そこに拘泥る理由が解らんのや。何で韮山なんや」

「結局理由はないのですね」

「儂はな、結果東野も怪しい思うようになってな」

老人は秘書に視線を送った。

「はい。『徐福研究会』主宰東野鉄男(てつお)氏の身許(みもと)を当方で調査致しましたところ、流布している経歴は凡て虚偽のものであり、また姓名も偽名であることが判明しております。戸籍上、氏に該当すると思われる東野鉄男なる人物は存在しません——」

秘書は矢張り事務的な口調で云った。

「儂はそんな男を信用してたんや」

老人は葉巻を卓上で揉み消した。

「騙されたわ。学究肌の、欲のない男やと、この五年間ずっと思うてた。疑うたことなど一度もないわい。茜はん。儂はな、人を見る目ェだけは自信あんねん。せやからこりゃ屈辱や。あんたの前やから白状するがな、他の者の前では云えるこっちゃない。これやったら風水信じたボンクラ社長と同じやないか。否、ボンクラより悪いわい。風水野郎は向こうから取り入って来たんや。儂の場合は自発的にあのオッサンを選んで登用したんやからな」

「御前」

「なんや」

「それは本当に御前の自発的な判断なのですか」

「そうや」

「——そうでしょうか」

「違う云うんか」

——違うかもしれぬ。

茜には解る。

「東野さんは甲府で徐福を研究している方だと聞きましたが、本業は何をしていた——いいえ、何をしていると云っていたのでしょう？」

「何もしてへん。財産喰い潰して暮らしとった。理学博士の学位だか持っておって、何でも陸軍で兵器開発しておったとか云うておったが——嘘だった訳やな。免状だか見せられた憶えはあるが」

「何故お知り合いに？」

「ああ。儂が徐福徐福云うとるンを聞いた男がな、おもろいオッサンがおるで云うて紹介してくれた」

「それは誰です」

老人は茜でも知っている代議士の名前を云った。

「云っておくが代議士の紹介やから信用した訳やないで。信用したのは儂の裁量や。間違う(まちご)ておったがな。まあ、儂等は意気投合して研究会作ろう云うことになった。儂が金出す。東野は手間と頭を使う。これで決まった。ただな、儂は東野に報酬は支払う(しはろ)てない。奴は一銭も儲かってはおらん筈や」

「研究会を発足させた時、構成員はどのようにして集められたのですか？」

「そら口伝てや。広告打った訳やない。先ず大学の教授やな。勿論徐福縁故の地の出身者に当たった。それから市町村。で、在野の連中を捜した。最初声を掛けたのは十人に満たなんだが、横の繋がり云うのはあるものや。結構集まったで」

「すると——こちらから声を掛けた十人以外の会員は殆どが推薦で？」

「胡散臭いのもおったから篩にかけたがな」

「篩の目はどのようにして決めたのです？」

「入会基準は邪な考えがあるかないかや」

「御前にしては曖昧な基準ですが？」

「云い直す。会の活動を通じて特定の個人及び団体が利潤を得られるような、そう云う会の使い方が出来る立場にあるかないかや。選挙活動やとか思想運動やとか、そう云う金銭的ならぬ利ィも含めてやけどな」

「そうですか——東野さんも勿論その基準には引っ掛からなかった訳ですね？」

「掛からんな。儲けも得もなし。寧ろ損をしておる筈や。会誌の編集云うたら何や彼やと時間も手間も掛かりよる。出費は嵩む。儂は伝票の回って来るものしか払わへんからな。印刷製本発送と、まあそれくらいや。発会当初から出納帳簿も付けておるが不審な点はない。せやな津村」

津村はそのように承っております——と云った。

「するとこの五年間、東野さんは御前にとって何も不都合なことをしていない――と云うことですね。ただ名前と身分を詐称していたこと以外は」

老人はそれで十分じゃ――と云った。

「十分過ぎる背信や。悪事働いてるなら兎も角、何のために隠さにゃならんのや」

それは――。

――簡単な仕掛けではないのかもしれない。

目先のことに惑わされてはならぬ。

「これが東野や」

老人は手許から写真を一枚放った。

写真は卓上を滑って、広げられた地図の下に入った。茜は地図を捲ってそれを手に取った。

実直そうな初老の男が、卓袱台の横に端座っている。周りには資料らしきものが山のように積み上げてある。はだけた和服の胸許に覗く、丸首の襯衣が野暮ったい。見てくれなど全く気にしていない。

茜は多々良のことを思い出した。積まれた紙類の所為か。それとも学究の徒の醸す雰囲気と云うのはどこか似ているものなのか。

「この人が――経歴を詐称していたのですか」

「詐称して得のある顔でもないやろ」

「でも——詐称しなければいられない——と、云うこともございますわ」

「どう云う意味や？」

「何かを企んでいるのではなく——」

「過去に——罪を犯した——云うことか？」

「例えば——です」

それは考えても見なかったわ——と老人は気の抜けた声を出して反っくり返った。

「流石やで茜はん。それはあるで。あのオッサン若い頃何かやらかしたんか？　ううん」

「しかしもしそうだとすると——紹介者の方は難しい立場になりますわ。現役の代議士ですから——その紹介者は東野さんの経歴詐称に就いては御存知なのですか？　彼とはどう云う御関係なのです」

それや——と老人は膝を打った。

「奴は東野のことを憶えておらん云うんや。儂に紹介した憶えもない云う。まだ惚ける齢でもあるまいと思うとったんやが——さよか。あの狸親爺何か隠しておるんやな。小汚いわい政治家——」

この男に汚いと罵られたのでは、政治家と雖も可哀想だと——茜は思う。それに、その代議士は嘘を吐いていないのではないかとも思った。何の確証もないのだけれど。

茜は再び地図を見た。

「それより御前。その――風水師の一件は如何なっているのでございますか。私は――使えない探偵を周旋した責任を取らなければいけないのでは――なかったのですか？」

「そや。その話や」

老人は二度咳払いをした。

それを合図にするようにメイドが何人も入室して来て、次次と茶や菓子を卓上に並べた。

老人は、まあ一服せい――と云った。それでも津村は茜の右斜め後ろで微動だにせず畏まっている。茜は気にせず茶を飲んだ。

「ええか。そのな、我が社のボンクラ社長が南雲云うインチキ風水師にだまくらかされた話はこの間したな？　憶えとるか」

「エテ公の誓いをしませんでしたから憶えております。伊豆の土地購入と本社社屋移転を推奨したと」

「勿論止めさせたが――津村」

「はい」

津村は再び帙から紙を抜き出した。

「それは――南雲が風水で選んだ新本社の建設推奨地や。本人はあくまで占いで導き出した云うとる」

津村は紙を広げて地図の上に乗せた。

「これは——」

それもまた地図であった。

その。

枠で囲まれている部分——。

「そうや」

全く同じ場所やろ——老人はそう云った。

慥かに、寸分違わぬ場所に印が付けられていた。

「勿論偶然では——ありませんね」

「偶然やない」

老人は断言した。

「どう思う？　経歴を詐称する二人の男が、利用価値の低い同じ土地を、一方は企業騙して、一方は儂を誑かして手に入れようとしておる訳やろ」

「そう——なりますね」

「そこ、そんないい場所と違うで。交通の便も無茶苦茶悪い片田舎の山の中や。そんな土地を何故欲しがる？　在野の学者と風水師が何故取り合う？　奴等互いに互いのことは知らんのやで。これは何なのや？　いったい何の悪巫山戯なんや？　怪しいやないか」

悪巫山戯――。

それが一番しっくり来る解答のような気がした。まともな考察は加えるだけ無駄と云う気がする。大いなる無意味――これは、まさに無意味な符合なのではないのか。

老人は前屈みになる。

「その土地――な。何人か持ち主おんねん。里に近い方は三木云う女の名義になっとる。山の方は林業やってる加藤云うオッサンが持っておる。真ん中は調査中や。善く判らん。何故かと云うとな、そこン処――真ん中の辺りはな、戦時中は軍部が、占領中はＧＨＱが押さえてるんやな」

「軍部が？」

「陸軍やな。ＧＨＱまで一枚咬んでおる云うんが解らん。訳が解らん。でもな、そこは間違っても駐留基地なんかやないで。山の中や。こら怪訝しいやろ。何にもない処やのに。地図で見る限りただの山肌やろ。道の一本もないんやで。絶対何かあるわ。そう思うてな――津村。出しや」

津村は最後の地図――らしきものを出した。

しかしそれは前の二枚とは違い、大きく引き伸ばした写真のようだった。

「そんなもんを手に入れた」

老人は再び顎で示した。

「見てみ。それはな、米軍が撮った航空写真や。八方手ェ尽くして漸く手に入れたものや。その地図は、その写真を基にして描かれてるんやな。せやから写真に写っておるものは地図にないといかん。地図にないもんは写真に写っておっては困る。見てみィ」

茜はその大きな印画紙を見た。

その場所には――。

大きな屋敷がくっきりと写っていた。

3

さわさわと風に靡く黒髪が心地良かった。

磨り減った石段は必ずしも等間隔には刻まれておらず、登るに連れて自然石の様相を呈し始めた。

参道入口付近は顕かに直線的な階段だった。しかしこのまま登り続けたら、頂上に着く前に階段は人工物としての主張さえやめてしまうかもしれぬ。そうなるとただの凸凹した坂である。

下田富士は山と云うより塚と云った方が相応しいような小さな隆起だった。慥かに小さいのだが、その立ち上がり方が実に異様で、古い平屋の居並ぶ中に突如として山肌が覗いている景観は、まるで大きな山の写真を切り取って出鱈目に空に貼ったが如くでもあり、形も富士と呼ぶには矢張り歪つで、山頂近く、処処切り立った岩肌が露出している様は、奇異な風景ではあるものの美しいとは云い難かった。

ただ中中印象的な容姿ではあった。だから場所を聞かずともすぐに判った。

念の為、麓の寺で問うてもみたが、矢張りそこが下田富士だと云うことだった。

三十何年程前にお祭りがあったねえ——と寺の大黒は云った。六十年に一度、庚申の年に山頂の浅間社の大祭が行われるのだそうである。大祭と大祭の間にも小さな祭りはあるのだそうで、それは本来三年前の筈なのだが、さてやったかどうだか記憶にないと、気さくな住職夫人は語った。

織作茜が津村信吾と共に伊豆に入ったのは、六月十一日のことである。目的は勿論、韮山のあの土地の実地見聞をすることなのであるが——茜は少少無理を云って、先ず下田に直行させて貰ったのだ。

神像を奉納するためである。

二体の神像を然るべきところに納めることが叶った暁には、その時こそ迷うことなく羽田隆三の側近にでも何にでもなりましょうと——そう茜は老人に云ったのである。

小さな祠が参道脇に見えた。

浅間社ではない。参道はまだ先まで続いている。祠を眺めつつ後ろを見る。少し離れて津村が大きな風呂敷包みを大事そうに抱えて、一歩ずつ丁寧に石段を踏んでいる。寡黙な男である。

「津村さん——」

顔を上げる。この男は——茜より少し若い。

「——何だか申し訳ありません」

「お気遣いなく。仕事ですから」

津村はそう云った。

「仕事ではありません。それは私の——」

「あなたのお手伝いをしろと主人から命じられております。ですから自分の仕事はあなたのお手伝いです。何なりとお申し付けください」

「そう頑なに仰られても私の気は済みませんわ。でも、そこまで仰るなら申し付けましょう。もっと楽にしてくださいまし」

「これが——楽なのですが」

津村は甚く真面目な顔でそう云った。

茜は笑った。

階段は益益摩滅の度合いを進めている。風化しているかのようである。雑草やら藪やらが、左右から徐徐に幅を利かせ始めている。

「あの記事ですけれど——」

茜は後ろを見ずに云った。

「——津村さんが発見された地方新聞の記事。あれは本当のことなんですね——」

何か判ったのですか——と、背中で津村が問う。

「それにしても善く見付けましたね。津村さん」

茜は振り向く。

「それは——偶然です」

「素敵な偶然ですわね」

「は——？」

茜はそのまま前に向き直り、登る速度を速めた。

「お——織作様」

「茜——で結構です津村さん」

そうは参りません——と津村は云った。

「あなたは我が主、羽田隆三の——」

「私が津村様とお呼びしたらば、様は止めるようにと、津村さんそう仰いましたでしょう」

「自分は——使用人です」

「私も同じです。羽田隆三の配下の者——になるのでしょう？　同僚ですわ」

津村は呆れたような顔をして立ち止まった。そして呟くように、

「お変わりに——なりました——」

と云った。

——矢張り。

「昔の私を御存知なのですね？」

「ああ――」

津村は僅(わず)か目を泳がせた。

「――お父上の御葬儀の際、私が名代として御焼香にお伺い致しました。その際に――あ、あなたは泣いておられた。それから御主人の御葬儀の時も」

「葬儀で泣くのは普通のことです」

「はい。ただ私は――悲しんでいるあなたしか知らなかったものですから――」

「あの記事――全国紙にも載っていましたわ」

「え？」

茜は再び登り始める。

「静岡県某所の山村で住民がまるごと失踪――と云う記事を見付けましたの。津村さんの発見した記事の翌日の日付けになっていました。大量殺人の可能性もあり云々捜査に乗り出す方針云々と――記されておりました。但し後追いの記事はありません。場所も特定出来ません。ただ韮山の近郊であると云うこと以外は――」

そうですか――と、津村は云った。

参道脇に、再び朽ちた祠が現れる。

最初のものより更に小さい。

これも浅間社ではないだろう。石段の横に高札が立っていたが、字は擦(かす)れて消え、殆(ほとん)ど読めなかった。確認する気もない。

西方の空から雲がかかり始めていた。

「下田はいいところですわ。あの民家の壁、あれは何と云うのですか？」

「海鼠壁(なまこかべ)――ですか」

「そうそう。あれは――意匠(デザイン)なのでしょうか」

「いえ、実用的なものです」

「実用？　ただの模様ではないのですか」

「防風と防火です。あれは建物の外側を海鼠瓦(なまこがわら)で包み、継ぎ目を漆喰(しっくい)で何度も塗り固めたものです。下田は台風による被害が多いし、道幅が狭く家並みが混雑しているため、火災の際は類焼を防ぐ意味でも工夫が必要だったのだと――」

「まあ、割と深刻な意味があるのですね？」

「そう――だと聞いています」

「私は子供の頃聞いた話なんかすっかり忘れておりますけれど――善く憶えていらっしゃいますわね、津村さん。記憶力が宜しいのかしら。そうでなくては羽田隆三の秘書など務まりませんものね」

津村は、はあ――と云った。

茜は立ち止まった。

「一休みしませんか。重たいでしょう津村さん」

多分もう間もなく山頂なのだろう。

茜は半巾（ハンカチ）を出して石段に敷き、腰を下ろした。

「台風でも来るのでしょうか。困ります」

「この雲行きなら大丈夫だとは思いますが――」

津村は風呂敷を持ったまま立っている。

「でも――この前はあっと云う間に降りましたでしょう。私あの時慌てて傘を買ったのです。それでも濡れて仕舞って、酷い目に遭いました。髪の毛がこんなですから――濡れ髪だとみっともなくて」

「そう――ですか」

「ええ。あ、そうそう。あの時買った傘――偶偶（たまたま）買った割には気に入っていたんですけど、どうやら紛失（なく）してしまったようなんです。また急に降られるといけないと思って、伊豆（ここ）にも持って来たんですけど――津村さん御存知ありません？」

「え？　どんな――傘ですか？」

「あの――地味な――ほら」

「臙脂（えんじ）の柄物の傘ですか？」

「そうそう。流石に記憶が正確ですわ。あの柄が」

「真っ直ぐな？」

「ええ。その傘です。車のトランクかしら？」

「あの傘――ですか。記憶にございませんね。持っていらっしゃいましたか？　自分の記憶では、慥(たし)かお荷物は今お持ちの鞄だけだったように思いますが」

「そうですか。ホテルに置いて来たのでしょうか」

茜は空を見上げる。僅かに青かった空は、色を失いつつある。津村は座る様子もない。

「私――一昨日に東野さんに会いましたわ」

「そう――なんですか？」

「御存知でしたでしょう？」

「存じませんが」

「まあ――御前の指示でもございますまいに」

「何が――です？」

「甲府にいらしたこと」

「参りません。自分はずっと東京に――」

「今思い出しました。私――あの臙脂の傘、甲府の駅に忘れて来たんです。どしゃ降りでしたけれど、帰りはすっかり晴れていましたものね」

「あ、あなた――」

津村は眼を細めて茜を凝視した。

「東野さん――あの方は貴方の思った通り、甲府の出身ではないようでしたわね。それより津村さん。あの――お隣の家はいつお借りになったのです？」

「ご――御存知だったのですか」

「存じておりますわ、津村信吾さん。津村辰蔵さんの息子さん――なのでしょうか？」

津村は大きく溜め息を吐き出して、少しだけ小さくなった。ぴんと伸びていた背筋の緊張が緩んだのだろう。羽田隆三の有能な第一秘書は知り合って二月近く経って漸く、茜の前でその肩書きを外した。

置いても宜しいですか――と津村は尋いた。

ただの木片ですから――と茜は答えた。

津村は風呂敷包みを丁寧に地面に置き、茜の横に腰を下ろした。

津村は僅かに微笑んでいた。

「どうやらあなたに隠し事は出来ないようですね。油断のならない人だあなたは。それより茜さん。どうして判ったのです？　僕がその――」

「嫌ですわ。貴方は、判って欲しくッてあんな記事を私に見せたのでしょう？」

「それは――そうです。否定はしません。でも」

「あの記事、それは古新聞なのですから古びていても当然なんですけど、でも見せて戴いた切り抜きは切り取ってから時間が経ち過ぎていました。折り目が新しくありません。それから裏面が汚れていた。四つ折りにして長く仕舞っておいたものでしょう」

「その通りです」

「そして――記事中に津村の二文字があるのですから――それに就いて、貴方は慥か、闇雲、且つ具に調べていたら、自分と同じ姓が目に飛び込んで来て、それが発見に繋がったのだ――と仰いました」

「苦しい嘘――でしたか。そうでも云わないと――何だか偶然が勝ち過ぎているような気がしまして――」

津村は神妙な顔で云う。

茜はいっそう可笑しくなる。

「それはお考え違いと云うものです。偶然は常に最強ですわ。その証拠に、人は滅多に起こらぬことが起きた時だけ、偶然だ偶然だと騒ぎますでしょう。平素目にすることは、仮令偶然でも騒ぎませんわ。一番都合の良い偶然は必然と呼んでしまう」

「僕は――嘘が下手ですか」

「人には向き不向きと云うものがございますから。もし――貴方が、どうしても嘘を吐こうとお思いなら、御自分が周囲に如何受け止められているか、それをもっと知るべきです」

「周囲に、ですか」

「ええ。今回だって、名前のことには一切触れず、問われてもただの偶然と突ッ撥ねていれば、私も疑わなかったでしょう」

「今後の参考にさせて戴きます」

津村はそう云った。

「でも俄か探偵を仰せつかった私にとって、あの新聞記事を提供して戴いたことは幸いでしたわ。私はあの記事を信用するところから凡てを始めました」

「信用？」

「大量殺人——先ずそれを事実と仮定してみたのです。それを中心に散り散りになった断片が綺麗な形に収まるような設計図を引いた。それさえ出来てしまえば、後は欠けている処を補い得る事実を捜すだけ——そしてそれは次次に出て来たのです」

「判り易く——御説明ください」

「過去を消し、名前を消して暮らす男——その男が策を弄して欲しがる土地——その土地の近辺の怪しげな噂が記された新聞記事——その記事を提供した男——その男と同じ姓の目撃者——並べてみれば朧げに判って来ます。どうやら津村さん、貴方が無関係とは、私には思えなくなってしまった。そこで、貴方のことを調べさせて貰いました」

「僕のこと——」

「貴方だけは――経歴を詐称していなかったようですし――貴方はこの下田で生まれ育ち、十四年前にお父様が亡くなって――それからお母様と二人で上京した。所謂苦学生です。開戦直後にお母様も亡くなり、やがて徴兵され、復員したのが昭和二十二年。それから甲府に行かれた。葡萄酒醸造会社の会計係になられたのですね？」

「はい。戦友の実家に雇い入れて貰いました」

「ところが――五年前急に退職し、羽田隆三の許に押し掛けて、門前で座り込みをしてまで採用を願ったと――これは真実なのでございますか？」

「真実です。三日座って、四日目に御屋敷に入れて戴きました」

「そうですか――兼ねてより先生をこよなく尊敬しており、外遊中の先生のお姿を拝してより憧憬の念止むところを知らず、弟子入りのつもりで参りました、給金は要りません誠心誠意尽くします――と、本当にそんなことを仰ったのですか？」

津村は照れたように笑い、慥かにそのようなことを申しましたか――と、答えた。

「いったい誰に聞かれたのです」

「御屋敷では有名ですわ。御前にもお尋きしましたし。学歴は高くないが実力はある、誠実で実直だ、いい拾い物をしたものだと大層お褒めになっていらした。そう、貴方はたった三年で、何人か居た先輩を差し置いて側近の第一秘書に昇り詰めた」

「真面目だけが――取り得です」

「貴方には下心があったのではないのですか」

「嘘」

「またそんな嘘を云う」

「僕はそんな——」

「貴方は東野鉄男さんの尻尾を摑むために羽田隆三に取り入った——違いますか？」

津村は唇を嚙んだ。それから云い難そうに、最初は仰る通りでした——と、答え、今はもう忠誠だけが僕の凡てです——と付け足すように云った。

どちらも真実なのだろう。

「貴方は甲府で東野鉄男を見かけ、あることに気付いてしまったのですね。そして密かにその身辺を探り始めたのでしょう。そこに羽田が現れた——その頃から貴方はあの、東野さんの隣の家を借りていらしたのですか？」

「あの辺り一帯の地主は——実は僕の戦友の父親なのです。東野の住んでいる長屋のような家も友人の実家の持ち物です。兼兼取り壊したいとは考えていたらしいですが、六軒の長屋で住んでいるのは東野を含めて三軒。僕は——無償で空き家を使わせて貰っただけです」

「住人が出て行かないので困っていたようです。僕は——無償で空き家を使わせて貰っただけです」

「善く聞こえますでしょう。話し声」

聞こえましたと津村は素直に答えた。

「東野の家には余り客は来ませんでしたが——御前がいらっしゃった時は驚きました。兼ねてより尊敬していたと云うのは——強ち嘘ではなかったものですから」

「そうですか——では。もしや津村さん、貴方は東野鉄男の毒牙から羽田隆三を護る——と云うようなおつもりも？」

「ありました。もし東野が不穏な動きを少しでも見せたなら、その時は早急に排除しようと考えておりました。しかしあの男は五年間、まるで化けの皮を剝がさずに善良な学者を演じていた——」

「それは貴方にしても同じことです。動機は如何あれ、御前に隠し事をしていたことは事実でございましょう。善意であろうが好意であろうが、羽田隆三はそうしたことを絶対に許す男ではありませんでしょうに。特に——貴方は信頼されていた訳ですし」

「茜さん——」

津村は肩に力を入れた。

「御心配なく。私は仮令どんなことがあっても貴方を裏切りません。あの狒親爺に御注進しても何の得もありませんもの。信用して戴いて結構です。その代わり——」

「その代わり？」

「包み隠さず話してください。私は事実を探るよう云われています。それに凡てを知らなければ、貴方を庇うことも出来ませんから」

「わ――判りました」

――落ちた。

茜は津村の強張(こわば)った横顔を見てそう思った。

――嫌な女。

半分ははったりである。しかし確実な証拠などない。勿論推理めいたことはしているし、調べられることは調べている。

――儂はな、他人の心の奥にずかずか踏み込むンが大好きじゃ。

――あんたも儂と同じ質(たち)の人間やと。

同じ質の――。

そう。

老人の目筋は正しい。

隆三の云った通り、茜の中にも隆三はいる。そしてきっと多々良もいる。妹もいる。真(まこと)を求め、理(ことわり)を極めたいと云う欲求は、確実に茜の中にもある。しかし茜の場合、それがそのままの形で顕(あらわ)れることはない。否、顕すことが出来ない。

茜は、臆病で狡猾でもあるのだ。

理も真も人の道ではなく天の道である。身体と切れた、そうした美しい概念達は、きっと両刃(もろは)の剣(つるぎ)なのだろう。人を救ったその太刀筋で容赦なく人を切り刻む。

それ故に——多々良のような生き方は矢張り社会と隔絶しているし、妹は結局——人と断絶してしまったのである。茜には多々良のような超然とした生き方は出来ないし、妹のような熾烈な生き方は尚更出来ないだろうと、そう思う。

真理を見極める探偵は、だから人には務まらぬ。

そして茜は中禅寺を思い出す。

中禅寺は——。

津村は語り始めた。

「父は——記事にある通り巡回研ぎ師でした。元元は刀鍛冶だったそうですが、本当かどうか僕は知らない。夏場は半年かけて伊豆を縦断し、冬の半年は下田を廻る。収入は少なくて、母は蓮台寺の温泉で働いていました」

——そんなことは聞きたくない。

「僕が七つの頃のことです。ならば、昭和九年ですか。その頃伊豆は年々交通の便が良くなって、熱海なんかはどんどん観光地化が進んで、下田でも黒船祭りが毎年行われるようになったりしましてね。母は忙しかったんです。収入的には母の方が多かったのでしょうね。宿泊代もかかりますから、父の仕事は非効率的でした。そんなこともあって僕はその年——父と一緒に伊豆を廻ることになったんです」

楽しかったですよ——と津村は云った。

「河津に出て、それから天城越えをして湯ケ島に至り、そして修善寺、韮山、三島から沼津まで行きます。沼津からは修善寺まで戻って、今度は土肥(とい)、堂ケ島を廻って下田に戻る。のんびりした旅ですよ。その――韮山でのことです。幼かったからきちんとした認識はない。でもあれは多分――」

――問題の場所か。

津村は茜を見て、何も云わずに頷いた。

「酷(ひど)い山道だったことを憶えています。天城峠も大変でしたが、まだ道が広くて、山も深くて、谷川などもあり、子供には面白かったように思います。父がおぶってくれたりもした。でもその道は何だか登ることを拒んでるような、そんな道でした。かなり歩いて、疲れて僕は泣いたんだと思う。泣いたまま父に手を引かれて、気がつくと御殿のようなところにいたんです」

「御殿――ですか」

「はい。そこで僕は、立派なお膳で何か御馳走を戴いた。少し齢上の少女と遊んで貰った憶えもある。後になって地図を見ても、どうも該当する場所がない。夢かと半ば思っていましたが――」

「夢じゃなかった」

「はい」

津村は決然と答えた。

「夢どころか、その幻の村こそが——後に父を死に追い遣ることになる惨劇の村だったのです。契機はあの記事に記された通りです」

「殺戮を目撃した——」

「判りませんよ、真実は。あの新聞は、父の名が出ていることに気付いた誰かがくれたのですね。馬鹿なものを見たものだ、調子に乗って吹聴するとロクなことはないのにと、母は豪く心配していた。でも杞憂では済みませんでした。十五年前、父はその記事に載った切り、冬になっても戻らなかった。戻ったのは一年も経ってから、翌年の夏のことです」

「一年も——ですか？」

「そうです。神隠しか蒸発かと、母はそんなことを云っていたと思います。諦めていたところに戻った父は——廃人同様になっていた」

「廃人同様——とは？」

「狂っていたのかもしれません。自分の名前も思い出せない。言葉もろくに喋れない。ただ遠くを見て端座っている。そんな風でした。それだけじゃない、世間から大嘘吐きと罵られた。勿論記事のことですよ。それだけじゃない、ありとあらゆる悪罵中傷が真しやかに流れていた。売国奴、非国民とまで云われた」

「何故——です」

「勿論意図的に悪い噂を流した奴がいたのだと、僕はそう確信しています。そもそも、それ程酷い心神耗弱状態の者が、どうやって一人で帰って来られるのです？　あれは何か酷いことをされて戻されたんです」

「酷いこと——？」

「父は、戻ってひと月で首を吊って死にました。母と僕はこの下田に居られなくなって、東京に逃げた。しかし母も結局、その時の心労が祟って肺を患い、やがて亡くなりました。僕は——考えた。父を陥れた奴は必ずどこかに居る筈だと。そして思い出したんです。あの記事を——」

母が捨てずに持っていたのだ——と津村は云う。

未練と云うより誇りでしょうね——とも云った。

「母にとってあの記事は、父がこの世に存在した唯一の証しみたいなものだったのかもしれない。あの記事は母のお守り袋に畳んで入っていたものです」

「そう——だったのですか」

茜は云い知れぬ罪悪感を覚える。そんな大切なものを茜はただの紙切れとしてしか見ていなかったからだ。そしてそれは当たり前のことでもある。どれ程大切なものであっても、それは単なる紙切れに過ぎない。

津村は続けた。

「父は——あの記事にあるように、何かとんでもない大惨事を目撃したんでしょう。そのために誘拐監禁されて、拷問のうえ記憶を奪われた。僕はそう推理した。人一人を廃人にしてまで隠さねばならぬことだとすれば——疫病や夜逃げではないでしょう」

「大量殺戮ですか」

「それ以外、僕には考えられませんでした。続報が一切ないこと、世間が全く騒がなかったことも却って不自然です。間違いなら間違いで話題になる筈だ。だから——」

軍部の関与。

茜はそこだけがまだ腑に落ちない。

——何を隠したのか。

「ですから、僕も全貌を摑んでいる訳ではありません。ただ、僕は見て、い、る——」

津村は緩慢と立ち上がった。

「——茜さん、あなたは先程、大量殺戮を信じるところから思索を始めたのだ——と云うようなことを仰った。僕も——全くそうなのです」

「お父さんを——信じたのですね？」

はい——と云って津村は茜に向き直った。

「その惨劇が起きた村は、九分九厘僕が饗応を受けたあの山の村でしょう。あの村の住民が根絶やしにされたと、父は新聞記者に証言した。僕はその父の言葉を信じます」

――大量殺人。

村民全員鏖殺(おうさつ)。現実的な話なのだろうか。

茜の疑念を察したのだろう。殺人はあったんですと津村は云った。

「そしてそれが殺人事件なら、必ず犯人がいる筈だ。そして――もし村人の生き残りがいたとしたら――そいつは犯人か、仮令(たとえ)犯人でなくても犯人側の関係者としか思えない。何故ならそいつは事件に就いてずっと口を噤(つぐ)んでいる訳ですから」

「皆殺しの集落の――生き残り？」

「そう。僕は昭和九年の夏に、あの村の、御殿のようなあの屋敷で、東野鉄男を目撃しているのです」

矢張り(やはり)――そうか。

茜の引いた設計図は狂ってはいなかった。

そうでなくては――理に合わぬのである。

「甲府の町であの男を見た時、僕はただ驚いた。それが如何(どう)云う意味を持つことなのか、自分で正しく認識するのに大分時間がかかりました」

「東野鉄男が犯人だ、と」

「はい。奴が犯人だろう――と僕は思います。あなたもそうお考えですね？」

それが形として一番収まりの良いものであることは間違いない。だが。

「間違いないのですか。東野鉄男さんに」

「間違いはありません。あの男は全く変わっていなかった。容貌も、服装も――」

――そんなことってあるだろうか。

人間の記憶がそれ程当てになるとは茜には思えない。だが一方で、そうした無意識の領域で行われる所謂直感的な判断が強ち非論理的なものでないことも認めなくてはなるまい、とも思う。意識されていないだけで判断自体は理に適っていることも多い。

「東野さんが指定して来た土地、つまりその村があった場所には未だに何か惨劇の証拠が残っているのだと――そう云うことになるのですね？」

「そうです。多分屍体が――残っている」

津村はそう云って遠くを眺めた。韮山の方角か。

十五年経っている。

今更どうなるものでもない。

茜はそうも思う。

――何故今なのだ。

それは占領が解けた所為だ。多分――戦中戦後を通じ、その場所は何等かの事情で軍部や米軍に封鎖されていたのだ。だから犯人も手出し出来なかったのだろう。一方で封鎖されている以上は取り敢えず安心でもある。だが軍は解体され進駐軍は去った。

そこで――。

――証拠の隠蔽工作をする必要が生じた。

それにしても十五年もの時が経過しているのだ。もしも遺体なり証拠なりが発見されたとして、それで事件の全貌が公(おおやけ)になったとしても、例えばその遺体からは犯行年月日を特定することすら難しいのではないか。

だが――。

――記事があるんだ。

凶行は十五年前の昭和十三年六月二十日に津村辰蔵によって目撃されているのだ。その日か、その前日か、いずれ六月の中旬に犯行日は推定されることになるだろう。凶行が行われたのが二十日だとすると――。

――今月の二十日で時効になるのか。

焦っているのだ。土地の購入を強く薦めたのはその所為(せい)なのだろう。急ぐ必要があるのだ。

――後十日の辛抱なんだ。

鏖殺事件が真実ならば、と云う話ではあるのだが。

「僕が気にしているのは南雲の存在なんです」

津村は風呂敷包みを持ち上げた。

「東野に就いて、その経歴が嘘八百であることは最初から調べが付いていた。しかし僕は敢えてそれを伏せておいた。寧ろ発覚することを防いで来た。取り立てて嘘を吐いた訳ではありません。黙っていただけなのですが。少し調べれば誰にでも判ることですし――ただ、ここで東野が失脚してしまっては、尻尾を摑むことも出来なくなりますから。僕はこの五年、半ば己を疑い乍らも凝乎と東野の動向を窺っていたのです。資料館建設の話が出た時は興奮しました。案の定あの土地だ――でも」

茜も立つ。

「それは羽田製鐵本社移築計画の青写真とも重なってしまったと――そう云うことなんですね？」

そうです――そう云って津村は歩き出した。

「時期的なことを云うならば、先に動いたのは風水師です。南雲が何故あんな土地を欲したのか――或は本当に占いで決めたものなのかもしれないのですが――僕が気にしているのはそこなんです。東野の方は間違いなく、土地売買の動向を気にしていての反応だと思うのですが――」

「つまり南雲さんが土地購入を羽田製鐵に薦めたことを察知して、東野さんの方も動いたと云うことですか？　例えば――その二人が共謀していると云う線を考える必要はありませんか？」

「それは――僕も迷うところなんです。少なくとも今までの調査結果からは二人の男の共通点など浮かんで来ない。面識があるとも僕には思えません。今回のことだって、徐福研究会の後見人と羽田製鐵の取締役顧問が同一人だったから発覚したことです。南雲が取り入ったのが別の会社だったら、事件はもう少し単純なものになっていたでしょう」

それはそうだろう。

茜の引いた図面にも南雲の出番はない。無理矢理南雲を組み込もうとすると、もっとずっと大きな絵を描かなくてはならなくなる。例えば、その土地に殺人事件の証拠を凌駕するが如き何かが隠されていると云ったような――非現実的な絵である。

――軍部か。

茜は石段を踏んだ。

「津村さん――」

津村はかなり先に進んでいる。

「明日は――そこへ。その村へ」

韮山へ。

「はい――」

津村は立ち止まって返事をした。

実地見聞(フィールドワーク)で何か判るものだろうか。

茜は摩滅した石の坂を駆け上がった。

左手で神像を抱えた津村が右手を差し出す。

「僕は、あなたを監視しているつもりでした」

「監視ですか」

茜はその手を摑む。

「御前はお父上が亡くなった時からあなた達姉妹のことを気にしておられた。妹さん達が亡くなられた時は逸材を亡くしたと随分と御立腹でしたよ。あの人は――好色ですが、人を見る目だけはお持ちだ」

「好色――ですか？」

それはそうでしょう――と津村は笑った。

「僕はひとり残されたあなたの様子を窺いに何度か安房へ遣わされましたよ。行ったってどうしようもないのに――」

「そう――ですか」

「あなたは泣いてばかりいた。お葬式が終わったって泣いていた。それが――」

「あの頃の私を――見ていたのですか」

「ずっと見ていた――つもりでしたよ。しかし視ているつもりで、結局視られていたのは僕の方だった訳です。全く――油断のならない人だ。あ、鳥居です。頂上だ」

津村の視線を追う。

簡単な鳥居だった。

細やかな頂上である。

茜は駆け上がった。走ったのは久し振りである。

「着きました。あの社でしょう。どうも有り難うございました、津村さん。これでもう、貴方が知っている——」

昔の私を奉納出来ますと——そう茜は云うつもりだった。

しかし——。

茜の言葉はそこで中止された。

——何？

そこは半端な広さを持った山の頂上だった。

社は——確かにある。

トタンで補修された小さな社だった。

流石に参道の脇にあった祠よりは大きかったが、決して立派なものではない。木肌は日に灼け、塗料は剝げ、錆が浮いている。奉納の二文字と梅の紋。黄ばんだ幕が、風ではたはたと揺れていた。

その真横——。

燻んだ、小豆色の被風だ。

ばたばたと風に叩かれてはためいている。

不思議な男が立っていた。

茜は鳥居に手を掛けて静止した。頭上で渇いた音がする。鳥居に渡された細い注連縄が突風に弄ばれる音だ。髪の毛がふわりと風に踊った。

「御参拝ですか――」

低く、なお真っ直ぐな力強い声だった。

「――この神社に？」

男は一歩前に出た。賽銭箱の横に立つ。顔の上半分に屋根の影が落ちている。その黒い影の中から、射竦めるような鋭い視線が発せられ、それは容赦なく茜に注がれている。痛いくらいだ。

「失礼ですが――こちらの神社の方ですか？」

普通の風体ではない。男は白い単衣に被風を羽織り、黒い軽衫袴を穿いている。おまけに脚半まで着けている。男は矢張り善く通る声で答えた。

「ここには禰宜も神官も居ませんよ。私は――」

男の顔が影から抜けた。

「――そう、郷土史家ですかねえ」

いつの間にか津村が茜の横に立っていた。少し息が切れている。駆け上がって来た津村は男を確認して立ち止まったらしい。

「茜さん。この方は？」

「郷土──史家の方だとか」

津村は男を不審の籠った目で見回した。

「ここの、下田の郷土史家でいらっしゃる？」

「そうではありません。私は──」

男はすうと手を上げて遥か遠くを指差した。

「──あちらの方から参りました」

茜はその指の示す先に目を投じた。

樹樹の合間、雲の天井が何処までも続いている。その雲の切れ間より差す一条の光明に照らされて。

美しい山が見えた。

威風堂堂として自信に満ち溢れ、且つ左右対称(シンメトリー)の一糸乱れぬ完璧な容姿は、繊細ささえ感じさせる。何よりも気高く、誰よりも誇り高く、あくまでも神神(こうごう)しく、いつまでも貫くあらんと、精一杯背伸びをしている木花咲耶姫の霊山が──そこにあった。

──妹の山。

「ふ——富士山？」

「なァに、私は伊豆半島の歴史や伝説を収集している好事家ですよ。物書きの端くれですかねえ」

「そう——なのですか」

「そうですよ。織作茜さん」

男は茜の名を呼んだ。

「何故——私の名を」

「雑誌で御尊顔を拝見しました」

顋の張った厳つくも精悍な顔。直線的な眉。そして人を脅すような鋭い眼光。

——何者だ。

「伊豆は口碑伝承が実に多い。史跡も沢山ありますしねえ。古代、中世、近世、近代と、何処を取っても面白いですねえ。私はね織作さん」

「は——はい」

——いけない。

この、男は人を呑む。

茜は心中で身構えた。

男は目尻に皺を刻んで笑った。

「一昨日、浄蓮の滝を見て来た。いやあ綺麗でしたなあ。観瀑はいいものです。水の威力を緊緊と感じますからねえ。それでね、織作さん」

男は真顔に戻り真正面から茜を見据えた。

「浄蓮の滝には美女の妖怪が棲んでいると云うんですがね。滝壺の主です。それが――蜘蛛だと云うんです」

「蜘蛛？」

「女郎蜘蛛ですよ織作さん」

男は一転、空を仰ぎ見るように顔を上げた。

「昨晩は下田に泊まりましてね。この下の村です。その宿で土地の古老からこの山に伝わる昔噺を聞きました。それでこうしてわざわざ見学に来たと、こう云う訳です。しかしこんなところで有名な織作茜さんに会えるとは、思ってもみませんでしたねえ」

男はそう云い乍ら茜と津村を見比べ、口を結んだまま皺を作って再び笑った。

「来てみるものだ」

「あの――」

「何でしょう」

「貴方のお聞きになった伝承と云うのは――その、山の姉妹の話――ですか？」

「そうです。御存知ですか」

「ええ」

「昔――この山には二人の姉妹が住んでいました」

「この山に？」

男は悠然と被風を翻して躰の向きを変えた。

「姉はおせん、妹はおふじ。二人は姉妹の山の神でした。おせんはそこ――」

男はくたびれた社殿を指差す。

「この山頂の浅間さんに納まった。しかし妹のおふじはこう云った。姉さん、私はこうして背伸びをする度に見える、あの――」

男は再び富士を指差す。

「――綺麗な山が好きだ。だから大きくなったらあそこに登りたい。どうか許してくれ。姉は何も云わなかったそうですよ。何故ならあの山は女人禁制だったからです。それで――十四になったおふじは、あの高い山に向かったんだそうですねえ。それでね、山の氏神にこう云った。私はこの山に登ってみたい、と。氏神はこう尋いた。お前さん不浄がかりはしないかね、と。つまり初潮はないかと問うたのです」

「初潮――」

「山は女の不浄を嫌う」

茜は知らず知らずのうちに男を睨み付けていた。

男はまた笑った。

「昔の話です。古の日本の山には多くの禁忌があったんです。ところが——おふじは、未だ不浄のかかる躰ではなかった。それで氏神さんは、見て見ぬ振りをするから気を付けて登れと——こう云ったんですねえ。おふじは喜んで山に登った。高くて、美しくて、居心地が良くて、遂に帰ることを止めたんだそうです。妹は姉を見捨てて、自分だけ高みに登った。だから——」

男は笑顔を消す。

「この下田富士にはひとつだけ禁忌がある。ここからあの駿河富士を見て、どれだけ綺麗だと思っても決してそれを口にしてはならない。指を差してもならない。ここから富士が見えると云ったなら——」

男はそこで茜のすぐ傍まで近寄った。

そして、やけに低い声でこう云った。

「——海に投げ落とされてしまうそうです」

「あ——」

「山の神は嫉妬深い——畏ろしい祟り神です」

「わ——私の聞いた話とは——随分違います」

「そうですか。くだらない、御伽噺ですから」

「しかし――」

――呑まれたらお終いだ。

茜は津村を見た。

「茜さん、これは――」

津村が包みを示した。

「ああ」

茜は両手を差し出して神像を受け取った。

ずしりと重い。

「それは？」

男は尋いた。隠すことはない。

「これを――こちらに奉納しようと参ったのです」

「奉納？　この神社に奉納するのですか」

「私の家に伝わる石長姫の神像です」

「石長姫――ほう。それは珍しい」

是非拝見したいですねえ――と云って、男は茜と津村の間に廻り込んで止まった。

男は、やや傾き始めた陽光を背負う格好になり、その顔は陰影（かげ）に纏わりつかれて真っ黒になった。

茜は風呂敷を少し広げた。

男は覗き込み、これは大したものだと大袈裟に感心し、その後、

「しかしここは——そうですねえ」

と云って腕を組んだ。

「勝手に奉納は出来ませんか？　氏子代表の方にお話を通した方が宜しいでしょうか」

「お話ししても断られるでしょうねえ——」

影男はそう嚙み含めるように云い、

「浅間社には——石長姫は居られませんからねえ」

と結んだ。

「え？　そんな——馬鹿な」

「浅間社の祭神は木花咲耶姫ですよ。ここに居るのはおせん（ヽヽヽ）なんですがねえ」

「おせん——ってそんな」

男は茜を見限るような素振りで悠然と進み、社殿の脇に立っている立札を示した。

主神ハ木花咲耶毘売ナリ——。

そう記してあった。

茜は小走りに立札に近寄り、何度も読んだ。

何度読んでもそこには木花咲耶毘売の文字しか書かれていなかった。

　それはもう幾年も、幾十年も前からそこに立っているであろうことは間違いない、紛うことなきこの神社の由来書きだった。付け替えたり書き換えたりした様子もなかった。

　男は立ち竦む津村を一度見てから札に手を掛けて云った。

「ここに祀られているのは木花咲耶姫です。石長姫なんかじゃない。おせん――浅間こそ木花咲耶姫。天空に真っ赤な噴火の花を咲かせる死と再生の女神です。世界を赤く染め、恰も桜散るが如くに灰を散らし、その灰は大地を肥やし、そこから木が草が生える。天然自然の理。殺して生かす神――」

「それでは――」

　それではこの石長姫は――。

「――この――私の神は一体――どこに」

　石長姫はいったい何処に居ると云うのか。

　茜は神像を抱き締めた。男は茜の横に立つ。

　山頂を渡る一陣の風が茜の長い、豊かな髪の毛を巻き上げる。はらはらと黒髪は乱れ、幾筋かが顔にかかる。首筋に風が滑り込む。項が露になる。

　男は多分、茜の耳の後ろから頬の辺りに一瞥をくれて、それから耳許にその口を寄せて、

「しりたいですか」

と云った。

「し――」

茜は乱れる。

「――知りたいです、ほんとうに知りたいです」

「ほんとうに知りたいのですか。困りましたねえ」

男は口を結んだまま笑った。

そして云った。

「簡単なことです。おふじは向こうの山じゃないですか――」

男は振り向きざま、一直線に富士山を指差した。

「そんな――」

「驚くことはないでしょう。こちらはおせん。あちらはおふじ。土地の古老が瞭然(はっきり)そう云っている」

そんな。

――神社の祭神と云うのは当てにならない。

――行って確かめなきゃ判らない。

「ご覧の通り、この下田富士には木花咲耶がいらっしゃるんです。この異様な盛り上がりは火山活動の賜物(たまもの)なんでしょうね。火山は脅威です。鎮まって貰わねばならない。でも――ご覧なさい」

茜は、云われるままに富士山を見た。

「美しい。穏やかでしょう」

男は褒めてはならぬものを褒めた。

「富士は恐れ平伏すべき祟り神ではない。畏れ崇めて、有り難く遥拝するものなのです。火中出産など関係ありません。おふじには初潮もないのですから」

「おふじがいわながひめ？」

「そうですよ。おふじ――富士こそが石長姫じゃあありませんか。おせん――浅間が木花咲耶ですよ」

「俄かには信じられません――」

「当たり前のことでしょう。木花咲耶は火中で子供を産む姫神です。火を噴き樹木を焼き払い、死んでは再生する生殖の神でもある。一方、石長姫は永遠不変を司る不死の女神だ。不死者に生殖は必要ありませんからねえ」

不浄がかることもないと男は云った。

「富士は古くはフシと呼ばれました。フシ、つまり不死ですよ。永久不滅の盤石、幾年(いくとせ)も変わることなきその威容。岩の如く堅固に、気高くも美しい永遠の姿。天然自然の理に逆らった、不老不死の象徴、不死の山、富士山こそ、石長姫そのものです」

男はほら、とまた富士を指差す。

「年中雪を頂いたあの穏やかな姿をご覧なさい。あの雪は溶けて大地を潤し、稲を育む。草木を焼き払って新たな収穫を得る、焼き畑なんかとは違う。水稲ですよ。あの雄大な山は豊かな水を永遠に供給してくれる霊山なのです。だからこそ富士はまた古くはフチとも呼ばれた。フチは水霊の称号です。つまり富士山は水神でもある。そしてフチは淵に通ずる。淵と云えば機織り、機織りと云えば、石長姫——そうでしょう？」

「そ——そんな。でも富士には木花咲耶姫をれっきとした祭神とする、格式高い神社があるのだと」

「富士山に浅間神社があることが本来間違っているとは思いませんか。あちらに居るのはおせんじゃなくて、おふじですよ」

「それは」

「宜しいですか、浅間信仰と云うのは噴火と云う荒振る現象に対する信仰なのです。あの美しい、雄大な姿に対する信仰ではない。浅間信仰は火を噴き上げる火山にこそ相応しいものです。慥(たし)かに富士山は死火山じゃあない。それなのにあんなに穏やかじゃありませんか。あれは火山の姿じゃありませんよ。富士は阿蘇や浅間とは違うんです。だからあそこには本来富知(ふち)とか不二(ふじ)とか云う神が祀られていたのです。それが浅間神社になったのは——勿論、噴火したからです」

「噴火——した」

「それは富士山だって噴火しますよ。火山なんですからねえ。天応元年から立て続けに三回、あの静かな山は火を噴いた。そして――富士山本宮には浅間の神が祀られることになったのです。しかし――あの山は他の山とは違っていたんですねえ。ご覧なさい。噴煙や溶岩を噴き上げて大爆発したって、あの山の美しい姿は全く変わらなかったのですよ。他の山はどうです？　噴火の度に巓は削れ、谷は崩れて、見る影もないじゃないですか。そんな山は富士――不二にはなれないのです」

「ふじ、が――」

茜は何故か掻き乱された。

「世に二つと不ず、それが不二。あの山はあそこに永遠にあり続ける不死の石長姫ですよ」

ごうごうと上空を風が渡る。

――この男は。

「あ、貴方は――貴方は何者です」

「取り乱すのはあなたらしくない」

男は鳥居の柱を巡って石段の方に立った。

「どうやら知るべきではなかったのかもしれませんねえ。織作茜さん」

「何を――です？」

「おそろしいことです」

「おそろしい？」

「織作さん。世間には、本当に――畏ろしいものと云うのがある。触れてはならぬ見てはならぬ聞いてはならぬものがある」

「それが――何です」

「そして、知ってはならぬものもある」

「貴方は誰です。何を知っているのです！」

「私は凡てを知っている。御忠告申し上げたまで」

「忠告とは何です。私をどうしようと云うのです」

「それはあなた次第でしょうねえ」

男はとても低い声でそう云った。

「いいですか、この世には不思議でないものなどないのです。人がどれだけ小賢しく立ち居振る舞おうとも、あの山も、この小山も、小揺ぎもしない。誰が死のうと生きようと、この世界は痛くも痒くもない。世界にとって人の生死など瑣末なことです。その人が、世界の秘密を知ろうとか、宇宙の理を極めようとか、身の程知らずにも限度がある。あなたはそれを善く知っている筈じゃあありませんか織作さん」

茜は神像を一層強く抱いた。

「津村さん――この人は――」

津村が身構えた。

男は風を体中に巻き付けて笑った。

「さて。この山で富士の話は禁忌です。それを沢山喋ってしまった――いけませんねえ」

男の被風が突風で捲れ上がった。

白い単衣の胸には――。

――ダヴィデの星？

天空で風が鳴った。

4

水面(みなも)に月が映って揺れている。

月を通して白い裸体が、矢張りゆらゆらと揺れていた。ふわりと手拭いが落ちる。はらりと纏(まと)めた黒髪が広がって、水面に漂う。

夜だと云うのに風は止む気配がない。

遥か上空でどうどうと息巻いている。

雲は飛ばされて、まるで急流に乗る小舟の如く、見る間に遠くに消えて行く。だから。耿耿(こうこう)と月が冴(さ)えている。

——昼間の男。

茜は考える。まるで夢でも見たかのようである。

髪の毛が湯気を帯びて、しっとりと重くなる。

——何を知っているのだ。

艶やかな黒と、艶やかな白。瑞瑞(みずみず)しい水面。

黒い髪と白い肌。瑞瑞しい肉体。

天が唸っている。

茜は宙に面を向ける。髪の毛が透き通った液体に浸って四方に広がる。星が瞬いている。

——あの不思議な男は何だったのか。

ほんの一瞬目を離した隙のことだった。

もう、男は参道をかなり下っていた。

津村も狐に抓まれたようだった。

暫く放心していたように思う。

茜は奉納を取り止め、取り敢えず山を下りた。そして津村の案内で真っ直ぐこの温泉宿に入った。

ぐったりと疲れていた。

その昔、津村の母が勤めていたと云う蓮台寺温泉の宿である。平日でもあり、客は少ない。露天の岩風呂には茜ひとりだ。開放的ではある。

伸ばしていた脚を縮める。人体の水中での動きは潤滑で、水を切る感覚が心地良い。抵抗がある方が身体は自由に動く気がする。茜は手を突いて移動し、半身を露にして岩の上に腰掛けた。

火照った皮膚から湯気が立ち上る。

——何かが間違っているのだろうか。

何か。

宿の仲居に尋いてみたところ、この辺りでは矢張り下田富士の浅間社には石長姫が祀られているると思われているらしい。しかし善く善く問い質してみれば、どうやらそれは、西伊豆の雲見と云うところにある烏帽子山と呼ばれる岩山の天辺に鎮座する、雲見浅間社と云う神社の伝承と混同された結果らしかった。そう云えば多々良も下田富士と烏帽子山の二箇所と云っていたように思う。駿河富士と下田富士と云う、対称の名前に茜は惑わされていた。

雲見の方の伝承も、茜が多々良から聞いたものと全く同じもののようだった。ただこちらの伝承には仲が悪いから駿河富士か烏帽子山必ずどちらかに雲が掛かるのだ——と云う、地名に因んだ潤色が加わる。また雲見の住民達は富士登山を禁じられているのだそうで、その辺はより徹底してもいる。

雲見の伝承の方がオリジナルなのだろう。

ただ、それでもあの男の云うように、祭神の入れ替えが行われている可能性はない訳ではない。男の云う通り、富士山の祭神には木花咲耶姫よりも石長姫の方が相応しいようにも思える。筋は通っているから、事実そう云うことはあるのかもしれない。

多々良の説明したように妹と云う属性が先にあり、後から姉が出来たと云うのも本末転倒な気がする。

——そう。本末転倒している。

しかし——そうであったとしても、現在の雲見浅間社の祭神は石長姫で間違いなさそうである。浅間社ではあるけれど祀られているのは石長姫なのだ。

——そこならば。

多分奉納出来るだろう。

茜は大きく息を吸い込んだ。湿った空気である。

ばしゃりと水音がした。

見渡す。割と広い。

水面を湯気が走って来る。風が吹き込んだのか。

ひやりとして気持ちが良かった。

茜は手拭いを湯に浸して、肌を拭った。

今、茜を飾るものは何もない。

無防備である。

装飾とは歪（いび）つな防衛本能なのかもしれない。

——本当に畏ろしいもの。

それは何だろう。

——知ってはならぬもの。

村人の大量虐殺。

——何のために。

そうだ。茜は大量殺人を前提にしていたがために大量殺人自体をどう定義するかを考えていない。

——しかし。

それは茜の仕事ではないのだろう。茜の仕事は、東野鉄男の化けの皮を剝がすことなのだ。剝がした後に何が待っているのか、それは与り知らぬことなのだ。そうしたことは逐一切り捨てて行かねば務まらぬ。そうでなくては遣り切れない。

——そう云う、悲しい仕事なのだ。

——明日は。

韮山に入る。

何があると云うのか——。

ばしゃりと再び水音がした。

——誰か居るの？

茜は手拭いを広げて胸に当てた。

様子を窺う。上空を風が渡る音がする。水面が畝る音がする。後は深深と夜の音がするだけである。

――大量殺人。

引っ掛かる。軍部の関与。あの不思議な男。

経歴を詐称する二人の男。そのうち一人は、皆殺しにされた村の生き残りであると云う。

生き残り。

――私も生き残りだ。

土地。証拠。犯人。

――そうか！

茜は自ら水音を立てて立ち上がった。

――どんでん返しは一度とは限らない。

そうだ。騙されているのは騙している方だ。

それならば――。

何のために、それは――。

びしゃり。

「誰」

振り向く。

「誰か居るのですか。津村さん？」

水が璽る。ぬらぬらとした水面が揺れた。

茜は裸だ。

「誰です」

するり。岩陰から。ばしゃり。

ぐい、と、強い力が肩先にかかる。

「だ――」

口を塞がれる。ざばざばと飛沫が上がった。

脇の下から棒のように堅い腕。何か凶悪な腕。柔らかい皮膚の上を。腕が乳房を押し潰し。頸に。

――痛い。

顔を曲げる。誰だ誰だ。じゃばじゃばと、音が。

髪の毛が。雫が。湯気が眼に入る。嫌だ。嫌嫌。

強く首を振る。全身で抵抗する。長い、水を含んだ艶のある髪の毛が。ざばざば。頸に指が、内股に脚が割って入る。蹴ることも出来ない。動けない。背後から組みつかれ、四肢を封じられて、茜の肉体は完全に自由を奪われている。筋肉が硬直する。尖った棘のような。

頸の周り。嫌嫌。痛い。苦しい。

――助けて。

茜は根源的な恐怖を覚えた。

頸に何かが巻き付いている。

声が出ない。

舌が渇く。

世界が膨む。

——私は頸を絞められ、

ああ。

誰の顔を思い浮かべればいいのか思い付く前に、

織作茜は絶命した。

＊

新しい係官が茶を勧めた。

私は勧められるまま、それを啜った。

係官は濃厚な侮蔑の籠った、最早怨念と云ってもいい程の嫌悪の視線で私の行為を眺めている。私は多分、死刑になるんだくらいの開き直りをしていたと思う。

混乱と云うより今や混濁した意識は、幾ら理性の光を当てようと試みても結局はどろどろになって汚物のように沈殿するだけだった。一方意志はと云えば、そんなものは最初から腐敗し切っていて刺激する度に腐臭を放ち、じゅうじゅうと腐汁を撒き散らしながら萎んで行くだけだ。

殴られたり罵られたり。

詰られたり。

私は堕ちて行く。

何処までも堕ちて行くだけだ。

墜落する快感など突き落とす奴等には解るまい。

狂人を見るような眼で係官は私を見る。

多分——私は薄ら笑いを浮かべている。

「お前がやった——」

多分——私は薄ら笑いを浮かべている。

「そう云ったのはお前だ——」

多分——私は薄ら笑いを浮かべている。

「凶器も見付けたし——」

多分——私は薄ら笑いを浮かべている。

「大体の移動経路も押さえた——」

多分——私は薄ら笑いを浮かべている。

ダンッと音を立てて刑事は椅子を蹴った。

「動機だよ動機。貴様に欠けてるのはあと動機だけなんだよ！　捕まる時に白状した男が、何で動機を云えねえンだッ！　へらへらしやがって、どれだけ馬鹿でもな、精神鑑定になんか回してやらねえんだよッ！　貴ッ様ァ無罪にはしねえぞ。オイッ！」

胸倉を摑まれたので湯呑みが倒れ茶は零れた。

「吐け吐け吐け吐け。吐けこの野郎。何があったか云えよ。強姦でもしようと思ったのかこの豚野郎」

まあまあ、と新しい係官が止めた。

「関口さん。あなた先先月に安房勝浦に行ったね」

「行った――のでしょうきっと」

夢かもしれない。

「何をしに」

「さあ」

何だったか。

嘗めるなッと若い係官が怒鳴った。

何も云えなかった。云うことがないからだ。

「お前は伊豆に行って静岡三島沼津を周り県庁市役所郵便局と歩いて、それから韮山で民家七軒に立ち寄り駐在所に行って駐在と話をした。それから？」

「山の――消えた村――へ」

「あのな、淵脇巡査は、話をした覚えはあるが、お前と山登りなんてしてないし、その堂島とか云う男も知らないんだとさ。お話創るなよ。作家だか馬鹿だか知らないが、貴様みたいな卑劣な犯罪者はお話なんて創っていい訳がないんだ！　この屑野郎！」

そうなのかもしれない。

多分――私は薄ら笑いを浮かべている。

だから、酷く殴られた。

「お前はな、駐在所を出て、その足で蓮台寺温泉まで行って一泊して、翌日は下田をぶらぶらして本屋で万引きをして逃げ、それから温泉に戻り、民家の納屋から荒縄を盗み出し、夜までお吉が淵で過ごして、暗くなってから近くの露天風呂に忍び込み、入浴中の被害者を盗んだ荒縄で絞め殺し、何故か裸の遺体を担いで高根山中に分け入り、頂上近くの大木に矢張り荒縄で吊り上げて、それをへらへら眺めているところを逮捕されたんだ。そうだろ！　被害者とは面識があったんだろ？　計画的な犯行だな！」

「面識——誰と？」

「何だ。お前は馬鹿か？　馬鹿野郎、何度も何度も云っているだろう。貴様が殺した、あの織作——」

「ま、待ってください！」

私は——漸く凡てを了解した。

「わ、私は——織作茜さんを殺したのですか？」

勿論、絶望的な返事が返って来た。

（支度の完了）

参考文献

『鳥山石燕画図百鬼夜行』高田衛監修／国書刊行会

『竹原春泉　絵本百物語』多田克己編／国書刊行会

※

『日本随筆大成』日本随筆大成編輯部／吉川弘文館

『定本柳田國男集』柳田國男／筑摩書房

『折口信夫全集』折口信夫／中央公論社

『日本の神々　神社と聖地』谷川健一編／白水社

『日本石仏事典』庚申懇話会編／雄山閣

『比叡山と天台仏教の研究』村山修一編／名著出版

『庚申信仰の研究』窪徳忠／山川出版社

『庚申信仰』飯田道夫／人文書院

『河童の日本史』中村禎里／日本エディタースクール出版部

『抱朴子　列仙伝・神仙伝　山海経』／平凡社

『老子』山室三良／明徳出版社

『中国の民間信仰』澤田瑞穂／工作舎

『道教の神々』窪徳忠／平河出版社

『故事類宛　神祇部』／吉川弘文館

『群書類従　釋家部』／群書類従完成會

『耳嚢』長谷川強校注／岩波文庫

※作中引用しております。『一宵話』『嬉遊笑覧』は『日本随筆大成』の表記を、『妖怪古意』は『定本柳田國男集』収録時の表記を参考にさせて戴きました。

※『耳嚢』に就きましては、唯一の十巻完備本とされる旧三井文庫本の翻刻である岩波文庫版に準拠させて戴きました。

※また、本作執筆にあたり、畏友多田克己氏との対話より貴重な示唆を受けました。深く感謝するとともに、ここに記します。

※また多田氏を通じて氏の渉猟した莫大な文献資料を一部参考にさせて戴きましたが、それに就きましては掲載が不可能であることを付記しておきます。

初出一覧

ぬっぺっぽう――――小説現代1998年２月号掲載
（エッセイ「異空間へ」の表題で部分掲載）

うわん――――――――書き下ろし

ひょうすべ――――――小説現代1997年9月増刊号メフィスト掲載

わいら――――――――書き下ろし

しょうけら――――――小説現代1997年12月号増刊号メフィスト掲載

おとろし―――――――書き下ろし

※収録にあたり、加筆訂正がなされています。

※この作品は、作者の虚構に基づく完全なフィクションであり、登場する団体、氏名その他において、万一符合するものがあっても、創作上の偶然であることを、お断りしておきます。

解説

西山　克

和歌山県橋本市学文路は高野山麓の鄙(ひな)びた町である。学文路はかむろと読む。その字名(あざな)が学問への路を想起させるためか、南海電鉄高野線学文路駅の切符が合格祈願用によく売れるのだという。かつて学文路は高野山に登る参拝路の起点に位置していた。電車が高野山直下の極楽橋まで延び、ためにその集落は世間から忘れられたように鄙びた田舎の風景のなかに埋没していったが、電車の鉄路が学文路の記憶を置き去りにする以前、そこには弘法大師信仰を唱導(しょうどう)する宗教者や、遍歴漂泊する異人たち、巡礼する男女の旅籠(はたご)や寺堂に頻繁に出入りする姿が認められたはずである。

その学文路に、仁徳寺という真言宗のお寺がある。仏教民俗学者の日野西真定さんがこの寺を調査し、一九八九年に「高野山麓苅萱堂の発生と機能」（大隅和雄他編『巫と女神』平凡社）という論文を書かれるまで、寺の身内である私すらこのお寺が仁徳寺と呼ばれていたことを知らなかった。寺の保存会の関係者を除けば、地元でもおそらく知るものはまれであろう。南海電鉄学文路駅の脇に苅萱堂の看板が掲げられているように、この寺は苅萱堂の通称で知られてきたからである。桜の花びらを酒杯にうけて無常を感じ、領主の家と妻子を捨てた男、苅萱道心の物語――。

高野山上にも苅萱物語の絵解きで有名な同名のお堂がある。苅萱物語には多様なバリエーションがあり、苅萱発心の動機もまちまちである。しかしそのことはよい。学文路苅萱堂は山上の同名のお堂とは無関係に、高野山に登る参詣路の起点という境界領域にあり続けてきた。

学文路駅から苅萱堂に登る坂道は鮮やかに陽をうけて見晴らしがよい。眼下に紀ノ川、遠景に葛城の山々を眺めることができる。異形の宗教者やさざめく男女の姿はない。読経の声もなく錫杖の音もせず鈴も鳴ることはない。それでもこのお寺は奇妙な存在感を維持してきた。訳はある。苅萱堂の本堂に不老不死の聖具、人魚のミイラが匿されているからである。

*

不老不死の食肉という属性をもつ妖怪。ノルウェーの画家ムンクの「叫び」のように、両手を頰に翳して牙をむくミイラ。正確には人魚の剝製。桐箱に納められた六〇センチばかりの身体。列島各地に残る人魚伝説と呼応するかのように、千数百年以前に近江の蒲生川で捕獲されたと伝えられるこの人魚は、殺害され剝製化されることが意外だったのであろう。表情に威嚇の兆しも恐怖もなく、もちろん慈愛の片鱗もなく、むしろ事態に戸惑ってきょとんとしているように見える。莂萱失踪のあとを追う妻千里の遺品というには不気味にすぎるこの聖具。

近代という時間、莂萱堂仁徳寺を住処としたのは他でもない西山一族である。戸人村の佐伯家が「くんほう様」という不老不死の呪物を秘匿し続けてきたように、西山一族は人魚のミイラを護り続けてきた。その後裔の一人として少年時代の私は夏休みの幾日かをそこで過ごし、本家の従兄たちに誘われてこの妖怪の棺を開くことがあった。それは生者でもなく死者でもなく、人魚である。正確には人魚という観念がそのまま剝製化されたような塊で、虫除けの薬品と埃っぽい古物の匂いがする。

私が若狭の八百比丘尼伝説を知ったのは、堅物の少年時代を過ぎ、歴史学の研究を志したころのことであった。儒者林羅山の『本朝神社考』には若狭の白比丘尼についての記事がある。別世界で父親が異人から饗応された人魚の肉をそれと知らずに食した娘。彼女は四百歳の齢を重ねてなお生きていた。一般には八百比丘尼と呼ばれたこの不死の女については、室町時代の貴族や僧侶の日記からも幾つかの情報を拾うことができる。たとえば一四四九年（宝徳元年）五月二十日、若狭から白髪の老婆が上洛してきた。齢は八百歳とも二百歳ともいう。彼女は白比丘尼と呼ばれて見せ物となり、口さがない都雀たちの好奇な目にさらされていた。しかし室町時代の記録のなかでは、齢数百歳の白い媼はまだ人魚という聖具とリンクされていない。それが明確に自覚されリンクされるようになるのは、近世初頭以降のことである。

蝙蝠が棲息していた苅萱堂の人魚はいつから苅萱堂にいるのか。不老不死の食肉という属性をもつこの禍々しい塊が、苅萱堂の歴史に生乾きの膠のように張りついたのはいつのことなのか。歴史学の立場で怪異研究を進めながら、私は最近つぎのようなことを考えるようになった。それは妖怪概念の発生の問題に関わっている。京極さんの『塗仏の宴』は妖怪概念を考察しようとする時、特権的におもしろい本である。蠱惑的と言い換えてもよい。妖怪絡新婦を操る蜘の王、京極夏彦の後ろ姿が見えるまで、しばらく妖怪概念の歴史を追いかけてみよう。

＊

京極さんが『塗仏の宴 宴の支度』で章題代わりとしたのは、近世社会が創造するぬっぺっぽう、うわん、ひょうすべ、わいら、しょうけら、おとろしのような化け物たちであった。もちろんこれにタイトルの塗仏が加わる。佐脇嵩之の『百怪圖巻』（一七三七年＝元文二年）で確認してみると、塗仏は奇天烈な人魚のようである。両腕を曲げた黒い出目金を、腰巻きを着けた人間の下半身が支えている。気になるのは、これらの奇怪な形象どもを世間が妖怪と称していることである。

妖怪とは何か。

歴史学的な——そして民俗学的な——厳密さを維持しようとするなら、この設問に答えるのは容易いことではない。国際日本文化研究センターで怪異・妖怪伝承データベースを構築した小松和彦さんの妖怪学は、超自然的存在で人々に祀られているものが神、祀られていないものが妖怪という定義を持っているが、この定義も妖怪の言説史を視野に入れない点で重大な欠陥を抱えている。妖怪概念は優れて近代的な性格をもっており、時系列を無視して神概念に位相変換できるようなものではないからである。

しかし『姑獲鳥の夏』から『陰摩羅鬼の瑕』に至る京極さんの目眩く作品群は、一般に妖怪シリーズと呼ばれているのではないか。たしかにその通りであろう。京極夏彦は妖怪概念を再創造する作家である。京極さんは多田克己さんと二人で、『妖怪圖巻』などの化け物絵を翻刻している。そうした書物の解説のなかで、京極さんは、鳥山石燕（一七一二〜八八）の化け物図像について、

　石燕の描いた妖怪画は、妖怪のひとつの最終完成型ではある、しかしそこに閉じ込められた妖怪は、最早闇夜で鼻を抓むことを許されていない。妖怪は、妖怪として完成す

ることで——一度死んだのである。

と書いている。妖怪の語義をとりあえず括弧に入れておけば、これは卓見である。なぜ卓見であるのか。つまりはつぎのようなことである。

室町幕府第八代将軍足利義政の治世に、清和源氏の礎を築いた源満仲（みなもとのみつなか）の遺骸を祀った御廟が激しく鳴動した。兵庫県川西市に鎮座する多田神社である。前近代には仏教が英雄の死霊を管理する宮寺の組織をもち、多田院と呼ばれていた。その多田院が大鳴動を起こしたのである。もちろん科学的合理的な説明は無意味である。物言う墓の怪異は直ちに満仲の子孫である義政に伝えられ、義政はその対応に苦慮することになる。

朝廷と幕府の執行部を巻き込んだ議論が続いた後、宗教界の奇才吉田兼倶（よしだかねとも）の助言を得ながら、義政は多田院に宣命体（せんみょうたい）の願文を送った。それによれば、国家的武力を掌握する源氏一族の始祖として、満仲は「天地の妖怪を知見して、還りて国家の安全を擁護する」という誓いを立てていたという。多田院鳴動とは満仲の死霊の嗔り（いかり）を意味している。義政は兼倶に命じて洛東神楽岡の神祇の斎場、つまりは大元宮でその嗔りを鎮める祭儀を執り行った。吉田神社大元宮の背後に付属する後房では、いまも小豆色の袴を着けた神主たちが憑き物を降ろす秘儀を行っている。

気になるのは、ここに妖怪の語が現れていることである。私は古代～中世の日記に書きとめられた怪異記事をデータベース化しているが、その膨大な怪異記事を通観しても妖怪の語は例外的にしか現れてこない。しかし兼倶——誇大妄想狂で煽動家で謀略家で、そして何よりも蠱惑的な宗教家であったこの卜部（うらべ）の末裔の語彙のなかには、どうやら妖怪という語が潜んでいたらしいのである。天地の妖怪とは、天地に砂掛け婆や猫娘が満ち満ちていることではない。天地に妖気が満ちている。その凶事の予兆を見抜いて国家の安全を護ることこそが、未来永劫にわたる満仲の使命なのだ——と兼倶は語っている。

つまり妖怪という語は、化け物のような奇怪なフォルムを指して使われるものではなかったのである。怪異と同義語であると言い換えてもよい。この時代には、われわれの妖怪の語に変えて妖物の語が使われていた。たとえば『看聞日記（かんもんにっき）』の一四四三年（嘉吉三年）八月十日の条には、将軍御座所であるべき室町殿に妖物が出現したことが書きとめられている。室町殿はそのころポルターガイスト現象に悩まされていた。たくさんの不可視のモノどもの寄りあう音なども聞こえていた。妖物は大入道や女房。その女房も七尺ばかり、つまり二一〇センチほどの背丈があったという。

室町時代の都市文化を背景にして『百鬼夜行繪巻』の器物の化け物のような、グロテスクで一面かわいらしい形象が創造されていたことはよく知られている。近世社会に入るとその傾向はさらに加速する。博物学的な興味に基づいて混沌とした妖物は分節化され、名付けされ、分類される。その極北の位置にあったのが、鳥山石燕の一連の化け物図像だったというわけなのである。たしかに室町時代から成長してきた妖物たちは、個体のレベルまで分類され、その形態の細部までヴィヴィッドに描きつくされる。描きつくされることによって妖物は恐怖の対象でも畏怖の対象でもなくなってしまう。

つまり彼らは完成することで——一度死んだのである。

鳥山石燕の化け物図像についての京極さんの言いようは、だから卓見なのである。

＊

そして幕末期には『稲生物怪録』に現れるような異形のモノたちを、存在ごと妖怪と呼ぶようなケースが現れる。私は京極堂主人のつぎの語りがことのほか好きである。『塗仏の宴 宴の始末』の、多々良との会話の一節（ノベルス版二六〇ページ、傍点原文どおり）。

「終止符ですよ。多々良君、僕はね、妖怪と云うのは怪異の最終形態だと考えている」

「その——心は」

「不可知なモノ、理解不能なモノを読み解き、統御出来ぬモノを統御しようと云う知の体系の、その端末に妖怪は居るのです。捉えどころのない不安や畏怖や嫌悪や焦燥や——そうした得体の知れないモノに理屈をつけ体系化し、置換圧縮変換を繰り返し意味のレヴェルまで引き摺り下ろし——記号化に成功した時に妖怪は完成するのです」

中世社会以前の古記録から無尽蔵に拾い出すことのできる怪異、その最終形態としての妖怪、日本社会のあやかしの系譜のこれは見事な言語化である。中禅寺秋彦はやはりただ者ではない。

しかしいったん死んだ妖怪は再発見される。

維新政府が淫祠邪教（いんしじゃきょう）や迷信や妖怪を排除すべく動き出すのである。室町時代に吉田兼倶が使用した妖怪の語義が復活する。たとえば一八七一年（明治四年）九月十九日に、京都府は民間陰陽師らを平民に編籍し、その見返りに「妖怪の言」を唱えることを禁止している。世界の文明国に伍していくために、近代国家は妖怪をアンシャンレジームを象徴する語として選び取ったのである。おそらくは妖怪博士井上円了の研究もその流れのなかにある。もっとも井上は決して妖怪を全否定はしなかった。井上は不可知的不可思議を真怪として残し、その他を仮怪として否定し去ったのであった。

そして妖怪は三度発見される。

柳田國男が井上円了を批判し江馬務を意識しながら妖怪研究を立ち上げたとき、零落した神々という――いまでは誰も信じていないが――妖怪が、日本社会に大手をふって歩き始める。小松和彦さんの妖怪学は原理的な柳田批判から妖怪研究の地平を広げることに成功したが、系譜的にはこの発見の後を追っている。

やっと私に京極夏彦の背中が見えてくる。間違いなく私たちは、本物の妖怪作家と同時代を生きている。京極さんは妖怪発生の深秘を、そのメカニズムを知っている。そんな作家がかっていただろうか。私は知らない。『塗仏の宴』に鏤められた妖怪論を私はペンで傍線を引き、附箋を貼りながら読んでいる。あまりに附箋を貼りすぎると、何割か本の厚みがましてくる。京極本の場合、それは悲劇的である。

＊

私は時折、学文路の苅萱堂に立ち返る。親族にも告げず、南海電鉄学文路駅を降り、お寺への坂道を登る。振り返ると紀伊の大河紀ノ川が青く光りながら流れている。人魚のミイラはいまもお堂の木箱に納まっている。妖怪ブームで博物館などに旅することもあるらしい。近世の地誌類には同型の人魚の挿絵が描かれていることがある。近江より若狭より遠いオロシアから来たなどと説明している。不老不死の食肉という属性をもつ妖怪。不老不死の聖具――。

私はいま、この剝製が作られたものであることを知っている。西山一族の系譜より遥かに新しく。近世社会の都市知識人が博物学的な興味に基づいて、混沌とした妖物を分節化し名付けし分類する。図鑑のような精密な絵が描かれ、時には実物も作られる。佐伯家の悲喜劇は西山一族とは無縁なのであろう。

しかし、と思う。この学文路苅萱堂で人魚のミイラを眺めたとき、京極さんは何と言うだろう。私は研究者にあるまじき好奇心をくすぐられている。

（にしやま・まさる／関西学院大学文学部教授・東アジア恠異学会代表）

●本作品は一九九八年三月に講談社ノベルスとして刊行されたものです。文庫版として出版するにあたり、本文レイアウトに合わせて加筆訂正がなされていますが、ストーリーなどは変わっておりません。

(デザイン／辰巳四郎)

|著者| 京極夏彦　1963年北海道生まれ。'94年『姑獲鳥の夏』でデビュー。'96年『魍魎の匣』で日本推理作家協会賞受賞。この二作を含む「百鬼夜行シリーズ」で人気を博す。'97年『嗤う伊右衛門』で泉鏡花文学賞、2003年『覘き小平次』で山本周五郎賞、'04年『後巷説百物語』で直木賞、'11年『西巷説百物語』で柴田錬三郎賞、'16年遠野文化賞。'19年埼玉文化賞、'22年『遠巷説百物語』で吉川英治文学賞を受賞。

公式サイト「大極宮」
https://www.osawa-office.co.jp/

文庫版　塗仏の宴　宴の支度
京極夏彦

2003年９月15日第１刷発行
2024年10月21日第29刷発行

講談社文庫
定価はカバーに
表示してあります

発行者――篠木和久
発行所――株式会社　講談社
東京都文京区音羽2-12-21　〒112-8001
電話　出版（03）5395-3510
販売（03）5395-5817
業務（03）5395-3615

デザイン―菊地信義
製版――TOPPAN株式会社
印刷――株式会社KPSプロダクツ
製本――加藤製本株式会社

Printed in Japan

ISBN4-06-273838-4

講談社文庫刊行の辞

二十一世紀の到来を目睫に望みながら、われわれはいま、人類史上かつて例を見ない巨大な転換期をむかえようとしている。

世界も、日本も、激動の予兆に対する期待とおののきを内に蔵して、未知の時代に歩み入ろうとしている。このときにあたり、創業の人野間清治の「ナショナル・エデュケイター」への志を現代に甦らせようと意図して、われわれはここに古今の文芸作品はいうまでもなく、ひろく人文・社会・自然の諸科学から東西の名著を網羅する、新しい綜合文庫の発刊を決意した。

激動の転換期はまた断絶の時代である。われわれは戦後二十五年間の出版文化のありかたへの深い反省をこめて、この断絶の時代にあえて人間的な持続を求めようとする。いたずらに浮薄な商業主義のあだ花を追い求めることなく、長期にわたって良書に生命をあたえようとつとめるところにしか、今後の出版文化の真の繁栄はあり得ないと信じるからである。

同時にわれわれはこの綜合文庫の刊行を通じて、人文・社会・自然の諸科学が、結局人間の学にほかならないことを立証しようと願っている。かつて知識とは、「汝自身を知る」ことにつきていた。現代社会の瑣末な情報の氾濫のなかから、力強い知識の源泉を掘り起し、技術文明のただなかに、生きた人間の姿を復活させること。それこそわれわれの切なる希求である。

われわれは権威に盲従せず、俗流に媚びることなく、渾然一体となって日本の「草の根」をかたちづくる若く新しい世代の人々に、心をこめてこの新しい綜合文庫をおくり届けたい。それは知識の泉であるとともに感受性のふるさとであり、もっとも有機的に組織され、社会に開かれた万人のための大学をめざしている。大方の支援と協力を衷心より切望してやまない。

一九七一年七月

野間省一

講談社文庫 目録

神楽坂 淳　ありんす国の料理人１
神楽坂 淳　あやかし長屋〈嫁は猫又〉
神楽坂 淳　妖怪犯科帳〈あやかし長屋２〉
神楽坂 淳　夫には殺し屋なのは内緒です
神楽坂 淳　夫には殺し屋なのは内緒です２
加藤元浩　捕まえたもん勝ち！〈七夕菊乃の捜査報告書〉
加藤元浩　量子人間からの手紙〈捕まえたもん勝ち！〉
加藤元浩　奇科学島の記憶〈捕まえたもん勝ち！〉
梶永正史　銃の啼き声〈潔癖刑事・田島慎吾〉
梶永正史　潔癖刑事 仮面の哄笑
川内有緒　晴れたら空に骨まいて
柏井 壽　月岡サヨの小鍋茶屋〈京都四条〉
神永 学　悪魔と呼ばれた男
神永 学　悪魔を殺した男
神永 学　青の呪い〈心霊探偵八雲〉
神永 学　心霊探偵八雲 INITIAL FILE〈魂の素数〉
神永 学　心霊探偵八雲 INITIAL FILE〈幽霊の定理〉
神永 学　心霊探偵八雲１ 完全版〈赤い瞳は知っている〉
神永 学　心霊探偵八雲２ 完全版〈魂をつなぐもの〉

神津凛子　スイート・マイホーム
神津凛子　マ マ
神津凛子　サイレント 黙認
加茂隆康　密告の件、Ｍへ
柿原朋哉　匿名
川和田恵真　マイスモールランド
垣谷美雨　あきらめません！
岸本英夫　死を見つめる心〈ガンとたたかった十年間〉
北方謙三　試みの地平線〈伝説復活編〉
北方謙三　抱影
菊地秀行　魔界医師メフィスト〈怪屋敷〉
桐野夏生　新装版 顔に降りかかる雨
桐野夏生　新装版 天使に見捨てられた夜
桐野夏生　新装版 ローズガーデン
桐野夏生　ＯＵＴ(上)(下)
桐野夏生　ダーク(上)(下)
桐野夏生　猿の見る夢
京極夏彦　文庫版 姑獲鳥の夏
京極夏彦　文庫版 魍魎の匣

京極夏彦　文庫版 狂骨の夢
京極夏彦　文庫版 鉄鼠の檻
京極夏彦　文庫版 絡新婦の理
京極夏彦　文庫版 塗仏の宴―宴の支度
京極夏彦　文庫版 塗仏の宴―宴の始末
京極夏彦　文庫版 百鬼夜行―陰
京極夏彦　文庫版 百器徒然袋―雨
京極夏彦　文庫版 百器徒然袋―風
京極夏彦　文庫版 今昔続百鬼―雲
京極夏彦　文庫版 陰摩羅鬼の瑕
京極夏彦　文庫版 邪魅の雫
京極夏彦　文庫版 今昔百鬼拾遺―月
京極夏彦　文庫版 鵼の碑
京極夏彦　文庫版 死ねばいいのに
京極夏彦　文庫版 ルー＝ガルー〈忌避すべき狼〉
京極夏彦　文庫版 ルー＝ガルー２〈インクブス×スクブス 相容れぬ夢魔〉
京極夏彦　文庫版 地獄の楽しみ方
京極夏彦　分冊文庫版 姑獲鳥の夏(上)(下)
京極夏彦　分冊文庫版 魍魎の匣(上)(中)(下)

木原音瀬　罪の名前
木原音瀬　コゴロシムラ
近藤史恵　私の命はあなたの命より軽い
小泉凡　怪談四代記〈八雲のいたずら〉
小松エメル　夢の燈影〈新選組無名録〉
小松エメル　総司の夢
呉勝浩　道徳の時間
呉勝浩　ロスト
呉勝浩　蜃気楼の犬
呉勝浩　白い衝動
呉勝浩　バッドビート
呉勝浩　爆弾
こだま　夫のちんぽが入らない
こだま　ここは、おしまいの地
古波蔵保好　料理沖縄物語
ごとうしのぶ　いばらの冠〈ブラス・セッション・ラヴァーズ〉
ごとうしのぶ　卒業
古泉迦十　火蛾
小池水音　〈小説〉こんにちは、母さん

講談社校閲部　〈熟練校閲者が教える〉間違えやすい日本語実例集
佐藤さとる　〈コロボックル物語①〉だれも知らない小さな国
佐藤さとる　〈コロボックル物語②〉豆つぶほどの小さないぬ
佐藤さとる　〈コロボックル物語③〉星からおちた小さなひと
佐藤さとる　〈コロボックル物語④〉ふしぎな目をした男の子
佐藤さとる　〈コロボックル物語⑤〉小さな国のつづきの話
佐藤さとる　〈コロボックル物語⑥〉コロボックルむかしむかし
佐藤さとる　天狗童子
佐藤さとる 絵／村上勉　わんぱく天国
佐藤愛子　新装版 戦いすんで日が暮れて
佐木隆三　慟哭〈小説・林郁夫裁判〉
佐木隆三　身分帳
佐高信　石原莞爾その虚飾
佐高信　わたしを変えた百冊の本
佐高信　新装版 逆命利君
佐藤雅美　〈物書同心居眠り紋蔵〉ちよの負けん気、実の父親
佐藤雅美　〈物書同心居眠り紋蔵〉へこたれない人
佐藤雅美　〈物書同心居眠り紋蔵〉わけあり師匠事の顚末
佐藤雅美　〈物書同心居眠り紋蔵〉御奉行の頭の火照り

佐藤雅美　〈物書同心居眠り紋蔵〉敵討ちか主殺しか
佐藤雅美　江戸繁昌記〈寺門静軒無聊伝〉
佐藤雅美　青雲遙かに〈大内俊助の生涯〉
佐藤雅美　悪足掻きの跡始末 厄介弥三郎
佐藤雅美　恵比寿屋喜兵衛手控え〈新装版〉
酒井順子　負け犬の遠吠え
酒井順子　朝からスキャンダル
酒井順子　忘れる女、忘れられる女
酒井順子　次の人、どうぞ！
酒井順子　ガラスの50代
佐野洋子　嘘ばっか〈新釈・世界おとぎ話〉
佐野洋子　コッコロから
佐川芳枝　寿司屋のかみさん サヨナラ大将
笹生陽子　ぼくらのサイテーの夏
笹生陽子　きのう、火星に行った。
笹生陽子　世界がぼくを笑っても
沢木耕太郎　一号線を北上せよ〈ヴェトナム街道編〉
佐藤多佳子　一瞬の風になれ 全三巻
佐藤多佳子　いつの空にも星が出ていた

2024年9月13日現在